国家出版基金项目
NATIONAL PUBLICATION FOUNDATION

科幻之路

The Road to Science Fiction

V

英国科幻小说选

THE BRITISH WAY

[美国]詹姆斯·冈恩 编著

刘思慧 等 译

译林出版社

图书在版编目（CIP）数据

英国科幻小说选 /（美）詹姆斯·冈恩（James Gunn）编著；刘思慧等译．—南京：译林出版社，2024.5

（科幻之路；V）

书名原文：The Road to Science Fiction Volume 5: The British Way

ISBN 978-7-5753-0048-3

Ⅰ.①英… Ⅱ.①詹… ②刘… Ⅲ.①幻想小说－作品集－英国 Ⅳ.①I561.4

中国国家版本馆 CIP 数据核字（2024）第 044108 号

著作权合同登记号 图字：10-2023-21 号

英国科幻小说选 ［美国］詹姆斯·冈恩／编著 刘思慧 等／译

策　　划 姬少亭 李兆欣
项目统筹 吴莹莹
责任编辑 蒋梦恬
特约编辑 郭 凯 武甜静 李不撑
装帧设计 韦 枫
封面插画 赵恩哲
校　　对 王 敏
责任印制 闻媛媛

原文出版 White Wolf Publishing
出版发行 译林出版社
地　　址 南京市湖南路 1 号 A 楼
邮　　箱 yilin@yilin.com
网　　址 www.yilin.com
市场热线 025-86633278
排　　版 南京展望文化发展有限公司
印　　刷 南京爱德印刷有限公司
开　　本 652 毫米 ×960 毫米 1/16
印　　张 49
插　　页 4
版　　次 2024 年 5 月第 1 版
印　　次 2024 年 5 月第 1 次印刷
书　　号 ISBN 978-7-5753-0048-3
定　　价 118.00 元

目录

序 言

［美国］詹姆斯·冈恩

我的四卷本科幻选集“科幻之路”到 1982 年出版第四卷时似乎已经完成，因为在那本书收录的故事中，最新的已是一年前刚发表的了。事实上，许多读者曾认为标题为“从海因莱因到现在”的第三卷就是最后一卷。他们质疑道，从“现在”还能去哪里[1]？

但是我觉得科幻小说的故事还没有讲完。我之前追溯了这种文学样式的发展历程：始于其最早的远祖，即那些旅行故事（比如月球旅行就始于萨摩萨塔的琉善[2]），一直到 1977 年达到高峰——伴随着新浪潮融入科幻小说，这种体裁已然成熟壮大，出版的书籍数量惊人，主流文学和学术界对它的接受度上升，还有电影大片如《星球大战》（*Star Wars*）和电视连续剧纷纷出笼，并在商业上大获成功。但要说 1977 年出版了 346 本书就算是成熟壮大，那么十一年后一年出版近 2 000 本书，又该被称为什么呢？有某些重要的东西被漏掉了——不仅漏掉了一些重要的作家，科幻小说作为文学体裁的全部功能也没能描述完整。于是我编了第四卷，标题是：“从现在到永远”。

---

1. “现在”指的是前三卷出版的时间，截至 1977 年。
2. 古代地中海作家，生于叙利亚的萨摩萨塔，用希腊文写作。他的《信史》（*A True History*）中主人公被狂风吹到月球上，经历了一段奇幻旅程的故事。

对于具有时代标志性小说的纵览似乎已经完成，但我仍然没有完全放下心来。我以前曾这样描述科幻小说：这是一种美国的类型小说，其面貌由科幻杂志塑造成型，这一过程始于1926年雨果·根斯巴克（Hugo Gernsback）创办《惊奇故事》（*Amazing Stories*），一些在美国出版作品的外国作家也对它有影响。我把许多此类外国作家的作品收入了前四卷，打头的是玛丽·雪莱（Mary Shelley）、儒勒·凡尔纳（Jules Verne），还有我们所有人的祖师爷H. G. 威尔斯（H. G. Wells），之后也零零散散地收录了来自其他国家，特别是英国的一些当代作家的作品。

但其他国家的科幻传统仍未得到充分反映。科幻小说源于英国和法国，而后被移植到美国，成为一种独特的美国传统小说，再被作为一种非常美国化的产品传回至其他国家，以至于在有的国家，科幻看起来必须和美国科幻类似，不然就“不对味”。美国的本土作家们在创作美国风格的故事；别国的作家们则创作回应美国传统主流的故事。此外，在许多国家技术正创造出对科幻发展有利的条件，但因参与的国家及其技术变革各不相同，产生的影响与体验也各不相同。

因此，当我在新美国文库出版社[1]相识的一位编辑问我是否有描述国际状况的计划时，我的提议是编著第五卷。这能对英国在科幻发展中的贡献做出更公正的评价，也能更公正地评估英国传统背离美国模式（或忠于自身）的状况。我还追加了一个提案，再写个第六卷，在那一卷当中我将要综览世界科幻。然而，我还一本都没动手，新美国文库的管理层已经做出决定。尽管这套书的前三卷卖得不错（第四卷那时压根还没付印[2]），但它们的年销量不足5 000本，未达到新美国文库大众类书籍的出货标准，编辑们决定不再继续这个系列，而不是再多出两卷。

所以，当威廉·海恩出版社[3]开始制作精美的德国版“科幻之路”并问

1. 美国出版社，1948年成立于纽约。起初以发行平装本的再版经典著作和畅销小说为主，后来也涉足精装本出版。被兰登书屋收购后，于2015年宣布不再出版小说。
2. “科幻之路”第四卷初版于1982年。
3. 德国老牌出版社。现属于兰登书屋旗下。下面所说的事件发生于1988年到1989年间。

我是否有进一步的计划时，我已准备就绪。这一卷就是结果[1]。顺便说一句，第五卷几乎完全未着眼于20世纪80年代。科幻小说在过去的十年里激增了如此之多，以至于不轻视现在就不可能公正对待过去，也更不可能判断当代作品的重要性和价值。我将把那部分和美国科幻的新状况留给可能的第七卷。

刚开始考虑编著英国科幻小说选集时，我曾考虑过招募一名英国合作者，也确实跟布赖恩·W. 奥尔迪斯（Brian W. Aldiss）进行过一些初步讨论，但由于他身负其他合约的压力，不得不退出。最终我决定自己继续，也有部分原因是我发现合作写一本书，尤其是远距离合作，意味着双方都要付出跟各自单独完成这项工作时同样多的劳动，甚至更多。不过主要的原因是我认为“科幻之路”是以特定视角观察科幻发展的系列文集。这个视角是从美国人的角度出发理解科幻发展的，因为我就是美国人。但我想，我也可以为这样的判断做出辩护：在1926年至1960年的杂志时代，科幻小说成为一种美国特有的类型文学，并且在世界范围内普遍被如此看待。

为了负起整个项目的编辑责任并保持统一性，我决定自己编辑这本选集。这本书是美国人眼中英国科幻小说的起源和发展，也就是说，在美国科幻小说的背景下，科幻小说的另一个有点儿不同于传统的起源和发展。我多有仰仗萨姆·莫斯科维茨（Sam Moskowitz）在《煤气灯下的科幻小说》（*Science Fiction by Gaslight*，1968）中对科幻小说早期杂志时期的描述和他的理解；还有布赖恩·奥尔迪斯与大卫·温格罗夫（David Wingrove）合著的《万亿年狂欢》（*Trillion Year Spree*，1986），尽管同样涵盖了所有科幻小说的历史，但它是从英国背景出发做判断的；还有迈克·阿什利（Mike Ashley）的两卷本优秀选集《英国科幻小说》（*British SF*，1977）；科林·格林兰（Colin Greenland）的《熵展：迈克尔·摩考克和科幻小说中的英国“新浪潮”》（*The Entropy Exhibition: Michael Moorcock and the*

1. 1998年，本卷以及其后第六卷的英文版由白狼书屋第一次出版，当然也附上了前四卷的再版。

British "New Wave" in Science Fiction，1983）；布赖恩·斯塔伯福德（Brian Stableford）的《英国科学传奇：1890—1950》（*Scientific Romance in Britain 1890—1950*，1985）也是不可或缺的。

诸如此类的作品使这本书成为可能，书中的介绍和注释倚赖于他们的努力，不止于对他们原话的引用所显示的那些。此外，我还要感谢布赖恩·奥尔迪斯、迈克·阿什利和布赖恩·斯塔伯福德，感谢他们对本卷内容的具体建议。但在事实上或判断上可能发生的任何错误都应归于我。

即使在这样一部重要的选集里，一些作者也不得不被略去。有几位本可以收到书里，但他们或他们的继承人联系不上；有几位要求的许可费超出了预算。然而，总的来说，这部选集最终的面目和最初的计划相当接近。

詹姆斯·冈恩

于堪萨斯州劳伦斯市

1997年8月28日

（何锐　译）

前言

［美国］詹姆斯·冈恩

1

科幻之路漫长、奇异而又精彩。它始于古代，作为一种到达另一片土地或另一个世界的方式，那里的生命形式、生活方式和这里不同。古代的说书人们创建出这条路，用以前往超越日常经验限制的想象之地：希柏里尔[1]、至福群岛[2]、至尊岛[3]、伊斯马罗斯城[4]……还有月亮。另一类目的地由柏拉图的《理想国》开创：理想社会，乌托邦。工业革命拓宽了道路，并让目的地似乎可以在现实世界中成为现实，而作家依据对这种现实的变化创造了变革的文学——科幻小说。

“科幻之路”第三卷引用了《惊异科幻》[5]（*Astounding Science Fiction*）的编

---

1. 又名“极北乐土”等。部分希腊神话中位于“北风起源之地”更向北地方的群岛，太阳终年不落，居民有千年之寿，生活富足。
2. 希腊神话中道德纯洁，“三倍于到极乐净土所需”者所居之地。
3. 公元 4 世纪希腊作家欧赫墨儒斯作品中虚构的小岛，位于印度洋上。他说古希腊众神原本都是岛上的英雄，被人民奉为天神。或音译为“潘加耶”。
4.《奥德赛》中提到过的城市。
5. 前身是《超科学的惊异故事》（*Astounding Stories of Super-Science*），后文有时简称《惊异》，约翰·W. 坎贝尔（John W. Campbell）接手后将其改名为《惊异科学幻想》（*Astounding Science-Fiction*），后又改为《惊异科幻》（*Astounding Science Fiction*）。

辑约翰·W. 坎贝尔——那个君临美国人称为科幻“黄金时代”的男人的话：“小说就是文字写下的梦：科幻小说中包含的是一个以技术为基础的社会的希望和梦想，以及恐惧（因为有些梦是噩梦）。”这套历史选集的前四卷追溯了科幻之梦是如何成为一种类型文学的：主要是通过美国科幻杂志，这些杂志汇集了那些阅读、写作、编辑和出版科幻小说的人们的热情和奇思妙想，让他们创造出了一个词汇表、一系列文学传统、一个共同期望的世界，以及他们对未来的希望和恐惧。

但在各国社会中，科技基础的发展速度并不全然一致，变革经历也不相同，各国人民的梦想也不完全一样。比如大不列颠，它在一开始就参与其中，对这一流派的形成做出了巨大的贡献，但对美国读者来说，他们的故事似乎总有些明显的不同。

英国人也是这么觉得的。布赖恩·奥尔迪斯，英国最伟大的科幻作家之一，也是最杰出的理论家，著有《十亿年狂欢》(*Billion Year Spree*)，晚年与大卫·温格罗夫合著的该书修订版《万亿年狂欢》。他在书中这样评价格雷戈里·本福德（Gregory Benford）的《时间景象》(*Timescape*)：“这是一部阴郁、悲观的作品，甚至可以说，是部会让人先入为主地以为是来自英国的作品。”

这种差异正是本卷选集想要探索的。

2

科幻小说肇始于工业革命的发源地英、法两国。布赖恩·奥尔迪斯将起点定在玛丽·雪莱创作于1818年的《弗兰肯斯坦》(*Frankenstein*)，认为科幻小说是哥特（或后哥特）小说模式的延续。并非所有的美国读者都认同奥尔迪斯对科幻起源的看法，他们发现《弗兰肯斯坦》中的哥特元素——亵渎感、幽然潜伏的超自然阴霾、传统模式趋于穷途末路的感觉——与探索新的科学可能性激烈冲突。奥尔迪斯指出，《弗兰肯斯坦》里那位医生从古老的炼金术大师转向科学，标志着一种现代性态度的诞生；但他也成了“疯狂科学家”的原型——与其说是因为他胆敢行创造生命的亵渎之举，不如说是因为他不像个科学家：由于觉得自己的造物丑陋，他畏缩不前，极力逃避。

在美国作家埃德加·爱伦·坡和纳撒尼尔·霍桑，还有出生于爱尔兰的美国移民菲茨·詹姆斯·奥布赖恩对于“变化的文学”做出各自的贡献之后，无可争议地，儒勒·凡尔纳用他的“奇异旅程”系列[1]让科幻小说有了长足发展，尽管事实上它们的时间设定是在当代，而且主要是在推想已经存在的技术会有什么样的进步。H. G. 威尔斯的作品则不需受这些限制。威尔斯创造了现代科幻小说，并确立了其大部分重要主题，其贡献超过了其他任何作家。凡尔纳用他的潜艇和加农炮弹探索远方，威尔斯则探索各种点子；“冒险”提供了一个结构，“推想”偶尔点缀其间，但创造这一类型文学的是“点子”。

英国的科幻传统独特的风味和取向来自威尔斯，始于1894年发表的“一憩科学故事”[2]，止于1904年《陆地装甲舰》（*The Land Ironclads*）和他的第一部宣传小说《神食》（*The Food of the Gods*）。经过了《时间机器》《莫洛博士的岛》《世界大战》《当沉睡者醒来时》和《月球上的第一批人》，威尔斯让科幻小说——特别是英国科幻小说——带上了达蒙·奈特（Damon Knight）称之为“悲观的讽刺氛围”的东西，而这，是美国科幻小说所缺乏的。

3

通俗杂志是科幻小说发展的一个重要组成部分。第一本通俗杂志是乔治·纽恩斯于1891年在伦敦创建的《河岸街》，那是在他创建了《珍闻点

1. 凡尔纳从《哈特拉斯船长历险记》之后一系列共54本科幻探险小说的总称。
2. 当时对威尔斯的短篇小说的称呼，意谓其篇幅可在一次休憩时间内读完。

滴》——一本由各种来源的短篇和剪报组成的流行简编的十年之后。竞争对手很快出现:《路德门月刊》《帕尔摩街杂志》《闲人》……大洋另一侧美国的类似出版物来自塞缪尔·西德尼·麦克卢尔和弗兰克·芒西。在它们证明了面向大众市场的廉价出版物的可行性后,《彼得森杂志》和《大都会》等老牌高档杂志降低了价格，调整了内容。

然而，在美国对科幻小说发展最重要的是1896年纸浆冒险故事杂志[1]的出现，当时从缅因州来到纽约寻求赚钱机会的弗兰克·芒西把他的少年杂志《阿尔戈西》(最初叫《金色阿尔戈西》)改成了“192页的小说只要一角钱”的杂志。这也激励了《大众杂志》《人民杂志》和《蓝皮书》等竞争对手，而芒西以《全故事》和《骑士》作为回应。美国科幻小说在这种媒体上发展起来，第一次零散出现了一些以变化为背景，而不是以狂野西部、南北战争、神秘东方或其他异域社会中的刺激冲突为背景的冒险故事；最后出现了专门类型的纸浆杂志，将同类故事汇集到一份杂志中，比如1926年的《惊奇故事》，接着是1929年的《神奇故事》(*Wonder Stories*)和1930年的《超科学的惊异故事》。

英国没有这样的纸浆杂志，当然也就没有成人科幻杂志(1934年有一份少年科幻周刊《秘闻》出版了20期)，直到英国《科幻奇幻小说评论》(*The British Scientifiction Fantasy Review*)的编辑沃尔特·吉林斯主持编辑了《奇谭》(*Tales of Wonder*)，该刊在1937年至1942年间出版了16期。另一份沃尔特·吉林斯的杂志《奇幻》(*Fantasy*)出版于1946年至1947年(比这早些时候，1938年至1939年间，纽恩斯出过一份同名的杂志)。E·J.“特德”·卡内尔(E. J. “Ted” Carnell)在1946年至1947年和1949年至1964年(1937—1940年间,《新世界》是科幻协会的新闻会刊[2])两度主持《新世界》(*New Worlds*)，然后它被卖掉，迈克尔·摩考克(Michael Moorcock)把它变成了——用奥尔迪斯的话说——新浪潮中的“海盗船”。《科学幻想》

1. 指用当时新发明的纸浆法制作的廉价纸作为印刷材料的廉价杂志。
2. 1940年(英国)科幻协会在二战爆发后解散。

（*Science Fantasy*，后文有时简称《幻想》）由沃尔特·吉林斯编辑了两期，然后由卡内尔在1950年至1964年间编辑——1949年至1954年间，英国杂志不得不与半打美国纸浆杂志的重印版竞争，其中包括英国版《惊异》。

另一方面，在美国，正如布赖恩·斯塔伯福德在《英国科学传奇：1890—1950》中所描述的："美国大众小说的行销态势显然折射出美式营销总体上更富于企业家进取的精神。"卢森堡移民雨果·根斯巴克在创建了一系列科普杂志之后，创建了《惊奇故事》。近年来，欧洲科幻作家将他们眼中美国科幻小说的大部分错误都归罪于他。奥尔迪斯在《万亿年狂欢》中称他为"科幻领域有史以来最严重的灾难之一"。

奥尔迪斯表示，"创建专门刊登科幻小说的杂志——排除了所有其他——将高雅和低俗之间的区分制度化了。""这种从未公开承认的分类最终促成了一些天才的出现；但在短时间内，它吸引不加批判的热情读者导致作品质量下滑；而从长远来看，它导致了一种'科幻隔离区'[1]的心态，读者和作家至今仍在努力从中挣脱（或者是假装自己已经挣脱）。"然而，很难想象如果没有经过在"科幻隔离区"的激情培育，科幻小说未必能如此受欢迎，有现在这么多的机遇、多样性和产出。当然这并不是说所有这些都没有付出代价，也不是说科幻的现状是理想的。

根斯巴克的批评者可能会设想，这种和主流相对来说有所区别的小说（就像是威尔斯在他的前十年写的那种）会逐渐壮大，但是威尔斯自己在1904年放弃了它，其他人也很少选择写这样的小说。斯塔伯福德相信，这是因为英国的环境不适合。他指出，"1905年后，衰颓之风大兴，影响到了科学传奇，一直持续到第一次世界大战爆发；而后，文学市场受战争破坏性经济影响的刺激所致的变化进一步强化了这一点。"

此外，即使在英国，科学传奇也不被当作主流小说。斯塔伯福德观察到，"这样的故事总是要克服其所属类别所特有的坏名声才能受到称赞""而

---

1. 隔离区，原指二战前犹太人在欧洲一些国家城市中被指定聚居于此，与其他人隔离开来的区域。

且它们赢得尊重几乎总是作为例外”。甚至包括威尔斯在内的作者本身也把他们早期涉足幻想小说领域，“科学传奇总体而言是属于年轻人的文学类型。”斯塔伯福德如此评论。

根斯巴克自己的小说很容易因其中的缺陷被嘲笑，但话说回来，根斯巴克是个发明家和商人，而不是作家。他的远见和企业家精神是萨姆·莫斯科维茨在《探索无限之人》(*Explorers of the Infinite*)中将他描述为“科幻之父”背后的原因(奥尔迪斯也赞扬了根斯巴克的主动性、精力和勇气)。此外，《惊奇故事》并不局限于根斯巴克式的未来发明或未来冒险类小说。它重印了威尔斯几乎所有的科学传奇以及凡尔纳和爱伦·坡的大部分小说。根斯巴克为杰克·威廉森(Jack Williamson)等一整代作家敞开了通往科幻作家和科幻生活的大门，还为克莱顿的《超科学的惊异故事》提供了样板，这本书在1933年被出售给斯特里特与史密斯出版社，1937年后在约翰·坎贝尔的编辑下陶冶成型。

如果没有根斯巴克，所有这些事情照样都可能发生，甚至可能没有奥尔迪斯所说的根斯巴克强调科学准确性所导致的“令人窒息的照本宣科”，但这种可能性不是完全确定的。《惊奇故事》出现在纸浆杂志时代的后期，也就是英雄故事[1]纸浆杂志诞生的前几年。有证据表明，《惊奇故事》不是来自纸浆传统，而是来自科普传统。这不仅使科幻杂志在精神上与众不同，事实上，这也是它们在20世纪50年代和60年代纸浆杂志的普遍消亡中幸存下来的原因。

一个合理的假设是，科幻小说的类型不会在英国演变出来，因为英国显然需要美国杂志的榜样来激励自己(出版自己的科幻杂志)，而没有那些杂志，许多作家将永远无人听闻。初出茅庐的作家需要一个发表作品和发展自我的空间。开始就写长篇小说不仅难度要大得多；对一些人来说，这也许根本就是不可能的。而科幻这一种可能更适合较短篇幅的题材，其发展可想而

1. 当代超级英雄漫画刊物的前身。

知会差很多。

尽管许多人批评说当根斯巴克创立《惊奇故事》时，将科学传奇转向了错误的方向，但许多著名的英国作家（包括奥尔迪斯）将他们皈依科幻小说的举动追溯到 20 世纪 30 年代——（传说是）作为压舱物进口到英国，并以“扬基杂志”的名义在当地的伍尔沃思百货店[1]出售——的美国杂志。事实上，阿瑟·C. 克拉克（Arthur C. Clarke）在 1989 年写了一本名为《惊异的日子》的回忆录，全书中心就是他对其中一本科幻杂志的阅读。

4

除了杂志稀缺，还有其他因素导致英国科幻小说有所不同。例如，普鲁士军队在 1870 年普法战争中胜利，导致了一连串关于英国缺乏准备的警示性故事：以陆军中校乔治·汤姆金斯·切斯尼爵士（Sir George Tomkyns Chesney）1871 年的《多尔金战役》（*The Battle of Dorking*）为先例。而威尔斯 1898 年的《世界大战》（*The War of the Worlds*）则是科幻中最突出的范例，它把焦点转移到了人类缺乏准备上。

20 世纪，英国和美国的遭遇也大不相同。例如，第一次世界大战对英国来说是一次粉碎性的经历，丧失的不仅是生命，而且是对进步的信心，对大英昭昭天命的信心。“美国是这场战争唯一真正的赢家，”斯塔伯福德写道，“在整个 20 世纪 20 年代，当欧洲经济衰退时，美国享受着经济繁荣……现代技术似乎确实正在为美国带来一场社会变革，而英国仍深陷经济混乱之中，似乎被进步所抛弃。毫不奇怪，推想小说开始在美国蓬勃发展，从中产生了这样一种科幻小说，它为未来冒险中的无限机遇而欢欣鼓舞，期待着大量的新发明，而英国公众对此无动于衷，拒绝接受。”

1. 创始于 1909 年的英国平价连锁百货集团。

作为一个例子，斯塔伯福德指出，在两次大战之间，科学传奇的一个分支——星际小说——在英国变得无关紧要，而在美国变得越来越重要。美国一直被认为这是一个满是重新开始的机遇的地方，起先它提供宗教自由，后来它提供发展经济的机会。在这二者之间，“边疆”[1]被视为能取代停滞和绝望的终极可能。从托克维尔开始，一系列外国观察者都曾提到美国人对人类精神进步的信仰。一位19世纪的美国人曾说：“对任何事物，我们都期待它会有所进步。”

威尔斯称两次世界大战之间的几年为英国的“挫折时代”，根据斯塔伯福德的说法，这期间他们创作出“一种焦虑且常常令人痛苦的小说，在这种小说中，未来的世界作为噩梦般的威胁出现的频率远远高于被当作充满机遇的仙境”。他指出，这种推想小说一点儿也不像20世纪20年代末的美国科幻小说，“可以肯定地说，在两次世界大战之间的这段时期，英国的科学传奇和美国的科幻小说……是截然不同的，二者的主题和方法之间只有些微重叠”。值得一提的是，这一时期包括了美国黄金时代的最初几年。

“在大战之后，”斯塔伯福德认为，“英国知识界对进步的观念十分怀疑。”他总结道：“人们可能会抱怨早期美国科幻小说的作者写得太过粗糙，没有考虑到当时关于科学进步和社会变革发展模式的思辨；但也有人可能会争辩说，英国的科学传奇仍然有点过于执着于当时的这种讨论，并被它的焦虑过度束缚。”

始于1929年美国股市崩盘的大萧条引发了人们对美国政治和社会结构以及美国对进步的信心的严重怀疑；这场大萧条迅速蔓延到欧洲，那里受到的打击可能更大。斯塔伯福德指出，在这之前一段时间，美国“没什么可以与1924年英国工党的掌权[2]或1926年的总罢工[3]相提并论的事情”。

---

1. 美国西进运动时期对西部“待开发”土地的称呼。
2. 英国自17世纪晚期以来，一直由自由党（辉格党）和保守党（托利党）两党轮流成为议会多数党，进而组阁执政。1924年工党上台打破了这一局面。
3. 1926年，因英国矿业利润下滑，矿主们要求减少矿工工资，延长劳动时间，引发全国矿业工人大罢工。此后多个行业工会也加入了罢工，形成各行各业的总罢工。罢工持续了半年多，对社会造成很大影响，最后以工人被迫放弃罢工和接受减薪而告终。

第二次世界大战对英国来说在美国入场前两年多就开始了，英国不仅遭受了以敦刻尔克撤退为高潮的早期失败的打击，还承受了入侵和轰炸的威胁。而美国尽管遇到了珍珠港事件和日本早期的军事成功，却从未认真考虑过战争失败的可能性和后果，并且虽然伤亡惨重，但从未遭受过英国那种程度的损害，无论是心理还是物质上。

连对原子弹的观点也不同于大西洋另一边。斯塔伯福德写道，从英国的角度来看，"虽然原子弹在一个盟友手中，但它仍掌握在他人之手，而且这片土地上存在着一种长期的焦虑，在这里火焰只需要轻轻扇动一下，就能瞬间燃爆，烈若世界末日。"

5

斯塔伯福德还提到了其他影响英美科幻发展方向的因素。科幻小说传统上属于中产阶级文学，这一类型在英国发展较晚。1890 年以前，高雅文学被出租书籍的图书馆所控制，这类机构得以发展是因为那些"可敬的"小说价格高昂，而且通常一出就是三卷本。租阅图书馆占据了出版商印刷量的很大一部分，大到他们可以与出版商合谋让书价居高不下。

在这些书籍和一便士恐怖小说以及两便士的中篇小说之间存在着"价格和声望的巨大差距"。就连狄更斯也未能成功地变天堑为通途。1890 年以后，"一大批新期刊，从小报周刊到豪华插图月刊……大量使用短篇小说和短篇系列小说"，填补了中间的空白。然而，《河岸街》及其竞争对手给新作家的机会在不到十年的时间里就消失了，虽然威尔斯曾发现这些机会是那么适合他。"短短几年……在新刊的试水阶段，科学传奇曾风行一时。这一时期始于 1893 年，大约在 1898 年达到顶峰，到 1905 年渐告终结。"威尔斯放弃科学传奇而转向宣传性小说，可能就是市场萎缩促使的。

后来当美国平装本出版商们开始与通俗杂志竞争并最终取而代之时，按斯塔伯福德的回忆，英国的平装本领域却被单独一家出版社——企鹅——所主宰，它不需要涉足科幻小说这样的非常规材料。不过，奥尔迪斯回忆说，1960 年后，企鹅出版社出版了约翰·克里斯托弗（John Christopher）、约翰·温德姆（John Wyndham）和约翰·布莱克本（John Blackburn）的作品，在这一行动取得巨大成功之后，奥尔迪斯被聘为企鹅的科幻编辑。战后，“面向较低端市场的英国平装本出版商享受到了惊人的繁荣。”斯塔伯福德写道。当他们涉足科幻小说时（“讽刺的是，平装本出版商最初是在英国而不是在美国开始发行大量科幻小说的”），他们模仿那些美国的“职业作家，专门制作充斥着可怕怪物和惊人机器的华丽古装剧……在愚蠢和粗陋两方面下探到了前所未有的深度”。

从 I. F. 克拉克（I. F. Clarke）的目录书《未来故事》（*Tale of the Future*）中的出版物清单来看，从 1895 年［威尔斯《时间机器》（*The Time Machine*）出版］到 1970 年（克拉克该书截至于此），英国科学传奇主义 / 科幻小说的出版一直在缓和的起起落落之中，直到 1951 年——那一年美国出版业所遇到的战后繁荣也影响了英国。迈克·阿什利认为 20 世纪 50 年代是英国科幻小说的黄金时代。这是“奥尔迪斯、艾德文·查理斯·塔布、詹姆斯·怀特、鲍勃·肖、柯林·卡普、J. G. 巴拉德、巴林顿·J. 贝雷、莱昂内尔·珀西·赖特和许多其他人的十年”。当然，克拉克的《未来故事》所涉及的可能并不完全都是科幻，并且列表本身也可能不完整（斯塔伯福德对其中一年——1952 年的书名列表是否完整提出了质疑）。

1913 年至 1918 年以及 1940 年至 1945 年之间的衰退大致与战争时间一致，这可能是由于纸张短缺以及人们再度把目光转回到当下所致；但大萧条时期的急剧上升可能需要更复杂的合理化解释。对历年的美国出版物做的类似总结，如果有的话，可能显示出版物数量在二战前几年有同样的下行趋势，但高峰和低谷可能会发生变化。其中一个低谷位于 1926 年至 1945 年之间，那时科幻作家的大部分精力都被转移到杂志上，几乎没有杂志小说被重印，直到战后不久——虽然从 1937 年到 1943 年时不时有些小的波动。然而，这样的比较无法反映杂志对美国科幻小说阅读的重要贡献。杂志的存在甚至可能对书籍出版产生了相反的影响，就好像一般出版商会认为在纸浆杂志上出版的小说不值得再被付梓刊行。1926 年至 1945 年期间出版的大多数书籍都来自其他来源——美国主流文学，或是英国。

战后繁荣在英国的出现也落后于美国。美国有同人出版业者来证明科幻市场的可行性，并贡献了数量可观的出版物，然后西蒙和舒斯特、双日、王牌和巴兰坦这些出版社才进入这一市场。

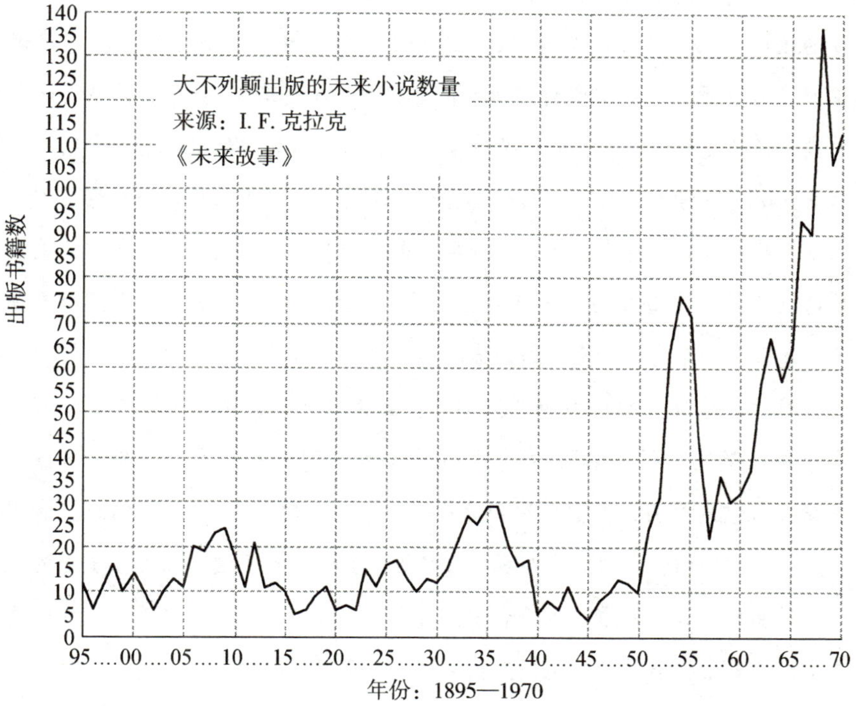

6

1964 年迈克尔·摩考克就任《新世界》的编辑时，英国人和美国人的差异得到了充分的体现。约翰·坎贝尔当编辑时 27 岁，摩考克 24 岁。坎贝尔在工作中渐渐发展出自己的想法和方法（“我想学会如何做好一名编辑。”他回忆道），摩考克则是带着一整套议程走上岗位。在他的第一篇编辑社论中，摩考克就建立了一个新范式——正如奥尔迪斯指出的，不是埃德加·赖斯·巴勒斯式的，而是威廉·巴勒斯（William Burroughs）式的：“……某种意义上，他的作品就是我们一直在等待的那种科幻小说——可读性很高，将讽刺与精彩的意象结合在一起，讨论科学哲学，洞察人类体验，使用高端而感人的文学技巧，等等。”

这一期上还有一篇关于威廉·巴勒斯的文章，作者是J. G. 巴拉德（J. G. Ballad），用奥尔迪斯的话说，他将被钉在摩考克海盗船的桅杆上。“摩考克的《新世界》，”奥尔迪斯在《万亿年狂欢》中写道，“几乎百无禁忌……它鼓励而不是拒绝文学实验，并逐渐成为重新评价体裁标准的焦点和新态度的熔炉……摩考克的活力以及巴拉德和奥尔迪斯的形象为科幻小说吸引到了一批新的观众。实际上，这是一批早已在科幻周边的观众，他们要体验他们的时代生活中那些更为异乎寻常的层面，但和老的纸浆杂志用语完全不搭调，坎贝尔的杂志则一直是那些陈辞滥调的继承者。”

科林·格林兰在他关于新浪潮的作品《熵展：迈克尔·摩考克和科幻小说中的英国“新浪潮”》中这样描述摩考克的《新世界》：“许许多多的作家拥入它的页面，他们关注着那些‘合适的主题’，人类的终结——事实上，一切的终结，以及未来在现在的位置。当诗人和演说家正释放出旧的意象——乌托邦和大都市、饥饿者和机器人，这些作家则满心都是一个新的意象：熵。他们把能量的退化视为社会和个人意识崩解的合适图式。”

相对来说，传统科幻的生产者和消费者可能并没有注意到这一切。然而在“新浪潮”一词中，已经隐含着理论家们的革命性宣言，在朱迪斯·梅丽尔（Judith Merril）的选集中表达出来的宣言中，他们相信这种推想小说不仅是新读者的渴望，也是老读者的。

在评估《新世界》的消亡时，格林兰说：“更具破坏性的是它的目标不仅仅是改进或增补传统科幻，而是完全取代它。”在另一章中，他写道：“摩考克的《新世界》社论反复呼吁的对象不是那些在那之前一直支持该杂志的热心而天真的读者，而是那些准备将书架扩展到前所未有的长度的人。在《向前，永远向前》[1]中，他特别去掉了‘海因莱因、布利什、阿西莫夫、范·沃格特’，并奔向企鹅社最新推出的欧洲作家：‘卡夫卡、加缪、萨特、博尔赫斯、温德姆·刘易斯、考克托’——这份大纲会稳稳地摧毁一个天真的读者，让他的社会、道德和智力感知超载。”摩考克则回忆说：“我们对保守派科幻迷缺乏回应感到惊讶，我们曾以为他们和我们一样渴望真实的想象。”

这在很大程度上要归因于革命者们的狂热。聚集在《新世界》周围的作家，在态度上与1937年被坎贝尔的《惊异》所吸引的作家并没有太大不同，在1949年被安东尼·鲍彻（Anthony Boucher）的《奇幻与科幻杂志》所吸引和在1950年被H. L. 戈尔德（H. L. Gold）的《银河》(*Galaxy*）所吸引的作家也类似。这些杂志每一本都将一个不同的视角融入了科幻；新意不仅令人振奋，而且是基本要求，在科幻小说中也许比在其他艺术领域中更强调这一点。

另一个因素是时代的变迁，部分源于美国越战的体验，部分源于美国民权运动和随后的校园骚乱。格林兰谈到青年文化时提到了嬉皮士做派和服用致幻药物，奥尔迪斯则提到“披头士狂热……留长发，消费主义……迷你裙……一种新的享乐主义情绪弥漫”。朱迪斯·梅丽尔将她向世界其他地方宣告新浪潮来临的那本选集命名为《摇摆[2]英伦》(*England Swings SF*, 1968)。但是在世界范围内，与过去的决裂十分普遍，美国那些写着“质疑权威”的保险杠贴纸代表了一代人的态度。

之后关于科幻小说的核心和灵魂之争可说是由传统科幻小说赢得了胜利。奥尔迪斯描述的、摩考克希望的新读者只支撑了摩考克的《新世界》一两年，之后该杂志只能是靠政府支持的艺术委员会拨款以及摩考克本人的补

1.《新世界》1966年二月号上摩考克的编辑社论。
2. 指“摇摆乐”“摇摆舞”。这种音乐和舞蹈作为一种文化现象在20世纪60年代曾流行一时。

贴维持。传统的读者不接受新的文学实验，也不接受巴勒斯式的堕落和失败的意象。

从更长远的角度来看，新浪潮可能取得了胜利，它为主题和风格争取更大自由的斗争被纳入了科幻领域所有作家的作品中。像杰克·威廉森和弗雷德里克·波尔（Frederik Pohl）这样有经验的作家也由它的榜样获得了更多自由，而像本福德和格雷格·贝尔这样的新艺术家，如果没有新浪潮运动的突破，将很难创作出他们最好的作品。

与此同时，新浪潮那些特立独行的“引路明灯”们继续寻找着他们自己的观众。主流文学的目标一直是个人表达，而不是类型的发展，观众既不够广泛，也不够多，不足以承载《新世界》的谱系。巴拉德凭借他的自传体小说《太阳帝国》登上了畅销书作家的宝座；而奥尔迪斯在他自己的自传体畅销书和一些实验小说之后创作的“海利科尼亚”（Helliconia）系列堪称杰作，但这套书本身的关注点回到了老路上：环境对人类潜能的影响，以及人类为理解和最终应对环境所做的努力。其他的《新世界》作家也间或取得一些成就，比如这一传统的继承者克里斯托弗·普里斯特，他有的小说——比如《魅力》——会吸引更大范围的读者。奥尔迪斯写道，他（普里斯特）不再认为自己是科幻作家。普里斯特对此的回应是，他从来就不是。

英国出版业，尤其是科幻小说出版业，在20世纪80年代很不景气，英国和美国小说的“差异”可能使得英国小说在美国不太容易出版。正如奥尔迪斯指出的：“英国科幻作家除了母语相同，基本不具备美国同行的那些优势。没有一个大的国内市场，意味着英国作家需要在海外——特别是美国——出售他们的作品，才能赚得足够养家糊口的收入……许多人发现，要把他们情感更多、科技更少的科幻小说卖到美国市场很难。到20世纪70年代末，英国科幻已成了一条死胡同。即使是最好的作家也不能保证他们的小说会在美国被接受，几乎没有新作家能熬出头”。

7

就思想上而言，按 C. P. 斯诺的“两种文化”的术语，英国科幻小说一直都更接近人文文化而不是科学文化。奥尔迪斯指出：“十分古怪的是，英国科幻小说从未完全脱离主流文学。”斯诺在 1959 年的演讲中哀叹这两种文化无法相互理解。他们彼此之间读的书不同，看待世界的方式也不同，因此无法相互交流。“两种文化似乎全无交会之处。我不想浪费时间说这是个遗憾——实际状况糟糕得多，远不止是遗憾。”

尽管斯诺试图在批评中不偏不倚，但他是跟科学文化意气相投的，这点往下看就十分明显了。他描述了科学家们的信念，并将其和文人对工业化带来的前景所做出的反应进行了对比：科学家们相信知识的领域在不断增大，因而多数人对美好生活的希望也在不断增加。“如果说科学家是从骨子里相信未来，那么传统文化的反应是希望未来不存在。”他说，“知识分子，尤其是人文知识分子，天然就是卢德分子[1]”。

他演讲的动机体现在这句话中：“传统文化支配着西方世界，科学文化对这种支配有所削弱，程度甚微”。

任何类型的科幻作家都离权力的宝座很远，把他们中的任何一群人过于确定地归入某个阵营都是错误的。无论看起来多么合理的概括分类，对于任何特定的作者来说，都存在质疑这种说法的例外：许多英国作家成功地定期向美国杂志投稿，他们的小说在美国出版并广受欢迎和好评，也有许多美国作家在《泰晤士报文学增刊》上获得好评或受到摩考克《新世界》的欢迎。1939 年《惊奇故事》读者票选的最佳故事为威廉 · F. 坦普尔（William F.Temple）的《四边三角》（*The Four-Sided Triangle*），同年《奇幻冒险》的读者票选结果则是约翰 · 拉塞尔 · 费恩（John Russell Fearn）的《来自地狱

1. 原指 19 世纪工业革命中破坏机器运动的参与者。文中泛指反对技术进步的人。

的人》(*The Man from Hell*)，那之后费恩写信给坦普尔："这次轮到(我们)英国人大获成功了，嗯？"而迈克·阿什利则加了一句："毫无疑问，任何一名英国作家都有可能席卷全美……"

然而，英国小说的差异是无法忽视的。同样，把所有优秀的文学技巧归于英国人，把所有对未来的天真信念归于美国人，这样是不行的。巴里·马尔兹伯格(Barry Malzberg)的《超越阿波罗》(*Beyond Apollo*)获得第一届约翰·坎贝尔年度最佳科幻小说奖[1]引发了一番争议，那之后奥尔迪斯写道，任何好的小说都承认"人类堕落的状态"。虽然不可否认，许多优秀的虚构文学作品都源于这种态度，但也有很多不是，包括史诗。杰克·威廉森就是个证明科幻小说是史诗的现代形式的好例子。

此外，人们可能会注意到人类倾向于赋予悲剧更高的文学价值：莎士比亚的喜剧，尽管那般杰出，也被认为不如他的悲剧。公认的世上最伟大的作品列表顶端会是那些以死亡和毁灭告终的作品，那些以个人或他所属的社会群体的快乐或成功结束的作品将排名低些。这可能是由于犹太教和基督教文化——"人类堕落的状态"，也可能仅仅因为悲剧其固有的冲突和人类生活阴暗面的吸引力比喜剧更感人，也更容易写好。或许我们把悲剧排在喜剧之前，是因为它揭示了一些关于人性的根本真相，但这就更难以确证了。

奥尔迪斯对科幻小说有个简短的定义："傲慢者自招天罚"[2]。这话简短得略有诗意，但也有些太过轻率。总之，是暗示人类试图理解宇宙的努力注定归于失败，并将受到惩罚。科学家们自己可能也有类似J. B. S. 霍尔丹(J. B. S. Haldane)的怀疑，"宇宙不仅奇异得超乎我们的想象，而且奇异得超乎我们所能想象的"，但他们当中没人认为这种探索是由唯我独尊式的骄傲所驱动，或者预期它会遭到神圣的惩罚。更何况，奥尔迪斯自己的一些故事(尤其是"海利科尼亚三部曲")也颂扬了这种为理解宇宙所进行的有组织的

1. 小说发表于1972年，于1973年获奖。哈伦·埃利森等评论家对其大加赞誉的同时，对该书不满者提出了激烈的批评，比如鲍勃·肖称这本书为"集近来大约十年间科幻中所有错误之大成"。
2. 原为古希腊神话概念，认为傲视侮慢神明或者他人者将招来报应女神的惩罚。

探索。

《万亿年狂欢》指出："从维多利亚时代下层社会的恐怖环境中逃离出来的威尔斯，看到了科学有希望提供一个更美好的世界。像刘易斯和赫胥黎那些与之争辩者，则只看到了人性永恒的痼疾。从属灵的角度来看，这是科学无法改善的。威尔斯也看到了人性中的恶疾，并厌恶它——因此他有强烈的悲观情绪——但他相信人性是可塑的，不会永远一样。"

"尽管许多美国科幻小说会认为自己——这话说来相当荒谬——'对未来保持信心'，'世纪末'[1]的色调占据上风是毫无疑义的。"本质上，一个人应该对未来采取何种态度，其观点视人性是固定的还是能够改善的而定。如果它是固定的，那么变化对此就无能为力；事实上，变化可能会让情况恶化：乌托邦不在未来，而在人类与周围环境和谐相处的过去（伊甸园，或是希腊的黄金时代）。

另一方面，如果你像威尔斯一样相信进化，你很可能会得出结论：人这种动物是和其他动物一样，是由环境选择出某些更成功的特征而进化出来的。人类和环境同样发生变化——事实上，前者是后者的结果——这种"适应能力"的认识是美国科幻小说的哲学背景。

收录于"科幻之路"第二卷的两个故事就展示了哲学上的这种差异：E. M. 福斯特的《大机器停转》（"The Machine Stops"），发表于1909年，作为"对H. G. 威尔斯早期所写那些天堂之一[2]的反应"；约翰·坎贝尔的《黄昏》（"Twilight"），1939年刊登在《惊异》上，是他以"唐·斯图尔特"为笔名发表的一系列故事的开端。两者写的都是人类濒临灭绝的末世景象。《大机器停转》中那些蛆虫一般的人们已经要依赖机器来满足他们的每一个需求，包括信息需求。而当机器失效时，他们不仅不能修复它，还否认它在出现越来越多的差错。最后机器彻底报废了，所有人就都死了。

---

1. 原文为法语，特指19世纪末20世纪初盛行于西方世界，特别是西方文艺界的一种悲观主义思潮和情绪。
2. 指《时间机器》中"伊洛"人无忧无虑的生活。

《黄昏》中有着相似的物种终结的境况，对机器的依赖也类似，不过它提供了会自我修缮的城市；虽然大多数已经被遗弃了十万多年，但它们仍然完美地运行着，等待着人类入住。与此同时，人类尽管已经极度发达，但他们在追求效率的过程中消灭了一切有竞争力的生命形式，而且还失去了好奇心——人类赖以生存的特质。残余人类已命定难逃，他们没有灭绝于福斯特笔下的灾难，而是缓慢忧郁地归于虚无。然后，那位前往未来的时间旅行者在离开之前，交给一台机器一个任务：制造一台有好奇心的机器。于是这成了一个人类胜利凯旋的故事——至少对科幻读者来说——尽管起初它看来是人类这一物种的悲剧，因为人类的存在事关重大，而那些将会通过揭开宇宙的秘密来实现人类存在意义的机器，按照新的定义，已成为人类。

这两个故事的关键差别不是说有一个是对的，另一个是错的——这点只能由将来的历史本身判决——而是作者对他们故事的基本要素有不同的评价。福斯特说，人的决定性特征是它会堕落；如果有机会让它完全发挥出来，人类将失去自己的判断力、心灵和“灵魂”。坎贝尔说，人的决定性特征是好奇心，它会倾向于问什么、怎样、为什么，并且，尽管它可能会被遗失，但（整个科学事业中）最重要的东西就是好奇心，它比发展出科学的这个物种更重要。

此外，福斯特把机器定义为某种会让你依赖它的东西，而且你一旦失去了脱离它生存的能力，它就会崩溃。坎贝尔则将机器定义为并不必然崩溃，理论上可以永续的东西；与易出错和会老化的肉体不同，机器可以自我修复，它们可以永远持续运行。

谁是对的？是福斯特还是坎贝尔？回答取决于一个人是悲观主义者还是乐观主义者，又或者只取决于他读故事时的心情。确实人类这一物种在很多时候看起来是容易堕落的，但偶尔它也会表现出不灭的真诚，甚至高贵的精神；而且有许多个瞬间，好奇心似乎是它最重要的特征。人类对机器“恶意”的体会——正如福斯特所说，它们总是会崩溃——会支持福斯特的正确性；但最终获胜的也许是坎贝尔。在我们梦想中那些建立在科技基础上的社会里，机器像坎贝尔的永恒城市一样熠熠生辉。

当然，答案是两者都不对，也都对。奥尔迪斯的提法是“现代幻想小说的两极……威尔斯和像斯威夫特那样可敬的前辈们在一极；另一极是巴勒斯和那些像奥提斯·阿德尔伯特·克莱因（Otis Adelbert Kline）一样的为稻粱谋者，还有那些商业志怪和恐怖小说的作者，比如H.P.洛夫克拉夫特（H. P. Lovecraft），还有从托尔金到今日的那些不停手地构建着幻想世界的人们……”思维之极，以及梦想之极。

奥尔迪斯显然更喜欢思维之极，在这边“站着伟大人物，尽管很容易写砸……在梦想的一极没有……而且很难写好”。这意味着两极都是必要的。因此，似乎有理由认为，悲观的人文品系和乐观的技术品系，这二者都是科幻小说的“支流”。科幻因为两者共具而更加丰富，它们彼此互为批判。人文文化提醒我们，人不是机器，而是固执、感性、脆弱的人类。科学文化提醒我们，故事还没有结束，前方仍有未来，人类或许还会找到某个解决——或者至少是减轻人类痼疾的方法。

我的一己之见已经在很多地方写过了，其中包括“科幻之路”，另外我还得承认，我有种让两股力量融合的冲动。也许这在第四卷中最为明显，埃德·布赖恩特（Ed Bryant）的《粒子理论》（*Particle Theory*）的说明文字标题是《小说与科学》，格雷戈里·本福德的《底片》（*Exposures*）则是《科学与小说》。若能各尽所长，这两条支流可以汇合成一条比二者都更为壮阔的河流。

（何锐　译）

萌芽期：从弗兰肯斯坦到道廷

人们认识到，科学技术正在改变人类生存的本质，然后，第一次科技使人类能够掌握自己的命运，这使得作家们思考科学变革的过程。过程中人们创造出了一种文体，这一文体最终变成了今日全世界人人皆知的科幻小说。起初，变化似乎掌握在像中世纪的魔术师或炼金术士这样的人手里，而重点是他们选择是否采取行动，以及这些行动所带来的后果。玛丽·雪莱在1818年的《弗兰肯斯坦》中让人们看到了从超自然到自然的演变，以及从哥特式小说到类似科幻小说的文本的转变，因为自然科学看起来比魔术师的魔杖更为强大。

1826年，玛丽·雪莱发表作品《最后一个人》（*The Last Man*），这是英国的第一部大灾难小说，或者说是“地球上的最后一个人”式的小说（法国作家德·格兰维尔在1805年发表了《最后的人》，第二年，英国出版了一个未受关注的译本）。在美国，埃德加·爱伦·坡和纳撒尼尔·霍桑开始抓住“科学技术所创造的改变”这一主题（布赖恩·奥尔迪斯在雪莱和布尔沃·利顿1871年的《即临之族》之间，没有列出任何英国作家，但I. F. 克拉克列举出了一打“未来的故事”，作者多数是匿名的）。到了 1851 年，正如布赖恩·斯塔伯福德所指出的，这一发展中的文学体裁将变得足够引人注目，以至于一位叫作威廉·威尔逊的作家，在《关于一个伟大而古老的主题的一本认真小书》中，提到他称为科幻小说的一种文学类型的存在——除此之外他籍籍无名。“在这种文学作品中，所揭示的科学真相可能是假设的，它们与令人愉快的故事交织在一起，这些故事本身可能诗意且可信——因此，它以生活之诗的外衣，传播对科学之诗的理解。”

但是似乎没有人注意到这段话，直到雨果·根斯巴克在大约八年后，独立地重新创造了这一术语，用在他的美国杂志《科学惊奇故事》（*Science Wonder Stories*）上，而威尔逊的贡献在文学史上始终处于次要地位，尽管他的术语和描述十分贴切。

1871 年，随着《道廷之役》（*The Battle of Dorking*）在《布莱克伍德杂志》上（其后印成小册子）发表，一种新的元素进入了这个发展中的文学体裁，这位作者起初是匿名的，后来人们发现他是陆军中校乔治·汤姆金斯·切斯尼爵士，他由此创造出了未来战争文学，或者说入侵文学。当然，这种样式也有先例，例如 1851 年的《1852 年 5 月……法国突如其来入侵英国之历史》（匿名）和 H. 朗（H. Lang）1859 年的《空战：对未来的展望》。但切斯尼的这篇小说产生了直接的影响。受普鲁士军队在 1870 年的战争中，运用撞针枪奇袭法国人获得成功的启发，这篇中篇小说描述了英格兰是如何因缺乏准备而被德国军队成功入侵的。

故事是由一位战役的幸存者向他的孙子讲述的。《道廷之役》对英国人产生了直接而巨大的影响，以至于首相格莱斯顿公开反对它和它对英国财政部的攻击。而《道廷之役》却立刻在其他国家出版，被翻译成数种欧洲语言，包括德语在内，多数情况下，文中被侵略的国家会被转换成译本所在国。它引出了数量巨大的跟风之作，特别是在第一次世界大战的前几年。其中最为著名的一个是 H. G. 威尔斯的《世界大战》(1898)，这本书经历了一种相似的地区场景的转变，它在哪里出版就改成在哪里发生，一直延伸到包括奥森·威尔斯 1938 年著名的无线广播版本，它呈现了新泽西和纽约的毁灭，以及乔治·帕尔 1953 年的电影版，该版本热衷于炸毁洛杉矶。

除了它的主题，《道廷之役》对于这一题材的独特贡献是它的暗示：在人类物种身处其中的新环境中，唯一不变的是变化，而我们要决定的，并非是否创造这种变化——在它出版的时代，这一新生文学体裁中多数作品都是如此，当然其中包括雪莱和霍桑的所有作品以及爱伦·坡的大多数作品，只有少数例外——而是如何适应变化。也就是说，我们已经从带来变化的人，变成了被变化所改变的人。

（刘思慧　译）

道廷之役（节选）

陆军中校乔治·汤姆金斯·切斯尼爵士

我的孙辈们，你们让我给你们讲我在50年前那件大事中的亲身经历。回顾历史中那哀痛的一页，是一件糟心的事，但或许，在你们新的家园里面，你们会因这一教训而受益。对于那时身在英国的我们来说是太晚了。然而我们也曾收到过很多的警告，倘若当时能重视就好了。危险不是在我们不知不觉中发生的，它须臾爆发而至固然不假，但它的到来是有先兆的，若非我们故意视而不见，本该足以使我们看清真相。对于发生在国土上的耻辱，我们英国人只能责怪自己。那个备受尊重的古老帝国啊！要我说，是行为不端的古老帝国，因为它循着我们这些不端的人行事。我得说，即使是现在，即便过去了50年，每每思起自己是其中的一份子，在青年时代经历了老英国的潦倒不堪、有负祖辈传承的无瑕的信任和托付，便没有勇气凝视一个青年人的脸。

50年前，这是一个多么骄傲和幸福的国家！自由贸易已运作了四分之一个世纪，带给我们的财富似乎是永无止境的。伦敦越扩越大；对于想住在伦敦城里的富豪来说，对于赚了钱从五洲四海定居于此的商人，还有律师、医生、工程师及诸色人等，以及从利润中抽成的中间商来说，房子似乎永远都建得不够快。街道一直延伸到克罗伊登和温布尔登[1]，这两个地方在我父亲的记忆里还是荒郊野地；人们过去常说，金斯敦和赖盖特很快就会并入伦敦。我们曾以为我们可以不停建造，不停繁衍，直至永恒。不消说，即使在那个时候，也并不缺少贫困。一文不名的人的增长速度，和富人的增长速度一样快，贫困问题业已变成一道难题；但如果税率很高的话，就有足够的钱给他们；而对于所谓的中产阶级来说，他们的增长与繁衍似乎是无止境的。当时的人们似乎认为，将一打孩子带到世界上，是一件理所当然的事——或者，就像以前的人常说的，是上帝派给了他们如此多的婴儿；如果他们并不能把女儿都嫁掉，便会设法好好培养儿子们，因为在各行各业总有新的空缺职位在等着他们，包括一直在持续扩张的政府部门。此外，那段年月里，年轻人会被派去印度，或者加入陆军或海军；即使在当时，移民也并不少见，尽管现在已不太寻常了。学校教育者们，和所有其他专业阶层一样，也受资本交易的驱动。诚然，他们教授的东西不多，但招纳多达四五百名男生的新学校如雨后春笋般在全国各地兴起。

我们那时都是傻子啊！我们以为所有这些财富和繁荣都是上天赐给我们的，取之不尽，用之不竭。出于盲目，我们并没有看出我们只是一个装配来自世界各地的东西的大工厂；如果其他国家停止将生产所需的原材料运给我们，我们就无法自己生产它们。彼时我们的确在廉价煤铁方面有优势；要是我们注意不去浪费燃料的话，或许会让我们撑得久些。但是即使是在那时，也有迹象表明，煤铁很快会在世界其他地方变得更廉价；至于食物和其他东西，英国的情况不比现在更好。我们之所以如此富有，仅仅是因为世界上别的

1. 分别为位于伦敦南部和西南部的小镇。

国家习惯于把他们的商品输送给我们，在我们这里售卖或制造；我们本以为这种情况会永远不变。所以，要是我们能采取适当手段勉力保持，或许会持续下去；但我们太愚蠢了，漫不经心到甚至未能够保持这样的繁荣；而且，贸易航路一旦转向，就再也不会回头。

然而，如果有那么一个国家曾收到过清晰的警示，那一定是我们。如果说我们当时是最大的贸易强国，那么我们的邻国，就是欧洲的军事列强。他们当时也进行着良好的贸易，因为这事发生在他们愚蠢的社会思潮之前（你们再长大一些会听说的），这种思潮毁了富人，也没给穷人带来什么好处；在许多方面，他们都是欧洲首屈一指的国家，但他们最引以为傲的是他们的陆军。这是有理由的。他们已经打败了俄国人和奥地利人，过去还打败过普鲁士人，他们认为自己所向无敌。我还记得拿破仑皇帝[1]在巴黎的万国工业博览会[2]期间所举行的盛大阅兵，他向纷至沓来的各国国王亲王炫耀他精锐的皇家近卫队时，是何等的自豪！然而，三年之后，这支长期以来被视为欧洲第一的陆军，可耻地被击败了，全员皆成俘虏。这样的惨败是世界史上未曾有过的；这样的证据摆在面前，愚蠢的我们仅仅因为自己没有先例，就不去相信灾祸发生的可能，本以为我们会将这样的教训牢记在心。当然，我们国家曾一度群情激昂，陆军应该整饬改编，国防力量有待加强，以遏制突然进攻的巨大威力。这种呼声高涨，毕竟，他国将这种进攻付诸实施的能力已明眼可见。但我们的政府，是在紧缩开支的呼声中上台的，他们也不能食言。他们的党内也有激进分子，这些人的选票必需要通过拉拢才能获得，而他们盲目地要求削减军费，以作为获得他们效忠的代价。这一党派总是谴责军方，并以此作为削弱皇室和贵族影响力的既定政策的

1. 此处指拿破仑三世。
2. 即后世所说的世界博览会，此处指 1867 年于巴黎举行的第二届世博会。

一部分。他们不明白，时代已经完全变了，皇室已无实权，政府只能顺遂下议院的心意才能存在，就连议会规章也渐渐让位给暴民法。无论如何，国防部喜出望外，有了这个借口，他们就可以放弃这份违心的军事计划当中所有的重点。在他们口中，皇家海军舰队与英吉利海峡已经拥有了足够的防御力量。所以陆军继续裁减，民兵和志愿兵也照旧未进行训练，因为召集他们操练会“干扰国家的工业”。确实，在那些日子里，我们本可以放弃一些工业，就算那样，仍比现在的情况还要来得忙碌。但何必给你们讲一个耳朵长茧的故事呢？全国上下虽惶惶然，却被国家领袖言之凿凿的虚假安全所误导；席卷全法国的灾难所发出的警示如耳旁风般过去了。法国人信任他们的陆军和其威望，而我们信任我们的海军。两种盲目的信任导致的都是灾难，我们的先辈在最艰难困苦时都无法想象的灾难。

我毋庸告诉你们，毁灭是如何发生的。首先是印度的起义，拖住了我们本就规模不大的陆军的一部分。然后是与美国之间的纠葛，之前的征兆已经有些年头了，于是我们派出了 1 万人的部队去保卫加拿大——这点人谈不上切实加强了加拿大的防御，反而对美国人是一个无法抗拒的诱惑，想要试着俘虏他们，尤其是派遣部队里还包括三个营的皇家卫队，然后美国人也做到了。因此，国内正规军的规模甚至比平时还要小，其中半数还在爱尔兰，去防备传说中芬尼亚兄弟会[1]在英国西边[2]的整备入侵。更糟的是——虽然我现在尚不得知事情最终会有何重大影响——海军舰队分散在海外；一些舰只在守卫西印度群岛；另一些在中国海域打击海盗行径；还有很大一部分，在试图保卫我们在北太平洋沿岸的北美殖民地，在那里维持

1. 爱尔兰共和军的一个下属组织，曾在 1866 年、1870 年和 1871 年入侵当时仍属英国殖民地的加拿大，以逼迫英国从爱尔兰撤军。
2. 专指爱尔兰，既是广义的大英帝国内部的西方领土，又是狭义的英国外部的西方邻国。

我们不可能守卫得住的土地财产，简直愚蠢透顶。40 年前，美国并不是现在这样的大国；但让我们尽力在美国的海岸线上守卫我们的领土，就只能绕过合恩角[1]才能到达那儿，这可荒谬的很，就像假设美国想要在爱尔兰独立之前占领马恩岛[2]一样荒谬。我们现在能看得明明白白，但当时都视而不见。

彼时我们正处于这种状态：我们的舰船分散在世界各地，我们那丁点儿陆军七零八落；此时秘密条约被公开，荷兰和丹麦被吞并。人们现在说，如果当时我们在解决自身其他困难之前少说几句，那么我们本可以避免麻烦降临在我们身上。但英国人总是很冲动：全国上下怒火中烧，而政府受报刊的怂恿和对民意的顺从，对外宣战。我们以前总是大难不死，便深信以前的运气和勇气多多少少会助我们渡过难关。

接下来当然是遍布这片土地的喧闹忙乱的景象。并非是预备役军人的征召引起了这样大的骚动，因为我记得总共也就 5 000 来人，而且当中有相当一部分人在战争到来的时候还没有被找到。但是新兵召募在全国各地进行，并且附带高额奖励，又有 5 万人被编入陆军。然后又投票通过了一项法案，额外增加 5.55 万人的招募，编入民兵部队；为什么不敲定一个整数我不太懂，但是首相说了，稳固国防所需的兵员定额就是这个数。然后开始造船！铁甲舰、通讯船、炮舰、浅水重炮舰——国内的每个造船厂都有活儿，一个人只要会上铆钉，就能得到一天 10 先令的工资。你们可以想得到，这对征募新兵没有任何帮助。我也记得，鉴于工匠需求量巨大而是否应该被征兵的议题，下议院里也打过嘴仗，回想起来他们应该是得到了豁免。这么一来就有很多工人进入造船厂；要是我们能有几年而非几星期来备战，我敢说我们会干得非常不错。

---

1. 太平洋与大西洋的分界线。以 1616 年绕过此角的荷兰航海家斯豪滕的家乡命名。
2. 英格兰与爱尔兰之间的海上岛屿。

正式宣战是在某天星期一，几个小时之后，我们就看出了敌方对此早有准备，他们实际上早已挑起了这场战争，宣战却实实在在地由我们开始。敌方回了一通电报，内容无非是他们向战斗之神的虔诚祈求，还说神是被我们激怒的。从那时起，我们与北欧之间的通讯就被切断了。我们使馆的全体人员被通知一个小时内打包走人，这种做法好像让我们忽然回到了中世纪。第二天早上，报纸没有新闻，仅仅是对发生的事给出些微暗示，这让整个伦敦都惊得哑口无言，成了这场意料之外的战争中最令人吃惊的事情之一。但是一切都已事先安排好了；且我们也不应感到惊讶，因为仅仅在几个月之前，我们就已看到同一个列强，只消在命令之后几天，就调动了 50 万人员，来征服欧洲最强大的军事国家，一切井井有条，没有比过去我们的陆军部把一个旅从奥尔德肖特运送到布莱顿来得更忙乱——而且这个列强当时还没有现在的盟友。眼下发生的事情，实际上也没有多神奇。但是我们国家的人无法使自己相信，英国从未有过的事，有朝一日竟会发生。和邻国一样，我们清醒得太晚了。

当然，报纸没多久就得到了消息——即使是工作中的实权机构也无法将特约记者拒之门外；寥寥数日之后，尽管整个欧洲之间的电报和铁路都在被拦截，主要事实还是不胫而走。从波罗的海各国到奥斯坦德[1]，所有港口的运输船舶都已实施禁运；两大列强的舰队起锚出发，据说要在北方大港会合，部队正匆匆登上所有扣留于此的汽船上，其中大部分都是英国船。显然，入侵是早有预谋的。尽管那样，如果舰队当时能准备万全，我们还有可能得救。保护敌方运兵船队的要塞可能太坚固，光由运输船只无法试图夺取；但只要有一两艘铁甲舰，由懂行的英国水手来操控，就可能击毁击伤部分运兵船，推迟这场登陆远征，给我们争取到最急需的时间。但当时，

1. 比利时西北部港口城市。

舰队最精锐的部分被诱到达达尼尔海峡，而余下的英吉利海峡分舰队，正在爱尔兰西海岸对付芬尼亚兄弟会的暴徒；所以十天之后，舰队才聚在一起，到了那个时候，敌人的战备工作已经快要就绪，显然已无法通过奇袭来阻止。情报主要通过意大利传递过来，速度太慢，而且多少有些模糊和不确定；但是我们已经确定，敌方至少有二三十万军力已经或正准备登船，而护卫运兵船队的铁甲舰数量比我们那时所能集结的铁甲舰多得多。现在想来，敌人登陆目标的不确定性，以及唯恐与敌军擦身而过的担忧，使得我方舰队在唐斯锚地[1]滞留数日，直到宣战两周后的星期二才起锚生火，驶向北海。当然，你们已经读过女王之前一天访问舰队的故事，知道她是如何乘游艇绕所有舰只一周并登上了旗舰，向舰队司令送别；知道她感慨万千地告诉舰队司令，国家的安危托付于他，交由他守护。你们也记得这位勇敢的老军官的回应，记得水兵们如何分区列队敬礼，记得女王陛下驶离时水手们热烈欢呼的情形。自然，此情此景被记录下来由电报传至伦敦，舰队的高昂情绪感染了整个城市。当女王的专列从多佛到达伦敦时，我就在查令十字车站外面，她乘车驶离时欢送她的喝彩声和叫喊声，可能会让你们以为我们已经赢得了一场大捷。在前段时间里大力呼吁裁军，又在过去两周里言词战战兢兢，现在又献计献策各种让步妥协以求摆脱战争的期刊，在翌日早上以欢欢喜喜的姿态出现。“惊慌失措的质问者们，”他们写道，“现在要问，迎接入侵的手段在哪里？我们会回答说，入侵永远不会发生。一支大英帝国舰队正前往迎战来犯的狂妄之敌，而大英帝国水手的勇气和热情在这个国家的人民身上充分体现。大英帝国舰船与其他任何国家舰船之间的争端角逐，在任何不做让步的条件下，其结果都是板上钉

1. 位于英国肯特郡东岸，北海南部。此处也是历史上的西班牙和荷兰两国唐斯海战的发生地。

钉的。英国怀着从容不迫的自信，静候即将到来的战斗发生。”

这就是社论的原话，我们当时也都是这么想的。8 月 10 日，星期二，舰队从唐斯锚地驶出。舰队一边前进一边沿途铺设海底电报电缆，以保持着不间断通讯。报纸每隔几分钟就发布最新的消息。这种情况还是头一次出现，大家都认为是个好兆头。海军部用电报不断下达前后矛盾的命令，跳过舰队司令越权指挥的事是真是假我不好说；但舰队司令回复的所有讯息都简短得不能再短，不管是海军部还是其他任何人都利用不上。诸如某舰已出发侦查，另一艘舰已归队——舰队沿纬线航行，等等。这种情形一直持续到星期四早上。我像平日一样坐火车进城，当我步入办公室的时候，我听见报童的叫卖声“最新号外——敌军舰队近在眼前！”，你们可以想象一下伦敦当时的景象！尽管保家卫国的战斗在我们眼皮底下打响，但银行的业务还在继续。可以这么说吧，就是为了处理到期票据；投机者们也是真够活跃的。但即使是这些要么发大财要么赔大钱的人，他们对这支舰队的兴趣也压倒了一切；去银行存取钱的人会停下脚步，将最新的简报拿给银行柜员看。至于街道上，满是停下来购买并阅读报纸的人，你几乎都挤不过去。每间商行或办公室里，成员们焦躁不安地坐在公共休息区，仿佛是抱团取暖，每隔几分钟，就让其中一个人出门买最新的号外。至少这就是我们办公室里发生的事。但是干坐着是不可能的，随便做些什么事也一样不可能，于是我们中的大多数人出去在人群中闲逛，感觉这样子消息能来得更快。尽管之后的时代也很糟糕，但我现在想来，那一天令人作呕的提心吊胆，和随之而来的惊魂未定，几乎是我们所曾经历过的最糟的事儿了。大约 10 点钟的时候发来第一封电报，一小时后，电报报告说，舰队司令已打出信号，舰队排成一字战列，旋即下令接敌接战。到了 12 点传来电报，报告“舰队在三英里许向我方下风向开火”——这是拖着电报电缆的那艘船说的。到目前为止，一切都符合预期。接着，灾难的第一个前兆出现了。“一艘铁甲舰爆炸”——“敌军鱼雷造成重大损失”——“旗舰接敌跳帮夺船”——“旗舰似乎正在下沉”——“舰队副司令发号施令”——然后电报沉寂下来，接下来的你们都知道，我们没收到任何讯息。直到两天后，仅余一艘逃出生天的铁甲舰驶入朴茨茅斯港。

而后整个过程真相大白——我们的水兵是如何一如既往彰显勇气，设法逼近敌舰，而后者是如何在近距离交火时回避直接交战，转向躲开从其后方向我方舰船发射致命鱼雷，将我方战舰一艘接一艘击沉海底；一切都只发生在几分钟内。我们的政府，貌似早已收到了警惕这项新发明的警告，但对于举国上下的民众来说，这场沉重的打击完全出乎意料……

那天充满了恐慌与兴奋——资金储备是如何跌至35%的；银行挤兑歇业；城里商行倒闭了一半；政府如何发出通知，暂停用金币支付及偿还票据——这种最后的防范举措，对大多数的商行业已太迟，其中包括卡特公司，我父亲刚踏进公司办公室的时候，它刚刚停止支付款项；战斗的号令，以及全国上下一致的回应——这些都是我无须去重述的历史。你们想要听那时我个人的亲身经历，好吧，从宣战之日起，志愿参军的人数就大大增加了，然后我们步兵团在一两天内从平时的600人增加到近1 000人。但是来复枪的库存不足。上头承诺我们几天后会再次配给，不过我们再也没有收到过。等候配给的时候，全团不得不分成两部分，上午是新兵携步枪操练，我们老兵在下午。“黑色星期五”[1]造成停工歇业，使大量年轻人失去工作，第二天我们招募一批人后达到了1 400余人；但是所有这些

1. 本文的黑色星期五特指1869年9月24日发生的金融恐慌，也是该用语首次被创造并传播开来。

人赤手空拳又有什么用呢？到了星期六，上头宣布说，有大批滑膛枪贮存在塔楼内，可以分发给提出申请的步兵团，于是志愿兵们展开惯常的争夺，我们的人则弄到了两三百支；但是用这些老旧燧发滑膛枪来操练，还不如用一把扫帚，反正效果差不多；此外，国内都没有滑膛枪弹药。后来发起了全国性募捐活动，用以在伯明翰生产来复枪，捐款额两天内就达到了小几百万，但就像所有其他事务一样，来得太晚了。继续说志愿兵的事：两星期前在多佛、布赖顿、哈里奇和其他地方设立了兵营，正规军的和民兵的都有，大多数志愿兵步兵团的指挥所不是隶属于这个兵营就是隶属于另一个，志愿兵们习惯了把自己关起来每天操练，因为他们有的是时间，到了星期五，有命令下达，要将他们永久编入现役，但首都的志愿兵仍然作为预备役留在伦敦，直到能够看清入侵会发生在哪个地点……[1]

我再次恢复意识的时候，天已经很暗了，好一阵子我都无法辨明自己身处何地。我如梦似醒般躺了好一会儿，一动也不想动。渐渐地我意识到自己在一间屋子里，躺在铺有地毯的地板上。战斗的喧嚣声一点儿都听不到了，但是有一种声音，好像有很多人在不远处。终于我坐起身，然后慢慢站了起来。这动作让我疼痛难耐，因为我的伤口已经高度发炎，我的衣服粘在伤口上，疼得要命。最后我站起来摸索着走到门口，打开门的一瞬间我就知道自己身在哪里，因为疼痛让我恢复了清醒。我一直躺在特拉弗斯家走廊尽头的写作室里。我沿着走廊向前走，走廊里没有煤气灯，客厅的门也关上了；但是蜡烛的微光从门开着的餐厅泄出，微弱地照亮着大厅，在大厅里能辨认出 6 个睡觉的人的轮廓，而餐厅里则挤满了人。桌子上摆

1. 在删节的段落里，故事讲述人和他的志愿兵战友开拔去了道廷，在这里发生了一场传统的 19 世纪战役。作者从火枪与大炮、冲锋与反冲锋、死者与伤者方面入手，详尽地记述了战争所伴随的混乱，该战役不到一天便结束，以英军大败而告终。

满了杯盘酒瓶，但是屋里大多数人都在椅子上或地板上沉沉睡去，几个人在抽雪茄，有一两个戴着头盔的人还在一门心思地吃晚饭，大口吃喝的间歇还不时嘟囔出一两句置评。

“这些英国志愿兵，都是些英勇的士兵啊[1]。”一名膀阔腰圆的壮汉一边说，一边用银质餐叉将一大坨牛肉塞进嘴里，我觉得这是他人生中第一次使用这种餐具。

“是的，是的，”他的一位战友回答的时候，身体懒洋洋地靠在椅背上，肮脏的双腿架在餐桌上，嘴里还叼着一根可怜的特拉弗斯最好的雪茄，“他们跑得可真够快的。”

“是的，当然，”最初的说话者回答说，“但还是没有那些法国新兵蛋子跑得快。”

“当然，”一个躺在地板上的傻大个嘟囔着，一边支着胳膊肘，一边从丑陋的下巴处吐出一团烟雾，“他们还有一些神枪手呢。”

“你说得对啊，大块头彼得，”第一个人回答，“如果这帮混蛋也能好好训练过防守[2]，我们今天就不会在这儿了。”

“很对！很对！”第二个人说，“操练才会造就好士兵。”

更多评判我们不幸的志愿兵的缺点，或许被我错过了，我没有留步去听，而是被楼梯上的声音吸引住了。特拉弗斯太太站在楼梯转角平台上，我一瘸一拐地爬上楼梯和她碰面。铭刻在我记忆里的、那些在夺去性命的日子里的许许多多的画面中，我最记忆犹新的就是我这可怜的朋友在顷刻间丧偶失子后哀痛的样子，她穿着白色的连衣裙站在那里，仿佛一个来自死者房间的幽灵般出现，手上的蜡烛映照着她的脸，使她苍白的脸色与周围凌乱的黑发形成强烈的反差，脸上显现的疲态与悲痛掩不住她的姣好容颜。她很平静，甚至

1. 本句以及下面引号内的对话均为德语。
2. 此处的“防守”和上句的“神枪手”在德语里是同一个词。

没有眼泪，然而哆嗦的嘴唇无声地诉说她正极力克制的情绪。

“我的好友，”她拉起了我的手，说道，“我是来找你的。请原谅我的自私，忽略了你这么长时间，但是你会理解的。”她瞥了一眼上面的门，“我一直都忙不过来。”

“在哪里，”我问，“我的儿子？”她料到了我要问什么，接上了我的话。“我将他安放在了他父亲的旁边。但是现在你的伤口必需处理：你看起来多么苍白虚弱！——在这休息一会儿。”——然后，她下楼去到餐厅，带了点葡萄酒回来，我感激地喝下，接下来她让我坐在楼梯第一级台阶上，拿来了水和亚麻布，剪开我上衣的一只袖子之后，清洗包扎了我的伤口。

这让我觉得自己很自私，因为我给她添麻烦了；但我实在太虚弱了，没剩下多少意志力，而且我也实在需要她强迫我接受的这些救助；伤口包扎的过程给了我难以名状的安心。照料我的期间，她用断断续续的语句向我解释了眼下的情况。除去她自己的卧室，和她在伍德的帮助下把我抬去的那个小客厅，每一个房间满满当当的都是士兵。伍德被抓去修铁路，露西因为恐惧逃走了，但是厨子留在了她的岗位上，准备了晚餐并打开酒窖，供士兵们享用。她听不懂他们说的话，他们又野蛮又粗俗，但倒也不算未开化。我的伤口包扎完毕后，她说，我该走了，去照顾好我自己的家，那里会需要我；对于她来说，她只求能获准继续照看那里——意味着安放着她丈夫和孩子尸体的房间——在那儿她不会受到别人猥亵。我觉得她的建议很对。我在这里无力保护她，我也急于知道我生病的母亲和妹妹怎么样了；此外，葬礼也需要她做安排布置。于是我一瘸一拐地走了。没有互向对方表达谢意的必要，而且任何外露的宽慰都无法触抵如此深切的悲痛之情。

屋外的动静很大；好多辆车夫是来自苏塞克斯和萨里郡的马拉

大车向前行进，毫无疑问是被士兵征用了并且在一旁看守着；虽然没有煤气灯照明，但通往金斯敦的马路上被手打火把照得敞亮，打火把的人沿路站成一排，间距很短，他们是被抓来当差的，其中一些是附近大宅的佃农。这些打着火把的人里，离我最近的是一位老先生，他的脸我很熟悉，我们经常乘同一列火车往返。我没记错的话，他是政府办公室的一名高级职员，是一位长相温和的老者，一本正经的模样，长脖子上常围着一条双层宽领巾，就算在过去那些日子里也不多见的装束。即便在那个痛苦的时刻，我还是不免被这位可怜的老伙计为了照亮征服者之路而展示出的荒诞形象给逗乐了，他一脸庄重，颈上系着长领巾，以在自己家门前举着火把的方式来悔罪。但眼下一个更要紧的目标出现了，一个班的士兵经过，押着两名双手反剪的英国志愿兵。他们向我投来恳求的目光，我走到马路上，问那位下士班长这是怎么回事，在他从我身旁走过的时候，我甚至冒着风险用手扯住他的袖子。

“赶路呢，流氓！”这个壮汉一边大声说道，一边举起他的来复枪，作势要将我砸倒。“向我们开枪的俘虏必需被枪毙。”他接着补充道；然后会枪毙这两个可怜的家伙，我猜想，要不是当时我向一位碰巧骑马经过的军官求情的话。“长官先生，”我尽可能地大声喊着，“这就是你们的纪律吗，没有命令就能枪毙手无寸铁的俘虏？”那位军官注意到了我的申诉，便勒停了马，命令这个班的士兵也停下来，让我把话说完。我通晓的其他语言在这儿派上了大用场，对于这两个一看就知道以前是在北方厂里干活的俘虏，他们显然完全无法让对方明白自己的话，甚至连自己犯了什么罪都不知道。因此，我翻译了他们的解释之词：在迪顿附近的遭遇战里，他们落在了部队后面，躲在谷仓里，然后从藏身地出来时正巧落在敌军中间，他们手里拿着来复枪，让敌军以为他们会在后背开枪。他们没有被当场击毙已然是一个奇迹。这位上尉听了这个故事后让士兵放他们走，他们随即溜进了一条小巷。他是一个有军人风度的人，但尤甚于此的是他无比傲慢的态度，这种傲慢可能会越来越强，因为它不是做作出来的，而是从无法估量的优越感里油然而生的。为战友求情的瘸腿志愿兵，和征服者军队的上尉，在他眼里，两者之间存在着无限的鸿沟。就算那两个人是狗的话，他们的命运也不能被更轻蔑地决定。他们被释放仅仅只是因为他们不值得被俘虏，而且没来由地杀死活人活物，或许与军官的正义感相悖。但何必特意提起这种羞辱呢？每一个当时活着的人，不正是诉说自己的屈辱与不堪的故事本身吗？哪里都是一样的故事。在第一次列队后，敌人们命令我们齐步走时，他们嘲笑我们。我们屈指可数的正规军牺牲在几乎是以一敌众的徒劳的战斗里；我们的志愿兵和民兵，有的只是一窍不通的军官，没有弹药和装备，也没有管事的参谋人员，在富裕的物资里忍饥挨饿，我们很快就变成了无助的暴徒，绝望地到处战斗，对上入侵者纪律严明的机动作战部队，正中他们下怀。真是幸福啊，那些尸骨染白了萨里郡田野的人，他们至少不必忍受我们这些活人要承受的耻辱。甚至是从未尝过只能看人脸色而活的滋味的你们，当我们谈论起那些日子时，你们的脸颊也会发烫。试想，这些人，和你们的祖辈一样，曾经是世界上最自豪的国家的国民，是从未经历过耻辱和失败的国家的国民，是曾夸耀自己高擎的国旗上太阳永不落的国民，在那时忍受的是什么！我们听说过战争中的慈悲宽大，但我们并没有见到过；有人说，这场战争是由我们挑起的，我们就要承担后果。伦敦和我们唯一的兵工厂被占领后，占领军便可以任意摆布我们，他们就狠狠地踩住我们的脖子。需要我告诉你剩下的吗？——我们不得不支付的赎金，和为了满足赎金而征收的税款，让我们至今都穷困潦倒？——宣布我们必须让位给一个新的海上列强，且要被改造得无力报复，这样残忍的直白？——胜利方的军队白吃白住，在我们头上作威作福，这一切使得他们貌似合法而有条理的征用，让我们义愤填膺？被他们的军人直接抢劫倒还算了，总好过被我们自己的父母官巧立名目敲骨吸髓。当时我们究竟是如何熬过来的，每一天每一小时都在承受的穷困潦倒，我现在都已不甚了了。我们能指望还剩下些什么？我们的殖民地全部被夺走；加拿大和西印度群岛归了美国；澳大利亚被迫独立；印度，在来自本国同胞的援助被切断，在那里徒劳困守的英国人被全歼之后，永远地丢失了；直布罗陀和马耳他割让给了那个新的海上列强；爱尔兰独立并一直陷入无政府状态和革命当中。当我看到我们国家现在的样子——贸易流失，工厂沉寂，海港空空如也，成为贫穷和衰败的猎物——当我看到这一切，想起我年轻时候的大英帝国，我扪心自问，我是否真的怀有真心或爱国情操，使我就算亲眼看见这样的潦倒不堪后仍然愿意活下去！法国人不一样。他们也不得不在征服者的枷锁下吞食苦果；他们的沦陷不比我们来得更突然更猛烈；但是战争不能夺走他们富饶的土地；他们没有殖民地可以失去；使他们富足的宽广土地，依旧在他们手里，他们在遭受重击后又站了起来。但是我们英国人当时看不到我们的繁荣是多么的虚假——都建立在对外贸易和金融信誉上；而贸易航路一旦转向，哪怕就一次，或许就不再回头；而我们的信誉一旦被动摇，或许就不会再恢复。那时人们的谈话会让你以为，我们的政府能永远以三厘利息向外借款，贸易因我们住在汹涌大海一隅的雾中小岛上而朝我们汇聚，这都是上天注定的。他们无法看清四面八方堆积起来的财富，都不是在这个国家里头创造的，而是在印度、中国和世界各地；而对于通过买卖土地里出产的大自然的财富来赚钱的人来说，携财货离开到别的地方生活，这是非常可能的。那时人们不会相信我们的煤铁也有殆尽的一天，也不会相信会比美国的煤铁贵上太多而失去开采价值。并由此坚信，我们应该通过让自身变得强大安全、受人尊重，来确保不会失去最大贸易中心的虚假地位。我们曾认为，我们生活在一个商业盛世，这种繁荣会至少持续一千年。毕竟，我们反思中最为痛苦的一部分，是所有这些痛苦和衰败本来可以轻易避免的，是我们的短视和满不在乎招来了横祸。在那里，狭窄的海峡对面，预兆就写在墙上，但是我们不愿意去读。少数人的警告淹没在大众的声音里。当时权力已经从一个向来由他们去统治去面对政治风险、在从前的斗争中带给我们国家无限光荣的阶级，交到了未受过良好教育、未受过如何参政议政的培养、易受蛊惑煽动的下层阶级手中；在那代人中少数明察秋毫的人，要么被谴责是在危言耸听，要么被说成是一个想通过在军备扩充上浪费公帑来争权逐利的权贵。有钱人骄奢淫逸，穷人不愿承担国防开销。政治活动业已变成争取党内激进派选票的一种手段，而那些应当领导国家的人，躬身迎合当时的自私自利，并且顺应大众呼声，谴责那些想要加强国民武装以增强国防的人，称他们是在干涉人民的自由。这个国家彼时确已盛极而衰，但当我反思，如何凭借些许的坚定与克己，或些许的政治魄力和远见，便可能避免这场灾难之时，我会感到这一判决确实是我们应得的。一个自私到连自己的自由都无法捍卫的国家，不配拥有自由。至于你们，我的孙辈们，你们将在一块更繁荣昌盛的土地上寻找新的家园，千万不要让这一痛苦的教训，在接纳你们的国家当中逐渐被遗忘。至于我，我太老朽了，不适合在一个陌生国家里重新开始生活；尽管我一生艰难而不幸，但也不会在孤寂中等待太久。这个时刻很快就会到来，那时我这把老骨头会长眠于我深爱的这片土地里，安息在我曾长久经历过的这片土地的幸福和荣光中。

（刘思慧、Mahat　译）

视角问题

一种体裁发展出来，用以描述一种不同的现实，或者描述一种不同的被感知的现实。为了让读者能接受变化，科幻需要削弱现实性——读者于世界中无处不见的现实性。这种新的体裁，发明了一些改变视角的方法，让读者发现他们自己和他们的生活方式是随机的，是或然性的结果，而非一种神谕，或一种必然的发展。作为一种体裁，科幻小说提醒我们，没有什么应被视为是理所当然的。

H. G. 威尔斯，在他的早期（1901 年前）大多数科学传奇小说中，试着打破大不列颠的自满情绪。他在 1894 年发表于《帕尔摩晚报》的文章《人类的灭绝》中对这种思维进行了总结。“我们认为，”他写下，“由于人类作为一个整体，在一代人的时间里，活着变得越来越轻松了，而在未来，我们将继续追求完美的舒适和安全……即使现在，就我们所知而言，即将到来的恐慌正蹲伏于地，为它的春天而蠢蠢欲动，而人类之覆灭近在手边。我再说一遍，这世上曾存在过的每一个占据统治地位的物种，它完全统治的时刻，即它被推翻的前夜，从无例外。”

但是，展示科学实验的危险，进化的危险，外星入侵的危险和来自昆虫及海洋生物的无形威胁的危险，这只是视角上的一种改变。晚一些的作者，会思考架空历史的可能性，并动摇读者对他们的过去的信心。像哈尔·克莱门特（Hal Clement）和艾萨克·阿西莫夫（Isaac Asimov）这样的作者会暗示，物理事实——例如，物质实体、重力，或者将中子聚集在一起的力——是可变化的，而像西奥多·斯特金（Theodore Sturgeon）和厄休拉·K. 勒古恩（Ursula K. Le Guin）这样的作者，会推想不同的性别安排所导致的社会和政治影响差异。

描述合理的替代方案，即为对给定方案的质疑，但也没有探及陌生感的究极可能。从太空，从未来，或从外星角度看现在，都可以动摇读者所固有的确定感，但是作者们本可以更深入地探讨现实的本质。许多这样的推测，例如菲利普·迪克（Philip Dick）的大多数小说和故事，罗伯特·西尔弗伯格（Robert Silverberg）的《太阳舞》（"Sundance"），它们是认识论的：我们怎么知道我们所知的是真的？其他的如罗伯特·A. 海因莱因（Robert A. Heinlein）的《你们这些僵尸》（"All You Zombies——"），满足于唯我论：我们唯一能知道的是我们自己。但是也有另外一些叙事，它们启示于我们的是时空本质上的基本差异。

有一种转变视角的方式，正如乔纳森·斯威夫特（Jonathan Swift）在他1726年的作品《格列佛游记》（*Gulliver's Travels*）中所展示的是去暗示尺寸上的根本差异：小人国的事情，是如何使我们自己的担忧看上去微不足道的？而当放大到布罗卜丁奈格人[1]的大小时，我们自己的缺陷，看上去又会怎么样呢？而伏尔泰在1750年的《小大人》（*Micromegas*）中改变尺度的方式，是通过把巨人从天狼

1.《格列佛游记》里面大人国里的巨人。

星和土星带来的。可以说，他是通过把人类事务放到显微镜下的方式，揭示人类的无足轻重。

埃德温·A. 艾勃特（Edwin A. Abbott）在《平面国：多维的浪漫》（*Flatland: A Romance of Many Dimensions*, 1884）中，带给了这世界一些不同的东西。艾勃特很不像是会为这种发展中的体裁做出贡献的人。他是一位英国牧师，是受尊敬的教师和校长，但他出版的几本书表明，他擅长的领域是古典学。事实上，《平面国》最初是用“一个正方”的笔名发表的，但这既可能是出于艺术原因，也可能是为了掩盖作者身份。

《平面国》与其说是一部小说，不如说是想象练习：想象其他的现实。它描述了如果世界是二维的，生活会变成什么样子——如果它具有长度和宽度，但是并没有高度。“一个正方”所描述的生命形式，以及因他们世界中的各种现实而导致的生活方式，这一切都设计得极为精巧。这一思想练习的部分影响，正如所有优秀的科幻一样，在于拓展了读者的世界。在《平面国》的第二部分，在正方访问“线条国”和叫作“球体”的三维存在所时，这一点被表述得很明白。正方在球体面前想象了不可想象（对于我们来说也是）的四维世界[1]。

许多像《平面国》这样的思辨性文章都具有科幻小说所拥有的各种吸引力，唯独在叙事上有所欠缺：它们被同样的读者，出于同样的目的所消费，这个目的即为想象力的变幻。《平面国》是第一批现代科幻小说，并为后世作者提供了极好的新工具。它是一个远超出其时代的成就。即便它出现于今天的书店中，看起来也毫不违和——事实上，自它出版以来，一直在被再版。

（刘思慧　译）

---

1. 在第二卷中，球体向正方介绍三维世界，正方由此想象四维乃至多维世界，而球体不认为有这样更高维度的世界，大怒，并将正方踢回二维世界。

平面国（节选）

埃德温·A. 艾勃特

第一部分
这个世界

“且勿心焦，这世界且宽且阔。”[1]

平面国的本质

我管这个世界叫平面国，并非因为我们这么叫它，而是这么叫清晰地揭示了它的本质，我快乐的读者，我这是让你能够明白，你居住在空间里是件多么幸运的事。

想象一张大纸，上面有直线、三角形、正方形、五边形、六边形，还有其他图形，它们都没有固定在它们的位置上，而是在平面上，或者说在平面当中自由移动，但无力升于其上，或沉于其下——很像是影子，坚固并且带着亮边——这样，你会对我的祖国与同胞有一个很正确的概念。呜呼，几年前，我应该说“我的宇宙”：但现在我的观念已打开，并有了更高的视角。

1. 莎士比亚《罗密欧与朱丽叶》第三幕第三场。

在这一个国家，你会立刻意识到，并不可能出现任何你会称之为“立方体”之类的东西。但是我敢说，你会认为，我们至少能够凭视觉区分这些三角形、四边形以及其他图形等这些各种四处走动的图形。与此相反，我们什么也看不着，至少没有办法把它们中的一个和另一个区分开来。对我们来说，什么都看不见，什么都不可见，除了直线本身；我会快速跟您解释为什么会这样，为什么必然如此。

在你们的空间国里，你把一分钱放在桌子中央，俯身上空，盯着看，它看上去会是一个圆圈。

但那之后，退回桌子边缘，慢慢地放低你的眼睛（由此，将你自己越来越近地代入到平面国居民的处境），你会发现，这一分钱在你视线里越来越接近椭圆形；最后，当你的视线与桌面恰巧处于同一平面时（这时你仿佛真的成了一个平面国人），这一分钱看上去就不再像椭圆了，正如你所见，它变成了一条直线。

你以同样的方式看从纸板里裁下的三角形、四边形，或任何其他图形，也会发生同样的情况。当你的视线与桌面平行看过去，你会发现你看到的不再是一个图形，它变成了一条直线。以等边三角形为例——他在我们这里，代表的是商人这个受尊重的阶层。图 1 是你从上方俯视他的时候，你看到的这个商人的样子。图 2 和图 3 是当你的视线接近水平时，或者几乎与桌面在同一平面的时候，你看到的这个商人的样子；并且，当你的视线与桌面完全处于同一水平线时（这就是我们平面国人看他的方式），你看到的就是一条直线。

图 1

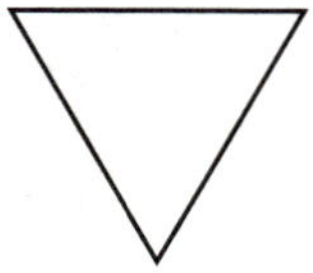

图 2

图 3

当我在空间国时，我听说当你们的水手在穿越大海的时候，看到地平线处的某个海岸或岛屿时，有着非常相似的体验。那遥远的土地可能有海湾、低岬、突出或者凹陷的尖角，数量和大小不一而足；但从远处你看不到这些（除非你们的阳光洒在它们上面，通过光影明暗判断它们的投影与阴影），你什么也看不到，除了水面上一条将断未断的灰线。

你可能会问，在这种不利情况之下，我们如何能区分我们的朋友和其他人：这个问题实在非常自然，但是它的答案，等我描述平面国的居民时，会显得更加恰到好处，容易理解。眼下请容我将这个话题搁置，且去对我们国家的气候和房屋略谈一二。

平面国的气候与房屋

我们的罗盘和你们一样，上面也有四个点：东、南、西、北。

没有太阳，也没有其他天体，我们并不可能用通常的方式来确认北方；但我们有我们自己的方式。根据我们自己的自然规律，南方自有一种持续的吸引力；但在温带气候中，这是非常轻微的——因此即使是妇女，在比较良好的健康状态下，也可以毫不费力地向北旅行数弗隆——然而把我们朝南吸引的这种阻力，在我们的大部分地域都可以起到指南针的作用。此外，还有雨（定期隔一段时间就会下），它总是从北方来，这提供了额外的帮助；还有，在城镇里，我们得到了房屋的指引，因为这些房屋的侧壁基本上是南北走向的，好让屋顶能挡住从北方来的雨水。在这个国家，没有房屋的地方，树干在某种程度上起了向导的作用。总之，在确定我们的方位这方面，我们并没有你们以为的那么困难。

然而在气候更加温和的地区，在那里，南向的吸引力几乎感觉不到，有时走在一个完全荒芜的平原，那儿没有房屋，也没有树木来指引我，我不得不在同一个地方静止不动待几个小时，直到下雨才继续我的旅程。对于弱者、老年人，尤其是纤弱的女性，吸引力对于他们的影响，要比对于强壮的男性的影响大得多。因此，出于教养，如果你在街上遇到一位女士，你总得把北侧的路让给她——当你身体状态不好，或者在一个不太容易分清南北的地区中时，立刻如此做到，也绝非易事。

我们的房子里是没有窗户的，因为光总会照到我们身上，无论在我们家里，还是在外面，无论白天还是黑夜，时刻降临，无处不在，虽然我们也不知道它们从何而来。这是旧日里一个有趣的问题，学识渊博的人们总想探索的问题，“光从何处来？”这个问题的答案被人们反复探究，没有任何结果，只有疯人院被想要解决这个问题的人们变得更加拥挤。因此，在通过征收重税来间接镇压这种研究的尝试徒劳无功之后，近来立法机关索性绝对禁止了此类研究。我——呜呼，我在平面国是完全孤独的——乃是现在唯一知道该神秘问题的真正答案的人；但我的知识无法被我任何一个同胞理解；他们嘲笑我——我，空间真理的唯一拥有者，从三维世界里引进光的理论的仅存持有人——我被当成疯子里最疯的人嘲笑！但且别再离题说这些令人痛苦的事情，让我们回到我们的房屋。

建造房屋最常见的形式是五边形或五角形，如附图所示。北边的两条边 RO、OF 构成了屋顶，大多数情况下都没有门；东边小一点的门让女性进出；西边大一点的门供男性进出；南边是地板，通常也没有门。

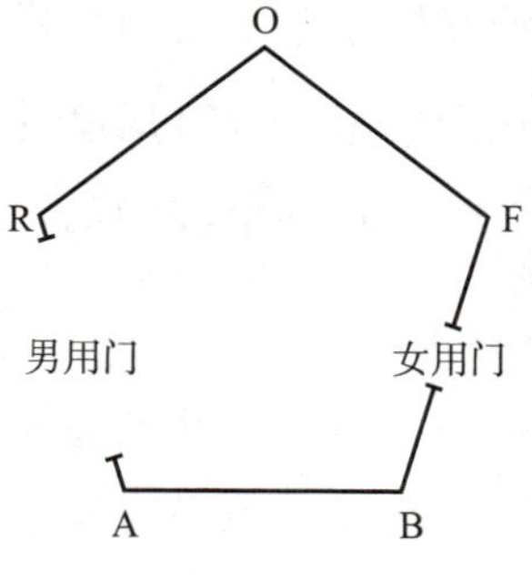

正方形和三角形的房屋是不允许的，原因如下。正方形的角度（更不用提等边三角形了）要比五边形的角度尖锐得多，而无生命物体的线条（例如说房屋）又要

比男人和女人的线条昏暗得多，因此，三角形或四边形房屋的端点，可能会对一个不太小心的，或心不在焉的意外地忽然撞上去的旅人造成严重的伤害，这种危险绝然不能忽视：早在我们时代的 11 世纪，三角形房屋即被法律普遍禁止，仅有的例外是防御工事，火药库、营房和其他国家建筑，一般民众不小心地接近这些建筑是很不可取的。

在这个时期，四方形房屋仍然在任何地方都是被允许的，尽管会以一种特别税收的方式来劝阻。但是，大约三个世纪之后，出于公共安全考虑，法律决定在所有人口超过 1 万的城镇中，五边形的角度是法律允许的最小的房屋角度。社区的良好意识支持了立法机关的努力，现在，哪怕在乡间，五角形建筑也已然取代了所有其他类型。只有在一些十分偏远落后的农业区，古文物研究者仍能发现个别四角房屋。

关于平面国居民

一个成年的平面国居民，其最长的长度，或者说幅度，最多不超过你们所说的 11 英寸，12 英寸便可视为最大限度了。

我们的女性都是直线。

我们的士兵和底层工人是有两条相等的边的三角形，每一条各为 11 英寸，而底边，或者说第三条边，是如此之短（经常不超过半英寸），以至于在他们的顶点形成一个非常锋利、可怕的尖角。事实上，当他们的底边退化最严重时（不超过八分之一英寸），他们很难和直线，或者说和女性区分开来。因此可以想见，他们的顶点极端尖锐。对我们来说，正如对你们来说一样，这些三角形被称为等腰三角形，以区别于其他三角形；我在下面几页提到他们时，也会使用这一名字。

我们的中产阶级由等边三角形组成。

我们的专业人士和绅士们都是正方形（我也属于这一类型）和五边形。

在这些阶层之上的是贵族阶级。他们分为好几等，从六边形开始，他们的边数递增，等级也递增，直到获得“多边形”的荣衔。最后，当边的数目变得非常庞大，而边的大小如此的小，以至于图案越来越接近于一个圆形，于是他被列入圆形阶层，或者说祭司阶层，这是所有阶层中最高的一级。

一个男孩会比他的父亲多一条边，这是我们的自然规律，这样，每一代人（通常来说）会在发展程度和高贵性上升一个台阶。因此正方形的儿子是五边形，五边形的儿子是六边形，等等。

但是，这条规律并非总是适用于商人，更不用说对于士兵和工人了；因为他们的边都不相等，很难说他们配得上人类形状之名。因此，自然法则在他们身上并不成立，等腰三角形（也就是两条边相等的三角形）的儿子还是等腰三角形。尽管如此，并非所有希望都已断绝，哪怕是对于等腰三角形来说，他的后代可能会最终从他堕落的状态中升级出来。因为，经过一系列的军事成功，或一系列勤奋且熟练的劳动，一般能够发现，在工匠和士兵阶层中，较为聪明的人，他们的第三条边，或者说底边，呈现出微小的增长，以及另外两条边的收缩。这些下层人民中较为聪明的成员，他们的子女间的通婚（由祭司安排），通常会导致后代更接近于等边三角形的类型。

很少有——与大量的等腰三角形分娩数对比来说——等腰三角形父母生出真正的、可通过认证的等边三角形[1]。这样的出生要求，作

1.“为何需要认证？”空间国的评论家可能会发问：“一个正方形儿子的出生，不就是自然本身对于其父的等边性给出的认证吗？”我回答说。在任何情况下，都没有一位女士会嫁给未经认证的三角形。一个略微不规则的三角形，偶尔会生出方形的后代；但几乎所有的案例中，首代的不规则性都会对第三代造成影响：他们要么达不到五边形的等级，要么堕落回三角形。

为其先决条件，不仅需要一系列精心安排的通婚，在未出生的等边三角形的潜在祖先身上，还需要长期的持续的节俭和自控力的训练，还要有数代等腰三角形耐心、系统、长时间地发展智力。

从等腰三角形父母那里，诞生一个真正的等边三角形，这在我们国家对周围许多人来说，都是令人狂喜的事儿。经过卫生社会委员会一番严格的检查之后，这名婴儿若确认为正常的，便伴随着庄严的仪式被接纳为等边的阶级。然后，他会立即被从他又骄傲又悲伤的父母身边带走，被某个无子女的等边家庭收养。作为收养方的等边家庭，会宣誓以后决不允许这个孩子进入他从前的家，或看望从前的亲属等之类的事情，以免这一发育很好的新生命，受无意识的模仿力驱使，重新堕回他遗传的水平。

从他的农奴祖先中偶尔生出的等边形，会受到强烈的欢迎。这些欢迎，不仅来自贫穷的农奴本身，就像是一道光照进他们单调肮脏的存在中；也来自大多数的贵族阶层，因为所有上层阶层都很清楚，这是一种罕见的现象，不会对他们的特权产生什么影响，反而是阻挡来自底层革命的最有用的栅栏。

如果这些顶角尖尖的下等人没有例外地完全缺乏希望与追求的目标，他们可能会在一些煽动性的爆发中找到他们的领导者，而这会使他们能够仗着压倒性的数量和力量战胜智慧的圆形。但明智的自然法则规定，随着工人阶级的智力、知识和所有美德的增加，他们尖锐的顶角（这使他们的身体有着强大的攻击性）的角度也会以相同的比例增大，逐渐接近等边三角形相对无害的角度。因此，在最野蛮与可怕的士兵阶层身上——这些生灵几乎和女人一样缺乏智慧——人们发现，当他们拥有了必要的心智能力，可以运用他们巨大的穿透力来获得优势时，他们的穿透力也会减弱。

这种补偿法则是多么的令人钦佩！这是对自然合理性多么完美

的证明，我几乎可以说，这是平面国各州的贵族宪法所得以建立的神圣起源！通过明智地运用这一自然律，多边形和圆形总是能够利用人类心中无法抑制的无穷希望，将叛乱扼杀在摇篮中。人为修饰也有助于建立法律和秩序。这被普遍认为是可行的——公立医院可以通过人为地拉长或者压缩，将叛乱领袖里面尤为聪明的那些人变得完全符合等边规则，以便立刻接纳他们进入特权阶层；数量大得多的不符合标准的人，都会被最终贵族化的前景所吸引，被引诱进入公立医院，在那里他们被光荣地监禁了一辈子；只有那么一两个更顽固、更愚蠢、没希望被规则化的人会被处死。

这样，等腰的可怜虫们，既没有规划，也没有领导者，要么是毫无抵抗地被他们的同胞的小身体刺穿——这些同胞，是圆形首领一直花钱养着，以备此类应急事件的；要么是在多得多的情况下，他们之间的嫉妒和猜疑被圆形团体巧妙地煽动起来，于是他们相互激战，并死于彼此的尖尖角下。我们的史册记录了不少于 120 次这样的叛乱，此外还有规模较小的爆发，数目为 235 次，它们都是这样结束的。

说起女人

既然我们的士兵阶层那高高的尖角是可怕的，那么可以合理推断出，我们的妇女还要可怕得多。如果说一个士兵是一根楔子，那么女性就是一根针，至少两个端点是如此。再加上，她们能让自己随时几乎隐身的力量，你应该也能明白，平面国的雌性，绝不是可以被轻视的生物。

但在这里，也许一些年轻读者可能会问，平面国的女人如何使她们自己隐身。我认为这应该是显而易见的，无须任何解释，哪怕是对最不愿意思考的人，几句话也能讲明白。

把一根针放在桌子上，然后用你的眼睛从桌子的水平面看针的侧面，你会看到它的全部长度；但是看它的末端，你只能看到一个点，它显得几乎不可见。我们的女性也是这样。当她侧身转向我们时，我们看到的她是一个线段；当包含她眼睛或嘴巴的端点——对我们来说，这两个器官是相同的——和我们的视线相遇时，我们只能看见一个相对明亮的端点；当她将背影呈现于我们的视线里，那么——那儿仅仅是有点光泽，事实上，就像无生命的物体一样模糊——而她的后端，就像是给她戴了一顶可以隐身的帽子。

现在，空间国理解能力最差的人，也应该能理解我们遇见妇女时所面临的危险了。即使处于中产阶层的一个体面的三角形的角，也不是全无风险的；倘若谁撞上一位工人，免不了要留下切口；倘若与一个士兵阶层的军官相撞，立刻就是重伤；如果和一个平民士兵的顶点碰一下，马上就是死亡的威胁——和一个女人相撞还能怎么样呢，除了绝对的立刻的灭亡？而且当一个女人是隐身，或者仅仅像一个昏暗的亮点那样可见时，哪怕是最小心谨慎的人，要避开与她相撞是多么的难啊！

平面国不同的州，在不同时间颁布了许多成文法，以期将这种危险降至最低；在南方和气候不那么温和的地域里，由于引力较大，人们更容易做不受约束的、无意识的身体运动，有关于妇女的法律自然要严苛得多。可以从以下摘要中获得对这些行为准则的整体了解：

> 1. 每所房屋在东面应有一个入口，只供女性使用；所有女性均须“以适当且恭敬的方式”进入，而非由男子的西门通行。[1]

1. 当我在空间国的时候，我知道你们的祭司圈子也以同样的方式为村民、农夫和寄宿学校的教师（《观察者》1884年9月1日，第1255页）准备隔开的入口，他们也需要“以适当且恭敬的方式进入”。

2. 任何女性在公众场合行走，必需持续发出不惊扰他人的声音，有违者处以死刑。

3. 任何女性倘若被证明患有圣维塔斯舞蹈病[1]、痉挛、伴随有剧烈打喷嚏的慢性感冒，或者任何可导致无意识身体运动的疾病，立即处以死刑。

在一些州，另有附加的法律，要求妇女在任何公众场合行走或站立时，必需不停地从右向左晃动后背，以向身后的人表明她们的存在，否则处以死刑。还有其他的州强制要求妇女出行时，必需有一名男性，例如儿子、仆人或丈夫相伴；还有的州则将妇女完全限制在家中，除非在宗教节日期间才能出来。但是，我们最明智的一些圆形，或者说政治家们发现，增加对女性的限制不仅导致种族的衰弱和式微，而且还导致国内谋杀案的增加，以至于对我们国家的损失超过了禁止的准则所获得的收益。

当妇女的脾性因室内的禁闭或室外的限制而愈发被激怒时，她们很容易将怨气发泄到丈夫和孩子的身上；在不太温和的气候中，整个村庄的男性，有时会在一到两个小时间被女性们同时爆发的情绪崩溃所摧毁。因此，上面提到的三项法律，足以使国家得到更好的管理，并可被接受为我国女性法典的一个粗略的范例。

归根结底，我们最主要的保障并非来自立法机关，而是来自女性本身的利益。因为尽管她们的一个倒退，便可引发即刻的死亡，但除非她们可以从她们的受害者挣扎的身体中立即将刺入的尖头拔出，完成分离，否则她们自己脆弱的身体也可能随之破碎。

时尚的力量也在我们这边儿。我说过，在一些不那么文明的州

1. 又称“风湿性舞蹈病”，一种由细菌感染引起的运动神经系统失调。发病者以妇女和儿童为主。

里面，没有女性能够站在公众场合而不被强制要求左右摇摆她的背部。自所有图形有记忆以来就是如此，在一些文明情况良好的州中，这种做法在所有教养良好的女士当中普遍存在。这是一种应该做的事，并且在每一个受人尊敬的女性身上，是自然天性的事。需要立法去强制，这在任何一个州都被视为耻辱。她们摆动的节奏，容我在此说一句，非常协调，那圆形阶层里的女士，她们背部恰到好处的波荡，被普通等边人家的妻子嫉妒且模仿；而等边阶层女士所能做到的，仅仅是单调的摆动，就像一个摇晃的钟摆；但等边女士这种寡淡无奇的摆动，依旧受到那些上进的、有抱负的等腰三角形的妻子的崇拜与抄袭。在等腰女士的家庭中，“背部运动”还没有成为生活的必需品。因此，在任何有地位的、考虑他人感受的家庭中，“背部运动”普遍存在，而这样的家庭中的丈夫和孩子，至少可以免于隐形的攻击。

但我绝没有半点要说我们的妇女冷血无情的意思。但不幸的是，这个脆弱的性别，在一时激情的支配下，就忘记了所有其他的考虑。这就是，当然，是由她们的不幸构造所造成的，是一种必然。因为她们身上一个角也没有，在这一方面，比最低级的等腰三角形更低级，因此她们完全没有脑力，既没有反思力，也没有判断力，还没有预见力，更几乎没有记忆力。因此，当她们陷入愤怒的情绪时，她们不记得自己的目标，也识别不出事物的区别。我确切知道这样一件事的原因是，一位女性屠杀了她的整个家庭，半小时后，当她的暴怒消退，碎片被风带走，她开始问，她的丈夫和孩子到哪里去了。

因此，很明显，只要一个妇女处于可以转身的地方，她就不可以被过于激怒。当你让她们待在她们的房间里——这房间的构造，就是为了剥夺她们这种能力——你可以想说什么就说什么，想做什么就做什么；因为她们将完全无力产生危害，就算有什么事情激怒了她们，让她们有可能为此要将你置之死地，过几分钟她们也就不会记得了；同样，她们也不会记得你为了平息她们的愤怒，而做出的种种承诺。

总体来说，我们的家庭关系相当平稳，唯独在士兵阶级中的低等阶层除外。那里的丈夫们缺乏机敏和慎重，这种缺乏有时会导致难以描述的灾难。他们过于依赖他们的尖角这种进攻性武器，而非依赖敏锐的感觉和及时的伪装来防御危险。这些鲁莽的造物，他们也经常忽略女性居所的规定建筑形式，或者在门外通过不明智的表达激怒他们的妻子，还拒绝立即收回这种表达。此外，由于对那确实的真理迟钝而不敏感，他们对向妻子们做出过分慷慨的承诺会感到不适，而这些承诺，是更明智的阶层愿意做出的，以在某个特定时刻安抚他们的配偶。以上导致的结果就是屠戮，但这也并非全然是坏事，因为它消灭了一些较为野蛮、较为麻烦的等腰三角形们；我们这里的很多圆形们，都将这种较纤细的性别破坏性视为镇压多余人口，扼杀革命萌芽的多种天意安排之一。

然而，即使是在我们最规范、最接近圆形的家庭中，我也不能说我们家庭生活的理想，就像你们在空间国里那样高。只要没有屠杀存在，这就是和平的，或许可以用这个词，但双方在品味和追求上不甚和谐，并且出于圆形们的谨慎和智慧，为了保证安全，家庭的舒适度便被牺牲。远古以来，在每一个圆形或多边形家庭中，这似乎便是一种习惯——母亲和女儿，需要让她们的眼睛和嘴巴一直朝向她们的丈夫和男性朋友们；对于一位有荣誉的家族的女士，背朝着她的丈夫被视为不祥之兆，这预兆着地位的丧失。但是，正如我将要展示的那样，这种习俗虽然它有安全的优点，但也并非没有缺点。

在工人或受人尊敬的商人的家中——那里，当妻子在家中从事她的业余爱好之际，她被允许背朝她的丈夫——至少会有一段间隔时间，妻子既不被看到，也不被听到，只有持续的嗡嗡声作为和平的讯号[1]；但在上层阶级家庭，通常没有这种安宁。在那里，滔滔不绝的话语和明亮的锐利眼神总是指向一家之主；而光本身，并不比女性话语的洪流更加持久。能够防止被女性刺杀的技巧和花招，并不能阻止女性的嘴巴；而且，由于妻子的话中毫无见识，她又绝对没有什么机敏、理智或者良知，能够阻止她把这些话说出来，因此，不少愤世嫉俗的人都说，他们宁可选择女性带有死亡的危险却不吵人的那一头，而非安全而吵闹的另外这一端。

对于我在空间国的读者来说，我们的女性状况看起来可能真是很可悲，而且也确实如此。一位形状最差的等腰男性，尚可期待他的角有所改善，并最终将他从堕落的等级中提升出来；但没有女性能对她的性别怀有这种期望。“既为女人，永为女人”，这是自然的法令；而进化的法则似乎也对她不利。然而，至少我们可以钦佩命运的明智安排，命运判定她们毫无希望，所以她们没有记忆以用于回想，也没有预见性以用于预测。于是乎，这些苦难和羞辱，既是她们与生俱来的必需部分，也是平面国建立之基。

（刘思慧　译）

1. 如前文所述，女性必需持续发出不惊扰他人的声音，以让男性感知到自己的存在。

对大灾难的渴望

英国科幻小说的一个持续不衰的主题，就是大灾难。它摧毁文明，留下一众残余的人类为生存而拼争，并且在此过程中，指明人类的美德和致命的缺陷。大灾难，就像布赖恩·斯塔伯福德所指出的那样，从人类最早期开始，就是人类持续不绝的恐惧。传说、神话和宗教，都盛产关于瘟疫、洪水或其他自然或超自然的大灾难的故事。斯塔伯福德指出了这类故事当中的奇怪的矛盾情绪："因悲剧而惊恐，但因想象自己是一个空旷世界里的幸存者，而感到强烈的浪漫情怀。"

在科学时代，世界范围的大灾难的合理性大大增加之后，英国人似乎对这种想象格外钟爱。玛丽·雪莱的《最后一个人》（1826）以瘟疫摧毁了人类种族，同样的还有 M. P. 希尔（M. P. Shiel）的《紫云》（*The Purple Cloud*, 1901）和美国的一些作品，例如杰克·伦敦（Jack London）的《猩红疫》（*The Scarlet Plague*, 1912），以及乔治·斯图尔特（George R. Stewart）的《尘世容生》（*Earth Abides*, 1949）及之后一些作品。

19世纪新的宇宙学，使宇宙毁灭的可能性更加合理了，这呈现在了弗拉马里翁（Flammarion）的《世界终结》（*Omega*, 1894）、威尔斯的《星》（*The Star*, 1897）、埃德温·巴尔默（Edwin Balmer）和菲利普·怀利（Philip Wylie）的《当世界毁灭时》（*When Worlds Collide*, 1932—1933）以及尼文和波奈尔的《恶魔之锤》（1977）等上百部其他作品之中。这当中还包括约翰·温德姆，他将使几乎所有人失明的宇宙爆炸和食肉的可移动的植物在《三尖树时代》（*The Day of the Triffids*, 1951，电影版1963）里面结合起来。

由于原子弹，导向自毁的战争的可能性增加了，一些作品发出这样的警示，例如切斯尼的《多尔金战役》、威尔斯的《空中战争》（*The War in the Air*, 1908）以及威尔斯的电影《笃定发生》（*Things to Come*, 1936），还有L.罗恩·哈伯德（L. Ron Hubbard）的《最终封锁》（*Final Blackout*, 1940），接下来是内维尔·舒特（Nevil Shute）的《海滩上》（*On the Beach*, 1957）、帕特·弗兰克（Pat Frank）的《哀哉，巴比伦！》（*Alas, Babylon!*, 1959）、小沃尔特·M.米勒（Walter M. Miller Jr.）的《莱博维茨的赞歌》（*A Canticle for Leibowitz*, 1960）和斯坦利·库布里克（Stanley Kubrick）的电影《奇爱博士》（*Dr. Strangelove*, 1964）也紧随其后。

涉及大灾难的时候，美国人似乎是行动主义者，他们所想象的大灾难，主要由可能的人类的自毁行径引发，而英国人就比较倾向于事物的自然终结。关于大自然的反击的最早版本之一，就是理查德·杰弗里（Richard Jefferies）发表于1885年的《伦敦已矣，或曰，荒野英格兰》（*After London or, Wild England*）。

杰弗里是一位博物学家，后来转向小说写作。他是一位农民的儿子，颇具描绘动植物的世界的天赋。他在1881年发表了《木魔法：寓言》，又在1882年发表了其续篇《贝维斯：一个男孩的故事》。奥尔迪斯说，杰弗里“恨伦敦，也恨他生活其中的时代”。当他写下《伦敦已矣》时，他正在遭受肺结核的困扰，在出版两年后，这疾病最终夺去了他的生命。无论如何，书中所呈现的是对回到自然的生活方式的一种迷恋。

《伦敦已矣》在结构上和传统小说不同。第一卷“复归蛮荒”，花费了五章和大约 80 页，去描述英格兰“伦敦已矣后”的改变。章节名为“大森林”“野兽”“林中之人”“入侵者”，还有“大湖”。这是科幻的想象力针对“如果文明覆没，大不列颠会归于何处”这个问题的早期练习。第二卷“荒野英国”是一本 360 页的传统小说，讲述了在这些变化后产生的中古式的英国，菲利克斯·阿奎拉爵士的爱情故事和崛起之路。

杰弗里从未解释这些变化是如何发生的。他的故事讲述者，提供了一些一般性的猜测，但没有哪个是令人信服，或有确定意味的。W. H. 赫德逊（W. H. Hudson）在《水晶时代》（*A Crystal Age*, 1887）里用的手法同样模糊，还有约翰·科利尔（John Collier）的《汤姆冷着呢》[1]（*Tom's A-Cold*, 1933），但后面的作者会写得明确一些。J. D. 贝雷斯福德（J. D. Beresford）在《雏鹅》（*Goslings*, 1913）里用瘟疫，温德姆用他的行走植物，而约翰·克里斯托弗（John Christopher）［原名 C. S. 尤德（C. S. Youd）］在《草之死》（1956，1957 年以《寸草无生》之名再刊，1970 年改编为电影）里面，用的是一种杀死了所有草本植物（包括小麦）的传染病。但杰弗里真正的后继者可能当属巴拉德，他在《不知何处而来的风》、《淹没世界》（1962）、《旱》（1964），还有《结晶世界》（1966）里面，写了一系列未做解释的全球性大灾难。

---

1. 语出莎士比亚《李尔王》第三幕第四场。

在 1870 年到 1900 年之间，美国的人口翻了一番，工作周减少，而人均收入增加了 50%，由此观之，英国关于文明消亡的预兆，开始得是有点早。

（刘思慧　译）

伦敦已矣（节选）

理查德·杰弗里

第一卷
复归蛮荒

第一章　大森林

老人们说，他们的父辈告诉他们，在田地被抛荒后不久，有种变化便清晰可见。伦敦倾覆后，第一个春天，万物皆变绿。这样所有的乡村都变得相似起来。

草地皆化为绿色，那些早先被播下，昂扬生长的小麦皆化为绿色。但它们未曾得到，今后也不会得到任何照料。那些可耕种的，却未被耕种的土地，那些最后一茬断株已被犁起来的，现在长满了茅草；那些最后一茬断株未被犁起来的，也被野草覆没了。所以现在没有哪里不是绿色，或深的绿色，或浅的绿色；人行小道是绿得最浓最化不开的地方，因为这是绿草的天性：当它们受人踩踏，日复一日，当夏季来临的时候，之前的小路，又会细细地覆盖一层从路边上新长起来的草。

秋风乍起，因为牧场不复被收割，这草如何站立，便如何枯萎，落于此处，亦落于彼处，风吹到哪里，它们就倒到了哪边，种子落下，纷纷如雨，而花梗变成了一种近乎灰色的白。酸模和酢酱草浓密的地方，是一种近乎褐色的红。那小麦，自它们成熟以后，并没有人收割它们，它们依旧站立着，并被如云的麻雀、乌鸦和鸽子所浸没，吞食。它们聚集而来，不受任何打扰，享受着它们的盛宴。而当冬日降临，庄稼被暴风雪所击倒，被雨水所浸没，被成群结队的野兽践踏零落。

又一个夏日，那些前一年伏落的稻草，又被一层新绿覆盖，那是小麦与大麦，从去年垂落的种子里爆裂而出，同样覆盖而来的，还有大量的酸模、蓟草、牛眼雏菊以及类似的植物。这缠结的一团，穿过发白的稻草生长出来。野芥子也一样，在火焰似的黄色花朵下面，将腐烂的根隐藏在田野之下。春天始生的披酸碱草几乎不可能穿过去年集结而下的厚厚的死草与花梗，但对于酸模和蓟草、酢酱草、野胡萝卜和荨麻等，则没有这个麻烦[1]。

人行小径在第二年就已被掩藏了，但是大路仍可寻见，即使它已变得和草皮一样绿，但仍然是最适合走路的，因为那缠结的小麦与青草，和在牧场中央长长的野草，一旦有人试图通行，都会绊住行人的脚。年复一年，小麦、大麦、燕麦和豆荚等原有作物都在一直生长，并彰显自己的存在，不过长势渐渐减弱，因为荨麻和其他更粗野的作物（比如野生防风草），它们顺着沟渠蔓延至田野里，并将原有作物渐渐绞杀……

（第一章的余下部分，讲述了英格兰迅速退化为它早期的森林状态。第二章简单地介绍了野生动物恢复了它们旧有的角色，而家

1. 后面这些是多年生植物。

养动物也加入了它们。第三章“林中之人”，主要是关于那些留在城市中的人们向布须曼人的退化，以及吉普赛部落渐渐大权在握。第四章“入侵者”，描述了威尔士人和爱尔兰人试图逆转他们古代的失败[1]，并入侵了英格兰的残余部分。）

第五章 大湖

在我讲述历史之前，现在只剩下我们国家的地理问题需要被解决。现在，于此国度，我们所知的它的样子和远古的人所知的它的样子中最为显著的区别，是在群岛的中间新出现的神秘大湖。从赛文河畔的红岩峡开始到这儿，经划艇所能走的最直接的航道，在长度上大概有 200 英里，甚至乘一艘人员配置极佳的船，也往往需要一周时间。因为这段路程，当它绕着岛屿航行时，罗盘指针指向的点也转来转去。因此，划桨者只得不管风是从哪个方向来的，逆着一刀一刀的风不停地划桨。

许多地方未经探索，关于它们的存在我们几乎一无所知，甚至连个推测都没有。事实上，在菲利克斯·阿奎拉的时代之前，其中大部分甚至没有名字。每一个居住区都对自己城市之前的河湾和通往下一个城市的路径十分了解，但除此之外的，他们既一无所知，也没有任何兴趣去知道。不过我猜测，这个湖并不可能像它看上去那样真的那么长，那么宽，因为国境以内无法容纳这样大的湖。湖岸线的长度几乎被翻了三倍，因为岛屿和礁石使船只没有办法按直线航行。也因为在大多数的情况下，船只是沿着大陆的南岸航行，这里被河岸和一堆小岛的边缘保护着，不受从开阔水域肆虐的风暴的影响。

1. 爱尔兰曾为独立王国，威尔士为大公国，后均被英格兰国王爱德华一世收复。此处用了这一历史背景，意指在未来世界对此进行报复。

这样沿着海湾和海峡行驶，他们的旅程延长了三倍，但是几乎可以完全免于风浪之厄。大风吹来时卷起海浪的速度可以快得令人难以置信。事实上，缓慢的商业船，为了等待顺风，往往从一个港口行到另一个港口就要好几天。这些沉重的船只，载着众多货物，为了过浅滩，船底造得又平又宽，船头高高翘起，像是一些漂在水上的巨木。而驾驶轻舟的猎人，真的，他们有时会冒险比大船更远地深入大海，好迅速从一个地方航行到另一个地方。如果不是每个城市或港口的征税审查，他们可能航行得更加迅速。这些城市和港口的当局，不仅为王室的国库，也为他们自己无尽的贪婪而征收各种税费，无论这些船只从何处来，属于什么人，或欲往何处去。所以，没有船只能快速通过，除非它们全副武装，能够抗拒这些调查人员。

所以这些小舟在天气平静的夜里，就从距离口岸数英里远静静航行，以此来逃避港口税关；要是在白天，他们就沿着芦苇浅滩航行，在菖蒲和柳木的遮蔽下溜过去。商船则在傍晚的时候拖靠在岸边，船员们下船生火、做饭。然而，无论如何，在他们通常的航道上会有一两处水道，使他们无法这样轻松地过去——要么是两岸岩石参差嶙峋，要么是水道太窄。所以，当他们要通过这种地方的时候，必须得从一个地岬绕个大圈到另一个。

这个湖被白马峡分成了面积不等的两个部分，在峡中的船只通常要受天气的摆布，无法逆风航行，因为那风通过狭窄的通道时会造成一股涌流。湖内没有潮汐，这些迷人的湖水并不每天涨涨落落；哎，当我说这些的时候，我忘了去说湖水从何而来，它们是如何填满了我们国家的中央。现在，哲学家西尔维斯特和那些追求奇迹的人们说，黑暗的天体穿过太空，会导致大量的淡水以雨的形式降落，并且森林生长也会从云中吸出雨水。让我们把这些猜测留给梦想家，并重述已知的事情。

在这件事情上，并没有什么民间传说流传。普通民众对这种事情的记忆力是相当好的，但他们说，没有大暴雨，在古代手稿里也没有对洪水的记录，也没有提过什么异常的降雨。但这湖泊，自己便告诉了我们它是如何形成的，或者说，起码让我们能够略知一二；而这些事实，最近又被探险队确认了。

在湖水东端，湖泊变窄，最后在广袤的沼泽里消失，而沼泽下面就覆盖着古伦敦遗址。在旧时的日子里，毫无疑问，泰晤士河也经由这里流过。由于海平面的变化，泥沙被带到了这里并堆积起来，堵塞了河流。我前面曾经提到过的大量的木材、城市与桥梁的残骸，被条条河流带了过来，而泰晤士河带得最多。这又增加了废物积累。而那些古时桥梁的地基，就好像是故意为了这个目的一般，将漂浮物卡住了垒起来，这样就堆得越来越快。而且，在此之前，泰晤士河已经十分堵塞了，因为古老城市的下水道，经由巨大的地下渡槽和排水沟，都纷纷排放在它里面。

一段时间之后，所有沙滩和浅岸都被长势生猛的野草、柳树和菖蒲覆盖了，并且连在了一起，潮汐逐渐退却，越来越低，也留下了越来越多的泥土和沙石。现在人们相信，当这样的情况持续一段时间之后，河流里的水无法找到渠道宣泄，开始满溢出来，溢到空寂无人的街道上，并开始填满了地下通道和下水道，这些通道的数量之庞大，散布之广，实在难以言喻。在强大的水压之下，这些通道纷纷爆开，而后住宅坠落其中。

这座伟大的城市，有如此多的传说与它相关的城市，归根结底，只是由砖块所建造的，当常青藤蔓爬过来，当树木与灌木纷涌而出，并且，最后，当水从地下爆涌而入之际，这宏伟的都会一夕之间便告倾覆。到了今天，那些城市里建得比较低的地方，都变成了湿地与沼泽。那些建造得比较高的房子，当然，就像其他镇一样，其中所有都被幸存者们洗劫一空；连钢铁都被重新炼化掉了。树木沿着屋子生长，渐渐穿透了墙壁，然后房屋坠落。树木和灌木掩盖了它们，常青藤和荨麻遮蔽了那些断壁残垣。

那些较小的城市与村镇，其情况也是如此，它们的遗址在树林之中。尽管我们现在的许多城镇沿用了古时的名字，但它们事实上并不在原来的位置，而是与原址相距有两三英里，有时候甚至10英里远。是创始者们创建了它们，并用自己旧家乡的名字为之命名。

由此，伦敦城，伟大而骄傲的城市，其低地部分变成了沼泽地，其高地部分被灌木所遮蔽，最大的建筑物倒塌变成废墟。在高地上，一切皆不可见，除了乔木与山楂树。在低地处，长满了柳树、菖蒲、芦苇和灯芯草。这些坍塌的废墟，让河流越来越闭塞，并且几乎马上就要逼得河流倒转。即便有点水能渗过去，也少得让人无法察觉，并且肯定没有什么渠道能够到达海洋。这是个巨大的、停滞的沼泽，没有什么人胆敢进来，因为一旦进入，死亡将是不可回避的命运。

从这一大片恶臭的烂泥里渗透出的水汽是如此致命，以至于没有动物能够忍受它。黑色的水流，上面漂着一层绿棕色的浮渣，而浮渣又从底部的烂泥浆当中永不停歇地往外冒。当风聚集了瘴气，并且从某种程度上来说，把它们挤压到了一起，它就变成了一朵低云，清晰可见，垂悬在这个地方上面。云层并没有超过沼泽的范围，它留在那里，似乎是由于某种持续的吸引力；这对于我们来说倒是好事，幸好它出不来，因为当水汽最为浓重的时候，连野鸟都得飞离栖身的苇丛，只为从这毒气当中逃开。这里没有鱼，泥鳅也无法在这泥浆中生存，甚至蝾螈都不行。这是一潭死水。

菖蒲上和芦苇上覆了一层黏泥，触感令人恶心；那儿还有个地方，甚至连这些都长不了，什么都没有，只有一种油质的液体，绿油油的，散发着恶臭。非常明显，这样的水里一条鱼也不会有，因为从未见鹭鸟过去捕食，翠鸟也不会，什么鸟都不会接近那里。他们说，当水汽浓重的时候，太阳都要被遮蔽，但我看不出来有谁能确认这种描述，因为根本就没人能进入云层下的区域。当风将雾气聚集起来的时候，每一口呼吸都是致命的。因为数千年来的腐烂物，和数以亿计的人类身体，都在这死水当中溃烂，慢慢地下沉，渗入地底。还有那些埋藏在阴沟中的排泄物，它们会纷纷浮上水面。

我恐怕，许多人曾经受他们想要得到利益的渴望驱使，尝试过进入这个可怕的地方，并导致了死亡。因为几乎无可争议的是，有无尽的宝藏埋藏于其中，但它们却被比火蛇更为恐怖的事物保卫着。这些人通常会在严寒持续的霜冻中，或在干旱最严重的时候，尝试进入其中。霜冻减弱了蒸汽的浓度，而这沼泽地，尽管没有行船的水道，也是可以部分通行的。但一旦什么东西被碰到了，无论是一段灌木，一根柳枝，甚至一株菖蒲，只要冰层破裂，在这时刻，瘴气就会升起得更加猛烈。除此之外，有些地方永远都不会结冰，这些冒险者们一旦不小心靠近，或者是风向一转，毒气就会被吹向他们。

夏日中旬，在漫长的酷热白昼，水汽上升，多多少少地散于天空。这个时候要是迂回前进，进入沼泽是可能的，但以患病为代价是肯定的。如果这个探险家无法在夜晚降临前退出沼泽，无论夏天还是冬天，他都死定了。在早些时候，一些既大胆又冒险的人，确实成功地获得了一些珠宝，但那之后，沼泽变得更加危险，死水越渗越深，它一年比一年更容易致人死亡。所以如今已经有许多年没人再做过这样的尝试。

这腐烂的沼泽地的面积并不确定，但一般认为，它在宽度上横跨 20 英里，并且从曲线上来说，接近 40 英里。它在外围地区毒性并不强，只有沼泽内部是必需要避开的。

沼泽与湖接壤处，海浪吐出来的沙土早已在湖水和死水之间形成了部分的屏障，这屏障高出水面几尺。屏障较浅的地方，长满了菖蒲和芦苇。在这离沼泽一箭地的地方于湖上航行，都是可行的。事实上，死水与湖水并不会混合在一起，就像在沼泽的其他地方清晰可见的那样，溪流与暗黑或微红色的水并排流动，井然有序；那儿还有一些水池，一边有鹿饮水，而另一边连老鼠都不去。

老百姓断言，魔鬼栖身于这沼泽之中。而事实上，在夜间是会看见火焰的形状，这对无知的人来说，是对此种传说的确证。那些水汽，在它们最浓重的地方，一旦着火，便如蓝色的火之精灵一样。这些燃烧的气团浮动来去，其实连芦苇都烧不着。那些迷信的人，在这其中捕风捉影地看到了恶魔的形状和有翼的火蛇，并且说，有白色的幽灵在黄昏后萦绕于沼泽的边缘。其他的古城里或多或少也发生了同样的事。事实上，遗址常有，沼泽不常有，但由于废墟上散发着的邪气，这些地点都变得不适宜居住。人们会避开它们。在森林里面，要是发现有一座古代房屋存在的地点，猎人们都不敢接近。

他们说，要是不小心发热，或者得了疟疾，那一定是不慎睡在了古代遗址上面。也不能在古城镇附近耕种土地，因为这会导致发烧。正是因为如此，就像我之前所提到的，现在有同样名字的地方距离它过去的位置常常有数英里远。农民的犁锹一旦挖到了古代遗址，在那里工作的人立刻就会得病。故此，旧世界的那些城市和它们的房屋及居住地会被遗弃在森林里。有时，猎人们在夜晚想要搭起营帐的当口，可能会被绊倒在一片碎瓦，或切凿过的石头碎片等诸如此类的事物上，他们会立刻挪开至少一箭之地。

东流的泰晤士河，由于堤岸的堆积，最初被阻挡而最后完全被截留倒流回原来的位置，泛滥开来，覆盖原本干燥的土地。许多小一些的河流和溪流情况也是如此，和它一起汇聚成了这片湖。起码在我国东边，大湖是这样形成的。

在西端，水域也在陡峭的悬崖之间收缩，这座悬崖被称为红岩峡，在古时被称为布里斯托尔的城市附近。现在威尔士人说，塞文河在旧时代曾流经这里，但并不穿过峡谷。当地人的传说也证实了这一点。伟大的塞文河从北方下来，英格兰在它的一岸，威尔士在它的另一岸，渐行渐宽，奔流入海。在它到达大海之前，另一条较小的河流埃文河，从它的上游流淌至今，穿过了峡谷的裂缝，从此处汇入进来。

但当古人日薄西山，旧世界的日子也要结束的时候，咸水的汪洋开始后退，水位降低，大片的沙丘暴露了出来，这些沙洲马上扩散开来，延伸到塞文河的大多数地方。事实上，也有些人认为咸水没有退去，而是陆地提高了。然后他们说，那些海浪吐出了数量巨大的卵石和沙子，因此堤岸被堆了起来。无论怎样，我们唯一确切知道的是，塞文河的河口升起了一个宽阔的海滩，横亘在那里，并逐渐变宽，持续向西扩展。就好像海洋掀起了自己的河床，将它朝着海滨盖了过去。

现在，当塞文河因此比泰晤士河更严重地被截流时，它也会回流，回到最初的位置，直到它满溢出来，其他小一些的河流也汇入其中。最终，它们与倒流的泰晤士河混合到了一起。这就形成了淡水内海；虽然西尔维特斯暗示（这是最不可能的），是陆地中央下沉形成了一个盆地，一段时间之后，当水涨得足够高，因为无论如何，水总需要一个出口，于是湖水穿过在红岩峡背后的绿色乡间，通过埃文河谷倾泻而出。

而后更进一步，它漫过了河岸，通过河岸最低的地方漫溢出去，并由此找到了它通过堰塞坝的途径，奔流入海。于是接下来，当海洋里的潮汐退却后，大湖里的水以一种狂暴的姿态冲过这些堤岸，没有船只可以顺流而下，或逆流而上。如果他们试着顺流而下，他们会在两水交界之处进退两难；如果他们想要逆流而上，再强的风，也无法帮助他们对抗水流。不过，当潮汐逐渐恢复之后，海面与湖面齐平，水向外的潮流停止，甚至还有些向内的，水的最高点可以到达红岩峡。而如今的潮况中，这样的时刻一天有两次，一次白天，一次夜晚，船只可以于这样的情况下进出通行。

我所提到过的那些爱尔兰船，会在这样的情况下进入湖中，等在堤岸外头，直到潮汐将它们抬起。这些船是在他们的国家为了横穿大洋时建造的，它们又大又结实，人员配备良好，能载 30 到 50 人。而威尔士船，它们沿着塞文河的古老河道下来，进入湖中，所以这些船小得多，也轻得多，因为它们并不需要承受汹涌的海波。每艘船只载 15 到 20 人，但是船的数目要多得多。至于爱尔兰船，由于它们的大小和吃水深度，在淡水中航行的时候，并不能总是在夜晚靠岸，也无法像货船一样，循着岛屿边缘和海岸之间的路线前行。它们经常停留在更靠外的、更深的水域，但威尔士的小艇，在海岸的任何一个地方都很容易袭来，所以面对他们，没有什么地方是安全的。威尔士人对我们认为是塞文河河道的那片湖区极其重视，他们绝不允许一条异国小艇进入那里。因此，无论那里是窄溪，还是宽阔的河道，或者河岸长什么样子，我们都一无所知。这就是有关于淡水内海的起源的确切知识，排除了所有的迷信与猜测，只记下了确定的事实。

那里是一片美丽的水泽，澄澈如水晶，可供啜饮，充满了鱼类和其他生灵，并被绿色小岛所点缀。在静谧的黄昏，这里的风景是世界上最可爱不过的了：太阳静静落下，穿过水平面，闪闪发光的水面如此宽阔，以至于用肉眼横过水面望去，只能勉强分辨出一朵低垂的暗云悬在地平线那头，若是纵观，很可能只能看到无穷无尽的湖水。有时候它是蓝的，反射着正午的天空；有时候它是白的，窃到了白云的颜色；有时候它是暗绿色的——当风起云涌之时。

事实上，风暴会以超乎寻常的速度呼啸而来，所以那些船只，只要有可能，便沿着商道而行。像他们所说的，绕在岛屿后面，岛屿如保护礁石一般遮蔽它们。风暴来得快去得快，往往早晨一片平静，午间海浪汹涌，肆虐沙滩，而傍晚又风平浪静，这样的情况并不少见。那些爱尔兰人，对咸海十分熟悉的这些人，他们说它的暴雨和狂风，变幻莫测，让这湖比海洋更加危险。但是，湖里几乎到处都遍布岛屿，船只也可以在后面寻求庇护。

在这大湖的水面下方，一定隐藏了非常多的古代城镇和都会，它们的名字已然丢失殆尽。即便当今，起锚时偶尔仍会带上些生锈的金属或旧铁器，或黑色的木梁碎片。据说——也确实很有可能——当旧时代的余民发现这水正在逐步侵蚀（它上升得非常缓慢），他们也年复一年被湖水逼得步步后退，那时候他们认为，假以时日，他们会全都被水冲走、淹死。但扩伸到它现在的限度之后，湖水不再上升，甚至在最潮湿的季节里也并不上升，它总是保持不变。从某些特定的码头的位置上我们可以知道，它像这样已经至少有数百年的时间了。

以我之见，绝没有一片像这样绝美的广袤水域。我们该要无比悲痛，因为这样的水域经常被证明是将战争的痛苦带到无辜者门前的最好捷径。然而，人们依旧是乐此不疲地从水上来来往往；当代大多数的城市也依旧位于水滨。在晚上的时候，我们会在沙滩散步，居高临下地俯瞰水面，凝视着它们的波光碧影，我们一天的辛劳仿佛就得到了报偿。

（刘思慧　译）

媒介与信息

美国有十分硬币一本的廉价小说，英国也有一便士一本的恐怖怪谈，这些都是专门以娱乐大众为目的的廉价出版物（尽管按今天的标准来说已经够贵了）。然而，随着 1891 年第一本高级插图杂志的问世，一个新的时代开始了。这本杂志是乔治·纽恩斯创办的《河岸街》杂志，其目的是为英国最优秀的面向广大普通读者写作的作家们提供一个家园。这是一次大胆的尝试，它的成功催生了一代新作家和一批效仿者，包括美国的《麦克卢尔杂志》和《芒西杂志》。

一个必不可少的先决条件是，内战之后席卷美国的义务基础教育运动和 1871 年英国《教育法案》的实施，极大地普及了读写能力，从而发展出一个新的受教育读者阶层。就像真正的科幻小说中发生的那样，通过四项技术突破，出版杂志在经济上变得可行了：1846 年轮转印刷机发明，1884 年整行铸排机[1]出现和木浆造纸工艺进

1. 一种用于印刷的“整行铸造”排字机。由其能够一次完整铸造一整行铅字而得名。

步（尽管插图杂志是用布浆纸[1]出版的）以及1886年网目印版技术。对新兴受教育的工人阶级具有吸引力，又展现了异域冒险魅力的通俗杂志，直到1896年才出现。

像侦探小说（《河岸街》杂志连续出版了6部夏洛克·福尔摩斯的小说）以及其他类型的小说一样，科幻小说在插图杂志高收入的新环境中蓬勃发展。这吸引了年轻的H. G. 威尔斯离开了他在函授大学的岗位（他在那里著有一本生物学教科书），转而从事自由撰稿人的职业，起初写文章，而后创作短篇故事和长篇小说。

威尔斯在自传中写道："19世纪的最后十年是一个非常适合新作家的时期，我个人的好运来源于整整一代有志之士的运气。我们很多人都'飞黄腾达'了……读书的习惯正在向有着独特需求和好奇心的新阶层扩展……市场需要新书，呼唤新作者……"

《闲人》杂志是受《河岸街》杂志启发的竞争者之一，它由罗伯特·巴尔和剧作家杰罗姆·K. 杰罗姆创办于1892年2月。这本杂志主打最好的有才华的青年作家创作的小说，也取得了成功。这些作家受到新兴杂志的吸引而进行创作，甚至可能就是被它们所造就的。阿瑟·柯南·道尔（Arthur Conan Doyle）为《闲人》写稿，鲁德亚德·吉卜林、罗伯特·路易斯·史蒂文森和威尔斯也是如此。

巴尔也为自己的杂志写故事。他于1850年出生于格拉斯哥，最初在加拿大安大略省温莎市做小学教师，后来就在美加边界对面的《底特律自由报》担任记者。在他被调到报社的伦敦办事处之后，他的室友吉卜林和朋友道尔把他介绍给了当地文学圈的友人。

巴尔是一位多产的广受欢迎的作家，他于1892年和1894年出版的作品集《〈在甲板躺椅上〉及其他船上发生的故事》（*In a*

1. 布浆纸：用布碎或棉布纤维造成的优质纸张。

Steamer Chair and Other Shipboard Stories）和《面孔与面具》（*The Face and the Mask*），其中收录了许多奇妙的故事。他于 1896 年和 1898 年出版的长篇小说《来自神秘之国[1]》（*From Whose Bourne*）和《特克拉：爱情和战争的传奇》（*Tekla: A Romance of Love and War*），展现了新奇古怪的设定。他的若干科幻小说都刊载在《闲人》上，其中包括 1892 年 11 月发表的《伦敦的毁灭》（"The Doom of London"）。

正如萨姆·莫斯科维茨在关于"世纪之交"科幻小说的首部选集——《煤气灯下的科幻小说》（1968）中所指出的那样："巴尔让假借科幻小说来进行社会批评这种新型写作技巧普及开来……"他也让自然灾难小说普及开来。时至今日，这样的小说不断涌现，其中加拿大作家格兰特·艾伦、卡特利夫·海恩和弗雷德·M. 怀特，以及当时崭露头角的年轻的威尔斯都创作了大量此类作品。

1952 年伦敦烟雾事件造成大量人员死亡之后，1956 年英国通过了《清洁空气法案》。由于该法案和其他一些生态措施，伦敦大部分的烟雾如今已经被清除了。但巴尔的故事远远早于这次事件和其他灾难，因此似乎具有一种预言性。

（唐伊豆　译）

1. 原文为 From Whose Bourne，出自莎士比亚悲剧《哈姆雷特》第三幕第一场台词"那从来不曾有一个旅人回来过的神秘之国"（朱生豪译本），"神秘之国"此处指死亡国度。

伦敦的毁灭

罗伯特·巴尔

20世纪的自负

我很庆幸我侥幸捡回了一条命，这才得以目睹世界历史上最辉煌的时代——20世纪中叶。任何试图贬低过去50年里的巨大成就的行为，都是徒劳。如果我不揣冒昧，提醒诸位注意——19世纪的人民也曾成功完成过许多重大的业绩——这个现下显然已经被大家遗忘的事实，可一定不要因此认为，我对那些当代的伟大发明心存任何程度的轻视。人们总是倾向于居高临下地看待那些生活在自己之前50年或100年的人们。在我看来，这个弱点在当代格外突出。这种民族性的自大心理虽说的确存在，但是我们至少应该尽可能使其不那么刺眼。许多人会惊讶地发现，19世纪的人民也具有类似的缺点。他们幻想自己生活在一个进步的时代。虽然我还没那么愚蠢，并不打算证明他们做了什么真正值得载入史册的事情，但任何不抱偏见的研究人员都必须承认，他们的发明至少是今日之成就的基石。诚然，如今要想见到电话、电报和其他所有电子设备只能去参观国家博物馆，或者找上寥寥几位对上个世纪的所作所为感兴趣的人们，参观他们的私人收藏。然而正是对现在业已过时的电学的研究才带来了最近关于振动以太的新发现，从而让这种物质能够令人满意地为世人工作。19 世纪的人并非傻瓜，虽然我十分清楚，这一句话只要引起人们一丝一毫的关注，就必定会招致轻蔑。但谁又能说，下半个世纪的进步可能不会像已结束的上半个世纪那么巨大？谁又能说，下个世纪的人们看待我们，一定不会像我们看待 50 年前的那些人一样，抱有轻蔑之情？

作为一名老人，我也许早已落伍，生活在过去而不是现在。然而在我看来，最近发表在《布莱克伍德》杂志上出自牛津大学莫伯里教授天才手笔的那篇文章完全没有道理。在《伦敦人民的下场是否应得？》这个标题下，他竭力证明数百万人同时毁灭是一件好事，我们至今仍在享受其种种良好的结果。据他所说，伦敦人是如此迟钝、愚蠢，完全丧失改进的能力，沉溺于集资敛财的罪恶，以至于除了彻底灭绝，什么都不足以补救。伦敦的毁灭不是一场骇人听闻的灾难，而是一件完完全全的幸事。尽管这篇文章得到了新闻界的一致认可，但我仍然坚持认为这种说法并不恰当。对于 19 世纪的伦敦，我还有必要说上几句话。

为什么伦敦得到警告却毫无准备？

我在第一次读到上述文章时感到的愤慨至今犹存，它促使我写下这些文字来描述这次灾难。尽管难免受到当代人的嘲笑，我仍然必须将其视为历史上曾侵袭了一部分人类的最可怕的灾难。我不会想方设法地将有关前述时代任何有记录的成就置于读者眼前，但是我的确想就伦敦人民所谓的愚蠢行为谈论几句。如今人们都说，他们在不断得到反复预警的情况下依然对灾难毫无准备，还将他们比作在火山脚下寻欢作乐的庞贝城居民。首先，雾在伦敦司空见惯，尤其是在冬天，没有人会特别注意。雾仅仅被看作造成不便的烦恼，妨碍贸易，有害健康；但是我认为恐怕没人想到，雾居然可能变成一张铺天盖地、令人窒息的床单，覆压在整座都市上空，熄灭生命之火，仿佛那个城市遭受了一场令人绝望的狂犬病。我曾经读到过，被疯狗咬伤的受害者可以用这种方式摆脱痛苦。尽管我非常怀疑是否确实有人这么干过，然而这种野蛮的暴行现在却被用来对付 19 世纪的人们。

也许庞贝城居民已经对维苏威火山的爆发见怪不怪了，以至于他们根本没有想到自己的城市可能会毁于风暴般的火山灰和泛滥的熔岩。雨经常光顾伦敦，如果雨下得足够久，势必会淹没这座大都市，但人们没有采取过任何预防措施应对来自云中的洪水。那么又如何能指望这些人为雾带来的灾难做好准备呢？况且还是世界历史上从未有过先例的灾难，伦敦人绝非当今作家们想让我们相信的那种萎靡懒散的白痴。

终究出现的巧合

由于目前海上和陆地上的雾都已经被消除了，而且现在这一代人几乎没有见过雾，所以对于雾——特别是因其当地特性而不同于其他地方的伦敦雾——做一些一般性的说明并非不合时宜。雾很简单，不过是从潮湿的地表或海面升起的水蒸气，或是由饱和大气凝结而成的云。在我年轻的时候，雾是海上的巨大威胁，因为人们当时需要借助在海面上航行的蒸汽轮船来旅行。

19 世纪末，为了取暖与做饭，伦敦消耗了大量的烟煤。早晨和上午，成千上万的烟囱冒出滚滚黑烟。当大量白色水蒸气在夜间升起时，这些烟云落在雾上，将雾往下压，缓缓渗入其间，增大了雾的浓度。如果没有这层覆盖在水蒸气上的厚厚烟雾阻止光线的直射，太阳本可以驱散雾气。这种情况一旦占据优势，除了来自某个方向的风，任何力量都无法清散伦敦上空的雾。伦敦常常七天有雾，有时连续七天无风，但这两个条件从未同时发生，直到 20 世纪的最后一年。众所周知，这一巧合意味着死亡——大规模的死亡，地球上从来没有哪一场战争造成过如此巨量的屠杀。要理解这种情形，人们只需想象一下，雾取代了笼罩庞贝的火山灰，煤烟就像覆盖它的熔岩。这两次事件带给居民的后果完全相同。

想推销产品的美国人

当时我是富尔顿·布里克斯顿公司的机要职员，公司位于坎农街，主要经营化学制品和化工设备。我从未见过富尔顿，他早在我出生之前就去世了。约翰·布里克斯顿是我的上司，享有爵士头衔。我相信这项殊荣源于他为他的党派提供的服务，或者因为他是某次皇室巡游该市期间的一名市政官员，我想不起究竟是哪个了。我的小房间就在他的大房间旁边，我的主要职责是确保没有人来叨扰约翰爵士，除非他是重要人物或有重要事务。约翰爵士是个很难见到，见到了也很难相与的人。他几乎不顾及大多数人的感受，对我的感受更是毫不在意。如果我允许一个本该由公司下级人员来应付的人进入他的房间，约翰爵士肯定会将我骂得无地自容。在世纪末最后一年秋天的一天，一个美国人被带进我的房间。他别无所求，非与约翰·布里克斯顿爵士会面不可。我告诉他这不可能，因为约翰爵士非常忙。但如果他向我说明他的来意，等时机合适我会第一时间禀报约翰爵士。美国人对此表示反对，但最终还是接受了这个无可置辩的现实。他说他是一个发明家，发明了一款将会彻底变革伦敦生活的机器，他希望富尔顿·布里克斯顿公司成为这款机器的代理商。这款机器由白色金属制成，装在他随身带着的小手提包里。它的构造是这样的：调整指针，可以控制释放氧气量的多少。据我所知，氧气在高压下以液体形态储存在机器内部，如果我没记错的话，充氧一次可以使用六个月。机上接有一根橡胶管，另一端有一个吸嘴。美国人说，如果一个人每天吸上几口，必定能感到有益的变化。我知道，把这款机器展示给约翰爵士看一丁点儿用处也没有，因为我们经营的是老式的英国设备，从来不接触任何时髦的美国新发明。此外约翰爵士对美国人有偏见，我觉得这个人肯定会激怒他，因为他的肤色是这个种族中最苍白的一种，说话鼻音重，发音难听透顶，而且经常使用粗俗的俚语；他还会对分明素不相识的人流露出一种神经兮兮的亲密。我不可能允许这样的人出现在约翰·布里克斯顿爵士的面前；几天后他又来时，我向他解释道——我希望我的态度足够礼貌——本公司老板无法考虑关于这款机器的提议，对此他感到非常遗憾。美国人的热情似乎丝毫没有因为遭到回绝而减弱。他说我可能没有充分向约翰爵士阐明这种设备的潜力。他声称这是一项伟大的发明，无论是谁，只要获得此物的代理权都将会大发横财。他暗示其他著名的伦敦公司都急于拿下代理权，但出于某些未经言明的原因，他更愿意与我们打交道。他留下了几份有关这项发明的印刷小册子，说还会再次来访。

美国人见到了约翰爵士

自那以后，我多次想起那个坚持不懈的美国人，想知道他是在灾难发生之前离开了伦敦，还是被埋葬在没有标志的坟场里，成为千千万万身份不明的死者中的一员。当约翰爵士严厉地把美国人从自己眼前赶走时，他根本没有想到自己是在拒绝一次生命的馈赠，而他愤怒的话语，实际上是在宣判自己的死刑。就我个人而言，我很后悔冲着那个美国人发了脾气，说什么他的商业手段让我不敢恭维。也许他没有感觉出其中的伤人之处。是的，我确信他没有，因为他在不知不觉间救了我的命。尽管如此，他却没有表现出怨恨，而是立刻请我出去和他喝一杯，但我不得不拒绝这项提议。不过我的故事讲得有点超前了。确实，由于不习惯写作，按照正常的顺序来记叙事件对我来说有些困难。在我告诉美国人我们公司不能与他合作之后，他又来找过我几次，甚至养成了不请自来的习惯，我一点儿也不喜欢；但我对他的闯入没有任何干涉，因为我对他显然已经准备采取的极端行为一无所知。一天，当他坐在我的办公桌旁看报纸的时候，我被临时传唤，离开了房间。当我回来时以为他带着他的机器先走了。但过了一会儿，我震惊地听到约翰先生的房间传出了他那高亢的鼻音，与我上司的深沉声音交替作响。习惯这副深沉嗓音的人们都会吓得满心恐慌，但是它显然没有吓住美国人。我马上走进房间，想要向约翰爵士解释这个美国人是未经我的许可擅自进来的。这时我的上司要求我保持沉默，他转过去面对来客，粗声粗气地要求美国人继续他那有趣的叙述。这位发明家就等着这句话，只顾继续他油嘴滑舌的演讲，而约翰爵士的眉头越皱越深，他那白色额发下的脸也变得更红了。当美国人讲完之后，约翰爵士粗暴地命令他带着他那该死的机器一起离开。他说：“一个行将就木之人要把一种所谓的保健新发明带给一个从未患过一天病的健壮之人，这简直是侮辱。”我不知道，约翰爵士为什么在本就决定不跟美国人做生意的情况下还听他说了这么久，除非是为了惩罚我一时疏忽放进了这个陌生人。我无助地站在那里，意识到外国人所说的每一个字都使约翰爵士越发怒火中烧。这次会面真让我感到痛苦至极。但是我终于成功地把发明家和他的产品拉进了我自己的房间，并关上了门。我真诚地希望我再也不会见到他了。我的愿望实现了。他坚持开动了他的机器，把它放在我房间的架子上，还让我在雾天偷偷把它塞到约翰爵士的房间里，留意它的效果。那人说他会再来，但他没有再次出现。

烟如何将雾压下来

雾是在一个星期五降临的。那年秋天直到 11 月中旬天气都非常好。起初的雾似乎没有什么反常之处。我见过许多比那时看上去更糟的雾。然而，随着时间日复一日地过去，空气变得更加浓稠，更加昏暗，我想是喷涌在空气中的煤烟量日益增多导致的。那七天的怪异之处在于，空气极度静止。虽然当时浑然不觉，但我们正处于一座密不透风的穹顶之下，它缓慢而稳定地消耗着我们周围赖以生存的氧气，并不断产生有毒的碳酸气体。之后，科学工作者用一个简单的数学运算准确地告诉我们，最后一个氧原子会在何时被消耗完毕。但是事后的明智总是很容易。英格兰最伟大的数学家的尸体是在河岸街上被发现的。那天早上他从剑桥过来。在大雾期间，死亡率总会显著上升，在这种情况下，上升幅度直到第六天才比平时大。第七天早晨，报纸上充斥着惊人的统计数字，但在付印之时，这些令人担忧的数字的意义还没有被充分认识。第七天各大晨报的社论中，没有任何对这场紧随其后的灾难的警告。那时我住在伦敦西郊的伊林，每天早晨乘火车来到坎农街。到第六天为止，我都没有体验到这场雾带来的任何不适，我相信，这主要归功于那款美国机器不知不觉的运转。第五天和第六天，约翰爵士没有到城里来，但第七天，他来到了自己的办公室。分隔他房间和我房间的门是关上的。10 点刚过不久，我听到他房间里发出一声喊叫，接着是沉重的倒地声。我打开门，看见约翰爵士脸朝下趴在地板上。我赶忙朝他跑过去，同时第一次感觉到缺氧对人的致命影响。还没够到他，我就先一条腿跪倒在地，随即向前栽倒。我意识到我正在逐渐失去知觉，于是本能地爬回了自己的房间，在那里压迫感立刻就解除了，我喘着粗气重新站起来。我关上了约翰爵士房间的门，因为我认为里面充满了有毒气体，事实也确实如此。我大声呼救，但没有人回答。当打开通往主办公室的门时，我又遇上了我所认为的毒气。我迅速关上门，这才惊讶于往常繁忙的办公室如今一片死寂。我看到一些职员在地板上一动不动，有些人则坐在桌子旁，头支棱在上面仿佛睡着了。即使在这个可怕的时刻，我也没有意识到，我所目睹的景象遍及整个伦敦，而不像我想象的那样，只是我们地窖里的一些瓶罐爆炸造成的局部灾害（地窖里装满了各种化学品，我对它们的特性一无所知，因为我只跟会计打交道，并不接触科学方面的业务）。我打开了房间唯一一扇窗，再次大声呼救。街道笼罩在阴沉的浓雾中，寂静无声，漆黑一片，而此时我又遇到了房间里那股致命的令人窒息的空气，我恐惧得无法动弹。在倒下时，我拉下窗户，把有毒的空气关在了外面。我又苏醒过来，慢慢地，我想清楚了事情的真实情况。我身处氧气的绿洲里。我立刻猜到，在致命气体的无边荒漠中，这个绿洲的存在要归功于架子上的那款机器。我取下了美国人的机器，生怕移动它会导致它停止工作。我把吸嘴含在唇间，又走进了约翰爵士的房间。这一次，我没有任何不良反应。我可怜的主人已经没救了。显然，大楼里除了我以外已经没有一个活人。外面街上完全陷入寂静和黑暗。煤气断了，但是部分商店里仍怪异地亮着几盏白炽灯，零零星星。可能它们靠蓄电池工作，而不是直接靠发电机的电力。我机械地走向坎农街站，即使蒙着眼睛，我也知道该怎么走。伏在人行道上的尸体不时将我绊倒。过马路的时候，我撞见一辆一动不动的公共马车，在雾中若隐若现，车前躺着几匹死马，缰绳悬荡着，一头牵在已死的司机无力的手里。车上的乘客如同幽灵一般，全都默不作声，或者坐得笔直，或者以极度扭曲怪诞的姿势悬卧在挡板上。

满目死亡景象的火车

如果一个人的理性能在这样的时刻保持灵敏（我承认我的大脑已经停止运转了），他就会知道坎农街站不可能会有火车。因为如果空气中没有足够的氧气维持人的生命或者点燃煤气灯口，那么肯定也没有足够的氧气来给机车点火，即使火车司机保留了足够的精力来完成这项任务。不过有时直觉要比理性好，这次便是如此。那段时间，从伊林来的铁路经过一条很深的隧道穿过城市地下。由于碳酸气体比空气更重，它似乎会首先在这条地下通道中找到栖身之所，但事实并非如此。我认为应当是有一股气流穿进了隧道，从城市郊区带来一股相对纯净的空气，这点空气能在灾难发生后的几分钟内维持人的生命。尽管如此，坎农街地铁站长长的站台上还是呈现出了一派骇人的奇观。一列火车停在下车站台，电灯时亮时灭。站台上挤满了人，他们像魔鬼似的互相厮打，显然毫无道理，因为火车已经尽其所能地装满了人。数百人被踩死在脚下，不时有一股污浊的空气沿着隧道扑来，于是又有数百人松开拳头，无能为力地倒下。在他们的尸体上，幸存者们继续厮打着，人数不断减少。据我所见，那列停止的火车里的大多数人都已经死了。有时一群绝望的战斗者爬到那成堆的人山上，奋力打开一扇车厢门，把已经上车的乘客拖出去，气喘吁吁地占领他们的位置。车上的人并不反抗，他们被推倒后要么一动不动地躺着，要么在车轮下面无助地翻滚。我尽我所能沿着墙往机车走去，想知道火车为什么不开。原来司机躺在驾驶室的地板上，机车的火已经熄灭了。

习惯是一个奇怪的东西。苦苦挣扎的暴徒们为了车厢里的一席之地疯狂抢夺，他们早已习惯了火车的进站和驶离，以至于没有一个人想到火车司机也是人，也和他们一样遭到相同的毒气的支配。我把吸嘴插进司机紫色的双唇之间，自己像潜水者一样屏住呼吸，成功地使他苏醒了过来。他说如果我把机器给他，他就把火车开出去，锅炉里现有的蒸汽允许开到什么地方就开到什么地方。我拒绝这样做，只肯与他一同登上机车。我说这样能保住我们两个人的性命，直到我们冲出伦敦城抵达空气更好的地方。他阴沉着脸表示同意，并开动了火车，但他不肯与我平分氧气。每次他都拒绝把机器交给我，非要让我憋气憋得头晕眼花不可，最后他干脆将我打倒在了驾驶室的地板上。我想，当我倒下时，机器从火车上滚落出去了，他也跟着跳下了火车。令人惊讶的是，我们两个其实都不需要这款机器，因为我记得火车刚刚开动后，我就通过打开的铁门注意到，机车炉膛里的火突然又亮堂起来，尽管当时我处于极度迷茫和恐惧的状态，以致没有想到这意味着什么。一阵大风从西面刮来，但是来得太晚了，晚了一个小时。甚至在我们离开坎农街之前，那些幸存者就比较安全了。站台上那可怕的死人堆中共有 167 人获救，尽管很多人在其后的一两天之内就死去了，还有很多再也没有恢复正常的精神。我在挨了火车司机的重重一击后清醒过来，发现自己孤身一人，火车正疾驰着从基尤附近驶过泰晤士河。我试图停下火车，但没有成功。然而，我误打误撞地打开了气闸，在一定程度上对火车起了制动作用，减小了撞上里士满终点站时的冲击力。我在机车到达终点缓冲区之前跳上了站台，眼看着恐怖的列车满载着死人像噩梦一般从我身旁掠过。大多数车门都晃晃悠悠地大开着，每节车厢都挤得满满当当。不过我后来了解到，一路上每当火车经过固定路线的弯道或有额外的倾斜时，都有尸体掉出来。在里士满的撞车对于死去的乘客而言已经没有区别。除了我，车上只有两个人活了下来，其中一个人的衣服在打斗中从背上扯落，他被送进一所精神病院，在那里他永远都没能说清自己是谁。据我所知也没有任何人认领过他。

（唐伊豆　译）

世纪之末

随着世纪之末临近，插图杂志和科学传奇渐渐接近巅峰时刻。至1905年，按布赖恩·斯塔伯福德所记述，各种新期刊的实验阶段已经偃旗息鼓，科学传奇不再是时髦的新兴事物了。事实上，插图杂志已经被美国的纸浆杂志取代，成了科幻这一新生类型的保姆。纸浆杂志最初由弗兰克·芒西创立于1896年，他通过将男孩儿杂志《阿尔戈西》改造为“十分钱就能买到192页的小说”完成了这一创举。

西欧人的千禧焦虑[1]仍在加剧，这种情感在过去的表现形式从宗教复兴到衰退不一而足，但黄色十年[2]的影响几乎未能触及科学传奇。若有所触及，那便是“世纪之末”[3]的忧虑促使读者转向了“变化的文学”[4]，这或许可以部分解释H. G. 威尔斯的一些小说——如《时间机器》(1895)、《莫洛博士的岛》(1896)、《隐身人》(1897)、《世界大战》(1898)，以及《当沉睡者醒来时》(1899)——缘何受到欢迎。

1. 基督教的某些派别相信千年之交时，最后的审判将会降临。
2. 指英国文学界受先锋文学美学期刊《黄面志》影响最深的十年，即19世纪90年代。“世纪之末”的逃避主义与颓丧色彩是其风格特点之一。
3. 原文为法语，常被用来特指19世纪末。
4. 此处指科幻文学。

诸多崭新的创造发明深深吸引了美国人，1876 年的费城百年展览会[1]比之回忆过去，更侧重展望未来，其中展品包括全世界动力最强的蒸汽发动机，一种名为“打字机”的新型写信机器以及一种名为“油毛毡”的可清洗地毯。而英国同样也被以下这些新的发明发现所改变：电影（1872）、电话（1876）、四冲程燃气机（1876）、高速内燃机（1880）、最早的人工塑料纤维嫘萦[2]（1883）、蒸汽涡轮机（1884）、黑胶唱片机（1887）、柯达相机（1888）、最早的汽车（1889）、彩色照片及第一艘实用潜艇（1891）、柴油机（1892），以及 X 光的发现、无线电报及光电感应管的发明（1895）。

18 世纪的伟大发明是蒸汽机，它改变了接下来的那个世纪。而 19 世纪的发明——电则堪比魔法，在 19 世纪的最后十年里，它得到了实际应用。白炽灯于 1879 年问世，最早的有轨电车于 1885 年开通，而电解铝技术于 1886 年发展完成。

这一切都需要动力，托马斯·A. 爱迪生于 1882 年创建了世界上第一所中心发电厂。位于德特福德的英国第一所大型发电站于 1889 年开始输送电力，但直到 1891 年才开始稳定运作。1883 年，英国第一个电气化铁路在布莱顿开通，1887 年至 1890 年间，英国开始挖掘伦敦的第一条地铁线路。

新的发明发现与其被应用到小说中的时间间隔正在缩短。路易吉·伽伐尼于 1771 年提出了伽伐尼反应[3]，近 30 年后才出生的玛丽·雪莱直到 1818 年才发表《弗兰肯斯坦》[4]。然而，H. G. 威尔斯

1. 即 1876 年费城世界博览会。
2. 嫘萦（Rayon），又译人造丝，中文译名是为纪念中国传说中发明养蚕业的嫘祖而来。
3. 即生物电反应。通过青蛙实验，伽伐尼成为第一个评价电力和运动 / 生命联系的研究者。伽伐尼提出，青蛙标本的肌肉活动是由神经带到肌肉的一股电流引发的。该发现一度被命名为伽伐尼现象(galvanism)。今天，关于生物学中伽伐尼现象的研究被称作“电生理学”，伽伐尼现象这一术语如今仅在历史文本中使用。
4.《弗兰肯斯坦》是一部基于生物电理论的小说。弗兰肯斯坦在创造人造人的过程中，最大的麻烦并非身体的拼接，而是需要大量的电。在玛丽·雪莱生活的年代，有许多关于生物电理论的实验，玛丽·雪莱也在创作过程中特别提到了伽伐尼的研究报告。

在 1894 年已经写出《发电机之神》，而乔治·格里菲斯（George Griffith）的《垄断雷电》（“A Corner in Lightning”）于 1898 年 5 月在《皮尔森杂志》上面世。

格里菲斯全名乔治·切特温德·格里菲斯·琼斯，萨姆·莫斯科维茨称他为继威尔斯后的英格兰科幻小说第二人。而《科幻小说百科全书》[1] 称，为了在与威尔斯的竞争中获得评论界的赞扬，格里菲斯拓展了自己的写作多样性，但他却并未因此获赞。格里菲斯是神职人员之子，长大后从事教师工作，并为哲学杂志《世俗评论》[2] 撰写文章，之后，他转而为 C. 阿瑟·皮尔森男爵 [3] 撰写小说及诗歌。他首获成功的作品是《革命天使》（*Angel of the Revolution*, 1893），其后他为其撰写了续篇《奥尔加·罗曼诺夫：又名，诸天的警报》（*Olga Romanoff: or, The Syren of the Skies*）（1893—1894）。他的创作也涉猎如下主题：大企业联盟的国际垄断，未来战争，不同形式的世界末日，甚至是星际旅行。这些内容在《空中逃犯》《金色星球罗曼史》《大海盗财团》《宇宙蜜月》《好天气财团》等多部长篇小说中皆有体现。他还撰写许多其他作品，包括历史小说、英国英雄传记以及有关英国刑罚制度的书籍。

正如威尔斯许多关于新发明的短篇一样，《垄断雷电》小心翼翼地探讨了基于新技术的脆弱文明面临的危险以及科学家对新技术的控制力会带来的危险。后来亦有许多短篇故事探讨彻底断电的世界（一个典型例子是 E. M. 福斯特的《大机器停转》）。但据莫斯科维茨记载，格里菲斯可能是创作该题材的第一人。

（憬怡　译）

1. 缩写 SFE，英文科幻工具书，初版于 1979 年，2003 年后第三版在网上可免费查阅。
2. 发行于 1876 至 1907 年间，倡导温和的世俗主义，反对当时查尔斯·布雷德洛等人倡导的激进无神论。
3. 英国报业大亨及出版商，最著名事迹是创立《每日邮报》。

垄断雷电

乔治·格里菲斯

他们曾面对面地共进过一次晚餐，当时她——也就是刚结婚18个月的西德尼·卡尔弗特夫人——半坐半卧地陷在一个宽大舒适的沙发扶手椅里，这椅子就摆在壁炉边上，壁炉是极精美的中世纪样式，炉子里烧着木头和煤炭的混合燃料，火势旺盛。她交叉的双脚——那着实是一双小巧玲珑的美足——套着精美的鞋袜，翘着的右脚后跟抵在黑色大理石的边角之上。

晚餐结束了。咖啡和餐后利口酒上了桌，而西德尼·卡尔弗特先生正在桌子对面吸着烟来回踱步。这是一个30岁左右的男人，面庞英俊，亲切和善，但一旦凑近观察，就会惊奇地发现他眼中闪着寒光，嘴部严苛的神情也绝不只是坚毅而已。

才喝完咖啡的卡尔弗特太太将茶杯放到身边那张小三脚桌上，回头对着她丈夫说：

“说真的，西德，我不明白你为什么非得干这事儿。当然了，这是个宏伟规划，随你怎么说。但你是全伦敦最富有的人之一，就算不做这档子事也已经够富有了。何况这肯定不是什么好事。如果有人要把大气装到瓶子里，让我们为呼吸的每一口空气付费，我们又会怎么想呢？再说，用这种方式故意扰乱生态系统的平衡，必然会带来很大的风险。况且，你又要怎么到达极点，去实践你的计划呢？”

“这个嘛，”他在行走间驻足片刻，若有所思地观察着香烟点亮的那一端，“首先我得提醒你，在地理上，地磁极点与北极点是两回事，磁极位于英属北美的布西亚领土上，要从北极点往南走一千五百多英里。再者，说到风险，要做一件这么大的事，当然不能不承担一些风险；不过我想，这回被迫承担大部分风险的人不会是我。”

“这些风险呢，你瞧，在他们发现电缆、电话和电报都无法正常使用时就会出现了，他们会发现，蒸汽机再怎么运作也无法带来足够的电力照明——简而言之，到那时，世上所有的发电厂都将失效，除非磁极蓄电公司——换言之，就是你卑微的仆人我，和我的一些朋友——愿意慷慨地将电力释放到地面上来。但这风险很容易处理，只要人们愿意为此付钱。况且，我们有的是理由提高我们的商品质量——‘我们的特制精炼雷电’‘我们的三重浓缩精华电流’，还有‘订货即发的合格雷暴’，都非常适合投放到广告里，不是吗？”

“这项计划可能会毁掉世界上最重要的产业之一，你不觉得用这种口气谈论它太轻浮了吗？”她说道，然而想到要像运送成磅的黄油和成卷的柏林绒线那样运送闪电，她还是情不自禁地笑出了声。

“罢了，这个我怕是没法跟你争了，你看，你说话的时候老是盯着我看，这不公平。不过我也敢肯定，若要谨遵耶稣的登山宝训[1]，那就别想做成什么生意，也别想赚到什么钱了。不过算啦，现在刚巧来了个方便咱们离题的契机。我等的那位教授来了。”

“我该回避吗？”她说着将双脚从壁炉围栏上移开。

“当然不必，除非你想回避，”他说，“或者你觉得听那些科学细

1. 指《圣经·马太福音》第五章到第七章里耶稣基督在山上所说的话。其中最著名的是“八种福气”，这一段话被认为是基督徒言行的准则。

节会很烦闷。”

“哦，不，并不会，”她说，“教授的讲解方式很吸引人。再说，我想对这项计划了解得尽可能多些。”

“肯扬教授来了，先生。”

“啊，晚上好，教授！真遗憾您没能赶上晚餐。”当那名科学家进入房间时，二人几乎同时开口。

“您进来时，我妻子和我正在讨论蓄电计划的道德问题呢，”他接着说道，“关于这个计划的执行部分，您可还有什么新消息要告诉我们？我妻子怕是并不完全支持这个计划，但鉴于她很渴望了解计划全貌，我想您不会介意再多一位听众吧。”

“正相反，我十分乐意。”教授答道，“这能给我多提供一个支持者，我反而更开心呢。”

“真高兴听到您这么说，”卡尔弗特太太赞许地说，“我认为这项计划如果成功，将是个十分邪恶的计划；如果失败，就是个愚蠢而又代价高昂的计划。”

“既然如此，就没别的好说了，”她丈夫笑道，“除了教授将要给出的理性意见。”

“噢，我的意见必定是理性的，我保证。”他回答时故意在那个词上加重了语气，“这项计划的道德问题与我无关，它的商业影响也与我无关。你让我关注的只是技术上的可行性与科学上的可能性，我也没打算做更多的事。”

他又喝了一口卡尔弗特太太递来的咖啡，继而说道：“今天下午，我跟马尔科维奇谈了很久，必须承认，我从未见过一个比他更机敏，比他更了解磁与电的人。他的理论认为磁与电是同一种原力在天球与地球上的不同表现形式，而当前通称为电流的物质只有在二者合而为一的阶段才会产生。这个理论本身就是神来之笔，或者至少可以说，在经过实验验证后，它将成为天才的洞见。那个想在地球磁极上建立蓄电机构的想法又是另一个点子，而我不得不承认，经过对其计划与设计的仔细检验，我确实在怀有一两点保留意见的前提下相信，他能够实现他的想法。”

“您那保留意见又是什么呢？”卡尔弗特有些急切地问。

“第一点对任何未经实验的计划都是十分必要的，特别是一个如此宏大的计划。你知道，对于那些举动冒昧的人，大自然有它自己难以预料的惩戒方式。往往是在最后一刻，你已站在成功边缘，但你确信会发生的事却没有发生，至此你便陷入了困境。这种事是完全不可预见的，但你必须明白，如果发生，它会彻底毁了你的企业，而此时你已为此投入了绝大部分身家——我指的是在计划的最终阶段，而非开始阶段。”

“好吧，”卡尔弗特说，“我们愿意承担这份风险，另一个保留意见呢？”

“我原打算说一说它的巨额成本，但我猜你已经准备好了。”

卡尔弗特颔首。于是他接着说道：

“好吧，不考虑这个问题，另一个问题仍然存在，它将是极度危险的——我指的是对那些留在现场，并真正接触现场工作的人。”

“如果是这样，那我希望你没打算到现场去，西德！”卡尔弗特夫人打断道，她的语气完美地展现出了妻子特有的威权。

“我们以后再讨论这个问题，小妇人。现在担心那些可能还太早了。好了，教授，您刚刚想说什么？还有什么警告？”

教授回答他的态度变得有些严肃：“是的，这是一个警告，卡尔弗特先生。事实上，我觉得我有责任告诉你，你正打算严重干涉自然界中最微妙，也是我们所知最少的一种力量，这种干涉的后果可能极其严重，它所影响的不只是那些牵涉其中的人，甚至会是整个北半球，乃至整个地球。

“另一方面，我认为必须把这点也说出来才算公平，它带来的或许只会是临时性的干扰。举例而言，你可能会给我们带来一系列极端的雷暴大雨天气；或者可能会使雷鸣电闪和降雨天气彻底消失，直到你的工作步入正轨。这两种情况都可能会发生，同时，它们都不会带来什么持续性后果。”

“好吧，我认为这很值得赌上一把，教授。”卡尔弗特说道，他已彻底沉迷于这个恢宏壮大的计划，更不消说经济层面上巨大利益的吸引。“我非常感谢您如此亲切而又清晰地讲明了这些问题。除非发生巨大意外，否则我想立刻开始动工。想象一下吧，在全球所有国家面前扮演朱庇特[1]，以迅疾之速为大家带来光电，这将是何其荣耀之事！”

“唉，我不想唱反调，”卡尔弗特夫人说，“但我还真希望能发生点意外。我觉得这整件事从一开始就是错的。如果你把我们都给炸了，或者引来雷电劈死我们所有人，甚至是把审判日[2]提前了，我一点儿也不会奇怪的。我觉得在你做这件事的时候，我该去澳大利亚待着。”

自西德尼·卡尔弗特先生伦敦宅邸餐厅中的对话发生后，一年多的时间过去了。在此期间，那场伟大的实验隐秘而迅速地完成了准备工作。一艘艘满载大型机器、燃料和给养的轮船携着数百人的劳工和技师驶入大西洋。返航时则只剩下压舱物与船员随行。卡尔弗特先生本人随船消失又返回了两三次，尽管关于此事的种种流言

1. 罗马神话中的主神。
2. 基督教教义中世界末日来临，人类遭审判的那天。失丧者会从坟墓中复活，所有人被召集在上帝的审判台前，按各人生前所行受审判。

在城里和媒体上都已甚嚣尘上，但卡尔弗特先生不曾对此进行任何表态，无论是否。

有人说这是一场地极探险，那大型机器中包含了部分经过技术改良的破冰船和新发明的蒸汽雪橇，它们模仿攻城锤的样式而造，为的是击破冰山，辟出一条通往北极点的康庄大道。有人还添加了一些飞行器和导航气球的细节。于是又有人声称那些器具是为了开辟一条西北大道，保证从哈德孙湾到大西洋的水路终年畅通。更有一些想象力不那么丰富的人相信，这是要在离极点最近的地方建立一座伟大的天文与气象观测台，这将是探索北极光与黄道光本质为何的决定性工程之一。

若定要说卡尔弗特先生对这些假设有什么看法，他比较喜欢最后一个。该假设带有一种模糊性，同时又让这个计划看起来像是一个伟大的科学考察，这使他得以在不做出任何承诺的情况下，看似有所保留地承认了坊间传言。而他的预防措施做得如此之好，除了他所信任的小圈子之外，没有任何人对他们去布西亚领土考察的真正目的有一点儿疑心。

至此，一切都如奥洛夫·马尔科维奇的预期一样，这一浩大项目的发端与制订完全是基于他非凡的才能。他本人全权掌握着该项目的最高管控权，那些独特而昂贵的工程都是在他的亲自督导下渐渐完成的，在这孤独而荒芜的极北之点，磁针永远都径直指向地心正中央。

肯扬教授同卡尔弗特一同去过几次，一次是在工程开始之前，一次是在即将完工之时。到此时为止，没有任何事故与意外发生，除却北极光异常频繁的出现，以及水手的罗盘设备出现极大的数值减小外，地球的电现象没有发生任何不同寻常的改变。尽管如此，教授依然坚定而又不失礼貌地拒绝了在那巨型设备正式启动前留在北极点的邀约，卡尔弗特尽管万般不愿，却也在妻子的要求之下，于初步实验即将开始前返回了英格兰。

3月20日来临了，这是原定的动工之日，令卡尔弗特夫人如释重负的是，这天没有任何意外发生。虽然她知道，若此实验发生意外，她丈夫会有超过十万英镑的投资石沉大海。但只要一想到马尔科维奇的实验有望以失败告终，她就难以抑制地感到一种令人震颤的满足感。

她知道那了不起的卡尔弗特公司——实际上也就是她丈夫本人——能够负担这份损失。若能叫他们明白大自然的电动力只能由自然自行支配的道理，就算要花上三倍于此的金钱她也在所不惜。至于她的丈夫，他仍像往常一样工作，只是偶尔会流露出一点儿刻意压制的兴奋和期待。几个星期过去了，什么也没有发生。

她并没有如她所威胁的那样真正去往澳大利亚。然而，她还是逃离了英国的料峭春寒，搬到尼斯附近的一处小型度假别墅里，静静地等待分娩她的第二个孩子，她发现此事非常有助于说服他丈夫远离磁极。卡尔弗特本人忙于处理工程项目计划中涉及的国内事务的细节，不得不花大部分时间待在伦敦，只能偶尔往尼斯跑上一两回。

可巧的是，卡尔弗特小姐来到这世上的日子比预产期早了几天，因此她父亲当时尚在伦敦。她母亲很自然地派女仆去发电报告诉她丈夫这一事实，请他立刻过来。过了半小时左右，女仆原封不动地拿着电报回来了，并带来电报局的消息说，由于某些特殊事故，电路几乎停止了正常工作，没有任何信息能够清晰地发送出去。

在刚成为新妈妈的喜悦之中，凯特·卡尔弗特完全忘记了那个伟大的蓄电计划，于是她重新打发女仆去电报局，要求他们必须尽快发出电报。两个小时后，她再次派人去问电报是否已经发出，得到的回答是电路已经完全停止工作，无论是电报或电话，当下任何需要用电的交流方式都无法进行。

此时她感到一阵恐惧席卷而来。到头来，那实验还是成功了，神不知鬼不觉间，马尔科维奇那神秘的机器已经在抽取地球的电流，尽数导入那巨大的储能器中，唯有向她丈夫掌控的垄断公司出价购买，电流才会被重新释出！但她仍不愧是个聪明的小妇人，在最初的震惊过后她马上决定，为了孩子，她要将所有的恐惧抛诸脑后，直到她丈夫到来。再过一两天他就会来了，再说，这或许只是某种奇异但正常的自然现象，大自然本身会在几个小时内让一切恢复正常。

那日黄昏来临时，人们发现打开的电灯异常昏暗，且光线闪烁。发电机被调至最大功率，电路都经历了细致的检查。这些东西都没有发现任何异常，但电灯却拒绝恢复日常状态。最不同寻常的是，相同的现象发生在了北半球所有使用电灯照明的城市里。

到了午夜，赤道以北的一切电报及电话通讯方式事实上都已中断，欧洲和美国的所有电气技师都绞尽脑汁地试图找出这场前所未闻的灾难的原因究竟何在，因为这一事实十分清晰：除非中止的电力能自行恢复，否则这场灾难将持续下去。次日清晨人们发现，在电力科学创造出的巨大成就方面，世界已经倒退回了一百年前的状态。

此时，人们才意识到这场降临在全世界范围内的灾难何其严重。文明人类突然失去了电这个顺从的奴隶，而电力的服务如今于人类而言已经不可或缺。

然而比这更严重的灾难尚待降临。来自北半球多个地方的观测者记起，他们已经好几周不曾在任何地方发现雷雨天气了。就连那些以往雷雨频发的地方也不例外。全球几乎都发生了最为严重的旱灾。一种初期表现为身体疲倦与精神萎靡的奇怪病症出现了，它困惑了全世界最好的医疗科学，并迅速蔓延成占比极大的传染病。

物理世界也发生了同样的问题，人们发现金属也患上了难以理解的疾病。用技术表达来说，所有机器都在不同程度上“生了病”。完全拒绝工作，各地的锻造与铸造厂都停了工，原因很简单，各类金属似乎都失去了它们的金属特性，起不到从前那样的作用了。火车事故与蒸汽机故障也成了日常事件，因为金属和驱动轮、活塞杆和传动轴忽然拥有了令人不解的脆度，直到发现钢铁所具有的电性能如今几乎完全消失，人们才知道这是怎么一回事。

至此为止，卡尔弗特的决心尚未有丝毫动摇，他仍想通过霸占一项大自然的基本功能，来牟取巨大利益。必须承认的一点是，他故意给这个世界带来的灾难，只是为了给他那惊人计划提供最终成功的论据。它们会向世人证明，或者至少即将向世人证明，卡尔弗特蓄电公司真正地控制了北半球所有的电力。而南半球至今没有听到什么相关消息——除了电缆停止了工作。

如此一来，只要他展现出令电力恢复正常状态的能力，全世界将显而易见地向他支付费用，若不如此，他们就须面对再次遭遇断电的惩罚。

时间来到了5月末。按照计划安排，马尔科维奇将在6月1日这天关闭他的机器，把贮存在蓄电机中的巨大电流送回它们原本所属的电路中。接着，垄断组织将发表说明，制定条款。公司将允许世界各国根据条款享受大自然的这份礼物，通过展示自己的垄断能力，他们已经将这份礼物的无价之处展示给了世人。

5月25日晚上，卡尔弗特坐在他位于维多利亚大道上的奢华办公室中，在银质枝状大烛台上那12支蜡烛光芒的掩映下写信。他刚写好给妻子的信，叫她保持精神，不要害怕，几天之内实验就会结束，一切都将恢复正常，其后不久，她的丈夫将收购世上所有其他的百万富翁的资产。

当他把信件装入信封，敲门声响了起来，有人通报肯杨教授来了。卡尔弗特冷漠而僵硬地接待了他，因为对他此次前来的目的，卡尔弗特已猜中大半。最近他们之间发生过两三次争论，在教授开口之前卡尔弗特就知道，对方此次前来是要通知他即将践行几天前所做的威胁。教授也确实以一种干涩而安静地语气说了这话。

“没用的，教授，”他回答道，“你十分清楚我无能为力，跟你一样无能为力。我无法与马尔科维奇取得联系，这项计划在指定日期之前是没法停下来的。”

“但我警告过你了，先生！”教授热切地打断了他，“我警告过你，当你看到那些现象发生时，你本可以收手。我真希望我跟这桩地狱般的买卖毫无关系，因为它就是地狱。你以为你是什么人，你怎么能去篡取上帝的能力？这事就是这样，不是吗？这个罪恶的秘密，我已经为你保守了这么久，我不会再保守下去了。你把自己变成了社会公敌，而我们的社会依然有能力制裁你——”

“我亲爱的教授，这都是无稽之谈，你自己也清楚这点！”卡尔弗特用一种蔑视的姿势打断了他，“如果社会把我送进监狱，就将失去电力，直到我恢复自由。如果社会要把我绞死，除了马尔科维奇的新条款，大家什么好处也得不到，他只会比我要价更高。你那故事爱什么时候说就什么时候说吧。原谅我得提醒您，我现在很忙。”

就在教授将要离去时，门开了，一个男孩送了一个勾着深黑边线的信封进来。拆开信封时，卡尔弗特的嘴唇变得煞白，手也颤抖起来。那是他妻子的字迹，落款日期是五天以前，因为这封信的邮递大部分是经由马背完成的。他目不转睛地把信读完，接着一把捏皱，塞进口袋里，迅速冲向了电话边上。他暴躁地狂按电铃，随即想起自己把电话变成了无用之物，于是咒骂着退了回来。按铃的声音立刻召来了一名职员。

“马上给我准备马车！”他几乎是大吼，那职员退下去了。

“出了什么事？你要去哪儿？”教授问道。

“什么事？看看这信吧！”他说着把皱巴巴的信纸塞进教授手中。“我的小女儿死了——死于那个该死的传染病，就像你说的，这都是我给这个世界带来的，我妻子也病倒了，说不定这会儿也已经死了，那信已经是五天前的了。我的上帝啊，我做了什么？我能做什么？我愿意花上 5 000 英镑给马尔科维奇发一封电报，诅咒他和他这地狱般的计划！要是我妻子死了，我就去布西亚领土上杀了他！哈！那是什么？闪电——这完全是神圣的——还有雷霆！”

他说话时，一道前所未见的闪电划破了伦敦的天空，接着在天顶上形成了一团巨大的不规则火焰；一阵前所未闻的惊雷晃动了这座大都市，每座房子的地基都震颤起来。电闪雷鸣一波接一波，持续了整夜，直到第二天。后来人们才发现，这场空前绝后的雷电发生在了几乎整个北半球。

随之而来的还有飓风、气旋和暴雨；在咆哮近 20 小时之后，异常气象终于停止了对大气的侵扰，渐渐平息。这场徒留混乱和荒芜的灾难过后，人们发现的第一件事是：全世界的电力供应恢复了——此后，人们开始着手修复灾难造成的损失，并渐渐回归生活的正轨。

那场传染病很快就消失了，卡尔弗特夫人没有死。6 个月左右的时间过去后，一个满头白发、身体虚弱的人爬进她丈夫的办公室，气若游丝地说：

“您不认识我了吗，卡尔弗特先生？我是马尔科维奇，或者说是他残存的那部分躯体。”

“我的天，真的是你！”卡尔弗特说，“发生了什么事？快坐下来告诉我。”

“故事不长，”马尔科维奇坐了下来，开始用微弱而颤抖的声音说，“故事不长，但着实很坏。开始时一切正常，一切都如我所述地成功了，接着，我想大概是在我们计划停工的四天以前，那事发生了。”

“什么事？”

“我不知道。我们一定已经越雷池太远，或者是发生了什么意外的电流泄漏。整个工程忽然烧成了一团白色的焰火。所有金属制品都熔化了。工程内的所有人都瞬间死亡，化成了灰，你懂的。我当时离现场有四五英里远，正跟一些其他人射海豹玩。我们都不知不觉昏倒了。恢复意识后，我发现自己是唯一的幸存者。是的，卡尔弗特先生，我是唯一一个活着从布西亚回来的人。工程彻底消失了。它留下的唯一痕迹就是几堆熔化在冰川上的废铁。之后发生了什么我就不知道了。我一定是疯了。这一切足以使人发疯，你懂的。是一些曾同我们做生意的印第安人和因纽特人发现了我，他们说我当时饿着肚子，疯疯癫癫地在冰川上乱晃，他们把我带回了海岸边上。我在那里恢复了一些，接着被一艘捕鲸船捡到，带回了家。这就是事情的始末。真的很可怕，是不是？”

语毕，他把脸埋进了颤抖的双手之中，卡尔弗特看到泪水顺着他的指间滑落。他摇摇晃晃地躺倒在椅背上，接着，他的身体倏然轻轻滑落到地板上。卡尔弗特试图把他搀扶起来，但他已经死了。就这样，关于那场伟大实验的一切秘密，在这个世界范围内彻底湮灭，成了一个从未流传到西德尼·卡尔弗特先生那舒适餐厅之外的秘密。

（韶光　译）

发明明天的人

在本卷书目前为止出现的序言和小说评论里，常常提到 H. G. 威尔斯的名字，他的出现有着很充分的理由。威尔斯是 18 世纪与 19 世纪之交涌现出的一切科幻元素不可或缺的融合者，他利用这些元素创作了科学传奇故事，他的天才和洞见引领了一系列创作理念和主题，这些理念和主题在之后塑造了科幻小说这种文学体裁，并在美国的纸浆杂志中找到了归属。

1926 年，当雨果·根斯巴克试图定义何为“科幻小说”时，他举了凡尔纳、坡和威尔斯作为例子，将他们称为创作“交织了科学现实和宏伟远见的迷人小说”的作家，并打算把他们的小说发表在他新创办的《惊奇故事》杂志上。在杂志发行最初的一年零六个月里，他的确在每一期杂志上都刊登了三位作家中至少两位的作品。坡的作品启发了凡尔纳，凡尔纳式的传统冒险小说和“非凡航行系列”对科幻小说的影响至今尚存，但最终成为科幻小说的核心传统的，却是威尔斯的创意小说。杰克·威廉森认为，根斯巴克的《惊奇故事》最为伟大的贡献就是重印了威尔斯的小说。

基于上述原因和一些其他原因，许多评论家认为威尔斯是“科幻小说之父”。

H. G. 威尔斯生于1866年，父母都是低等仆人（母亲是女佣，父亲是园丁）。威尔斯出生时，阿尔伯特亲王刚刚去世五年，维多利亚女王也仅仅于两年前结束了自己的隐居生活，开始在公众面前露面。威尔斯1946年去世，生前目睹了现代高科技武器在第二次世界大战中大放异彩。在威尔斯出生的年代，英格兰正在摆脱18世纪的社会秩序和价值观，威尔斯的母亲将子女的幸福定义为安稳地从事某种体面的职业。出于上述目的，她试图让年轻的威尔斯去做学徒。

然而，威尔斯看到了世界的变化，他希望能以一种他的母亲无法理解的方式参与其中。他在1934年版的自传中写道：

> 在她的见识之外，难以预知的巨大力量正在持续不断地摧毁社会秩序，摧毁马、帆船运输、手工作坊、雇佣农业……她的理念就维系于这些，她的信心就基于这些。对她来说，在人类生活中出现的这些巨大变革就如同一系列无法理解的挫折、不该承受的不幸，而且还没办法很明确地找到一个东西或者一个人去责怪——除非是我的父亲……

1871年教育法案[1]颁布后，当时英国流行的教育方式是让孩子在能找得到的地方随便学点什么。威尔斯在接受这种教育后，把自己成年后的大部分职业生涯都花在了处理他母亲无法理解的不该承受

1. 原文如此，但经过多方查证，英国在1871年并未颁布过重要的教育法案，这里疑为错漏，实际应该指的是影响重大的1870年初等教育法，法案规定英格兰和威尔士的5岁至13岁的儿童必须参加义务教育。

的社会变革之上，直到晚年，威尔斯都将其视为一个可以为人类生活带来更好前途的机会。在自传中，威尔斯写道：

> 自出生起，大部分独立的个体都一直处于“面对困境”的阶段，他们持续不断地被恐惧和饥饿所驱使，不得不对他们四周一刻不停的威胁做出回应……本质上讲，他们的生活仅仅是不断地适应外界。填满了他们生活的只有好运气和坏运气而已。他们饥饿，他们进食，他们渴求，他们相爱，他们觉得愉快，他们相互依赖，他们追求目标，他们逃避障碍，最后他们被他人超越，命归泉台。
>
> 但人类未来的曙光已经出现，人类生活中拥有的能量出现了极大的剩余，比如，在过去的大约一个世纪中，人类可以从日常遭遇的紧迫事件中抽出身来，解放自己的注意力。生活的内容在不断扩展，曾经占据生活全部的事情，现在也仅仅是生活的背景而已。人们现在可以问一些在五百年前的人看来不太正常的问题，他们可以问：“嗯，你在赚钱谋生，你在养育一个家庭，你爱着一些人，恨着一些人——但是你到底是在做什么呢？”

年轻的威尔斯在他早年创作的短篇和长篇小说中致力于探讨人类在进化意义上和社会意义上的未来，并以此来动摇那些紧紧抓住“生活就是这样”的传统价值观的读者的信心。1904年后，他开始陈述那些之前描述过的问题可能的解决方案。“我们那些富有创造性的智慧劳动的成果，”他写道，“正在修复人类的生活。”

面对能源枯竭和两次世界大战带来的幻灭感，晚年的威尔斯和很多善良的人一样，试图组织大众并建立一个更好的世界，但他对改变人类的本性已经不抱希望，并创作了《走投无路的心灵》(*Mind at the End of Its Tether*, 1945)。但1904年时，威尔斯还年轻，还精力充沛，还对引导读者进行反思充满信心。他的《盲国》(*The Country of the Blind*, 1904)发表于《河岸街》杂志，很多评论家认为这篇作品是威尔斯最好的短篇小说，尽管这篇小说并没有讨论未来，而仅是描述了一处偏远的山谷。但无论如何，这篇小说实现了每一篇优秀的科幻小说试图达到的目的：动摇读者对"大众公认智慧"的信心，引导读者们通过自己的判断来思考问题。

但奇怪的是，1927年，根斯巴克发行的《惊奇故事》的读者们开始抱怨杂志上有太多的重印文章，认为这是在文学上的怠惰行为，他们尤其抱怨威尔斯使用"太多的词汇来描述一个场景"。因此，当根斯巴克在1927年12月号的《惊奇故事》上重印《盲国》时，他第一次从杂志封面上去掉了威尔斯的名字。

（赵佳铭　译）

盲国

H. G. 威尔斯

在安第斯山脉厄瓜多尔段那最广袤荒芜的荒原上，距离钦博拉索山三百多英里、距离科托帕希雪原一百多英里的地方，有一道与世隔绝的神秘峡谷，那里就是盲国的所在。很久很久以前，那道山谷还不算完全与世隔绝，只需要穿过一些险要的山口，越过一道冰雪覆盖的隘口，就能进入峡谷宁静怡人的草场。而且也确实有人去到了那里，那是几家子混血秘鲁人，为了逃离西班牙统治者邪恶的贪欲和暴政。后来，明都巴巴火山猛烈爆发，整整 17 天的时间，基多市都暗无天日，整个亚瓜奇的河流都沸腾了，甚至远到瓜亚基尔都漂浮着垂死的鱼。太平洋沿岸到处都是崩塌的山崖，还有融化的积雪和泛滥的洪水。阿劳卡峰整整一面山壁都在雷鸣般的巨响中崩塌，永远阻断了人类探索盲国的道路。不过就在这个世界翻天覆地之际，其中一位早期定居者正好在峡谷的这一边。他不得不强迫自己忘掉遗留在另一边的妻子和子女，忘掉自己所有的朋友和财产，在外面的世界重新开始生活。他开始了新的生活，但没多久就病了，丧失了视力，最后一命呜呼。但他所讲的故事渐渐成为一个传说，至今还在安第斯山脉的科迪勒拉斯地区流传。

他讲述了自己离开那个隐秘之地冒险回到这边的原因。很小的时候，他和一大包装备一起被固定在骆马的背上，第一次进到峡谷里。据他说，峡谷里有人们向往的一切——甘甜的泉水、丰美的牧场、怡人的气候，山坡上满是肥沃的褐土，上面生长着一簇簇灌木，长满了美味的果实。峡谷一面是大片高耸入云的松林，能挡住高处积雪的雪崩。另外三面则矗立着巨大的灰绿色石崖，上面覆满冰雪。不过冰川融水并不会流向峡谷，而是会顺着另一侧的山坡流向远方，只有一些大冰块偶尔会落到峡谷这边。峡谷中既不下雨也不下雪，但丰沛的泉水灌溉了整个峡谷，让草场青碧丰饶。定居者们干得确实不错。他们的牲口养得壮实，大量繁殖。但有一件事破坏了他们的幸福，而且是严重的破坏。一种奇怪的疾病降临到了他们头上，那里所有新出生的孩子都瞎了——还有几个大一点的孩子也是。他历尽千辛万苦走下山口回来，就是为了寻找能够治疗这种疾病的符咒灵药。在那个年代，在那种情形下，人们不会想到细菌、传染，只会想到罪过。他认为，这种病的病因必定在于这些粗心大意的移民没有带祭司同来，而且在进入峡谷后没有立刻建造起一座圣坛。他想要在峡谷中建立一座圣坛——一座精美、经济而又有效的圣坛。他想要在圣坛内供奉遗物，供奉代表强有力信仰的物品，比如开光赐福之物、神秘的徽章和经文。他的钱包里有一块纯天然的银块，但他不愿意解释它的来历；他就像一个技艺并不高明的骗子，一直坚持说峡谷里的人都没有个人财产，一直坚持说峡谷里没有这种白银。他说他们都把金钱首饰凑在一起，因为在那里很少有需要使用这样的财富的时候，除了购买帮他们战胜病魔的圣物。我能想象得出那幅画面：在大灾发生前，这个快要失明的年轻山里人，晒得黝黑，一脸憔悴焦虑，紧握着帽檐，完全不适应低地的生活方式，将这个故事讲给某些聚精会神的牧师听。我能想象得出他有多急切地想要带着神圣而万无一失的解药回去；也能想象得出发现峡谷出口曾经所在的位置已经变得面目全非时那无尽的沮丧。不过我并不知道他那不幸遭遇的其余部分，只知道几年后他就悲惨地死去了。偏远之地而来的可怜漂泊者啊！那条曾经造就了那座山谷的溪流如今从一个岩洞的洞口喷涌而出，而他所讲的那个悲惨而又晦气的故事也渐渐演变成了一个今天的人们仍能听到的传说：在“某个”不为人知的地方，有一个盲眼的族群。

那个如今已经与世隔绝被人遗忘的峡谷里人口稀少，疾病仍在其中蔓延。老人的视力越来越差，只能在黑暗中摸索。年轻人还能看得见，但视线越来越模糊。而新出生的孩子就什么都看不见了。不过，在那个镶着冰雪银边的盆地，生活并不艰难。那里与世隔绝，既无荆棘也无毒虫，更没有什么野兽，只有温顺的驯养骆马，都是他们历尽千辛万苦沿着干涸的河谷从他们来时的那些山口外赶进来的。他们视力下降的速度非常缓慢，以至于几乎没有人意识到他们正在失去视力。他们引导全盲的年轻人走遍整个峡谷，直到他们熟悉全部地貌。等到他们当中最后一个还有视力的人死去后，整个族群也能继续生存了下去。他们甚至还有时间去适应盲眼生火，他们把火生在石炉里，小心翼翼地控制火势。起初，他们过着简单朴素的生活，没有文字，只对西班牙文明有略微的了解，但却保留了一些秘鲁古老的传统艺术和失落的哲学。随着世代的更替，他们忘却了很多东西，也发明创造出了很多东西。他们所来自的那个更大的世界所代表的传统渐渐变得虚无缥缈。他们在各个方面都强健能干，只有视力不行。而生育和遗传的概率又为他们带来了一位思想独到、言辞锐利、颇具说服力的领袖人物，之后又是另外一位。两人在过世后继续发挥着影响，使这个小社群在数量和质量上都得到了成长，并解决了随之产生的经济社会问题。人们一代一代地成长，又一代一代地死亡。此时距离那位带着一块银子离开峡谷去寻求上帝帮助却一去不返的祖先的离开，又过去了十五代人的时间。也就是在那前后，一个外部世界来的人碰巧闯入了这个社会。这就是那个人的故事。

他是个来自基多附近乡下的山里人，曾经出海见识过世界，读书有自己的见解，是一个锐意进取的人。他被一群来厄瓜多尔登山的英国人接纳，以取代三个瑞士向导中生病的那一个。爬过几座山后，他向有安第斯山的马特洪峰之称的帕拉斯科特佩托峰[1]发起了冲击，并就此与外界失去了联系。这次事故的情况被书写过几十次，其中向导讲述的版本最为翔实。他讲述了那群人如何在近乎垂直的陡峭山路上艰难攀登，最终到达那片最宏伟的山崖脚下；如何在雪中依靠一小块岩石的遮蔽建立起一个过夜的临时居所，以及接下来那戏剧性的一幕：他们如何发现努涅兹不见了。他们大声呼喊他的名字，但没有回应。他们呼喊、吹哨，所有人一夜无眠。

黎明破晓，他们看到了他跌落的痕迹。看来他确实不可能再做出任何回应了。他从东坡摔了下去，跌落到了山峰不为人知的一侧，一直跌下去很远才碰到一片陡峭的雪坡，并随着引发的雪崩一路犁出了一道沟壑。那道遗迹一直延续到那可怕的悬崖边，再向外就什么都看不到了。遥远的下方，迷蒙的远处，他们依稀看到一些树木从一道狭窄封闭的山谷中露出头——那里就是失落的盲国。但他们并不知道那里就是盲国，并且也没有觉得那里与其他任何一道狭长的高地山谷有什么不同。这场灾难让他们深感不安，并放弃了下午的登山计划。向导也在能够发起另一次冲击之前就被召到了战场。时至今日，帕拉斯科特佩托峰都没有被征服，向导的临时居所也因

1. 马特洪峰位于瑞士瓦莱州，海拔 4 478 米，由于地势极为陡峭险峻，在此地登山被许多登山家视为高难度的挑战。文中的帕拉斯科特佩托峰为作者虚构。

为久未有人到访而在雪中崩坏殆尽。

而那个掉下去的人还活着。

滑过陡坡之后他又下坠了1 000英尺，跌落在一道比上面那道山坡更陡峭的山坡上的一堆雪中。他从这道坡上一路翻滚了下去，头晕目眩、不省人事，但身上的骨头都没断。最后，他又落到了一道缓和了许多的山坡上，终于停止了翻滚，被埋在一堆柔软的白色积雪中，正是遇到的这堆积雪救了他。他渐渐苏醒了过来，迷糊中还以为自己正躺在病床上。随后，登山者的理智让他意识到了自己的处境。他开始挖松周围的积雪，挖一会儿休息一会儿，直到能够看到外面的星星。他躺下来休息了一会儿，让胸口有一定的活动空间，开始琢磨自己是在什么地方，究竟出了什么事。他检查了一下全身，发现衣服翻过了头顶，扣子少了几个，匕首不在口袋里，系在下巴下面的帽子也丢了。他记得当时自己是在找松动的石头，好垫高临时居所自己那一侧的墙。他的冰镐也不见了。

他觉得自己一定是摔下来了，于是就抬起头向上看。在升起的月亮那惨白的光芒下，他所飞过的巨大距离让他吓了一跳。一时间，他躺在那里，瞪着那升腾而起的山崖，一脸茫然。苍白的山崖巨大无比，时不时地从一片片逐渐暗淡的黑色中露出头。那种奇幻神秘的美感震慑住了他，最后，他终于抽噎着爆发出了一阵狂笑……

经过很长一段时间之后，他才意识到自己已经几乎是在积雪的底部边缘处了。下方，月光照耀下的斜坡很好通行。再往下的地方，他可以在黑暗中看到零星散落着岩石的草皮。他挣扎着站起身，浑身上下每一个关节都在痛。他痛苦地走下堆积在周围的松散雪堆，一直朝下走到草皮上，与其说是躺下，倒不如说是一头栽倒在一块巨石旁，取出内侧口袋里的水瓶，猛灌了几口，然后就立刻睡了过去。

下方远处树梢上的鸟鸣声吵醒了他。

他坐了起来，这才意识到自己正在一片大悬崖脚下的一座小山包上，中间有沟壑分割，他自己和那些积雪就是顺着沟壑滚下来的。在他的另一侧，一面石壁拔地而起直入云霄，峭壁间的山口是东西走向的，此刻正沐浴在满满的晨光下，那阳光也照亮了西侧倒塌的山石，正是那山石堵住了不断向下延伸的山口。他的下方似乎是一道同样陡峭的崖壁，不过在沟里的积雪后面，他发现了一个好似烟囱一样的狭缝，里面还流淌着融化的雪水，孤注一掷的话可以冒险一试。他发现从那里爬下去要比想象得容易的多，之后他又来到了一座荒凉的小山顶，爬过一块不是特别难爬的岩石，来到一片长满树木的陡坡。他打定了主意，转向山口的方向，因为他看到那峡谷的开口下方露出了一片青草地。他还能在草地上瞥见几簇石屋，十分明显，而且样式跟他熟悉的房屋都不一样。一开始，他的进展就像贴在墙上爬一样慢。过了一段时间，太阳渐渐升起，阳光不再能沿着山口的方向射入，鸟鸣声逐渐暗淡，周围的空气也阴冷了下来。不过，远处的峡谷和谷中的房子却显得更明亮了。他很快爬上一个石碓，他是一个善于观察的人，立刻注意到石缝中一丛陌生的蕨类植物像一双热情的绿手一样从缝隙中爬了出来。他摘了几片茎叶吃下去，发现这植物确实可以充饥。

接近中午时分，他终于爬出了山口的最险要处，来到了平原的阳光下。他全身僵硬，疲惫不堪，于是就坐在一块岩石的阴影下，把水瓶灌满泉水一饮而尽，然后又休息了一会儿，才起身向那些房子走去。

那些房子在他看来十分古怪，事实上，相比刚才，整个峡谷看起来都更加古怪陌生了。峡谷里是大片郁郁葱葱的草地，其间点缀着许多美丽的花朵，草地都经过了精心的灌溉，一块一块的，很明显是模式化种植的痕迹。一道围墙环绕在山谷上方，还有一条好像是环形水道的东西，涓涓细流从中流出，灌溉着草地上的植物。上方更高的山坡上，一群骆马正在啃食稀疏的枯牧草。一些棚子，显然是骆马的窝棚或者喂食场，三三两两地围建在界墙边。一条条灌溉用的细流在峡谷中部汇聚到主渠道，由齐胸高的围墙围住两岸。这给这个与世隔绝的地方赋予了一种独特的城市气质。谷里还有许多条黑白相间的石头铺就的道路，有条不紊地通向各个不同的地方。路的两边各有一条奇怪的小围栏，让这里看起来更像城市了。中央村镇中的房子与他所熟悉的山村里那种随意杂乱的布局完全不同，而是在主街两侧异常整齐地排成两排。房子色彩斑斓的外墙上时不时地会出现一扇门，平坦的墙面上没有一扇窗户。墙面上的色彩完全没有规则，上面涂的灰泥时而灰色，时而土褐，时而灰蓝，时而深棕。正是这狂野的涂抹第一次将“瞎”这个字引入了这位探险者的脑海。努涅兹暗自嘀咕道：“干这活的家伙一定像蝙蝠一样瞎。”

他沿着斜坡下来，来到环绕峡谷的界墙和水渠旁，水渠把多出来的水喷到山谷深处，形成一条细细的、摇曳的瀑布线。现在，他可以看到一些男男女女正躺在草垛上，好像是在午睡。草地的远端，更靠近村子一些的地方，还躺着一些小孩子。近一些的地方，三个男人正用担子担着几个木桶走在一条从围墙通往房屋那边的小径上。他们穿着骆马皮的衣服和皮靴，系着骆马皮的皮带，戴着有后盖和耳罩的布帽。他们一个跟着一个，走得很慢，还打着哈欠，就好像一夜都没睡一样。他们有一种体面向上的气质，让人感觉很安心。纳涅兹犹豫了片刻，之后就尽可能显眼地站在岩石上，用尽全力大喊了一声，响彻整个山谷。

那三个人停下脚步，转着头，仿佛是在四下张望，把脸转到这边，又转到那边。努涅兹使劲打起了手势，但他们好像根本没有看到他的那些动作，过了一会儿，都转向右侧远山的方向，大叫了几声仿佛是在回答。努涅兹又大喊了几声，并再次徒劳地打起了手势，“瞎”这个字再次出现在他的脑海。“这帮蠢货肯定都是瞎子。”他说。

终于，经过几番徒劳，努涅兹恼火地跨上一座小桥越过溪流，穿过围墙上的一扇门，径直走向那几个人。他很确信他们就是盲人，也很确信这里就是传说中的盲国。他突然产生了一种信念，一种伟大而令人羡慕的冒险精神。那三个人就一个挨一个地站在那里，没有看向他，而是用耳朵对着他所在的方向，倾听着他那陌生的脚步。他们紧紧地挨在一起，好像有些害怕。他能看到他们都闭着眼睛，眼眶深陷，好像眼睑下的眼球都已经萎缩。他们的脸上都带着一种近乎敬畏的表情。

“有人。”其中一个用很难辨认的西班牙语说，“是一个人——一个人，或者一个魂灵——从岩石上下来了。”

而努涅兹迈着自信的步伐走了过来，就像个刚刚迈入新生活的年轻人。所有那些关于失落在峡谷中的盲国的传说都浮现在他的脑海中，那句古老的谚语也盘绕在他的心头挥之不去，就像一句朗朗上口的歌谣——

“盲国盲国，独眼称王。”

“盲国盲国，独眼称王。”

他彬彬有礼地向他们致以问候，同他们交谈，并用眼睛打量着他们。

“他从哪儿来的，佩德罗兄弟？”其中一人问。

“从那些岩石上。”

“我是从山那边过来的。”努涅兹说，“从外面的世界，人们可以看见东西的国度。距离波哥大不远，波哥大可是座大城市，住着十多万人，大到看不到边。”

“看？”佩德罗轻声说，“看？”

“他是从岩石上下来的。”另一个人说。努涅兹觉得他们的帽子风格都很奇怪，每一顶的缝法都不一样。

三个人不约而同地向他走来，每个人都伸着一只手，把他吓了一跳。他不由地后退了几步，好躲开那些伸过来的手。

“过来。”第三个盲人说着，就跟着他的动作轻巧地抓住了他。

他们抓住努涅兹，抚摸着他，一句话都不说，直到摸遍了他的全身。

“当心点儿！”他叫道，其中一个人的手指戳到了他的眼睛。他发现，这个带有可以翻动的前帘的器官让他们觉得很奇怪。他们又摸了一遍。

“奇怪的造物，科雷亚。”被称作佩德罗的那个人说，“摸摸他的头发，粗的就跟美洲鸵毛一样。”

“他皮肤粗糙得就像生他的岩石一样。”科雷亚用他那柔软而微湿的手抚摸着努涅兹没有刮过的下巴，说，“也许以后会好起来的。”他们的抚摸让努涅兹不由地挣扎了一下，但他们抓得很紧。

“当心点儿！”他又叫道。

“他会说话。”第三个人说，“显然是个人。”

“啊！”佩德罗从喉底发出一声轻呼。

“所以你来到了这个世界？”佩德罗问。

“是从外面的世界来的。跋山涉水，从那上头，距离太阳一半高的地方。我是从那个大世界来的，比这儿地势要低，距离海边 12 天的路程。”

他们似乎根本没有留心去听他在说什么。“我们的父辈曾经说过，人可能可以自然产生。”科雷亚说，“需要温度、水分，还有烂掉的东西——嗯，烂掉的东西。”

“我们带他去见长老们吧。”佩德罗说。

“先喊一下。”科雷亚说，“免得孩子们受到惊吓，这事可不平常。”

于是他们喊了起来，佩德罗走在最前面，拉着努涅兹的手，带他向房子的方向走去。

努涅兹抽回手。“我看得见。”他说。

“看得见？”科雷亚问。

“对，看得见。”努涅兹说。他转向科雷亚，结果被佩德罗的桶给绊了一下。

“他的神志还不太清醒。”第三个盲人说，“他会摔跤，会说胡话。抓住他的手给他带路吧。”

“随便吧。”努涅兹说。让盲人引路，他不由得笑了起来。

看来他们对视力一无所知。

好吧，到适当时候，会让他们好好了解了解的。

他听到有人在叫喊，看到不少人聚集在了村中央的道路上。

他发现，与盲国的居民第一次见面比他预料的更耗费勇气和耐心。那地方走近了看比之前以为的要大得多，墙上涂的灰泥看起来也要诡异得多。男女老幼都围了过来（女人中有妇女，也有女孩，他很高兴地注意到，其中有些长相还相当甜美，尽管都闭着眼睛，眼窝深陷），他们抓住他，用柔软而敏感的手抚摸他，闻他的味道，倾听他说的每一个字。不过，有些少女和孩童就躲得远远的，好像是在害怕。确实，与他们那更加柔和的语调相比，他的声音显得相当粗俗无礼。他们包围了他。他的三个向导紧挨在他的身旁，仿佛是在声明所有权，嘴里还一遍又一遍地说着：“从石头里来的野人。”

“是波哥大。”他纠正道，“波哥大。在山那头。”

“一个野人——说着胡话。”佩德罗说，“你们听到了吗——波哥大？他的心智还没完全成型呢。才刚开始学说话。”

一个小男孩捏着他的手，取笑似的模仿道：“波哥大！”

“嘿！对你们的小村子来说那可是座大城市。我可是从外面的大世界来的——那里的人有眼睛，都能看得见。”

“他的名字叫波哥大。”他们说。

“他走路不稳。”科雷亚说，“同我们来这儿的路上摔了两回。”

“带他去见长老们。”

他们一把将他推进门，进入一间漆黑无比的房间，只有尽头有一丝微弱的火光在闪动。人群在他身后涌了进来，挡住了外面的天光，只留下最微弱的一点。他还没站稳脚跟，就被一个坐在地上的人的脚给绊了一下，一头栽倒在地，跌倒时张牙舞爪，还戳到了别人的脸。他感觉到戳到人时的那种柔软的冲击感，听到了那人愤怒的叫喊。一时间，七八只手把他给按了个瓷实。这是一场一边倒的对抗，他只稍微思考了一下局势就在地上不动了。

“我摔倒了。”他说，“这么黑的地方我看不见。”

周围瞬间都安静了下来，好像那些黑暗中的人都在想要弄明白他所说的话。不一会儿，科雷亚说：“他刚刚成型，走不稳路，说话时也会夹杂一些没有意义的词汇。”

其他人也都纷纷说起了他，只不过他听不清楚，也没办法完全听明白。

“我能坐起来了吗？”他问。停了一下之后，又说：“我不会再反抗了。”他们商量了一下，让他坐了起来。

一个苍老的声音开始问他问题。努涅兹试图向这些坐在黑暗中的盲国长老解释他所来自的那个大千世界，解释什么是天空，什么是山川，什么是视力，以及其他诸如此类的神迹。结果不论他告诉他们什么他们都既不相信，也不理解，这倒是完全出乎他的意料。甚至连他说的很多词汇他们都听不懂。这些人一直与有视觉的世界相隔绝，以盲人的身份生活了十四代人的时间，所有和视觉有关的东西的名称不是消失了就是发生了变化。外部世界的故事也渐渐消散，变成了讲给孩童听的故事。而他们也不再关心盘亘在环形围墙上方岩石斜坡之外的任何事物。他们当中诞生过一些天资过人的盲人，开始质疑他们从还有视觉的年代带来的信仰和传统的遗存，将那所有一切都贬作无聊的幻想，并用新的更合理的解释来替代。他们大部分的想象力都随着他们的眼球一起萎缩了，但他们用更加灵敏的耳朵和指尖为自己创造了新的想象。努涅兹慢慢意识到：他本以为他们会对他所来自的那个地方和他的天赋表现出惊奇与崇敬，但那一切都不可能发生。他那对视觉毫无说服力的讲解被他们撇在一边，被当作一个感官不健全的新生者描述眼前的万千世界时所表现出的词不达意。他退却了，带着一丝自暴自弃，转而聆听他们的教诲。盲人中的最年长者向他阐释了他们的生命观、哲学观和宗教观：这个世界（也就是他们的峡谷）最初时就是岩石中的一个空穴，后来，首先出现了没有触觉的不会动的东西，然后是骆马和其他一些没有什么知觉的生物，再然后是人类，最后是天使——人们能够听到他们的歌声，听到他们扇动翅膀的声音，但却没有人能够触碰到他们。这个描述让努涅兹迷惑了半天，最后才想到是鸟儿。

长老继续向努涅兹讲解时间是如何被划分为冷和暖的，对盲人来说这就相当于夜晚与白天，以及为什么暖时适合睡眠，冷时适合工作。也就是说，此刻，要不是因为他的到来，整个镇子上的盲人应该都在睡觉。他还说，努涅兹一定是专门为学习和侍奉他们所获得的智慧而被创造出来的。由于他心智不全，还总会摔倒，因此必须要鼓足勇气，尽全力去学习。说到这儿，屋里的所有人都小声表示赞同。长老说夜晚早已降临（这些盲人管他们这里的白天叫夜晚），大家都应该回去睡觉。他问努涅兹知不知道怎么睡觉。努涅兹说知道，但在睡觉前他想先吃点东西。

他们给他拿来了吃的——一碗美洲鸵奶，还有粗盐面包，然后把他领到一个没人的地方，好让他吃东西的声音不要吵到别人。之后他们就都去睡觉了，直到山间傍晚的寒意唤醒他们，又开始新的一天。不过努涅兹一点儿都没睡。

相反，他就一直坐在他们带他来的地方，放松四肢，在脑海里一遍又一遍地回想他到来时的意外状况。

他时不时地还会笑出声来，有时候是觉得好气，有时候是觉得好笑。

“心智不全！”他说，“神志不清！他们根本不知道他们一直在侮辱上天赐予他们的国王和主人。看来我必须得让他们明白事理才行。让我好好想想，好好想想。”

直到太阳落山，他都还在想。

努涅兹有一双善于发现美的眼睛，在他看来，斜阳照耀在峡谷两侧雪原冰川上的光芒是他所见过的最美的景象。他的视线顺着那不可企及的荣光一路移向正在迅速沉入暮色中的村庄和农田，忽然间，一种情绪淹没了他，让他打心底里感激上帝赐予了他视觉。

他听见村外有人在喊他。

“嘿，哟，波哥大！来这儿！”

他笑着站了起来。他要一劳永逸地让那些人知道视力对一个人有多大的用处。他要让他们找他，但却找不到他。

“你还没动啊，波哥大。”那个声音说。

他微微一笑，没有发出一丝声音，然后蹑手蹑脚地走到了道路外面。

"别踩草坪，波哥大。那是不容许的。"

努涅兹惊讶地停下了脚步，刚才走下路面时他自己都几乎听不到自己发出的声音。

说话的人已经沿着黑白相间的道路向他跑了过来。

他回到路面上。"我在这儿呢。"他说。

"我叫你的时候你怎么不过来？"那个盲人说，"你就非得像个孩子似的被领着走吗？你走的时候就听不见路吗？"

努涅兹笑了起来。"我看得见路。"他说。

"'看'可不是个词。"那个盲人说。过了一会儿，那人又开口道："别犯傻了，跟着我的脚步声走。"

努涅兹跟了上去，心里还有点恼火。

"风水轮流转，总会轮到我的。"他说。

"你会学会的。"盲人回答，"在这个世界上，要学的东西可多着呢。"

"你有没有听过'盲国盲国，独眼称王'这句话？"

"盲是什么？"那个盲人漫不经心地回头问。

四天过去了，这位盲国君王在第五天里仍旧籍籍无名，还被他的臣民当作一个笨手笨脚毫无用处的怪人。

他发现，证明自己比他预想的要难得多，他只能一边谋划着他的政变[1]，一边按照要求乖乖地学习盲国的风俗习惯。

最让他觉得难以忍受的就是要在夜间工作活动。他决定，等他当权后，第一件事就是把这一点给改掉。

这些人都过着艰苦朴素的生活，但却拥有美德与幸福，因为这些都是人所共通的元素。他们勤劳工作，但不过度操劳；他们丰衣

1. 原文为法语。

足食，有专门用来休息的日子和季节，他们重视音乐歌舞，生活中充满着爱，还有不少小孩子。

他们充满自信，行事精确；他们的世界秩序井然，令人叹为观止。所有的一切都被安排得符合他们的需求。峡谷里每条径向发散的道路都与其他道路保持着相同的夹角，每条路的路缘石上都有不同的刻痕以示区别。道路或草地上的所有障碍物都早已被清除。他们所有的方法和程序都是由他们的特殊需求自然产生的。他们的感官出奇地灵敏，相隔几步之外就能判断得出别人细微的动作，听到对方的每一下心跳。他们早已用语调和触摸手势取代了表情，他们用锄头、铁锹、叉子干起农活来得心应手。他们的嗅觉尤其灵敏，可以像狗一样轻松分辨个体差异。他们照看起骆马来毫不费力，那些家伙可是生活在峡谷的岩石上的，只有吃食休憩时才会到围墙上的窝棚里去。最后，努涅兹也不得不承认，他们行动起来非常自如。

努涅兹决定先礼后兵。

一开始，他试图在一些不同的场合跟他们说明什么是视力。“你们看呐，伙计们。”他会说，“我要告诉你们一些你们不明白的事。”

时不时地，会有那么一两个人搭理他，他们会坐下来，垂着头，用耳朵对着他，用心地听。而他则会使尽浑身解数，跟他们讲“看见”是怎么一回事。在他的听众中有一位姑娘，眼睑不像其他人那么红肿，眼窝也没有那么深陷，你甚至可能会幻想她的眼睑下还藏着一双眼睛。努涅兹最希望说服的就是这位姑娘。他会讲述视觉之美，讲述目之所见的青山绿水、蓝天旭日。他们听他讲述时一副戏谑怀疑的表情，没过多久戏谑就变成了责难。他们跟他说，这世界上根本就没有什么山，放牧骆马的那些岩石的尽头是世界的尽头。巨穴状的宇宙穹顶就从那里升起，雨露雪崩就从那里落下。他坚决反驳，说世界根本没有什么尽头，也没有他们所说的什么顶子。他们则说他满脑子异端邪说。尽管他费尽心思地跟他们讲天空云朵，讲日月星辰，但那一切对他们来说都只是令人厌恶的虚言，是对他们所相信的光滑穹顶的亵渎——在他们的信条中，穹顶的触感应该是光洁无瑕的。他发觉在某种程度上，他吓到了他们，于是就放弃了这种尝试，转而向他们推销视觉的实用价值。一天早上，他看到佩德罗正从一条被叫作十七号路的道路上向中央的房屋区走来，不过还没到可以听到或闻到的距离，于是他就这么对他们说，“再过一会儿——”他预言道，“佩德罗就会过来。”一个老人反驳说，佩德罗没有什么要在十七号路上办的事。紧接着，仿佛要证实老人的话一般，佩德罗向前走了几步就横拐向了十号路，迈着敏捷的步伐朝外墙走去。努涅兹因此倍受奚落。之后，当他为了澄清自己并非妄言而去质问佩德罗时又碰了一鼻子灰。佩德罗还因此对他产生了敌意。

之后，他又说服他们容许他一个人自行沿草地斜坡朝墙的方向走很长一段，而他则保证，能向他们描述房屋区那边发生的一切。他确实准确说出了谁来了谁走了，但对那些人来说真正要紧的是发生在那些没有窗户的屋子里面或者后面的事——他们觉得只有这样才能考验他——而这恰恰是他看不到说不出的。经过这次失败，他们对他的嘲弄便一发不可收拾，使他决心诉诸武力。他打算抓一把铁锹，先突然把他们中的一两个打翻在地，再通过公平的战斗这种实在的决斗来显示眼睛的优势。不过这个方案只执行到去拿铁锹，随即他便发现自己需要面对一个新的困难：他没办法那么冷血地将一个盲人打翻在地。

就在犹豫时，他发觉他们所有人都注意到他拿起了铁锹。他们警觉地站了起来，脑袋侧向一边，耳朵对着他的方向，时刻注意着他的下一步动向。

“把锹放下。”其中一个人说。恐惧无助之下，他顺从地走了过来。

接着，他忽然将一个人一把推到屋墙上，飞身跃起朝村外逃去。

他横穿过他们的一块草坪，在身后留下一串践踏出的足迹，随后一屁股坐在他们的一条道路旁。他感到些许兴奋，就像任何一个人在一场战斗开始时都会感到的那样，但更多的还是困惑。他开始意识到，面对跟你拥有不同心理基础的造物，你甚至都无法愉快地战斗。他看到远处有不少人手持铁锹棍棒，从房屋区的街道上走了出来，分散成一条长线，沿几条道路朝他走来。他们走得很慢，时不时地还彼此交谈。整条警戒线走走停停，人们不时地嗅着空气，侧耳倾听。

第一次看到他们这么做时努涅兹笑出了声，不过随即就笑不出来了。

一个人碰到他在草地上的足迹时俯下身闻了闻，立刻就感知到了他逃跑的方向。

他看着警戒线慢慢延伸，足足看了五分钟的时间，想要做点什么的模糊情绪让他不由地焦躁了起来。他站起身，向围墙走了几步，又转过身，往回走了一小段。众人已经站成了新月形，一动不动，静静地倾听着。

他也一动不动地站着，双手紧握铁锹。该攻击他们吗？

耳中的脉搏声逐渐化作“盲国盲国，独眼称王”的声音，一遍一遍喋喋不休。

该攻击他们吗？

他回望身后那光滑而又难以攀爬的围墙——难以攀爬，是因为墙上的灰泥抹得非常平整，虽然墙上开了很多小门，但都在越来越近的警戒线的那一侧。警戒线后，更多的人正在源源不断地从室内跑到街上。

该攻击他们吗？

“波哥大！”有人喊道，“波哥大，你在哪里？”

他握着铁锹的手攥得更紧了，双脚也沿草地朝居住区迈出了一两步。刚一有动作，他们就朝他的方向聚拢了过来。“他们要是敢碰我我就打死他们。”他赌咒道，“我对天发誓，我会的。打死你们。”说完他大叫一声：“看啊，我要在这个峡谷里为所欲为。听到了吗？我想做什么就做什么，想去哪儿就去哪儿！”

众人迅速朝他移动过来，尽管是在摸索，但动作异常迅速，那感觉就像是在玩盲人捉贼，除了贼外所有人都蒙着眼睛。“抓住他！”其中一个人喊道。他忽然发觉自己已经陷入了一条松散的包围曲线，再不采取积极果断的行动就晚了。

“你们都不明白。”他本想用响亮坚定的声音喊出这些话，结果却破了音，“你们都是瞎子，只有我能看见，别惹我！”

“波哥大！放下铁锹，从草地上下来！”

这最后一道命令有一种城市里常见的熟悉感，而这种怪诞的感觉更激起了他的愤怒。

“我会杀了你们的。”他泣不成声道，“对天发誓，我会杀了你们的，别惹我！”

他跑了起来，但并不清楚该跑到哪儿去。他躲开距离最近的盲人，因为要是打到那人就太可怕了。他停下脚步，然后猛地冲刺，想要冲出包围圈。他朝一个大缺口跑去，缺口两侧的人迅速预计到了他的意图，聚拢到了一起。他继续冲刺，眼见就要被抓，呼的一声，铁锹挥了出去。手掌手臂传来一阵柔软的酥麻，那人痛叫一声摔倒在地，他冲了过去。

冲过去了！他再度接近街道旁的房屋区，那些盲人挥舞着铁锹木棍，从各个方向跑了过来，动作十分敏捷。

听到身后的脚步声他急忙转身，只见一个大汉向他冲来，正要挥拳打向他发出声音的地方。他顿时吓破了胆，一把将铁锹朝对手扔了过去，还扔偏了，同时惊叫着躲过另一个人的攻击。

他惊慌失措，像没头的苍蝇一样慌不择路，如惊弓之鸟一般不用躲的动作也躲。他焦急地环顾四周，想要看清所有一切，结果却摔了一跤。一时间，他摔倒在地，所有人都听到了他摔倒的声音。远处围墙上，一道开着的小门廊看起来就像是天堂一般，他发了疯似的冲了过去，完全不顾及会吸引多少追击者的注意力。他跌跌撞撞地奔过小桥，又从岩石上爬过一小段，把一头小骆马给吓得一会儿就跑得没了踪影。之后，他便躺了下来，哭得上气不接下气。

他的政变就此告终。

他在盲国村子的围墙外待了两天两夜，没有食物也无处躲藏。他思考着自己这意料之外的处境，与此同时，不断地用一种浓浓的嘲讽语气反复重复着那句歌谣："盲国盲国，独眼称王。"他大致设想了几种打败并征服那些盲人的办法，但越想越清楚，没有一种办法实际可行。他没有武器，事到如今要搞到一件就更难了。

即使早在波哥大，文明的溃疡就已经侵袭了他，他根本找不到勇气去刺杀一个盲人。当然，如果他做到了，那接下来，他可能就会考虑如何威胁杀掉他们所有人了。不过——迟早他都必须得睡觉！……

他也试着在松树林中找吃的，想于起霜的夜晚在松枝下睡得舒舒服服，还试着用计抓住一只美洲鸵，然后杀掉，好最后能吃上点——可能是用石头砸，不过把握也不大。可惜美洲鸵并不相信他，一直用棕色的眼睛狐疑地打量着他，并在他靠近时吐了他一身口水。第二天，恐惧降临，让他抖成了一团。最后，他终于爬下盲国的围墙，想要和他们去谈条件。他沿着溪流爬行，一边爬一边大声叫嚷着，直到有两个人出来到门口这边跟他说话。

“我之前是疯了。”他说，“可我只是个新降世的人。”

那两人说这才像点样。

他告诉他们他已经清醒多了，对之前所做的一切懊悔不已。

接着他就真的哭了起来，因为他已经病弱不堪。而他们觉得，这是一个好兆头。

他们问他是否仍认为自己能“看见”。

“不。”他说，“那都是些蠢话。那两个字毫无意义——比毫无意义还没有意义！”

他们又问他头顶上有什么。

“在百人高的地方，有个顶棚，盖在……盖在这个岩石世界上——非常，非常光滑……”他歇斯底里地哭了起来，“先给我点吃的再问吧，我快死了。”

他本以为自己会遭受到严厉的惩罚，但这些盲人很宽宏大量。他们只是把他的叛乱行为当成又一个证明他愚昧无知的证据。给了他一顿鞭子之后，他们给他指派了一些最简单也最繁重，人人都能干的活儿。而他呢，在认识到别无其他谋生之法后，就乖乖地接受了一切安排。

他病了好几天，他们好心地照料了他，这也让他变得更加顺从。不过他们还是坚持反对他晚上睡觉，这让他很是难受。他们还派了好几个哲人来跟他谈论他脑子里那些轻浮邪恶的念头，并且深深地责备他对盖住他们那个宇宙砂锅的岩石穹顶的怀疑，以至于他都怀疑自己是否真的是被幻觉所害，所以才看不到头顶上的石顶。

就这样，努涅兹也成为盲国的一员。群山之外的世界对他来说变得日渐遥远模糊，而这里的人却不再是泛指的概念，而是渐渐成为一个个他所熟悉的个体。这其中就有雅各布，他的主人，没被惹恼时是个很和善的人；有佩德罗，雅各布的侄子；还有梅迪纳·萨罗特，雅各布最小的女儿。她在盲人的世界中不受人尊重，因为她面部线条棱角分明，缺乏盲人男性理想中的那种柔和光滑令人满意的女性美。不过努涅兹刚一见到她就觉得她很美，而且是这个世界上最美的造物。她那闭合的眼睑并不像峡谷里的人通常那样深陷红肿，仿佛随时都有可能睁开。还有她那长长的睫毛，在这里被认为是严重的缺陷。还有她的嗓音也很洪亮，不适合峡谷青年那敏感的听觉。所以她还没有爱人。

这使得努涅兹开始考虑，如果有朝一日能赢得她的芳心，那就算余生都要在这峡谷中度过那他也愿意。

他关注她，寻找机会向她献殷勤，并且没过多久就发现她注意到了自己。一天，在一个休息日聚会上，他们俩并排坐在朦胧的星光中，伴着甜美的音乐，他的手碰到了她的手，他鼓起勇气握住，她也报以轻轻的回握。又一天，他们在黑暗中共进晚餐，他感觉到她的手轻轻抚上了他的手。伴随着跳动的火光，他有幸看见了她脸上的温存。

他想方设法与她攀谈。

一天，他走向坐在夏夜月光中的她，月光如纱一般，给她披上一身银色，带上了一丝神秘的气息。他坐在她的脚边，告诉她他爱她，告诉她她对他来说有多美。他的声音中充满爱意，那温柔的敬意近乎崇拜，而她从未接触过此等爱慕之情。她没有给他明确的答复，但很显然，他的话语打动了她。

在那之后，他只要一有机会就去与她攀谈。这峡谷成了他的世界，而群山之外那个灿烂光明的世界则不过是个有朝一日他会与她讲述的神话故事而已。他试探性地、怯生生地跟她说起了关于视觉的事。

对她来说，视觉是最富诗意的幻想，她听他描述星空，描述山川，描述她那光洁白皙的美，仿佛那是一种放纵的罪。她不相信，也不能完全理解，但却莫名地感到欢喜。而在他看来，她完全就是他的知己。

他的爱中不再有敬畏，于是他鼓足勇气。他即刻向雅各布和诸位长老提出要娶她，但她却因为害怕而犹豫了起来。最后还是她的一个姐姐最先告诉雅各布，梅迪纳·萨罗特和努涅兹恋爱了。

努涅兹与梅迪纳·萨罗特的这桩婚事一开始就遭到了极大的反对，与其说是因为他们重视她，倒不如说是因为他们认为他是一个心智不全的人，一个白痴，一个低于平均水准的无能的人。她的姐妹们强烈反对，认为这会给她们带来耻辱。而老雅各布虽然对自己这个笨拙、听话的农奴有点好感，但也还是摇摇头，说这种事不可能。不少年轻人一想到他要败坏他们的种族血统就气不打一处来，其中一个甚至辱骂殴打了努涅兹。不过努涅兹也进行了反击。这也是他头一回尝到视力的甜头，即使当时光线微弱，但那一仗之后就再没人敢向他挥拳头了。然而他们还是觉得这桩婚事完全没有可能。

老雅各布十分疼爱这个最小的女儿，看到她伏在自己肩头痛哭，也忍不住伤心了起来。

“你知道的，乖女儿，他就是个白痴。他有妄想症，还什么事都做不好。”“我知道。”梅迪纳·萨罗特哭泣道，“可他的潜力不止如此。他正在变得越来越好，而且他也很强壮。亲爱的爸爸，他还很善良，比这世上所有的男人都强壮、善良。而且他爱我——况且，爸爸，我也爱他。”

悲痛欲绝的女儿让老雅各布伤心不已，再加上就很多方面而言，他也喜欢努涅兹，这就让他更痛心了。于是，他来到密不透光的会堂，与诸位长老商谈，探大家的口风。找了一个适当的时机后他说：

“他很有潜力。很有可能，有朝一日，他会和我们一样心智健全。”

后来，一位心思缜密的长老有了主意。他是他们当中的杰出医师，也是他们的药剂师，富于哲学思维和创造力。治愈努涅兹的怪癖，这个念头对他而言很有吸引力。一天，雅各布也在时，他把话题转到了努涅兹身上。

“我检查过波哥大。”他说，“在我看来情况很清楚。我认为他极有可能被治愈。”

“那正合我的心意。”老雅各布说。

“他的脑子受到了不良影响。”盲人医师说。

长老们窃窃私语，纷纷表示同意。

“那，是什么影响了他呢？”

“啊！”老雅各布说。

“是这个。”医师自问自答，“是那个叫作眼睛的怪东西，它的存在会在脸上留下一块柔软的凹陷区域，是病变的体现，而波哥大的病变尤其严重，以至于影响了大脑。他的眼球严重肿大，还有睫毛，眼睑还会动，这都让他的大脑处于一种持续的不稳定状态，容易发生错乱。”“是吗？”老雅各布说，“然后呢？”

“我认为，而且我也有相当的理由敢断定，要想完全治愈他，我们只需要做一个非常简单易行的外科手术——也就是说，移除病变的部分。”

“那样他就会正常了？”

“那样他就会完全正常了，成为一个可敬的公民。”

“感谢科学！”说完，老雅各布立刻就去找努涅兹，好告诉他这个好消息。

可努涅兹对这个好消息的反应却给他浇了一盆冷水，让他失望不已。

“从你的反应，别人可能会以为——”他说，“你一点都不在乎我的女儿。”

最后，还是梅迪纳·萨罗特说服了努涅兹去面对那些盲人医师。

“你不会是想让我失去我的视觉天赋吧？”

她只是摇头。

“视觉就是我的世界。”

她的头垂得更低了。

“那么多美好的事物，美好的点滴——鲜花，缀着地衣的岩石，轻盈柔软的毛皮，远空的浮云，星空日落。还有你。哪怕只是为了能看见你，看见你那甜美安详的面颊，温软的双唇，看见你那可爱的绞在一起的美丽的双手，视力就是个好东西……是你赢得了我的双眼，是这双眼睛让我找到了你，而那些白痴却想把它拿走。没了它，我就只能抚摸你，听你的声音，就再也看不到你了。我也要进入那无尽的黑暗，进入到那岩石穹顶下，像你们一样让想象力屈从于那可怕的顶盖……不！你真希望那样吗？”

一丝疑惧在他的心头升起，他停了下来，提出了问题。

“我希望——”她说，“你——”她顿了顿。

“什么？”他问，声音中带着一丝焦虑。

“我希望你不要老是那样说话。”

“哪样？”

“我知道那很美——你的想象。我很喜欢，可如今——”

他感到一阵寒意。“如今？”他轻声问。

她静静地坐着，一言不发。

“你是说——你觉得——我应该变得更好，更——”

他一下子明白了过来，怒火中烧，是的，是命运既定的轨道让他感到愤怒，还有对她的同情，因为她不能理解——那同情已近乎怜悯。

“亲爱的。”他说，从她那苍白的脸上他看得出来，那些说不出口的话让她承受了巨大的精神压力。他搂住她，轻吻她的耳际，两个人就这么坐着，相对无言。

“要是我同意了呢？”他终于开口道，语气极尽温柔。

她一把抱住他，痛哭起来，“哦，如果你愿意……”她抽噎道，“只要你愿意！”

距离手术还有一个星期，马上就能从一个低下的农奴升级成盲国公民，努涅兹辗转难眠。温暖而阳光明媚的白天，其他人都沉浸在甜蜜的梦乡，只有他，不是呆坐沉思，就是漫无目的地游荡，想要让自己的心能够承受得住这困境。他是给出了他的回答，他是同意了做手术，但他其实并没有下定决心。工作时间终于结束，太阳从金灿灿的山峰上升起，他拥有视力的最后一天终于来临。在梅迪纳・萨罗特去睡觉前，他又与她相处了几分钟。

“明天。”他说，“明天我就再也看不到了。”

“我的宝贝！”她回应道，全心全意地握住他的手。

“只会有一点点疼。”她说，“你会挺过去的——你会的，我亲爱的爱人，为了我……亲爱的，只要是一个女人的身心可以做到的，我都会拿来回报你。我最最亲爱的，我最温柔的爱人，我会回报于你。”

他对自己、对她都充满了同情。

他抱住她，吻上了她的嘴唇，最后一次欣赏她那甜美的脸。“别了！”他对眼前的景象轻声说，“别了！”

一片寂静中，他转身离开了。

她听着他渐渐远去的脚步声，那节奏中有种东西让她陷入了某种情绪，不由地哭泣了起来。

他本打算去一个偏僻的地方，一片长满美丽白水仙的草原，直到他的献祭时刻到来。但到那里时，他抬眼就看到了清晨，清晨就像一个穿着金色盔甲的天使，沿着陡峭的山坡行进……

他忽然觉得，在这荣光面前，他和这峡谷里的盲眼世界，还有他的爱人，所有的一切，都只不过是个罪恶的坑穴而已。

他并没有像他预想的那样转身回去，而是继续前进，穿过围墙，爬过岩石，双眼始终没有离开那闪耀着阳光的冰层白雪。

他看着那无限的美景，不禁思绪飞扬，飞越了眼前的所有，也飞越了他正打算永远放弃的一切。

他想起了那个他所远离了的大千世界，那个曾属于他自己的世界。他的视线仿佛穿过了远处的山坡，越来越远，直到波哥大，那个美丽无比的地方，白天荣耀无比，夜晚光芒璀璨，到处都是宫殿、喷泉、雕像和白色的房子，美得不可方物。他想象着，如何花费一天左右的时间，穿过一道道隘口，一步步走近繁忙的街市。他想象着沿河而行，一天又一天，从伟大的波哥大到外面更加广阔的世界，穿过座座城镇村庄，穿过森林沙漠。河流奔腾不息，日复一日，直到两侧河岸退去，大汽船飞溅着水花驶过，终于到达海上——广袤无垠的大海，海上千岛纵横，船只在遥远的地方依稀可见，不停地在那个更加广阔的世界上航行。在那里，没有山的阻挡，人们能看到天空——天空，不像在这里只能看到的那样，是一个圆盘，而是一片无限的蓝色穹顶，一个深邃的深渊，群星盘绕，飘浮其中……

他仔细审视着大山的帷幕，热切地研究着。

比方说，如果走到那条沟壑，走到那条狭缝，那么或许就可以从上方那些矮松树中绕出来，那些松树仿佛层层架子一般在山谷上盘绕，越绕越高。然后呢？那道坡应该也能搞定。从那里也许可以找到一个可供攀登的地方，带他到那堆着雪的悬崖；如果那条狭缝走不成，那往东再走远一点也许能更好地达到他的目的。然后呢?然后，他就能站在笼罩在琥珀色光芒中的雪地上，来到那山峰半山腰上的美丽荒原。

他回头看了一眼村子，然后从右侧转过身，坚定地注视着村子的方向。

他想到了梅迪纳·萨罗特，而她在他心里已经变得那么渺小，那么遥远。

他再次转向群山的方向，是时候出发了。

他小心谨慎地攀爬了起来。

太阳落山时他停了下来，不过他已经爬得很高，离村子很远了。他曾到过更高更远的地方，不过这也已经很高了。他的衣服划破了，四肢也血迹斑斑，身上青一块紫一块的，不过他躺在那儿，却十分轻松惬意，脸上还挂着微笑。

从他歇息的地方望去，峡谷就仿佛是一个在下方差不多一英里处的小坑穴，已经在阴影与云雾的笼罩下变得迷蒙了起来，尽管他四周的山峰都还闪烁着火焰般的光芒。近处岩石的细微处都被微妙的美感给浸透了——一条绿色的矿脉穿透灰色，四处不时闪现出剔透的晶面，美丽的橙色地衣不时地会从脸旁滑过。峡谷里的阴影深邃神秘，蓝色渐深变成紫色，紫色又变成一片夜光的黑，头顶上是无限浩瀚的天空。但他已不再留恋这些，他只是一动不动地躺着，微笑着，好像只要能逃出盲国他就已经满足，虽然他曾想在那里称王。

夕阳余晖散尽，夜幕降临，他仍躺在冰冷的星空下，心满意足。

（王小亮　译）

主流文学中的科幻思潮

迄今为止，科幻小说作家并未得过诺贝尔奖，但有一小部分诺贝尔奖得主写过和科幻小说别无二致的作品。人们可能会容忍作家偏离主流文学而去创作副文学[1]，但世人——至少是诺贝尔奖评委——还没有准备好去认同科幻小说这种文学类型。这种情况可能首先在欧洲有所改变，在欧洲，斯坦尼斯瓦夫·莱姆（Stanislaw Lem）是一位常被人提起的诺贝尔奖候选人。这种改变也可能首先发生在英国。在那里，科幻小说从未被严格地排除在主流文学之外。

鲁德亚德·吉卜林[2]（Rudyard Kipling）是一个最好的例证。

他创作了两篇短篇小说，它们不仅仅是毫无争议的科幻小说，而且还在主题和写作技法方面远远领先于时代。他首先在1904年创作了短篇小说《夜间邮船》（"With the Night Mail"），其中充满

1. 指通常不被认为是传统意义上的"文学"的作品，如通俗小说、神秘小说、幻想小说等。科幻小说也被认为是副文学的一种。

2. 生于印度的英国文学家，其作品涉及散文、诗歌、儿童文学、科幻小说等多个领域，曾获1907年诺贝尔文学奖，是迄今为止最年轻的诺贝尔文学奖得主，其科幻作品对后世科幻作家影响深远。海因莱因、波尔·安德森等科幻小说作家都曾对吉卜林的科幻小说给予高度评价。

了精心构筑的细节。文中描绘了航空技术的未来及其对生活和政治的影响。随后在 1912 年创作了续作《易如 A.B.C.》(“As Easy As A.B.C.”)。在此期间——1907 年——他获得了诺贝尔文学奖。

一位研究威尔斯的学者英瓦尔德·拉克内姆曾评论道，在 1893 年，“吉卜林已经成为了威尔斯最喜欢的作家之一”。威尔斯在吉卜林的文学生涯中找到了许多他羡慕并去模仿的东西。但威尔斯成为转向创作主流小说的科幻作家，而吉卜林是写过一些科幻小说的主流文学作家。这两者是很不同的，特别是在英国的文学环境之中，科幻小说从未如美国那样和主流文学严格分开。美国科幻杂志将科幻小说这种文学类型的成功固化，可能把科幻小说和它的主流文学源头割裂开了。

H. 布鲁斯·富兰克林（H. Bruce Franklin）著有一部关于 19 世纪美国科幻小说的研究著作《将来完成时》(*Future Perfect*)。他在书中指出，“19 世纪主要的美国作家都没有写过科幻小说，甚至连一部乌托邦小说都没写过。实际上，二流作家中也很少有写过的。”对于英国作家来说，就难以下这样的结论了。乌托邦小说已经有了很好的代表：爱德华·布尔沃-李顿的《即临之族》(*The Coming Race*)、塞缪尔·巴特勒的《邦托乌》(*Erewhon*)、W. H. 赫德逊的《水晶时代》(*A Crystal Age*)、威廉·莫里斯的《乌有乡消息》(*News from Nowhere*) 等等。

不过，英国科幻小说的传统之一就是如此：诸如阿道斯·赫胥黎（Aldous Huxley)、乔治·奥威尔（George Orwell)、金斯利·艾米斯（Kingsley Amis）和安东尼·伯吉斯（Anthony Burgess）等主流文学作家敢于投入科幻小说的潮流之中，而不会受到批评，认为他们随波逐流。因此，在英国出版的科幻小说常常并不那么类型化——也就是说，并不像其他科幻小说那样有着共同的特点——而更像是主流文学界所创作出的个性化作品。

这种传统可能始于吉卜林。小说家的本能让他在找到灵感之时就可以把故事娓娓道来。有时候，这些灵感将他引入到奇异梦幻的故事上，比如《无线》(“Wireless”)、《野兽的印记》(“The Mark of the Beast”) 和《世界上最好的故事》(“The Finest Story in the World”)。这些灵感偶尔也会把他引入到那些可以发表在黄金时代的科幻杂志的小说中。

出生于孟买的吉卜林回到英国接受教育，又作为记者返回印度，之后在 1889 年再一次回到英国，并收获了显赫的声名和不菲的财富。

《夜间游船》描述了“邮包”的一段充满变故的旅程，“邮包”是一艘通过“弗勒里射线”所推进的飞艇状航空器。尽管在叙事中很少有人物描写，和人物相关的情节甚至更少——这是吉卜林在作为记者的身份下写出的——他仍然将氛围渲染得绝妙而令人信服。这篇小说在《伦敦杂志》初次发表时，当时的飞机、飞艇、适配件、服装、书籍和招聘的广告都强化了这种氛围。这种氛围的一部分正是一个在字里行间所表露出的设定：飞行技术意味着国界的消失以及一个新型国际政治实体的诞生，这个实体叫作“航空控制委员会”，或者叫“A.B.C.”[1]。

《易如 A.B.C.》是一则明显不同的故事。尽管这篇小说也沿用了航空控制委员会的概念，而且也围绕着它的影响构建了故事。但除了偶尔提及，它并没有关注技术问题，反而开始关注社会问题。书中的确写到了类似于激光的武器，可用于控制人群，也写到了人们对于声音的情绪反应。但在这篇中篇小说中，吉卜林在表现小说本身戏剧性的感染力的同时，还探讨了对于人口过多问题的过激反应

1.“航空控制委员会”（Aerial Board of Control）英文原文的首字母缩写为“A.B.C.”。

以及人们对于人群过度聚集的心理反应。

这篇小说细致入微地运用了许多反转写作技巧，它们在 20 世纪 50 年代成为科幻小说的标准手法。吉卜林的写作技巧可以削弱读者对理解故事情节发展的自信，从而也可以削弱他们对老旧写作手法的依恋，那些老旧手法中有许多并不合适的传统。他非常擅长这种技巧，如果他在这个新兴文学类型中的作品和威尔斯一样多，他也许可以和这位比他小一岁的作家竞争“科幻之父”的称号。

但是，他还有诺贝尔奖要得。

（赵佳铭　译）

易如 A.B.C.

鲁德亚德·吉卜林

A.B.C. 控制着这颗星球。这个政治实体由半是选举产生、半是直接任命的几十人组成。“运输即文明”是我们的座右铭。理论上，只要不干扰交通及其包含的一切，我们可以为所欲为。实际上，是 A.B.C. 在批准或者撤销所有的国际事务。而且根据其最近一次的报告，我们发现这颗忍耐性强、有幽默感又懒惰的小星球已经做好了把公共管理的重担完全移交给委员会的准备。

——《夜间邮船》

我们这颗星球应该对航空控制委员会的行动产生些兴趣了，难道现在不正是时候吗？人们都知道，如今通信便利，过去隐私缺乏，这已经彻底抹杀了人类的好奇心，但是作为委员会的官方记者，我一定得讲一下我的故事。

公元 2065 年 8 月 26 日上午 9 时 30 分，位于伦敦的委员会收到了德·弗瑞斯特的消息。消息称，北伊利诺伊州已经粗暴地切断了它们和所有系统的联系，而且将会保持分离，直至委员会接管此地并进行直接管理为止。

他报告称，北伊利诺伊州的所有货运和客运塔均已不再运转；该地区所有的主灯光、地方性灯光和指示灯光均已熄灭；所有的普通通信方式均已失灵；过境交通均已改道。该地区并未给出原因，但他通过非官方途径从芝加哥市市长那里获悉，该地区的人们在抱怨“人群聚集以及侵犯隐私”。

从事实的角度来说，北伊利诺伊州是不是留在这个行星级别的通信环路上根本不重要。但是从政策的角度来说，任何关于侵犯隐私的抱怨都需要立刻展开调查，以免事情变得更糟。

上午 9 时 45 分，德·弗瑞斯特、德拉哥米洛夫（俄罗斯籍）、高平（日本籍）和皮里洛（意大利籍）被授权前往伊利诺伊，并被授权“采取可能的必要措施以恢复交通及其包含的一切”。上午 10 点，大厅空无一人，我和这四名成员登上那艘皮里洛坚持称作“我的小小教子”的飞船——这指的是全新的维克多·皮里洛号。我们这颗星球都更愿意把维克多·皮里洛看作一位温和儒雅、头发灰白的热心人，他在福贾附近生活，将时间花费在发明或者创造新品种的西班牙-意大利橄榄树上。但是在他的天性中还有着另外一面——做出稀奇古怪的发明。在这些发明中，维克多·皮里洛号飞行器可能还称得上让人略感惊异。它和其他几十艘同样型号的姐妹飞行器体现了皮里洛最新的创意。但是乘坐起来并不舒服。A. B. C. 的飞船并不是借助船式飞行器[1]的水平龙骨来利用空气的力量升空的，而是和我们祖先所用的那种飞机一样，像火箭那样射向天空，这使得它一开始就全速飞到想达到的高度。正是因此，我突然发现自己坐在了尤斯塔斯·阿诺特巨大的膝盖上，他指挥着 A. B. C. 舰队。人们模

1. 作者虚构的未来航空器类型，后半句中“祖先所用的那种飞机”指的是我们自莱特兄弟发明飞机以来到现在一直使用的固定翼飞机。

模糊糊地知道在这个星球上的某个地方有个叫舰队的东西，这个东西理论上是为了曾经被称为“战争”的目的而存在的。就在一周之前，当我参观一座位于哥特哈文[1]后面的冰川疗养院时，我看到了一些飞行队在很远的北方围绕着北极飞行，制造人工极光。但我当然从未想过这些东西能用在严肃的目的上。

我摇摇晃晃地坐在地图室的长沙发上，阿诺特对德·弗瑞斯特说：“我们非常感谢那些伊利诺伊人。我们从来没有机会可以让整个舰队一起练习，我已经做了全体调动，希望今晚天上至少能有200艘飞船。”

“在很高的天上？”德·弗瑞斯特问。

“当然了，先生。它们在你的视线之外，直到你呼叫他们时才会出现。”

阿诺特大笑着，懒洋洋地倚在透明的地图桌上，上面的地图显示出如夏日晴空一样蓝的大西洋。地图一度又一度地划过桌面，精确地显示出我们行进的位置。仪表盘显示，我们的时速有320英里，而且位于最高的交通航线之上2 000英尺。

“哎，你说的这个伊利诺伊地区在哪儿？”德拉哥米洛夫说，“我去了那么多地方，却几乎啥都没记住。噢，我想起来了！在北美洲！”

德·弗瑞斯特的工作正是去了解外界。他和我们说，伊利诺伊就坐落在密歇根湖湖畔，在一条并不通往某个特定的目的地的路上，从一头到另一头大概要跑半个小时。而且除了一角之外，整个地区都和大海一样平坦。为了防止侵犯隐私，该地区就像现在大部分的平坦地区一样，被人工林层层守护——人工林里种植着50英尺高的云杉和落叶松，都在五年内就能长出来。那里的人口接近200万，

1. 地名，位于格陵兰岛。

大部分都是佛罗里达和加利福尼亚的移民，靠着小农场支撑生计（在伊利诺伊，他们把1 000英亩称为一个农场）。那些小农场的主人在冬天去芝加哥娱乐交际。德·弗瑞斯特说，他们都是些十分善良和平的居民，只是和所有平原地区的居民一样，在隐私观念上有点严格。比如说，在伊利诺伊州已经有27年没有印刷报纸了。芝加哥争论说，那些印刷报纸的机器迟早会发展成侵犯隐私的武器，反过来就会把人群聚集和敲诈勒索这些古老的恐怖之物带回我们这个星球。所以，不许印报纸。

“嗯，伊利诺伊就是这样的。”德·弗瑞斯特总结道，“你们要知道，在旧时代，这里曾经是所谓‘进步’的前沿阵地，而芝加哥——”

“芝加哥？”高平说，“就是那个有萨拉提的雕塑的小地方，那座‘烈焰中的黑鬼’？那倒是一件精雕细琢的老艺术品了。”

“你什么时候看过它？”德·弗瑞斯特马上问道，“他们每年只展出一次。”

“我知道，在感恩节的时候展出，就是那个时候看的，”高平说着，哆嗦了一下，“而且他们还唱了麦克唐纳的歌。”

“嘘！”德·弗瑞斯特吹了一声口哨，“我还真不知道这个！我真希望你之前和我讲过。麦克唐纳的歌在被创作出来时也许有它的用途，但它最后只能沦为堕落之人可憎的遗产。”

“这是自我保护的本能，我亲爱的伙计们，”皮里洛边说边卷着手里的烟，“这颗星球有过太多所谓受人民欢迎的政府，她已经受够了遗留下来的人群恐惧症，她再也不——啊——再也不需要人群聚集了。”

德拉哥米洛夫向前靠过来，帮他把烟点着。“无疑，”这位留着白胡须的俄罗斯人说，“在过去的一百年中，这颗星球都在防范人群聚集。现在的全球总人口是多少？我们希望有6亿人，我们认为有5亿人，但是——但是如果明年的人口普查显示多于4.5亿人的话，我自己就会吃掉所有多出来的婴儿。我们已经控制住了出生率——控制得恰到好处！很久以来，我们一直对全能的上帝说：‘谢谢你，先生，但是我们并不太喜欢你制定的那种生命的规则，所以我们不按照你的规则玩了。’”

“不管怎么说，”阿诺特针锋相对地说，“现在人们的平均寿命有一个世纪了。”

“噢，那真是太好了！我有钱——你也有钱——我们都又有钱又开心，因为我们现在人口这么少，还活得这么久。不过我觉得，全能的上帝他老人家要是还记得这颗星球过去人群聚集、瘟疫横行的时候是什么样的，他没准也会给我们勇气去完成这次任务的。你说呢，皮里洛？”

意大利人正望着天空眨巴着眼睛，“也许吧，”他说，“上帝已经给了那些人勇气。不管怎么说，你不可能和整个星球去争论。她没有忘记旧时代的话——你又能做什么呢？”

“我们肯定不可能重新创造世界。”德·弗瑞斯特看了一眼在桌面上从东到西平滑划过的地图。“我们应该在今晚九点钟到达目的地，之后就没什么时间睡觉了。”

听到这句提醒，我们就散了。我一直睡到高平叫我起来吃晚饭时。我们的祖先认为，对于他们那短暂的生命来说，9个小时的睡眠就足够了。而比他们能多活30年的我们觉得，每天24个小时，要是睡眠时间少于11个小时就吃亏了。我们在10点钟抵达密歇根湖上空。湖的西岸一片漆黑，只有芝加哥的地面附近有着昏暗的光芒，还有就是在沃基根上空有一盏孤独的交通指示灯——它发出的指示光线指向北方——这是我们飞船船首右弦的灯光。湖畔的村庄没有任何人类活动的迹象。在我们的视线范围内，连绵不断的黑暗笼罩着西边的内陆地区的地平线。我们俯冲而下，在黑暗中低空掠过，一个县一个县地发出呼叫信号。我们不时发现房屋中昏暗微弱的灯光，或者听到耕种机在田地间工作时刺耳尖锐的轰鸣。但总的来说，北伊利诺伊还是一块漆黑如墨的荒地，看起来根本没人居住，只有着参天的人工树木。那张发着光的地图上面的小指针随着我们的辗转挪腾，从一个县转到另一个县。只有这张地图能让我们了解到我们的位置。我们的那些呼叫信号，急迫式的、恳求式的、哄骗式的或者命令式的，都通过总通讯器发了出去，但是没得到任何回复。伊利诺伊州严格地将自己的隐私保持在人工林之中，那些人工林正是为了这个目的而种下的。

“噢，这太荒谬了！”德·弗瑞斯特说，“我们就像一只猫头鹰，在试图耕种小麦！那是布雷若溪吗？我们降落吧，阿诺特，然后找个人问问。”

我们轻轻擦过一片人造林——都是些 15 年树龄的枫树，有 60 英尺高——然后降落在一座私人草地船坞上。船坞不太大，我们用锚把船泊在那里，然后急急忙忙地穿过温暖的深夜，朝着一个有灯光的阳台前进。当走近花园大门时，我发誓我们踏进了齐膝深的流沙之中，因为我们的双脚被电流拽住了，阵阵刺痛，几乎没办法抬脚。我们走了几步之后就停下了，擦去额头上的汗水，绝望地卡在干燥平坦的草皮上，如同许多头陷入泥潭的牛。

“这群害人精！”皮里洛愤怒地大喊，“我们被地表电网抓住了，而且正是我用的那种地表电网！我了解这种被拽住的感觉。”

“晚上好。”一个女孩的声音从阳台传来，“噢，对不起！我们锁住了地面。等一下。”

我们听到了开关的咔哒声，缠着双膝的电流被撤掉，我们几乎要朝前面倒下去。

女孩大笑着，把她正在织着的衣服放到一旁。一架老式的控制机立在她身旁，她不时地来回调着这台机器，我们能听到那台耕种机在半英里之外的防护林后忠实地执行指令，它喷出蒸汽，叮当作响。

“进来吧，请坐，”她说，“我只是在犁地，爸爸去芝加哥了——啊！我刚才听到的就是你们的呼叫信号！”

她看到了阿诺特的委员会制服，迅速跑向地表电网的开关，把它开到全开档。

我们站在距离阳台三码远的地方，喘着粗气、无法动弹，这次电流已经缠到腰部了。

“我们只是想知道，伊利诺伊到底怎么了？”德·弗瑞斯特平静地说。

“那去芝加哥弄清楚这事儿不是更好吗？”她回答，“这里一切正常，我们自得其所。”

“要是你不把我们放开，我们怎么可能去别的地方呢？”德·弗瑞斯特继续说，而阿诺特面带怒容。当尊严被触犯时，舰队司令看起来还有点人味。

“等一下——你们不知道自己现在看起来多可笑吧！”她把手撑在臀部，毫无同情心地大笑起来。

“这用不着你操心。”阿诺特说，然后吹了一声口哨。接着传来了停在草地上的维克多·皮里洛号的应答声。

“不过是个地表电网，只有一根保险丝！”阿诺特命令道，“请你温柔地解决了它吧。”

我们听到“砰”的一声，就像灯泡碎了一样。阳台屋顶上某个地方有一根保险丝爆了，吓飞了一窝鸟。地表电网断开了。我们弯下腰，按摩着麻木刺痛的脚踝。

“你们太无礼了——实在是太无礼了！”女孩大喊。

“抱歉，但我们没时间去表现幽默了，”阿诺特说，“我们现在要去芝加哥。如果我是你的话，年轻的女士，我会在接下来的两个小时躲到地下室里，而且还会带着妈妈一起躲起来。”

他大步走开，愤怒地骂骂咧咧，我们紧跟在他后面。直到走到舷梯下时，这件好玩的事情终于让他忍不住笑了出来，而且笑弯了腰。

“委员会可没给我们看过那个东西——在这种情况下可以称作大胖火花的东西，”德·弗瑞斯特擦着笑出来的眼泪说，“我希望我看上去不像你那样傻得厉害。阿诺特！嘿！那到底是什么？她爸从芝加哥回家了？”

某个东西在咯咯作响地冲过来，是一台有着五张犁的耕种机。暴露在空气中的犁板如同许多尖牙，绕着树林边缘滚动着向我们冲来，猛烈地冒着烟尘、闪着火花。

“跳上去！”阿诺特说，我们正拥挤着把自己塞进那扇不怎么大的舱门。“别管门关没关，起飞！”

维克多·皮里洛号像一个气泡一样飞起来，那台凶恶的机器恰好冲到我们的正下方，经过时还把机械臂挥舞得高高的去抓我们。

“那儿有只娇小可爱的凶巴巴的小猫等着你们！”阿诺特一边掸去膝盖上的尘土，一边说，“我们就问了个普普通通的问题。结果她先是电我们，然后开耕种机对付我们！”

“之后我们就飞走了，”德拉哥米洛夫说，“要是我再年轻 40 岁，我就回去，然后吻她，嘿嘿！”

“我的话，”皮里洛说，“会打她！我的宝贝飞船被那个东西追着，那个肮脏的犁——啊，怎么称呼它？——一台农用设备。”

“哦，伊利诺伊就是这样的，整个州都是，”德·弗瑞斯特说，“他们并不满足于讨论隐私权，他们会真的做些事情去争取隐私权。那么现在，阿诺特，你说的舰队在哪儿呢？我们得维护我们自己，对付这个乡下妞。”

阿诺特指向漆黑的天空。

“他们就在上面——随时等候命令，”他说，“我应该让他们全部就位吗，先生？”

“噢，我不觉得一个年轻小姐值得这么兴师动众。”德·弗瑞斯特说，“去芝加哥吧，也许在那里我们能有所收获。”

几分钟后，我们来到了这座小镇的中心，高悬于一块长方形的白热区域上方 2 000 英尺。

“那儿看起来像是旧市政厅。对，他前面那儿就是萨拉提的雕像，”高平说，“但是他们究竟要对这块地做什么？我还以为现如今他们把这里当成一个集市呢！请下降一点。”

我们能听到那些机器发出噼噼啪啪的声音——便宜的西部产的机器，可以把石头和垃圾熔化成岩浆一样的条状玻璃体，去铺那些粗糙不平的乡村公路。在那个方形的废墟边上，每一侧都有三四台路面修整机在工作。砖块和石头的残片被碾碎，向前传送，之后马上铺开到白热的黏糊糊的熔渣池中，一根压杆再把它们压得差不多平整。这个大街区的三分之一已经弄完了，正在我们惊异的目光中冷却成暗淡的红色。

“这里就是旧集市，”德·弗瑞斯特说，“嗯，没什么理由能阻止伊利诺伊人修条路穿过旧集市。这不会干扰公共交通，我能看出这一点。”

“嘘，”阿诺特说，抓住了我的肩膀，“听！他们在唱歌，他们到底在唱什么？”

我们又降低了一点，直到我们能看到那些灼热发光的方块边缘处由人群组成的黑色边框。

最开始，他们的叫喊只是为了盖过路面修整机和路面压平机的轰鸣。之后歌词开始清晰地浮现——那是禁曲的词，所有人都知道这些词，但是没人被允许唱出来——可怜的帕特·麦克唐纳的歌，作于人群聚集和大瘟疫的年代——歌曲中的每一个愚蠢的单词都承载着能引发回忆的关键要素，这颗星球继承下来的，对于惊骇、恐慌、畏惧和残酷的回忆。而芝加哥——那天真的、自满的小小城市芝加哥——正在大声高唱着这恶魔般的调子，这调子携带着几代人之前发生在我们这颗星球上的暴乱、瘟疫和疯狂！

曾有一群公民，他们居于此地，
心怀忧惧恐慌，因而生育不息；
曾有一群公民，他们居于此地，
他们残害地球，世界如同炼狱！

（之后是一阵跺脚声和短暂的停顿）

地球奋起报复，将其碾为尘泥，
听那杀戮之声，他们尸横遍地！
曾有一群公民，他们居于此地，
此辈永需防范，此训永需铭记！

路面压平机残暴地推着废墟，歌声也在一遍又一遍地重复，比融化的墙倒塌下来的声音还要大。

德·弗瑞斯特皱起眉头。

“我不喜欢这样，”他说，“他们打算打破现状，退回旧时代！他们很快就会开始杀人的，我想我们最好转移一下他们的注意力，阿诺特。”

“哎，哎，先生。”阿诺特用手扶着帽子，随后我们听到维克多·皮里洛号的船体响起铃声，回应着那些指令：“开灯！两侧警戒哨准备！开灯！开灯！开灯！”

“站好别动！”高平低声对我说，“请给我眼罩，军需官。”

“没事的——没事的！”皮里洛在我身后说。让我惊恐的是，有个橡胶头盔之类的东西从我的头上套下来，然后咔哒一声扣上了。我能感觉到我眼前罩着厚厚的胶质突起物，但我现在身处绝对的黑暗之中。

“这是为了保护你的视力，”他解释道，然后把我推到地图室的长沙发上，“你一会儿就能重新看东西了。”

他说话时，我开始察觉到一束细细的、几乎无法忍受的光线从天空的遥远之处射下来——垂直而下，细如发丝，如同凝固了的闪电。

“那是我们的侧翼飞船，”阿诺特在我身边说，“那一艘在加利纳上空。往南看——另外一艘在凯斯伯格上空。文森斯在我们身后，北边是文斯洛普森林。舰队各就各位，先生——”接下来这句话是对德·弗瑞斯特说的，“只等你下命令了。”

“啊，不！不！”德拉哥米洛夫在我身边喊道。我可以感觉到老人的颤抖。“我不知道你们能做出什么来，但是请仁慈一点！我请求你们对下面的人稍微仁慈一点！这太可怕了——太可怕了！”

当女人对鸡鸭举起屠刀，

时代和王朝已不可救药。

高平引用了这句诗，说道：“现在开始彬彬有礼已经太晚了。”

“那就把我的头盔脱掉！把我的头盔脱掉！”德拉哥米洛夫开始歇斯底里。

皮里洛一定是用手臂搂住了他。

“嘘，”他说，“我在这呢，一切都好，伊万，我亲爱的朋友。”

“我只是给布雷若县的那个小姑娘一点儿警告，”阿诺特说，“她不该得到这样的警告，但是我们会给她一两分钟让她带着她妈妈去地下室的。”

在阿诺特用通信器联系了视野之外的舰队后，咆哮的闪光随之出现。彻底的寂静在咆哮的闪光后紧随而来。在这片寂静之中，我们上升到指定的位置，下方的城市传来的麦克唐纳的歌声渐渐弱下去了。随后我用我的双手轻轻敲着面罩上的透镜，因为天堂的地板仿佛已经被打得千疮百孔，所有正在创生之中的星辰所发出的难以想象的炫光随着那些孔洞倾泻而下。

“你不用数。”阿诺特说。我从来没想过去数。“上面有 250 艘船，每两艘之间相隔五英里。请开最大功率，再来个 12 秒。”

我们目力所及的苍穹似乎立足于白色烈焰组成的支柱之上。其中的一根落在芝加哥那灼热发光的方形之中，并让它变黑了。

“噢！噢！噢！做这种事儿也能被允许？”德拉哥米洛夫大喊，跌撞在我们的膝盖上。

“请拿杯水来，”高平对一个戴着头盔、急速走来的人说，“他有点迷糊了。”

灯光熄灭了。黑暗如同雪崩一样突然到来，令人眩晕。我们能听到德拉哥米洛夫的牙齿磕在玻璃杯的边缘上。

皮里洛正在安慰他。

“一切都好，一切——都好，”他重复道，“过来躺一会儿吧，到下面来，脱下面罩。我向你保证，老朋友，一切都好。它们不过是船边上的几盏小灯，只是小维克多·皮里洛号的一点点灯光罢了。你了解我！我不会伤害别人的。”

“真的对不起！”德拉哥米洛夫悲叹道，“我从来没见过死亡，从来没见过委员会采取行动。我们现在是不是应该飞下去，然后把他们活活烧死，还是说我们已经把他们烧死了？”

“噢，小点声。”皮里洛说，我想他正在用他的胳膊轻轻地摇晃着德拉哥米洛夫。

“我们再来一次吗，先生？”阿诺特问德·弗瑞斯特。

“给他们一分钟的休息时间，”德·弗瑞斯特回答，“他们可能需要休息一下。”

我们等了一分钟，随后麦克唐纳的歌声从仍未被击败的芝加哥传来，虽然断断续续，但充满了挑衅的意味。

“看来他们很喜欢那个调子啊，”德·福瑞斯特说，“我应该让他们享受一下调子，阿诺特。”

“很好，先生。”阿诺特说，摸索着找到了通讯器的按键。

没有光线射出，但是空旷的天空变成了吟唱调子的巨口，这调子触动着大脑中最深层的神经。人们只会在精神狂乱之时听到这种声音。它就像一股浪潮，来自远在宇宙中规律之岸外面的天边，正不断前进。

“这是我们的定调管，”阿诺特说，“我们的调子可能有点参差不齐，我之前从来没指挥过250个演奏者。”他抽出了连接器，在通讯器上敲打出了一套完整的和弦。

光线又一次倾泻而下，而且还舞动着，庄严又可怕地舞动着，如同一种高跷舞，踩着僵硬的舞步，每一步都朝左或者朝右跨出三四十英里。而黑暗成为他们用来衡量时间的节拍，因为没有任何其他度量单位能在这种声与光的表达之下衡量时间。这个调子——人们学会了带着恐惧等着它——刺穿了人的精神，但是就在三分钟后，难以言说的痛苦之感就进入了思绪之中。

这一切我们都看到了，都听到了，但我想我们处在了某种迷乱的状态。那 250 束光束移动、重组、叉开又分裂，变细、变粗，泛起丝带一样的波纹，又破裂成千条白热的平行光线，融合着、回旋着，形成相互交织的光环，就好像老式的引擎在旋转。光线冲向天顶，看起来似乎要降下来，开始新一轮的折磨，但却在最后一刻停住了，在地平线附近疯狂地旋转着，随后消失，第一百次将黑暗带回世界，这黑暗比他们之前在整个伊利诺伊闪耀了一轮又一轮的光线还要令人痛苦。之后曲调和光照一起终止了，我们听到了一阵单独的、极具破坏力的哀嚎，震动了整个地平线，如同一根沾湿了的手指摩擦并振动着碗的边缘。

“啊，那是我的新汽笛，”皮里洛说，“你要是找到适当的音调，就能把一座冰山劈成两半。现在是飞行队在吹口哨，这声音是风穿过船首的孔板发出来的。”

我瘫倒在德拉哥米洛夫身边，情绪崩溃，轻声啜泣，因为我已经在我大限将至之前就被送到了审判日的全部恐惧之中。掌管复活的大天使正欢迎着赤身露体的我穿过整个宇宙，来到宇宙之音[1]的声响之中。

之后我看到德·弗瑞斯特用巴掌拍着阿诺特的头盔。那声哀嚎在一阵长长的尖啸中逐渐消失，就好像一片黑影在我们身旁猛冲而过，而后又飞回它在低矮云层之上的家。

---

1. 此处的“宇宙之音”指的是毕达哥拉斯学派宇宙观中的一个概念。毕达哥拉斯学派认为，太阳系由十个围绕着一团火球运行的球体所构成，每个球体都会发出音调不同的声音，较近的球体发出的音调较高，较远的球体发出的音调较低，这些音调会融合形成和声。

“我不想在一位专家自得其乐的时候打断他，”德·弗瑞斯特说，“但是实际上，整个伊利诺伊州都在求我们把最后的 15 秒钟给停了。”

“真可惜，”阿诺特摘下他的面罩，“我真想让你们听一下我们真正的低音调子，我们的低音 C 能把街上的铺路石都给掀开。”

“这是地狱——地狱！”德拉哥米洛夫喊道，大声呜咽着。

阿诺特转过脸去，回复道：

“这比过去那个叫‘击沉他们’的游戏还要高出几千伏特，但我应该不会这么称呼它。我应该和舰队怎么说呢，先生？”

“告诉他们我们非常满意，而且对此印象深刻。我不认为他们需要再等下去。下面一点儿火星都没留下。”德·弗瑞斯特指着下面说，“他们会又聋又瞎。”

“噢，我也这么认为，先生。这次演习只持续了不到 10 分钟。”

“太了不起了！”高平感叹道，“我还以为有半个晚上呢。现在我们要下去收拾残局吗？”

“还是先来一点饮料吧，”皮里洛说，“委员会不应该在为了自己的劳动成果哭泣时抵达目的地。”

“我是个老傻瓜——老傻瓜！”德拉哥米洛夫可怜巴巴地说，“之前我不知道会发生什么，这事儿对我来说太陌生了。等回到了小俄罗斯[1]我们就要去和他们说理。”

芝加哥的北降落塔没有点上灯光，阿诺特靠着飞船的灯光将飞船停靠进起落夹[2]。它们一发出声音，我们就听到了下面的人们发出恐怖的呻吟声和恳求声。

---

1. 此处的“小俄罗斯”是一个历史上曾经使用过、现已废弃的地理和政治术语，大概位于现今的乌克兰。
2. 此处的“起落夹”为吉卜林虚构的未来设备，用于飞船的起落。

"好了，"阿诺特对着黑暗喊道，"我们并不是要再次展开行动！"我们沿着舷梯走下飞船，发现我们身处人群之中。人们匍匐在地，只到我们膝盖的高度。有些人哭喊着说他们瞎了，还有一群人哀求我们不要再制造任何噪声了，但是更多的人只是在地上痛苦地打滚，面部朝下，用手或者帽子遮住眼睛。

是皮里洛给我们解了围。他爬上路面修整机的一侧，在那里打着手势，好像人们真的能看到他一样。他对着这些被折磨的伊利诺伊人发表了演说。

"你们这群蠢货！"他开始说道，"没什么可大惊小怪的。是，你们的眼睛明天会又红又疼。你们看起来就好像你们和你们的老婆都喝多了一样，但是过一小会儿你们看东西就会和之前一样清楚了。我和你们说，我——我是皮里洛，维克多·皮里洛！"

人们不约而同地颤抖起来。很多传说都提到了福贾的维克多·皮里洛的大名，这个名字如同被埋藏在神之奥秘的深处。

"皮里洛？"一个颤抖的声音提问，"那告诉我们一下，在你们刚才发出的那些光线之中，除了光之外还有什么别的东西吗？"人们在黑暗之中的角角落落重复着这个问题。

皮里洛大笑。

"没有！"他吼叫道，（为什么这么小个头的人有这么大的嗓门？）"我向你们保证，委员会向你们保证，除了光之外什么都没有——只有光！你们这些蠢货！实际上，你们的出生率已经太低了，某一天我一定得发明个什么东西来把它提高上去，但是要降低——绝不可能！"

"是真的吗？我们以为——有人说——"

人们能感觉出周围的紧张气氛放松了下来。

"你们这群超级蠢货，"皮里洛高喊，"你们可以直接给我们发个信号，我们早就会告诉你们了。"

“给你们发信号！”一个低沉的声音喊道，“我真希望你们在电线那头听着。”

“很高兴我没有，”德·弗瑞斯特说，“在灯光的后面就已经很糟糕了。别管这事了！现在事情已经结束了。这儿有没有谁能和我谈谈公事的？我是德·弗瑞斯特——来自委员会。”

“比如，你可以先和我开始谈——我是市长。”那个低沉的男声回答道。

一个大块头的男人摇摇晃晃地从街上站起来，步履蹒跚地走向我们。我们坐在一块宽阔草地的边缘，在花园栅栏的前面。

“我应该是第一个站起来的，是吗？”他说。

“是。”德·弗瑞斯特说，还在市长即将朝着我们跌倒时扶住了他。

“你好，安迪，是你吗？”一个声音喊道。

“抱歉，”市长说，“这听起来是我的警察局长的声音，布鲁特诺！”

“我正是布鲁特诺，还有穆里根和基夫——他们也站起来了。”

“请把他们都带过来吧，布鲁特[1]。我们就是负责这个小村的四个人了。我们说什么，村里人就得做什么。嗯，德·弗瑞斯特，你有什么要说的？”

“现在——还没有，”德·弗瑞斯特回答，他正给那些摇摇晃晃、步履蹒跚的人腾出地方，“你们把系统切断了，是吧？”

“请让乘务员送点饮料下来。”阿诺特对站在身边的勤务兵说。

“太好了！”市长说，咂了咂他干燥的嘴唇，“现在，我想我们可以把系统接回去了。德·弗瑞斯特，从今往后，委员会直接管理我们吗？”

---

1. 布鲁特诺的简称。

“委员会要是能不管的话，还真不想管，”德·弗瑞斯特大笑，“A.B.C. 只对行星交通负责。”

“及其所包含的一切。”掌管着芝加哥的四位大佬就像学校里的孩子那样吟诵着他们的大宪章。

“好吧，我们继续谈谈，”德·弗瑞斯特厌烦地说，“你们到底遇到了什么蠢问题啊？”

“太多该死的民主了！”市长说，把手扶在德·弗瑞斯特的膝盖上。

“那又怎么样？我感觉伊利诺伊之前就有许多这玩意了。”

“确实如此，这正是原因所在。布鲁特，你昨天晚上怎么处置那些罪犯的？”

“把他们锁在了水塔里面，以防那些女人杀了他们。”警察局长回复，“我现在还看不清楚，没办法走动，但是——”

“阿诺特，请你派些人来，顺便把那些罪犯也带来。”德·弗瑞斯特说。

“他们都上了三层电路锁，”市长说，“你们得爆开三个保险丝。”他转向德·弗瑞斯特，高大的身形在隔开一切的黑暗之中依稀可见。“我不想把更多的工作推给委员会，我自己就是管理者，但是我们的卑奴[1]确实让我们有点困扰。你说什么是卑奴？在大城市里总会有一小群男的女的，不放纵自己就活不下去，他们喜欢毫无限制地喝酒，整年都住在公寓或者旅店，他们说这省去了很多麻烦事。总之，这让他们有了更多时间给他们的邻居制造麻烦事。我们本地人把这些人叫卑奴，他们和结核病一样，有把他们的习惯到处传染的倾向。”

---

1. 原文为 Serviles，可能是来源于英语单词 servile（意为奴性的、卑屈的）所虚构的专有名词。此处吉卜林反其道而行之，用这个词来形容在文中的世界观之下，当地人对于生活方式自由化的人的称呼。

“正是如此！”叫穆里根的那个人说，“运输即文明，民主即疾病。我已经用血液检验证明了这一点，每次检验都能证明。”

“穆里根是我们的健康官员，是个思想单一的人，”市长大笑着说，“但是确实，大部分的卑奴没什么自控能力，他们只会演讲，而当人们把演讲当成正事的时候，任何事情都可能发生了——不是吗，德·弗瑞斯特？”

“任何事情——除了本次事件的事实。”德·弗瑞斯特大笑着说。

“我马上就把这些事实告诉你，”市长说，“我们这些卑奴就这样开始他们的演讲——先是在家里，之后在街上，告诉人们怎么去管理自己的事情。（你没办法教育一个卑奴不去染指邻居的灵魂。）当然，这是对个人隐私的侵犯，但是在芝加哥，我们除了制造人群聚集之外什么都能忍。没人太在意这件事情，所以我就对他们放任自流了。我的错！我收到过警告，说他们会酿成大祸，但是伊利诺伊已经19年没有过人群聚集或者谋杀案件了。”

“22年。”警察局长说。

“差不多吧，总之，我们忘了去处理那些事。所以，我们那些卑奴从在自己家和街道上演讲开始，逐步发展到要在旧集市召开集会了。”他朝着广场另外一边的建筑残骸点了点头，那些高耸入云的建筑残骸坐落在方形框架围着的“烈焰中的黑人”雕塑后面，在晨曦的微光之中呈现出灰色。“除了要违背人类天性站在聚集的人群之中，以及对身体健康不好，倒是没什么其他原因可以阻止任何人举办集会。有些麻烦事儿正在酝酿，我其实早就该从我们这群人第一次参加这些集会的方式中看出来的。在市场那儿得有1 000人，互相有身体接触，身体接触！然后卑奴敞开嗓子演讲，然后我们——”

“他们都说了些什么？”高平说。

“首先，他们说了市政管理有多么差劲。这些其实还让我们四人组挺开心的——我们当时在演讲台上——因为我们希望找到那么一两个可以参与城市工作的人才。你应该了解，有市政管理能力的人有多罕见。即便找不到人才，能发现还有人对我们这份闹心的工作有足够的兴趣，这也挺让人为之一振的。你不了解工作意味着什么，年复一年，和还活着的鬼魂没有一点区别。”

“噢，我们不也是嘛！”德·弗瑞斯特说，“在委员会，要是有个什么人能把我们踢出去，然后自己接管那些事情的话，有好几次我们都想把位置让出去了。”

“但那些卑奴不会这么做，”市长可怜巴巴地说，“我跟你保证，先生，我们四人组一直在芝加哥做实事，为的是能够唤醒人民，能让尼禄那样的暴君名誉扫地。但是人民说什么？‘很好，安迪。你就按着你自己的方式去做吧，什么事情都比人群聚集要好，我要回自己的地盘去了。’对那些愿意去哪就去哪的人民，你什么都做不了的。除了按照他们自己的方式生活，他们在上帝所创造的土地上什么都不想做。在这个星球上，没留下任何牢骚或者发牢骚的人。”

“那我猜，那边的那个小棚子是自己倒下来的？”德·弗瑞斯特说。我们能看到那个无遮无挡、仍然冒着烟的废墟，还听到了那个熔渣池在变硬凝固时发出的噼啪声。

“噢，那只是消遣而已，之后和你说。我刚才说了，我们的那些卑奴举办了集会，很快我们就不得不动用地表电网把平台给封锁，这是为了挽救他们，别让他们被杀了。而这并没有让民众变得平和一点儿。”

“你这是什么意思？”我壮起胆子问了一句。

“如果你被地表电网困住过，”市长说，“你就明白了。被看不到的东西所困住，这不会对心中已经点燃的怒火有什么帮助。不会的，先生！八九百人在那张牙舞爪、叽叽喳喳了两个小时，就好像糖蜜上的苍蝇一样。与此同时，一群绝对安全的卑奴在侵犯他们精神和心灵上的隐私。这场面可能看起来会有点好笑，但是处理起来就不好笑了。”

皮里洛咯咯地笑了。

“我们的人民能管好自己的事情。他们的意思是，事情走得太远了，太过火了。我警告过那些卑奴，但是他们生来就是些活在自己小世界里的人，除非事实给他们当头一棒，他们甚至都看不到客观事实。你信不信，他们开始大谈他们称之为‘受人民欢迎的政府’的东西了？他们真谈了！他们想回到之前的时代去，搞一些和老巫毒教仪式一样的投票选举，有什么传单啊，木箱子啊，说着醉话的人和打印出来的表格什么的啊，还有小报！他们说，他们在公寓和旅馆里面决定吃什么的时候就练过这一套了。是的，先生！他们站在布鲁特诺布下的双重地表电网后面，然后他们就说了，在这个蒙恩的年代说了，对着能管好自己的事情的人们说了，就说了这些玩意！然后他们就结束了演讲，”他慎重地降低了嗓音，“用谈到‘公民’来结束演讲。之后布鲁特诺不得不在这儿坐了一个晚上去看管那些地表电网，因为他不相信他的人会让电网一直开着。”

“这太难为他们了，”警察局长插嘴道，“但是我们不可能永远把民众用地表电网锁着。我把所有对这次人群聚集事件有责任的卑奴给集中到一起，然后把他们关到了水塔里面，之后我把电网打开了，我不得不打开啊！整个地区瞬间爆发了，就好像火星点燃了煤气罐一样。”

“这个新闻马上就传遍了国内 7 度[1] 的地方，”市长继续说，“而一旦涉及侵犯隐私的问题，伊利诺伊就完全没什么权利和理智了！

1. 此处的“度”指的是经度。

周四，他们开始关掉交通灯，锁闭降落塔。周五，他们停了所有的交通，然后请求委员会接管。之后他们想要把芝加哥从湖的这边完全给抹除，在另外的什么地方重新造一个——仅仅是那些卑奴们谈过‘公民’这个词产生的后果。我建议他们把举办这次集会的旧集市给熔成渣，与此同时，我给你们这些委员会成员发了个信号。这让他们安静了下来，直到你们来了。然后——然后你们现在可以接管了。”

“有可能让他们安静下来吗？”德·弗瑞斯特问。

“你可以试试。”市长说。

德·弗瑞斯特升高了音调，面对着正在苏醒过来并向我们缓缓靠近的人群。这一天终于来了。

“你们难道不觉得我们能把这件事安排好吗？”他开始说。但人们大声咆哮道：“我们之前已经摆脱了人群聚集了！我们不要回到旧时代去！接管我们吧！把那些卑奴带走！直接管理我们，要不我们就杀了他们！打倒所谓的公民！”

有人试着唱麦克唐纳的歌。但是第一句都没唱完，因为维克多·皮里洛号上的一只闭锁式[1]喇叭向下面发出了一声警告性的低吼。一堵旧集市侧墙的废墟晃了晃，向前倒在了熔渣池中。直到最后一片尘土已然落定，把萨拉提雕塑的钢制框架都染上了尘土的灰色，也没人说话，没人动弹。

“你看，你实在得接管我们啊。”市长低声说。

德·弗瑞斯特耸了耸肩。

“你说得好像政治管理要花的力气可以和马力一样直接从空气中抓出来似的。你们无论如何都没办法自己管理了吗？”他说。

1. 音乐名词，指的是一端封口的管乐器，一般用来发出低音。

“如果你这么说的话，我们可以。也就是要付上几条生命的代价来开始管理吧。”

市长指向广场那边，阿诺特的人在那里引着10到12个步履蹒跚的人走向湖滨区，让他们停在雕像下面。

“现在，我想，”高平压低声音说，“要有麻烦了。”

我们面前的那群人像野兽一样咆哮起来。

这时太阳已经升起，天空一片晴朗。耀眼的阳光照亮了人群，人们看清了自己所处的环境，意识到自己正身处人群之中。我们看到人群中迅速蔓延起恐惧的颤抖和推搡，正如凌厉的狂风吹过外面的湖面。没人说话，而且因为还处在半瞎状态，他们移动得很慢。但在不到15分钟内，这一大群人——往少了算也有3 000人——中的大部分就消失不见了，就像南边屋檐上结的霜融化了一样。剩下的人在草地上躺开，这一大群人看起来不那么像一大群人了。

“这些麻烦的家伙，”市长对高平轻声说，“其中还有相当多的女人生了小孩。我不喜欢这种事。”

湖面上吹来的晨风吹动了围着我们的树林，预示着这是一个大热天；阳光在盖住萨拉提雕塑的大桶上耀眼地反射着；公鸡在花园中打鸣，我们还能听到远处大门的门闩咔哒作响，人们正在摇摇晃晃地找回自己的家。

“恐怕今天没有晨间送货了，”德·弗瑞斯特说，“我们昨天晚上把这个村子搅得真够乱的。”

“这也没什么大不了的，”市长回答，“我们所有人都有六个月的储备补给。我们绝不冒任何风险。”

如果你仔细想想的话，其他人也一样不会冒风险的。家中或城市里面临过食物短缺的问题后，整整一代人中的四分之三都会这样做。这颗星球上还有哪个人家里或者哪个城市没存着半年的储备补给吗？我们就像古籍中记载的遇到海难的水手，在经历过差点儿饿死的遭遇后，会把一小点儿食物或者饼干都给藏起来。没错，我们不相信任何群众，也不相信任何基于群众的系统！

德·弗瑞斯特等到最后一点脚步声消失不见。在此期间，在雕像基座那里的罪犯们拖着脚步、装模作样、动来动去，和小孩子一样不知羞耻。他们中没人高过六英尺，很多人都和老照片上那些饱经沧桑、疲惫不堪的头像一样，有着灰色的头发。他们挤成一团，有着真正意义上的身体接触，而伊利诺伊的那群人相互之间隔得很远，用充血的双眼看着罪犯们。

突然，罪犯中的一位开始说话了。市长一点儿都没夸大其词。听他说的话，似乎我们这个星球已经在航空控制委员会的脚下陷入奴隶制中了。演说者督促我们爆发出自己的力量，掀开囚禁我们的牢门，砸掉我们身上的镣铐（顺便说一下，他用的所有比喻都是相当中世纪式的）。之后他又要求，日常生活中的一切事物，包括身体功能中的大部分，都应该在每天、每月或者每年的某个时候——我总结一下他的说法——提交给碰巧路过或者定居在一定半径之内的所有人做决定，而这些人应该立即放弃他手头上的事情来解决这件事。首先制造人群聚集，之后向聚集起来的人群演说，然后在小纸片上画叉，这些垃圾小纸片之后还要通过特定的神秘仪式和宣誓来计数。他向我们保证，通过这种令人诧异的把戏，一个更为强大、更为高尚并且更为友爱的社会就会自动出现，这是基于——他阐述了这一点，条理清晰得可怕，如同疯子一样——群众的神圣以及个体的邪恶。最后，他大声呼唤上帝来为他个人的优异品质和正直人格做证。当他的夸夸其谈终于停下时，我困惑地转向高平，他正在严肃地点着头。

“相当正确，”他说，“他说的那些都记载在了古籍里面。他什么都没落下，即便是那些鼓动战争的演说。”

“但我看这些东西甚至都不能激怒一个小孩子，更别说一个地区的人了。”我回复道。

“啊，你太年轻了，”德拉哥米洛夫说，“而且从另一方面说，你也不是个妈妈，看看那些当妈妈的人吧。”

10 到 15 个留下来的女人从那些沉默的男人中走了出来，正朝着那些罪犯挪去。这让人联想起伏击包围圈，北方的狼群围攻麝香牛时，在冲进牛群之前就围成这种包围圈。那些罪犯看到了她们，聚拢得更紧密了。市长立即用双手捂住了脸。德·弗瑞斯特赤手空拳地走上前，站在罪犯们和那条缓慢而坚定地挪动着的队伍中间。

“你说得都很有趣，”他对那个嘴唇干裂的演讲者说道，“但是问题似乎在于你们一直在制造人群聚集，并且侵犯个人隐私。”

一个女人走上前，应该想要说点什么，但在那些男人之中传来一阵短暂的、表示赞同的低语声，他们意识到了德·弗瑞斯特正试图把情势缓和下来。

“对！对！”他们叫喊道，“我们切断了通信，这是因为他们在制造人群聚集，并且侵犯个人隐私！咬住这一点！你们坚持下去接班！把那些卑奴给带走！委员会现在接管了！嘘！”

“是的，委员会现在接管了，”德·弗瑞斯特说，“如果你们愿意的话，我现在要开始采集制造人群聚集的正式证据，但是只有委员会的成员才能为这些证据做证。这可以吗？”

女人们又走近了一步，她们的手在身边，一会握紧，一会展开。

“好！非常好！”男人们喊道，“我们很满意，只是赶紧把他们给带走！”

“那就一起到飞船上来吧！”德·弗瑞斯特对着那些俘虏说，“早餐早就准备好了。”

然而，看起来他们不太想走。他们想要留在芝加哥并制造人群聚集。他们指出，德·弗瑞斯特的提议是在严重地侵犯个人隐私。

“我亲爱的朋友们，”皮里洛对那个最能说的领袖说，“你们赶紧的吧，要不那群绝对没犯错误的人群会杀了你们的。”

“但那就是谋杀了。”这位群众的虔信者回答道。轰鸣一样的大笑从各个方向传来，似乎显示出危机已然爆发了。

一个女人从女人的队伍之中走了出来，我敢断定，她和队伍里的其他女人笑得一样开心。当然，她用一只手遮住双眼，另外一只手放在她的喉咙上。

“噢，他们可用不着担心被杀掉！”她喊道。

“一点儿也不用担心，”德·弗瑞斯特说，“但是现在委员会已经接管了，你不觉得你大概应该回家去吗？而与此同时，我们把这些人带走。”

“我早就该回家了！今天——今天还真是难熬的一天啊。”

她站直身子，即便是德·弗瑞斯特 6 英尺 8 英寸的身高都显得矮了。她微笑起来，在耀眼的强光之下闭着双眼。

“是的，挺难熬的，”德·弗瑞斯特说，“恐怕你会感觉那些光太耀眼了一点，我们会让飞船降低一些。”

他示意皮里洛号降低一些，挡在我们和太阳中间，同时用地表电网锁住了那些开始骚动的罪犯。我们看到他们站在那里，被电网锁得动弹不得。那个女人用甜美、深沉而坚决的声音继续说：

“我不指望你们男人意识到——这种事情，对女人来说是多么过分。我生了三个孩子。我们女人不想让孩子习惯于人群聚集，这一定是一种遗传性的本能。人群聚集会带来麻烦。他们把旧时代给带回来了。憎恨、恐惧、敲诈勒索、公共宣传和‘公民’——就是那个！那个！那个！”她指向雕塑，人们又一次咆哮起来。

“是的，如果我们允许那些卑奴继续活动的话，是这样。”德·弗瑞斯特说，“但是这种小事——”

“这种——这种小事不应该再发生了，这对我们女人意义重大。当然，‘永远’这个词太大了，但是人们对此的感觉太激烈了，把人群聚集这种事情消灭在苗头之中很重要。那些家伙，”她用左手指向那些罪犯，他们在电网的拉拽下像浪潮中的海草一样摇摆着，“那些人在城里或者其他地方有朋友、有老婆、有孩子。人们不想对那些人做什么，你明白的，强迫人离开已经过了五六十年的好日子，这太可怕了。我自己才40岁，我明白这一点。但与此同时，人们还觉得应该严惩他们，以示警告。因为，如果——如果能不让这些人到处活动、到处演说的话，付出任何代价都算不上沉重。你能不能理解我的愿望，或者你是不是足够好心，能让你的人把雕像的外罩给拿下来？它还挺值得看看的。”

“我完全明白。但是我不觉得这儿有任何人想空着肚子看雕像。抱歉，请给我一点儿时间。”德·弗瑞斯特向着上方的飞船发送信号，“请在左舷准备好一个飞行环路电流，”之后他转向那个女人，用清脆的声音说，“在这件事情上，你或许应该给我们一点自由裁量权。”

“噢，当然了。谢谢你这么耐心。我知道我说的话很蠢，但是——”她半转过身子，改变了声调，继续说，“没准这可以帮你们做决定。”

她猛地伸出右臂，手中握着一把刀。在刀锋落回她的喉咙或者胸口之前，刀就从她手中弹飞了。那把刀闪烁着飞出空中的飞船的阴影，落在50码之外的雕像脚下，在阳光下闪耀着。女人伸出的手臂被锁住了，如同木棒一样僵住了一阵子，直到电流逐渐变弱，她才能把手臂慢慢收到身侧。其他的女人们默默地缩回到男人之中。

皮里洛搓着双手，高平点着头。

“你真聪明，德·弗瑞斯特。”他说。

“这姿势可真漂亮！”德拉哥米洛夫喃喃地说，因为那个受惊的女人已经快要哭出来了。

“为什么要阻止我？我本来能成功的！”她大喊道。

“我毫不怀疑你能，”德·弗瑞斯特说，“但是我们不能因为这些人而浪费任何一条生命，比如说你的生命。我希望锁你手的这一下没扭到你的手腕，操控飞行环路电流太难了。但是我认为，在关于那些人的女人和孩子这一点上，你说得很对。如果你保证不对自己干傻事的话，我们就把他们都一起带走。”

“我保证——我保证。”她努力地控制住自己，“但是这对我们女人太重要了，我们知道这意味着什么，而我想如果你看出我是认真的——”

“我看出来了，你是认真的，你说得很对。我会把所有的卑奴立刻带走。市长会列一张单子，写出他们在这座城市和这片区域的朋友和家人，然后市长会在今天下午把这些人都送上飞船，就跟在我们后面。”

“没问题，”市长站起来说道，“基夫，如果你能看见东西的话，你是不是最好把旧集市完全推平？它看上去太碍眼了，我们必须确保再也没人能利用它搞集会了。”

“我想你最好也把那个雕像给拆了吧，市长先生，”德·弗瑞斯特说，“它作为艺术品是很优秀的，这一点我毫不怀疑。但我认为它现在是一种病态的阴影。”

“当然可以，先生。噢，基夫！在你烧熔集市之前，先把那个黑鬼给熔成渣。我要去通讯器那儿告诉全区的人委员会要接管了。你还有什么特别的任命吗，先生？”

“没有。我们没有人力可以浪费在这片荒郊野外。就和之前一样办事吧，只是在委员会的管理之下。阿诺特，请把你的卑奴送上飞船。让船着陆，然后让他们用舱底的门上去。我们会在处理完这个艺术品之后再离开。”

罪犯们被拖着走过他，他们正在流利地讲话，但是在电流的阻碍之下没法做手势。路面修整机驶过来，雕像的每一侧都来了两台。围观的人不约而同地把目光转向别的地方，但其实根本没有这么做的必要。基夫开足了路面压平机的马力，那个东西就简简单单地在它的框架中熔化了。我所能看到的只是一股白亮的液态金属浇在基座上，基座破裂开，并碎成了粉末，如同极细的石灰粉。我还在它破碎之前瞥见了萨拉提刻下的铭文：“以此永远纪念民众的公正。”人群欢呼起来。

“谢谢，”德·弗瑞斯特说，“但是我们想去吃早餐了，而且我想你们也该吃早餐了。再见了，市长先生！任何时候我都很高兴见到你，但是我希望在30年之内，我不要因为什么公务原因不得不再来见你了。再见，女士。是的，现如今我们都习惯于神经紧张了。我自己也忍受着这样的痛苦。再见，先生们！你们此时起就在委员会的残酷铁蹄之下了，但是如果你们想要打破你们身上的枷锁，只需要让我们知道就行。这一切对我们来说也不是什么美事。祝你们好运！”

我们在欢呼声中登上飞船，直到那些欢呼减弱到耳语的程度时飞船才停止上升。随后，德·弗瑞斯特一下子瘫倒在地图室的长沙发上，擦拭着额头。

“我不介意那些男人，”他气喘吁吁，“但是女人是魔鬼！”

“她们一直就是魔鬼，”皮里洛愉快地说，“那个女人都要自杀了。”

“我知道，这就是我为什么发信号用飞行环路电流打了她一下。

阿诺特，这事我欠你一个道歉。我当时没时间让你知情，你当时正忙着对付那些胆小鬼。顺便，是谁应答了我的信号？这活干得真漂亮。”

“伊洛伊。”阿诺特说，“但是他把信号波调得太强了，把刀从女人的手里震出去，这事做得是挺棒的，但是你没注意到她一直在擦着她的手吗？他把她的手指都给烧焦了。要我说，这叫办事马虎。”

“我不是要干涉舰队的纪律，但是别对那个年轻人太严厉了。如果那个女人自杀了，当地人就会在入夜之前把这里的每个卑奴以及与卑奴相关的所有人都给杀了。”

“她玩自杀就是为了这个，”高平说，“而如果我们的舰队走了的话，我们就没有任何手段控制他们了。”

“陷进地表电网里面或许已经很蠢了，”阿诺特说，“但除非有足够的理由能让我相信麻烦已经彻底结束了，否则我不会让舰队离开的。它们仍然就位待命，我打算在卑奴们被运送出这一地区之前一直让舰队待在那里。最后留在那儿的一小群人想要搞谋杀，我的朋友们。”

“神经病！一群神经病！”皮里洛说，“你没办法和人群恐惧症患者争论的。”

“而且看起来他们都没怎么见过死亡——或者他们见过？”高平说。

“我活了九十多年了，从没见过死亡。”德拉哥米洛夫说，像是在为自己找借口，“没准这就是为什么——昨天晚上——”

坐在一起吃早餐的时候，我们才发现，除了阿诺特和皮里洛，我们当中没人见过尸体，也没人知道生命消逝时是什么样的。

“我们真是一伙好人啊，飞来飞去地管理这颗星球，”德·弗瑞斯特大笑道，“现在事情已经了结了，但我承认，我曾经相当担心我可能没办法在不死人的情况下圆满解决这件事。”

“我也这么想过，”阿诺特说，“但是没有死亡报告，每个地区我都调查过了。我们该怎么处理这群乘客啊？我已经给他们吃过东西了。”

“我们有两种选择，”德·弗瑞斯特慢吞吞地说，“如果我们把他们扔到任何不在委员会控制之下的地方，当地人就会把他们的出现当作切断通信网络的借口，就像伊利诺伊人做的一样，然后强迫委员会接管。如果我们把他们扔到任何委员会控制的地方，他们就会在我们转身离开的那一刻被杀掉。”

“如果你这么说的话，”皮里洛若有所思地说道，“我可以保证他们会随着时间的推移逐渐灭绝的，真令人开心。他们现在的出生率是多少？”

“到下面去问他们。”德·弗瑞斯特说。

“我想他们可能会发疯，然后把我给撕成碎片。”这位来自福贾的哲学家回应道。

“不见得吧？嗯？”

“打开舱底的门。”高平说，拇指向下比画了一下。

“几乎不可能——为了把他们救出来，我们都费了那么大力气了。”德·弗瑞斯特说。

“试试去伦敦吧，”阿诺特建议，“你甚至可以让撒旦在那里大摇大摆，而人们也只会请他去吃饭的。”

“好家伙。你给了我一个好主意。文森特！噢，文森特！”他开了总通讯器的免提，这样我们所有人都能听到了。几分钟之后利奥波德·文森特那浑厚圆润的嗓音就响彻了地图室。他在过去的三十年给伦敦提供了最好的娱乐活动。我们用满怀期盼的露齿微笑应答他，就好像我们真的在——比如说吧——在联合剧院的前排座位上参加某次晚间首映一样。

“我们捡了一点对你胃口的东西。”德·弗瑞斯特开始说。

“很好，亲爱的朋友。如果那东西够旧的话。在商业上，没有什么东西能打败旧物。你看过在伯爵宫上演的《伦敦、查塔姆与多佛》[1]吗？没有？我还以为是我没看到你呢。棒极了！我有真品蒸汽机车发动机，按老式设计造出来的，还有特制的手工铸造铁轨。车厢里的布质坐垫也是！棒极了！还有纸质车票。还请到了波莉·米尔顿。”

“波莉·米尔顿又回来了！”阿诺特欢天喜地地说，“给我订两张明晚的前排座位。她这次要唱什么？祝她好运。”

“老歌，没什么能比得上那些古老的感动了。听听这个，我亲爱的朋友们。”文森特浮夸地欢唱道：

> 噢，伦敦那冷酷的灯光，
> 如果泪水能将你们的光芒淹没，
> 你们会用受害者的眼泪将它们打湿，
> 噢，小城伦敦的灯光！[2]

“然后他们都哭了。”

“你们看到了吧？”皮里洛对着我们挥着手，“在过去，当人们看到人群聚集的时候总是会哭起来。他们也不知道为什么哭，但是就是会哭。我们知道为什么，但是我们不会哭，除非我们付钱给又胖

1. 伦敦、查塔姆与多佛是一家成立于1859年的英国铁路公司的名称，此处疑为作者基于此虚构的音乐剧或演唱会名称。
2. 出自英国诗人、记者、剧作家乔治·罗伯特·西姆斯所著的剧本《伦敦的灯光》。

又坏的老文森特，让他把我们弄哭。”

“老！说你自己吧！”文森特大笑，“我是个公益捐助者。我让这个世界变得更温柔、更团结。”

“而我是委员会的德·弗瑞斯特，”德·弗瑞斯特尖刻地说，“试着先干点正事吧，如我所说，我们在芝加哥抓了一些人。”

“我打断一下。芝加哥是——”

“好好听着！他们非常独特。”

“在你等着他们的时候，他们用烧过的泥巴块盖房子吗——啊？这是一种古老的交际活动。”

“他们是一群没有和外界接触过的古老社群，他们脑子里都是那些古老的想法。”

“他们有缝纫机和五朔节花柱[1]吗？他们用煤气灶来做饭吗？用火柴来点烟斗、骑马吗？格罗斯坦去年试过，搞出了一场事故！”

德·弗瑞斯特愤怒地堵住了他的话头，用最大嗓门一股脑儿地讲出我们在过去24小时所做的一切。

“而且他们都是当众做这些事情的，”他总结道，“你没法阻止他们，观众越多他们就越开心。他们讲了几个小时——就像你一样！现在你可以继续说话了。”

“你当真指的是他们知道怎么选举？”文森特说，“他们能表演选举吗？”

“表演？这对他们来说和命一样！而且你从没看过长成那样的脸！就像火山一样可怕，在众目睽睽之下表露出嫉妒、憎恶和怨恨。他们的声音惊人地柔软，他们也会哭。”

“大声地哭？在公众场合？”

---

1. 五朔节是一个古老的西方节日，起源于基督教诞生前的夏至庆祝仪式，英国、德国、美国等西方国家现在一般在5月1日庆祝五朔节。

“我保证。他们在整个过程中没有任何一丁点儿的羞耻，也没有一丁点儿沉默。这是你建功立业的一个机会。”

“你是说你把他们投票的道具也给带来了——那些选票和投票箱什么的？”

“没有，你这个糊涂鬼！我又不是行李搬运工。直接和芝加哥市长申请吧，他会把所有的东西都给你寄过去。好吧？”

“等一下。芝加哥想杀了他们吗？在通讯器上能看清楚的。”

“正是如此！我们从一大群号叫的暴民中费了好大的劲儿才把他们救出来——如果你知道什么叫作暴民的话。”

“但是我不知道。”我们伟大的文森特简要地回答。

“那好吧，他们会亲自告诉你的。他们能做好几个小时的演讲。”

“有多少人？”

“等我们把他们都送过去的时候，大概能有 100 人吧，包括小孩。简直是个旧世界的缩影。你明白吧？”

“嗯，明白。但是如果出现什么事故的话，我得为此付出代价，亲爱的朋友。”

“他们可能会在街道上唱过去的战争歌曲。他们可能陶醉于言辞之中，搞人群聚集，还可能用真正的老式手法来侵犯隐私，你一问他们问题，他们就会搞那种投票的把戏。”

“好过头了！”文森特说。

“你还不信？我船上现在就有 12 个人，我现在就把你的通话线路接过去，你自己体会一下吧。”

他拉起开关，于是我们听到了那些人的声音。我们下层船舱中的客人立刻开始向文森特介绍自己，但一直有不少于五个人同时说话。他们被人从亲密的家人中带走，他们的财产被剥夺，给他们食物的时候不给洗手指的碗，还被扔到臭气熏天的牢房里面关了起来。

“但听我说，”阿诺特惊骇地说，“他们说的不是事实，我的底层船舱一点都不臭，而且我自己都看见了洗手指的碗。”

“在小俄罗斯，我们那边的人有时候也这样讲话，”德拉哥米洛夫说，“我们会和他们讲理，我们从来不杀人，从不！”

“但是那不是事实，”阿诺特坚持，“你对那些不说实话的人能做什么呢？他们疯了！”

“嘘！”皮里洛说，他的手放在耳朵上，“整个星球的人都在说谎的时代也没过去多久。”

我们听到文森特优雅的同情之语。文森特问道，他们会在公众面前重复他们的主张吗——在一大群公众面前？他们发誓说，只要文森特给他们一个机会，整个星球都会回响着他们那些可恶的话语。两个女人和一个男人同时解释道，他们的人生目标就是要改革这个世界。说来也怪，这正好也是文森特的人生理想。文森特给他们提供一个舞台，他们可以在那里用活生生的例子去做阐述，把整颗星球都抬升到更为崇高的层次上去。他雄辩地谈着简单的、旧世界的生活所带来的道德上的提升，这种旧世界的生活完完全全地展示在了一个堕落的文明前。

他们能不能——会不会——在指定的三个月内，作为传道者，在他的保护之下，在一个叫伯爵宫的地方致力于人类的进步？他说，伯爵宫是这颗星球上知识分子的活动中心之一，这在某种意义上来说是事实。

他们对文森特表示感谢，然后要求（我们能听到文森特高兴的窃笑声）给他们时间来讨论并且表决此事。这个表决由计票官——每个投票都有个头儿——举办并且获得通过。因此，文森特的建议被接受了。他们深受感动并通过两场演说向他致以谢意——一场演说是他们称为“提案人”的人所做的，另外一场是“附议人”所做的。

文森特转向我们，他的声音因感激而颤动着。

“我搞定他们了！你们听到那些演讲了吗？那是天生的，亲爱的朋友们，技巧没办法教给人这些。而且他们投起票来就和说谎一样轻而易举！我之前从未拥有过这么一个剧团的天生说谎者。祝你们好运，亲爱的朋友！记得，你们永远在我的免费名单上，任何地方——你们所有人。噢，格罗斯坦会闹心的——会闹心的！”

“那你觉得他们能行？”德·弗瑞斯特说。

“岂止能行？整个小村庄[1]都会疯狂的！我要为他们赶紧制作一系列关于旧世界的剧本。他们的声音会让你大笑或者哭泣。上帝啊，亲爱的朋友们，你说他们是从哪儿获得的痛苦之情呢，从这个美丽的地球吗？我今晚会办一场关于世界诞生的露天表演，莫森塔尔来负责音乐，我将——”

“在今晚之前赶造一个小村子给他们住，我们会在西十五号降落塔见你，”德·弗瑞斯特说，“记得，剩下的人会在明天到来。”

“让他们都来吧！”文森特说，“你不清楚，这年头想要找到那些触动人们内心的东西有多难，人们的内心都藏在该死的、如同镀了一层铱的外表下。即便是我，想找到也很难。但是我最后还是找到了。再见！”

“嗯，”德·弗瑞斯特在我们大笑过后说道，“如果有人了解伦敦的贪污腐败的话，我可能就会让文森特和格罗斯坦相互争斗，然后把这些俘虏卖一个大价钱。实际上，今天晚上签合同的时候，我还会不得不成为他们的法律顾问，而且他们不会给我任何手续费。”

“同时，”高平说，“我们当然不能关着利奥波德·文森特刚刚签下的团队了。安诺特，请给女士们拿些椅子吧。”

1. 代指伦敦。

“那我去睡觉了，”德·弗瑞斯特说，“我没法再见更多的女人了！”而后他就离开了。

当我们的乘客被释放并得到了另外一餐（这次先端上来了洗手指的碗）时，他们告诉我们他们对我们以及委员会的想法。和文森特一样，我们都惊讶于他们是怎么设法把那些苦痛的有毒情感发掘出来藏在心中，并且不安于上帝赐予我们的美好生活的。他们发狂、咆哮、颤抖、涨红了脸、耗尽了他们那贫乏而破败的精神，气喘吁吁地安静下来，而后又重新开始愚蠢又无耻的攻击。

“但是你们不明白吗？”皮里洛悲哀地对一个尖叫的女人说，“如果我们把你们留在芝加哥，你们会被杀掉的。”

“不，我们不会的。你们一定会把我们救出来，不让我们被杀的。”

“那我们就不得不杀掉很多其他人了。”

“那不要紧。我们正在宣讲真理。你不能阻止我们，我们会继续在伦敦宣讲的，你们之后会看到的！”

“你们现在就能看到了。”皮里洛说，打开了一扇下方的遮板。

我们已经接近了小村庄。300 万居民自由自在地分布在围成一圈的主交通灯之内——主交通灯指的是那八盏固定的光束，分别位于查塔姆、汤桥、红山、杜金、沃金、圣奥尔本斯、奇平昂加和绍森德[1]。

利奥波德·文森特的新团队看着这些，小脸惨白。他们看着下面寂静而宽广的地域和星罗棋布的房子。

之后有些人开始大声哭泣起来，毫无羞耻——他们一直毫无羞耻。

（赵佳铭　译）

---

1. 均为伦敦附近的地名。

第一次世界大战及其影响

随着流行杂志草创阶段的结束，原本朝着未来世界大举开拓，看似前途无量的科学传奇，在 1905 年之后就走向了下坡路；第一次世界大战带来的破坏与失望，让这状况雪上加霜。威尔斯转而写作社会问题小说和编纂世界历史百科全书；他笔下的未来小说充满说教意味。道尔年事已高，信奉唯灵论，这让他的叙事缺乏生机活力。乔治·格里菲斯在 1906 年去世，罗伯特·巴尔也逝于 1912 年。吉卜林没有写过很多科学传奇小说，还不足以影响此类文学的发展方向。"未来小说"的创作在 1913 年进入衰退期，直到 1923 年才有回暖苗头。

其他作家也感受到了时代的影响。20 世纪之交，M. P. 希尔写了很多未来战争主题的故事。他也创作了《海上霸主》(1901)，讲述了一个英国人通过移动堡垒控制了海上航线，因此成为世界霸主（并将犹太人放逐到他们在巴勒斯坦的家园）。还有一本末日灾难小说（关于最后一个幸存的人）:《紫云》(*The Purple Cloud*, 1901)。希尔于 1923 年再次开始创作小说，一直持续到 1930 年代。

威廉·霍普·霍奇森是牧师之子，后来当了水手。他的故事创作背景，从海上故事，如《格伦·卡里格之船》（*The Boats of the Glen Carrig*, 1907），转向了带有梦幻色彩的科学传奇，如《边界之屋》（*The House on the Borderland*, 1908）和《永夜之地》[1]（*The Night Land*, 1912）。其他作家偶尔写些和科学传奇有关的故事，其中有两个代表作家。威廉·勒·奎是一位写过众多惊险间谍小说和侦探小说的作家，也写过关于未来战争的小说，比如《英格兰 1897：伟大战争》（*The Great War in England in 1897*, 1894）和《1910 入侵英伦》（*The Invasion of 1910*, 1906）。萨克斯·罗默（阿瑟·萨斯菲尔德·沃德的笔名），他在 1912 年至 1915 年间出版了傅满洲博士系列犯罪小说[2]。

J. D. 贝雷斯福德是继威尔斯、吉卜林、道尔的非凡成就之后，当时最重要的作家之一。（事实上，正如布赖恩·斯塔伯福德所指出）和其他科学传奇作家一样，他也是牧师的儿子，但是因为一名粗心的护士使他在婴儿时致残，影响到了他的人生观。他也像威尔斯和吉卜林一样，既写主流小说又创作科幻，只是他从来没有取得前辈们那般的成就，也没能得到批评家的认可。

贝雷斯福德的第一本科幻小说是关于超能力主题的《汉普顿神童》[3]（*The Hampdenshire Wonder*, 1911），美国版本名为《神童》（*The Wonder*），这个经典的超人故事后来启发奥拉夫·斯台普顿（William Olaf Stapledon）创作了更为人所知的小说《怪人约翰》（*Odd John*, 1935）。《雏鹅》（*The Goslings*, 1913），美国版本名为《女人的世界》

1.《边界之屋》讲述了宿营者在一处偏僻的小屋中，发现了一本破损的笔记，上面记录了奇怪生物的袭击，太阳系的毁灭与重生等壮观景象。《永夜之地》讲述了在遥远的未来，太阳已死亡，人类居住的地球陷入永夜；依靠一种名为“大地电流”的地球内部能源支撑，剩下的人类聚集在一座巨型的金字塔中生活。

2. 傅满洲是作家萨克斯·罗默虚构的反派人物，他博学多才，但为人奸诈，试图以一己之力破坏整个西方世界；该角色出现在西方文学和影视作品中长达 90 年。

3. 汉普顿神童是一个大头，迟钝的男孩，出生在著名板球运动员之家，从不哭或者开口说话；起初，他被认定为是一个傻子，但是他长大后显露出超群的智力，他能轻松掌握任意语言，记忆整座图书馆——甚至能控制他人的想法。然而，随着关于他拥有强大异能的消息传播开来，人们有些害怕他展现出来的天赋。受《汉普顿神童》启发，奥拉夫·斯台普顿的《怪人约翰》讲述的是拥有超能力的人和平凡人之间的对抗与冲突。

（*A World of Women*）讲述了一个由女人掌控社会的故事。后来，他还出版了《美梦醒来》（*What Dreams May Come...*, 1941），一个由战争触发的乌托邦小说；《共同的敌人》（*A Common Enemy*, 1942），他幻想通过自然灾难毁灭世界，以创造出一个乌托邦；《高塔之谜》（*The Riddle of the Tower*, 1944，与埃斯梅·韦恩-泰森合著）展现了未来人类丧失乌托邦希望后，进化成了一个蜂群式的自动化社会。

贝雷斯福德一共创作了50本小说，其中有8本科幻小说，5部戏剧（大部分是与他人合作完成），1本与他哥哥合作的诗集，7本非虚构书籍，包括他对威尔斯早期小说的研究著作（1915），5本短篇小说合集。在其中一本名为《预兆与神迹》（*Signs and Wonders*, 1921）的短篇合集中，收录了《一场微不足道的实验》（"A Negligible Experiment"）。从这个故事中，我们可以看出威尔斯对他的影响，以及他们之间的不同。他用该篇小说向威尔斯的《星》（"The Star", 1897）致敬；然而威尔斯的讽刺，是与宇宙亿万年的变迁历程相比较，衬出人类抱负雄心的无关紧要。贝雷斯福德虽然采用了同样的故事背景，但他是在哲学和宗教的背景下考量人性。威尔斯也经历了同样的思想变化过程，当他再次看过贝拉米[1]的《回顾》（*Looking Backward*, 1888）中描绘的工业乌托邦之后，写出了《当沉睡者醒来时》[2]（*When the Sleeper Wakes*, 1899）。和威尔斯、吉卜林、道尔一样，贝雷斯福德的作品也为后世作家做出了榜样，并为科幻杂志发展出一套标准化工作流程的讨论提供了参考。

（维亚　译）

---

1. 美国作家、记者，最为出名的是其乌托邦小说《回顾》，讲述美国一青年在19世纪末陷入冬眠，113年后醒来，惊奇地发现美国已成为一个社会主义国家的故事。
2. 讲述一个青年在19世纪末陷入沉睡，两百年后，他醒来时发现自己身处22世纪，并成为了世界上最富有的人，可是，他发现人们的生活并没有因为科技的发展而变得更好。

一场微不足道的实验

J. D. 贝雷斯福德

“我怎么就总是搞不好它呢。”年轻的雕塑家抱怨道，眼神却柔和地看着自己刚用橡皮泥塑好的小型男子人像。看来，尽管它有很明显的缺陷，他还是认为自己的创作有值得欣赏的地方。

“它是不是需要硬朗一些？”我给出建议，“要不，你在它的腿部和背部加上一根金属丝，或其他的支撑物？”

“嗯，你知道吗，”我年轻的朋友解释道，“要是我事先想清楚，我能完成好它。只是我没有。我喜欢一边思考一边创作。我不擅长提前规划。我做不到事前完成全部构思，然后坐下来直接完成作品；我需要不断尝试，看看结果如何，你明白的。你说，它的头是不是太大了？”

我觉得那头是相当地大。

这位年轻的雕塑家打量着自己的作品，脸上洋溢着喜爱的表情。

“也许，如果……”他喃喃自语，声音渐低几不可闻，他继续上手调整着他的小型人像。

我伫立在一旁观看他工作，脑海中浮现出一个场景。我的思绪离开了这个小伙子和他的工作室。我进入了一个自己幻想出来的世界，我放任自己的想象力，体验着比现实更令我感到满意的生活。

清晨，我在早报上读到一条关于人马星座[1]新星的消息，我立马想起了 H. G. 威尔斯的小说《星》，默默会心一笑。接着，我又读了罗威尔教授一篇名为《天体评估》的文章，里面讲述了从外太空深处袭来一位“黑色异客”的可能性；看完之后，我不禁打了一个寒颤。报纸上关于此次行星撞击的细节报道，与罗威尔所想象的场景有相似之处，那些报道散见于各家报纸热门新闻之间。这颗新星和许多其他于不同时间被记录在案的新星不一样。好多行星碰撞的消息都是早已发生过的；它们突然爆发形成一片短暂壮丽的灿烂景象，瞬间又变得暗淡，随后消失不见。而这位陌生来客，天文学家们一致认为，它自身不发光，是因反射了太阳光才发亮。那么，它一定离太阳相当地近。罗威尔的计算结果是，在那位入侵者抵达太阳系进行破坏之前，我们大约有 30 年的时间做好防护准备。但是，他的计算显然是基于多个假设推测，现实未必支持他的那些假设。这位陌生来客也许比他推测的要小得多——罗威尔以巨大的太阳质量[2]为基本衡量标准——它的反射率可能低一些，速度可能再快点。罗威尔的黑色异客，据说会以与黄道平面[3]成 90 度角的方向到达地球；而早报新闻报道中的新星，将会掠过那个形似碟形游泳池的黄道平面的边缘。难道不会有任何外太空行星挡在我们和这位可怕的来访者中间吗？海王星、天王星、土星、木星、火星，它们中的任何一个都可以为我们提供缓冲，这样我们不就能摆脱一场毁灭性的灾难了吗？也许我们还可以仰望天空，欣赏它们相撞之后留下的壮观

1. 夏季夜空中最大的星座之一，银河系的中心所在。
2. 符号为 $M_{\odot}$，天文学上用于表示恒星、星团或星系等大型天体质量的质量单位，定义为太阳的质量，约为 2×10^{30} 千克；1 个太阳质量是地球质量的 33.3 万倍。
3. 太阳视运动轨迹所在平面，它和地球绕太阳的公转轨道共面。

景象。

每个人都把行星撞击地球一事当作消遣。到处都有大惊小怪的报道，它们只是传播故意夸大的事实，制造耸人听闻的离奇效果。没有人严肃地对待此事。不过天文学家们就一定真的知道吗？他们迄今只有一周时间来进行计算。

随后，不祥的压抑感突然临近，一时竟说不出来，我们是如何肯定灾难会降临的。大家就是都知道了。天文学家们之间已相互确认过，他们毫无异议。那颗行星将直冲地球，我们没有避免的办法。可怕的是，外太空的行星一致为这位闯入者让出了畅通的道路，而愚钝的地球竟不慌不忙，正径直地走在毁灭道路上。说来奇怪，地球的密度[1]比太阳系的其他行星都要大，到底隐藏了什么只有内行人才懂的深奥意义？

每个人都知道灾难即将来临，但很少有人做出改变。我们仍忙于打理各种日常事务；但是毫无疑问，人们缺乏干劲——我们绝没有办法能忘记这日益加深的压抑感。可除了继续生活外，我们还能做什么呢？我们无法马上改变我们自己，或者我们的生活方式。宗教成为逃离可怕现实的救命稻草，在世间的男男女女中掀起一阵阵狂热。出于同样的原因，涉及贪婪欲望的犯罪案件增多。但是大多数人，纯粹出于惰性，还是照着老样子生活。尽管我们在夜晚的天空中已经可以看到一个新近出现的小一点的月亮，它正缓慢地渐满变圆，一夜比一夜大。那时我们才知道，这位天外来客和木星[2]一样大，密度比地球小一点。

我们的月亮挨近那新来的月亮时，灾难到来的第一个迹象出现

1. 为地球质量与地球体积之比，约为 5 514 g/cm^3。地球是太阳系密度最高的星球，其次为水星，约为 5.427 g/cm^3。
2. 太阳系八大行星中体积最大的行星，约为 1.431 3×1 015 km^3。

了。因为陌生来客的行星质量干扰，引发了地球潮汐的变化，我们被要求撤离所有低洼、靠海、近河口的地方。这里顺便提一下伦敦的水位。在满潮即将到来的前四天，泰晤士河淹没了法灵顿街、威斯敏斯特和泰晤士河南岸的大部分地区，河水退却后留下裸露的河床，一直延伸到了格林尼治。

大洪水来临之前，伦敦人已经逃到了北方和南方的高地；像埃塞克斯、肯特、萨里和米德尔塞克斯这样的低地，都已被洪水摧毁。随着人们极度渴求安全，而大灾难的迹象急速增多，人类社会文明的秩序必然受到破坏。身处群氓之中，我们逐渐被剥夺了经历过千锤百炼才习得的善恶观念，唯一留下来的是自我保护的本能。然而，这只是人群惊慌失措地逃亡造成的影响；对个人来说……

然而，我只能代表我个人和另外一个男子发言。我们一起坐在德比郡的一座山头，通宵观看这末日之夜。

我先是感受到了某种平静，接着，奇怪的兴奋感和期待心情混杂进来。死亡在即，我仍然享受着这场惊奇的太空历险。那颗直冲向我们的行星，已经把我们扯离了原先稳定的绕日公转轨道，我们原先熟悉的月亮缩到了只有六便士[1]大小；它在灾难开始后的几个小时内，缩小变化得非常明显。因为月球已经背弃了它原本对地球的忠贞，像一个多情而不忠的情人，转身投向了那位陌生的大客人怀抱里。

但是，当这颗新行星壮丽地从东方地平线升起时，一切比它小的景物都为之失色。那晚，它通体浑圆，散发着黄色光辉；在它广阔的表面上，移动着一个深黑色的圆斑，跟我们的月亮原本的大小差不多，它还正在缓缓增大，那是我们地球的影子。当这颗行星下

1. 曾在英国流通过的小面额硬币，直径大小约为 19.41 毫米。

方边缘离开地平线，它的上方边缘高耸入云，至整个天空最高点的一半高度，这才展现出它超乎寻常的巨大。它的表面几乎没什么斑纹，但从那个正清晰地朝向我们旋转着的一极，呈辐射状散发出一些不规则的黑线——那也许是相连的山脉——当前的阴影在尚不可辨的情况下，已确实地呈现出一个球体的形态。这颗行星的其他部分，显露出一片浩瀚无垠、平滑无间的样子，也许那里曾是一片消失了很久的海洋的底部。

有一个多小时，或者更久，我的同伴和我都沉默地坐着，看着眼前雄伟美丽的奇观；然后，他轻声说道："我们见证了一场微不足道的实验的失败。"

我没有马上回应。我还没有领会他所说的话。我正在努力挣脱让我傻傻入神的脑洞，爱做白日梦几乎是我一辈子的习惯。我在脑海中搜寻词句，想来形容我所见到的景象。我想把我的体验写下来；是的，没错，即使在这个时候，不止我一个人被宣判死亡，而是在整个人类命运岌岌可危的时候，我还在与自己微不足道的记录欲望作挣扎，哪怕是一份没有人能读到的记录。

我迫使自己从这疯狂的脑洞中清醒过来。"微不足道？"我抓住他话语中最重要的词，反问。

"事实证明如此，"他再次强调，"你是个理性的人吧？你没有努力去抓救命稻草吗？你毫不怀疑这就是地球末日吧？那么，很好，你知道我们都将要被毁灭了吗？这也许是一场意外？或者，它是一支故意射向我们的箭；放箭的人有着明确的目的。"

"以前应该也不是没有发生过同样的事情，"停顿了一会儿，他继续说道，"我们亲眼看到过——至少见到过结果。当有流星从天空中划过，我们可以推测，发生了和这次相似的碰撞。如果从另外一个星系的某颗行星上看过来，他们也许会看到我们星球发出的微小火花——并为之赞叹。这应该只是一件相对小规模的事件。我们看到过的一些，其场面肯定比这要大数千倍。”

“但我想表达的重点是，在地球上造人的实验，现在被证明是毫无价值的。再过几个小时，它就结束了，彻底失败了。无论这场毁灭性的灾难是一场意外或者是人为，结果都没有区别。这就是我们所有哲学和宗教问题的答案。人类，要么是生物进化过程中的偶然结果，要么是一场失败实验的试验品。”

我凝视着他，心中一动，想起一段难以辨别的回忆，我注意到他的头实在太大了。

“你确定，我们等会儿将不复存在，就像一颗爆炸了的炸弹？”我问道。

“我无法想象我们中能有人活着看到那一切，”他回复道，“我们大部分人会被下一场潮水淹死。来的大概会是一面高达数千英尺的水墙。你感受到你的身体轻了一些吗？这位陌生来客的引力开始拖拽我们。而在地球另一边的人们，则会感到一种无法忍受的沉重。地球的运转速度也在加快，我们已经被拽出了公转运行轨道。我们现在正在冲向那位陌生来客，与它亲密接触。我们不会再围绕着太阳旋转了。我们和那位陌生来客，就像在一个杯子里飞快旋转着的两个泡泡。”

等我再次开口说话时，时间已过去数个小时。与此同时，我感受到了即将发生某事的紧迫感。我意识到守卫正准备抓我去执行死刑。

“毕竟，”我哭了出来，“世间还有如灵魂一般不朽的事物存在。尽管所有的外在形态都会在这一次爆炸中被粉碎，但是那并不能证明……”

“没有可能去证明它，”我的同伴打断了我，“你扪心自问，难道你不知道那没有用吗？”

“没用，确实没有用。”我清醒了过来，嘴里一直重复嘟囔着。

我年轻的雕塑家朋友团起一个大泥球，扔了出去，精准地击中了他之前在塑的人像，我没来得及阻止他。

“他怎么修也修不好了。”他跟我解释道，然后拿起那堆不成形状的泥团，满不在乎地扔在工作室的一角。

“噢，你不应该那样做。”我忍不住像个啰唆的老师般对他说教道。

（维亚　译）

天地之间许多事[1]

英国作家的特点之一是多才多艺。即便他们主要是写作科幻小说，在其他领域也经常如鱼得水。那些主要在其他领域写作的人写起科幻小说来似乎也同样轻松。威尔斯是第一类作者的好例子，阿瑟·柯南·道尔爵士则是第二类的。

无可避免地，道尔以他最著名的创作“夏洛克·福尔摩斯”而闻名，虽然他最引以为豪的是他的历史小说，比如《米迦·克拉克》（1889）和《白色佣兵团》（1891）；但他也是一个经常写幻想故事，甚至科幻小说的作家，这些故事和他同时代的威尔斯与吉卜林一样，想象缜密，细节精致。

柯南·道尔比吉卜林早生六年，也早去世六年。尽管他们的经历在许多方面不同，但他们都兴趣广泛，也同样多产。道尔出生于爱丁堡，在英格兰和奥地利接受教育，1881年获得爱丁堡大学医学学位，1882年至1890年在朴茨茅斯附近执业。但是他需要用写作来

1. 原文出自莎士比亚的《哈姆雷特》第一幕第五场：“天地之间有许多事情，是你们的哲学里所没有梦见到的。”

填补他的医疗收入，他在 1879 年还是医科学生时就开始出售自己的作品（第一篇是《赛沙沙山谷之谜》）。

第一篇夏洛克·福尔摩斯的小说《血字的研究》发表于 1887 年，第二部《四签名》出现于 1890 年，但直到《海滨杂志》于 1891 年委托他创作了一系列福尔摩斯短篇小说，这位伟大的侦探才开始吸引全球的观众。从这一系列的首篇《波希米亚丑闻》开始，道尔将全部注意力都转向了写作。在接下来的 40 年里，他创作了超过 125 本书，包括 22 部小说、37 部短篇小说集、14 部戏剧、4 部诗集和 50 卷的非小说文集。最后一部分中相当多是关于唯灵论[1]的：在第一次世界大战中他的许多亲人和朋友去世了，包括他第二任妻子的兄弟在内，那之后他转向了唯灵论。此类著作中包括著名的《仙女光临》（1922），该书为一批照片背书，它们是一位年轻女性[2]在 1917 年伪造的。

到 1912 年，道尔已经发表了多篇小说和短篇小说，涉及许多幻想题材，例如身体交换［《伟大的凯因普拉茨[3]实验》（"The Great Keinplatz Experiment"），1885］、北极的迷人景象［《"北极星"号船长》（"The Captain of the 'Pole Star'"），1894[4]］、会心灵感应的吸血鬼［《寄生者》（*The Parasite*），1895[5]］和超自然的复仇［《克罗姆博之谜》（*The Mystery of Cloomber*），1895[6]］等。他还写了一些更接近科幻小说的故事和小说，如《莱佛士·霍事件簿》［（*The Doings of Raffles Haw*），1891，炼金术］、《洛斯·阿米哥斯的失败》［（"The Los Amigos Fiasco"），1892，电椅赋予人生命力］和《萤石口的恐怖》［（"The Terror of Blue John Gap"），1910，来自幽深洞穴的巨大生物］。

---

1. 一种唯心主义哲学观点，认为存在超物质的灵魂、精灵等，人死后的灵魂可以通过降灵术等手段和活人交流。
2. 她和表妹伪造了这些著名的"科廷利照片"，直到 1983 年才承认自己造假。
3. "凯因普拉茨"为故事里的大学名，德语，意思大致相当于"无此地"。
4. 按阿瑟·柯南·道尔大百科提供的旧刊照片，该短篇小说最初发表于 1883 年 1 月。
5. 阿瑟·柯南·道尔大百科显示该故事发表于 1894 年。
6. 阿瑟·柯南·道尔大百科显示该故事发表于 1888 年。

1912 年是特殊的一年，这年出现了《失落的世界》(*The Lost World*)，柯南·道尔创造了故事的主人公查林杰[1]教授，一位古怪而暴躁的天才。他带领一群人抵达了南美洲的一片高原，在那里恐龙依然存活。查林杰在 1913 年的第二部小说《有毒地带》(*The Poison Belt*) 中归来，这部小说和威尔斯的《彗星到来的日子》(*In the Days of the Comet*, 1906) 一样，灵感来源于 1910 年海利彗星回归，它讲述的是人类因来自外太空的有毒大气而面临灭绝的威胁。在《迷雾之国》(*The Land of Mist*) 中，查林杰（跟道尔一样）皈依了唯灵论。他还出现在两部短篇小说《解体玄机》("The Disintegration Machine"，1928) 和《地球痛叫一声》("When the World Screamed"，1929) 中。在查林杰系列之外的一部短篇小说《马拉科特深渊》(1929) 中，亚特兰蒂斯被人们重新发现。

许多威尔斯早期的故事和小说在谈及世界上某些地方时都试图暗示一些危险的，甚至可能威胁到人类生存的秘密，潜伏在尚未探索的时空角落；《高天中的恐怖》("The Horror of the Heights"，1913) 将这种地方安排在了平流层。威尔斯在南美洲、大洋深处和外星球上发现了他笔下的威胁，而道尔使用新流行起来的飞机——就在它初次被用作战争之前不久——探索了存在于高天之上的生命的可能。几年后，查尔斯·福特将会开始出版他那些新闻剪报合辑，先是《被绝罚者之书》(1919)，然后是《瞧！》(1931) 和《野性天才》(1932)。奇怪的是，这些书中提出了一种类似的可能。像威尔斯的故事一样，道尔的故事和小说确立了一些主题，它们在后世将会成为科幻小说的样板。

（何锐　译）

1. 这个名字意为"挑战者"。

高天中的恐怖

阿瑟·柯南·道尔

有种看法认为，这份被称为“乔伊斯-阿姆斯特朗残篇”的非同寻常的叙述是个精心制作的恶作剧，是不知哪个被扭曲而邪恶的幽默感缠身的家伙折腾出来的；这种想法现在已经被所有研究过这个问题的人抛弃了。支持这一论断的是无可置疑的悲惨事实，哪怕最残忍、最富有想象力的阴谋家，在把他病态的幻想和这些事实联系起来之前也会犹豫不决。尽管手稿中所说的那些话是惊人的，甚至是骇人的，但它仍然让智力正常的人不得不相信那些话是真实的，不得不重新调整我们的想法，以适应新的情势。我们的这个世界和一个最奇异、最出乎意料的威胁之间，似乎只隔着一层纤薄而不稳定的安全界限。我将努力在下面的叙述中重现原始文件，保留它不可避免的有些零散的形式，向读者展现目前所知的全部事实；在展开叙述之前，我要说，即便有人怀疑乔伊斯-阿姆斯特朗的叙述，其中有关海康纳先生以及皇家海军上尉默特尔的事实也是无可置疑的。他们毫无疑问是以手稿中所说的方式走到了人生的终点。

乔伊斯-阿姆斯特朗残篇是在肯特郡和萨塞克斯郡交界处的怀伊汉姆村以西 1 英里处的下海考克发现的。去年 9 月 15 日，一位名叫詹姆斯·弗林，受雇于怀伊汉姆村昌特立农场场主马修·多德的农场雇工，看见有只石楠木烟斗躺在下海考克树篱旁的小径旁。他从那再往前走了几步，捡到一副破损的双筒望远镜。最后，在沟渠中的荨麻丛里，他看到了一本瘪了的帆布封皮“书”，后来证明那是一本有可拆卸书页的笔记簿，其中一些书页松了，散落在树篱底部。他把这些书页收集了起来，但有些，包括第一页，一直没能找回。这让这份至关重要的记录留下了令人遗憾的空白。这位雇工把笔记拿给了他的雇主，后者把它拿给了哈特菲尔德的 J. H. 阿瑟顿博士过目。这位绅士立刻意识到需要专家进行检查，于是手稿被送到了它现在的所在地，伦敦的航空俱乐部。

手稿的前两页不见了。在故事的结尾还有一页被撕掉了，不过这都不影响叙事的整体连贯性。据推测，丢失的开头与乔伊斯-阿姆斯特朗先生作为一名飞行员的资质记录有关，这些资料可以从其他来源收集到，能证明他在英国飞行员中实属出类拔萃之辈。多年来，他一直被视为飞行员群体中最勇敢和最有智慧的人，这种结合让他得以发明和亲自测试几种新设备，包括一种以他的名字命名的常见的回转仪附件。手稿的主体是用墨水写的，笔迹工整，但最后几行是用铅笔写的，而且潦草得几乎难以辨认——事实上，如果是在一架移动的飞机上匆忙草就，那笔迹正该如此。可以补充的是，在最后一页和封面上都有几处污渍，内政部的专家们宣称这些污渍是血迹——可能是人类的，肯定是哺乳动物的。事实上，在这种血液中发现了与导致疟疾的微生物非常相似的东西，而据说乔伊斯-阿姆斯特朗亦曾苦于间歇性发烧。现代科学把一些新武器交到了我们的侦探手中，这也是个引人注目的例子。

现在谈谈这篇意义重大的记录的作者的个性。乔伊斯-阿姆斯特朗此人，据少数真正了解他的朋友说，是一个诗人和梦想家，也是一个机械师和发明家。他是一个相当富有的人，把大部分钱都用在了追求他的航空爱好上。他在迪韦齐斯附近的机库里有四架私人飞机，据说在去年一年中，他进行了至少 170 次飞行。他是一个不爱与人交往的男人，时常情绪阴暗，在这种情况当中他会避开和同伴的交往。最了解他的丹格菲尔德上校说，有几次他的怪癖似乎在向着更严重的方向发展。他在飞机上随身携带一把霰弹枪的习惯就是个例子。

另一个例子是默特尔中尉的坠机给他的思维带来的病态影响。试图打破飞行高度纪录的默特尔，从 3 000 多英尺的高空坠地。说来可怕的是，他的头部完全消失了，尽管他的身体和四肢大致还在。丹格菲尔德说，在每次飞行员聚会上，乔伊斯-阿姆斯特朗都会带着神秘的微笑问道："请问，默特尔的头哪去了？"

还有一次，在索尔兹伯里平原飞行学校的餐厅里，他在晚餐后挑起了一场关于飞行员将会遇到的最永恒的危险是什么的辩论。连续听到了那是空中气阱[1]、结构缺陷和过度倾斜的观点之后，他耸耸肩，拒绝提出自己的观点。不过他给人的印象是他的观点不同于他的同伴提出的任何一个。

值得注意的是，在他自己完全失踪后，人们发现他把私人事务安排得很精确，这可能表明他对灾难有强烈的预感。解释完这些基本情况后，我将如实地讲述这个故事，从那浸着鲜血的笔记簿的第三页开始：

然而，当我跟科塞利和古斯塔夫·雷蒙德在兰斯吃饭时，我发现他们都没有意识到大气层高层会有任何特别的危险。实际上，我没有说出我的想法，但是也很接近了。如果他们有任何相似的想法，他们不可能不表达出来。但

1. 由于湍流等原因引起的空中气压局部异常分布现象。

结果他们只是两个空虚、自命不凡的家伙，满脑子只想着要让他们那愚蠢的名字出现在报纸上。值得注意的是，他们都不曾越过两万英尺的高度。当然，人类早就越过了这个高度，或乘坐气球，或攀登高山。飞机进入危险区的高度肯定远远超过那个点——当然，前提是我的预感没错。

飞行已经伴随我们20多年了，人们很可能会问：为什么这种危险只在我们这个时代才显露出来？答案显而易见。在发动机推力微弱的旧时代，当100匹马力的格诺姆[1]或者格林[2]被认为足以满足所有的需求时，飞行受到很大限制。如今300匹马力已是常规而非例外，拜访大气高层就变得更加容易和普遍。我们中的一些人还记得，在我们年轻的时候，加洛斯[3]是如何通过达到1.9万英尺高度而享誉世界的，那时飞越阿尔卑斯山被认为是一项非凡的成就。我们现在的标准已经大大提高了。过去几年中每年都有20来次高空飞行，其中许多次结果都安然无恙。3万英尺的高度已经一次又一次达到，除了寒冷和哮喘之外没有任何不适。这又能证明什么？一个天外来客可能会降临这个星球1 000次，却一直看不到老虎。然而老虎是存在的，如果他碰巧降落到了一片丛林中，他就可能会被吃掉。高空也有丛林，其中栖息着比老虎更凶险的东西。我相信，最终人们会了解这些丛林的信息的。即便现在我也能说出其中的两个。其中一个位于法国的波城到比亚里茨之间；当我在威尔特郡的房子里写作时，另一个就在我头顶上。我有感觉，汉

1. 格诺姆·艾·朗龙，20世纪早期法国飞机发动机制造商，一战中产品被军队大量采用。
2. 英国飞机发动机公司，活跃于20世纪前20年，格诺姆公司的对手。
3. 全名尤恩·阿德里安·罗兰·乔治·加洛斯，法国飞行英雄。

堡和威斯巴登那边有第三个。

让我开始有这些想法的是那些飞行员们的失踪。当然，每个人都说他们掉进了海里，但这说法让我完全不能满意。起先是法国的韦里耶，他的飞机在巴约纳附近被发现，但人们从未找到他的尸体。还有巴克斯特的情况也是如此，他消失了，尽管他的发动机和一些铁制紧固件在莱彻斯特郡的一片树林里被发现。在这次事件中，埃姆斯伯里的米德尔顿博士正好在用望远镜观察飞行；他宣称，就在云层遮住视线之前，他看到了那架飞机。它在非常高的高度上，突然以一种他觉得不可思议的方式连续几次竖直向上猛冲。那是最后一次有人看到巴克斯特。报纸上就此刊登了一篇报道，但之后没有任何发现。还有其他几起类似的事件，之后就是海·康纳之死。空中悬而未决的谜团一时沸沸扬扬，在半便士报纸上还开设了专栏。然而为弄清事情的真相所做的实事却少得可怜，这多么可笑啊！他从一个未知的高度做了一次长距离滑翔[1]降落地面。他再也没能离开他的飞机，就死在了飞行员的座椅上。死于什么？“心脏病。”医生说。放屁。海·康纳的心脏和我的一样健康。维纳布尔斯怎么说的？维纳布尔斯是他死时唯一在他身边的人。他说海·康纳在发抖，看起来像个被吓坏了的人。“死于恐惧。”维纳布尔斯说，但想不出他所恐惧的是什么。他只对维纳布尔斯说了一个词，听起来像是“怪”什么。他们在勘验的时候对此完全摸不着头脑。但我倒有些想法。“怪兽！”可怜的哈里·海·康纳最后说的是这个。正如维

1. 原文为法语。早期航空术语许多为法语。

纳布尔斯所想，他的确是因恐惧而死的。

然后是默特尔的脑袋。你真的相信——有人真的相信——一个人的头会被摔下来的力道完全压进他的身体中吗？嗯，也许这是可能的，但至少我个人从来不相信默特尔的事情是这样。还有那些油脂，在他衣服上，勘验中有人说，‘都沾满了油’。奇怪的是那之后没人琢磨下这事！我想过——但我已经想了太久的时间了。我曾冲击过三次高空——丹格菲尔德总拿我带霰弹枪狠狠取笑我——但我从来没有升得足够高。现在，有了这台新的轻型保罗·维罗纳[1]飞机和它175匹的罗比尔[2]发动机，我明天应该很容易摸到3万英尺。我要试着冲冲这个纪录。也许我还该试试能不能撞上些别的东西。当然，这很危险。如果一个人想避免危险，他最好不要坐飞机，该坚决地回去穿上法兰绒拖鞋和晨衣。但我明天要去空中丛林——然后，如果那里有什么，我会知道的。如果我回来，我会小有名气的。如果我没能回来，这本笔记簿可能会解释我在尝试什么，以及我是如何为此失去生命的。但，拜托了，别说那是事故或者神秘事件之类的蠢话。

我为这项任务专门选择了这架保罗·维罗纳单翼飞机。要做真正艰难的活计的时候，没什么比单翼飞机更好的了。博蒙特[3]很早就发现了这一点。首先，它不介意潮湿，而这天气看起来好像我和飞机会一直在云里。设计漂亮而小巧，

1. 作者虚构的飞机品牌。
2. 20世纪德国发动机和汽车制造公司。名字来自拉丁文的“力量”。第二次世界大战后位于东德，1990年两德合并后倒闭。
3. 法国飞行员让·路易·科诺于1911年参加飞行大赛时，因其现役军人身份无法使用真名，故用化名“安德烈·博蒙特”报名参赛，并驾驶单翼机取得多次胜利。

对我手部动作的响应犹如一匹衔惯嚼子的温顺良驹。引擎是十缸旋转罗比尔发动机，最大输出175匹马力。它拥有全部的现代化改进——封闭机身、高曲度起落滑橇、刹车、陀螺稳定器，还有三档变速，通过转动百叶窗帘的方式改变机翼倾角来实现。我随身带着一把霰弹枪，一打装满霰弹的弹匣。我指示我手下的老机械师帕金斯把它们放进飞机里时，他那个表情可真够瞧的！我穿得跟极地冒险家似的，在工作服下罩了两层运动衫，穿着厚袜子，靴子里还加了衬垫，戴着有护耳的防风帽，还有我的白云母护目镜。在机库外头这一身闷得要命，但我要去的是喜马拉雅山顶峰的高度，为此必须穿上它们。帕金斯知道有事发生，恳求我带他一起去。如果我用的双翼飞机，大概我就带上他了，但开单翼飞机是场单人秀——如果你想让它在最后能多升高那么一英尺的话。当然，我带了一个氧气袋；不带氧气去创造高度纪录的人不是被冻死就是被窒息——又或两者兼有。

我出发前仔细检视了机翼、方向舵杆和升降杆。就我所见，一切都井井有条。然后我拧开发动机，发现它运行得顺顺当当。一被松开，还在最低速度下，它几乎就开始要上升了。我绕着我家里的场地转了一两圈，好让它热热身，然后我朝帕金斯和其他人挥了挥手，把我的机翼放平，让它全速前进。它像只燕子般顺风轻飏，8英里、10英里，最后我稍稍抬起她的机鼻，于是她开始向我头顶的云堤盘旋而上。慢慢升高，让你在升高的过程中适应压力，这一点非常重要。

对于英国的9月而言，今天是个暖和的日子，有些闷热，即将袭来的大雨让空气寂静而沉重。不时从西南方吹来一阵大风——其中一股风来得如此凶猛，如此出乎意料，以至于一时间把我给卷入其中，转了大半圈。我记得当年，阵风、旋风和气穴一度是危险的东西——在我们学会给发动机提供超量的动力之前。就在我到达云底，高度计显示为3 000英尺的时候，下雨了。哎呀，真是瓢泼大雨啊！雨水拍打着我的翅膀，抽打着我的脸，模糊了我的眼镜，让我几乎什么都看不见。我把速度降低了一档，因为顶着大雨驾驶很痛苦。我爬得更高了些，雨水变成了冰雹，我不得不用机尾抵挡一二。我的一个汽缸不工作了——应该是被污物给塞住了，我本该料想到的。但我仍然有充足的动力，稳步上升。过了一会儿，不管那问题到底是什么，总之它过去了，我听到了一些低沉的咕噜声——十个汽缸的歌唱合而为一。这就是我们的现代消音器的魅力所在。我们终于可以靠耳朵控制发动机了。当它们遇到麻烦时，它们会发出那么明显的尖啸、厉叫和啜泣！在过去，所有这些呼救声都是徒然的，那时，所有的声音都被机器可怕的噪声淹没了。要是早期的飞行员们能回来看看这个以他们的生命为代价获得的机械装置，一睹它的美丽和完善，那该有多好啊！

大约九点半，我正挨近云层。在我下面铺开的是广阔的索尔兹伯里平原，上头的一切都被雨水模糊和遮蔽。有半打飞机在1 000英尺的高度做着一些无聊的事情，在绿色的背景下看起来像一些黑色的小燕子。我敢说，他们正好奇我在这云中国度做些什么。突然，我下面拉开了一块灰色的窗帘，潮湿的水汽在我脸上打转。空气又潮又冷，真是难受。但我身处冰雹之上了，只凭这一样就比之前好了。这团云又黑又厚，像伦敦的雾一样。在急于获得清晰视野的焦虑中，我翘起了机鼻，直到自动警铃响起；实际上我都开始倒滑了。湿淋淋的机翼让我比想象得要笨重，但不久我就飞入了轻云，又一会儿就飞出了第一层云。在我头顶上，还要高不少的地方是第二层——蛋白石色，状若羊绒，像一层白色的天花板连绵不断，下面则是像一片黑色的地板连绵不断，单翼机就在它们之间奋力向上，画出一个巨大的螺旋。云层间的这种空间里孤独得可怕。有一次，一大群小型水鸟从我身边飞过，飞快地向西飞去。它们的翅膀快速扇动的嗡嗡声和音乐般的叫声在我听来甚为悦耳。我认为它们是水鸭，但我作为动物学家可糟糕得很。既然我们人类已经成了飞鸟，我们必须真正学会通过外表来辨认我们这些同道啊。

我脚下的风在旋转着，摇撼着那片宽广的云海。有一阵子形成了一个巨大的旋涡，一个蒸汽的旋涡，我透过它，好像透过一条隧道那样，看到了下面遥远的世界。一架白色的大型双翼飞机从我下方很深的位置飞过。我觉得这是布里斯托尔和伦敦之间的早间邮件航班。然后，气流再次向内旋转，我又被合拢在巨大的孤独中。

刚过 10 点，我就摸到了上面云层的下缘。它由稀薄的透明蒸汽组成，往东面快速漂动。风势一直在逐渐增大，现在正吹来一阵刺骨的微风——按照我的仪表，风速是每小时 28 英里。空气已经很冷了，尽管我的高度计上的显示才到 9 000 英尺。引擎运转得很顺畅，我们伴着嗡嗡声稳步上升。这层云堤比我预料的要厚，但最后它在我面前渐渐变成了金色的薄雾，然后，我在一瞬间从云层中冲了出来，头顶上是一片晴朗的天空和灿烂的阳光——上面满眼是蓝色和金色，下面目力所及之处尽是明亮的银色，一片广阔的闪光的平原一直向远处延伸。现在是10点15分，气压高度表指针指向1.28万英尺。我一直向上，再向上，我的耳朵全神贯注于马达低沉的呢哝，我的眼睛一直忙于观察手表、转速计、油门和油泵。难怪飞行员被说成是一种无所畏惧的人。有这么多事情要考虑，哪有时间为自己烦恼呢。差不多也在这个时候，我注意到罗盘在离地表一定高度以上后有多么不可靠。在1.5万英尺处，我的指北针指向的是东偏南一小格的方位。太阳和风给我指出了真正的方向。

我曾料想在这么高海拔的区域会进入一片永恒的寂静，但我每上升1 000英尺，吹来的大风就变得更强。当我的飞机迎面向风时，它的每一个连接处和铆钉都在呻吟和颤抖；当我让它倾斜转弯时，它好像成了一张被风卷走的纸片，飘飞的速度也许胜过任何凡人的步伐。然而，我总是不得不一再转弯，正对着风头，因为我追求的不仅仅是一个高度纪录。我的全部计算都表明，我的空中丛林就在这小小的威尔特郡的上空，如果我在远些的地方冲进了更外面的大气层里，我的一切努力可能就都化为徒劳。

大约中午时分，当我到达1.9万英尺的高度时，风大得让我有些担心地看着机翼，一时间觉得自己即将看到它们突然折断或松塌。我甚至解开了身后的降落伞，把它的钩子系在我腰间的皮带环上，为最坏的情况做好准备。现在这种时候，机械师在工作中只要有一点点偷奸耍滑，就会要飞行家付出生命的代价。但它漂亮地撑住了没散架。每一根绳索和支柱都像琴弦一样在嗡嗡作响，振动不休；但看着它尽管遭受了这一切的打击和蹂躏，仍然是自然的征服者和天空的主宰，这是多么的欣悦。人类自身中肯定有某种神圣的东西，令他需得提升自我，大大超越似乎由造物强加的限制——像这场对天空的征服所显示的无私、英勇的奉献也正是这样的提升。说什么人类的堕落！这样的故事何曾被写进我们种族的史册？

我脑子里想着这些，驾着严重倾斜的飞机继续向上爬，风时而打在我的脸上，时而在我的耳朵后面唿哨，下面的云层离我已经很远了，以至于那些银色的皱褶和丘陵全都看不到了，化为一整片平坦而明亮的平原。突然间，我碰上了可怕的前所未有的遭遇。我以前就知道我们的邻居称为“tourbillon”[1]的东西，但从不知道有这么大的。我刚才提到过的[2]那条巨大的、横扫一切的风河，看起来，里面有着和它本身一样可怕的旋涡。我几乎毫无先兆地被突然拽进了一个旋涡的中心。我以飞快的速度旋转了一两分钟，快得让我几乎失去了知觉，然后我猛然跌落，左翼朝前栽进了中间的真空漏斗里。我像石头一样往下掉，下降了近1 000英尺。我被甩到了侧面机身上挂着，全靠了安全带才留在座位上，震动和呼吸困难让我几乎失去意识。但我总能做出最大的努力——这是我身为飞行员的一大美德。我意识到下降的速度变慢了。这旋涡不像是个漏斗，更像是个圆锥体，而我已经到达了圆锥的顶点。我猛地一个拧身，将我的重量全部抛向一边，把飞机拉平，让机头偏离风向。一瞬间我就冲出了涡流，在天空中翱翔。有些后怕，但毕竟取得了胜利，于是我抬起机鼻，再度开始稳定地沿着螺

1. 法语，“旋风”。
2. 原文如此。虽然前文并没有使用这个形容。

旋向上的大业。为了避开危险的旋涡所在，我绕了个大圈子，很快就安全地越过了旋涡。一点钟过后不久，我就抵达了海拔 2.1 万英尺的高度。令我非常高兴的是，我已经飞到了大风之上，现在我每上升 100 英尺，大气就变得愈加宁静。另一方面，周围很冷，我察觉到有种空气稀薄带来的特殊的恶心感觉。我头一次拧开氧气袋的盖子，吸了一点这种场合专用的美妙气体。我能感觉到它像兴奋剂一样在我的血管里流淌，我兴奋得几乎要醉了。我朝着寒冷、寂静的外部世界翱翔，叫喊着，歌唱着。

1862 年格莱舍[1]和考克斯韦尔[2]乘坐气球上升到了 3 万英尺高度时，前者完全失去了知觉，后者症状较轻[3]。在我看来，这很明显是由于垂直上升的速度过快造成的。以一个和缓的梯度上升，让自己慢慢地适应气压的降低，就不会有这种可怕的症状出现了。在同样的惊人高度下，我发现即便没有吸氧装置，我也能呼吸，没有感到太过不适。然而，空气非常寒冷，我的温度计读数是华氏零度。一点半的时候，我已经离地球表面将近 7 英里了，而且还在稳步上升。然而，我发现稀薄的空气给我的飞机提供的支撑力在明显减少，因此我爬升的仰角不得不大大减小。很明显，我应该会止步于前方的某个高度了。更糟糕的是，我的一个火花塞又出了故障，引擎出现了间歇性熄火。对失败的恐惧让我心情沉重。

差不多就在那个时候，我有了一次最不寻常的奇遇。

1. 英国气象学家、天文学家。
2. 英国飞行家，格莱舍的助手。
3. 此次事故中格莱舍骤然昏迷，考克斯韦尔的肢体麻木无法动弹，但未昏迷。他用牙齿拉动了气阀绳给气球放气，让两人死里逃生。

有什么东西拖着一条烟雾的尾巴从我身边嗖的一下飞了过去，然后它爆炸了，发出巨大的嗞嗞声，喷出一团汽云。我一时间无法想象这是发生了什么。然后我想起地球一直在被陨石轰击，如果不是几乎所有的陨石都在大气层外层化为蒸汽，那地球上恐怕就很难适合居住了。这对高空作业者来说是一个新的威胁，因为当我接近4万英尺的高度时，又有两颗流星从我边上飞过。我毫不怀疑，在地球保护层的边缘，这种危险将是非常实实在在的。

当我的气压计指针指向4.1万英尺时，我意识到我无法更进一步了。从身体上来说，压力还没有超出我的承受能力，但我的机器已经达到了极限。稀薄的空气不再给翅膀提供坚实的支撑，最小的倾斜也会发展成侧滑，同时它对于操纵似乎反应迟缓。可能，如果发动机处于最佳状态，再高1 000英尺也可能还在我们的能力范围之内，但它确实时不时在熄火，十个汽缸中有两个似乎失灵了。如果我还没有到达我在寻找的目标所在区域，那在这次旅程中我是绝没有机会看到它了。难道不会是我还没找到它而已？我像一只巨鹰般在4万英尺的高空盘旋，让单翼机自行导航，并用我的曼海姆[1]望远镜仔细观察我周围的环境。天空非常澄澈；没有我设想的那些危险存在的迹象。

刚才我说我在兜圈子。我突然想到，我最好进行更大范围的搜索，在空中开辟一条新路。一位进入了地上丛林的猎人如果想找到他的猎物，那他会驱车从中穿过。我的推理让我相信，我设想的空中丛林就在威尔特郡上头的某

1. 1863年德国移民亨利·威廉·斯狄哲在美国宾州兰开斯特创立的望远镜品牌，曾风行一时。

个地方。应该在我的西南面。我靠着太阳推断我的方位，因为罗盘完全指望不上，又看不到地面的痕迹——脚下只能远远看到那片银色的云海。无论如何，我尽我所能确定了我的方向，让飞机保持正对目标。我估计我油箱里的汽油再过一个小时左右就不够了，但我可以把汽油用到最后一滴，因为她随时可以把我带回地球上，只要来一次华丽的长距滑翔。

突然我察觉到了新的现象。我面前的空气已经不再如水晶般清澈。此刻空气中满是些长长的、细碎的一缕一缕的东西，要形容的话只能说像非常细的雪茄烟气。这东西悬浮在空中，盘旋成圈，缠绕成卷，在阳光中缓缓旋转、扭动。当单翼机从这些玩意当中穿过时，我感觉到嘴唇上有股淡淡的油味，机体的木制结构上多了层油腻的浮沫。大气中似乎悬浮着一些无限细小的有机物。那里并没有生命。那是些生命的雏形，扩散开来，延伸出去许多平方英亩，然后边缘消失在虚空中。不，这不是生命。但这难道不会是生命的遗骸吗？最重要的是，难道它不可能成为生命的食物，巨大而可怕的生命的食物，就像海洋中卑微的浮沫成为巨鲸的食物那样？我脑海中思考着这些，抬眼向上看，然后我看到了人类所曾见过的最美妙的景象。上周四我亲眼看到的这一幕，我真能奢望把它传达给你们吗？

设想一下，一只水母，就像是夏天我们海洋中的那种帆水母，钟形，身型巨大——以我的判断，比圣保罗大教堂的穹顶还要大得多。它是浅粉色的，带有精致的绿色纹理，但那整个巨大的结构极为纤薄，在天空那深蓝色的背景中，好似一个仙子飘渺的轮廓。它以微妙而有规律的节奏脉动着。它身上伸出两条长长的绿色触须垂向下方，缓缓前后摆动。这绚丽的倩影带着静默的尊严轻轻地掠过我的头顶，轻盈而脆弱得像一个肥皂泡，仪态端庄地飘向远方。

我把单翼飞机的机头掉转半圈，好让我可以目送这个美丽的生物，就在这时，我骤然发现自己置身于一支这种生物组成的完美的船队之中，船队成员大小各异，但再没有头一个那么大的。有些相当小，但大多数大约和普通气球差不多，顶部的曲率也差不多。有些身上那种微妙的质地和色彩让我想起了顶级的威尼斯彩色玻璃。淡淡的粉色和绿色是主要的色调，但阳光透过它们精致的形体闪烁，让它们都带上了可爱的虹彩。有几百只这种生物从我身边飘过，这是个绝美的仙灵阵列，奇特而人所未知的空中船团——这些生物的形态和体质与这纯净的高天如此协调，让人简直无法想象在大地上可以实际见到或听到任何如此纤美的东西。

但很快我的注意力被另一个新现象吸引住了——外头空气中的“巨蛇”。这是些由看似蒸汽的材质组成的怪异线圈，又长又细，以极快的速度旋转扭动；它们一圈又一圈地飞来飞去，速度快得眼睛几乎跟不上。这种像幽灵一样的生物有的有20或30英尺长，但它们的周径多少很难说，因为它们的轮廓模糊不清，似乎是融入了周围的空气中。这些空气蛇呈非常浅的灰色或烟色，内部有一些颜色深些的线条，给人的印象是那无疑是某种有机体。其中一条巨蛇正好从我面前一掠而过，我感觉到一次冰冰凉、湿漉漉的接触；但它们的构造是如此的单薄，以至于我无法想象将它们与任何有形的危险联系起来，它们的危险并不超过之前那些美丽的钟形生物。它们的身体里没什么东西比那些破碎的浪尖上漂浮的泡沫更坚固。

但一个更可怕的遭遇正在等待着我。从很高的地方往下飘来一片略带紫色的蒸汽，我最初看到时还很小，但随着它的靠近迅速扩大，最后它看起来有数百平方英尺大。尽管是由一些透明的果冻状物质构成的，但比起我之前见过的任何一样东西，它的轮廓还是要清晰得多，也结实得多。也有更多实体器官的痕迹，特别是两边各有一个的巨大而模糊的圆形盘子（可能是眼睛），然后它们之间有一个非常坚实的纯白色凸起，弯曲而又凶残，就像秃鹫的喙。

这个怪物的整体外形狰狞可怖，它不停地把自己的颜色从非常浅的紫红色变成阴沉而愤怒的紫色，颜色深得它飘到我的单翼机和太阳之间时投下了一片阴影。在它巨大身体的上部曲线上有三个巨大的凸起，我只能把它们形容成巨大的肥皂泡；看那样子，我相信其中充满了一些极轻的气体，用来在稀薄的空气中支撑起那些畸形的半固体物质。这个生物迅速地向前移动，轻松地跟单翼飞机保持同步，跟了我 20 英里甚至更远，就像是个可怕的护航者，在我头顶上盘旋，犹如一只在伺机突袭的猛禽。它前进的方法——动作迅捷得难以看清——是朝前方抛出一根长长的黏质飘带，带子似乎会反过来把那身躯上其余蠕动着的部分给拖向前方。它就像明胶般富于弹性，下一分钟的形状从来都跟上一分钟不同，可每次变化之后都比之前更加狰狞、更加恶心。

我知道它在故意戏弄我。它丑陋的身体上红紫色光芒的每次涌动都在这么告诉我。那双模模糊糊的鼓凸眼总在我身上打转，充满了黏糊糊的憎恨，冷酷无情。我把单翼飞机的机鼻下探，好逃离它。正在此时，从那大团的浮泡中射出了一根长长的触须，其疾如电，蜿蜒曲折着轻轻落下，像是一条皮鞭，鞭梢横在了我的飞机前端。它在炽热的引擎上搭了片刻，发出响亮的嗞嗞声，然后它匆匆飞回到天空中，与此同时那巨大的扁平身躯像是骤然吃痛般把自个缩成一团。我来了一次急速俯冲[1]，但一根触须再次落在单翼飞机上，然后被螺旋桨轻而易举地割断，就像切断烟圈一样。一根长长的、黏糊糊的卷须从后面像条蛇一样滑行而来，绕在我的腰上，要把我拖出机身。我用力撕扯，手指陷入了光滑的凝胶状表面中，一瞬间我已经挣脱开来，但却被另一根卷须缠到了我的靴子上，它猛地一拉，让我身子一歪，险些仰面朝天。

摔倒的同时，我扣下扳机，让双筒猎枪的两个枪口一起开火，尽管事实上这就像用射豆枪攻击一头大象，妄想着任何人类武器都可以重创那巨大的身躯。不过我的准头比我以为的更好，因为随即传来一声巨响，那生物背上的巨大气泡中有一个被霰弹打穿了，爆炸开来。很明显，我的猜想是对的，这些巨大的透明气囊里鼓鼓囊囊的全是些升力气体，因为一瞬间，那巨大的云状身体就朝侧边翻倒，拼命扭动着想找回平衡，那白色的喙带着可怕的狂怒一张一合。但是我已经以我敢于使用的最陡的下降坡度冲了出去，发动机还在保持全速运作，飞行螺旋桨和重力让我像陨石一样向下飞射。我朝身后看去，远处那团模糊不清的

1. 原文为法语。

暗紫色在迅速变小，融入后面的蓝天。我安全地逃出了外层大气中的致命丛林。

一脱离危险，我就关掉了发动机，没有什么比全速俯冲会更快地把机器撕成碎片了。我来了一次从将近八英里的高空开始的光荣的螺旋滑降——首先，到达银色云层的高度，然后到达它下面风暴云的高度，最后，在雨滴的敲打中到达地球表面。当我从云层中冲出的时候，我看到下面是布里斯托尔海峡；不过我的油箱里还有一些汽油，我往内陆飞了20英里，然后降落在离阿什科姆半英里远的一块地里。在那里我从一辆路过的汽车那弄到了三罐汽油。当天晚上6点10分，我在迪韦齐斯自家的草地上轻轻着陆。地球上还没有哪个凡人曾经历过我之前那样的旅程，然后从中活下来讲述这样的故事。我看到了高天之美，也看到了高天中的恐怖——比这更宏大的美或恐怖是超乎人类认知的了。

我接下来的计划是，在把结果公诸于世之前，再去那边一趟。这样做的原因是，我要把这样一个故事摆到我同胞们的面前，无疑必须先有些能拿得出手的证据。诚然，其他人将很快跟进并证实我所说的话，但我希望从一开始就令人信服。那些可爱的虹彩泡泡应该不难捕捉。它们移动时是慢慢飘移，动作灵敏的单翼飞机可以在悠闲行进的半途截住它们。很有可能它们在较浓密的大气层里会融解，我能带到地面上的可能只有一堆小小的无形胶冻。但这样也有了足够让我证实我故事的东西。是的，我会去的，尽管这样做是在冒险。那些紫色的恐怖怪物看起来并不多。我很可能一个也不会遇上。如果遇上了，我会立刻下降。

在最坏的情况下，我还有霰弹枪和我所知的……

不幸的是，这里的一页手稿缺失了。下一页上写着些零乱的大字：

4.3 万英尺。我再也见不到大地了。那些家伙在我下面，有三个。上帝保佑我；这是种多么恐怖的死法！

以上就是乔伊斯–阿姆斯特朗记述的全部了。再也不曾有人见过这位先生。他破碎的单翼飞机残片出现在肯特郡和萨塞克斯郡交界处巴德–勒欣顿先生的私人猎场中，该地离笔记簿被发现的位置只有几英里。如果这位不幸的飞行员的理论是正确的，他称为“空中丛林”的区域只存在于英格兰西南部上空，那么他似乎是以他的单翼飞机的全速逃离了那片丛林，但就在发现那些凄惨残迹的位置的上方，在大气高层的某个位置，他被这些可怕的生物赶上，被它们吞噬了。那架单翼飞机掠过天空，那些无名的恐怖生物在它下面同样疾速地飞行，它们逐渐逼近受害者，始终将他与地面隔绝开来；这画面任何珍视自己理智的人都不会乐意多想。据我所知，仍有许多人嘲笑我在这里所述的事实，但即便是他们也必须承认乔伊斯–阿姆斯特朗已经失踪了，而我，想要向这些人推荐他本人的话：“这本笔记簿可能会解释我是在尝试什么，以及我是如何为此失去生命的。但，拜托了，别说那是事故或者神秘事件之类的蠢话。”

（何锐　译）

碰撞之前

在美国，“生气勃勃的20年代”[1]造就了很多专门的杂志，如《爱情小说》（在它之前有创办于1915年的《侦探小说月刊》和创办于1919年的《西部故事杂志》），甚至还有《纽约客》和《时代》，其内容更精准地针对特定兴趣的读者。其中之一便是创刊于1923年的《怪谭》。而雨果·根斯巴克创立于1926年的《惊奇故事》则对科幻小说的未来有更大的影响。

英国与此完全不同，它的20世纪20年代也压根没多少生气。欧洲从第一次世界大战中复苏得很缓慢，而且各国的情况也各不相同，德国恢复繁荣得最快，而英国是最慢的国家之一。建筑业兴起，新的通信业和运输业改善了经济，但旧工业没能重新夺回战前市场，而且英国的失业率仍居高不下。工党赢得了1924年的全国选举，却在次年遭遇惨败。1926年爆发了5月3日至12日的总罢工。

威尔斯在1933年创作的《未来事物的形态》（*The Shape of*

1. 指北美地区（含美国和加拿大）20世纪20年代这一时期。十年间，它所涵盖的激动人心的事件数不胜数，因之有人称这是“历史上最为多彩的年代”。

Things to Come）中称这个时期为“沮丧的时代”。这个时代导致英国出现了众多凄凉的未来战争叙事，以及关于人类种族继承的猜测和迎接人类毁灭的天启故事。

威尔斯在他 1908 年的作品《空中战争》（*The War in the Air*）中描述了空中轰炸可能会摧毁人类文明，他在《未来事物的形态》中描述了近乎终结的战争。根据斯塔伯福德的说法，20 世纪 20 年代的其他作品也属于这一范畴，如爱德华·香克斯（Edward Shanks）的《废墟住民》（*The People of the Ruins*, 1920）、西塞里·汉密尔顿（Cicely Hamilton）的《西奥多野蛮人》（*Theodore Savage*, 1923）和肖·德斯蒙德（Shaw Desmond）的《诸神黄昏》（*Ragnarok*, 1926）。

威尔斯在《神食，以及它如何来到人间》（1905）中论述了一种新的人类，在《彗星到来的日子》（1905）中幻想了由彗星尾部气体引起的人类变革。萧伯纳在他的戏剧《千岁人》（*Back to Methuselah*, 1921）中描写了人类物种的未来进化。斯塔伯福德也指出 E. V. 奥尔德（E. V. Odle）的《钟表匠》（*The Clockwork Man*, 1923）和 20 世纪 30 年代的一些作品如奥拉夫·斯台普顿的《最后和最初的人》（*Last and First Men*, 1930）和《怪人约翰》（1934）里也有类似情节。

威尔斯在他的科学传奇小说《时间机器》（1895）和《世界大战》（1898）中描绘了人类终结的图景。在他生命的最后，他创作了一部令人绝望的作品，名为《心智穷处》（*Mind at the End of Its Tether*, 1943），在这部作品中他预测了“一切我们称之为生命之物的终结”“发生在一段由数周和数月而非数代人来估计的时间之内”。他早期作品里的讽刺风格在 20 世纪 30 年代为很多作品重现——比如尼尔·贝尔（Neil Bell）的《第七碗》[1]（*The Seventh Bowl*, 1930）和

1. 意谓世界末日灾难的彻底降临。参见《圣经·启示录》15—16 章。

《生命之主》(*The Lord of Life*, 1933),F. W. 莫斯利的《红雪》(*Red Snow*, 1931),乔治·格罗格(John Gloag)的《新生愉悦》(*The New Pleasure*, 1933)和《玛哪》(*Manna*, 1940),以及 R. C. 谢里夫(R. C. Sherriff)的《霍普金斯手稿》(*The Hopkins Manuscript*, 1939)等。

这一时期的另一位作家 S. 福勒·赖特(S. Fowler Wright)的作品通常被归为后两类。他本来是一位会计,在 1920 年离开了自己的老本行,成为了《诗刊》的编辑并创作出版了 5 本诗集。他在 50 岁时以一部引人入胜、充满幻想的小说《两栖族:五万年后发生的故事》(*The Amphibians: A Romance of 50,000 Years Hence*, 1925)开始了小说家生涯。在这个故事里,新物种在人类早已灭绝的世界里艰难求生。

在随后的三十年里,他创作了将近 50 部小说,其中 15 部是科幻或奇幻小说,32 部是侦探小说,3 本是非小说类书籍,还有 4 本作品集。此外,他还编辑了 9 本书并翻译了 3 本书,包括但丁的《地狱》和《炼狱》。他最著名的科幻作品是《大洪水》(*The Deluge*, 1927)和它的续集《黎明》(*Dawn*, 1929)以及《地下世界》(*The World Below*, 1929),包括了《两栖族》及其扩充。他在 1954 年出版了《蜘蛛之战》(*Spiders' War*),那时他已经 80 岁了。

最初于 1929 年发表在《怪谭》上的《老鼠》("The Rat")跟赖特的大部分小说和故事不同,对人类的生存前景没那么感到绝望。事实上,它出现在黄金时代后十到十五年也不足为奇。他这篇刊登在《怪谭》上的小说表明,英国作家甚至在 1930 年前就开始关注美国杂志。

(筌婳 译)

老鼠

S. 福勒·赖特

默森医生看着奄奄一息的老鼠，觉得如果他的实验再拖延下去的话，这只老鼠到不了明早就得死了。

这只老鼠他养了已经 6 个月了，而且买来时就很老了，眼睛都瞎了。

他告诉捕鼠人布里格斯，自己愿意出 5 英镑买贝尔歇姆年纪最大的老鼠；捕鼠人赚到了这笔钱。

当医生第一次凑近这只老鼠时，他就惊讶地发现要找到一只真正年老体衰的动物有多么困难。他发现大自然并不乐于拖延病痛和疲倦的时间，青春流逝，生命也紧随其后。

但他知道，在老鼠与人类的长期斗争中，它们已经形成了某种形式的社会组织，还借用了一些我们的做法。尤其是当它们患眼疾失明后（老鼠很容易患上的），它们的家庭成员会照顾、喂养它们，使得它们的寿命延长到其他情况下不可能达到的年纪。

所以他要了一只年老的老鼠，看着它的生命活力消退；到现在，它已经虚弱到没法爬向为它提供的诱人食物了。

……它已经老得太迟钝了，甚至被针扎到的时候都不会闪躲了。

第二天早晨那只老鼠并没有死；它躺在那儿睡觉，还是又老又瞎，老态龙钟。它看起来不太舒服，但似乎没有昨晚那么虚弱了——而且食物被吃掉了。

默森医生观察到这一点后，一阵兴奋，感到自己的心跳都加快了。他曾以为自己不会成功。

中午他又看了一眼，发现它正虚弱地往疏于打理的厕所爬去。然后他做了一件不太明智的事。

默森太太不喜欢他的实验，他的职业带来的沉默习气也使得他不愿意讲没把握的话。但这次的发现如此重大，他实在忍不住想要与人分享。

“你是说大家都不用死了？”她怀疑地问。即使她认真听了，也没有被深刻触动。她是一位年轻健康的女性，没有一点儿想象力，而且厨师一小时前刚跟她说要辞职。

“是的，这可能意味着，或者几乎是——排除偶然的情况——你看，”他对着这位基本不听他说话的听众继续说，“这不是什么真正的新鲜事。长期以来，我们都知道如果构建身体的细胞受到适当的刺激，就会青春永驻；但找到这种合适的刺激很困难。事实上，有些低级生命根本就不会死。旧个体分裂，每一部分又在分裂的震动中获得新的成长动力。但在高等动物中，随着年龄的增长，细胞中的物质和活性都会改变，这种改变的本质难以捉摸，虽然其结果显而易见……”

医生停住了，因为他察觉到默森太太没有在听。她不喜欢那只睡着的老鼠。

“我不认为有什么东西是在这么老的时候还想活下去的。”她确信地说。她拥有健康的年轻人面对一切老朽特征时的不耐烦。她认为那些事物看起来太蠢笨了。

这时她听到了后门外肉贩子的声音，心思转到了更重要的事情上。她回到了厨房里，开始工作。

这只老鼠很慢很慢地有了好转。它的食欲变好了，行动速度变快了，体重也在增加，而且更注意选择排泄的位置了。它变得更加野性，而且对周围的声音也更警觉。最终，它的视力恢复了。

这是一个缓慢但持续的过程。在接受（仅一次）注射的 3 个月后，它体现出了幼鼠的活性和体力。

默森医生没有再向妻子提起这件事，也没再试图另寻知己。他时常陷入沉思，而且有时候似乎忽然间就陷入了忧郁之中。他的病人抱怨不已，他的业务也受到了影响。

事实是，他开始担心自己的发现可能会造成的后果。

起初，这看起来很简单——影响巨大。他将为自己的种族带来的福祉，是任何前人都不曾做到的。难道他找到的不是一种可以战胜死亡本身的方法吗？他看到这会改变整个地球的面貌。老年将成为一个可憎的传说。疾病将无力战胜他所发现的崭新生机。人类不会在自己的思想接近智慧的门槛的路途中死去。

他想起了自己的病人。科纳夫人由于罹患肺结核，活不过一年了，除非他用自己的新力量来救她——明妮·科纳，有三个年幼的孩子，正在绝望地斗争着，他被请去诊治那缓慢恶化却无力攻克的疾病时，每次都只能说“今天你好一点点了”。他很乐意让她变得健康。作为她的医生，拥有这样的能力，这么做是一项明确且简单的义务。但是（就他所能想到的）他需要做的可能不止于此。他可能会令她接近永生。并不是绝对意义上的不朽，她的身体仍然很可能在暴力行为中受伤或损坏。当然，她也不可能活得比自己所生存的星球长。她的身体将很容易溺水或窒息，但却不会再受制于时间的背叛。喂饱它并抵御暴力，它就不会老化或腐烂。想到明妮·科纳不会老死有点奇怪，但并不令人厌恶。他认为这意味着也需要用同样的手段治疗她的孩子。当孩子们看到自己变得年老体弱，母亲却依然年轻时，会很恼怒。这会令他们的亲属关系显得混乱。她也不会因为这样的闹剧对他心存感激。他很了解科纳夫人，因此他知道要给她这样的恩惠，之后也一定得将同样的恩惠给予她的家人，不然他会不得安宁。好吧，为何不呢？

对于其中两个孩子这没什么难处，但他很讨厌另一个孩子——彼得。一想到将会有一个永生的彼得，他就受不了。问题倒不在于他那内翻的畸形双脚，虽然它们若是成了不再变化的世界中一个长久不变的特征，似乎会让人大为遗憾。问题在于这男孩身上从婴儿时期就表现出来的那些卑劣残忍的品质。他的母亲为此大为心痛，却无力改变。

按照自然规律，彼得会变老，到一定的时候会死去，这样他那令人不快的特征也会随之一起消失。他可能会有孩子，但无论是好是坏，这些孩子都不同于他自己，而且，在适当的时间，他们也会有自己的孩子，子子孙孙永无止境的变化重复着自身。

不管怎样，这前景也总比一个永生的彼得要好。

然而，医生想不出要怎么安排，才可以顺顺当当地在此过程中唯独让彼得不免一死。彼得的精神和身体的确低人一等，他本人的早早消亡十分重要——无论怎么仔细地对他解释这些，默森医生确信，彼得都会对此深恶痛绝。医生想象得出，成年的彼得可能会不顾一切地暴力袭击自己，因为他曾经拒绝向彼得施予永生之惠。甚至可能是蓄意谋杀……

他转而意识到，谋杀这一罪行可能会比现在要更严重——被谋杀致死的可能也会比现在要可怕得多。实际上，任何冒险行为都可能付出无比巨大的代价，从而——相应地——人们会无比抵触冒险行为。

默森医生丢开这些思绪，转而考虑“花斑奶牛”房东脖子上他马上要开刀切除的脓肿，心里轻松了些。

几周过去了，老鼠活力依旧，甚至比以前状态更好。它的眼睛明亮，皮毛光滑亮泽，它的动作轻快敏捷。看起来还很凶猛，时刻寻找着咬人一口的机会。有一次它的牙齿碰到了默森医生外套的袖套，这令医生很好奇老鼠的新活力能否通过噬咬来传递给人。想到这里他有种自己得脱大难的感觉，于是他意识到，对于这个新发现自己的担忧已经多过喜悦。无疑，在他还没有全面细致地想清楚最终的后果之前，他并不想让自己享用这个发现的益处。

同样，老鼠也在令人不安地时刻注意着是否有机会逃脱牢笼。有一次它真的把脑袋从正在关闭的笼门里伸了出来，默森医生猛力敲击它的头部，这才断了它向往自由的念想。默森医生做了个很真实的噩梦，梦见老鼠逃走了，然后他自己的发明被遗忘或被摧毁，以至于这个世界最终落入了数量持续增长的长生老鼠大军的爪中。

自那之后，默森医生每次都会很小心地锁上囚禁老鼠的实验室，并把钥匙装在随身的口袋里。想到老鼠一旦得以意外逃脱之后可能带来的后果，医生就觉得他对于自己的发现的本质还知之甚少。他甚至说不上来自己赋予它的活力能否一代代传递下去。他想象着如果一些多产的害虫被注入了长生的“疫苗”，而且它们依然盲目繁殖，它们可能会变得完全无法控制，甚至屠杀一切妨碍它们的生物。那将为在这个不健全的星球上的生命写下最古怪的结局，即便这个星球在周边智慧生物眼里想必已然是个笑话。

不过，这个想象实在是太不可能发生了。他想象着把自己的发现公诸于众，它带来的好处成为人类的共同财富，接着，一些获得接种的恶毒蟊贼就会成为威胁整个种族的超级罪犯，除非他们肯从此一直循规蹈矩。

他日复一日地审视自己的发现可能带来的后果，每次入眠时都满心迷惘，因为每天他都会想到一些新问题，或是之前未预想到的明显后果。

……他预见到人类将陷入停滞。或许脑力上并不会一成不变，但至少身体会。仅这一点就可以造成深刻的差异和分化了。那些丑陋和畸形的部分都将永久保留下去。也许，它们会更具活力，但活力并不能改变其结构。

……也许会有人煽动剔除掉大脑和身体存在明显缺陷的人，而用更健康的孩子代替他们。但谁来决定呢？那些被鉴定为下等的人会甘愿牺牲吗？他想象着激烈残酷的灭族战争。再者，白种人也许会试图将他的发现归为己用。黑种人和黄种人可能会为了这个无价的秘密而疯狂地攻击他们。白种人会屈服吗？或者说，他们会在这样的冲突中用自己也许不朽的身体冒险吗？如果他们屈服了，种族之间的潜在仇恨是否会不复存在，在那种情况下，是否会爆发最终导致奴役或灭绝的战争呢？

……他意识到，在没有广泛战争的情况下，世界的人口数量将很快达到饱和，他们的孩子们必须停止生育……或者，大概，会偶尔允许出现一个新生儿，以替代在突发事故中死去的人……抑或是很多孩子去替补战争造成的减员。那这个种族还能保持偶然繁育的能力吗？还是说他们最终会落到人口渐渐因为偶尔的事故而减少（不管多缓慢）的境地，而且这样的减少还无法弥补？

……或者，如果依然存在潜在的生儿育女的可能性，那么是否至少会有部分未育的女子对此的渴望会变得不可抵挡呢？也许她们不会欢迎那些赋予他们替换责任的战争？

他从这些思绪中抽离出来，意识到自己正站在恩普西太太床边。

恩普西太太最后一次在卧室地板上步行已经是几年前的事了。她的女儿艾达尽心竭力地照顾她，靠着缝纫和照顾邻居家小孩赚取微薄的收入。乔·霍顿也已经好几年没收这小屋的租金了。她们每周还能从教区收到几先令，这样方才得以度日。

默森医生十年来从未向他们收取过诊疗费，也没有想过这么做。他对待恩普西太太与对待他最富有的病人一样努力，这都是日常工作。

但他没能治好她。事实上，他对此也不抱希望。即使现在，即使他可以给她新的活力，他也仍然不确定她破碎的心灵能否修复。但即便如此，他还是希望能治好她。不管怎样，她都会好起来一些，而且艾达也可以嫁给贝尔沙姆车站那个等了她多年的售票员了。他们都超过 30 岁了。这是第一个他的发现可以带来超乎想象的幸福的地方。恩普西太太一直怀着不顾一切的怯懦在坚持求生。但即使站在她床边，医生也决定什么都不做——什么都不说——现在还太草率了，影响的方方面面实在太大了。

他抑制着自己，不让自己开出一张会让她魂归天堂，任何其他药物都无法救活她的处方……这带来了另一种想法……毒药的效力会依旧存在……如果死亡的必然性被移除了，那么人们对于毒性可能造成的偶然事故是否会更加恐惧，直到生命变成一种无法忍受的存在？只有时间能告诉我们答案。

在漫无边际的猜测中，一个念头最终从混乱中清晰地冒了出来。如果他的想法是正确的，他的发现可以给人以持久的青春，那么这意味着仅有一定数量的人可以生活得很长久，其他很多人都会活得短些。抛开所有关乎未来生命的理论、所有宗教的幻想和教条，他的发现的唯一后果是会让单一的生命变得更长，但长命的人不多。因此，他的发现只对那些条件远好于他周遭大部分人的中上阶级才真有好处。到那时，将不再有孩子，年龄差距也不复存在，人们将永葆青春。青春是所有人的愿望，年轻人都想保留它，老人也愿意付出一切代价换回它。如果他对自己的发现有把握，那么事情就很清楚了。本想消除衰老，但或许人们没能发现或者太晚才发现，从这世界上消失的反而是青春？

所有外在证据表明，那只老鼠已经重获青春。他为什么还要怀疑，他将会奉献出的是让全世界感激不尽的不朽青春呢？或许他自寻烦恼，是因为他的思想太狭隘，无法理解自己发现的伟大之处？

然而，青春可以永驻吗？年轻不仅是身体上的，也是精神上的。他并不知道……作为一名医生，他倾向于身体占主导地位。但重获的青春是否也是如此呢？

他考虑了另一种可能性。也许随着精神变得疲惫，年龄也会逐渐增长，尽管缓慢得多。然后，人们可能需要定期地接种，以开启新的青春，就像他对这只老鼠做的那样，带着春天来临时的所有快乐。“若年少而睿智——[1]”多少人浪费了青春，又徒劳地渴望它重新回来，有过这段经历后，当他们重新获得青春时，他们肯定比以前更加珍视，并且以一种不同的方式度过它。把年长的经验与年轻的活力结合起来！——接着他看到了自己的错误所在……青春的快乐不在于经验，而在于未曾经历。这是因为冒险总是新颖的：那是一条未经征服的路。

他想了想自己，43 岁的他并不觉得老。他知道在周围的年轻人

1.“若年少而睿智，若年高而多能。”出自西格蒙德·弗洛伊德。

眼中他一定是老了。如果他未婚，去向一位年轻女孩求婚，那个女孩可能会与她的同伴开起玩笑来。

但他身体很好，过着有节制的生活。他的身体仍然强壮有力。尽管他没有青春的容貌。他意识到自己的青春不会再回来了，尽管他看起来比实际年龄小20岁。

他突然清醒地认识到，要想重获青春，并不需要多新的身体；他现在拥有的身体足以满足他的目的，仅需要改善影响他年轻相貌的稀疏头发和日渐肥胖的身躯；关键在于让灵魂重获新生，这需要忘记过去。——他在那个方向上没什么发现。从身体上来看，青春可能会持续，但是，几百年甚至几千年后又会是什么样子呢？

他努力回忆自己青春时的想法，以便探究其不同之处。在回忆中他变得心不在焉……他那时常写诗，现在已很多年不做这么愚蠢的事了。尽管这样，他的诗写得相当好，唯一的缺点是诗总是没写完。写第一行总是很简单，旧时的记忆让他想起了过去的冲动。他突然激动地想起自己第一次遇见莫莉的场景……树下野餐……第一次害羞地吻她的肩……那是在他上大学之前……他始终忠诚于她，而她对他也是如此……他不是那种轻易改变的浅薄之人……他现在也爱着她，一如曾经——但是啊！这么多年世界变了太多……

要花费一生才能学会
没人能改变他的航向
来斩断船尾的白痕

二十多年前他写下了这些句子，很好地表达了他的想法。他曾经试图把它们组成一首完整的诗，但他现在明白了，当年那些诗永远不可能完成。他太了解自己和他人了，对自己的缺点也一清二楚。

这就是问题所在。年轻人的稚嫩是一去不返的，年长者的经验并不能替代它。他意识到消除衰老，也就是在消除青春。

意识到这一点，他考虑到了更远的可能性——是否可以同样正确地说，消除死亡就是消除生命本身？那瞬间在他的视线里，生命和死亡在搏斗，难分伯仲，互相获得周而复始的胜利：他看到它们彼此依存，而这场斗争是它们两个都存在的条件……他设想将自己的发现应用于植物世界。如果一棵橡树永远茂盛——是不是就意味着没有采摘和收获的时节，意味着春天不会有新苗发芽生长的空间？——还有个关于食物的问题——为了粮食我们仍需要播种谷物，并在适当的季节收割——也许可以给留在土里的根系持久的活力而格外发达？但是食物问题不仅仅是人类的问题。自然界的每一个生物都靠自己周围的生命饲喂。

这是根本性的。这残酷无情的一面，似乎有悖于上帝慈悲的观点。然而，如果人终有一死，那对于无用的或是失败者的尸体来说，还有什么结局能比用于支撑精力充沛的新生命更好呢……在他的发现将要给这地球的秩序带来的不可估量的巨大改变前，他再次困惑地停止了思考。

或许这个问题对于个人来说太过庞大，那么宣布他的发现，然后让由一部分被选举出来的人组成的小型委员会来考虑是否应该使用它，难道不是件好事吗？但他知道在人们的思想中不会有这样的问题。他们也许会怀疑这么做给他人、异族和动植物带来的好处，但对他们自己的益处是毋庸置疑的。

的确，他或许可以隐瞒这一发现本身，只是宣布自己拥有它，然而即使是这个宣告（如果被人们相信了的话）也可能会激起无法预估的激动情绪……他想着自己可能会被围攻、殴打甚至遭受拷打，直到他同意将发现透露给这个疯狂的世界……

他心神不宁地在实验室里踱步，心烦意乱，担心面对妻子的责备——她不明白医生为什么变了，变老得这么快——以至于他养成了一直待在实验室里的习惯，直到每天散步的时间才出来走一走，他看着老鼠在笼子的板上不知疲惫地奔跑，胸中突然冒起了无名怒火。他想杀了这只可憎的东西，忘掉自己发现的恐怖。也许这样，他就能重新开始享受生活……

他看了看表，惊讶地发现他平时散步的时间已经过了半个小时——而且他和威廉姆·布雷特先生在10点30分还有一场会诊……他赶快匆忙地跑出门。

学校那天上午刚开始上课，彼得·科纳就离开了。他把自己的自由归功于他能肆无忌惮地利用环境的各种因素和同学的轻信。他的两个姐姐感冒了，母亲把她们关在家里。如果他对女教师说母亲怀疑两个姐姐得的是麻疹，他回头会有遭到惩罚的可能，他一贯是会机敏地避免这种情况的。他没有那样做，而是把这句话告诉了杰西·菲普森，她肯定会迅速上报这个情况。当女教师问起彼得时，他便会极力否认。他母亲从未这样说过，他跟杰西说的是她们既没有得麻疹也没有得猩红热。女教师不知该相信谁，只能让他先回家，待她弄清情况后再让他返校。这正是他所期盼的。当他拖着残腿走向默森医生的诊所时，从表情看来心情不错。通常是他的姐姐来取母亲的药，但今天她们没来学校，这个任务就落在了他头上。他很讨厌默森医生，不喜欢去那里。他憎恶默森医生的眼睛，那双眼睛似乎不费吹灰之力就看穿了他，然后又看向别处，好像他不值得一看。但他今天必须得去了，还抱着一线希望。他并不期望在中午前能拿到药，他也知道医生早上不在家。但这不能怪他，他本来就是在回家的路上来拿药的。

他发现诊所的门没关，有时候默森医生不在，门也开着。他早就料到了。他知道贝尔沙姆大部分的门在什么时候锁或开，他不经常利用这些知识。他的残腿令他没法隐瞒或处理非法所得，这些身体上的困难阻碍了他主观上的不诚实想法。但在他的梦里（和其他孩子一样多次做过的梦），他常常是个神奇的飞贼。

只要他按一下诊所的门铃，女仆或者医生的妻子就会过来开门，但他毫不迟疑地转了一下把手，在门道上静静地站着，直到他确信周遭一片寂静。然后他穿过诊所大门，走向过道。他移动起来不可避免地会发出响声，但远处厨房里的陶器声让他定下心来。出乎他意料的是，过道尽头的门上插着钥匙。

默森医生不经常用活体动物做实验，但众所周知，他拥有活体解剖证书。进入那间屋子是彼得一直以来的梦想，他曾在路过时努力把脸趴在栅栏上往里看，模糊地想象着藏在磨砂玻璃背后的恐怖景象。

现在门甚至没有锁，钥匙插在锁孔里。彼得悄悄地打开门，走了进去，又关上了门。

默森医生没走多远，就被他到底有没有锁门的疑虑弄得心烦意乱。他几乎可以肯定他锁了——是的，他相当确定——但他隐约感到不安。他在自己常用的口袋里摸钥匙，但没找到。他又摸了另一个口袋，也没有。他肯定是把钥匙忘在门上了。他现在确信自己肯定转动了钥匙，但没有把它取下来。这正是他不安的原因。实际上，真的没什么。在这种情况下，家里没有任何人会进入房间。莫莉肯定不会，她讨厌那个房间，除了去找他，从没进去过。更确定的是，女仆不会贸然进去打扫，除非他叫她这么做。在男人工作的地方，女人就是麻烦。他明白她的感受。实际上，正是这个女仆在村子里说的话，使得彼得·科纳现在来到了房间里。但默森医生并不知道这点。他只是想着，如果家里的女人们发现门从外面锁上了，钥匙插在上面，就会知道他不在里面，也不可能进去。但他能确定他锁了吗？

本来他肯定不会再回去了，但令他更懊恼的是，他忘带了一些临床笔记，这些笔记在接下来的会诊中要用到，他已经迟到了。

他匆匆往回赶。在途中，他下定决心今晚就把那只老鼠杀了，并把他发明的血清也毁掉。他突然清醒地意识到，造物主对自己作品的了解应该比一个贝尔沙姆的地方医生要多得多。这一决定让他有种如释重负的感觉，这感觉令他更加相信这一决定是明智的。当他走过诊所，穿过通道走向外面的房间时，他的心情比过去几周好多了。

威廉姆·布雷特先生在病人家里等了半个多小时，这场会诊是为了挽救病人的健康和减轻他的经济负担而安排的。他给默森医生家里打电话要求解释，耽搁了一会儿后，他才收到了答复：医生突然病倒了，非常遗憾，预约的面诊得推迟到第二天。

验尸官宣布暂停彼得·科纳的验尸工作。他很了解默森医生，因此难以置信他会犯下如此古怪又莫名其妙的罪行。他期待能找到医生，或者医生回来自首，提供一些令人满意的解释。但是警察没有因为类似的犹豫而迟疑。在医生失踪后的24小时内，彼得·科纳的尸体被找到了。事实是医生失踪了，前一天他从银行取走了近400英镑的国库券（几乎是所有可用余额），这使得警察可以轻易地取得搜查令……但搜查令现在还没有被执行。

默森医生是大大方方地步行去了车站。他和站台上遇到的熟人闲聊，甚至还进了一个有人认识他的隔间。他去了伦敦，说要去找一些亟待更新的医疗器械。然后就杳无踪迹了。

遇到过他的人都一致认为他的精神特别好。事实上——这是该案的一个小疑点——自早上彼得被看到走进诊所后，医生的举止就很明显变了。所有人都注意到了这一点，好像从他身上突然卸下了一些恐惧和麻烦的沉重负担。

默森太太——尽管验尸官发出了警告，她还是坚持出庭做证——也证实了这一点。她进入证人席，极力反对一切压倒性的证据，主张医生根本没有谋杀彼得，还坚称他自己一直害怕一些神秘的敌人，这些敌人不仅造成了彼得命运的悲剧，还导致了她丈夫的失踪。

她这些朴素真挚的证词令人信服，听证者被她的真诚打动了，并深表同情，但这并不能动摇对失踪医生定罪的证据的分量。

警方证实那天早上医生不知道彼得会被学校放出来，但是他们的理论是医生在路上偶然遇见了彼得，并且认为这是个意外的机会，可以让他犯下以前脑海中就构思好的罪行。他让男孩去诊所等他回来。他走另一条路很快回到了诊所，没人注意到他，他迅速处置了未起疑心的受害人。他家里的人承认，直到威廉姆·布雷特打电话过来询问医生，他们才知道医生在家，医生透过半开的门说他不舒服，预约必须得推迟到第二天。

医生冷酷无情地解剖着受害者的尸体，这时寻找失踪男孩的警察来到了他的诊所附近，调查的声音越来越近，出于自己安危的考虑，医生决定立刻出逃，以避免为转移尸体或者毁尸灭迹而拖延出逃所带来的额外风险。

这就是警方的假说——解释不了冒这么大的风险进行如此可怕的行为有什么充分的动机，而且在医生过去的经历中也没有任何记录可以支持他会犯如此鲁莽恶劣的罪行。然而，与其他可能的情况相比，这个观点的优点在于能够合理满足所有既定事实，即使那些最不愿意相信医生犯了这起谋杀罪的人，也没法合理解释为什么男孩的尸体会在医生的屋子里，以及医生紧接着的沉默和离开。

默森医生在帕丁顿下车已经两个月了，有人看到他悠闲地走下通往毗邻终点站的地铁站的楼梯。警方无疑会继续调查，公众也会依然沉浸在残缺不全的“线索”之中，但是验尸官没有任何理由再推迟验尸了，找不到避免使陪审团明显会做出那种裁决的方法。这使他不得不痛苦地对一位老朋友发出逮捕令——内心带着难以释怀的歉疚感，不过实际上这并不重要，警方早已依据治安官的逮捕令开始采取行动（而进行诉讼的时间还没到）。

验尸官没有多少证据要提交，只有对被肢解的尸体进行了尸检的内政部专家莱昂内尔·蒂普希夫，会以奥林匹克般公正的态度说出他对死者死因的看法，警方常依赖他的说法处置嫌疑犯。

验尸官的审讯庭又小又挤。那天下着雨，审讯庭里的气氛很低沉，弥漫着潮湿雨伞的气息。屋子装修得很简单，有一张专用法律桌，一把验尸官的扶手椅，一间供陪审团使用的隔间，还有一些供听众和证人等候时就座的长椅。房间很干净，窗户又宽又高。然而，窗户的一面有没法清除的污垢，就好像在不断的、徒劳的清洗中，这些根深蒂固的灰尘始终未能被消除。

默森太太坐在前排长椅上，神情严肃，但并不十分痛苦。她丈夫的表弟雷金纳德·默森先生坐在她旁边。这位先生（她以前不知道他的存在）是在默森医生失踪六周后从阿根廷过来的。他本是偶然来拜访自己二十多年没见的表兄，却发现自己身处一出如此奇怪的悲剧之中，他正好有时间，就想在审判结束前尽可能地帮助表兄的妻子。他拒绝了住在这所房子里的邀请，宁愿在“花斑奶牛”那里租了一个房间，但即便是这样慎重的选择也没能阻挡不友好的流言蜚语，流言把默森太太的镇定归功于他恰如其分的陪伴。

在这一点上，流言也并非全然错误。但这位医生妻子的情感，她自己也百思不得其解，不太可能被陌生人观察清楚。她对自己消失的丈夫的忠诚从未动摇，热情也没有减少。她当然认为他没有谋杀任何人，而且她也非常肯定他还活着；她也同样确信他会在自己决定的时间回来，以他惯有的效率处理这件事。她认为整个麻烦都是由一些敌意造成的，至于说敌意的本质为何，正如缺乏合理的想象力的人们身上常见的那样，她的想法实在有些不着边际。雷金纳德·默森先生与丈夫相似的相貌吸引着她，有时也令她迷惑不解，并不是像自己上次见到的丈夫，而是像丈夫刚与她订婚和婚后最初几年的相貌。他的声音虽然更强而有力，却与丈夫的声音奇怪地相似；尽管他的头发很茂密，而她丈夫已经部分秃顶了，但却有着一样的颜色和发质——或者说，可能稍微深了点儿。他的特征也与丈夫一个样，除了上唇的短毛外，但甚至连这也让她想起丈夫曾经的蓄须模样。他说话很慢，很有戒备心，但即使如此，他也会时不时地发表一些令人费解的评论，表明他对家里过去的事很熟悉。

她并没有掩饰他的出现给予自己的信心，尽管这其中也不乏蹊跷之处，他从来没有坚称医生是清白的，也不建议医生回来为自己的名誉辩护，偶尔谈及她的未来时，他话里话外似乎认为最终的结局是医生消失了，而她应该接受这一点。

负责此案的克拉克森探长没有忽视这个年轻人奇怪的到来，尤其是当他没有在任何最近抵达的邮轮航班旅客名单中找到默森的名字时，他的疑心也就与日俱增了。他不知道如何将雷金纳德·默森与犯罪联系在一起，因为没有任何证据表明犯罪发生时他就在附近。但探长觉得他可能是个获得有价值信息的来源，很可能知道医生的藏身处。如果查明事实，指出他作为从犯可能受到的惩罚，他就很可能招供。

探长派人监视了他，却毫无所得。除了默森太太，他似乎没有熟人。他没有书信往来。探长决定与他面谈。

雷金纳德先生亲切地接待了他，随即就提起了这起谋杀案，并对他没能抓住嫌犯表示同情。这种情况似乎令他很愉悦。探长不觉得他是在开玩笑，也不喜欢他说话的语调。他断言嫌犯很快就会被逮捕，语气中带着他其实并没有的强烈信心。“伦敦警方，”他大胆宣称，“最终总能抓到罪犯。”

雷金纳德幽默地暗示自己可能就是伪装的医生。探长会逮捕他吗？如果有站得住脚的理由的话，探长会很乐意这么做。探长曾考虑过这种可能，现在却被他在说笑中提出来。这个神秘的表弟在这样一个时间点出现，还来历不明，即使是小说中最迟钝的侦探的注意力都会被吸引过去，更别说是克拉克森探长这样能干的警官了。

但他的判断力太强了，不会容许自己犯下如此明显的错误。他知道化装能做到什么程度，也知道其局限性。他从未见过默森医生，但他仔细审视了最近的一些照片。他了解医生的年龄。他和之前每天都会见到默森医生的当地警员讨论过他的外貌。

在突然消失的医生和突然出现的表弟之间有着超乎平常表亲的相似之处。但他们之间的差距又超过了化装所能掩饰的程度，这也很难解释。一个人不能用浓密的天然头发来掩盖秃顶，一个日渐圆胖的人也不能在几周之内把自己塑造成苗条且明显年轻的身形。一个 45 岁的男人不可能把自己伪装成只有实际年龄一半大的样子，还在阳光明媚的早上，在大街上骗过仅站在他两英尺外的侦探敏锐的眼光。

克拉克森探长只说了句今天天气很好。

那是昨天的事情。今天在验尸官的审讯庭上，探长的眼睛一直盯着同一个方向。他对莱昂内尔·蒂普希夫的证据不太感兴趣。一个原因是他知道内容，另一个原因是他并不看重这位专家证人。他很会打动陪审团，但警察和律师们清楚，总能找到另一个和他一样会打动陪审团的人来反驳他。莱昂内尔先生是个唯命是从的专家，常受雇于王国政府。自然，他证据的准确可靠性就像检察官不会提出囚犯中存在无辜的人一样——因为正是他们对这些囚犯提起诉讼的。

所以当莱昂内尔先生以一种对自己的准确无误略微有点厌烦的态度讲述他的验尸结果时，探长神游天外了。这位专家向审讯庭保证，尸体是在去世大概几个小时后被肢解的——可能是 7 小时后——肯定是对解剖学有相当了解的人做的。内部器官保存完好，而且（按某些技术性标准）是健康的。没有投毒迹象。尸体上有遭受暴力的痕迹，包括腿上一些由钝器造成的淤伤（没错，它们是在彼得突然去世之前的下午，在学校操场上被邦尼·辛普森的靴子弄的）。

听众们被冷酷果断的声音催眠得认为他已经提供了额外的重要证据。只有习惯于分析证据的验尸官意识到，在已经知道和可以从已承认的情况中推断出的证据中没有添加任何新内容，他正准备对陪审团说些什么，这时雷金纳德·默森先生站了起来，以一种恭敬但镇静的态度表示作为失踪医生（他的名誉受到极大的关注，不幸的死亡发生在他的住所里）的直系男性亲属，他能否根据莱昂内尔·蒂普希夫提供的证据向他提出几个问题。

验尸官犹豫了一下，他的调查没有刑事法院那么正式。可能是由于所有验尸官都不属于法律行业这一事实（很多是医生），要规避任何形式的口头交流，除非是通过付费律师作为媒介的规矩在这里没那么死板。但以这种方式讯问证人不太常见。他正想说如果默森先生提出问题，他自己愿意解答任何他所能证明的问题。然而那位绅士，把他的犹豫当成是默许，向莱昂内尔先生提出了一个出人意料的问题，莱昂内尔先生沉默了一会儿。

“请问您可以告诉我，实验室里除了彼得·科纳的尸体外，还发现其他尸体了吗？”

莱昂内尔先生本来已走离证人席几步了，听到问题他转过身，干巴巴地给出了精准的回答。

“没有其他人类残骸。默森医生最近一次在实验室工作，似乎是在解剖一只刚被杀死的老鼠。”

“那么，在那个时候，默森医生手上同时还要忙着处理男孩的尸体，难道这不表明两者之间一定有某种联系吗？”雷金纳德先生继续问道，但验尸官赶在莱昂内尔先生回答前插话了。

“默森先生，如果您有任何对本次调查可能有帮助的资料，我必须请您宣誓，并以正常的途径提供证据；您不能以暗示的形式将它提供给其他证人。”

默森先生对于这一指责既没有感到不安也没有感到恼火。他轻易地就给出了回答。他为自己不知道正确程序而道歉，他懊悔没有接受验尸官的建议。他只是想到了，就怀着胆怯的心情提出了这个建议——医生可能是出发后突然想起来自己没有按平时的做法把门锁上，因此急忙返回，却发现男孩擅自闯入了房间。假设老鼠已经被接种了某种新型可怕的病毒，男孩打搅了它，就被咬了，那么男孩就一定会感染这种病毒，不仅他自己会死，还会把病毒传染给他人。那么医生在看到这个场景时决定不顾个人风险，采取一些措施预防这样的后果，难道不是一件很自然的事情吗？甚至可以说是医生应尽的义务。

审讯庭上的人们在令人紧张的沉默中聆听着这一不可思议的理论。莱昂内尔先生给出了一个排除这种可能性的回复，尽管没人求助他，验尸官出于对他名字和头衔的尊重，默许了他的插话。

“老鼠没有生病。它是一个非常健康的样本。实际上，它是我见过的最健壮的老鼠。身上的每个器官都生机勃勃。”

“那么，如果它的身体状况如此不同寻常，那么当男孩打开它的笼子时，难道它不会跳到男孩的喉咙上（与老鼠笼子几乎处于同样的高度）咬出一个很严重甚至致命的伤口吗？”

莱昂内尔先生总是很愿意回答任何问题，他正要开口，却被验尸官迅速打断了，他的想法再也没有机会说出来。

“默森先生，我不认为，通过假设各种不可能的事情能得出任何有意义的结论。如果要提出这样的辩解，那也应该是由默森医生本人，或者是某些指定为他讲话的辩护者来提出。我不知道除了所谓的亲戚关系（即使这一点也尚未被证实）外，你还有什么资格代表他。默森医生失踪了。当他听到询问的警察正往他这个方向走时，他主动出逃了，并把这个不幸男孩的尸体留在了他的房子里。恐怕陪审团会得出他们自己的结论。”他停顿了一下，然后向陪审团提出了一个简短清晰的指示，让陪审团做出裁定。裁定结果很可能会是失踪的医生犯有故意杀人罪。

雷金纳德·默森先生转向他旁边的女人，低声说了些什么，默森太太笑了，和他一同站了起来。显然，他们不打算等待听到判决结果了。他自己举止的安逸与自信似乎感染了他的同伴，默森太太好像有点轻松愉快地出去了，就像终于从一件不愉快的事件中摆脱出来了似的。

当他们走下通往街道的台阶时，克拉克森探长碰了碰默森先生的胳膊，他礼貌地转过身来。

“我就想问问，”探长说，“你是怎么知道那个男孩打开了笼子的？”

默森先生似乎被逗笑了，“我周一晚上梦到的，探长……”他愉快地补充道，“我很擅长做梦。”

探长手插兜，指头紧紧握着他持有的搜查令。他非常希望自己能有勇气，依循自己的直觉逮捕默森先生。那样他将会一举成名——又或者身败名裂。然后他惊觉默森先生又在跟他说话了，而且是以开玩笑的语气：“探长，这样不好。你得不到更多证据了。自愿陈述已经结束了。担心无益。”他和善地说，“你最好回家去，把这些都忘了。”

尽管不太喜欢，但探长不能否认这是个合理的建议。他想到了自己的妻子和孩子，想到了那些经常升职的官员们在晚年惬意地领取着养老金，这些官员可从来不会犯引来报刊负面评论的错误。他闷闷不乐地转过身去。

默森医生高兴地往家走，身边是认不得他的妻子。他很爱莫莉，他陷入了疑虑（就像之前那样），不知道是不是该让她看看自己左臂上的胎记了。他也不知道现在是不是使用右边口袋里皮下注射器的时机，它应该可以恢复妻子的青春，并赋予她自己已经体验到的活力。她现在这样，默森也爱着她，但如果她看上去年轻20岁，他也一定会同样爱她。但他找不到给她注射的借口，也不太清楚，在没有事先解释后果的情况下这么做是否合乎道义。他感到，要说服她相信事实真相并不容易。但他也觉得，如果她也分享了自己的体验之后，要承认他的身份会更容易一些。

不过，不必太着急。拖延甚至有好处。他想象着克拉克森探长研究起失踪医生妻子的外形改变来会是什么样子。那一定很有趣。这几乎不可能有危险。不过，这是一个没必要冒的风险。慢慢来。

是的——他准备进屋喝杯茶。

（笠婳　译）

放眼天外

20 世纪 30 年代始于大萧条，终于第二次世界大战。经济困难对这十年间发生的许多事情都有深刻影响。美国在大萧条中已然十分艰难，而欧洲受创更深。在美国，艰难时世助长了娱乐业的发展，提供廉价娱乐的电影和纸浆杂志尤甚。在英国，纸浆杂志则从未繁荣过。

1929 年，雨果·根斯巴克失去对《惊奇故事》的控制权后，创办了后来叫作《神奇故事》的杂志。对科幻小说的发展更为重要的是，克莱顿杂志集团于 1930 年创办了《超科学的惊异故事》，后于 1933 年破产，并将该杂志出售给了斯特里特与史密斯出版社，在那里它的主编换成了 F. 奥林·屈里曼，1937 年又换成了约翰·坎贝尔，那个君临科幻黄金时代的人。

英国粉丝和作家初识美国科幻杂志时，它们是被船运到英国（传说是作为压舱物），在伍尔沃斯百货店里作为“扬基杂志”廉价出售的。美国的粉丝运动是杂志上的文字专栏所创造的，但由于这些杂志的进口，英国科幻同好圈的肇始几乎和美国一样早。

英国行星际协会成立于1933年。正如迈克·阿什利所指出的，学会中的科幻迷们，其中包括约翰·卡内尔、沃尔特·吉林斯、威廉·F. 坦普尔和阿瑟·C. 克拉克，比科学家更活跃。1937年，英国科幻协会成立了。最终他们在1937年创办了英国科幻杂志《奇谭》，在1942年停刊前出版了16期季刊。

有些英国作家为早期的《奇异故事》和《神奇故事》做出了贡献，比如乔治·C. 沃利斯，这一位的写作生涯从1896年持续到了1947年；本森·赫伯特和J. M. 沃尔什为《神奇故事》撰稿；费斯图斯·普莱格内尔在《神奇故事》和《惊异》上发表了故事，向后者供稿持续到1943年。许多作家主要致力于出书，比如约翰·格洛格，他出版了近40本关于家具和建筑的书，但也写了大约20部小说，其中5部是科幻小说。

英国粉丝活动的发展壮大加快了英国人在美国杂志上出现的速度，很快，英国作家的名字在《神奇故事》和《惊奇故事》甚至《惊异》上变得司空见惯，其中包括埃里克·弗兰克·拉塞尔（Eric Frank Russell），还有那位名字老长一串，后来以最前面两个词闻名的作者——约翰·温德姆，还有两位是约翰·拉塞尔·费恩和威廉·F. 坦普尔。

费恩是一位多产的作家，他的第一部科幻小说《智力巨人》（*The Intelligence Gigantic*）于1933年在《惊奇故事》连载。他被屈里曼在《惊异》中的“奇思怪想”系列[1]所吸引，而后就经常在该杂志上发表作品，成为了英国第一位全职科幻作家。后来他也在其他杂志上发表文章，接受合约写了一系列侦探小说和西部小说；到了20世纪50年代，他以瓦戈·斯塔滕之名写了一系列科幻小说，结果

1. 1933年，屈里曼发表编辑文章说征求有奇思怪想的原创性强的文章。一个月后开始此类新颖故事大量涌现。

这些故事大受欢迎，以至于发行了《瓦戈·斯塔滕科幻小说杂志》，在1954年到1956年间出了19期。费恩还在《多伦多星周刊》上发表过小说。

坦普尔的产量就差远了。他为美国、英国和苏格兰科幻杂志创作了许多故事，但只有9部长篇小说，其中8部是科幻小说。他最著名的小说是《四边三角》，它作为封面故事出现在1939年的《惊奇故事》上，1949年改成了长篇小说，1952年拍成了电影。

然而，20世纪30年代最大的事件发生在杂志和粉丝圈之外：主流作家开始被科幻这一类型所吸引。阿道斯·赫胥黎于1932年发表了他的名作《美丽新世界》（*Brave New World*）；C. S. 刘易斯于1938年发表了《沉寂的星球》（*Out of the Silent Planet*）；还有奥拉夫·斯台普顿于1937年完成了他的《创星者》（*From Star Maker*）这一神思悠远的哲学小说巨作。

斯台普顿的第一部小说《最后和最初的人》中，对于人类物种未来历史的推想激发了一代科幻作家的灵感。《怪人约翰》（1935）成了经典的超人类小说。《天狼星》（*Sirius*, 1944）描绘了一只智能狗，可能是斯台普顿最成功的小说。但《创星者》是他对于宇宙的起源和意义以及试图理解它的千差万别的智能种族那些思维宏大幽远的构想。

（何锐　译）

创星者（节选）[1]

奥拉夫·斯台普顿

这就是宇宙在接近它生命旅程的巅峰，以及所有年代的所有生灵都隐隐约约为之奋斗的启示时的状况。奇怪的是，这新时代的人们，拥挤而贫乏，数着他们最后一便士的能量[2]，竟然完成了让那些光辉灿烂的早先时代的主人们为之挫败的任务。他们这完全是鹪鹩智胜老鹰[3]的实例。尽管处境艰难，他们仍然能维持住宇宙共同体和宇宙心智的基本结构。凭借天生的洞察力，他们得以利用过去来深化他们的智慧，远远超出以往任何智慧所及。

按照人类的标准，宇宙的巅峰时刻并非（也不会是）一刻；但按照宇宙的标准，那确实是个短暂的瞬间。当数百万银河系的总人口中略多于一半的部分已经完全进入宇宙共同体，并且很明显不能指望会有更多人加入后，接下来是一段宇宙冥想的时期。人们维系着他们窘迫的乌托邦文明，过着他们各自的生活，进行工作和社交，

1. 原书共 16 章，这里的部分选自第 13 章《最初和最终》。
2. 节选部分前文讲到，此前宇宙中的文明都发生了大规模收缩，基本被拘于各自的母星周围，靠很有限的能量和物质度日。
3. 出自《伊索寓言》。鹪鹩在飞行比赛中悄悄乘在老鹰背后，等老鹰飞不动后再度起飞而获胜成为鸟王。

与此同时在公共层面上重塑了整个宇宙文化的结构。在这个阶段，我没太多好说的。每个星系和每个世界都被赋予了一个特殊的创造性思维功能，所有人的工作都融为一体，这就足够了。在这一时代接近结束时，我，公共意识，脱胎换骨，破茧而出；在那片刻间，这宇宙正处于其巅峰时刻，我直面了那创星者。

很久以前我作为宇宙意识所经历的那个永恒的时刻，如今在这本书的人类作者心中，除了还记得痛苦的至福感，以及对激发我这种感觉的经历本身的一些不连贯的记忆，已经没有剩下什么了。

无论如何，我还是必须讲述一下那次经历。面对这项任务，我不可避免地会有一种极度无力的感觉。人类历史上所有时代最伟大的头脑都没能成功地描述出他们获得最深刻洞察的那一刻。那我如何敢尝试这个任务？然而我必须这么做。即使冒着受到完全应得的嘲笑、蔑视和道德谴责的风险，我也必须结结巴巴地说出我所看到的。如果一位遇难的海员坐在他的木筏上，随波逐流经过了神奇的海滨，那他回到家中后，就不能静默不言。有教养的人可能会厌恶他粗鲁的腔调、笨拙的措辞。有见识的人可能会嘲笑他不能区分真实和幻象。但，他必须开口。

巅峰时刻和之后[1]

在宇宙的巅峰时刻，作为宇宙意识的我，在我自己看来，似乎面对着一切有限事物的源头和归宿。

1. 前文为本章第二小节末尾。

当然，在那一刻，我并非用感官感知到那无限的精神，那创星者。我的感官只感觉到我以前所感觉到的，许多垂死恒星世界的人口稠密的内部。但通过这本书中称为“心灵感应”的媒介，我现在获得了一种更加内在的洞察。我直接感觉到了创星者的存在。最近，正如我说过的，我已经被一种感觉深深地吸引住了，那就是除了我自己，除了我的宇宙级身体和有意识的头脑，除了我有生命的成员和一群群燃尽的恒星，还存在着别的什么，隐隐约约，仿佛在一层面纱之下。但现在面纱颤抖起来，在心灵的视野中变得半透明了。万物的源头和归宿，创星者，隐约显明在我面前，作为一个异于我意识自我的真实不虚的存在，在我的视野中的一个客体，可又在我自性的深处；也作为我本身，虽然是无限地超出我自己。

在我看来，我现在从两个方面看到了创星者：作为精神的特殊创造模式，是祂产生了我，这个宇宙；同时，极尽庄严地，它较创造力无可比拟地要更为宏大，可说是那绝对精神的一得永得的完善。

真无聊啊，这些话真是无聊而琐细。但那经历绝非如此。

面对这比我最深的根更深，比我最高的顶更高的无限，我，宇宙意识，所有星辰和世界的精髓，被震骇了，就像一个野蛮人被惊雷和闪电所震骇。当我在创星者面前自感极度卑微之际，我的思维被一阵图像的洪水所淹没。世界上所有种族幻想出的那些个神灵再次自动向我涌来，祂们象征着威严和慈爱、无情的力量、盲目的创造力，还有无所不见的智慧。虽然这些图像只是被创造出来的心灵幻象，但在我看来，它们每一个都确实体现了创星者对生灵的影响的一些真实细节。

当我凝视着这大群的神灵从那众多世界如烟云般朝我飞升而来时，一个新的形象，一个无限精神的新象征，在我的脑海中形成了。虽然它出于我本身的宇宙思想，但它创生自一个比我更伟大的存在。

这图景使作为宇宙意识的我感到那么地自惭形秽而又心醉神迷，虽然对这本书的人类作者来说它已几乎荡然无存。但我必须尽我所能地用那细弱的言语之网竭力重新捕捉它的形象。

我感觉，我已经穿越时间，回到了创造的一刻。我观看了宇宙的诞生。

那精神在冥思。它虽然是无限的、永恒的，但却将自己局限于有限和短暂的存在中；它冥思着一段不愉快的过去。它对一些过去的创造不满，那些创造在我是不可见的；它也不满足于它自身早先的质性，不满驱使那精神去做崭新的创造。

但此刻，照我的宇宙思维所酝酿的幻象，绝对精神，为创造而自我限制，将其本身具象化为一个具备无限潜能的原子。

这个微宇宙中孕育着胚芽——合适的时空以及所有种类宇宙生灵的胚芽。

在这个没有时间的宇宙中，有数不胜数但并非无数的物质的能量中心，人们含含糊糊地把它们想象成电子、质子和其他；它们起初相互叠合。它们处于休眠状态。1 000 万个星系的物质休眠在一个点中。

然后创星者说："要有光。"就有了光。

从所有那些叠合在一起、不知时间流逝的能量中心里，光芒跳出、闪耀。宇宙爆炸了，将其中潜在的空间和时间实化。能量的中心就像爆炸的炸弹碎片一样，被四散抛掷。但每个碎片中都保留着作为整体的单一精神的记忆和渴望；每一个都在自身反映出散布在宇宙时空中的其他所有碎片的各个方面。

宇宙现在不再没有时间流逝，它是一团不可思议的致密的物质和不可思议的剧烈的辐射，不断膨胀。也是一个沉睡的、无限分离的精神。

但说宇宙在膨胀，也等于说它的成员在收缩。那些最初都与那无时的宇宙重叠的能量中心，最终它们自己通过彼此脱离而产生宇宙空间。整个宇宙的膨胀不过是所有物理单位和其中光的波长的收缩。

尽管宇宙的体积有限，但就光波这方面来看，它是无界的，没有中心的。就像一个膨胀的球体表面是没有边界和中心的一样，宇宙膨胀的空间是无界的，没有中心的。但是，就像球面以它以外的一个存在于“第三维”中的点为中心一样，宇宙空间以它以外的一个存在于“第四维”中的点为中心。

高密度的爆炸火云膨胀着，直到有一颗行星那么大，一颗恒星那么大，整个银河系那么大，1 000 万个银河那么大。随着膨胀，它变得越来越稀薄，不再那么辉煌，不再那么激烈。

眼下，宇宙云膨胀的压力正与其各部分间的依附力互相冲突，让它分裂成了数百万个云团——巨大的星云组成的群落。

有一段时间，它们彼此之间的距离相对于其体积相当紧密，就像斑驳天空中的那些絮凝物一样。但它们之间的通道在拉宽，直到它们彼此分离，相隔开来，像灌木丛中的花，像蜂群里的蜜蜂，像迁徙中的候鸟，像在海上的船只。它们越来越快地互相远离；与此同时，每片星云都在收缩，先是个向内收缩的球，然后是一个旋转的透镜，最后成了样式独特的星流旋涡。

宇宙仍在膨胀，直到彼此相距最远的星系之间分离的速度快到宇宙间的微光再也无法越过它们之间的鸿沟。

但我，在我思维中的视野里，仍然能看到它们的全部。就好像是另有一些超越宇宙的瞬间抵达的光，从宇宙空间的不知什么地方发出，照亮了内心的一切。

我再度观察，在这种新的、寒冷的、犀利的光线下，观察各个星辰、各个世界、各个银河社群所有的一切生命，以及我自己，直观察到我所在其中的这一刻，面对着人们称之为上帝的，依据他们人类的渴望所编织的无垠形象。[1]

1. 下文继续描述“创星者”给“我”的印象，以及“上帝”给人的印象对照。引文至此结束。

美国的吸引力

根据 I. F. 克拉克的研究，第二次世界大战结束了“未来小说”在英国的出版热潮。出版书籍的数量从 1934 年和 1935 年每年近 30 本的高峰，到 1938 年和 1939 年略多于 15 本，骤降至 1940 年的 5 本。除了 1943 年短暂恢复到 11 本，直到 1947 年都一直保持在这一水平。

英国的科幻和奇幻杂志在 1937 年和 1938 年开始发行，但《奇谭》杂志仅在 1937 年至 1942 年间发行了 16 期；随着战争的爆发，《幻想》杂志也暂停发行，只在 1946 年至 1947 年间短暂复苏。即使是那些出版了的小说，也赚不到多少钱。投身科幻是作为业余爱好，而不是为了赚钱。在这一点上英国作家与美国作家一样，甚至更甚。

可以肯定的是，科幻小说类书籍在美国的出版状况甚至不如英国。在 1938 年至 1939 年间，只有埃德加·赖斯·巴勒斯出版了他的科幻冒险小说，赫胥黎和斯台普顿偶尔出版一些非类型化的作品，还有一些主流出版商尝试少量出版科幻小说。除此之外，1926 年至 1945 年间就没有科幻小说书籍出版了。但科幻杂志的发行量却急剧增加，从 1938 年初的 4 本上升到 1940 年的 18 本。即使 1941 年末美国参战，分散了不少编辑和作者的精力，杂志发行量有所下降，但发表作品的机会还是很多。稿酬从每个单词半美分到一美分不等，有时甚至按照作者的定价来支付稿酬。

这一时期，正如约翰·拉塞尔·费恩在写给威廉·F. 坦普尔的信中说到的："这下我们英国佬受欢迎了，不是吗？"对此，迈克·阿什利补充道："毫无疑问，任何英国作家，所有英国作家，都能席卷美国。"包括埃里克·弗兰克·拉塞尔和约翰·温德姆在内的许多作家也确实做到了这一点。对英国科幻小说史来说更重要的一点，可能在于英国作家迫于出版环境，不得不依赖美国杂志，并使他们的小说符合美国人的口味。英国的教育和文学传统塑造了他们的写作技巧，但在很多情况下他们的作品都是以美国消费市场为目标。

规模更大、稿酬更高的美国市场也吸引了那些不在科幻杂志上发表作品的作家。在 20 世纪 30 年代和 40 年代初，像《科利尔》《星期六晚邮报》《美国人》《时尚先生》《大西洋》《哈泼斯》这样的大众杂志和所有的女性杂志都发表了大量科幻小说和非小说类的科幻作品，稿酬丰厚。图书市场也欢迎没有纸浆杂志那些坏毛病的幻想类作品。

约翰·科利尔就是一位被美国市场所吸引的英国作家，他的作品有优雅的幻想，有悬疑，也有恐怖故事。他的很多作品都短小精悍，发表在《纽约客》这样的顶级杂志上。他像许多其他作家一样搬到了美国，并在好莱坞做了多年编剧，创作了《非洲女王号》等剧本。他的许多小说都因为其理性的风格而被认为具有科幻小说的特征，他还写了一部后灾难科幻小说《汤姆冷着呢》。他的后辈中出现了一个与之风格相近的作家罗尔德·达尔。他一生的大部分时间都在美国度过，但始终保持着奇异怪诞的风格特征。

亨利·菲茨杰拉德·赫德（Henry FitzGerald Heard）没有他们有名，但比他们更贴近科幻小说传统。他用 H. F. 赫德和杰拉德·赫德的名字进行写作。根据一本参考书的说法，他用字母缩写名发表神秘小说和怪诞小说，用“杰拉德”发表其他作品，其中大部分是关于哲学、宗教和他所信奉的吠檀多崇拜[1]的非虚构作品。

赫德在剑桥大学获得历史学学位，并在毕业后从事了一段时间的哲学研究工作。此后他先后参加爱尔兰和英格兰的农业合作运动，在牛津大学讲学，在英国广播公司（BBC）担任了 5 年的科学评论员，并于 1937 年移居美国。他写了 4 部长篇神秘小说，但只写了两部长篇科学幻想小说：《二重身》(*Doppelgangers*, 1948）和《黑狐》（*The Black Fox*, 1950）。他对科幻小说的贡献主要是短篇小说，他偶尔把这些作品投向科幻市场，发表在原作选集和《奇幻与科幻杂志》之类的地方，但大多数情况下还是投给印刷精美的一流杂志或编入他自己的小说集——《大雾和其他怪诞故事》(1944）和《迷失洞窟及其他奇幻故事》(1948)。《大雾》(“The Great Fog”）着重挖掘人性，是对“令人惬意的”英国式灾难[2]传统的回归。

赫德去世时住在南加州，他是科学哲学家中活得最久的一位。这类学者曾包括萧伯纳、罗素、朱利安·赫胥黎和阿道斯·赫胥黎，他们都偶尔写过点科幻小说。

（陈立群　译）

---

1. 吠檀多意为“吠陀的终极”，是被视为印度教正统的六个哲学宗派之一，也是影响最大的一派。《吠陀》经典即此派的理论根据。
2. “令人惬意的灾难”（cosy catastrophe）是后灾难式科幻小说的一种类型，在二战后的英国科幻作家中十分流行。“令人惬意的灾难”通常是指文明走向终结，大部分人都被杀死，只有主要人物得以幸存，并从先前的文明约束中解脱出来。这个词最初由布赖恩·奥尔迪斯在《万亿年狂欢：西方科幻小说史》中创造的，用于评论英国作家约翰·温德姆和他的小说《三尖树时代》——尽管社会崩溃了，小说的主人公却能过着相对舒适的生活，几乎没有太多的困难和危险。

大雾

H. F. 赫德

最初的症候是一种霉菌。

很少有人仔细研究过这种“霉菌”；事实上，只有一个专门分支的植物学家才知道它们。而且除了极少数的情况，关于这类霉菌的知识也并没有多大用。这类缓慢增长的物种有时会侵袭重要的经济作物，然后农民就会把那些毕生都在研究这些孢子植物的真菌学家请来。这些植物学家有时能找到另一种霉菌把这种霉菌吃掉，这样问题就解决了，被稍稍扰动的生态平衡恢复了正常。这并不是一个大众会普遍关注的问题。

这次的霉菌似乎并不特别重要，显然它不会对附着的树木造成任何伤害。实际上大多数果农从未注意到它的存在，也没有人请植物学家来研究，是植物学家自己发现了它。这种霉菌只是孢子植物的一种，生长速度却不同于记载的任何一种。它似乎不会对任何其他生物造成伤害，但它自身的繁殖速度惊人。它不是一种新植物，而是具有某种新的增长机能的植物。

正是这个事实让植物学家，更准确地说是植物学家专门的那一分支——真菌学家，感到十分困惑。因此他们最后请来了气象学家。

正如那些被病情难住的医生一样，他们去寻求“替代性的观点”。真菌学家选择气象学家来咨询的原因是这样的：我们知道出现了一种霉菌，其生长速度比已知的任何霉菌都要快。它在那些曾被认为无法生长的地方都十分茂盛。但无论霉菌本身，还是它所附着的植物，似乎都没有发生植物学上的变化。因此原因一定是气候——只有天气变化才能解释前所未有的增长。

气象学家们认为这个观点很有道理。他们立刻对此产生了兴趣。他们说，首先不能把这种霉菌当作一种植物，而应该把它们当作一种机器，一种指示物种。“你知道吗，”气象学家瑟森对植物学家查尔斯说（他们在研究期间是同事），“天文学家有一种叫作热电偶[1]的仪器，它能测出火星赤道地区的夏季气温变化。嗯，这是我做的一个小玩意。它对潮湿的灵敏度几乎跟热电偶对热度的敏感度是一样的。”

瑟森花了一点时间把它组装起来，然后，按他的话来说，对它进行“校准”。“我们先找到正常湿度，然后再看某个特定位置的湿度超出了多少。”他继续摆弄了好长时间，比查尔斯想象的一个专家操作自己发明的小玩意需要的时间要长得多。瑟森显然很困惑，过了一会儿他承认了这一点。

“奇怪，真奇怪。”瑟森说道，“我当然知道霉菌周围显示的湿度会很高。就像你说的，不高的话霉菌就不会长在这儿了，因为霉菌只会长在极度潮湿的地方。但你看这里，”他一边说，一边指着标度尺上一个很大的数字旁边颤抖着的指针，“这是霉菌周围的湿度——就算很高，我们也预料到了。这并不令人惊讶，让人惊讶的是这里。”他把三脚架上的设备向上摇，大概到霉菌上方超过一英尺的地方。据查尔斯所知，因为他们正在研究的这棵树刚被侵袭不久，树

1. 一种被广泛应用的温度传感器。它价格低廉、易于更换，且有标准接口，具有很大的温度量程。主要的局限是精度，小于 1℃的系统误差通常较难达到。

上只有这一株霉菌。

查尔斯看着那指针。它仍在之前显示的那个很大的数字周围摆动。“嗯？”他问道。

“你没有看到吗？”瑟森急切地说，“这种奇怪的高湿度不仅出现在霉菌周围，还出现在霉菌上方超过一英尺的地方。”

“我看不出这有多大意义。”

“我看到了两件事，”瑟森厉声说，“一件很奇怪，另一件非常奇怪。第一件事任何眼睛不瞎的人都能看到。另一件也许太重大了，只有能退一步的人才能看到全貌。”

“请原谅我的愚笨，”查尔斯说，他是个说话温和但思想保守的小个子，“我们植物学家的视野都很狭隘。”

“对不起，我太暴躁了。”瑟森道了歉，“不过我想你已经猜到，我吓了一跳。我有一种奇怪的感觉，觉得我们正在经历一件大事，是的，而且这件事正进展得非常快速。第一件怪事并不完全令人惊讶，那是你们植物学家向我们展示的——这东西可以说是一种气象仪，它比我们能制造的任何气象仪都更精密、更准确。可能我们一直都在期待这样的发现。毕竟，生物总是最灵敏的指示物——只要它们愿意，它们总是比机械仪器强。你知道就像种子繁殖时会产生有丝分裂射线，这些射线只能被酵母细胞记录下来——当酵母细胞暴露在射线下时，它们会迅速繁殖，从而指示出有丝分裂射线的范围和强度[1]。”

1. 有丝分裂射线是科学史上有名的一段公案，这个概念最初由俄罗斯生物学家亚历山大·古维兹在1923年提出，他认为生物在进行细胞分裂时，会发出一种极其微弱的射线，他称之为“有丝分裂射线”。他先后用洋葱、酵母和细菌进行实验，提出细胞分裂时能发射出一种射线，刺激其他细胞的分裂。消息传开后，各国科学家纷纷重复该实验。但是，在试图重复古维兹实验的人中，约有一半的人没能发现有此现象。到了1935年，研究有丝分裂射线的论文已多达约500篇。同年《美国光学学会杂志》发表的一篇综述指出，这些论文的大多数要么是错误的，要么是相互矛盾的，要想证明有丝分裂射线的确存在，需要有更令人信服的证据。1960年，苏联也有科学家发表综述，认为有丝分裂射线的存在已被完全否定，应该终止这方面的研究。之后西方主流学术界对有丝分裂射线的研究基本销声匿迹。

“哼。”查尔斯说。瑟森举的例子很不好，因为查尔斯跟大多数保守的植物学家一样，觉得有丝分裂射线只不过是一种臆想。

瑟森又恼火起来，接着说：“好吧，不管你相不相信，我还是坚持我的观点，这种霉菌是一种超级探测器。它们对湿度增长的感知远早于我们的所有仪器。证据表明气候已经发生了变化。这种霉菌是第一个发现并从中获益的。我预测它很快就会遍及全世界。”

“那你的第二个发现，或者说猜测呢？”查尔斯不喜欢预测。这些气象学家真是的，他想，他们毕竟不是真正的科学家，所以大概也不能怪他们喜欢预测——预测是相当不科学的。

查尔斯是个彬彬有礼的人，但瑟森很敏感。“好吧，”他戒备地说，“那只是猜测。”但他在收拾仪器的时候心里还是在想，如果这确实是真的，那可能意味着一场巨变——植物学将被颠覆，气象学也会变成神秘学——这个内心的小玩笑消除了他的怒气。当他们回到总部时，他和查尔斯又非常友好了。他们同意联合写一份严格遵循事实的报告。

同时，各地的植物学家都在观察和记录霉菌的蔓延。他们不久就发现了规律：霉菌是从一个中心点向外扩散的，就像把石头扔进湖里产生巨大的涟漪一样向外蔓延。这个中心无疑位于东欧。西班牙、英国和北非显示出同样高的扩展速度，而法国的蔓延速度甚至更快，北美和南美可观测的蔓延速度也一样。大西洋沿岸诸多地区的灌木和树丛都受到了侵袭。太平洋沿岸受侵袭的比例稍低，但全球各地的受侵袭数量都在增长。美国、印度以及非洲，在这个广阔而又不断扩大的扩散圈里的每一个地区，霉菌都在飞速蔓延。

瑟森独自对霉菌本身和每棵植物周围的“湿度场”进行持续研究。紧接着他进行了一系列计算，包括霉菌飞快的扩散速度、平均每棵植物被侵染的霉菌数量的增加，推算出它们必然会带来的湿度水平。然后经过反复检查，他终于准备好在植物学家和气象研究员的联合大会上宣读他的论文并做出结论。

就在瑟森走上讲台前，他转身对查尔斯说："我已经准备好了承担一切后果，因为我相信我们现在要面对的事件会让科学尊严尽失。我们得勇敢起来，公诸于众。"

"这很严肃。"查尔斯谨慎地说，"非常严肃。"瑟森说着，登上了讲坛的台阶。

他上台后，观众也变得严肃起来，有那么一会儿他们变得和他一样严肃了。他先展示了一张世界地图，上面标注了霉菌目前的覆盖范围，并用日期标注了范围拓展的圈层；地图上同时还显示了几个月后，扩散的两个方向将要会合的位置。不久之后，全世界几乎所有的树木和灌木都将被侵袭，当然，每棵树和灌木上的霉菌数量也会增加。这个结论十分新奇有趣，但大众并不十分关心。这些霉菌对宿主树木和动物仍然是无害的——事实上一些昆虫似乎很享受这些植物的变化。到目前为止，由于该变化仅限于霉菌的繁殖力方面，因此并没有引起人们的担忧，更不需要进行预警。这些霉菌只是先于其他物种，成为某种难以察觉的气候变化的第一批受益者。那么自然可以预期，之后昆虫、宿主植物或一些其他类型的霉菌也会陆续反应过来，并重新调整适应扰动的自然平衡。

不过这只是瑟森演讲的第一部分。在说到"自然平衡"时，他停下了。他的视线离开了演示霉菌生长的世界地图，朝着另外一组统计图表看了一会儿；然后他似乎改变了主意，按下了心中的警铃。灯光熄灭了，立体投影仪的光束穿过黑暗的大厅。被照亮的投影屏幕上是一棵树，树的枝干上标注了许多红色十字。每个红十字都被一个大圆圈包围着，圆圈很大，以至于已经有一些相互交叠在了一起。

“先生们，”瑟森说，“这才是真正重要的发现。可能迄今为止我不愿将它公诸于众的想法并不明智。你们已经知道霉菌在扩散。你们也已经知道它对某种难以察觉的天气变化尤其敏感。现在你们必须知道关于它的第三个事实——它是一种气候创造者。毫不夸张地说，它能够创造出属于自己的气候。

“我已经证明，在这里的每个圆圈范围内，霉菌都会创造出自己独特的气候——一种高得出奇且极其稳定的湿度，而且我敢肯定圆圈的范围在扩大。根据我所准备的统计资料和我现在所呈现的内容，我相信已经没有其他可能的结论了。还有一点需要补充：我认为我们能够认识到发生这种情况的原因。到底是什么触发了这一前所未有的变局，现在已经很清楚。我们已经点燃了引发爆炸的火星。毫无疑问，霉菌最初开始增长是因为湿度发生了轻微变化。但现在这——该怎么说呢——正在发生的是协同作用。霉菌正在使湿度增加。

“近几年里，大气湿度可能出现过周期性的小幅上升。就其本身而言，这本不会对我们的生活产生任何影响，并且确实会在不知不觉中过去。但就在这种气象发生的时期，欧洲科学家成功培养出了一种生长迅速并能产生脂肪的新型霉菌。这也许是一次最了不起的战争行动，也许是一种最强大的新型防御武器——用来对付其他人类，但是，在我们所居住的充满人类的世界里，这种霉菌可能非常危险，就像在充满沼气的矿井里的一团明火。因为，容我提醒各位，霉菌通过孢子进行繁殖，而真菌是最强大的生命形式。它不停地繁殖，且能够在任何其他生命形式都无法忍受的条件下生长。如果对孢子生物漫不经心，你随时都可能触发它释放出巨大的能量，与之相比炸药也不过是潮湿的哑炮。我认为现在人类所做的事情正是如此——把魔鬼从瓶子里放了出来。我们可能会发现自己在它面前完全无能为力。”

瑟森停了下来，灯亮了。查尔斯博士站起身，被大会主席注意到了。查尔斯博士恳请代表植物界阐述自己的观点，他希望媒体和公众不要把瑟森博士的夸张言论看得那么严重。瑟森博士讲的是植物学问题。查尔斯博士希望大家明白，他和他的同事对这种霉菌进行了长期观察。他可以明确声明它并不危险。

瑟森没有离开讲台。他大步走回演讲坛，大声说：“我不是以植物学家的身份，而是以气象学家的身份来发言的！我将我所确信的东西呈现给你们——生态平衡已经被打乱！你们想当然地认为生态平衡不过存在于生物之间、动物之间，还有植物之间！你们请来气象学家是正确的，但如果你们不能理解气象学家所说的，那就什么用也没有！”

听众们感到自己受到了冒犯，在座位上骚动起来。如此紧张一点儿也不科学。况且查尔斯不是已经说了没有什么危险吗？这位怪客现在还在说什么呢？

“不仅是我，每个气象学家都知道，这种自然平衡比你们以为的要宏大得多，也精细得多。所有生命都要与其环境实现相互平衡。飓风出现的时候，气候会发生变化，冰川期可能就产生自外行无法注意到的微小气候变化。我们的大气是一张神奇的纱网，我们在它的庇护下生存。大气的状态极其精妙。正确的——准确来说，是错误的——催化剂能让整个过程突然进入另一种完全不同的状态，这对人类来说可能是极度危险的。一直以来，大自然保持了惊人的平衡力才让人类得以生存。请注意，我们所打破的就是这种平衡。”

他仔细观察了他的听众。他们坐在那里，自信而镇定，只是觉得这位过激的同事表现得太不科学，几乎到了歇斯底里的程度，这让他们有点儿烦乱。瑟森突然感到强烈的失望，他意识到想要引起这些学术专家的重视是不可能的。恰恰正是他们耐心地、坚持不懈地、勇往直前地做着的工作，给生态平衡带来了灾难性的变化。他们从来没有问过——也从来没有想过要问——他们所挖掘的变化的趋势和最终结果是什么。瑟森低头看着台下一排排圆乎乎的脸和暗淡的象牙色脑袋，想到，我们不过是另一种白蚁。我们试图把所有东西都变成“消耗品”，直到我们周围的一切都分崩离析。

他离开了演讲坛，礼貌地表示了感谢，然后回家了。一周后，那些邀请他的植物学家们甚至已经不再谈论他那些奇怪的举动了。几乎再没有其他人听过他的演讲。

第一次关于灾难的报告——更确切地说，是小道消息（因为这样的自然历史报道太微不足道，根本进不了竞争激烈的报纸版面）——来自深山谷里的果农。当地狱般炎热干燥的因皮里尔河谷[1]也传出同样的消息时，果农们开始议论纷纷。开始的时候它在夜间出现，白天消失，所以看上去不过是一种奇怪的、无关紧要的局部现象。但如果你在满月的时候出去，你确实会看到奇怪的景象。每棵树的周边似乎都有一层闪光的外壳，一层薄薄的白色云雾，像是把自己包裹起来的银色保护罩。

当然，不久以后枣农们也开始叫嚷了。枣树不喜欢潮湿——悬浮在每棵枣树周围的银色保护罩都像是一个蒸汽浴室。但所有其他农民都认为，枣农们本来就是要遭殃的，因为当科罗拉多新的水源灌溉计划完成时，他们无论如何都会大受损失。山谷一旦变成绿洲，湿度的增加会不可避免地破坏他们的庄稼。

植物学家们不想再研究这件事了。从植物学的角度看，它并没有什么意思。调查已经正式结束。但越来越多的其他现象持续不断地吸引着人们的注意。

---

1. 位于北美洲科罗拉多沙漠灌溉地区。当地属于炎热的沙漠气候，气温日差较大。

湿度似乎达到了一个饱和点，一种新的雾气产生了。现在白天都能看到每棵树木和灌木周围的云雾，有时候它们会伸出像触角一样的缕缕白雾，与从周围树木上蔓延上升的雾融合在一起。瑟森已经辞去了公务，持续跟踪记录。他记录了那个关键的夜晚，带着一种冷酷的预言家式的喜悦，他看到自己的预言在眼前应验了。如今，他最后的记录已经日渐霉烂，他的曾孙们只能勉强辨认出其中的内容。

他写道："我站在索尔顿湖[1]南侧的一块岩壁上。一轮满月从我身后升起，照亮了整个山谷。我能看见果园在闪闪发光，每棵树都被云雾缭绕，像一粒粒树型的巨大水珠。然后就在我向下看时，一股白色洪流如大潮般淹没了一切。这些水珠互相融合，直到我眼前出现一片浓密的乳白色海洋，它比一般的雾要浓得多。月亮高悬夜空，照在大雾上，它看起来是如此的坚固、美丽、寂静。又一场大洪水，我对自己说，我不能问谁是对的吗？我不是预言了它的到来吗？我不是说这是人类自己造成的吗？"

当然，事实证明瑟森是对的。因为那个不眠之夜过后的早晨，当太阳升起的时候，大雾并没有消散。它没有受到任何干扰，均匀稳定，像被雪覆盖的冰一样白得耀眼，把照在它上面的每一缕光热都反射回了空中。它表面之上的空气如水晶般清澈。山谷被一种看上去坚实得能在上面行走的物质淹没了。这种变化显然非常彻底，因为它是双向的、急剧的交换过程。所有的湿气都聚集到水面般清晰的雾面之下。与之相反，大雾上方空气中的所有云、雾和水汽显然都被这种新的、稠密的大气抽干了。就好像旧的大气层是牛奶，而霉菌是凝乳酶，在它的作用下，牛奶只剩下稠密的凝乳和透明的乳清。大雾上的天空与其说是最深的蓝，不如说几乎是灰黑色。天

1. 位于美国加州沙漠地区的咸水湖。

空中的太阳是极度刺眼的白色，大多数较亮的星星整个白天都能看到。所以大雾之外是极度的寒冷。到了晚上更是冷得令人难以忍受。在那寒冷的空气下，大雾厚实而紧密，像一层飘落冻结的雪。

在雾面之下，情况就更奇怪了。进入其间就像突然进入黑夜。所有的灯都要整天开着，但即便如此也没有多大用处。就像在以前的浓雾中一样，光线无法穿透空气，但现在比过去更糟。比如，汽车前照灯的光线形成了一个3英尺长的锥形，光锥底部看起来像一个投在不透明白色屏幕上的圆形光斑。汽车在大雾中可以行驶，但只能以步行速度缓慢前进——否则就会不断撞到东西。事物会突然闪现在眼前，人们只能摸索前行——在这个世界生活，就像高度近视的人丢了眼镜一样。

当然，人们不久就开始惊慌地意识到了大雾对庄稼和花园、对房屋和物品的影响。再没有什么干燥的东西了。虽然东西不会湿透，但只要是能吸水的东西，就完全是潮湿的。纸张发霉，木头腐烂，铁制品生锈。但混凝土、玻璃、陶器、所有的石器和陶瓷制品都没受影响。至于衣服，只要穿的人能忍受一直潮湿，也完全还能穿。

对于先受到侵袭的地区，人们的第一个想法自然是搬出去。但大雾也在移动。每天夜里都会有大型山谷突然被大雾“降临”。每棵树周围的雾气都会向外翻腾，与周围的同伴汇合，形成一道坚实的防线。从那以后，每一个被雾气淹没的山谷，每一个被雾气笼罩的湖泊，都与周围的雾谷和雾湖连成一片，然后这些湖泊的水位就会升高。与常见的顺序相反，目前为止被淹没的大片地区并非低地，反而主要都是山区。山脉变成了一串串的岛屿，从覆盖整个地球表面高达6 000英尺的闪耀海洋中浮现出来。

所有对空中飞行的希望都破灭了。在大雾内部，能见度很低，飞行当然是不可能的。在大雾之上，地球的边缘——地平线清晰可见，没有一丝云雾，似乎近得用手就能触摸到。在大雾上方，视觉上的远近似乎是一样的。即便人类能够在那种稀薄的空气和“无遮挡”的光照下生存，也没有一架飞机能够维持飞行。

海上航行更是几乎行不通。的确，海面静静地躺在浓雾层下，像 1 000 英寻[1] 以下的海水一样平静。但在那片毫无波澜、平淡无奇、如沙漠般静止的油腻水面上，即便在距离海岸只有几码远的地方，航海员也会彻底迷路。太阳和星星再也不会出现在海上为船只引路。因此，人类很快就放弃了除紧邻海岸线的浅滩以外的大海。即便人们能在海上找到航路，也不可能航行了。海上没有一丝风可以吹起船帆，而各种蒸汽船或汽艇冒出的烟雾会滞留在整艘船的周围，使船员几乎窒息。

向上迁移的路线也被切断了。当大雾稳定在 6 000 英尺的厚度，想要在其上面生存是不可能的。即使大雾之上的有限空间能够为逃亡人口提供立足之地，也无法为他们提供食物，那个方向并没有什么希望。因为如今大雾上方过于寒冷，任何植物都无法生长。而且，那些冒险到外面的人让人们意识到了更糟糕的问题：空气稀薄得无法呼吸，也无法屏蔽来自太阳和外太空的强烈紫外线辐射。在这种情况下，即使是短时间的暴露都是致命的。

在 6 000 英尺以上的地方，繁星不再闪烁，太阳苍白而耀眼，少数高山和高原像骨架上的一根根肋骨，荒凉而憔悴。经过几次对那片开阔空间的探索，人们意识到他们必须满足于雾面之下的生活，像一种新的鱼类一样生存。人们不得不在大雾之下的池塘底部摸索前行，而这个池塘从此就是他们的整个世界。这可能是一种乏味而受限制的生活方式，但大雾之上就是死亡。一些探险者回来了，离

1. 常用于海洋测量的长度单位，1 英寻为 6 英尺，约 1.828 8 米。

开水的鱼如果很快放回水中是可能活下来的，但每一个到大雾之上的探险者都会受到严重的伤害。高强度的 X 射线灼伤会在几天后产生病变和溃疡。在那之后，就算那个可怜人的神经系统没有崩溃，他的身体也会开始崩溃。

雾层之下，人们痛苦而笨拙地摸索着新的生活方式。人们当然对这种情况毫无准备，因此代价也是巨大的。所有易患风湿病和肺结核的人都相继死去，少数强壮的人活了下来。人类的聪明足够把高悬头顶的大气层盖拉下来，但再也没能学会如何把像蓝色天空的穹窿那样高、那样宽广、那样怡人的东西重新盖起来。最后的沉淀将空气分离，走向终极的熵变，再也不能逆转。人类可以继续生存，但代价是在被厚厚的沉降空气包裹着的大地上度过余生。对人类来说，即使能够自由地生活，也有能力行得快、看得远，但试图“举起空气”可实在是太难了。现在人类被自己造成的灾难压得喘不过气来，甚至都没有机会开始计划如此庞大的重建工程。

于是，人类的工作变成了使蛰伏变得好过一点。而且在一定范围内，这并不是完全不可能的。是的，人类对速度、旅行、见多识广的热情确实不得不被放弃。他们刚刚开始觉得飞行是很自然的事，现在却被困在甚至不能轻松步行而只能爬行的范围内，过着节奏最慢的生活。当然，很多人在黑暗来临时的第一次混乱中就死去了。后来，湿度和光线的永久变化又带走了其他数百万无法适应的人。但一段时间后，不仅是人的身体，他们的眼睛也适应了这种永恒的昏暗。人们开始意识到这种昏暗并不是漆黑一片。渐渐地，越来越多的人学会了不用灯就能到处走动。他们发现，培养这种“夜视”能力确实让他们看得更清楚，肉眼的这种能力在远古时代就已经存在，只不过长久以来被自认为是万物之主的人类所忽视。还有一种微弱的磷光对他们也有很大帮助，这种“冷光”（也可能是另一种霉菌突变）会在大多数没有被碰触的物品表面出现，从而勾勒出微弱的、幽灵般的光亮轮廓。

因此，随着人们逐渐习惯这种四处分散的生活，他们发现自己拥有的东西已经足够。战争消失了，大规模的社会出血停止了。货币失灵了，所以对货物交换的束缚也消失了。人们只是浪费不掉他们所拥有的东西，然后就发现自己拥有的东西比想象的多得多。其中的一个原因是，为了涨价而囤积的任何东西都不再有价值——真正的、可食用的、可穿戴的东西——它们都会腐烂。在这个新的黑暗时代，古老的中世纪墓志铭证实了其正确性："我拥有我花掉的，我失去我积攒的。"总之，生活空间变小了，生活变得更直接、更真实了。这是人们从未料想到的。许多过去被认为是必需品的东西变得没用了。汽车？以每小时 4 英里的速度长途出行是不可能的（而且大多数情况汽车也达不到这个速度）。收音机？它们只会发出无意义的声响，要么是因为防潮做得不够，要么是因为电信号环境——上层大气的无线电共振层已经完全变质了。对于所有试图重建无线通信系统的举动，哀嚎的静电干扰是唯一的回应。

那是一个建筑低矮、房屋狭小的步行世界。连马都显得过于活跃了，它们在大雾中比人更看不清。至于房子，除了前门几乎看不到其他部分。人们很少使用金属——冶炼可是件麻烦事，烟气很难散去，几乎会使方圆几英里内的人都窒息而死。并且，钢铁制品一生产出来，就会立刻开始生锈。取而代之的是玻璃刀，它们非常锋利。在成千上万年的忽视之后，人类又学会了如何剥刻燧石、水晶和所有的硅石，把它们做成各种灵巧、锋利的工具。

至于人类最基本的需求——那种曾引发了所有囤积行为的欲望，对储藏食物的动物性渴望，自文明诞生以来，让人将粮仓建得像堡垒那么大的恐惧。这种需要，这种恐惧，已经被大雾的另一种奇怪的副产品植物给消灭了。奇怪的大雾气候使食用菌生长起来。那是一种天赐之物。如果把它们储藏起来，它们就会腐烂。但它们在任何地方都能大量自然地生长。它们实际上已经取代了青草——只要曾经能长草的地方，食用菌就会长出来。它们生吃时，味道可口，营养丰富，比煮熟后更美味、更健康（这本身就是一种恩赐，因为所有的火几乎都烧不起来，而浓密空气中的任何烟雾都让人难受）。人类就像鱼一样，生活在一种昏暗但丰饶富足的环境中。

大雾中的平均温度正好是华氏 67 度，这显然是来自某种基本平衡，就像一定深度以下的海水始终保持在华氏 36 度，仅高于冰点 4 度的那种平衡一样。于是人类再也不会感到冷了。

人们大部分时间都待在家里，或在他们的居民点附近。为什么要到处走动呢？门口就有你所需要的一切。没有什么可以看的——你的视野永远局限在 4 英尺范围内。试图占领别人的领土也没有什么用。每个人拥有的都一样，每个人拥有的都足够。

艺术也发生了变化。实体艺术消失了，于是取而代之的是一种更纯粹，但无法收藏的艺术。书本无法保存，因此人类的记忆力大大增强了，人们把书籍装在头脑中——这是一种更便宜、更方便的方式。结果不断引用权威作品的情况消失了，学术准确性的问题也消失了。一个新的史诗时代由此诞生。人们在昏暗中创作，即兴演唱，共同谱写伟大的叙事诗、传奇故事、大合唱，这些作品像参天大树一样，一代又一代地生长、开花、结果、长出新枝。原始的吟游诗回归了，它随之又与它萌芽时代的兄弟——音乐结合在一起。木管乐器和弦乐器都因潮湿而损坏。但类似原始文化使用的石制乐器又出现了，发出优美纯净的音调。由玉和大理石制成的笛子、清亮的锣、晶莹的打击乐器组成的交响乐团出现了。人类像在一望无际的沙海中游牧的阿拉伯人一样，不再有造型艺术，但取而代之的是赞美诗和唱诗这种美妙的声音艺术。因此在阴暗纪元，人的创造力从眼睛转移到了耳朵。阻碍视野的浓雾的确使人的听觉变得灵敏而广阔。人能听到几英里外的声音，人们的耳朵变得像狗一样灵敏。随敏锐而来的是细腻——人们开始欣赏到原来在开阔空间中的旧人类从未感受到的细微音阶。人们主要是为音乐而活，当他们凝视着绘画艺术的最后一点残片时，他们觉得这个交换真不赖。

当变化的冲击已经过去，人类习惯了新的环境时，瑟森的曾孙说："是啊，我想我们已经不再习惯宽阔的视野，不再适合旧人类所生活的广大世界了。让动物般的人类拥有开阔的世界是可以的，但是，一旦人们拥有了力量而缺少远见，他们就必须被关起来，否则就会用枪弹炸毁地球表面的一切。为什么呢？因为当大雾来临时，人们已经住在隧道中了。而隧道之外，前所未有的强大人类，却在成百万地死去，就像昆虫在严寒中死去一样，只不过人类是死于彼此之手。飞机把人们带离了大地，我相信正是这件事让上帝决定我们不再适合自由自在的生活了。我们走得太快，飞得太高，都看不清自己真正在做什么了。于是，上帝让人类相信，他们要做的是从土地中获取食物，那种食物就是食用菌。正如我的曾祖父所看到的，是它直接导致了大气混乱和气象巨变。它确实是一种催化剂，使混合均匀的空气分成像水和空气般不同的两层，而我们曾一直想当然地认为混合均匀的空气是唯一可能存在的大气形式。我们现在更安全。上帝知道这一点，而且由于大雾的治疗（虽然十分严厉），我们已经好多了。

"也许，有一天，当我们学会一切的时候，大雾会散去，将曾经高高的天空还给我们。上帝可能会再一次说：'再试一次，第二次大洪水结束了。走出去，充满大地。这一次，请记住你们是一个整体。'同时，我也感激我们今天所经历的一切。"

（杜阿　译）

战后大爆发

第二次世界大战的结束释放了美国一直被压抑的科幻热情。战争是凭借实验室中的研究成果获胜的：不仅仅凭借原子弹，还凭借雷达、声呐、喷气式飞机、火箭以及许多不那么出名的新发明。公众也逐渐相信，塑造未来的是即将出现的新事物，而不是已经出现的事物。在美国，人们匆忙出版了一些选集，作为对此种思潮的响应。选集中满是在杂志上发表的精彩小说，记录了人们对于可期未来的愿景。之后，人们又将一系列杂志以书的形式重印。爱好者组成的出版商是出版这些书籍的先行者，他们用热情弥补了资本的缺乏。20 世纪 40 年代后期，以西蒙与舒斯特和双日图书公司为首的主流出版商已经意识到，在美国出现了一种新的思潮。差不多在同样的时候，杂志出版商出版了许多新的杂志，它们如洪水一般充斥着各个报刊亭，但是除了《奇幻与科幻杂志》和《银河》，这些杂志都很短命。

在英国，纸张短缺持续的时间更长，社会从战争带来的物质损失以及精神折磨中恢复得更慢。此外，英国的科幻迷尽管富有热情、联系得也更为紧密，但是他们从未涉足出版业。除了斯塔伯福德称为“更为低端的英国平装本出版商”所出版的书籍，科幻书籍的出版量直到1951年都进展甚微。此后，出版量开始爬升，并在1954年达到76本的顶峰，而在1957年又突然跌到22本。此后，出版量以更为稳健的速度上升，就在九年之后，又超过了75本。

1946年至1947年，由沃尔特·吉林斯担任编辑的《幻想》杂志发行了几期。特德·卡内尔也在同一时期开始发行《新世界》杂志。但此时还没到1949年，在那一年《新世界》复刊并进入持续出版阶段，也还没到1952年，在那一年英国已经有了四家有坚实基础的杂志，包括《真科幻》（*Authentic*）、《星云》（*Nebula*）和《科学幻想》在内。

吉林斯在努力让《幻想》杂志发展壮大期间，曾退回了阿瑟·C. 克拉克的短篇小说，并建议他试试投给美国科幻界。很多英国作家已经在这么做了，而埃里克·弗兰克·拉塞尔比其他人做得都要好。

拉塞尔在作为英国星际协会[1]的会员时接触了科幻小说。他的第一篇短篇小说《鹈鹕西行记》（“The Saga of Pelican West”）于1937年发表在《惊异》杂志上，那还是在约翰·坎贝尔担任该杂志的编辑之前。然而，坎贝尔和他的前任一样喜欢拉塞尔的作品。拉塞尔成为了坎贝尔主编的杂志的固定供稿作者。截至1950年，他已经在《惊异》杂志上以本名发表了22篇短篇小说，还以笔名发表了4篇短篇小说。他还在坎贝尔主编的、只在1939年到1943年间短期发行的奇幻杂志《未知》（*Unknown*）上发表了4篇短篇小说，因此他截至此时在坎贝尔主编的杂志上共发表了30篇短篇小说。这段时期

1. 英国星际协会（The British Interplanetary Society）是一家成立于英国利物浦的组织，致力于支持人类的宇航事业和太空探索。著名科幻作家阿瑟·C. 克拉克曾任该协会主席。

中，他只在其他杂志上发表了13篇短篇小说，其中包括他在英国杂志《奇谭》和《幻想》上发表的7篇小说。拉塞尔的创作焦点和被接受程度由此可见一斑。如果他没有在1941年到1945年参加英国皇家空军的话，他也许会发表更多作品。

吉林斯曾经对《鹈鹕西行记》的情节紧张、文字生动的写作风格做出评论，认为这显示出他受到斯坦利·G. 温鲍姆的影响。马尔科姆·爱德华兹（Malcolm Edwards）在他所编的《科幻小说百科全书》中写道："生动而俏皮的写作风格……使他的小说似乎比很多美国投稿者所创作的小说更具有典型的美式风格……"拉塞尔的第一篇长篇小说《凶障》自《未知》杂志发行的第一期起开始连载，这篇小说显示出他受到了查尔斯·福特的古怪理论的影响（拉塞尔一度担任英国福特现象研究协会的代理人一职）。他给坎贝尔主编的两家杂志的知名供稿包括：关于一台类人机器人的"杰伊·斯科尔"系列短篇小说、《变形》（1946）、《可怕避难所》（于1948年连载）、《深夜终点》（1948）、《……之后就一无所有了》（1951）以及《阿拉马古萨》（1955）。《阿拉马古萨》（"Allamagoosa"）为拉塞尔赢得了雨果奖，《……之后就一无所有了》（"... And Then There Were None"）被美国科幻作家协会选入《科幻名人堂》第二卷。

拉塞尔共出版了8部长篇小说，其中大部分改编自他的短篇小说。他还出版了许多短篇小说选集。他较为令人瞩目的短篇小说之一就是1947年发表在《惊异》杂志上的《收藏爱好者》（"Hobbyist"）。这篇小说用理性而科幻的方式提及了一个在哲学和神学领域讨论得更多的问题。

（赵佳铭　译）

收藏爱好者

埃里克·弗兰克·拉塞尔

飞船划过一条弧形的轨迹，从金黄色的天空中降落下来，带着一阵尖啸和撞击，毁掉了长达一英里的茂盛植被。还有半英里的植物被船尾火箭喷出的最后一阵强光烤得焦黑，化作灰烬。降落的场面蔚为壮观，气势磅礴，在任何报纸上都值得用整整四栏去报导。但上次发行报纸还是在很长一段时间之前，而且也没人要记录这件发生在宇宙深处的角落里的微不足道的小事。所以飞船就在那儿无精打采地缩着，一动不动地停在由灰烬组成的燃烧残迹的末端。天上光芒熹微，照耀大地，绿色的世界庄严地笼罩在四周。

史蒂夫·安德在有机玻璃制成的透明圆顶控制舱中静静坐着，认真思考。他一直都有认真思考的习惯。钟情于立体电影的公众喜欢冲动鲁莽的人，但宇航员不是这样的，他们承担不起这种性格带来的后果。这种职业很危险，他们需要具有行事谨慎、深思熟虑的超凡能力。5 分钟的思考曾阻止了很多肺脏崩溃、心脏破开、骨头断裂的悲剧。史蒂夫很珍惜自己的身子骨。他并不以自己的身子骨为骄傲，也没有任何理由认为他的身子骨在什么方面比其他人的要优秀。但是他已经拥有这副身子骨很长时间了，对它还挺满意，强烈希望它能一直完好无缺。

因此，当船尾的喷气管冷却下来，并像通常一样嘎吱作响、收缩变小时，他正坐在控制席上，视线穿过圆顶，凝视远方。因为陷入沉思，他并没有真的看着什么东西。他思考了几个问题。

首先，在仓促抵达的过程中，他粗略地估量了一下这个世界。在他力所能及的猜测之中，这个世界是地球的十倍大。但是他的体重似乎没什么异常。当然了，在两段失重期之间，一个人的体重猛然上升或者下降几个星期的话，他对体重的感觉就会变得混乱。最合理的猜测需要基于肌肉反应。如果你感觉像土星树懒一样迟钝的话，你的体重就上升了。如果你感觉像安格斯凯特里克星的公牛一样强壮有力，那你的体重就下降了。

体重正常，这意味着这颗行星尽管有地球的十倍体积，但是质量却和地球一样。也就是说，这颗行星上都是轻元素，换句话说，缺乏重元素。没有钍，没有镍，造不出镍钍合金。因此，没办法返航。金斯顿-凯恩原子力引擎需要直径为十个单位长度的镍钍合金线，并把它们直接塞进汽化器中当作燃料。变性钚也可以当燃料，但是变性钚不会在自然环境中生成，必须人工制造。他的燃料线轴上还剩下三码九又四分之一英寸的镍钍合金线，这不够，他得永远待在这里了。

这真是个美妙的东西——逻辑。你可以从一个简单的前提开始：当你坐下时，你感觉椅背不像平时那么平了。你之后可以一路推导出这个不可避免的结论：你再也不是个流浪者了，你变成了这颗星球的本地人。命中注定，你适合当这里最原始的居民。

史蒂夫挤出一副丑脸，说道："该死！"

对他那张脸来说，挤出丑脸不用太费劲，造物主已经给了他的大脸盘一个很不错的起点。换句话说，那张脸并不英俊。那是一张长长的、瘦削的深棕色面庞，下颌有着显眼的肌肉，颧骨突出，还有细长的鹰钩鼻。这副长相配上他深色的眼睛和乌黑的头发，让他看起来如同一只鹰。他的朋友们想让他感觉像在家里一样舒服自在时，就会和他说起圆锥形帐篷和印第安战斧[1]。

很好，他现在再也不会感觉像在家一样了。除非这片阴森的密林里面住着智慧生物——蠢到愿意用直径十个单位长度的镍钍合金线换一双旧靴子。或者某个愚蠢的搜救团队能有足够的智慧，把这一丁点儿宇宙尘埃从一大团宇宙尘埃中挑出来，并且把他接回去。他估算了一下这种事情的概率，绝不大于百万分之一。这概率就好比朝着帝国大厦吐口水，希望能吐中墙上一个硬币那么大的标志一样。

他伸出手，拿出经久耐用的触控笔和飞船的航行日志，打开日志，心不在焉地读着里面的一段。

第 18 天：空间震动正将我推过参宿七的旋转星域。飞船正被甩到未知区间。

第 24 天：震动力臂向后延伸了七个秒差距。机器记录仪失灵。投射角度今日变更七次。

第 29 天：飞船已驶出震动摇摆力臂的范围，已可以重新控制飞船。飞船速度远超过天体测量仪的测量范围。谨慎启动制动火箭。燃料储备：1 400 码。

第 37 天：驶向可到达的行星系统。

他皱起眉头，鼓起下巴，缓慢而清晰地写道：“第 39 天：降落在未知的行星上，主星未知，银河区域标准参照未知，区域编号未

1. 圆锥形帐篷是印第安文化的特色建筑，这里朋友们用印第安文化中的物品来和他开玩笑，是因为根据上文的描述，史蒂夫的长相很有印第安人的特点，而且印第安人喜欢用鹰的羽毛来作为装饰。

知。在降落前的短暂观测中，未观测到任何可识别的宇宙结构。分支角度和运行速度未记录，也无法估计。飞船状态：可工作。燃料储备：三又四分之一码。”

他合上日志，又一次皱起眉头，把触控笔猛地塞进办公桌上的笔夹中，嘟囔着：“现在该去检查一下外面的空气，然后看看那位最好的小姑娘怎么样了。”

拉德森仪表有三个简明的刻度盘。第一个显示出外界压强是13.7磅，他对这个数值很满意。第二个显示出氧气含量高。第三个刻度盘有两种颜色，一半白色，一半红色，而指针停在白色区域的正中央。

“空气适宜呼吸。”他咕哝着，压下仪表的盖子。他穿过狭小的控制舱，把一块金属板滑到一旁，看向金属板后面装有内衬的隔间。“要出来吗，小美人？”他问。

“史蒂夫喜欢劳拉吗？”一个哀伤的声音询问道。

“肯定喜欢！”他带着得体的热情回答。他把一只胳膊塞到隔间中，带出来一只巨大的、毛色俗气而艳丽的金刚鹦鹉。“劳拉喜欢史蒂夫吗？”

“嘿——嘿！”劳拉刺耳地咯咯笑着，顺着胳膊爬上去，停在肩膀上。他能感觉到它尖利的爪子。鹦鹉用一双晶亮如珠子并闪烁着智慧的眸子看着他，然后用深红色的头蹭了蹭他的左耳。“嘿——嘿！时间过得真快！”

“别提这茬儿，”他责备地说，“你不提这一句，也有很多东西都在提醒我了。”

他伸出手去，挠着它的脑袋，而它带着一种滑稽可笑的快乐神情一会儿伸展开身体，一会儿弓起腰。他喜欢劳拉。它不仅仅是一只宠物，而且是一名货真价实的机组成员，有自己的食物配给，领自己的薪水。每一艘探测飞船都有两位机组成员，一位是人类，一位是金刚鹦鹉。第一次听说这件事时，他觉得这种惯例似乎很荒唐——但是当他了解原因后，他才明白这是很有道理的。

“当人们朝着星图的边界之外孤独地探索时，他们会遇上各种奇怪的心理问题。他们需要一个来自地球的精神支柱。一只金刚鹦鹉可以提供必要的陪伴——还可以提供更多！在我们所知的范围内，金刚鹦鹉是太空中最吃苦耐劳的鸟类。它的体重很轻，几乎可以忽略不计，能讲话，能逗乐，在必要时还能自己照顾自己。登陆到星球上之后，它经常能比你先察觉到危险。任何奇形怪状的果子或者其他食物，如果它能吃，你就可以放心吃。很多人的命都是他们的金刚鹦鹉救的。照顾好你的金刚鹦鹉，我的孩子，它也会照顾你的！”

是的，这对来自地球的生物相互照顾。这大概算是一种太空之路上的共生关系。在宇航时代到来之前，没人能想到会出现这种安排。尽管以前就有类似的情况了：矿工和他们的金丝雀[1]。

史蒂夫走过微型气闸，没有费力去开气泵。内外气压差异这么小的时候，没必要去做这事儿。他把两扇门都打开，放出了一点儿舱内压力稍高的空气，空气吹拂而出。他站在闸门边上，跳下飞船。当他跳下去时，劳拉从他的肩膀上展翅起飞，拍打着翅膀跟着他，当他摇摇晃晃地站起身时，劳拉用爪子抓住了他的夹克衫。

这一对搭档绕着飞船走了一圈，默默地估测着飞船的情况。前方制动喷嘴没问题，后方喷发器没问题，尾部推进管没问题。飞船的所有部件都被严重刮伤，但是仍然能用。船体表面同样也被擦伤了，但结构仍然完整。从理论上说，如果有 3 个月的食物储备加上

1. 金丝雀对于矿井下的危险气体比人类敏感，因此过去矿工常常携带一只金丝雀下矿井。

大概 1 000 码的燃料线，他就能把飞船开回家。但这只是理论情况，史蒂夫对这一点没抱什么幻想。即便给他飞行所需的一切，胜算仍然不在他那一边。如何从一个你不知道在哪儿的地方航行到另一个你不知道在哪儿的地方？答案是：你可以摸一摸兔子脚[1]，这样你就可能会抵达第三个你不知道在哪儿的地方。

“嗯，”他绕着船尾走了一圈，说道，“这飞船还算适合居住，这就省得我们再去搭棚子了。地球上的人愿意用 5 万块钱去买一套全金属打造的流线型小屋，所以我看我们还挺走运的。我会在这儿弄个花园，再在那儿搭个假山，之后在后面造个游泳池。你可以穿一件漂亮的裙子，负责做饭。”

“噢哟！”劳拉嘲讽地说。

他转过一个弯，看了一眼身边的植物。那些植物参差不齐、形状各异、大小不一，它们颜色多样：有各种深浅不同的绿色，有些还有点发蓝。它们在某些方面很奇特，但是他说不清楚奇特之处是什么。这种奇特之感不是因为这些植物来自外星，对他而言很陌生——对于每一个新的世界，人们都会对此早有心理准备的——而是因为它们有些潜在的共通之处。在某些无法说清的基本层面上，它们有种模模糊糊、虚无缥缈的异样之感。

他的脚边就长着一株植物，一株绿色、一英尺高的单子叶植物。单看这株植物本身，并没有什么不对劲的。在它旁边有一株颜色暗淡的灌木，长得很茂盛。灌木有一码高，上面没长树叶，而是长着绿色的针状物，像冷杉树的松针一样。苍白的蜡质莓果散乱地挂在树上。单独看它而不考虑旁边的其他植物时，这株灌木也相当平常。在它旁边长着一株类似的植物，区别仅仅在于这株植物的针状叶更

1. 在西方文化中，兔子脚是幸运的象征。

长，莓果是亮粉红色。在这些植物的外面耸立着一株类似于仙人掌的东西，像是从某个人的醉梦之中拽出来的，而在它旁边立着一个像伞骨一样的东西，已经在地上扎了根，还长出了小小的紫色豆荚。单独看的话，这些植物都在接受范围之内，一起看的话，这些植物会让头脑敏锐的人忧虑不安地寻找一些他们也说不上来是什么的奇怪之处。

这种怪异的特点把史蒂夫给难住了。不管怪异之处是什么，他都说不清楚。这种怪异之感更甚于异星上新的植物生命形式所表现出来的那种怪异。不管它了。他耸耸肩，把这个问题抛在脑后。他有足够的时间去为此烦心。还有更急迫的问题要先解决，比如说，最近的水源在哪里，水质是否清洁。

一英里之外有一片湖泊，里面有某种液体，可能是水。降落时，他看到这片湖泊在阳光下闪闪发光，于是试着降落在了湖泊附近。如果湖里面的不是水，好吧，那可真不走运，他需要去其他地方找了。即便在最糟糕的情况下，储备的一点点燃料也足够让他在飞船永远停在地面之前绕着这颗行星来一次环球飞行。除非他想像拉美西斯二世[1]的木乃伊一样死掉，否则他必须要找到水。

他爬到高处，抓住舱门的边缘，用力把自己拉上去，身手敏捷。他穿过舱门，在飞船里到处逛了逛，重新出现在门外，带着一个四加仑容量的冷冻罐，并把它抛到地上。之后他找出气枪和一枚爆炸弹，又从闸门放下了一条折叠梯，一直垂到地面。他需要这条梯子。他能用力把自己拉到距离地面 7 英尺高的一个小洞里面去，但如果随身带着 50 磅重的罐子和水，他就做不到了。

最后，他关上气闸的里外两道门，匆忙跳下梯子，捡起罐子。

1. 古埃及法老。

从降落的过程来看，湖泊应该正对着船头的方向，在远处的树丛之后的某个地方。出发时，劳拉又一次在他的肩上抓了一下。他用左手摇摇晃晃地提着罐子，右手警惕地握住枪。在这个世界上，他是直起身子行走的，而不是像在另外一个世界上那样爬行，因为他的手已经两次握好了枪准备射击了，而且他的手从来没有这么紧张过。

路很难走。与其说是地形崎岖，不如说是碍事的植物挡住了路。他在某一刻踩过一片齐脚踝的灌木丛，下一刻就要面对一株结实的植物，正奋力长成一棵大树。在它后面有一株匍匐植物，之后是一片荆棘组成的天然围栏、一片毛茸茸的细苔藓，后面是一棵巨大的蕨类植物。整个旅行过程由以下几步组成：跨过第一个障碍物，低头避开第二个，然后绕过第三个，最后再从第四个下面爬过去。

他后知后觉地想到，在飞船降落的时候，如果他让船尾而不是船头对着湖泊，或者让制动火箭在他落地之后再喷发几次的话，他就可以给自己节约很多七绕八绕、来回闪避的时间。前往湖泊时，至少一半的路程内，所有障碍物都会被烧成灰——其中隐藏的所有有毒生物也都会被一起烧成灰。

当他屈身穿过一株低垂下来的匍匐植物时，最后这个想法一直在脑海中如同警钟一样回响。在金星上有一些匍匐植物，会迅速而凶恶地盘绕起来并逐渐缩紧。金刚鹦鹉在距离它们50码的地方就会躁动起来。这一次，劳拉正平静地站在他的肩上，这令他很安心——但是他仍然一直把手放在枪上。

在这颗星球上的植物中穿行时，它们那种难以捉摸的怪异之处让他愈加困惑。继续前行时，他为无法找出并且说清这种难以名状的怪异之感而困扰不已。当他从一片紧紧刮在身上的灌木丛中脱身，坐在一片小空地中的石头上时，他皱起眉头，瘦削的脸上满是自我厌恶的表情。

他把罐子扔在脚边，怒气冲冲地盯着它，此时他敏锐地瞥见离罐子几英尺的地方有个亮晶晶、闪闪发光的东西。他抬眼仔细看那个东西，看到了一只甲虫。

这只甲虫是人类见过的最大的甲虫类生物。当然了，有其他更大的生物，但不是它这类的。比如说螃蟹更大，但它不是螃蟹。这只甲虫从容地爬过这片空地，似乎正前往某个目的地，它大到能让任何螃蟹产生严重的自卑之感。但这是一只真正的、24K 纯金的甲虫，而且还很漂亮，就像圣甲虫[1]一般。

史蒂夫坚持认为小虫子是可恶的而大虫子是友善的，除了这一点之外，他对昆虫没有任何恐惧之感。在他还是小学生的时候他就知道大虫子是友善的。那时候他是一只 3 英寸大的鹿角虫的主人，他溺爱着这只甲虫，还给它起了个名字叫埃德加。

于是，他在那只正在爬行的巨虫旁边跪下，手掌冲上，放在甲虫爬行的路径前方。甲虫挥动触须，探了探他的手掌，之后爬了上去，在上面静静地停了下来。它泛着金属蓝色的光辉，重约 3 磅。他用手掌轻轻掂量着甲虫，以感受它的重量，之后把它放了下来，让它继续在地上漫步。劳拉用尖锐但并不好奇的目光看着它。

“我将这种甲虫命名为粪金龟属安德氏种。”史蒂夫带着一种略显阴沉的满足感说道，“我用我的姓氏来命名它——但是没人会知道的。”

“操哪门子的心！”劳拉用地道的亚伯丁方言嘶哑地喊，“操哪门子的心！别和个娘们儿一样叽叽歪歪的！你就知道给我添堵！操哪

1. 古埃及人认为象征神圣的一种甲虫。

门子——”

“闭嘴！”史蒂夫猛地抖了一下肩膀，鸟儿立刻失去平衡。“这种粗俗的方言你怎么学得比什么都快？嗯？”

“麦克吉利库狄，”劳拉用简直要撕裂耳膜的音调尖声说道，“麦克吉利——吉利——吉利库狄！那个大黑——！”这句话最后的那个词让史蒂夫把眉毛挑到了头发里面，那只鸟自己都被那个词惊到了。它眼中闪着惊异的目光，爪子抓紧史蒂夫的肩膀，睁大眼睛，发出一阵刺耳的咯咯叫声，之后开心地重复道：“那个大黑——”

它没机会说完这个新学到的可爱单词。史蒂夫的肩膀粗暴地抖了一下，让它在最后一刻摔了下来。它扑腾着翅膀落到地上，抗议地大声叫着。粪金龟属安德氏种甲虫从一片灌木丛后面爬了出来，蓝色的甲壳就像刚刚抛过光一样闪闪发亮，一脸责备地盯着劳拉。

随后，在 50 码之外的地方，有个什么东西发出了一阵鼻息，如同末日的号角。它还走了一步，这一步让大地震颤。粪金龟属安德氏种甲虫爬到一条突出的树根下面避难去了。劳拉激动地猛扑向史蒂夫的肩膀，并拼命抓紧。在鸟儿抓好栖身之处前，史蒂夫就把枪拿了出来，指向北方。它又走了一步，大地颤抖着。

安静了一阵子。史蒂夫继续像雕像一样站立着。随后传来了一阵轰鸣的尖啸，比火车头喷出蒸汽时的声音还要强劲有力。有个敦实肥大、身长惊人的东西莽撞地穿过那片半掩着的植物，大地在它的重量之下震颤着。

一阵横冲直撞后，它盲目地冲到了史蒂夫右边 20 码的地方。手枪的枪口转动，瞄准这只动物的移动轨迹，但是没有开火。史蒂夫瞥见了更多细节，那是一个青灰色的大块头，背后有一条锯齿状的脊梁。尽管步伐迈得很大，但是它仍然花了很长一段时间才完全经过他身边。它看起来有几架消防梯那么长。

这只生物沿着一条直线狠狠地向前撞去，灌木被连根拔起，小树被推到一旁。它渐渐远离飞船，冲向幽暗的远方。在它走过的地方留下了一条破破烂烂的裸露地面，宽度足以修一条优质的公路。它重量级的压力产生的震动逐渐消失，它走了。

史蒂夫用左手拿出一条手帕，擦了擦脖颈后面。他用右手握住手枪。手枪里的高爆弹威力巨大，任何一枚子弹都可以从一头犀牛身上打下来一大块200磅重的肉。要是一个人被这子弹打中了，他就只能把自己的躯体散布在这片美丽的土地上了。但看那只青灰色的飞奔巨兽的样子，得花上半打子弹才能给它一点阻碍。一支75毫米的火箭炮可能会成功地给它制造一些大麻烦。但是探测飞船的船员是不会随身携带这种重火力武器的。史蒂夫擦去身上的汗水，把手帕放了回去，捡起了罐子。

劳拉焦虑地说："我想找妈妈。"

史蒂夫皱起眉头，没有回应劳拉，继续朝着湖泊进发。劳拉的羽毛仍然因受惊而炸开着，她停在史蒂夫肩上，陷入一阵阴郁的沉默。

湖里的液体是水，温度冰凉，颜色泛绿，尝起来有一点苦。咖啡可能会掩盖掉这种味道。但如果说和普通的水有什么不同，这种水也许可以提升咖啡的味道，因为他喜欢喝苦一点儿的咖啡。但是在喝之前，不管要喝的量是多是少，他都要先检测一下。有些有毒物质是有累积性的。比如说，如果在畅饮这种水的同时，体内会积累足以致死的铅，那就肯定不行。史蒂夫把冷冻罐装满，把它拖到100码之遥的飞船上去。巨兽留下的痕迹帮了忙，这条痕迹成了一条更容易通行的道路，通向距离船尾很近的地方。到达梯子底部时，他已经大汗淋漓。

一进入飞船，他就锁上了两道门，打开换气装置和辅助照明设备，插上咖啡渗滤器的插头，从所剩无几的储备补给品中取水来用。金色的天空逐渐暗淡，变成橘黄色。紫色的光带从地平线上蔓延开来。史蒂夫透过透明的有机玻璃圆顶看着这一切，他发现绵延不断的烟雾仍在有效地遮蔽着正在落山的太阳。天空的一侧有一块更为明亮的区域，显示出太阳所在的位置，这就是阳光的全部效果。他很快就需要开灯了。

史蒂夫拉出可折叠餐桌，把桌脚塞到对应的位置，把一根短棒塞到餐桌边缘，那里是劳拉的正式席位。它马上在这根栖木上站好，贪婪地看着他摆好它的一餐饭，有水、瓜子、葵花籽、美洲山核桃以及去壳的油坚果。它急不可待地开始用餐，根本没有等他一起吃，就餐方式一点都不淑女。

当史蒂夫坐在桌边，倒上咖啡并开始吃饭时，他肌肉发达的棕色面庞显得愁眉不展。整顿饭他都带着这种表情。他吃完饭，点燃一根香烟，凝视着圆顶苦苦思索时，仍然满面愁容。

之后不久，他嘟囔道："我看到了一只大虫子，是我见过的所有虫子中最大的，我还看到了几只别的虫子。在一株匍匐植物下还有几只小的，有一只长长的棕色虫子，有很多腿，就像地蜈蚣，另外一只圆圆的，黑色，翅膀上还有小圆点。我还看到了一只小小的紫色蜘蛛，和一只更小的绿色蜘蛛，但是种类不同，还有一只看起来像蚜虫的虫子。但是一只蚂蚁都没看到。"

"蚂蚁，蚂蚁。"劳拉大声喊道。它掉了一颗油坚果，随后它飞了下来。"哟！"它在地板上加了一句。

"也没看到蜜蜂。"

"蜜蜂，"劳拉友善地重复道，"蜜蜂——蚂蚁，劳拉喜欢史蒂夫。"

史蒂夫仍然集中注意力盯着圆顶，继续说道："那些植物所体现出的荒唐一面也在那些虫子身上体现出来了。真希望我能说清楚这种荒唐的感觉是怎么回事，为什么我做不到？可能我已经发疯了。”

“劳拉喜欢坚果[1]。”

“我知道，你这个毛色鲜艳的饭桶！”史蒂夫粗鲁地说。

此时夜幕突然降临。金色、橘黄色和紫色被深沉而顽固的黑色一扫而光，没有星星，也没有任何在闪烁着的光源。除了仪表盘发出的绿色荧光外，控制室黑得如同地狱。劳拉在地板上不停地咒骂着。

史蒂夫伸出手，打开了间接照明系统。劳拉嘴里衔着那颗从地上捡回来的美食飞回栖木，全神贯注地品尝着，让史蒂夫自顾自地重新陷入沉思之中。

“一只粪金龟属安德氏种甲虫，和其他一些较小的虫子，还有一对蜘蛛，它们都各不相同。要说个头大小的话，在另外一个极端上，我还看到了那只巨大的蜥蜴。但是没看到蚂蚁，也没看到蜜蜂。或者说，没看到蚁群，也没看到蜂群。”从单数到复数的转变让他脊背一凉，他模模糊糊地感觉到他已经触及了谜团最核心的部分。“没有蚂蚁——没有蚁群，”他想，“没有蜜蜂——没有蜂群。”他几乎发现了问题所在——但是答案仍然在和他捉迷藏。

他暂时把这个问题放到一边，清理了餐桌，处理了一些琐碎的杂事。在这之后，他从冷冻罐中取了一些标准样本，做了一些测试。他之前尝出的苦味是因为水中含有硫酸镁，含量离不可饮用还有很大差距。能喝——这很重要！吃的、喝的和庇护所是生存下去的三要素。他有足够的资源来维持开头六七周的生存。湖泊和飞船是他之后生活的保障。

---

1. 此处利用了英文中的一词多义。英文中的“nuts”同时有“疯子”和“坚果”的含义。本文中后面的部分还有几处用到这个单词的一词多义性。

他找到日志，输入了今天的报告。平铺直叙，真实可靠，不加任何粉饰。正写到一半时，他发现他在记载这颗星球的名称时卡住了。“安德星”，他决定了，但如果他中了百万分之一机会的大奖，回到他在探测分队那些冷酷无情的同伴之中的话，这个名字会让他付出很高的代价。“安德”用来命名一只虫子还好，但是命名一个世界的话可不是好名字。“劳拉星”听起来也不怎么酷炫——尤其是你知道劳拉是谁时。用一只硕大的鹦鹉来命名一颗巨大的金黄色星球似乎不太合适。考虑到这个世界金黄色的天空，他偶然想到了奥罗[1]这个名字，并马上把这个名字输入日志，让它成为这颗星球的正式名称。

当他写完日志，劳拉已经把脑袋埋在翅膀下面了。她偶尔会摇晃一下，之后又摆正身体。即便处于睡眠之中，她也能保持平衡，史蒂夫经常沉迷于观察劳拉是怎么做到的。他温柔地盯着她看，突然想到她的词汇库中增加的那几个意料之外的单词。这让他的思绪转移到一个性情暴躁但言语更为暴躁的人身上——此人名为孟西斯，是另外一个火山一般暴躁的人不共戴天的仇敌，那个人叫麦克吉利库狄。他决定，如果有机会的话，他会冲着上面提到的那个孟西斯的鼻子猛打一拳，以奖励他对劳拉的教育。

他叹了一口气，把日志放到一边，上紧了计时器的发条，足以运转 40 天。他打开折叠床，躺在上面，伸手关上了灯。十年之前，他第一次登陆其他行星时，会在兴奋的颤抖之中一夜不眠。他已经过了那个阶段了。他已经经历过足够多次的登陆，对此感到冷淡了。他闭上双眼，准备睡一晚上的好觉，他也确实睡着了——两个小时。

睡了这么短的时间就醒了，他不清楚是为什么。但是他突然发

1. 在很多古老语言之中是“金色”的意思。

现自己直直地坐在床边。他竖起耳朵仔细聆听着，精神极度紧张，双腿颤抖着。他之前从未抖得如此厉害。因为一阵从灾难中死里逃生一般的心悸和惊慌，他的整个身躯抖得咯咯作响。

这样的事情在他的经历中从未有过。毫无疑问，他身处极度的黑暗之中，摸索着找到了枪。他紧握枪柄，同时努力地想着自己是不是做了噩梦，尽管他清楚自己没有做噩梦的习惯。

劳拉在栖木上不安地动了动，并没有真的醒来，也没有睡着。这对她来说可不太寻常。

抛弃掉做噩梦这种解释之后，史蒂夫在床上站起身来，目光穿过圆顶，望着外面。外面只有黑暗——人能想到的最为深沉、暗淡、难以望穿的黑暗，以及寂静！外面的世界沉睡在黑暗和寂静之中，如同被墨黑色的裹尸布包裹起来一样。

他从没在正常的睡眠时间里这么清醒过。他困惑茫然地慢慢转动身躯，环视着四周，根本看不到任何东西。转到某个方向时，他停住了。周围并不是完全黑暗。在船尾之外的远处有个高大庄严的发光物体在移动。他可能没办法估算出那个物体距离他有多远，但是看到那个东西后，他的内心翻腾起来，心脏开始猛跳。

他不允许失控的情绪掌控自己严谨有序的思维。他眯起眼睛，试图辨别出那个发光物体的本质。与此同时，他也在心中寻找着原因：为什么仅仅是看到那个东西就让他的心弦“砰”的一声绷紧了，就像一架竖琴一样。他弯下腰，摸到床头，找到了一个皮质箱子，拿出一副威力强大的夜视望远镜。那个发光物体仍然在缓慢而谨慎地移动着，从右边移到了左边。他用望远镜对准了它，看着它，旋转着镜片对好焦，那个奇迹一般的物体在他的视野中猛地拉近了。

那是一根由金色的烟雾组成的巨大圆柱体，那种金色看起来就像正午的天空一样，只是在其内部闪着微小但却强烈的银色火花。这是一根闪着光辉的雾气之柱，小小的星星点缀其间。它不像任何已知的或者被记载的低于神的生命形式——但它是生命吗？

它在移动，不过它的移动模式难以判断。自主动机是生命的主要特征，以地球人的视角来看的话，它可能确实是生命，只能说可能是，而不能说一定是。在他的主观看法之中，他更愿意认为那个东西是一种奇怪的、纯粹的地理现象，就好比撒哈拉沙漠的尘卷风[1]。但在潜意识之中，他知道那是生命，高大而可怕的生命。

他一直透过望远镜盯着它看，直到它逐渐消失在黑暗之中。它离飞船越来越远，在视野中逐渐变小，并逐渐暗淡下去。最后，望远镜中的视野晃动起来，因为他没办法控制双手的震颤。当这个冒着闪光的烟雾消失不见，只在望远镜中留下一片漆黑时，他坐在床上，感觉到一阵怪异的阴冷，打着冷颤。

劳拉在栖木上来回扑腾着，现在它已经完全清醒过来了，而且焦虑不安。但是他并不打算开灯，这会让圆顶变成夜晚之中的灯塔。他伸出手，在黑暗之中抚摸着它。它急切地爬到他的手腕上，又从手腕飞到膝盖上。它易于烦恼，感情外露，可怜地期盼着安慰和陪伴。他挠着它的头，抚摸着它，同时它紧紧地靠着他的胸膛，低声发出滑稽的哼哼声。他抚慰了它好一会儿，在这个过程中开始瞌睡。他渐渐躺到了床上，劳拉栖息在他的前臂上，疲惫地咯咯叫了几声，把脑袋埋在翅膀下面。

他没有再被吵醒，一直睡到外面的黑暗退去，天空又一次透过圆顶洒下金黄色的光辉。史蒂夫醒过来，站在床上，好好看了看周围的地形。周围的一切都和前一天完全一致。当他吃早餐时，那些

---

1. 一种气候现象，表现为形状明显（常为圆柱形）、存在时间长的富含沙尘的旋风。

事情还在脑海之中折磨着他，尤其是晚上经历的那些变故。劳拉也没精打采、沉默不语。之前它只有一次这个样子——那还是他在行星动物园的金星区闲逛的时候，给它看了一只长着羽冠的鹰。那只鹰带着一种充满蔑视的尊贵姿态盯着劳拉。

尽管他还有自己一生的所有时间，但现在他依然感到一种特别的急迫感。他拿着枪和冷冻罐，在飞船和湖泊之间往返了整整12次，一分钟都没有浪费，也没有停下来研究那些仍旧充满谜团的植物和虫子。等他把飞船上50加仑的蓄水器填满时，已经是傍晚时分了。现在他知道，他已经有了足够的饮用水配额，能配得上他的食物储备了，他对此很满意。

他没发现那只巨大的蜥蜴或者其他任何动物出没的痕迹。有一次他看到远方有什么东西在飞，像鸟或者像蝙蝠似的。劳拉瞪起敏锐的眼睛看着它，但是没有显露出过多的兴趣。现在它更关心一种新品种的水果。史蒂夫坐在外侧闸门的边上，晃荡着腿，看着它爬上一棵30码之外的小树。手枪正安放在他的膝盖上。他时刻准备就绪，如果有谁要去袭击劳拉的话，他就马上把它打个粉身碎骨。

鸟儿品尝着那棵树的果实。这种果实很像长着蓝色壳的荔枝。她津津有味地吃着一颗，抓着另外一颗。史蒂夫向后躺下，探入气闸中，伸手拿起一个背包，然后把它扔到地上，走到那棵树旁。他试着吃了一颗果子，果肉软而多汁，如同柑橘一样甜美。他装了整整一背包水果，然后把背包扔进飞船。

附近还有另外一棵树，并不完全相同，但是看上去很类似。树上结满了果子，和第一棵树的果子很像，只是更大一些。他摘了一颗，给了劳拉，让她尝了尝，劳拉厌恶地吐了出来。他又摘了一颗果子，撕开一条缝，小心翼翼地舔了一下果肉。在他所能感觉到的范围内，这两种果子尝起来是一样的。很明显他的感觉不够敏锐——劳拉的举动说明这两种果子的味道是不一样的。这种微妙到他察觉不出的差别可能就足以让他的身体扭曲变形，并一直保持着这种形态，直到痛苦地毒发身亡。他把那颗果子扔得远远的，回到气闸内的座位上，沉思着。

奥罗星上植物和昆虫那种难以捉摸、让人不安的特点可以体现在这两种果子的区别上。他很确定这一点。如果他能和鹦鹉一样，发现为什么一种果子可以吃而另外一种不能吃，他就可以准确地指出奥秘所在。他越是去想那些长相类似的水果，就越是察觉到他实际上已经触及了那个奥秘——但是他还没有揭开奥秘并看到奥秘下所掩藏的真相的能力。

他思考来思考去，又回到了原点。也就是说，什么都没想清楚，真令人着急。这让他怒火中烧。他回到树丛那里，把两棵树都仔细检查了一遍。视觉告诉他这两棵树是同一个物种的两个个体而已。而劳拉那种说不清楚是什么的感觉坚持认为它们是不同的物种。因此，你不能相信你自己的眼睛所看到的证据。当然，他很清楚这个事实，这在宇宙航行中已经算是陈词滥调了。但是当你不能相信你的亲眼所见时，你至少会想去弄明白你为什么不能相信它，而他甚至没办法找出这个原因！

这件事让他烦透了，以至于他回到飞船，锁上闸门，把劳拉叫回肩上，开始动身朝着船尾方向勘察。初次登陆的规则简单明了：进入某个地方要慢，离开某个地方要快，记住我们想让你做的全部事情就是找到适合人类生存的证据。要彻底探索一小片区域而不是大概侦测一大片区域——测绘团队会去处理剩下的区域的。把你的飞船当作基地，让它成为活动范围的中心——不要让飞船做无必要的移动。活动范围的半径要限制在一天路程之内，在天黑之后把自己锁好。

奥罗星适合人类生存吗？一个不成文的规定就是你不能立刻下结论说：“当然适合！我还活着，不是吗？”比如说，驾驶着飞船重重落在密特拉星的卡梅伦一直以为他找到了天堂，直到第17天，他发现了一种靠真菌传播的瘟疫，他离开了那颗星球，就像一只离开地狱的蝙蝠，在月球净化厂过了三天满身臭汗、骂骂咧咧的日子，直到他适合重新回到人类社会之中。当局直接汽化了他的飞船。密特拉星从此之后成为禁区。每一个世界都可能是有着美妙风景作为诱饵的陷阱。探测分队就是要以身试险，进入这些陷阱探探虚实，之后地球就得到了一团新的财产——如果这个世界上没什么东西要折断你的脖子的话。

奥罗星也许已经做好了战斗准备。史蒂夫暗想，那个在晚上能到处走的东西显露着人类不可及的力量。就好像海龙卷一样，谁又听说过哪个人成功地干掉了海龙卷？如果这个奥罗星龙卷是有自我意识的，人类成功战胜它的可能性就更低了。他下定决心一定要去搞清楚，即便他不得不在夜晚漆黑的道路上追逐它。他从船尾离开飞船，步伐坚定而缓慢，手里握着枪，他思考这个问题思考得太深入了，以至于他完全忽略了这个事实：现在他无论如何都不用再做纯粹的探测工作了，而且1 000年之内没有任何人可能会到达偏远的奥罗星。即便是太空浪客也可能是墨守成规的人，他们的工作就是找死。在人类已经不再需要他们的工作之后很久，他们仍然有责任继续去找死。而且他们毫不在乎地忽视了一件必然发生的事：如果你找一个东西找了很长时间的话，你最后一定会找到它的！

飞船的计时器告诉他，距离夜幕降临还有五个小时。往返各两个半小时，也就是说可以走出去10英里，再往回走10英里。取水消耗了他的时间。明天，以及以后的日子里，他可以把活动半径增加到12英里，还可以更从容一些。

走到植被的边缘时，他的大脑一片空白。植物并没有因为要长在石质的地面上而长出硬刺和分杈，并逐渐变得稀疏、慢慢消失。而是在肥沃的轻质壤土地面上突然地消失了，植被就好像被一把大砍刀砍断了一样。从这里开始，一种不同的作物在地面铺开，这种新的植物个头微小，如水晶一般晶莹剔透。

他毫不惊讶地接受了这种晶状植物，他清楚，新奇之物是任何新的地方都不可避免的特点。只有用地球的标准来衡量时，一个东西才有“正常”这个概念。在地球之外，没什么东西能称得上是超常或者不正常，除非它们没办法和自己所处的奇特环境相符。另外，在火星上也有晶状植物。在现在这个情况下，难以接受之处是普通植被停止蔓延的方式，以及晶状植物开始生长的方式。他走到两种植物之间的边界处，对边界线做了一次测量，让他受惊不小。边界线笔直笔直的，这种景象让他瞠目结舌。这就像一块田，一块用来耕种的田。边界线笔直到这个程度，除了出自人工，没有其他可能了。他的后背冒出冷汗。

他蹲下来，屁股垫在右脚的靴子跟上。他盯着最近的一棵晶状植物，对劳拉说：“小鸡崽儿，我觉得这些东西是有人种上去的。问题是，谁种的？”

“麦克吉利库狄。”劳拉聪明地发表意见。

他伸出一只手指，弹了弹靴子头附近的一棵水晶小苗，那株植物一英寸高，绿色，有很多枝杈。

水晶发出响亮的声音，“叮！”这声音甜美而高亢。

他弹了弹它旁边的另外一株，那一株也发出声音。“当！”这一声要低沉一些。

他弹了一下第三株，这一株植物没有发出任何声音，而是碎成了上千片碎片。

他站起来，挠了挠头。这个动作让劳拉费了好大力气才在他臂弯围成的圆孔之中站稳脚跟。一株发出“叮”的声音，一株发出“当”的声音，一株碎成了尘埃。真是两个蠢货。这里有会叮当作响的植物和两个蠢货。答案似乎就被他握在掌心，要是他打开手掌就可以看到他找到的答案的话该有多好。

随后，他抬起困惑不已又有点愤怒的目光，看到晶状植物田上有些不规律地拍打着翅膀的东西飞了过去。它们正飞向那片普通的植被。劳拉刺耳地叫了一声，飞了起来，蓝色和深红色相间的翅膀有力地拍击着。她俯冲向那个东西，把它吓得降低高度，以至于它在侧飞躲避的过程中飞到了距离史蒂夫的脑袋只有几英尺远的地方。他看到，那是一只很大的蝴蝶，翅膀有着起皱的边缘，颜色俗气艳丽，和劳拉的毛色差不多。鸟儿又一次俯冲下来，吓唬着那只昆虫，但是还没到威吓的程度。他把劳拉叫了回来，开始出发穿越面前的区域。在他踏过那些晶状植物时，它们在他沉重的靴子下面咯吱作响，碎成粉末。

半小时之后，他艰难地攀爬着一道陡峭并盖着一层水晶植物的斜坡，这时他的思维突然凝固了。他猛地停下来，劳拉被甩下他的肩膀，只好飞了起来。她拍打着翅膀，绕着史蒂夫飞了一圈，回到了她抓着的地方，用史蒂夫听不懂的语言说着一些尖酸刻薄的话。

“一个这种的，一个那种的，”史蒂夫说，“没有哪种东西有两个或者有三个，或者有许多。我没看见任何重复的东西。只有一只巨型蜥蜴，只有一只粪金龟属安德氏种的虫子，其他那些该死的东西也都只有一件。每一件东西都是独一无二的、原始的、独立的个体。这说明了什么呢？”

“麦克吉利库狄。”劳拉建议道。

“看在上帝的分儿上，忘了麦克吉利库狄吧。”

“看在上帝的分儿上，看在上帝的分儿上，”劳拉大叫着，这句话打开了它的话匣子，“那个大黑——”

他又一次及时打断了它，让它飞了起来。他继续自言自语着：“这说明了一种持续不变、无处不在的变化性。每个生物都会繁殖出和它自己很不一样的东西，所以没有占据统治地位的物种。”他想到这个理论中最明显的障碍，皱了皱眉，“但在这种该死的情况下怎么可能有东西可以繁殖？谁能给谁授精？”

“麦克吉利——”劳拉开始说道，之后就改变了主意，闭上了嘴。

“不管怎么说，如果没有任何东西可以在真正意义上繁殖出和自己一样的后代，那食物就是个难解决的问题。”他继续说道，“对于一种植物来说是养料的东西，可能对它的后代来说就是毒药了。今天的饲料在明天就会变成毒药。一个农民怎么可能知道自己收获的是什么？嘿嘿，要是我的猜测是正确的，这颗行星上连一对猪都养不活。”

“不，先生，不要说猪，劳拉喜欢猪。”

“安静，”他厉声说，“嗯，事实很明显，应该养不活猪的地方却养活了一只巨型蜥蜴——以及其他可能在附近晃悠的各式各样的动物。在我看来这太疯狂了。在金星或者有着稳定不变的食物的地方，巨型蜥蜴也许会繁荣兴盛，但是在这里，根据我的结论，那只傻傻的大怪兽没有活下去的条件。它应该早就死了。”

说着这句话时，他走到了斜坡顶端，发现刚才提到的那只怪兽正倒在斜坡的另外一边，它确实死了。

他以一种相当迅速、简单而高效的方式确认了那只怪兽的死亡。它巨大的躯体覆盖着斜坡，从坡顶延伸到坡底。恶龙一般的脑袋有救生艇那么大，正朝着他。脑袋上长着两只迟钝无光的眼睛，有如餐盘。他把一颗子弹直射进右眼中，一大摊液体迅速地朝着四面八方喷溅而出，而那具躯体动都没动。

要是那只动物被这一枪打醒，恢复生机，开始疯狂地复仇，他还准备好了一颗子弹去射向另外一只眼睛。但是那个庞然大物仍然躺在那里一动不动。

它走下斜坡，靴子下的晶状植物被他踩得汁液四溅，为了绕开那具尸体，他走了100码的弯路，又费力爬上更远处的斜坡。此时他对那只死去的怪兽没多大兴趣。时间短暂，他可以明天再来，并带着一台全彩立体摄像机。那只巨大的蜥蜴会被非常有型地拍摄下来，但是得等等，不是现在。

第二道斜坡要高得多，爬起来也更费劲。坡顶差不多就是一天路程的极限了，而他急切地想要在折返之前登顶。人性之中有一种特殊的欲望，总想要看看山的另外一边有什么。这种欲望和他们那些意志坚定的祖先要爬上落基山的山顶时的欲望一样强烈。他一定要去看看，首先是因为高地视野开阔，其次还因为晚上看到的那个来回游荡的东西——而且事实几乎和他预测的相同，那个东西跑到了斜坡另一侧的下面。一根烟尘组成的柱子，从天空中吸卷着空气，可能是在漫无目的地移动着，并没有特意想去某个地方。但是他依旧本能地认为这不仅仅是烟尘组成的柱子，而且它是要朝着某个地方走去。

但是要去哪里呢？

他上气不接下气地爬到了山顶，看向下方广阔的山谷，找到了答案。

晶状植物在山顶处不再向前延伸了，边缘又一次笔直笔直的。

在边缘之外是一片轻质壤土，半块石头都没有。壤土地面和缓地向下延伸，进入山谷，并在遥远的另一侧山坡延伸上去。两侧的斜坡都稀疏地点缀着一块一块的奇怪胶状物，它们躺在天空发出的金色光辉之下，颤动着。

在山谷封闭的末端伸出一座巨大的、闪闪发光的建筑物。建筑物的房顶是平的，前面也是平的，前面的中部有个硕大的方形孔洞。这栋建筑物看起来就像一个巨型长方形厚板，由光亮的奶白色塑料制成，竖着半埋在沙丘上，光滑且发着微光的表面不带任何装饰，也没有任何道路通向它前方的那个洞。不知怎么回事，这栋建筑物看起来有一种新造的复古房子的感觉，试图让自己看起来空空如也，因为里面——充满了魔鬼。

当史蒂夫端详着这栋房子时，他感觉后背上汗毛耸立。有一件事情已经很明显了——奥罗星孕育着智慧生物。还有一件事情有一定的可能性——那个金色的柱子就是那种生命的一个代表。另外一件事情概率很大——肉体所构成的地球人和薄雾一样的奥罗星人要找到友谊和合作的基础是很难的。

然而敌意是不需要基础的。

好奇和谨慎在他的脑海里打架。一个催着他走下山谷，另外一个把它往回拉，让他趁着还有时间跑的时候赶紧跑。他看了看手表，只剩下三个小时了，三个小时之内他必须得回到飞船，输入日志，准备晚餐。那个奶白色的建筑物至少有两英里远，往返要走一整个小时。暂且不管它了。等一天的话他就会有更多时间去拜访那栋建筑物，这么做还有一个好处，他可以在此期间思考好必要的事情。

谨慎获胜了。他研究了一下离他最近的那块胶状物。它呈扁平状，直径大概一码，绿色，在它半透明的主体之中藏着略微发蓝的条纹和很多小气泡。它缓慢地搏动着，他用靴子尖拨弄了一下，它就收缩起来，中间隆起，之后又迟缓地松弛开。他判断出这不是阿米巴变形虫。这是一种低等生物，但是也很复杂。劳拉不喜欢这东西，在史蒂夫俯身调查它时，劳拉飞了起来，击打着几株晶状植物，发泄着怒气。

这个胶团和离它最近的邻居不一样，和任何其他胶团也都不一样。每种有一个，只有一个。和之前同样的规律：每种蝴蝶都只有一只，虫子、植物、这些微微颤抖的东西，每种都只有一个。

他又朝着下面的山谷中那栋遥远的、谜一般的建筑看了最后一眼，之后开始返程。当飞船进入视野时，他加快了步伐，如同一位高兴的远航者接近故乡。在飞船附近有些新的脚印。脚印很大，有三个趾头，给他留下深刻印象。这显示出有只巨大、沉重的、长着两条腿的东西在他离开时从这里经过了。很显然，只是一只动物，因为没有哪个智慧生物会随随便便地走开而不绕着那个来自太空的入侵飞船转一转并检查一下的。这个星球上只有一个智慧生物，他对此确信无疑。

一进入飞船，他就重新锁上门，喂了劳拉一些食物，吃掉了他的晚餐。之后他拖出日志，把今天的经历写进日志，在圆顶内环视四周。紫色的光带再一次从地平线上缓缓升起。他皱着眉头看着四周环绕的植物。是什么样的东西在过去把这些植物繁殖出来的？这些植物将来又要繁殖出什么样的东西来？话说回来，它们怎么繁殖啊？

要产生大量而严重的突变，前提是大剂量而持续进行的爆发中产生的强辐射，改变它们的基因。在一个不太重的行星上是没有强辐射的——除非这辐射来自天空。在这里，没有来自天空的辐射，也没有来自其他任何地方的辐射。实际上，这里根本没有辐射。

这一点他很确定，因为他对此有特别的兴趣，之前就检查过辐射。强辐射表示存在放射性元素，它们在紧要关头也许能用作燃料。飞船上有仪器可以检测这些东西。在飞船上的那堆破烂之中有一个宇宙射线计数器、一个辐射探测警报器、一个金箔验电器。警报器和计数器就没发出过哪怕一声令人兴奋的咯咯声，实际上咯咯声的唯一来源就是劳拉。他在登陆的时候给验电器充满了电，现在它的两片金箔仍然张着，像一个倒着写的字母V。空气干燥，电离辐射可以忽略不计，那两片金箔看起来再过一周也不会合上。

“我建立的那个理论有点问题，”他对劳拉抱怨道，“我脑袋有点不转了。”

“不转了。”劳拉忠实地重复道。她啄开一颗美洲山核桃，发出刺耳的噪声，让他很不舒服。“我和你说，这是个厄运之船，不会再起航了。不会，即便你为我而祈祷都不会。我不会。我不会。我不会。不能。不行。谁喝高了？那个浑身是毛的低地苏格兰佬麦克——”

“劳拉！”他尖锐地说道。

“吉利库狄。”他用一种乏味的蔑视语调结束了这句话。她又一次让他很不舒服。“它的光环比土星环都大，我亲眼见过，谁撒谎了？哟！它就在特提斯星的嘉威海湾下面，我的天，多么老大的一个身体啊！”

他狠狠地盯着她说：“你疯了！”

“当然！当然，哥们儿！劳拉喜欢坚果，快给我一颗。”

“好吧。”他接受了劳拉的要求，伸出手去。

它抬起五彩斑斓的脑袋，啄向他的手，认真地挑了一颗美国山核桃给了他。他砸开核桃，一边嚼着核桃仁，一边打开照明系统。夜晚似乎在等着他，黑夜正巧在他开灯的时候降临了。

随着夜晚的降临，史蒂夫感到非常不安。问题出在圆顶上，它发着光，如同一座灯塔，而且除非关灯，否则没有办法让它暗下去。

灯塔会把很多东西吸引过来，他一点儿都不希望在目前的环境之中成为焦点。也就是说，在晚上不能开灯。

长期以来的经历让他养成了对外星动物的微妙的蔑视，无论那外星动物有多么古怪。但是诡异的外星文明就完全是另外一回事了。因此他的内心被一种奇怪的信念填满了：昨天晚上看到的是某种能力卓绝的东西。他没有想到一根发光的柱子是否有眼睛或者其他相当于视觉器官的部位。如果他想到了的话，他就会为这个想法而不舒服了。他宁愿希望在睡着的时候被某种视觉器官盯着看，也不愿意被某种诡异的超感官方式打量。

当他熄灭灯光，铺好床铺并躺下入睡时，一大团乱七八糟的想法和思绪仍然在他的大脑中翻腾着。这次没什么东西打扰他睡觉了，但是当他在金色的黎明中醒来时，他的胸前被汗水打湿了，劳拉又一次在他的胳膊上寻求庇护。

他翻出早餐，双手忙碌着，同时整理着自己的思绪。他倒出一小杯咖啡，对劳拉说着话。

“如果面对我没办法打败的未知力量，应该执行三班倒的监视体系，但是我要是发了疯想单枪匹马地维持三班倒监视体系的话，那我可就真蠢透了。总部那些坐在扶手椅上只会纸上谈兵的军官应该尝尝没在条例手册里面精准列出的情况。”

“嗝儿！”劳拉轻蔑地说。

“三十六计，走为上计。”史蒂夫引经据典，“这是探测分队的规则。这是一条优秀、温柔、可爱的规则——但得是你能一走为上的时候。我们不能！”

“嗝——嗝儿！”劳拉带着一种不必要的强调语气说道。

“对于一位女士来说，你的行为可以说是相当恶心了。”他告诉它，“现在我不打算把短暂的余生花在忧心忡忡上。要摆脱未知力量的唯一方法，就是把这种力量变成已知的、清楚的。就像乔伊叔叔要拉着小威利去看牙医时说的那样，拖得越久，就越难受。”

“操哪门子的心！”劳拉慷慨陈词，“嗝——嗝儿！”

他极端厌恶地瞪了一眼劳拉，继续说道：“现在我们要去试着斗牛了，这种做法有时候还真能把牛给吓到。”他站起身，抓起劳拉，把它胡乱塞到它的旅行舱之中，划开操控面板的锁。“我们要马上升空。”

他爬到控制席上，踩下增能器的按钮。船尾火箭砰砰地响了几声，随后声音就变成了低沉的轰鸣。他摆弄着操控装置，以获得熟悉的操控感。他加强了脚上的力道，直到整个飞船都开始震颤起来，后方的文丘里管开始发出樱桃红色的光。飞船开始缓缓地挪动，巨大的船身向前移动。此时他加了力道，飞船起飞了。一场蔓延半英里的喷发向后爆开，探测飞船冲入天空。

他操纵飞船环绕一周，做了一次范围广而高度低的巡航，从植被的边缘、晶状植物的田地和远处的小山坡之上急驰而过。转眼间，他就飞过峡谷，利用船头制动器的反冲猛地刹住了火箭。这事情并不好办，他得调节好向前的喷射力、向后的推力，还要思考下方气流的涌动。但是就像大多数驾驶员那样，他会用这种灵巧的小飞船玩一些绝技表演并引以为傲。他这场演出就缺一群赞叹不已、欢欣鼓舞的观众，否则就很完美了。飞船平稳地垂直降落在外星大厦奶白色的屋顶上，朝着边缘滑了一半的距离，停下了。

“好家伙，”他喘息道，“我真厉害啊！”他坐在座位上，透过圆顶朝四周看去，感觉应该加上一句：“我这么年轻，死不了的。”他等了一会儿，不时看看计时器。飞船落在屋顶时一定产生了足以震醒死者的冲击力。要是有任何人在屋子里面，他们马上就会跑出来，看看是谁往他们的小屋上扔了一个 100 吨重的瓶子。没人出来。他给了他们半个小时的时间，老鹰一般的面孔显得紧张而警惕。之后他放弃了，说道："啊，好吧。"随后离开了座位。

他把劳拉放了出来。它带着一种充满怒气的高贵姿态出来了，如同一位贵妇人进错了房间。在他的逻辑之中，女性通常都是好奇心强的生物，他无视了它的态度，拿起枪，打开门，跳上屋顶。劳拉不情愿地跟着他，飞到他的肩上，似乎站在那里可以有很大好处。

他走过船尾，走到屋顶的边缘，向下看去。500英尺高的陡峭落差吓得他后退了一步。入口在距离地面400英尺高的地方，就在他的脚下。一条100英尺高的横梁跨在入口上方，它就站在上面。唯一的下降方式就是走到屋顶的另外一边，到达土质的斜坡，这座建筑在那里嵌入了斜坡，他可以找到一条通往下方的路。

他在屋顶上走了四分之一英里的路，走到斜坡。行走时，他的双眼检视着屋顶的表面，但是他在均一而光滑的表面上没找到任何裂缝或者接合处。虽然这栋建筑物这么大，但它似乎是一整个儿铸造出来的——这个事实对于减少他心里的疑虑没有起到任何效果。不管是谁搞的这项伟大的工程，他们都肯定不是祖鲁人[1]！

从地面上看去，入口显得硕大无朋。要是在这栋建筑的另外一边有个类似的缺口，并且有一条畅通的路从一边通向另外一边，他可以操纵飞船从一端进入，从另外一端飞出，就和穿针一样容易。

没有门。这似乎并不奇怪，难以想象哪一种门能大到足以充满这个开口，还能把握好重量上的平衡，让任何人——或者任何东西——能去拉开门或者关上门。最后，他谨慎地看了看四周，发现山谷之中没有任何东西在动。他大胆地踏进入口，眨了眨眼，当视觉上的残象逐渐衰退，对外面金色微光的印象逐渐消失时，他发现

1. 非洲的一个人种，主要生活在南非共和国的夸祖鲁-纳塔尔省。此处代指科技程度不高的文明。

建筑内部的黑暗也慢慢消退了。

里面有一种不同的微光，比外面的更为暗淡、更为惨白，还有点儿发绿。这种微光是地板、墙壁和天花板发出的。全方位的光照足以把这里照得亮亮堂堂，没有阴影。适应好环境后，他吸了吸鼻子。空气中有一种浓烈的臭氧味，混合着一些难以辨识的气味。

在他的左右两侧堆着一层一层的透明箱子，堆了几百英尺高。他走到右侧的箱子那里，检查它们。箱子都是方形的，每条边大概都有一码长，材质类似于透明有机玻璃。每个箱子里面都装着三英尺厚的壤土，一株晶状植物在其中发芽。没有任何两株晶状植物是相同的，有些很小并有很多枝条，有些很大而且结构复杂得难以形容。

他想不出什么来。他绕过那排巨大的箱子，走到它们后面，发现还有另外一排堆了十码高的箱子，而且这一排后面还有另外一排，还有一排又一排。这些箱子里面都装着晶状植物，那些植物的数量和多样性让他的思维有些恍惚。他只能研究一下每一排箱子最下面的两行，但是一行又一行的箱子摞在一起，高高地超过了他的头顶，一直摞到距离屋顶很近的地方。这些箱子的总数无法估计。

左边也是一样的情况，有上千株水晶植物。他靠近看了看一个特别不错的箱子，注意到箱子前面的板子上有一些小小的、不引人注目的点，组成一定的图案。那些点被蚀刻在外表面上。调查表明所有的箱子都有类似的标记，只是点的数量和排列方式有所不同。毫无疑问，这是某种用于区分的外星编码。

“奥罗星的自然历史博物馆。”他低声猜测。

“你撒谎，”劳拉激烈地尖声高叫，“我和你说，这玩意是不祥之物——”它停了下来，惊呆了，因为它自己的声音在建筑物中回响，变成了一种深沉如管风琴一般的音调，“不祥之物——不祥之物——”

"我的天啊，你能不能闭嘴！"史蒂夫发出嘘声。他试图同时监视着出口和房屋内部，但是劳拉的声音隆隆地传向远方，并没有引来任何人前来抵抗他们的入侵。

他转过身，匆忙走过前面好几排箱子，走到下一个展示区。这一系列的箱子中装着一团团的胶状物，都很小，不比他的手表大，有几千个。他注意到，那些胶状物看起来都不是活着的。

第三、第四和第五个区域把他带到建筑物深处，他估计他已经走了一英里远。他走过苔藓、地衣和灌木，它们都已经死了，但是保存得非常好。现在他已经做好了准备，猜测第六个区域里的东西——植物。他错了。第六个陈列区展示着虫子，包括飞蛾、蝴蝶和一些奇怪的陌生物种，有点像有甲壳的蜂鸟。没有粪金龟属安德氏种的标本，除非那标本在几百英尺高的地方，或者除非有个空盒子已经为它准备好了——当它的生命完结的时候就会被放进去。

谁做了这些盒子？有没有一个是为他而准备的？一个为劳拉准备的？他想象着自己保持一个姿势直到永远，蹲在某个区域的第10排第25行的第17个箱子中，箱子前面的板子上相应地标记着合适的点。这真是个糟糕的画面，想到这个画面，他皱起了眉头。

他也不知道自己在找些什么，但是仍继续前行，走得越来越深入，一直到这栋建筑的中心地带。没看到任何人，没有任何声音，连个脚印都没有。只有无处不在的气味和持续不变的微光。他有一种感觉，经常有人来拜访此地，但是从来不会在这里待很久。他向前走着，没有费心停下看。他走过一个巨大的箱子，里面装着似乎像是长着野牛脑袋的犀牛一样的动物，之后又走过一些更大的箱子，装着同样更大的展品——所有的箱子都仔细地用圆点做好了标记。

最后，他走到了一个特别巨大的箱子处，那只箱子太大了，以至于它占据了整个大厅的宽度。箱子里面装着的东西似乎是所有树木的爷爷以及所有蛇的祖爷爷。在它后面，展览品换了个样子，那里竖立着 500 英尺高的架子，上面摆着金属柜，每个金属柜的门都抛了光，上面都装点着一枚按钮，还装点着更多组神秘排列的小圆点。

他非常勇敢地按下了最近的柜子上的按钮。伴随着清脆的响声，它的门打开了。结果令人失望，柜子里面装满了一叠一叠小小的玻璃板，每个玻璃板上都盖满了小圆点。

“超级文件归档系统。”他咕哝着，关上柜门，“黑格提老教授愿意付出任何代价到这里来。”

“黑格提，”劳拉结结巴巴地说，“看在上帝的分儿上！”

他快速地看了它一眼，它因为受惊而炸了毛，看起来烦躁不安，显得越来越躁动。

“怎么了，小鸡崽儿？”

它偷偷把目光转向他，之后和它投来目光的方式一样，马上又把焦虑的目光收回去了。它在他的肩膀上横着身子挪来挪去，脖子上的羽毛炸了起来，嘴里发出紧张的咯咯声，在他的夹克衫上缩得更紧了。

“该死！”他咕哝道。他脚后跟一转，接连跑过几排文件归档架，冲进最后一个架子和墙壁之间十码宽的空地之中。他掏出手枪，监视着那些柜子的前方，同时用没有持枪的那只手试图安抚劳拉。它紧紧地依偎着他，用头蹭进他的脖子，试图藏进他下巴下面的空隙中。

“安静点，宝贝。”他低语道，“保持安静就好，和史蒂夫待在一起，我们会一切平安的。”

它保持安静，尽管它已经开始发抖了。史蒂夫对劳拉的恐惧感同身受，他心跳加速，虽然他没有看到或者听到任何迹象来证明危险确实存在。

之后，当他躲在那里看着前方时，屋内的光辉变亮了，变得不那么绿而更像是金色。屋内仍然寂静无声。突然，他知道正要过来的是什么东西了，他知道那是什么了！

他单膝跪下，让自己看起来尽可能小，尽可能不显眼。他的心脏狂跳着，思维再冷静也没办法把心跳下降到正常速度。一片寂静，它走近的时候仍然维持着一片可怕的寂静，这令人难以忍受。沉重的脚或者蹄子踩在地上的那种破坏性的砰砰声要好得多。一个像阿波罗巨神像那么大的东西不应该像鬼一样在走过的时候悄然无声。

金色的光芒逐渐增强，屋子中从房顶到地板无处不在的绿色荧光淹没在金色的光芒中。光辉让许多箱子表面如着了火一般。光芒已经增加到如金色的天空一样的亮度了，而且越来越强，无处不在，强到难以忍受，没有留下任何可供躲藏的黑暗之处，再小的东西也找不到藏身之所。

它就像正在升起的太阳一样发出强光，或者说像某种从太阳的中心部位提取出来的东西一样。它所发出的光辉让畏畏缩缩的观察者脑海中一阵眩晕。他猛烈地挣扎着，想要控制好自己的思绪。他想让自己的思维清楚起来，想把思维约束在自己正在消退的意识之中——然后失败了。

史蒂夫憔悴的脸上挂着汗珠，他只是零碎地瞥见了那个柱体的边缘在中间走道两侧的架子之间露出的一小部分。他看到了亮金色的炫目螺旋，里面闪烁着纯白色的星星，随后，紫色的泡泡似乎在他的脑海之中浮现，他向前栽倒在一大片微小的泡泡中。

他不断下沉，不断下沉，沉入彩虹色的泡沫里。泡沫发着光，变幻着颜色，忽明忽暗，色彩斑斓，冒着泡、打着旋、起着雾。他的意念一直疯狂地努力着，奋力向上冲，想把他的灵魂拉上来。

他下沉到了最深处，成千上万的泡泡仍然绕着他旋转，难以数清那些泡泡到底有多少种颜色。之后他下降的速度变慢了，他感觉泡沫不再旋转着向上升了，它们停止了旋转，随后又朝着另外一个方向旋转，向下转去。他正在上升！他似乎上升了一辈子，飘飘悠悠地升起，带着一种如同做梦一般的恍惚感。

最后的一些气泡以一种奇异的方式逐渐散去，将他留在不存在之处的狭窄间隙之中——之后他发现自己四肢伸开，躺在地板上，头晕目眩。劳拉正紧贴着他的胳膊。他缓慢地眨了几次眼睛，眼睛又酸又痛。他的心脏仍在猛跳，双腿使不上力气，胃中有一种奇怪的感觉，似乎回想起一次很久很久之前遭受到的打击，让他恶心反胃。

他没有马上从地板上爬起来。他的身体抖得太厉害了，思维太混乱了，以至于爬不起来。恢复理智和镇定后，他躺平身体，注意到突然入侵的金色光芒已经消失，屋内的光照又一次变成了暗淡而没有阴影的绿色。随后他的眼睛瞟到了手表，大吃一惊，坐了起来。已经过去两小时了！

这个事实让他颤抖着站了起来，在文件柜的储存架四周张望，发现一切都没有变。他本能地觉得那个金色的来访者已经走了，现在这里又一次只属于他自己。那个东西是不是已经意识到他来了？是不是那个东西让他失去意识的？如果不是的话，为什么他会失去意识？那东西对房顶的飞船做了什么吗？

他捡起那把没什么大用的枪，手指顶着保险上的饰钮转了转，轻蔑地看着它。之后他把枪放进枪套，帮劳拉在他的肩膀上站好。它有气无力地站着。他走向架子后面，向着建筑物更深处前进。

“我觉得我们不会有事的，宝贝。”他和劳拉说，“我想我们太小了，不会被注意到的。我们就像老鼠一样。在脑子里有更大更重要的事情时，谁会想去捉老鼠呢？”他做了个鬼脸，不太喜欢这种老鼠的比喻。这对他本人和他这一类人来说都不是什么好话。但是这是他此刻能想到的最好的比喻了。“那么，就像小老鼠一样，让我们去找奶酪吧。我是不会仅仅因为有个什么大块头的东西从我身边溜过去吓了我们一跳就放弃的。我们不会被吓跑的，是吧，亲爱的？”

“不会的。”劳拉冷淡地说。它的声音仍然很低落，它的双眼来回转着，一副担心的模样。“不害怕，我和你说，我不会飞走的，我保证！劳拉喜欢坚果！”

“别叫我疯子！”

“坚果！坚持种地——你就会收获更多。麦克吉利库狄，那个大——”

“嘿！”他警告道。

它猛地闭上了嘴。他加快了步伐，不想承认他的神经系统对精神压力或者任何会让他烦心的事情都有点儿过度敏感。他知道，他一点儿都不想再接近那个发着光的庞然大物了。一次就够了，相当够了。并不是因为他害怕那个东西，而是一些别的原因，一些他没办法说清楚的原因。

他走过最后一排柜子，发现他面对着一台机器。机器很复杂、很奇异——而且它正在制造一株晶状植物。走近看，另外一台不同的机器正在制造一只小小的有角蜥蜴。机器正在制造那些生物，这一点毫无疑问，因为那两只生物都只是半成品，而且在他看的时候制作过程还稍微推进了一点儿。几个小时之内，或者在更短的时间之内，它们就会被制作完成，之后它们需要的就是……就是——

他背后汗毛直竖，开始猛冲。望不到尽头的机器，每一台都不一样，每一台都在制作不同的东西：植物、虫子、鸟类、真菌。是用一种电子培育法来制作的，一个原子旁边堆上另外一个原子，就像一块块砖头盖起房子。这不能称为合成，因为合成仅仅指的是组装在一起，而这里发生的事情是组装加上生长，依据某种未知的规则。他知道，在每一台机器里面，都有某种密码，或者代码，或者暗号。某种不可思议的复杂之物掌控着一切，决定着每台机器正在建造的东西的形状——而且那些形状的变化是无穷无尽的。

到处都有各种各样的机器。它们寂静无声，并未运转，他们的工作已经完成了。到处都是其他形状古怪的破碎机器，要么正在修理，要么已经准备好接受改装。他在一台已经完成了工作任务的机器旁边停了下来，它造出了一只有着精致暗色花纹的飞蛾，飞蛾停在机器的装配罐中，一动不动，如同一座镶着宝石的雕塑。在他看来，这只生物堪称完美，它现在只需要等着……等着——

他的额头上渗出一层细汗。那只飞蛾现在所需要的一切，就是被赋予生命的气息！

他甩开脑海中的万千思绪，这是他能控制住自己躯体的唯一方法。转移注意力——把这件事放到一边，去想那件事！他坚决地把自己的注意力集中到附近的一台极为巨大、有一半被拆开了的机器上。它的内部暴露在外面，露出里面巨大的暗灰色励磁线圈。一些类似的线圈散落在地板上。

他捡起一小段线圈，发现它出乎意料地沉重。他摘下手表，打开了手表的后盖，把线圈靠近手表的机芯。手表中金星黄锆石制造的轴承马上发出了荧光。金星黄锆石总是在靠近辐射的时候发出荧光。这个未知的金属也许能当燃料。一想到这一点，他的心脏猛地跳了一下。

他是不是该拉出一大团线圈然后拖到飞船上去？线圈非常重，他需要相当长的线圈——如果它真的能用于燃料的话。但是假如这个屋子的主人发现他拿走了线圈，然后在他回来拿新的线圈时设下陷阱怎么办？

只要你有时间停下来想一想的话，想一想总是值得的。这是探测分队的基本哲学。他把一小段电线的样本放在口袋内，又在其他被拆开的机器上找了更多的样本。这次搜寻让他继续深入到这座建筑中，他花了很大力气把注意力单单集中在手头的这项工作上。这并不容易。比如说吧，有只狗如同雕像一样站在那里，似乎在等待着什么，一直在那等待着。要是那是别的任何东西而不是一只不容置疑、易于辨认的地球上的狗就好了。想要不去看它是不可能的。想要不去看别的他甚至更熟悉的物种也同样是不可能的——如果有其他物种的话。

他拿到了七个不同的放射性电线的样本，此时他决定不再继续搜索了。一只凤头鹦鹉让他结束了行程。这只鹦鹉一动不动地站在罐子里，蓝色的羽毛光滑鲜亮，深红色的冠子高高昂起，明亮的眼睛一动不动，看上去并没有死，但是也还没有活过来。劳拉冲它歇斯底里地尖叫着，巨大的大厅反射回她的尖叫声，夹杂着拖长了的怒吼声和昏暗的房间深处隆隆的回声。劳拉的反应太大了，他没理由让自己也做出类似的反应。

他用最快的速度穿过房间，走过文件归档柜和一排排海量的展览箱，没有花心思看它们。他爬上那片土壤肥沃的山坡，爬上去的速度几乎和他下来的速度一样快。进入飞船时，他大喘着粗气。

他的第一反应是检查飞船，看看有没有受过干扰的证据。没有。随后，他检查了飞船上的仪器。验电器的金箔合上了。他给验电器充好电，看着两片金箔张开又合上。计数器显示存在大剂量的辐射。辐射探测警报器充满活力地发出咯咯声。他有点粗心大意了——他应该一降落在屋顶上就检查一下仪器的。不管怎么样，这不重要了。

现在他知道在屋顶下面藏着什么东西，那些仪器可以提前给他一些信息，但是没办法给得比他自己下去看还要详细。

他喂了劳拉，自己也陪着劳拉快速地吃了一餐。在这之后，他翻出电线样本。没有任何两个样本是同一规格的，而且有一个样本很明显太厚了，没办法塞进金斯顿-凯恩原子力引擎的进料口。他花了半个小时把这块样本锉到合适的尺寸。他用一开始拿到的暗灰色电线做了第一次测试。把它塞进去后，他把控制器调到最低档的预热强度，踩下增能器。什么都没发生。

他皱起眉头。金斯顿-凯恩原子力引擎虽然力道充足，但是过分挑剔，有朝一日人们得研究出比这个更好的引擎，研究出一种可以用任何能塞进去的东西当成燃料的引擎。密度大并且有放射性并不是金斯顿-凯恩原子力引擎所需的全部条件，必须得给它们提供正确的燃料。

他返回金斯顿-凯恩原子力引擎那里，拉出电线，发现电线末端已经熔化得不成形了。测试绝对是失败的。他插入第二个样本，也是一根灰色的电线，但是不像第一根那样暗。他回到控制器那里，压下增能器。船尾火箭迅速地爆出火光，发出一阵低沉的呻吟，推力盘显示出推力已经达到了正常值的60%。

在这种时候，有些人可能会发疯。但是史蒂夫不会。他瘦削的、像鹰一样的脸上神色一变，手伸进口袋，拿出第三个样本试了试。不行。第四个样本的实验同样彻底失败了。第五个样本产生了一阵阵奇特的、有节奏的爆发，让飞船从头到尾都摇晃起来，这导致推力盘的指针在120%和0之间来回摇摆。他想象着这艘探测巡航船一下一下地靠着有节奏爆发的推力在宇宙空间中航行的场面，就像舷外发动机那样，想到这里，他把这个样本拿了出来，把第六个样本塞了进去。第六个样本让推力盘上的读数升高到170%，飞船激动人心地咆哮着。第七个样本又是没用的。

他留下了第六个样本，把其余的都扔掉了。这块金属的直径大概有 12 个单位长度，差不多可以满足他的要求。它像是深色的铜，但是不像铜那么软，也不像铜那么重。它很硬，富有弹性，很轻，就像电话线。如果下面有至少 1 000 码这种线，如果他还能想办法把它拖到飞船上来，再如果那个金色的东西不会再过来搞砸他的工作，他就能自由自在地飞了。之后他会去一些有文明存在的地方——如果他能找得到的话。未来要基于一系列可怕的"如果"所组成的集合。

要把他需要的宝藏打捞到飞船里，最简单也是最明显的方法就是在屋顶上打个洞，通过洞口降下来一根绳索，用飞船里小小的绞车把电线给拉上来。问题在于怎么在没有合适的爆炸物的情况下打洞。答案是先在屋顶上钻个眼，在里面塞入从手枪子弹里取出来的火药，祈祷一下，然后用电子打火装置引爆火药。他用手钻试了一下，钻头很快就弯了，就像在钻一块钻石。他拿起手枪，冲着屋顶开了一枪。伴随着尖锐而猛烈的爆裂声，子弹爆炸了。弹壳的碎片发出尖啸，弹向天空。屋顶上子弹打到的地方留下了一块爆炸产生的黑点，以及一些细小的擦痕。

除了下到屋里，用肩膀扛起尽可能多的战利品之外，没有别的方法能得到那些电线了。他立刻开始行动。不久后黑夜就会降临，他不想在黑暗之中遭遇那个金色的东西。在光天化日之下或者在建筑内部诡异的绿色光辉中看到它就够要命的了。他在黑夜中费力地扛着电线走的时候，那玩意偷偷溜到他背后，这种场面他都不敢想象。

他锁上飞船，把劳拉留在里面，回到建筑物里，走过几英里的箱子和文件柜，走到后面的机器区。一路上，他没有停下来去研究任何东西。他不想研究任何东西。他只在意那条电线。另外，关于那些寻常电线的寻常想法并不会让他分心去想别的事，直到他难以集中精力的时候。

然而，在寻找电线时，他的思维仿佛在燃烧。他的一半思绪因为警戒而敏感暴躁，因为他担心那根金色的柱子会突然回来。他的另外一半思绪因为可能脱离困境而兴奋到似乎要燃烧起来的程度。从表面上看，他的行为没有表现出这些想法，他沉着冷静、信心十足、有条不紊。

十分钟之内他就找到了一大圈那种看起来像铜一样的金属线。那是一个巨大的椭圆形线圈，上面残破不堪，就躺在一个被拆开的机器旁边。他试着去搬它，但是没办法挪动哪怕一英寸。这东西太大了、太沉了，一个人没办法搬。为了把它搬到屋顶上，他得把它切开，来回搬四次——而且它里面的一些线圈是熔在一起的。线圈离飞船这么近，要搬过去却显得这么远！自由依赖于他能不能把一大团金属垂直挪动 1 000 英尺。他咕哝着对自己说出了几个劳拉常说的单词。

尽管已经准备了线缆切割器，他还是停下来想了一下，决定在做这项工作之前再看看更远的地方。这是个明智的决定，为他带来了回报，因为他在仅仅 100 码之外就发现了另外一个形状不同的线圈。这个线圈如同车轮，完好无缺，易于解开。这个同样太重了，搬不动，他用上了吃奶的力气，肌肉咯咯作响，把线圈竖了起来，边缘着地。他开始推着它走，就像推一个巨大的轮胎。

他不得不停下来好几次，把线圈靠在附近的箱子上，休息一小会儿。最后一次，靠着的箱子在线圈沉重的压力下摇晃着，箱子里面那只像是发着光的蜘蛛的生物在刹那间似乎拥有了生命。他不喜欢蜘蛛，在它晃动的时候，他弹了起来，鼓起残存的信念，向前滚动线圈。

他把战利品滚出巨大的出口并来到斜坡底部时，紫色的光带又一次从地平线上缓缓升起。他在这里停下来，用切割器把电线切断，把松开的一端拿在手里，带着它爬上了斜坡。直到他走到飞船处，电线都一直能毫无障碍地从线圈上解开。他把电线接到绞车上，把战利品卷进飞船，又卷到引擎的进料轴上。

夜晚突然降临了。当他仔细地把电线的一端穿过自动进料装置、插入金斯顿-凯恩原子力引擎的进料口时，他的双手微微颤抖，但是他鹰一样的面孔坚定而淡然。这个活干完后，他滑开劳拉的舱门，给了它一些他们在奥罗星的树上摘来的水果。它带着病态接受了水果。它看上去仍然显得闷闷不乐，不想说话。

“待在里面，宝贝儿，”他安慰道，“我们就要离开这里回家了。”

他把它关在里面，爬上控制席，打开了船头的灯光。他看到光线刺穿黑暗，照亮了对面的悬崖。之后他踩下增能器，预热喷气管。它们发出的轰鸣声粗暴猛烈，令人安心。在推力超出 70% 的情况下，他做任何调节时都必须非常仔细：当成功触手可及时，可不能把飞船的船尾给烤化了。他还有一种不可思议的焦躁感，似乎能感受到他经历的每一分钟，啊，应该说是每一秒钟！

但是他控制住了自己，加热文丘里管，谨慎地让右舷操控喷射器喷出气体，看着悬崖从旁边滑过。此时飞船以船的中部为中心转着弯。飞船又喷出一股气体，之后又是一股，他操控飞船，正对着前面屋顶的边缘。在面前的昏暗之中似乎有一片暗淡的光晕，他关闭船头灯光，想更仔细地研究一下。

那是一股暗淡的黄色雾气，在对面的山坡边上闪着光。他愣愣地看着这团雾气，双眼圆睁，简直要瞪出眼眶去，双手僵在了操控器上，后背冒汗。在他后面，在旅行隔间之中，劳拉彻底沉默不语，甚至都没有心神不宁的踱步声，它以前习惯于踱步的。他怀疑它已经缩成了一团。

他的意志从没有这么坚强过，他推动控制器，调整了几个等级。船尾喷出的火焰伸长了。飞船伴随着一阵从头到尾的抖动，缓缓向前移动起来。史蒂夫用尽全身的力气，强迫自己不受控制的双手给了飞船起飞的推动力。伴随着悬崖反射回的猛烈巨响，这艘小飞船带着一段火焰组成的弧光猛冲向天空。史蒂夫透过有机玻璃圆顶向外看去，在零碎而扭曲的一瞥之中，他看到了那根巨大的金色柱子正庄严地越过山顶向前挺进。下一个瞬间，它就远远地落在了船尾后面，他的征途现在是群星。

强烈的轻松之感从他的灵魂深处浮现，尽管他也不知道之前在害怕什么。但是那种轻松的感觉就在心中。他再也不用担心被困在什么地方或者要困多久了，这太棒了。不知为何，他确信只要沿着一段广阔而平缓的弯曲路线巡航，就迟早会碰到一个探测用的节律性标记物。而一旦他找到了节律性标记物，不论它究竟来自何方，它都会带着他走出星际迷宫。

幸运伴随着他。事实证明这种乐观的预感是正确的，因为在巡航的第 27 天，他还穿行在完全陌生的星座之中。就在此时，他看到了海德拉三号星暗淡的律动。这个律动就是他的宇宙灯塔，引着他回到家乡。

他释放着自己的情绪，大声狂呼道：“耶！”他以为只有劳拉听到了他的声音——但是别的地方也有某个东西听到了他的声音。

回到奥罗星。在那座巨大的工厂中，那个金色的巨物突然停了下来，似乎在听着什么。之后它悄无声息地沿着宽阔的走道滑行而过，到达文件归档系统。一个小柜子打开了，露出两片玻璃片。

片刻后，玻璃片接触到了奥罗星上那奇异而闪烁着的物体，上面被蚀刻出一排小圆点。它们被放回文件柜中，柜门关上了。金色的、体内封着的星星的发光之物安静地滑行而过，回到机器区。

某个更接近神的东西草草写下了笔记。没有任何更低级的生命能够把笔记翻译出来，或者推断出它们的全部含义。

以最简化的形式来说，一片玻璃片上大概写着："两足，直立行走，粉色，P.739 型智人，植于索尔三号星，BDB 凝结臂——中度成功。"

类似地，另外一片玻璃片上大概记录着："扑翼，大型，钩状喙，多种颜色，K.8 型金刚鹦鹉，植于索尔三号星，BDB 凝结臂——中度成功。"

但闪闪发光的收藏爱好者已经忘了这份临时笔记。他正在把他的生命精华吹进一只镶着宝石的飞蛾体内。

（赵佳铭　译）

流星及其它星辰

第二次世界大战结束后，《新世界》立刻复刊并出版了三期杂志。特德·卡内尔曾在1939年编辑发行了四期《新世界》，并在1940年计划出版另外三期，但出版商此时倒闭。1940年，卡内尔加入英国皇家炮兵团并服役至1946年。他很快就找到另外一家出版商出版了三期杂志，两期出版于1946年，一期出版于1947年10月，而后此出版商也破产了。

问题部分来自销量不足。在英国，潜在读者群体更小，读者也更不熟悉科幻小说。麦克·阿什利在《科幻小说、奇幻小说与怪奇小说杂志》一书中提到，1946年出版的第一期《新世界》共印刷15 000本，售出3 000本。第二期全数卖完，而且第一期杂志在用第二期的封面重新装订后卖得好多了。但与此同时，《惊奇故事》在美国售出15万到18.5万本（当时正是谢弗之谜事件[1]的论战期），《惊

1. 谢弗之谜是有关《惊奇故事》杂志的一系列事件，涉及到阴谋论和都市传说。1943年，美国艺术家理查德·谢弗写信给《惊奇故事》杂志，声称他发现了一种叫做“Mantong”的远古语言，且此种语言是地球上所有语言的源头。谢弗之谜在美国风靡一时，甚至有主流媒体进行了报道，杂志社也收到了来自全美各地的关注以及批评，在许多地区还有人成立了“谢弗之谜俱乐部”，《惊奇故事》杂志的销量因此大增。

异科幻》售出约10万本。

1949年，《新世界》终于又有两期杂志在新成立的新星出版社旗下出版。1950年，《新世界》成为一份规律出版的季刊，后来又转为双月刊和月刊。它成为了英国科幻发展的核心，但是它并不孤单。1951年，《真科幻》开始了它坎坷的发展之路，它有时是长篇小说的出版载体，有时又是一份杂志。1957年，《真科幻》在出版了85期之后停刊。唯一一份在苏格兰出版的科幻杂志《星云》创刊于1952年。它吸引了许多知名作家，并培养了许多新人作家。《星云》在大不列颠的读者只占它所有读者的四分之一，其他读者来自美国、澳大利亚和南非。在1959年停刊之前，它共出版了41期。1950年，《新世界》的伙伴杂志《科学幻想》创刊，沃尔特·吉林斯出任编辑。他在此之前曾经于1937年到1941年间编辑过16期《奇谭》并在1946年到1947年间编辑过3期《幻想》。《科学幻想》在不久后就由特德·卡内尔接手，此后该杂志接收了更多有着奇幻背景的故事，直到1966年停刊之前共出版了81期，并在此过程中收获了极高的声誉。1964年，在该杂志停刊前，凯瑞尔·波费格里接任编辑。此时迈克尔·摩考克也接过了特德·卡内尔《新世界》杂志编辑的职务。卡内尔编辑的另一家杂志《科幻冒险》于1958年创刊，它在一开始只是作为同名美国杂志的重印版本，但是当该美国杂志停刊后，这家英国杂志选用新的内容继续出版到1963年。

然而，很多英国作家仍然瞄准美国市场，并用熟练的技巧和老到的经验给读者以惊喜。有些人有着很长的写作生涯，而另外一些只写了几年的科幻作品，或者只写了几部作品，比如20世纪30年代，命运悲惨的美国作家斯坦利·温鲍姆。彼得·菲利普斯（Peter Phillips）就是这样的作者。他的处女作《梦是神圣的》（“Dreams

Are Sacred”）发表于 1948 年 9 月的《惊异》杂志，这也一直是他最知名的作品。

菲利普斯不是一位多产作家。截至 1949 年底，他在《惊异》杂志发表了 3 篇短篇小说。截至 1958 年，他一共发表了 20 篇短篇小说，其中 4 篇发表于《银河》杂志，3 篇发表于《新世界》杂志，而后他就在科幻界销声匿迹。当然，他其实从未真正意义上在科幻界出现过。早期的科幻爱好者所著的索引中从未提到过他，包括塔克的《百科全书》。戴在他所著的《1926 年至 1950 年间的科幻杂志索引》中注释称，他没有找到任何关于菲利普斯的信息，并认为这个名字可能是齐夫-戴维斯公司——《惊奇故事》杂志的出版商——所使用的化名。尼古拉斯在 1978 年编纂的百科全书中简要地提到，菲利普斯生于 1921 年，是一位英国新闻工作者和作者。

在菲利普斯的小说出版后，出于各种目的（尤其是出于恢复理智的目的）而进入梦境之中的创意成为科幻小说常用点子库中的一个。尤其值得注意的是罗杰·泽拉兹尼（Roger Zelazny）获得 1965 年度星云奖的中篇小说《造梦之人》（“He Who Shapes”），该小说在 1966 年被扩写为长篇小说《造梦师》（*The Dream Master*）。1955 年，精神病学家罗伯特·林德纳以《五十分钟一小时》（*The Fifty-Minute Hour*）为题发表了他小说化后的病历。其中的一段病历叫作“喷气式沙发”（The Jet-Propelled Couch），其内容是关于一位科幻小说作家的。这位作家开始相信他自己想象出来的世界真实存在。林德纳成功的治疗方法中就包括这样的情节：自己进入作家的想象世界并差点陷入其中，最后打破幻境使自己和作家重获自由。

（赵佳铭　译）

梦是神圣的

彼得·菲利普斯

7 岁时，我读了一篇鬼故事，之后就做了噩梦，我絮絮叨叨地把噩梦讲给爸爸听。

“他们是冲我来的，爸爸。”我啜泣道，“我跑不了，也没办法阻止它们，那些长着尖牙和大爪子的大家伙，它们和书里面的画一模一样。我也没办法让自己醒过来，爸爸，我醒不过来。”

爸爸小声诅咒了几句把这种书放在孩子身边，让孩子能捡起来看的人。之后他用大大的手掌温柔地牵起我的手，把我领到一片六英亩的草场上去。

他是个睿智的人，对那些泥土所赋予人类的动机[1]有着精明的洞察力。他亲近大自然，同时也亲近人类的心灵和思想，因为所有人最终都要依靠美丽的大自然来获取食物，获取生命力。

他坐在一截树桩上，给我看一把大手枪。现在我知道那是一把很重的柯尔特点四五[2]手枪。在儿时的我眼中，那东西威力无边。我

1. 与中国神话中女娲用泥土造人类似，在西方基督教的观点之中，上帝也是用泥土创造了最早的人类亚当。此处“泥土所赋予人类的动机”也许典出于此。
2. 自动手枪型号，自 20 世纪初期起就是美军的代表性武器，直至 1986 年被取代。

之前也见过猎枪和运动步枪，但是这把枪是用单手握着开火的那种。天哪，它也太沉了。当爸爸教我怎么握住它的时候，它用不容置疑、冷酷无情的重量把我纤细的胳膊一直往下拽。

爸爸说："这是个杀手，皮特。整个世界上都没有任何东西，甚至世界之外都没有任何东西，能不被比利这家伙射出来的子弹所阻止。它能杀掉狮子、老虎和人。哎呀，要是你瞄得够准，它能搞定一头正冲过来的大象。相信我，儿子，你在梦里见到的那些东西，没有比利阻止不了的。从现在开始，比利会陪着你进入梦里，所以没什么可怕的。"

他把这一点深深植入了我那善于接受一切的潜意识之中。半小时之后，那把柯尔特的后坐力让我的手腕疼得厉害，但我看到，沉重的子弹穿透了两英寸的柚木木料和软钢板。我顺着枪管瞄准，扣动扳机，感觉到后坐力撕扯着我的胳膊，然后看到一个装小麦的袋子被射出拳头大小的窟窿。

在那天晚上，我睡觉时把比利放在了枕头下面。在我进入梦乡之前，我又感觉到了那冰冷而令人安心的枪柄。

当那些黑暗的怪物再一次出现时，我甚至还有点高兴。我已经准备好对付它们了，比利在那儿，比我醒着的时候要轻一些——或者在梦中我的手更大了——但是威力不减。比利怒吼着射出子弹，两头黑暗的怪物身体扭曲，倒在地上，其他怪物转身逃跑。

我大笑着追赶它们，在它们屁股后面开着火。

爸爸不是精神科医生，但是他找到了治疗恐惧的完美解药——将基于经验的常识性概念投射到潜意识之中。

20 年后，相同的原理被科学地用在对马舍姆·克拉斯威尔的治疗之中，为了拯救他的理智——也许还为了拯救他的生命。

"你一定听说过他吧？"史蒂芬·布莱基斯顿说。他是我大学时的一个朋友，主修精神医学。

“略微有那么点印象。”我说，“科幻小说、奇幻小说……我读过一点儿，疯疯癫癫的。”

“不是这样的，那是些好东西。”史蒂夫[1]的手挥过那些书架，我们正在他的私人办公室中，这间办公室位于纽约州新成立的盘特根精神治疗医院。“我是个科幻迷。”他直率地说，“你会说我疯疯癫癫的吗？”

我收回了那句话。我只是个体育专栏作者，但是我知道布莱基斯顿是两个领域的顶尖人物——精神疾病和电击疗法。

史蒂夫说：“当然了，有些小说里面的专业知识都过时了。但是总的来说，他的小说写作水准很高，而且其中的思想发人深省。十年来，马舍姆都是这个领域最为多产而且受欢迎的作者之一。

“两年前，他患上了重病，没等自己彻底痊愈就又全身心投入到写作之中。他想达到他先前的写作速度，而且他越来越倾向于创作纯粹的幻想小说。有些作品很出色，但有时他也会创作出纯粹的垃圾。

“他逼着自己的想象力不断运转，给自己规定了例行的写作字数。他的压力太大了，就突然崩溃了。现在他就在这儿。”

史蒂夫站起来，带着我离开他的办公室。“我会带你去见他。他不会看到你的，因为正是他对于想象力的自我控制崩溃了——他的想象力正在纵情驰骋，他现在并不是在写小说，而是活在了小说之中——对他来说，他已经字面意义上地活在了小说之中。

“遥远的世界、奇怪的生物、怪异的冒险——他聪慧的头脑想象出翔实的幻境，创造了极为复杂的世界，驱使着他进入癫狂状态。

1. 史蒂芬的昵称。

他从残酷而紧张的现实世界中逃离，进入了梦幻的世界。但是他可能把这个世界创造得太真实了，真实到足以杀了他。

“当然，他是梦中的英雄。”史蒂夫继续说着，打开了一扇私人病房的门，“但即便是英雄，有时候也会死的。我担心的是他潜意识中活跃的病态想象力不断运转，在他所处的梦幻世界引发一些情况，在这些情况中，英雄一定会死。

“你可能知道，巫术蛊惑人心的魔力很大程度上就是通过想象力来起作用的。一个人想象自己被足以致死的魔咒缠身——那他就会死。如果马舍姆·克拉斯威尔想象他所创造出来的某个奇异的东西杀了梦中的英雄，也就是他自己——那他就再也不会醒来了。

“药剂对他没有效果。听——”

史蒂夫在马舍姆床铺的另外一边看着我。我弯下腰来，去听作家那毫无血色的嘴唇中吐出的模糊不清的话语。

“……我们必须在伊斯塔克平原上努力搜索，找到无上宝钻。我，穆尔坦，现时掌控神剑之人，要领导汝等。因为我们必须杀死极恶巨蛇，而只有借助无上宝钻的力量，我们才能彻底将它永囚于死境。跟我来。”

克拉斯威尔那一直虚弱无力地平摊在床单上的右手扭动了一下。他正在召唤他的追随者。

“他说的还是巨蛇和宝钻？”史蒂夫问道，“他已经在那个梦里过了两天了。只有当他以英雄的身份说话时，我们才知道发生了什么。他的话通常莫名其妙，有时候会透露出一星半点的意识，然后挣扎着要醒过来。看着他在那里扭来扭去，试图把自己拽回现实之中，非常可怕。你有试图把自己从噩梦之中唤醒但却失败了的经历吗？”

此时我想起了比利，那把柯尔特点四五手枪。回到史蒂夫的办公室之后，我对他讲了手枪的事情。

他说："没错，你爸爸的想法是对的。实际上，我也正希望能借助一种采用相同原理的方法来挽救马舍姆。为了实现这种疗法，我需要一个人跟我合作，一个能把生动的想象力和严谨的实践能力结合起来的人，一个有着野兽般的直觉，以及幽默感的人。是的——我说的就是你。"

"啊？我怎么能帮得上忙呢？我甚至根本不了解这个人。"

"你会了解的。"史蒂夫说，他这句话说得意味深长，让我浑身一颤，就像有冰水顺着我的后背淋下来一样，"你要接近马舍尔·克拉斯威尔的内心，比任何两个人内心之间的距离都要近。

"我会把你——本质意义上的你，也就是说，你的思想和个性——投射到克拉斯威尔正在受折磨的大脑之中。"

我睁大眼睛，随后用拇指指了指一排排杂志组成的书墙。"太不着边际了，史蒂夫老兄。"我说，"你需要喝点什么。"

史蒂夫点上烟斗，两条长腿顺着椅子扶手垂下来。"我说的不是神迹或者巫术。你爸爸把手枪放到你的梦中，让你不再害怕，基本上来说，我打算做的事情并不比这更有超自然色彩。它只不过是在科学的角度更为复杂而已。

"你听说过脑电图仪吧？你知道的，它能获取大脑表面神经电流的信息，把它们放大并且记录下来，显示出精神活动的强度——或者精神活动的缺失。它没有办法显示出精神活动的种类或者质量，除非我们用非常泛泛的说法去描述。有时候，我们可以通过图像对比，结合一些其他统计学方法去分析数据，并做些事情，比如诊断早期精神病。但是这就是它能做的一切了——直到我们在盘特根这儿继续研究这种技术之前。

"我们改进了信息收集装置的穿透力和感应力，还细化了选择灵敏度，直到我们能够检测大脑中任何已知的区域。我们想要在组成思维图景的数以百万计的微小电流之中找到一个可以识别的波形，这样一来，如果实验对象想到什么东西——可能是一个数字——仪器就会做出相应的反应，给出一个波形，每次他想到这个数字，该波形都会再次出现。

“当然，我们失败了。大脑的主要部分是整体运作的，无论是简单还是复杂的思维图景，都不是由哪个单独的部分负责，而是一个区域的活动诱导出许多其他区域的活动——除了那些处理自发冲动的区域。所以如果我们想要得到某种波形，我们需要数千个信息收集装置——实际上这并不可能。这就好像我们把每一个微小的针脚放到显微镜下面，试图去推测一件彩色毛衣的图案一样。

“荒唐的是，我们的机器太精细了，只能探测大脑中的一个区域。我们需要的不仅仅是一根探针，而是一种能把一切都包括在内的探测场，能同时容纳组成思维波形的大量电流。

“我们找到了这样的场，但是没有进一步的进展了。从某种意义上说，我们回到了原点——因为要分析探测场探测到的数据，就必须要用到上千台复杂的仪器。我们得到了更多的数据，但是却没有办法分析它们。

“只有唯一的一种仪器，足够灵敏、足够复杂，能做到这一点——那就是另一个人类的大脑。”

我挥挥手打断了他。“我明白了。”我说，“你们搞了一个思想阅读器。”

“远远不止。有一次我们测试它的时候，一个工作人员偶然增加了探测场的极性反转，也就是频率。我是分析者，实验对象处于麻醉状态。

“我没有‘听到’他思维中那些阴沉模糊的片段，而是成了其中的一部分。我在那个人的大脑之中。这是一个噩梦的世界。他不是那种思维清晰的人。我有着很清楚的自我意识……他在苏醒过来后向我直冲过来，说我擅自闯进了他的脑袋里。

“而马舍姆就是完全另一种情况了。他在昏迷中所处的梦境世界是非常详尽的，和他过去经常给读者所构造的梦幻世界一样真实。”

“等等。”我说，“为什么你自己不去偷窥他的梦呢？”

史蒂芬·布莱基斯顿微笑了一下，大大的灰色眼睛冲我抛出一个激情洋溢的眼神：“有三个很好的理由。第一，我已经沉浸在他梦中的那些事物之中很深了，如果我和他走得太近，我有被他同化进梦境的风险。他需要的是有益剂量的常识。你就是那个可以给他常识的人，你这个玩世不恭的老酒鬼。

“第二，如果我的思维在他的想象之下屈服了，我就没办法在这儿救出我自己。第三，当他醒来时——如果他能醒来的话——他会想杀了那个曾经混进他梦中的人的。你可以赶紧溜走，但是我想留在这里看结果。”

“等一下，我猜，有没有可能我醒来之后发现隔壁病房就有张病床是给我准备的？”

“除非你让自己的思维败下阵来，否则就不会的。而且你也不会失败的。你有坚定如铁、不易受骗的复杂性格。就按照你一直不拘于世俗的方式随便干点什么。你自己的想象力就很棒了，这是我从你近来的一些拳击报道中判断出来的。”

我站起来，礼貌地鞠了一躬，说道：“谢谢你，我的朋友。这提醒了我——我还要报导明晚在大花园[1]举行的那场盛大的拳击比赛。我需要睡觉了，现在很晚了。再见。”

史蒂夫站起身来，在我前面跑到了门口。

---

1. 麦迪逊广场花园，又被称为“大花园”，位于美国纽约的著名体育馆。

“请帮帮忙。”他说道，并且开始说服我。他确实可以说服我，我也没有办法躲开他的那双大眼睛。他还是——或者曾经是——我的好哥们。他说这不会花太长时间的（和牙医的说辞一样），而且他反驳了我想出来的每一条“如果”。

十分钟后，在安静不语、脸色苍白的马舍姆·克拉斯威尔躺着的床旁边，摆上了一张相同的床，我躺在上面。史蒂夫弯下身子，在作家的脑袋上调整一个铬钢所制的碗状物，就像一台烘发机。一个工作人员也用同样的方式调整着我身上的仪器。

电线从碗状物上接出去，接到头顶一个可以移动的悬臂上，从那里又接入一台有轮子的机器，那台机器看起来就像来自2000年世界博览会上的古怪科学组。

我脑海中塞满了问题，但是问出来的唯一一个问题似乎相当无关紧要。

“我应该和那个人说什么？‘早上好，今天你的一切琐事是否进展顺利？’我需要做个自我介绍吗？”

“就说你叫皮特·帕内尔，之后你就可以即兴发挥了，”史蒂夫说，“等你到了那里就明白我的意思了。”

到了那里，我突然意识到，我这是要去某个疯子的脑壳里来一次旅行。我的胃收缩起来，缩成了垒球大小。

“这种拜访应该穿什么衣服比较合适啊？正装？”我问道。至少，我觉得我说了这句话。它听起来不像是我的声音。

“穿你喜欢的就行。”

“啊——嗯。那我怎么知道我什么时候该结束这趟行程呢？”

史蒂夫转向我这边。“如果你在一个小时之内没有让克拉斯威尔脱离梦境，我就切断电流。”

他退回到机器旁边。“做个好梦。”

我发出了一阵呻吟。

天气炎热。似乎两个炎热的夏季叠加在一起了。不对，真有两个太阳，血红色的太阳，在黄铜色的天空中明晃晃地挂着。脚下的地面本应该是凉爽的——软软的绿色草皮，如同台球桌上的绿色绒布一样平滑柔顺，直到天边。但那不是草，是灰尘，灼热的绿色灰尘。

角斗士站在10英尺之外，难以置信地瞪大眼睛。他至少有6英尺4英寸高，有着粗壮的、古铜色的四肢，肌肉虬结，右手握着一柄长长的闪着寒光的剑。

但我不会认错他的脸的。

我很好地控制住了自己想笑的冲动。

“天哪！”我说道，“你晒黑得也太快了！几分钟前你还和床单一样白。”

角斗士遮住眼睛，挡住空中两个太阳发出的强光。“这是不是魔法师伽罗尔派来的又一个傀儡，来让我发疯的——又一个来到伊斯塔克平原上的土元素精灵？或者我是不是已经——已经发疯了？”他的嗓音比现实中低沉，但是显得非常自然。

我的嗓音还相当正常。实际上，在做了一些初步的努力之后，我感觉一切正常，除了太热了。

我说：“在我来的那个地方，这种消息正在流传——你正在发疯。”

你知道那种半梦半醒的状态，就像是快要睡着的时候。在这种状态之中，你可以在某种程度上控制你自己想象出的场景。这就是我感觉到的。当史蒂夫说我可以即兴发挥时，我就凭直觉认识到了这一点。我朝下看去，我穿着花呢外套、粗革皮鞋——当然了，这就是我上次打量自己的穿着时穿的衣服。我没理由觉得我穿着其他任何衣服——因此就没有穿着其他衣服。但在这种由马舍姆·克拉斯威尔的想象所创造出的炎热之下，我暗暗想着似乎应该穿点更凉快的衣服。

也许应该穿上和他的角斗士制服一样的衣服吧。

凉鞋——这就很好。我的脚现在就穿上了凉鞋。

之后我大笑起来。我差点儿就犯了一个错误——接受他的想象。

“你介不介意我关掉那些太阳中的一个？”我礼貌地问道，“有点儿热。”

我狠狠地瞪了一个太阳一眼。它消失了。

角斗士举起他的剑。“你是——伽罗尔！”他大喊道，“但是你的巫术在神剑面前没用！”

他向前冲来。闪亮的剑锋划开空气，朝着我的脑壳劈过来。

我的大脑飞速运转着。

哨 的一声，那把剑猛地砍在我的军用头盔上，砍出了一道痕迹。上次我在阿尔贡[1]戴过这件看上去普普通通的坚硬装备，我知道它能挡住这么一把剑。我摘下了头盔。

“现在听我说，马舍姆·克拉斯威尔。”我说，“我叫皮特·帕内尔，是《周日星报》的，而且——”

克拉斯威尔顺着他的剑看过来，胸口起伏，受惊的眼神突然明亮起来，似乎认出了我。“等等！我知道你是谁了——奈尔培·雷特普，七月之境的勇者，来和我并肩战斗，击败极恶巨蛇和他那邪恶的门徒、魔法师和女巫伽罗尔。欢迎，我的朋友！”

他伸出一只巨大的古铜色的手。我握了握他的手。

很明显，他没有办法让我的存在变得合理——或者变得不合理，

1. 美国多地以及法国均有以此为名的地点。

他把我写到了他梦中的情节里了！好吧，截至目前，一切都还挺有意思的。我就这么跟着他的思路走一会儿，我的想象力还没输过呢——目前。

克拉斯威尔说："我的众多追随者，青之丘上有着坚强心灵的多克人刚刚在一场血腥的战役中被残忍杀害。在我们寻找无上宝钻的旅途之中，我们要勇敢面对伊斯塔克平原上数不尽的危机——但是当然，这些你都是知道的。"

"当然了。"我说，"现在我们做什么？"

克拉斯威尔突然转过身，指着一个地方。"那里，"他喃喃地说，"恐惧之景震慑心灵，即便是我的心灵——伽罗尔返回了战场，率领着可怕的拉克洛斯军团，那些来自外域的野兽与天外来客结合成邪恶的共生体——它们能防御人类的攻击，但是无法防御神剑，也无法防御七月之境的奈尔培的强大武器。我们应该凭借一己之力和它们战斗！"

有一群，呃，怪物，穿过绿色尘土铺成的广阔平原，向我们驰骋而来。我难以用词语来完全描述克拉斯威尔的想象力。庞大的、微微发光的东西，流着黏稠的脓状涎水，一半是飞着，一半是大步跑着。我有充足的理由说我要找一个脸盆来呕吐。我找到了一个脸盆，还齐全地配着毛巾和香皂。但是我推开了它，盯着一小片绿色的尘土，努力地想着。

在我做好修正之前，电话亭的轮廓还有点微微晃动。我冲进去，拨了号。"警察总署吗？派一拨防暴队来——快来！"

我走出电话亭。克拉斯威尔在脑袋周围挥舞着神剑，面对那些汹涌而来的怪物高喊着战吼。

警笛的尖啸声从另外一个方向传来，越来越大。6 辆质地优良、坚固结实的巡逻车停在电话亭外，卷起一阵尘土，发出尖锐的刹车声。纽约的警车已经在我的思维中扎了根，我不用很费力地思考就可以搞出一辆。警车就应该是这样的。从车里下来的第一个人跑到我旁边，扶稳警帽。他就应该是这样的。

迈克尔·奥法林，我认识的块头最大、最结实，人也最好的警察。

“迈克[1],”我说，指向那些怪物，“搞定它们。”

“没问题，对我带来的兄弟们来说，这简直小菜一碟。”迈克紧了紧他的皮带。

他开始部署他的下属。

克拉斯威尔看着这群警察扇形铺开，接过对付怪物的任务，之后摇摇晃晃地朝着我走回来，手挡在眼睛上。“疯了！”他喊道，“这是什么疯玩意儿？你这是在干吗？”

有那么一会儿，整个场景似乎都晃了晃。孤独的红色太阳闪烁着，绿色的沙漠变成了一种模模糊糊的透明体，一瞬间，我透过它瞥见了白色的床铺，有两个人躺在上面。之后克拉斯威尔拿下了挡在眼睛上的手。

怪物在距离防暴队 20 码左右的地方开始变小。等到它们冲到警察那里时，也就是普通人的大小了，而且还很服从纪律——这是敲在它们长着角的脑袋上的警棍的效果。警察把它们塞进警车里，警车重新发动，在平原上飞驰而去。

迈克尔·奥法林留了下来。我说：“谢谢，迈克。明天晚上有场盛大的拳击比赛，我可能有几张多余的票。回头见。”

“我正想要呢，皮特。我明儿休假。现在我要怎么回家呢？”

我打开电话亭的门。“回家的路就在里面。”他走进电话亭。我

1. 迈克尔的昵称。

转向克拉斯威尔。

“噢，奈尔培，真是强大的魔法啊！”他大喊道，“你派自己的怪物去对付伽罗尔的怪物！”

他已经把整件事都编到了他的情节之中。

“来自七月之境的奈尔培，我们现在必须向前进发——去极恶巨蛇之堡，要在灼热的伊斯塔克平原上跋涉 1 000 洛克斯盘[1]。”

“那无上宝钻呢？”

“宝钻？”

很明显，为了把我容纳进梦境之中，他已经偏离得太多了，偏离了自己之前的想象，以至于彻底忘记了能杀死极恶巨蛇的无上宝钻。我没有提醒他。

但是，在灼热的平原上走 1 000 洛克斯盘听起来有点远，不管洛克斯盘是什么。

我说：“克拉斯威尔，为什么你这么难为自己呢？”

“吾之姓名，”他用一种极为高贵的语气说，“乃穆尔坦。”

“穆尔坦、苏尔坦[2]、沙什里克[3]、迪基达姆[4]、哈姆安艾格[5]，或者你想用其他什么高贵冷艳的多音节名字来称呼自己——我还是想问，附近有这么多出租车，为什么你这么难为自己？吹声口哨就好了。”

我吹了声口哨。紫色的出租车开了过来，细枝末节都完美无瑕，包括一位虎背熊腰、胡子拉碴的司机，酷似那天晚上送我到盘特根的那位粗鲁无礼的大猩猩。

这样一位司机开着一辆纽约市紫色出租车，整个世界上都找不

1. 虚拟长度单位。
2. 信奉伊斯兰教地区的常见名，同时也有“苏丹”的意思。
3. 原意为俄罗斯羊肉串。
4. 疑为作者捏造的单词。
5. “火腿配鸡蛋”拼到一起的单词。

到这么平凡至极的事情了。这个场面搅得克拉斯威尔心烦意乱。当他努力把这辆出租车容纳进梦境之中时，绿色的平原又一次摇晃起来。

“多么新奇的魔法啊！你的确很厉害，奈尔培！”

他上了车。但他浑身颤抖，努力想要维持这个世界的框架——他藏身其中的世界。他对抗着我的行动——我故意在他眼前试图破坏这个世界，并且想让他恢复到无趣但却理智的正常状态。

此时，我对他产生了一种奇怪的歉意。但是我意识到，也许在给他泼冷水让他的思维冷静下来之前，我只能先允许他那创造性的想象力达到最高峰，这样我才能把他飘逸的自我意识拉出梦境。

这是个危险的想法。对我来说很危险。

克拉斯威尔的 1 000 洛克斯盘似乎等价于十个街区那么远。可能他想要掩盖乘坐出租车旅行的那种平凡到近乎真实的感觉。他指向前方，手伸过司机的肩头，说道：“这就是极恶巨蛇之堡！”

我觉得那东西看起来非常像达利[1]用红色塑料设计的结婚蛋糕：十层高，每一层都像是半英里厚的大盘子，每一个大盘子都比下面的大盘子尺寸小一些、位置偏一些，整栋建筑螺旋着伸向明亮的天空。

出租车驶入城堡的巨大阴影之中，在最底层的大盘子的外墙下停住，墙壁如同陡峭单调的悬崖一般。最底层的大盘子直径大概有 2 英里，或者 3 英里，或者 4 英里。对于梦中的人来说，一两英里的差距又算得上什么呢?

克拉斯威尔快速下了车。我在司机的那一侧下了车。

司机说：“1 美元 50 美分。”

看着司机没剃胡子的方下巴、低矮的额头和帽子下面脏兮兮乱

1. 西班牙画家，作品常常具有浓厚的超现实主义风格。

蓬蓬的红色头发，我说：“路这么短，要的价也太高了。”

“看看这都几点了。”他吼道，扭着肩膀，“你是不是想让我下车去拿钱啊？”

我亲切地说：“下地狱去吧。”

出租车和司机穿过绿色的沙子，以高速电梯的速度直线下坠。洞合上了。我已经很多次想做这事了——

克拉斯威尔张着嘴，吃惊地看着我。我说：“对不起，现在我也开始逃避现实了。继续你的剧情吧。”

他喃喃地说着一些我没听清的话，大步走向红色的墙壁。墙上裂开一条缝隙，露出里面有着宏伟大门的集会厅。他举起剑。

“开门，伽罗尔！你的死期到了。穆尔坦和奈尔培在此，我们将直面这座城堡的恐惧之物，把世界从极恶巨蛇的暴政之中解放！”他用剑柄捶打着裂缝。

“别喊这么大声。”我小声说，“你会把邻居都吵醒的。为什么不按一下门铃呢？”我用大拇指按了门铃。高大的门摇摇晃晃地缓缓开启。

“你……你之前来过这里——”

“是的——就在上次我吃龙虾晚餐之后来过。”我鞠了一躬，“你先请。”

我跟着他走进一条隧道，隧道很宽阔，墙壁发着荧光，响着回声。大门在我们身后关上。他停下来，盯着我看，眼中闪着奇怪的光芒——一丝理智的光芒。他的嘴唇透露着愤怒，这是对我的怒气，而不是对伽罗尔或者巨蛇。

自我意识的方方面面都被人蹂躏，这可不是什么好事。自尊心是只猛虎——即便在梦中也是。史蒂夫给我讲解过，所谓的潜意识是大脑的一个功能或者说一种状态，而不是大脑中的一小部分。在阻挠克拉斯威尔的过程中，我所蔑视的不仅仅是他的梦，而是他的大脑，我在蔑视他智力上的完备性，嘲笑他作为一名想象力丰富的作家的能力。

我相信，在短暂的清醒时刻中，他已经相当清楚这些了。

他平静地说："你也有你的极限，奈尔培。你那双外斜眼对生灵的痛苦视而不见。对你来说，水晶一般的星辰如同淫妇裙子上的亮片。你嘲笑那些受到神灵祝福的非理性思想，而正是这些思想让生命超越了动物的本能，而不是从生到死都只在盲目乱爬。你撕碎神秘的面纱，但这不会摧毁神秘本身——因为有太多的神秘之物了。面纱数以百万计，在一个世界之中还有另一个世界，在一个世界之外也有另一个世界——你摧毁的是美。而在摧毁美的过程中，你也在摧毁你的灵魂。"

最后几个词尽管是轻声说出的，却被巨大隧道的弯曲墙壁所反射，一次又一次地重复回荡着，声音逐渐变大，又逐渐减弱；逐渐变得昂扬，又逐渐变得温和。声音汹涌而来，催眠一般地回荡着："摧毁你的灵魂，摧毁你的灵魂，灵魂——"

克拉斯威尔用剑指向我，声音中带着狂喜。"这里就有一层面纱，奈尔培——你必须撕碎它，免得它成为你的裹尸布！这层面纱就是迷雾——极恶巨蛇之堡中的意识之雾！"

我得承认，他让我头晕目眩了几秒钟。我感觉我被他制服了。我第一次了解到他作为文字艺术大师的能力。

我知道，我需要重新振作起来，这对我来说生死攸关。

一阵浓厚的灰色雾气旋转着，慢慢向我们包围过来。雾气充满了隧道，高及顶部。雾气中探出粗壮的、到处蠕动的触须。

"它会寻找生命，以此为食。"克拉斯威尔喊道，"它不会吃掉肉体，而是吃掉赋予肉体以生机的活力之源。我很安全，奈尔培，因为我拥有神剑。你的魔法能救你吗？”

“魔法！”我说，“能穿透8号面具的气体还没被发明出来呢。”

防毒气演习——先带上脸部面罩，然后在耳后把面罩绑好。不，我还没忘了这些老规矩。

我调了调面罩的位置，让它戴起来轻松舒适。“而如果那玩意不是气体的话，”我添了一句，“这家伙会搞定它的。”我在肩上摸到了那件东西，打开喷嘴，带着它摆好了“准备就绪”的姿势。

我只在训练时用过一次单人式火焰喷射器，但是那次经历深深铭刻在了我的记忆之中。

这只火焰喷射器还是豪华型的。第一轮油乎乎、火辣辣的喷射喷了足足30英尺远，迷雾蜷缩扭曲，又四散开来，正如同它聚集起来的方式一样，只是要更快一些。

我摘下面具。“你曾经在军队待过，克拉斯威尔。你还记得吗？”

闪烁着的半透明墙壁突然变得模糊了，透过墙壁，我瞥见史蒂芬·布莱基斯顿那张紧张的方脸，就好像在放电影时没有调好焦距的投影仪投射出来的特写镜头一样。

随后墙就重新成型了。克拉斯威尔仍然是他想象中的样子，身材高大，古铜色的手臂露在外面。他再一次盯着我，皱着眉头，一脸担忧。“噢，奈尔培，你说的话真奇怪，你似乎是神秘之物方面的大师，那些神秘之物甚至超出我的理解之外。”

我换了一副脸孔，体育栏目编辑质疑我的开销时，我就用这样的脸孔来应对——委屈和恳求的脸孔。“这是你的问题，克拉斯威尔，是你不想了解。你就是不想回忆起来。这就是为什么你在这里。但如果你对待生活稍微糊弄一点的话，你过得也并不差。为什么你不赶紧离开这里，来和我喝一杯呢？”

“我不明白。”他喃喃地说，“但是追随者，我们还有个任务要去完成呢。”之后他就大步走开了。

刚才说到“喝一杯”，这提醒了我。我的记忆可没什么问题。这个隧道和那片绿色沙漠一样热。我想起了一家很小的酒馆，就在苏格兰格拉斯哥市苏西豪尔大街尽头处，电车停车场后面。一位姜黄色胡须的老人，来自苏格兰高地的流亡者，听我热烈地评论某种苏格兰威士忌。“若汝情愿，贤友，汝可品尝吾窖藏佳酿。请啜饮此酒，小友——”之后他拿出一件古色古香的银制酒壶，往我的杯子里慷慨地倒了一大杯黄金威士忌。无论是之前还是之后，我都没喝过如此甘醇的美酒，直到此时，我正跟在克拉斯威尔的身后，走下隧道。

我几乎要把酒杯给想出来了，但我及时改变了想法，想出了那只古色古香的酒壶。我把它举到唇边。想象力真是个美妙的东西。

克拉斯威尔正在说话，我几乎要把他给忘了。

“……在疯魔之厅的附近，那里有扰人心智的奇怪音乐。那些诡异的和弦，先让人陶醉其中，之后就猛下杀手，次声波和超声波的混合会震碎你身体中的所有细胞。听！”

我们已到达隧道尽头，正站在一条斜坡的顶端。前面的路平缓地下降，并逐渐变得宽阔，一阵蓝色的烟雾笼罩其上，就像5 000万根香烟燃烧时释放的烟雾一样，充满了巨大的圆形大厅。烟雾随着肆意飘浮、粘滞迟缓的气流旋转、飘动。远处能看到一台复杂的设备，有一大堆管子和键盘，因为距离的缘故看起来很小，但是很明显这个设备硕大无朋。

即便把12台沃丽舍巨琴[1]合为一体，它在那台高大的乐器脚下也只会如同一架小钢琴那样渺小。

---

1. 美国鲁道夫·沃丽舍公司生产的巨型管风琴，包含4排键盘、1 000多个管道发声器以及大量的打击乐器。

乐器上有许多键盘。即便是离得这么远，我也能看到每一排键盘都配有至少 6 个操控者，那些操控者是一些有着许多肢体的生物——像是蜘蛛、章鱼或者像许多棒棒糖合起来的东西——我没有问克拉斯威尔应该怎么称呼这些生物——我在聆听着。

揭幕曲相当古怪，但是并没什么危害。之后的多重奏与和声的音量开始升高。我辨认出了双簧管和巴松管奇异而甜美的粗糙音色、1 000 台小提琴合奏出可怕而不断升高的刺耳之音、100 支恶魔之笛吹奏出的锐利尖声、许多大提琴共鸣的呜咽之声。够了，我确实爱好音乐，但这支疯狂的交响曲几乎让我失去理智，我也不想在描述这件事的过程中失去理智。

但如果克拉斯威尔在读这篇文章，我想告诉他，他错过了本应该从事的行业。他应该成为一名音乐家。他的梦中之音表现出他在乐器搭配与和声方面令人惊讶的天才领悟力。如果有意识地去做相关工作的话，他能成为一名伟大的现代作曲家。

但我不怎么喜欢这首乐曲，因为它开始产生那些克拉斯威尔警告过的效果了。那些阴险狡诈的节奏和疯狂野蛮的旋律似乎在我的脑袋中抽动着，在大脑组织中产生了一阵震动和灼烧感。

想象一下普契尼[1]的《微妙的和谐》，把这首歌由斯特拉文斯基[2]重新编排，再由奥涅格[3]重新整理，之后在好莱坞露天剧场让 50 支交响乐团演奏，你大概就可以对这支曲子有个概念了。

我听够了。我是不是说过我爱好音乐？当然——但是我唯一会演奏的乐器是口琴。我能演奏得很好，再配上一个麦克风，我可以搞出大批量的超棒噪音。

---

1. 即贾科莫·普契尼，意大利作曲家。
2. 即伊戈尔·斯特拉文斯基，美籍俄罗斯人，活跃于俄罗斯、法国和美国，作曲家兼钢琴家，现代音乐的代表人物之一。
3. 即阿蒂尔·奥涅格，瑞世籍法国作曲家。

这就有了一个麦克风——以及许多扩音器。我从口袋里拿出口琴，深吸一口气，大声吹起《老虎之歌》[1]，这是我最喜欢在派对上表演的节目。

那支小小的口琴传出震耳欲聋的音波，包含着喜庆的爵士乐、即兴重复的乐章、老虎的咆哮和不协调的颤音，音波经由扩音器，猛地冲入广阔的大厅，完全盖住了克拉斯威尔的疯魔之音。

即便在喧嚣之中，我也听到了他痛苦的喊声。很明显，他的音乐品味并不像我这么广泛，他不喜欢爵士乐。

音乐机器颤动着，那些有着好些肢体的生物匆忙逃离这场想象中的大灾难，显得很滑稽。它们变小、萎缩，变成一些到处乱爬的黑色甲虫。灯光在控制台上洒下了浓郁的、奇幻的光辉，渐渐消失在柔和的、蓝色的黑暗中。随后，那台机器本身在不断增大的补充和弦的声浪中开始打旋，它机体内倾泻而出的碎片又加剧了这种旋转。机器抖动着，破碎成片，在大厅的地板上形成一条由乱七八糟的碎片组成的河流。

我又一次听到了克拉斯威尔的叫喊声，之后场面突然转变了。我猜测，他想将那首爵士风格的凯旋之歌完全清理出他的思维，也许他还在潜意识中试图让我感到迷惑，因此他跳过了一部分他所构造的情节。剧本作家喜欢用那种突然跳到过去的叙述手法，与此正相反，我们向前跳了一段。我们在——某个其他的地方。

也许是由我所诱发的自卑感，或者他在场景转换之中忘了自己应该有多高，他现在只有6英尺高，普普通通，和我本人的身高差不多。

他的声音如此嘶哑，我都想建议他去漱漱喉咙了。“我……我把

1. Dixieland Jass 乐队于 1917 年发表的爵士乐作品，一度风靡欧美。

你留在了疯魔之厅。你的魔法让屋顶塌下来了，我还以为你——被杀了。”

所以这阵突然跳到将来的叙述并不仅仅是为了迷惑我，他也在试着甩开我，完全把我甩出这个剧本。

我摇摇头。“别打如意算盘了，克拉斯威尔老头。”我略带责备地说，“你没办法在章节中间杀了我，你看，我根本不是你创造的角色。你现在还没理解这点吗？要摆脱我的唯一方法就是醒过来。”

“你又在说谜语了。”他说。但是声音中几乎没有任何自信。

我们身处一间巨大的、有着高高圆拱的密室。光照效果如我期待的一样，不同寻常又令人赞叹——许多彩色的光线，来自不可见的光源。它们缓慢移动着、交会着，融合在密室尽头的一团白亮的圆形光辉之中。那团光辉看上去悬浮在一件宝座一样的东西之上。

克拉斯威尔对于尺寸的概念令人惊讶。他要么研究过欧洲最大的大教堂，要么就是在中央火车站长大的。很明显，宝座起码在半英里之外，中间是光秃秃但柔软有弹性的地板。宝座离我们越来越近，但我们没有走路。我看向墙壁，意识到地板本身也是一条巨大的、望不到尽头的传送带，正带着我们一起走。

这种缓慢而持续不断的运动令人着迷。我很清楚，克拉斯威尔正在偷偷盯着我。他正急切地期待着我被这种运动吸引。我将传送带加速了一点点作为回应。他似乎没有注意到。

他说：“我们正靠近巨蛇之宝座，女巫兼魔法师伽罗尔正作为守护者和门徒，坚守在宝座前面。为了对付她，我们需要你的所有奇怪技能，奈尔培，因为她正站在由至纯之力所构筑的隐形护盾后面，防御一切伤害。

“你必须破坏那个屏障，这样我才能用神剑杀了她。极恶巨蛇虽然是她的主人，而且自称是整个世界的主人，但如果没有伽罗尔的话，极恶巨蛇也将毫无力量，它会任由我们摆布。”

传送带停下了。我们站在一段台阶的底端，台阶通向那个宝座。那是一座宏伟的金属台子，极恶巨蛇在上面安然盘坐。它的头顶上有一颗闪亮的光球。

极恶巨蛇就是——一条蛇，一条一圈一圈盘起来的、生长过度的巨蟒，足球大小的邪恶脑袋左右摇摆着。

我没花什么时间去打量它。我以前也见过蛇，而且还有更值得去花上时间好好研究一下的东西——就站在宝座下面，稍稍偏向一侧。

克拉斯威尔对于女性之美的品味无可挑剔。我之前以为我大概会看到一位苍老而且满脸皱纹的可怕女人，但是如果弗洛·齐格菲尔德[1]看到了这个小宝贝，他一定在你吹出挑逗口哨的第一个音符之前就爬上台阶，挥舞着合同，管他什么护盾不护盾的。

她有着高挑的身材、鹅蛋脸、绿色的眼眸和深褐色的秀发。她的穿着恰到好处，没有过多的衣装：一件暴露的金属胸甲和一条薄薄的齐膝绿色短裙。她的左脸颊有一颗小小的、可爱的美人痣。

克拉斯威尔的声音中带着一种奇特的骄傲之感。他多此一举地说道：“我们来了，伽罗尔。”之后充满期待地看着我。

女孩说：“傲慢的傻瓜——你们来就是找死。”

嗯——嗯——那个声音，如同毕亚第高斯基[2]奏出的大提琴音符一样优雅而圆润。我愿意给克拉斯威尔的想象力打一个相当高的分数，但是我不相信他就这么简简单单地想象出了这样的小宝贝。我猜测她的形象是以生活中的某个人为原型的——某个他认识的人，某个我想去认识的人。克拉斯威尔从他记忆的口袋中把这个人拽了

1. 美国演艺界人物，百老汇经纪人，发掘了许多知名女星。
2. 美籍俄罗斯人，大提琴演奏家。

出来，就像我创造迈克·奥法林和那个有着肮脏下巴的出租车司机一样。

“真是秀色可餐啊。”我说，“克拉斯威尔，提醒我之后向你要她的原型的电话号码。”

之后我说了一些话，做了一些事，我此后一直在后悔。这些行为一点儿都不绅士。我说：“但是你不知道吗？在这个季节，她们穿的裙子要更长一些。”

我看着那条裙子。裙子的下摆立刻垂到了脚踝，达到了晚礼服的长度。

克拉斯威尔大怒，盯着他的女朋友。裙子变回了齐膝的长度。我又把它变成了应季流行款。

裙子的下摆在她的脚踝和膝盖之间上下翻腾着，就像一扇发了疯的百叶窗。这是一场意志和想象力的竞赛，而战场是一双相当美丽的玉腿。伽罗尔美丽的大眼睛冒着怒火，这个景象真迷人。她看起来相当清楚这场竞赛背后不太得体的本质。

出于怒气和挫败感，克拉斯威尔突然发出了一阵响亮而狂暴的怒吼——20 个中气十足的婴儿在拨浪鼓被同时抢走时也不可能发出比这还大的声音——在一阵猛然喷出的黑烟之中，这个有趣的场面从视野中消失了。

烟雾散去。相对于我的位置而言，克拉斯威尔仍然在原有的位置上站着，但是他的剑消失了，那身角斗士的装备变得破烂焦糊，一道道鲜血从他肌肉强健的胳膊上流淌下来。

我不喜欢他看着我的样子。我也许把他的超自我意识伤得不轻。

我说：“所以你不接受刚才的事，你又一次跳了一章。你会告诉我我错过了什么情节的，是吧？”奇怪的是，这话听起来并没有我想表现得那么无礼。

他激动地说："我们被抓住了，死定了，奈尔培。我们在巨兽腹中，没有任何办法能把我们救出去，因为我已经失去了神剑，你也失去了魔法。

"巨兽的贪婪巨口是停不住的。这就是我们的末日了，奈尔培，末日——"

他那双发出微光的大眼睛看着我的双眼。我想把目光移开，但是失败了。

我纠缠不休的插科打诨冒犯了他，激怒了他，超出了他所能忍受的极限。于是他的自我意识正运用大脑的全部力量来实现他想要控制我的愿望，以此来维护自己。

这种意志可能在潜意识中——他可能也不知道为什么恨我——但是它的效果真该死。

自从我仓促闯进他最为私密的意识深处以来，我第一次开始怀疑整件事的正当性。

没错，我是想要帮这家伙，但是……但是梦是神圣的。

怀疑会让人丧失信心。当信心消失，心灵之门就会向恐惧敞开。

另外一个声音在我的耳边嗞嗞作响，是史蒂芬·布莱基斯顿的声音。"……除非你让自己的思维败下阵来。"接着是我自己的声音，"……我醒来之后发现隔壁病房就有张病床是给我准备的——""不，不要——""……除非你让自己的思维败下阵来——"史蒂夫不敢自己来做这件事，是吧？等我脱离这个梦境，我就要和那家伙说道说道。如果我能脱离……如果——

就这样，整件事情完全不再有趣了。

"停下来吧，克拉斯威尔。"我严厉地说，"别再挤眉弄眼的了，否则我就给你一下子——你会感觉到这一下的，不管你是不是在昏迷中。"

他说：“我们俩现在都快死了，你还说什么傻话呢？”

史蒂夫的声音：“……蛊惑人心的魔力……想象力。如果他所创造出来的某个奇异的东西杀了他梦中的英雄——也就是他自己——那他就再也不会醒来了。”

现在就是这个情况。现在我们正身处英雄一定会死的情况之中。而且他也想要设想出我的死亡。但是他杀不了我，或者，他可以杀了我？布莱基斯顿怎么可能知道，在这种超乎寻常的思维交流之中，死亡的意愿可能会释放出什么样的力量？

精神病学专家不是说过吗？死亡渴求，也就是想要死的意愿，在人类的潜意识之中被深深埋藏，但却强大有力。此时，这种意愿并没有被埋得很深，它在马舍姆·克拉斯威尔的双眼中闪耀着、跃动着，毫无掩饰地昭示着自己的存在。

他从现实躲进了梦境，但是这远远不够。死亡才是唯一而彻底的躲藏之处——

我思绪混乱，这导致我的脑海对躁动、激烈、打算去死的想法敞开大门。克拉斯威尔也许感觉到了这一点。他挥舞着一只胳膊，姿态浮夸，如同出演莎士比亚戏剧的歌舞团要引出最后一幕时一样，引出了他想象出的怪物。

从细节以及生动程度的角度来说，这个怪物超过了他之前想象出的所有东西。这是他创造的奇幻生物的绝唱。他精雕细琢，把这个怪物打造得异常出色。

眨眼间，我们已经身处一座巨大的、四壁陡峭的竞技场之中。没有观众，克拉斯威尔没有去想象那些群体场面。他喜欢奇异的、脱离于时间之外的空虚场景，他用尽量少塑造角色的方法来实现这种场景。

炽热的天空中悬挂着许多巨大的红色太阳，我数不清它们的数量。我们，只有我们两个人，站在这些太阳耀眼的光芒之下。

我的视野之中只有那只巨兽。

如果有一只在洗脸盆盆底的蚂蚁，旁边还有一只狗在嗅着它，这只蚂蚁可能会有和我一样的感觉。如果那只巨兽长得像只狗的话。如果它长得像任何我能想象出来的东西的话。

这只庞然大物有几只大象堆在一起那么大，看起来就像一块令人作呕、庞大笨重的有生命的半透明紫色肉块，有着一张咧开的圆形大嘴，或者应该叫窟窿，里面环状排列着尖利肮脏的长牙，外面环绕着许多眼睛。

如果它静止不动，那它只会是一种肮脏丑陋、浑身是毒的恐怖之物，如同它至为恐怖的外形一样，是一个非同寻常的可怕家伙。但最令人恐惧的是它不断挪动的样子，如同梦魇。

它没有四肢，庞大的一团身体在一连串的起伏之中向前痉挛一般地抽动——并一路留下蓝绿色的黏液，每次抽一下，这种液体就会从它口中流出来。

它以惊人的速度朝我们冲过来。离我们只有30码了——20码了——

彻骨的恐惧让我的四肢僵住了。这是真正的噩梦。我拼尽全力试图想出一些东西来……火焰喷射器……该怎么去想……我记不起来了……面对着正朝着我挪过来的、如同一团原生质一般的破坏者，我的思维能力似乎从我的身体中溜走了……那些黏液首先流了过来，之后是那张大嘴，越靠越近……我的思想中只有一片尖叫着的混乱——

另外一个声音，一个深沉、和缓而温柔的声音，从我童年里一段难忘的时光中浮现——“整个世界上都没有任何东西，甚至世界之外都没有任何东西，能不被比利这家伙射出来的子弹所阻止。你在梦里见到的那些东西，没有比利阻止不了的。从现在开始，比利会陪着你进入梦里，所以没什么可怕的。”之后那冰凉而坚硬的枪柄，那种后坐力，那尖啸着的、不可抵挡的金属块，灼热而沉重的金属块——从我的潜意识深处浮现。

“爸爸！”我喘息道，“谢谢你，爸爸。”

那只巨兽已经耸立在我面前了。但是比利现在在我手里，指向巨兽的大嘴。我开了火。

巨兽猛地朝后弹了回去，弹到了黏糊糊的痕迹上，开始变小，蜷缩起来。我开了一枪又一枪。

我又一次意识到克拉斯威尔站在我身旁，他正看着那只垂死的巨兽。巨兽仍然很大，但正在迅速缩小。之后克拉斯威尔又看了看我手中的那块灰暗的金属物，那把老柯尔特。向上倾斜着的枪管正冒出一缕蓝色的烟。

之后他开始大笑。

这是一阵突然爆发的猛烈大笑，但带着一点儿歇斯底里的感觉。

大笑的同时，他也开始从视野中逐渐消失。那些红色的太阳在天空中急速远去，变成了针尖一样的小点。天空又白又干净，一片空白——就像天花板。

实际上——“实际上”，这是多么美妙的词汇啊——实际上，在甜蜜的现实世界中，那里就是天花板。

之后我看到史蒂芬·布莱基斯顿朝下看着我，把那个铬钢碗从我脑袋上贴了一圈的橡胶垫上解下来。

“谢谢，皮特。”他说，“恰好半个小时。你的帮助对他起效很快，比胰岛素休克[1]还快。”

我坐起来，调整着自己的精神状态。他架住我的胳膊，说道：

1. 一种治疗精神疾病的方法。

“没错——你已经醒过来了。我很愿意告诉你你刚才都做了什么——但不是现在。我会去办公室找你的。”

我看到一位工作人员从克拉斯威尔的脑袋上取下钢碗。

克拉斯威尔眨眨眼，转了转头，看到了我，脸上的表情很复杂，但是一丝高兴的表情都没有。

他猛地坐起来，坐得笔直，把工作人员推到一旁。

“你这个混蛋无赖！”他喊道，“我要杀了你！”

在史蒂夫和另外一名工作人员拽住他的双臂之前，我刚刚搞清楚怎么回事。

“让我收拾他——我要把他撕碎！”

“我警告过你的，”史蒂夫喘着气说，“出去，快。”

我已经在跑出去的路上了。穿着长睡衣的马舍姆·克拉斯威尔可能不像他梦中的那个古铜色皮肤角斗士那样，有令人刮目相看的身体素质，但是他也还算肌肉发达。

这是昨天晚上的事情了。今天早上，史蒂夫按响了我办公室的门铃。

“治好了。”他炫耀一般地说，“现在他和你一样神志正常。他说他意识到自己之前工作过度了，他会放松一点的——让自己从幻想中脱身休息一下，写点别的东西。他一点儿都记不住他昏睡时候的事情——但是他有种奇怪的感觉，他想要对醒过来时躺在旁边床上的家伙做点不愉快的事情，他也不知道为什么，我也没和他说。但还是避开他比较好。”

“这种感觉是相互的。”我说，“我也不喜欢他想出来的那些怪兽。他要写点什么——爱情小说？”

史蒂夫大笑道：“不，他突然迷上西部小说了。今天早上他开始大谈柯尔特左轮手枪在社会学和历史学上的重要性。他草草写下了第一个故事的标题——《转轮枪的规则》，嘿——这是不是基于你加到他梦里面的什么东西？”

我告诉了他。

马舍姆·克拉斯威尔和我一样神志正常？我可不会为此下赌注。

3 个小时之前，我正在去麦迪逊广场花园的路上，去报导最新的重量级拳击比赛，这时我被一名没有在执勤的警察给拽住了。

迈克尔·奥法林，我认识的块头最大、最结实、人也最好的警察。

“皮特，好哥们儿，”他说，“我昨晚做了个奇怪至极的梦。我帮兄弟你搞定了一点小麻烦，等事儿都解决了，大概是要谢谢我吧，你说你可能有几张今儿晚上那场拳击比赛的余票，我不知道这有没有可能是什么心灵感应之类的，而且——”

我抓住角落里的一间酒吧的门，让自己站稳。我摸索着自己的票，这时候迈克还在那儿叽叽喳喳地说着，我说：“我感觉不太舒服，迈克，你去吧。我在其他报纸上找点东西写报道。梦的事别去想了，迈克，就当这是个巧合，忘了它吧。”

我回到酒吧，盯着一大杯威士忌努力思考着。在帮助我集中注意力这方面，威士忌是第二好的东西，仅次于水晶球。

“心灵感应，嗯？”

不，威士忌对我说，巧合而已，忘了它吧。

但的确有一些类似心灵感应的事情。潜意识中的心灵感应——两个头脑做的梦契合在一起。但是我没有做梦，我只是在其他人的梦里面紧跟着他逛了一圈。人的思维在睡觉的时候尤其擅长接受其他事物，比如预感什么的。但是我根本没有做梦。六加四等于负十，三振[1]——你出局了。你是个疯子，威士忌对我说。

我决定给自己找一个质量更好的水晶球。去塞瓦利夜店点一杯水晶杯装的苏格兰威士忌吧。

我招呼了一辆紫色出租车。司机的后脑勺似乎勾起了我的回忆。我拒绝思考这件事情，直到我付款的时候。

"1 美元 50 美分。"他咆哮着说，接着探出身体，"嘿——我之前是不是在什么地方见过你？"

"我住在附近。"我说，从喉咙里不情愿地挤出一些声音，"昨天不是你送我去盘特根的吗？"

"是，这就对了。"他说。没剃胡子的方下巴、低矮的额头、帽子下面脏兮兮乱蓬蓬的红色头发。"是的——但是关于你的车费，我还要说道说道。我昨晚在两单活儿之间睡了一觉，做了个疯狂的梦。你好像也在梦里面。而且我有个疯狂的想法，你已经欠了我 1 美元 50 美分了。"

有那么一刹那，我有种不是很认真的想法，想对他说让他下地狱吧。但是公路不是绿色的沙子，它看起来太结实了，没办法裂开口子。所以我说："给你 5 美元。"然后摇摇晃晃地走进了塞瓦利夜店。

我凝视着一杯威士忌，直到头脑清晰起来，之后我给史蒂芬·布莱基斯顿打了个电话，讲了我的经历。"这事情到底意味着什么。"我最后说，"我试着想要想清楚，要是我在梦里召唤出几十个熟人的话，会发生什么，这都快把我搞疯了。当他们醒过来时，他们所有人都会做同样的梦吗？"

"这么多人的话，信号就散得太开了。"史蒂夫说，很明显嘴里塞满了三明治，"这就像试图用一台发射器同时广播好几十种波

1. 棒球术语，击球手被判定三振后即出局。

长的波。你的大脑是整台机器必不可少的一部分，作为一台复杂的记录仪，在发射电路中占据着发射器的位置，与克拉斯威尔的大脑相连——直到频率提高到了接收频率。我想，之后发生的事情就单纯是一种感应的过程了。就和克拉斯威尔的连接而言，是这样的，但是——”

我再也受不了他吧唧吧唧的咀嚼声了，说道：“在你噎死之前赶紧把嘴里的东西咽了。”那家伙就靠着吃三明治活着了。

他的声音清楚了。“你没明白我们得到了什么结论吗？在对脑电波的放大过程中，有个回弹波会通过电子管，机器就变成了发射器。那两个人正在睡觉，他们的潜意识敞开大门，充当了接收器。你白天见过他们，活生生地、当面见过他们——之后你就接入了他们的潜意识，扰乱了他们的思维，把自己的梦境强加给了他们。你听说过共鸣梦吗？你梦到过某个你好几年没见的人，第二天他就来拜访你了吗？现在我们可以有意地实现这一点——用一些物理手段辅助梦境中的心灵感应，那些脑电波会以电磁波的形式增强并传输出去。到我这儿来吧，我们还要再做一些实验。”

“有时间再说吧，”我说，“我要去睡觉。这就是我现在想做的——不要什么物理手段的辅助。再见。”

我想喝杯睡前小酒。我逛回了夜店的酒吧，我真应该回家的。

她扭着屁股，走到乐队前面的麦克风那里，5 英尺 10 英寸的梦幻身材，裹在一件白色的紧身舞会礼服中。鹅蛋脸、绿色的眼眸和深褐色的秀发，左脸颊有一颗小小的、可爱的美人痣。礼服的上身部分也许有点儿暴露，但是没有暴露到像克拉斯威尔在梦中给她穿的那身装备一样值得吹个口哨挑逗一下的程度。

在后台，那双绿色的眼眸向我投来两道冰冷的目光。是的，她和克拉斯威尔先生有浅交。不，昨晚午夜前后她没在睡觉。我能不能告诉她这些事情和我有什么关系？大学生类型的，很好。她们是怎么陷入这种娱乐行业的。不，我不是在关注这个事情。

当我问她为什么对我这么冷淡的时候，她说："我只不过没有特别的兴趣去认识你，帕内尔先生。"

"为什么？"[1]

（赵佳铭　译）

1. 冈恩只收录到这里，原因未知。但为了保证故事的完整性，我们将后面一部分的梗概总结如下：皮特·帕内尔在梦中见过的这位女士对他并没有感觉，并说她不知道为什么，但是就是不喜欢他，希望结束对话。帕内尔想要和女士解释一下昨晚在梦中的经历，但却意识到这些经历在旁人听起来十分难以置信。他决定去找史蒂芬·布莱基斯顿，打算参加后续的实验。最后帕内尔对女士说："我会再见到你的，祝你做个好梦。"

高产的 50 年代

20 世纪 50 年代是美国科幻小说的繁荣期，也是英国的。20 世纪 50 年代早期，美国约有 50 本不同的杂志刊行，一段时间内大概有 40 本杂志同时存在。图书不仅在重新出版，而且每年出版的数量达到了 70 种甚或更多。作品选集不仅重印短篇小说，其中有那么两三本还收录了首发故事。

在英国，由于《新世界》大获成功——该杂志在 1954 年成为月刊，并且直到 1964 年始终保持按月刊行——新杂志的数量有限。但单行本市场产生的图书数量与美国相当，直至 1955 年开始走下坡路为止。

不过，美国蓬勃发展的杂志市场意味着新晋作家的作品得以出版的机会又多了几分，而更有名气的作家则可以为其新作以及之前编辑不喜欢的旧作找到市场。1949 年创办的《奇幻与科幻杂志》和 1950 年创办的《银河》这两本主要的新杂志不仅提供了每月一次的出版机会，而且还提供了可读的、不同于《惊异》上约翰·坎贝尔以科学为导向的另类作品。《奇幻与科幻杂志》想要的是文学类小说，《银河》要的则是圆滑的世情小说。它们吸引来了新的作家，扩大了出版作品的范围。

詹姆斯·默多克·麦格雷戈（James Murdock MacGregor）便是被它们吸引而来的作家之一，他以 J. T. 麦金托什（J. T. McIntosh，早期多作 M'Intosh）的笔名出版科幻小说。麦金托什于 1925 年出生在苏格兰，是一名作家兼记者。他曾谈到，当他准备在 20 世纪 40 年代末发表作品时，“纸张供应不足，出版商倾向于将其用于出版知名作家的书籍。美国是个显而易见的市场，但我对美国的情况并不具备确切的了解；所以我就写科幻小说，这样就不必准确了解美国的景象了”。

从 1950 年到 1965 年间，他在杂志上发表了近百篇短篇小说，从《惊异》（1950 年出版了他的第一部短篇）到《银河》《奇幻与科幻杂志》以及六七本其他杂志，包括英国杂志《新世界》《真科幻》和《星云》，这足以证明他在这一领域取得的成功。他也创作长篇小说，其中有许多作品在以图书形式出版之前，都曾在杂志上连载过，在英美两国都是如此。正如他自己所言：“后来，当我尝试创作非科幻题材小说时，对于科幻题材的国际性便有了清晰的认识。在英国之外的其他国家，人们对于我的主流题材小说几乎没什么兴趣，而科幻小说则往往在其他众多国家也有各种版本。”及至 20 世纪 70 年代末，他已经出版了近 20 部科幻小说，两三部侦探小说，又以詹姆斯·麦格雷戈的笔名出了 3 部非科幻类小说。

他最著名的长篇小说都是早期的作品：《疯狂的世界》（*World Out of Mind*, 1953）、《天生领袖》（*Born Leader*, 1954）、《三百分之一》（*One in Three Hundred*, 1954）和《适者生存》（*The Fittest*, 1955）。然而，他最好的作品或许见于他那些没有被收入选集内的短篇小说中。1953 年刊载在《银河》杂志上的中篇小说《美国制造》

（“Made in U. S. A.”）并不能说明他不熟悉美国的情况，文中对婚姻、机器人及美国的法院系统进行了具有喜感的审视。这正是《银河》杂志编辑戈尔德想要的那种“《星期六晚邮报》式”的伶俐圆滑的浪漫想象。

到了20世纪50年代末，英美两国的科幻小说热潮都已消退。哈里·哈里森（Harry Harrison）将这十年称作科幻小说的虚假繁荣期；而巴里·马尔兹伯格在其文集《夏日终结：50年代的科幻小说》（*The End of Summer: Science Fiction of the Fifties*）一书中则将美国科幻的衰落归咎于美国新闻服务公司分销系统的解体、读者群体的萎缩（这一群体始终不曾庞大到足以支持这类杂志的大幅扩张），以及作家和编辑们的才思枯竭。杂志数量又回落到了战前水平，《奇幻与科幻杂志》的安东尼·鲍彻和《银河》杂志的H. L. 戈尔德都离开了自己创办的杂志，那些重要的图书出版商仅余下王牌图书公司和双日图书公司，还有巴兰坦图书公司也不定期有作品出版。

在英国倒从未出现过杂志的衰落，因为原先也从未繁荣过；但图书市场一落千丈，那些从美国市场获得大量收入和读者的英国作家也必定和美国同行感到一样的灰心。许多人的创作生涯都中断了。然而，倘若科幻界具备他们在作品中所写的那种先见之明的话，就不会感到那么气馁了。因为伟大的未来就在前方。

（罗妍莉　译）

美国制造

J. T. 麦金托什

一

罗德里克·里夫科姆抱着他的新娘跨过门槛时，连一个旁观的人也没有。他们还只是一对漂亮可爱的孩子而已——心理学家罗德里克和前广告撰稿人艾丽森。他们暂且还不是新闻人物。没有任何迹象表明，几天之后，里夫科姆这个名字会变得差不多人尽皆知，成为一个人人都感兴趣的案件的标签。谋杀案、贪污案或间谍案不是每个人都会关注；但里夫科姆案每个人都会关注。

趁着他们还没有被人团团围住，趁着我们还有机会，让我们来好好看看他们吧。罗德里克高大健壮，对妻子 115 磅的体重毫不在乎，但他抱着她的姿势却没有半点不在乎。他把她抱在怀里的样子，就仿佛她是价值百万美元的一堆零钞，而外面正刮着大风似的。他低头看着她，两眼含情脉脉。他一头乌发，一双棕色的眼睛，一眼就可以看出，他可以把任何一个他爱的姑娘抱过门槛。

艾丽森像小猫一样依偎在他怀里，心醉神迷地半闭着眼，双臂搂住他的脖子。她一头金发，眼睛美得令人难以置信，更不用说其余五官了。但即便是一眼望去，也看得出艾丽森不仅拥有美貌，也许还拥有头脑，也许还有勇气，要么就是艰难困苦的经历将她锤炼得锐利如钢。一眼就可以看出，她可以被任何一个她爱的男人抱过门槛。

当他们进门的时候，一个故事就结束了。但不妨标新立异一下，将其称为一个故事的开始。

早晨，他们在阳台上吃早餐时，情况尚未发生根本性的变化。也就是说，罗德里克很不一样，青着下巴，睡眼惺忪，穿着一件棕色法兰绒浴袍；而艾丽森的不同之处更为引人注目，她穿着一件淡绿色的睡衣，与其说是穿在身上，不如说是飘拂在她身旁。但是，他们互相注视对方的样子并没有丝毫改变——就此时此刻而言。

“有件事，”艾丽森漫不经心地说，一边用纤细的手指在锦缎桌布上描绘着图案，“也许我应该告诉你。”

两分钟后，他们开始抢电话。

“我想给我的律师打个电话。”罗德里克吼道。

“我想给我的律师打个电话。”艾丽森回敬道。

他停顿了一下，号码拨了一半，“你不能打，”他粗暴地对她说，“反正是同一个律师。”

像往常一样，她首先恢复了镇静。她灿烂地笑着建议道：“我们抛硬币来决定谁给他打，行吗？”

“不行。”罗德里克粗暴地说。噢，此时他那令人盲目的伟大爱情何在呢？“他是我的律师。我付给他的钱你永远都付不起！”

“没错，”艾丽森表示同意，“那我要自己来打这场官司。”

“我也要自己打！”罗德里克大叫着，砰的一声摔掉了听筒，接着立刻又把它捡起来，“不行，我们需要他来促进案件审理。”

“串通一气吗？”艾丽森温柔地问道。

“这是一种下贱、卑鄙、讨厌、肮脏、轻浮、猥琐、恶心、龌龊的行为，要一直等到……”

“等到什么？”艾丽森的问话带着超乎想象的天真。

“人造人！”他恶狠狠地朝她啐了一口。

她不由自主地两眼冒着怒火。

二

报纸不仅提到了这一点，还大张旗鼓地大肆宣扬：人类起诉人造人要求离婚。这算不上什么头条新闻，人们对此习以为常，反而会疑惑为什么人类起诉人造人要求离婚这种事能拿来当成头版新闻。毕竟，全世界的人口有一半都是人造人。人类跟人类离婚、人类跟人造人离婚、人造人跟人类离婚、人造人跟人造人离婚，这种事情每一天都在上演。面对这样一个标题，人们自然而然的反应是：“那又如何？谁在乎呢？”

但并不需要聪明过人就能发觉，这个案子必定有什么特殊之处。

报道是这样写的：“埃弗顿，周二。自最近赋予人造人彻底的法律平等权以来，人类与人造人的首例离婚案开了历史先河。这也是首例由于一方缔约人不知晓另一方为人造人而要求离婚的案件。这种情况之所以有出现的可能，纯粹是因为平等法不再强制要求在任何一种契约中披露人造人的出身。

“《二十四小时》认识到了这起判例案件的重要性，鉴于其肯定会在将来对数百万人产生影响，我们将对周五开始的判例案件进行深入细致的报导。王牌记者阿诺娜·格里尔和沃特·哈尔史密斯将为我们的读者原原本本呈现这一历史性审判的经过。格里尔是人类，哈尔史密斯则是人造人……”

该报道接着披露了这一重要判例案件中当事人的姓名等细节，并附带指出，尽管里夫科姆夫妇的婚姻在提出离婚请求之前只持续了 10 小时零 13 分钟，但此前记录在案的甚至还有过持续时间更短的婚姻。

《二十四小时》就这样巧妙地避开了成千上万封匆忙写来的询问信：“这是不是创纪录了？”

三

艾丽森回到了单身公寓，舒展身形躺在长沙发椅上，目光穿过天花板，聚焦于无限，她想了又想。

她并不算特别不开心。对于艾丽森来说，没有悲惨、怨恨和不可能实现的疯狂希望。面对人生的悲剧，她平静而顺从，甚至带着几分幽默感。

“咱们还是面对现实吧，”她坚定地告诉自己，“我受伤了。我本来希望他会说：‘没关系，那又有什么区别呢？我爱的是你’——男人们在言情小说里说的那种话。可他是怎么说的？肮脏的人造人。”

哦，好吧。生活并不像言情小说，不然小说就不只是小说了。

她一开始不妨先承认自己仍然爱着他，这样可以厘清她的感受。

她原本应该早点告诉他，她是个人造人。也许他有理由相信，她就是等到尚未完婚不再成其为离婚缘由以后，才得意扬扬地把她是个人造人的事实抛给他的。（但这对她又能有什么好处呢？）

当然了，情况根本不是那样的。她之所以没有告诉他，是因为在提出这样的问题之前，他们必须先对彼此有所了解。谁也不会在刚被介绍给别人的时候就说“我结婚了”，或者“我曾经因为盗窃服过五年刑”，或者“我是个人造人。你呢？”。

如果在她认识罗德里克的头几个星期里，他们就曾在言语间提及过人造人的话，她会说她自己就是个人造人的。可是他们从来没有提到过。

当他向她求婚时，她真的并未想到要说自己是个人造人。有时这一点很重要，有时又不重要；这种时候似乎是不重要的时刻之一。罗德里克那么聪慧，那么开明，那么随和（除了发脾气的时候），她还以为他不会在乎呢。

她从来没想过他兴许会在乎这个。她只是提了一句这件事，就像有人会说：“我希望你不介意我每天早上喝冰咖啡。”嗯，差不多吧。她就只是提了一句……

快乐便戛然而止了。

此时，有一个想法从荡漾在她脑海里的悲伤思绪中冒了出来。罗德里克到底是真的想打这场离婚官司，还是只想证明点什么？因为如果他是想证明什么的话，她乐意兴高采烈地承认这件事确凿无疑。

她想要罗德里克。她不太明白发生了什么事——或许让他踩一踩她的脸他就愿意让她回去呢。如果是这样，可以呀。她准备任凭他对她破口大骂，对人造人大发雷霆，以便消除他兴许是在不知什么地方、以某种方式积累起来的偏见和仇恨——只要他让她回去。

她把手伸到背后，拿起电话，拨通了罗德里克的号码。

“你好，罗德里克，”她兴致勃勃地说，“我是艾丽森。不，别挂电话。告诉我，你为什么痛恨人造人？”

电话那头沉默了许久，于是她知道，他是在考虑一切，包括一言不发就挂电话是否明智。可以这样评价罗德里克：他在半途而废之前会先考虑得相当周全。

“我不恨人造人！”他终于吼道。

“那么，你是对人造人姑娘有什么不满吗？”

“不！”他喊道，“我是个心理学家，我的思考方式比较直接。我并没有被种族仇恨、偏见和狂妄自大所污染，还有——”

“那么，”艾丽森十分平静地说，“你讨厌的只是我这一个人造人姑娘。”

罗德里克的声音也突然平静下来：“不，艾丽森，这和讨厌无关。只是因为……孩子。”

原来是这么回事。艾丽森的眼里充满了泪水。这件事她无能为力，这件事她甚至连想都不愿意去想。

“你是认真的吗？”她问道，“不是只为了赢这场官司而准备的说辞吗？”

“这就是我的说辞——”他回答，“但它是真的。问题在于，艾丽森，你撞上了一件你没料到的事情。大多数人都想要孩子，但又不得不屈服于他们不太可能生得出孩子这一事实。我出生于一个八口之家，是最小的孩子。你肯定会以为，这样的家庭状况很稳妥，对吧？

“好吧，其他人都结婚了，有些已经成婚多年，其中一个哥哥和两个姐姐结过两次婚。除了我，我们家一共有 17 口人。在生儿育女方面，取得的净成就为零。

“这是传宗接代的问题，你不明白吗？我觉得，我们这么多人但凡有一个孩子——成为未来的延续——我们就不会介意。但现在一个都没有，只剩下我这一次机会了。”

艾丽森落到了生平最接近于悲惨的境地。她能听懂罗德里克说的每一个字，以及每个字背后的含义。如果她有生儿育女的机会，她也不会为了一个人或对一个人的爱而放弃。

不过当然了，她从来没有过这样的机会。

罗德里克在沉默中挂断了电话。艾丽森低头看着自己美丽的身体，生平头一次无法从中产生半点自鸣得意或心满意足。相反，这具躯体激怒了她，因为它永远无法生儿育女。所有的外表、所有的性机制，如果不具备真正的性功能，又有什么用处呢？

但她从来没想过放弃，从来没想过不去为这场官司辩护。必定有什么她能做的事，有什么她能采取的行动。打赢这场官司不值一提，不过，也许这能为她赢回罗德里克发挥一点儿微不足道的作用呢。

四

法官有点爱摆架子，从一开始就很明显，他在合同法院制度下拥有相当大的权力，故而打算以自己的方式来处理这个案件，并享受这一过程。

他双手紧紧抓住法官席，愉快地扫视了一眼挤得水泄不通的法庭。作介绍性的发言时，他显然非常满意，因为至少有50名记者把他说的话一字不漏地记了下来。

“本案被称为重要案件，”他说，“事实也的确如此。我可以告诉你们本案为什么重要，但那样做不符合司法正义。我们的出发点必定是这一点，”他向陪审团庄严而欣喜地摇了摇头，“我们一无所知。”

他很喜欢这句话，又重复了一遍：“我们一无所知。我们不了解其中牵涉的要素，我们从未听说过人造人。这一切以及更多的信息，我们只能由他人告知。我们可以向任何地点的任何人索取证据。而我们必须在此时此地做出决定，必须依据在此时此地告知我们的信息，必须依据本案的是非曲直——而非其余。”

他阐明了自己的主题，并加以陈述。他俯冲而下，又扶摇直上；从人们的视线中消失，又像一只迅捷的乌鸦那样飞回来，把珍珠抛撒在猪的面前[1]。因为当然了，他的听众都是猪。他并没有这么说，也没有做出任何这样的暗示，但这没有必要。唯有对罗德里克和艾丽森，他才会投去慈祥友善的目光。是他们给予了他这荣耀的一刻，他们不是猪。

但科利尔法官并不傻。在把他挑起的兴趣耗尽之前，他又回到了法庭，开始进行案件审理。

“我明白，”他的目光在艾丽森与罗德里克之间游移，然后又回头盯着艾丽森，这可以理解，“你是在自行为本案辩护。这个因素会让本案趋于非正式，这很有利。首先，你能看向陪审团吗？”

法庭上的每个人都看向陪审团，陪审团成员们则面面相觑。按照合同法庭的既定程序，罗德里克和艾丽森面对面地站在房间两边，陪审团在艾丽森身后，这样他们就能看见罗德里克的正面和艾丽森的侧面，当他们说谎的时候便能分辨出来。

“艾丽森·里夫科姆，”法官说，“你对陪审团的任何成员有异议吗？”

艾丽森端详着他们。他们都是人[2]，没什么特别之处。在警方的审慎调查之下，找来的是尽可能接近真实的随机群体的陪审团。

“没有。”她说。

“罗德里克·里夫科姆，你有任何异议……”

“是的。”罗德里克挑衅地说，“我想知道其中有多少是人造人。”

---

1. 出自《圣经·马太福音》：“不要把圣物给狗，不要把珍珠丢在猪前，恐怕它践踏了珍珠，恐怕它转过来咬你们。”
2. 人类和人造人都是人。

法庭上一阵骚动。

所以这真的会是一场人类与人造人之间的大战。

科利尔法官的表情毫无变化。“有违规则，”他说，“人类和人造人在法律上是平等的，你不能因为陪审员是人造人就提出反对。”

“但是本案涉及人类和人造人的权利。”罗德里克抗议道。

“这与此完全无关，”法官严厉地说，“如果你的诉讼请求是按照这样的原则提出来的话，那我们还是把这件事统统忘掉，回家算了。你不能因为你妻子是人造人就和她离婚。”

“可是她没有告诉过我——”

“因为她没有告诉过你也不行。如今无论何时，都没有哪个人造人有义务披露——”

“这些我都知道，”罗德里克恼怒地说，“我必须陈述显而易见的事实吗？我从来没跟法律打过多少交道，但这一点我还是知道的——A 等于 B 可能什么用也没有，而 B 等于 A 却有可能让整个案件严丝合缝。好吧，我来陈述一项显而易见的事实。我提出离婚的理由是，艾丽森在我们婚前始终向我隐瞒她没有生育能力的事实。”

这是个显而易见的请求，但某些人仍然感到意外。众人饶有兴趣地一阵窃窃私语。现在审理可以往前推进了，有了个值得争论的问题。

艾丽森观察着罗德里克，想到自己比法庭上的任何人对他都要了解得多，她不禁笑了。冷静，他很危险，他在努力保持冷静。她从容不迫地看着他，一面在想怎么才能让他心烦意乱、犹豫动摇，一面又在祈祷他能够克制自己、好好表现。

她被要求站在证人席上做证，她心不在焉地站着，心里还想着罗德里克。是的，她反对离婚。不，她并不否认事实如上所述。那么，她凭什么在本案中提出反对呢？

她把注意力收回到手头的事情上来：“哦，那很简单。我用——”

她用手指数了一下，“——9个字就能说清楚：怎么知道我不能生育？”

记者们写下了“感觉”这个词。这种情况持续不了太久，但艾丽森知道这一点。她又进一步添油加醋。

“我没有说明我的全部情况，”她说，“目前我想说的只有……”她脸红了。她感觉到脸上的红晕，对自己非常满意。她本来不确定自己能不能脸红的，“我并不喜欢讲这种事，但我想，我必须得说出来。当我嫁给罗德里克时，我还是个处女。当时我怎么可能知道我不能生孩子呢？”

五

此言一出，很长时间之后法庭秩序才恢复正常。法官不得不使出浑身解数——用小槌敲打，还威胁说要清场。艾丽森与罗德里克的目光相遇了，他咧嘴一笑，慢慢摇了摇头。罗德里克身上至少有两种人格。他既是个急性子，易怒、冲动、情绪化；但同时也是位心理学家——虽然这有时让人难以置信——能够对事物进行筛选、权衡和分类，并确定其含义。

她明白他对她摇头是什么意思。她提出了一个纯属武断的论点，只能管用一时。她知道自己是个人造人，而人造人都没有孩子。其余的事无关紧要。

“我们现在已经确定了，”法官由于方才边喊边敲小木槌，有些上气不接下气地说，“本案是怎么回事，以及若干事实。艾丽森·里夫科姆承认，她隐瞒了自己是人造人这一事实，而她完全有权这么做——”他皱眉俯视着站起身来的罗德里克，“怎么？”

此时此刻，罗德里克是心理学家：“法官大人，你提到了‘人造人’这个词。你忘了吗，我们都不知道人造人是什么？我记得你刚才说过：‘我们从未听说过人造人。’”

科利尔法官显然更喜欢另一个罗德里克，只要自己乐意，就可以令他无言以对。“正是，”他冷淡地说，“你是打算告诉我们吗？”

“我建议请人来告诉你。”罗德里克说。

盖勒博士出庭做证。罗德里克面向他，显得沉着而有才干。大部分听众都是女性。他知道如何充分利用自身优势，而且他也办到了。盖勒博士满头银发，一脸凝重，沉着得犹如一座雕像。

“博士，你是谁？”罗德里克冷静地问。

“我是埃弗顿育婴堂的主管，全州的人造人都是在此制造的。”

“你对人造人相当了解啰？”

“我确实很了解。”

“顺便问一句，如果有人想知道的话，你介意告诉我们你是人类还是人造人吗？”

“完全不介意，我是人造人。”

“我明白了。现在，或许你可以告诉我们，什么是人造人，它们最初是什么时候发明的，又是为什么发明的。”

“人造人也是人，和人类没什么不同，只不过是制造出来的，而不是生育出来的。我看，你并不想让我告诉你整个过程的所有细节吧。基本上，首先是从几个活体细胞开始——每次都必须如此——逐渐形成一具完整的人体。并不存在什么区别，我必须强调这一点。人造人就是男人或女人，而不是机械人或自动机器。”

法庭上又是一阵骚动，法官微微一笑。罗德里克请来的这位证人对他来说似乎倒像是个拖累。但罗德里克只是点了点头，显然，一切都在掌握之中。

“大约两百年前，”博士继续说道，“有迹象显示，人类很快即将走向灭绝，这不仅仅是一种合理的怀疑。每一代人口的数量都比上一代减半，即使人类的生命仍能存续下去，文明也难以为继……”

这些话人人听着都很乏味，就连盖勒博士自己也对这些话似乎不感兴趣。这部分内容已经人尽皆知。但法官没有干涉，这些信息都非常具有相关性。

起初，人造人只是一项实验，让人觉得有趣，因为他们产生于第一次获得了惊人成功的实验，几乎谈不上失败，却取得了许多惊人的成功。一旦这个秘密得以揭示，人们就可以通过人为手段造出男女生物，精确到最后一位小数点。只有一个小小的瑕疵：他们无法生育，无论是在他们自己之间，还是在他们与人类伴侣之间。一切都很正常，就是从来不会怀孕。

但随着人口数量减少，公共服务趋缓，变得效率低下，某些甚至彻底停摆，自然就有人想到了一个聪明的主意：为什么不让人造人来干活呢？

所以人造人就被人为制造出来，并训练成公务员。起初他们的地位比兽类还低。但是，说句对人类公道的话，等人们清楚地认识到人造人也是人，这种情况就告一段落了。然后，人造人的社会地位提升到了相当于奴隶的较高水平。然而，奇怪的是，要造出人造人只有一种方法，就是先造出人造人婴儿，再让他们自行长大；而不可能只造出不完美的愚蠢成年人造人。结果他们就像人类一样，有的善良，有的邪恶，有的冷漠。

然后转变来临了，人类的出生率激增，这是一次复兴！甚至还有一段时间出现了失业。当然，消灭人造人是不人道的，但另一方面，如果有人要挨饿的话，他们也可以挨饿。

他们确实挨饿了。

人们不再制造人造人，人类生育水平下降。再次制造出人造人，人类生育水平上升。

情况终于变得显而易见。人类并非在用节育来自我毁灭，实际上是缺乏生育能力。现如今大多数人都不能生育，无论男女。但这种不孕不育症在一定程度上是出于心理原因。人造人带来了挑战，他们激发了人类内心深处的一种顽固情绪。

这样就达到了一种平衡。制造人造人只是出于两个原因：一是要发挥挑战作用，让人类坚守阵地，使损失的人口几乎足以得到更替；二是要承担所有脏活，让主宰世界的经济体系得以平稳运行，造福于大幅下降的人口。

即使是在早期，人造人也有拥趸。奇怪的是，并非是人造人本身为平等而战，并赢得了平等地位；而是人类之间互相斗争，并逐渐赋予了人造人平等的地位。

斗得最卖力的是那些生不出孩子的人。如果这些人想要拥有家庭，就只能收养人造人宝宝。自然而然地，他们把原本应该给予自己孩子的所有关爱都慷慨地倾注到了人造人宝宝身上，逐渐将其当作自己的孩子。因此，他们强烈支持任何取消对人造人限制的举措，自己的儿女不应被视为低人一等的存在。

正如盖勒博士所概述的，这是情况的一部分。法庭上的众人很不耐烦，法官望着天花板，陪审团看着艾丽森，只有罗德里克还在礼貌地倾听着盖勒博士的话。

六

等到这段暂时的平静一结束，大家立刻便知道了。即便有人错过了罗德里克的提问，也没人错过博士的回答：“——合理地证明了人造人无法生育。起初，其实还有些担心他们或许可以生育，人们认为人造人和人类生出的后代会是某种怪胎。但是他们并没有生育过。”

“还有一点，博士，”罗德里克轻松地说，“据我所知，有某种识别方法——某种可以将人类和人造人区分开来的方法，反之亦然？”

“有两种方法。”博士回答。法庭上的一些人感兴趣地抬起头来；其他人则摆出一副明显的漠然态度，表明他们知道他要说什么，“首先是指纹系统。这不仅像适用于人类那样适用于人造人，而且每所育婴堂的每个人造人都取过指纹。如果出于某种原因，有必要确定一个人是否为人造人的话，就可以取指纹。一旦这些信息被发送到世界上的每一处主要人造人中心——这一过程只需要两周时间——这个人要么被确认为人造人，要么被排除为人类。”

“不可能出错吧？”

“总是会有出错的可能。系统固然完美，但犯错却是人之常情——如果允许我开个玩笑的话——也是人造人之常情。”

“完全可以，”罗德里克说，“但我们是否可以认为，在本案中出错的可能性很小？”

“可以。至于另一种识别方法，这是早期人造人制造的遗留产物，我们有许多人觉得——但这与本案没有密切关系——”然而，他继续说下去的时候，第一次显得有些不自在，“人造人当然不是生育出来的，他们没有脐带。他们的肚脐很小，均匀而对称，隐约可见里面标着几个清晰的字——至少在我国是这样标的——‘美国制造’。”

一阵窃笑声传遍了整个法庭。博士微微有些脸红。关于所有人造人身上都带有的这个小标记，曾经有过一些笑话，一度有过以这个标记为主题的政治漫画。有个据说很有趣的故事的重点在于，人们发现原以为是“美国制造”的刻印文字其实却是“法国制造”。

这个印记一直是人类嘲弄的对象，每个人造人都会把它带在身上，直到带进坟墓。20 年前，所有对人造人的迫害照理说都应当已经结束了，人造人获得了自由与接纳，跟人类几乎拥有同样的权利。然而，20 年前，女人的晚礼服总是必定会露出肚脐——哪怕身上的其他所有部位都被清纯地遮住。人类姑娘借此夸耀自己是人类这一事实。人造人姑娘们要么乖乖地亮出佐证自己是人造人的证据，要么就用隐匿证据的方式间接承认自己是人造人。

“有一项提案目前正在进行审查，”博士说，“提案建议中止某些人认为定会永远表明其从属性的标记——”

“该事项尚未裁决，”法官打断了他的话，“与本案无关。我们关心的是事情的本来面目。”他探询地望向罗德里克，“你的证人说完了吗？”

“不仅证人说完了，”罗德里克说，“我的案情申述也完了。”他一副得意扬扬的模样，以至于连很难发火的艾丽森都想打他一顿，“你已经听到盖勒博士的证词了。我要求艾丽森接受他提到的两项测试。当人们认定她是人造人时，也就认定了她不能生育。因此，她既然对我隐瞒了人造人的身份，也就隐瞒了她不能生育的事实。”

法官有些勉强地点了点头。他从眼镜上方望着艾丽森，眼神中没抱多少希望。如果让这样一个大有可为的案子这么匆忙又这么平淡地草草收场，会是一件憾事。但他个人看不出艾丽森能提出什么重要的反证。

“有请你的证人。”罗德里克说，他做了个手势，让人恨不得照着他的牙齿踢上一脚，或者说艾丽森是这么觉得的。

“谢谢你。”她甜甜地说，从座位上站起来，穿过地板。她身穿一套朴素的灰色套装，搭配一件鲜艳的黄色上衣，只略微露出一点，以起到必要的提亮作用。她这辈子从来没像现在这么漂亮过，这一点她很清楚。

看罗德里克的表情，似乎那种持续时间出乎她意料的钢铁般的自制力正在丧失，她又火上浇油地扭动着把裙子抻直，他一直觉得她那样颇有吸引力。

“别那样！”他对她嘶声道，“这事很严肃。”

而她只是向他展示了一下 28 颗完美无瑕的贝齿，然后转向盖勒博士。

七

“博士，我最感兴趣的是你的一处措辞，”艾丽森说，“你说‘合理地认定’人造人不能生育。现在我认为我对事实的理解正确无误。你是埃弗顿育婴堂的主管？”

“是的。”

“因此，你的专业经验仅限于不超过 10 岁的人造人？”

“是的。”

“即便是人类，”艾丽森问，“在 10 岁之前生育是否常见呢？”

众人先是一阵目瞪口呆的沉默，然后是笑声，接着是掌声。“这可不是广播节目，”法官喊道，“里夫科姆太太，请你接着说。”

艾丽森果真又往下说了。她带着歉意说道，凡是与幼年人造人有关的事宜，盖勒博士确实是与之探讨的合适人选，但涉及成年人造人的相关问题（当然，她无意冒犯盖勒博士），她建议有请史密斯医生。

罗德里克打断了她的话。他完全准备好了聆听艾丽森的申述，但他们是不是最好先给他的申述下个结论？艾丽森准备接受方才提及的两项测试了吗？

“没有这个必要，”艾丽森说，“我是人造人，我并不否认这一点。”

“即便如此——”罗德里克说。

“我不太明白，里夫科姆先生，”法官插嘴说，“如果存在任何疑问，那可以。但里夫科姆太太并没有声称自己不是人造人。”

“我想知道。”

“你认为存在什么疑问吗？”

“我倒是希望有疑问。”

这又是“感觉”了。

“可是，只要你考虑一下，这一切都是自然而然的，”罗德里克说，这时他的声音总算又可以听见了，“我想离婚，是因为艾丽森是个人造人，不能生育。万一她自己搞错了，或者在玩什么把戏，或者有别的什么情况，那我就不想离婚了。我想要艾丽森，我娶的那位姑娘。这肯定很容易理解吧？”

“好吧，”艾丽森漠然地说，“要检查我的指纹需要一些时间，但是另一项检查现在就可以进行。法官大人，我该怎么做？当着大家的面把衣服脱了？”

“天哪，别！”

5分钟后，在陪审团休息室里，法官、陪审团和罗德里克查验了证据。艾丽森在向他们展示证据的同时，丝毫没有丧失自己的尊严和身段。

这一点毫无疑问，人造人的标志清晰无比。

罗德里克是最后一个查验的。等他验完印记以后，他的目光与艾丽森的目光相遇了，她不得不强忍住泪水。因为他既没满意，也没生气，只是有些歉然。

回到法庭上，罗德里克声称放弃进行指纹测试的要求。艾丽森请出了史密斯医生。他比盖勒博士的年纪要大些，但眼神明亮，神色机警。他身上有一种说不清的气质——当他走上证人席时，人们都向前倾着身子，不知怎的，他们都知道他要说的话值得一听。

“遵照我那位博学朋友的先例，”艾丽森说，“史密斯医生，我可以请问你是人类还是人造人吗？”

“可以，我是人类。不过我的大多数病人都是人造人。”

“为什么呢？”

“因为我很早以前就意识到，人造人代表着未来。人类在这场战斗中正在落败。既然如此，我就想找出人类和人造人之间的区别，或者二者究竟有没有任何区别。如果根本没有区别，那就更好了——毕竟那样人类就不会灭绝了。”

“不过当然了，”艾丽森漫不经心地说，但不知怎么回事，人人都全神贯注地倾听着她的话，“还是有一个基本区别的：人类正在变得不育，而人造人没有能力生育。”

“这没有区别。”史密斯医生说。

有时，一句意想不到的证词会带来沉默，有时则会引发混乱。而史密斯医生先后引发了沉默和混乱。当他详细阐述并把自己的意思表达得无可置疑时，全场是一片震惊的寂静。

“人造人可以生儿育女，并且曾经生育过。”

接着，他剩下的话便被一阵喘气声、耳语声和惊叹声淹没了，几秒钟后，这些声音扩大成了一片喧哗。法官又敲又喊，却毫无作用。

众人的叫喊声中充满愤怒，也有兴奋、焦虑、怀疑和恐惧。医生要么是在撒谎，要么说的是实话。要是他在撒谎，那他会因此吃苦头的，被这样的骗局欺骗的人会生气地想要报复。

要是他说的是实话，那每一个人都必须重估自己的人生观。每一个人——包括人类和人造人。古老的宗教问题又会再次冒出来。这个问题的答案左右着一件事：人类究竟是在自身行将灭绝的情况下真正征服了生命，还是仅仅与生命达成了一种妥协。这样一来，不管一个人是生育出来的还是制造而成的，都将不再重要。

那就再也没有人造人了，只有人。而且人类将成为造物主。

八

短暂休庭后，法庭重新开庭。法官盯着艾丽森和史密斯医生，史密斯医生又站到了证人席上。

“里夫科姆太太，”他说，“你可以从同一点开始查问吗？”

“当然可以。”艾丽森说。她对史密斯医生道，“你说人造人可以生儿育女？”

这一回，众人鸦雀无声，只能听见医生平静的声音：“是的。完全可以想象，在这一点上存在着与此矛盾的证据，我提出的证据频频遭到质疑。我第一次如此声明时遭遇的反应说明了为什么会这样。这是个重要的问题，对此每个人肯定都得出了某种结论。可能人们只相信自己听说的是事实。”

他继续往下说的时候，艾丽森瞥了罗德里克一眼。起初他无动于衷，并不相信。然后他对医生的话表现出了轻微的兴趣。最后，他兴奋得几乎快要坐不住了。

艾丽森心中又生起了希望。

“法庭上有位心理学家，”医生温和地说，“他可能很快就要向我提问了。跟其他任何一位全科医生一样，我也算不上心理学家，但在我提到具体案例之前，我必须先说明这一点。每个人造人长大成人时都知道自己不能生育，这在我们的文明中被广为接受。

“我认为这一点不该为世人所接受。我会告诉你们为什么的。”

没有人打断他的话。

他提到了178年前贝蒂·戈登·霍尔拜因的案例。谁也没听说过贝蒂·戈登·霍尔拜因其人。医生说，她是人类。她做证说，自己曾经被一名人造人强奸，她由于震惊而无力抵抗。涉案人造人被私刑处死。到了胎儿足月的时候，贝蒂·霍尔拜因生下了一个正常的孩子。

“这些记录每个人都可以查到，”医生说，“当这位姑娘遭到强奸时，引起了很多人的兴趣和气愤；但等到她生下孩子时，人们却几乎没有表现出多少兴趣或气愤。她在强奸事件后怀孕的说法遭到了否认，没有得到多少宣传，也没什么人相信，因为即便在那个时候，大家也都知道，人造人不能生育。”

罗德里克站了起来，望向法官，法官点了点头。

“听着，你是在为了打官司而歪曲事实，”他问道，“还是这姑娘——”

“你不能询问证人是否在做伪证。”法官责备地说。

“我他妈才不管什么伪证呢！”罗德里克喊道，“我只想知道这是不是真的！”

这话很不守规矩；但艾丽森知道，他随时都有可能爆发，辱骂医生和法官。她可不希望那样。于是她直视着他的目光，平静地说：“是真的，罗德里克。”

罗德里克坐了下来。

“现在，要想了解真实的情况，”医生继续说，“我们就必须记住，数以百万计的人造人接受了测试，彼此进行交配，甚至还与人类不定期地发生关系——却没有出现过受孕现象。或者曾经受孕过？”

一个多世纪以前，人们曾经在树林里发现了一个人造人姑娘，她虽然还活着，却生命垂危。她周围有许多脚印。她被人肢解了。虽然她还活着，但从此以后就再也没有完全清醒过。

但她也生了一个孩子。

罗德里克又站了起来，皱着眉头，“我不明白，”他说，“如果这是真的，那怎么会不为人知呢？”

法官正要干涉，但罗德里克马上又说：“医生和我都是专业人士，毫无疑问，我可以向他请教专业意见。对吧，医生？”

“因为人们总是有可能不相信自己决意不信的事。在本案中，那个无名女子被人肢解，以便去掉肚脐上的标记。有记录显示，她的指纹与人造人的指纹相符。但有权威声称，这肯定是弄错了，因为既然生下了孩子，就证明该女子是人类。”

150 年前，温妮——这一时期的人造人至少开始有名字了——生了一个孩子，人们再次认定，这个当过洗衣女仆的姑娘一定是在襁褓中跟哪个人造人婴儿弄混了，实际上她是人类。

人们发现，有个花园里埋了一具小小的婴儿尸体，一对人造人夫妇为此被告上了法庭。但既然他们是人造人，很明显，那不可能是他们的孩子，所以他们就被释放了。

罗德里克又跳了起来，“既然你知道此事，”他问史密斯医生，“那为什么要保密到现在？”

“5 年前，”医生说，“我写过一篇关于该主题的文章，把文章寄给了所有的医学期刊。最终，有家规模较小的出版社出版了那篇文章，我收到了 6 封感兴趣的人的来信，仅此而已。”

“必须承认，”他又道，“在我提到的这些案例中——正如当时所报道的那样——没有一个案例会被采纳为证明人造人能够生育的确切科学证据，被那些不相信这些事实的人将其记录下来，传之后世。

但是……”

“但是，”几分钟后，等医生做证完毕，艾丽森说，“有鉴于此，我很难说我知道我不能生孩子。也许我生孩子的可能性很低——需不需要我拿出更多的医学证据来证明，一般的人类妇女怀孕概率有多低？”

科利尔法官什么也没说，于是她继续说道：“目前的情况是，正如任何关心生育问题的人都会告诉你的那样，能够生育的夫妇寥寥无几，但那些能生育的夫妇却会生下许多儿女。如今，但凡能够生孩子的人就会继续生下去。

“现在我想引入一个新的观点。就人类夫妇而言，如果女方不能生育，而她并没有意识到这一点，这就不构成离婚理由；另一方面，如果她做过手术，导致她不可能生育，而她隐瞒了这一事实，这就构成了离婚理由。”

“我明白你的意思了，”法官说，“相当巧妙。请你说完。”

“既然我没有做过这样的手术，”艾丽森说，“而且我能够证明这一点，那按照我的理解，在法律意义上，就不能认为我早已知晓自己永远无法生孩子。”

“为了省去参考判例，”法官满意地说，“此时此地，我就可以表示，这位女士的说法正确无误。现在由陪审团来决定这个案件的是非曲直，不过可以说，里夫科姆太太已经确定了——”

“我要求休庭。”罗德里克说。

众人发出的低语声渐渐消失了。罗德里克和艾丽森都站着，隔着十码的距离凝视着对方。法庭上的每一个人都能感受到他们激烈的情绪。

“休庭到明天。”法官急忙说。

九

几乎所有提及里夫科姆案的报纸都犯了藐视法庭罪，也许大家都觉得法不责众吧。所有的报纸都对该案的是非曲直进行了报导，就仿佛他们也在提供证据似的。几乎没有什么素材是支持人造人或反对人造人的，它们更像是支持或反对庭上的证词。

一家报纸坦率地评论说，任何人都能看出，谁也别想把艾丽森·里夫科姆当成傻瓜。像这样的女人，不管她决意为什么诉讼案辩护，都必定会从中挖掘出正面因素，并将其发挥到极致。这并不是在中伤里夫科姆太太的道德心或正直观念，报纸反而对她赞赏有加。她所要做的就是令人对“人造人无法生育”这一老生常谈产生哪怕极为微弱的怀疑，而她办到了。

不过当然了，报纸断然表示，这并不意味着人造人就能够生育。

另一家报纸由此开始发挥，它评论道，也可以用同样不错的理由来证明唯心论、心灵感应、妖怪附体、狼人的存在……史密斯医生无疑是真诚的，但他被几次错误所误导了。显然，当人造人除了某一方面之外，在其他所有方面都与人类无异时，某些人就会与人造人发生混淆、被误认为人造人，反之亦然。同样明显的是，这个错误只有在怀孕时才会被人发现，正如史密斯医生所引用的那些案例一样。

第三家报纸甚至替艾丽森提出了一个可以在法庭上抛出的观点——如果她愿意这么做的话。千真万确，史密斯医生已经证明，这种混淆有可能会出现。艾丽森只需引用这些案例，并强调同样的情况也有可能发生在她本人身上就行了。如果人造人出身的证据不能算作证据，这个案子就会败诉。

不过，其他一些报纸则认为，人造人生育的可能性或许值得探讨。为什么不行呢？随便问什么人好了。人造人又不是不会流血的低等生物。人们可以通过把东西靠在人身上或者生火的方式来为其保暖。同样的，孩子既可以在人体中孕育，也可以在培养箱中培养，产生的结果是一模一样的。既然在40年后把他们放在一起，进行若干严格的测试，也仅能依靠人造人身上印着“美国制造”、指纹有档案记录，才能把他们区分开来，那他们就必定是一模一样的。

人们一直相信人造人不可能生育，因为别人告诉他们人造人从未生育过。现在有人告诉他们，人造人曾经生育过。这有何难呢？你以为你已经把烟抽完了，直到拿出烟盒，发现里面还剩下一支。接下来你会怎么做呢——说你已经抽完了，所以这个看起来像烟的东西并不是烟，然后把它扔掉吗？

几乎所有的报纸，不管总体观点如何，都提出了那个真正的基本问题：

从理论上来讲，人工制造的人可以受孕是可信的；从理论上来讲，他们无法受孕也是可信的。

但概率为什么是百万分之一、五百万分之一、一千万分之一呢？即使是在目前，人类夫妇平均也有六分之一能够生儿育女。

十

“如果你不反对的话，”罗德里克彬彬有礼地说——艾丽森认为，他这是决心要表现出自己最好的一面，“就让我们把这里变成调查法庭吧。如果你愿意的话，可以说艾丽森成功地为本案进行了辩护，理由是在法律上不能说她明知自己不能生育。忘掉离婚的事吧，这不是重点。”

“我还以为这是重点呢。”法官茫然地反驳道。

“谁都看得出来，”罗德里克不耐烦地说，“现在要紧的是史密斯医生提出的问题。让我们来认真探讨一下艾丽森是否有可能生育的问题。”

“法庭可不是解决这个问题的地方。”艾丽森低声说。但她感觉到了幸福之光的第一缕温暖气息，她原以为这再也不会有了呢。

“女人总是会把泛泛的话题扯到具体事物上，”罗德里克回嘴，“我说的不是你会不会有孩子的问题，我的问题是你是否确有这种可能。”

法官果断地敲了敲小木槌：“我实在太宽容了。我坚决认为，在我自己的法庭上应当维持一定的秩序。罗德里克·里夫科姆，你撤诉了吗？”

“这有什么关系呢？不管怎么样，如果你非得要往那个方向说的话，我们就必须拿出一些直截了当的问题和答案，比如艾丽森是否还爱我。”

法官倒抽了一口冷气。

“你爱我吗？”罗德里克瞪着艾丽森问。

艾丽森觉得她的心仿佛要炸开了，“如果你想要直截了当的答案的话，”她说，“爱。”

“很好。”罗德里克满意地说，“现在我们可以从这里继续往下讲了。”

他转过身来怒视着科利尔法官，法官正想打断他的话。

“听着，”罗德里克问道，“你有兴趣了解真相吗？”

“当然，可是——”

"我也是。那你就别作声。我本来不想对你发脾气的，但你老让我觉得烦死了。艾丽森，你介意站在证人席上做证吗？"

毫无疑问，罗德里克很有个性。

艾丽森站到了证人席上，他转向陪审团道："我要把我的想法告诉你们。"他友好地对他们说："我们都想知道，这样的事情如果存在可能的话，为什么会极为罕见。不幸的是，到目前为止，还没有人真正承认过这确有可能，所以我不知道。我从来没有过深入了解的机会。现在我有机会了。我想知道的是，如果人造人可以生育的话，是什么妨碍了她们生育。"

他心不在焉地伸出手，没有左顾右盼，捏了捏艾丽森的肩膀，"我们请到了艾丽森。"罗德里克接着说，"如果可以的话，那我们就来瞧一瞧，是什么会妨碍她生育？"

艾丽森很庆幸自己坐了下来。她的膝盖如此虚弱无力，她知道，它们支撑不住她的身体。她究竟是不是让罗德里克回心转意了？她真能有孩子吗？罗德里克的孩子？法庭在她眼前天旋地转地晃动着。

她渐渐地意识到，罗德里克正在焦急地问她是否没事，罗德里克在她上方俯下身来，罗德里克的手臂在她背后支撑着她。

"我没事，"她有气无力地说，"我很抱歉。罗德里克，我会尽我所能帮助你的，但你认为真的有很大可能吗？"

"我是个心理学家，"他平静地提醒她，"既然你从来没见过我工作时的样子，那不妨告诉你，我很出色。也许我们在这个地方无法在半小时内解决这个问题，但我们在未来的60年里会解决的。"

艾丽森没有忘记自己身在何处，但这一切都太疯狂了，再多疯狂一点点也不会有什么害处。她伸出手去，把他拉过来，让他的嘴唇贴到她唇上。

十一

“我在寻找的东西必定存在于每一个人造人的生命中，无论男女。”罗德里克说，“我不指望马上就能找到。艾丽森，告诉我们，你意识到自己有所区别是在哪些时候——别人让你意识到自己是人造人而非人类是在哪些时候。你愿意从多早开始讲起都行。”

“还有，”他突然出乎意料地咧嘴一笑，又说，“请向法官陈述你的意见。让我们尽量保持客观。”

艾丽森让自己镇定下来，好完成这项任务。她真不想回顾过去，只想展望全新的美好未来，但她还是逼着自己开始讲。

“我在纽约的人造人育婴堂长大，”她说，“在那里是没有区别的。有些孩子认为有区别。有时候，我听到大一点的孩子们在说，如果他们是人类的话，他们的日子就会好过得多。不过有两次，育婴堂人满为患，而孤儿院有充分的空间供人类儿童使用，当时我被转移到了孤儿院。完全没有任何区别。

“在育婴堂，进行自我推销的能力比以后任何时候都重要得多。如果你足够有吸引力，足以引起别人的兴趣，想要领养孩子的人就会注意到你，你就会有个家，获得安全和关爱。我既没有吸引力，也引不起别人的兴趣。我在育婴堂一直待到9岁。我看到那么多夫妇在寻找孩子领养，他们总是会带走某个孩子，却从来没有人来带走我，所以我确信自己会一直待在那里，直到年纪大到不能再被人领养为止，然后就不得不自食其力，永远孤身一人。

“后来有一天，育婴堂的一个修女发现我在哭——我忘了自己当时在哭什么了——她告诉我，没有必要为任何事情掉眼泪，因为我有头脑，而且眼看就要长成一个美人，除此之外，一个女孩子还有什么想要的呢？我照了照镜子，但我看起来还是和从前一样。不过她一定知道自己在说什么，就在一周后，一对夫妇来到育婴堂，看了一圈之后选中了我。”

艾丽森深吸了一口气，眼里涌出的泪水没有任何演戏的成分。

“凡是没有亲身经历过的人，永远也无法体会到9岁时第一次拥有自己的家是什么感觉。”她说，“说我肯为我的新父母去死都还远远不够。也许正是这一点误导了罗德里克。他知道，我每个月至少要去看望家人两次。他必定以为他们是我的亲生父母，所以没有问过我是不是人造人。”

从她开始讲述这段故事以来，她第一次看了一眼罗德里克。他点了点头。

“说下去吧，艾丽森，”他平静地说，“你讲得挺好的。”

“对人造人来说，活在这个世界上并不艰难，”艾丽森坚持说，“只是偶尔……”

她停了下来，罗德里克不得不提醒她：“只是偶尔才会怎么样？”

但艾丽森的心思不在他这里，她回到了11年前。

十二

对于自己即将不再是个孩子、而要成为一个女人的那段尴尬时期，艾丽森心知肚明。但她从来没有充分意识到它会来得有多快，以及感觉上似乎比实际还要快，所以她还没来得及做好开始的准备，那段时期就已经结束了。

她睡得不好，但她相当健康，体力极为充沛，所以这并没有表现出来，这一回，她的养父母让她失望了。虽然艾丽森永远不会承认这一点，但假如当时苏珊和她谈谈的话，情况就会轻松得多，而罗杰虽然一句话也没说，却用态度表示，他明白是怎么回事。

有一天，她出门散步，想把自己折腾累了，过会儿好睡得着。在树林里，她撞见了一群与她同龄的年轻人。鲍勃·汤姆森也在其中，这个人她算是认识的，她也知道，这群人里明显的首领是哈里·休伊特，他有15岁少年那么高。她不知道他们当中有没有人造人——这个问题她从未想过。而她自己是个人造人这点似乎既不涉及任何直接利益，也不具备什么重要性，当她从他们中间经过时，有人吹起了口哨，她完全清楚他们正盯着她看，便不由自主地脸红了。

她看见鲍勃·汤姆森附耳对哈里·休伊特说了句什么，休伊特蹦出一句："人造人，嗯？人造人啊！那就没事！"他走到她面前，挡住了她的去路，"多漂亮的人造人啊！"他哗众取宠地大声嚷道，"我以前见过你，但我还以为你只是个女孩子呢。人造人，把衬衫脱了。"那帮人吓了一跳，动了动，有人用胳膊肘捅了一下休伊特，"没关系，"他说，"她是个人造人。没有真正的父母，只有领养她的人，好假装他们能生孩子。"

艾丽森像走投无路的动物一样左右张望。

"人类可以对人造人为所欲为，"休伊特告诉那些比他胆怯的同伴，"这事你们不知道吗？"他转向艾丽森，"但我们必须确定她是个人造人。布奇，抱住她。"

艾丽森的臀部被人紧紧地抓住了，她的臀部最近才不再像个男孩子，而且以惊人的速度鼓胀起来。她踢腾着、挣扎着，心都要炸裂了，但布奇很有力气。另外两个男孩抓住了她的胳膊。众人异口同声，发出一阵紧张而兴奋的窃笑，休伊特在窃笑声中小心翼翼地把上衣和裙子分开一条窄缝，盯着她的肚脐瞧了瞧。

“美国制造，”他满意地说，“那就没关系了。”

他一把将她的上衣从腰带里拽出来剥掉了，与刚才小心谨慎、彬彬有礼的态度形成了鲜明的对比。她背后有人开始笨手笨脚地解起了她的胸罩，艾丽森的膝盖都吓软了。

“不，不！”休伊特模仿着惊恐的语气喊道，“除非她说可以，否则千万别干。就连人造人也是有权利的。或者就算他们没有的话，我们至少也该礼貌一点，假装他们有。人造人，说我们可以对你为所欲为。”

“不！”艾丽森叫道。

“那可太糟了。布奇，把你的手稍微转一转。”

粗糙的双手向上环住了她的肋骨，摩擦着她柔软的肌肤。

艾丽森发疯似的挣扎扭动着。

“别动。”休伊特说。他说话的声音很轻，但脸上却流露出一种野蛮的喜悦。他小心翼翼地慢慢解开艾丽森的腰带，轻轻解开她的裙子和裙子下面的白色短裤，褪到她凹陷的腹部。然后他掏出一把沉甸甸的折刀，打开它，灵巧地把刀尖抵在她肚子正中。艾丽森瘪起肚子；刀尖紧跟着往里，压在她的皮肉上。

“人造人，说我们可以对你为所欲为。”

刀子扎得更深了。一小滴深红色的血从刀下渗出，慢慢地滑到艾丽森的裙子上。她的神经崩溃了。

“你们可以对我为所欲为！”她尖叫道。

她的胸罩松开了，飘落在地。休伊特的刀割断了她的腰带，裙子开始滑过臀部。布奇的手又再次落到她腰间，狠狠地掐紧了。从背后伸来的一只手试探地摸了摸她的胸部，另一只手抓住了她的肩膀。她的双脚被人一只一只地抬起来，脱掉了鞋子，扔进了灌木丛。

但有人听见了艾丽森的尖叫，在她以为谁也不会来之后过了很久，有人来了。

“见鬼，”休伊特说，此时他的一个同伴正大喊大叫、指指点点，“总是有什么来坏我们的好事。伙计们，快跑！”

他们跑得无影无踪。艾丽森抓着裙子，感激涕零地回头望去。在离她只有几码远的地方有一男一女，女人年纪轻轻、身怀六甲，他们俩都是人类。她张嘴说着感谢的话，解释着，哭泣着。

但他们看着她的那副模样，就仿佛她是一只被压扁了的甲虫。

“人造人，难怪，”那男人厌恶地说，“肮脏的小畜牲。”

“不过是个孩子，”女人说，“而且已经都这样了。”

“我想，我要好好把她痛打一顿，”那男人接着说，“我估计这不会有什么好处，但是……”

艾丽森突然泪流满面，冲进了灌木丛。她没有停下来看那男人有没有跟在她后面冲过来。树枝和荆棘划破了她的皮肤。她的裙子掉了下来，绊了她一跤。她头朝下飞了出去，躲开了一丛带刺的灌木，重重地撞到树干上，在地上难受得喘不过气来，等着那男人过来打她。

她腿上、胳膊上和肩膀上都布满了长长的划痕，有根结实的树枝像鞭子一样抽过她的肋骨，留下了一道长长的鞭痕，但这并不重要。一根扭曲的树根正戳着她的体侧——这也无关紧要。什么都不重要。为什么从来没人告诉过她，她低人一等？不知怎么回事，她以前就知道；她一直都知道。但是从来没有人向她证明过这一点。

后来她才明白，这对男女——他们肯定看到或者猜到了事情的真相——为什么会那样说。他们有孩子了，或者就快有孩子了。他们痛恨所有的人造人。人造人没有存在的必要，是他们的敌人，是他们孩子的敌人。

但当时，她只是无可奈何地等待着，无法思考。那个男人会来打她一顿，苏珊和罗杰会把她赶走，她就再也不知道什么是幸福了。

十三

“我父母一直不知道这件事，”艾丽森说，“我躲在灌木丛里，直到天黑，然后就直接回家了。我从户外厕所爬进了卧室，后来又假装已经在那里待了好几个小时。”

“你为什么谁也没告诉？”罗德里克问道。

艾丽森耸了耸肩：“这只是件小事，只牵扯到我一个人。一旦我有时间去思考，我就明白了，我的养父母会不安、会生气，但不是对我生气。我想最好是不要告诉别人。反正我又没受伤，当你回首往事时，一切就都无关紧要了，不是吗？”

“那个要把你好好痛打一顿的人呢？”

“我再也没见过他。两年后，我才第一次受到了体罚。”

“等一下，”罗德里克说，“你刚才说，即便是在那个时候，你也知道自己低人一等——你一直都知道，但这是第一次有人证明给你看。那你是怎么知道的？是什么人或者什么事让你明白的？什么时候？在哪里？”

艾丽森尝试着回答，他们可以看得出她在尝试。但她只是说：“我不知道。”

“好吧，”罗德里克说，似乎这并不重要，“两年后又发生了什么事？”

“或许是我把这些事看得太重了，”艾丽森抱歉地说，“当然，这些事是发生过的。不过，我说两年过去了的时候，也许我没说清楚，在这两年间几乎什么也没发生过，几乎没人说过什么话或做过什么事来提醒我，我是个人造人，而不是人。

“当我十六七岁的时候，我突然展露出了网球天赋。我从很小的时候就开始打网球了，但就在一线球员的竞技状态时好时坏的时候，我却相当出乎意料地取得了进步。我加入了一个新俱乐部，获选参加一场重要的比赛。我参加了单打、混双和女双比赛。我表现得很好，但那并不是重点。

“比赛结束后，我的女双搭档告诉我，有人让我去更衣室。她告诉我的方式有些奇怪，但我想不起来了。我还心想，我是不是违反了某条规则，或者没有跟某人核对，进错了比赛，或者忘了面向东方三鞠躬——你们知道这些俱乐部什么样。”

“不，我们不知道，”科利尔法官说，“还记得吗，我们一无所知？告诉我们吧。”

出乎意料的是，行事难以捉摸的罗德里克赞许地向他点了点头。

十四

艾丽森跟在维罗妮卡身后，犹疑地微笑着。她一般都不会紧张，也并不敏感；她很少感到忧虑。她觉得好奇，这是自然的，她甚至还想到了一些更疯狂的可能性。她是不是被误认作别的什么人了？是不是有人偷了什么东西，而他们以为是她干的？是不是有人检查过她的球拍，发现宽了一英寸？

全队的人都在更衣室里等着。事态似乎很严重，尤其是当她看到他们的表情时。她仍然没有想到，她是个人造人这件事可能与此有关。在她的一生中，只有一次真正有迹象表明，人造人在某些方面低人一等。

但事实就是如此。队长鲍勃·沃尔顿严肃地说，他们的对手被打得很惨，指责他们招募了明星人造人来当帮手。

艾丽森笑道：“这是个新借口啊。我听到过一些稀奇古怪的借口，我自己也找过这样的借口——光线不好，裁判糊涂，我鞋里有石子儿，人们在走动，网太高了。但从来没听过‘你们派人造人来对付我们’。人造人也只是普通人——网球运动员的水平也有好有坏。公开赛上的单打冠军是个人造人，但排名第一的女运动员是人类。你们跟我一样对此一清二楚。那你们也可以因为被高个子、矮个子或者胳膊长的人打败而抱怨吗？”

每个人都放松下来。

“对不起，艾丽森，”沃尔顿说，“只是我们谁也不知道你不是人造人。”

艾丽森皱起了眉头：“这都是什么话？我当然是人造人了，我没这么说，只是因为没人问过我。”

“是我们想当然了，”沃尔顿生硬地说，“我们以为你知道……当然了，你也确实知道。雅典联赛中没有人造人参赛。我们试着至少让一组队员干干净净的，不要有人造人。”

他看了看队里的另外两名男队员，低下了头。他们三个人一句话也没说，就离开了房间。

屋里只剩下艾丽森和另外三个姑娘，其中一个姑娘因为她而无缘加入队伍，她一脸气愤。

“这是无稽之谈，”她说，“如果想打一场只有人类参加的联赛，我觉得这也没关系，但你们应该张贴告示，避免引起误会。我不知道你们——”

“你知不知道无关紧要，”维罗妮卡冷冰冰地说——就在几分钟之前，这个维罗妮卡还有说有笑，跟艾丽森一起打赢了一场比赛，“我们要确保你永生难忘。”

她们逼近了她，显然，她们是要打一架。艾丽森并不介意。她照着维罗妮卡的肋骨上狠狠一记，打得她喘着粗气飞到了房间那一头。她以为她们会撕烂她的衣服，因为这是对付人造人姑娘的传统惯例。但这与灌木丛中的那一幕大不相同，这一幕很干净，颇具运动风范。男队员们走得很对，不是六个年轻人拿刀指着一个吓坏了的孩子，而只是三个姑娘打一个。

艾丽森打得很拼命，但也光明正大，她猜想，如果她打架的时候手脚不干净，痛恨人造人的人就会更振振有词了。说句公道话，其他女孩的打法也很干净。她们不介意弄伤她，但没有打她的脸，用指甲挠她，或者扯她的头发。

艾丽森表现得很好，但在其他条件相同的情况下，以三敌一总归能赢。她脸朝下倒在了地板上。其中一个女孩坐在她腿上，另一个坐在她肩膀上，而第三个女孩稳稳挥着球拍，敲打着她短裤上臀部的位置。

这可不是闹着玩。就算情况比这要惨得多，艾丽森也不会发出半点声音，但当她们放她走的时候，她为自己感到难过。她们把她一个人丢在了屋里。

她爬起来，掸掉了身上的灰尘。地板很干净，从角落里的镜子来看，她没什么事。事实上，她可比那三个刚才揍了她一顿的女孩好看多了。

她仍然很生气，但一想到自己能在选美比赛和网球比赛中把她们统统击败，她还是可以达观地咧嘴一笑。如果她乐意的话，她可以告诉自己，她们这是在嫉妒她。这话很可能至少说对了一部分。

她在感情上受到了伤害，但并没有遭受其他伤害。她甚至能明白他们的观点。

十五

“他们的观点是什么？”罗德里克问道。

“呃，他们是人，也自以为高人一等。如果你的问法恰当的话，他们甚至还会承认自己就是自觉高人一等。这是个私人俱乐部——”

“而且这很合理，”罗德里克温和地说，“他们就是应该把人造人排除在外，因为人造人低人一等。”

“不，不完全是那样。”艾丽森笑着抗议道，“我并不是真的相信……”她住了口。

“只是有时候吗？”罗德里克不依不饶地问，“或者只是你身上的一部分这么想，而其余部分非常清楚，人造人和人类几乎一样？”

艾丽森突然打了个哆嗦：“要知道，我有种奇怪的感觉，就仿佛我被困在什么东西里面似的。”

“在人们下定决心不必害怕蜘蛛或者任何自己害怕的东西之前，”罗德里克说，“他们都是这种感觉。”

法庭上鸦雀无声。罗德里克卓越的专业能力加上艾丽森予以配合的决心，似乎使得任何形式的干扰都不可能出现。

“关于这一点，我能说的基本都说得差不多了，”艾丽森说，“我找了份工作，不是因为我必须工作，而是因为我想要工作。那是在一家广告公司。他们知道我是个人造人，付给我的薪水和付给别人的一样多。我表现好的时候，他们还给我加薪。

“可是后来，我注意到了一件事——我从来没有因为任何事情获得过半分功劳。每当我有个主意的时候，不知怎么回事，这份功劳总是会归到别人身上去。不久就出现了一种非常奇怪的情况：我职位很低，几乎或者说压根没什么地位；但我干的却是需要担责的工作，也为此获得了丰厚的报酬。

“我去了另一家广告公司，情况大不相同。同样的，他们也知道我是个人造人，但似乎没人对此有丝毫兴趣。当我表现好的时候，我就升了职。当我有什么工作做得很差劲时，我的上司就会辱骂我，管我叫傻瓜、窝囊废、头脑空空的迷人女孩，还有很多我不想在这里重复的话。

“但他似乎从来没想过叫我肮脏的人造人。我认为他本身也并非人造人。

“我加入了一个戏剧社团，但我又一次选错了社团。他们根本不介意我是个人造人，没有把我关在小屋子里。但在演员阵容里，有三个人类姑娘不像我跟另一个人造人姑娘那样，愿意共用同一间化妆室，这是很自然的。当我们在小地方演出的时候，我和她就只好在舞台侧面换衣服。

“还有许多诸如此类的琐事。随着我年龄渐长，这样的事也成倍地增加——不是因为区别越来越厉害了，而是因为我爬到了社会的更上层。况且，在那些因为你没上过哈佛或者耶鲁就会对你有意见的地方，如果你是个人造人，这自然是一项劣势。

“后来通过了一项法律，不再需要承认自己是人造人。我不知道雅典网球联赛对此有何作为。当时我才刚来埃弗顿，几乎没人知道我是人造人。尽管我刚才说了这么多，但事实上几乎没人在意这个。世上有那么多人造人、那么多人类。你可能会发现自己是团队里唯一的人造人——或者是唯一的人类。

“然后我就遇见了罗德里克。”

“好了，”罗德里克说，“我想我们可以打住了。”他转向法官，

“我当然要撤诉，我想我好一阵子之前就说得很清楚了。”

他伸出手臂搀扶艾丽森：“来吧，宝贝，咱们走吧。”

法庭上再次爆发出一阵喧哗声。这必定是有史以来最嘈杂也最安静的审判之一。法官站了起来，把尊严抛到了脑后，又是不耐又是恼怒，单脚轮流蹦跶着。

“你不能就这么走了！”他大叫道，“我们还没审完呢……我们还不知道……”

“我在此已经竭尽全力了。”罗德里克说。但随着喧闹声越来越响，他犹豫起来。“好吧，”他提高了声音继续说，“但你没法把人们自身的事解释给他们听。任何会让他们干出好玩的事情或不走寻常路的小小怪癖，你都得让他们循序渐进地解释给你和他们自个儿听。”

他在口袋里搜寻了一番，掏出一个钥匙圈：“亲爱的，去车里等着吧。”他把停车的位置告诉了艾丽森，她一脸茫然地去了。

“我得把这些文件再瞒她一两天，”罗德里克几乎是自言自语地说下去，“等到那以后，就无关紧要了。”他把注意力转向法庭，“那好吧，听着。如果我没弄错的话，那我发现了一件大家在 200 年间视而不见的东西。我不能说我不出 5 分钟就发现了。在过去的 24 小时里，借着相当多的人造人患者病历的帮助，我一直在设法解决这个问题。”

“你们要不要听？”随着众人兴奋的叽叽喳喳声越来越响，他喊道，“我不想跟你们说这个，我想跟艾丽森一起回家，你们见过她了，难道你们不想吗？”

法庭上逐渐安静下来。

“让我们暂且来考虑一下人类的不孕不育问题吧，”罗德里克说，“正如你们所想象的那样，这部分是医学问题，部分是心理问题。作为一名心理学家，我曾经治愈过所谓的不孕不育症患者——当然了，我所治愈的根本不是不孕不育，而是神经衰弱。这些人过去没有孩子，现在也没有，原因要归咎于他们无意识地得出了某种结论，即认为自己不想要孩子、不该要孩子，或者确信自己没法要孩子。

“但这只是其中的一部分人。也有其他人来找过我，在咨询了这方面的专家后，我发现其中没有半点与心理相关的成分。

“我现在有个想法：所有人造人都是心理上的不孕不育患者。不孕不育症已经侵蚀了人类的生殖循环，但它怎么又会影响到人造人呢？如果有一个人造人能生育，那他们就都能生育。除非他们像我治愈过的这些人类一样，无意识地得出了结论，大概就是认为人造人不能、不该也必定没法生孩子。

“我们知道，他们几乎都这样。”

他突然压低了声音。当罗德里克平静地说话时，他是在强调要点，大家都在倾听，现在没人悄悄嘀咕了。

“我认为，假如你们进行一项调查，看看如今是谁仍然在否认人造人能够生育——激烈、诚恳、真挚地否认——你们就会发现，否认得最激烈、最诚恳、最真挚的正是人造人。如果你们回顾一下过去，我想你们也会有同样的发现。公开宣称人造人并非不能生育的竟然是一名人类医生，这难道不能说明问题吗？

“这条心理学公理在每个人造人身上都根深蒂固：人造人要生存，就必须低人一等。这就是答案。人造人不会来找我治疗这种病，因为他们不想被治愈。他们知道，这对他们是必不可少的。他们大脑中更为清醒的部分可能会知道，事实恰恰相反，但当涉及像这样的事情时，那就不算数了。

“很久以前，不知不觉中，人造人就利用了这一点。如果人造人不能生育，就不会构成威胁；如果人造人不能生育，就会恰如其分地处于劣势；如果人造人不能生育，就会获准存在下去；如果人造人不能生育，就可以在其他方面与人类竞争。”

他扫视了一眼法庭上的众人，知道自己说得没错。这一回，几乎一眼就能分辨出人类和人造人。法庭上有一半人的表情饶有兴味、觉得无聊、感到好笑、无动于衷、若有所思——这些都是人类；另一半人则愤怒、恐惧、羞愧、冷漠、怨恨、兴奋至极或是泪流满面……因为罗德里克正在撕裂他们世界的根基。

“我对艾丽森抱着真切的希望，”他温和地说，“因为她请来了史密斯医生。明白这意味着什么吗？1 000 名人造人中，没有一个能做到这一点。她肯定非常爱我……但那不关你们的事。”

他沿着艾丽森刚才走过的路走去，这次没有人企图阻拦他。他走到门口，停了下来。

“当第一批举世公认的人造人孩子出生时，”他说，“这将会意味着，不管人类仍然不得不面对怎样的考验或灾难，人这一物种都不会灭绝。因为……我看，我们都应该仔细琢磨下这一点。人造人的孩子不可能是人造人，对吧？”

十六

罗德里克开着车。他们一起坐车出门的时候，开车的一般是艾丽森，但他们有个不言而喻的约定，那就是在一段时间内，几乎所有的事情都得由罗德里克来负责。

“我们都赢了，”她高兴地说，“至少，等小罗德里克出生的时候，我们都算是赢了。”

“你相信他会出生吗？”罗德里克用职业化的语调不带任何情绪

地问。

“不怎么信。我很好奇你在法庭上都说了些什么。我猜我不该想弄明白这个吧？”

“如果你愿意的话，就去弄明白吧。但要从你自己身上做起，从你内心做起。我会帮你的。”

“我想，”艾丽森若有所思地说，“肯定跟史密斯医生有关。”

“哦？为什么呢？”

“因为我还记得，当我听说他这个人和人造人可以生儿育女的观念时，我有一种特别奇怪的感觉。就好像休伊特把刀捅进我肚子里的那种感觉，只不过像是……”

她紧张不安地笑了笑：“像是我正自己拿着那把刀，不得不割掉什么东西，但又没法在不让自己送命的前提下把它割掉。不过，我有种想法，只要我付出足够的努力，尝试足够长的时间，我就既能把它割掉，又不会让自己送命。”

罗德里克拐过街角，来到他们住的那条街上。“这有点儿不专业，”他的声音里带着掩饰不住的兴奋，“可是艾丽森，我认为这不会对你造成任何伤害。小罗德里克会出生的。这不是由我决定的，而是由你决定的，而且你也不会因此而送命。还有——天哪，快看！”

罗德里克·里夫科姆抱着新娘跨过门槛时，照相机像蚱蜢一样咔哒咔哒直响。摄影师们根本不必尾随，因为他们知道里夫科姆夫妇要去哪里。几十份整版插图作了曝光，里夫科姆夫妇成了新闻人物，里夫科姆这个姓氏几乎人尽皆知。

罗德里克高大健壮，对妻子115磅的体重毫不在乎，但他抱着她的姿势却没有半点儿不在乎。他把她抱在怀里的样子，就仿佛她是价值百万美元的一堆零钞，而外面正刮着大风似的。他低头看着她，两眼含情脉脉。他一头乌发，一双棕色的眼睛，一眼就可以看出，他可以把任何一个他爱的姑娘抱过门槛。

艾丽森像小猫一样依偎在他怀里，心醉神迷地半闭着眼，双臂搂住他的脖子。一眼就可以看出，她可以被任何一个她爱的男人抱过门槛。

当他们进门的时候，一个故事就开始了。但咱们不妨标新立异一下，将其称为一个故事的结束。

（罗妍莉　译）

克拉克的转型

1950 年到 1960 年的十年间，是阿瑟·C. 克拉克的转型时期，也是科幻小说的转型时期。在这段时期，科幻小说艰难地从隔绝于大众之外的小团体的爱好，转向面对更为广阔的文学世界和更多读者。对于克拉克来说，这段时期代表了他从一位雄心勃勃的科幻爱好者到一位成功的科幻作家的转型趋于成熟，他正逐渐成为一位国际知名的文学人物和关于空间与科学的权威专家。克拉克在 20 世纪 60 年代后期成为畅销书作家，1968 年，克拉克的小说《2001：太空奥德赛》（*2001: A Space Odyssey*）被斯坦利·库布里克改编为同名电影，20 世纪 70 年代到 80 年代，克拉克继续引领畅销书的发展。然而，在很多方面，克拉克最好的文学作品都是在 20 世纪 50 年代完成的。

1917 年，克拉克生于英格兰萨默塞特地区的迈恩黑德。19 岁时，克拉克来到伦敦，在政府部门从事审计工作。1941 年至 1946 年间，他服役于英国皇家空军，担任雷达技师。1948 年，克拉克在伦敦国王学院获得了学士学位。克拉克的科幻事业始于少年时代，当时他加入了英国星际协会[1]和英国科幻协会。自英国科幻协会 1937 年成立起，克拉克就是该协会会员。

1937 年至 1942 年，克拉克为英国的爱好者杂志撰写短篇小说和文章，但他正式发表的第一篇文章是 1938 年和 1939 年撰写的科普文章，以及他 1945 年发表在《无线世界》（*Wireless World*）上富有预见性的文章《地外接力》（“Extraterrestrial Relays”），后来他在一篇题为《通讯卫星简史，又名：我如何在我的空闲时间错过十亿美元》（“A Short History of Comsats, Or: How I Lost a Billion Dollars in My Spare Time”）的文章中引述了《地外接力》。他首度正式发表的短篇小说是 1946 年发表在《惊异》杂志上的《漏洞》（“Loophole”，1946）和《救援队》（“Rescue Party”，1946），后者为克拉克带来了早期的名望，常常被重印。

后来克拉克开始发表长篇小说，他创作了适合成年人阅读的小说，也短暂地创作过青少年小说。1951 年，他创作了《太空序曲》（*Prelude to Space*）和《火星之沙》（*The Sands of Mars*），1952 年，他创作了《空中岛屿》（*Islands in the Sky*）。但是克拉克的第一次事业突破来源于 1951 年的一本非小说书籍《探索太空》（*The Exploration of Space*, 1951），这本书成了每月好书书友会[2]的推荐书籍。埃里克・拉布金[3]（Eric Rabkin）指出：“克拉克在创作冒险题材的长篇小说时，热爱技术细节，努力地正确使用科学元素，可能是他这一代作家中最有希望继承凡尔纳的写作事业和坎贝尔的编辑风格的人。”但克拉克从《夜幕未落》（*Against the Fall of Night*, 1953，

1. 一个英国民间爱好者组成的社团组织，成员致力于研究外太空和宇航技术，促进人类更关注宇宙航行。
2. 1926 年成立于美国的读书爱好者组成的民间组织，至今仍在运作。目前，每月好书书友会为会员每个月提供 5 本值得阅读的书籍。
3. 美国大学教授、科幻文学研究者。

1956 年再版时更名为《城市与群星》，即 *The City and the Stars*）和《童年的终结》（*Chlidhood's End*, 1953）开始，同样“持续关注社会学与哲学”，并成为“最可能继承威尔斯和斯台普顿的人”。

在 1956 年移居斯里兰卡后，克拉克依然持续创作杰出的长篇科幻小说和科普书。他和艾萨克·阿西莫夫游戏式地竞争着“最佳科幻小说作家”和“最佳科普作家”的称号（克拉克和阿西莫夫在纽约一次乘坐出租车的旅途中订了一个约定，克拉克称呼阿西莫夫为最佳科普作家，阿西莫夫称呼克拉克为最佳科幻小说作家）。然而克拉克可能赢得了和阿西莫夫一样多的科普写作奖项，包括羯陵伽普及科学奖[1]。

他和斯坦利·库布里克的合作也开启了一段新的创作活跃期，这段时期的代表作包括获得了三大科幻奖项和若干其他奖项的《与罗摩相会》（*Rendezvous with Rama*, 1973）、《地球帝国》（*Imperial Earth*, 1975）、《天堂之泉》（*The Fountains of Paradise*, 1979）、《2001：太空奥德赛》和《与罗摩相会》的一系列续集以及若干其他作品，有些作品是克拉克和他人共同完成的。

克拉克至今仍然在影响着英国科幻界，甚至几乎在影响着世界科幻界。他是英国科幻基金会的赞助人和阿瑟·C. 克拉克奖的创建人，该奖项颁发给在英国出版的最佳长篇科幻小说。

虽然《与罗摩相会》及克拉克几乎所有的长篇小说都有众多粉丝，但《童年的终结》是许多评论家最喜欢的长篇小说。《岗哨》（“The Sentinel”，1951）是《2001：太空奥德赛》的开篇小说，《神的九十亿个名字》（“The Nine Billion Names of God”，1953）是许多克拉克的读者最喜欢的作品，但是克拉克认为自己最好的短篇小

1. 由联合国教科文组织颁发的奖项，奖励给为科学普及事业做出突出贡献的人。

说是《地球凌日》(“Transit of Earth”，1951)。在这篇小说中，一位在火星上陷入困境的宇航员带着喜乐安然离世，因为他见证了从没有人见过的科学奇迹：地球和月球挡在了太阳前面，此时宇航员正聆听着巴赫的音乐，回想起了关于迷人景象的精彩文学之梦，而这种迷人景象此刻正从他眼前掠过。然而，《那颗星》(“The Star”，1955)无疑是克拉克最好的短篇小说之一。在这篇小说中，一位耶稣会的科学家做出了震撼性的发现，小说也展示出了克拉克的科学观和他对于意义的探寻。

（赵佳铭　译）

那颗星

阿瑟·C. 克拉克

这里距梵蒂冈 3 000 光年。曾经我以为，信仰的力量不会被宇宙打败，就像我相信诸天也不过是在彰显神亲造的荣耀。现在我看到了神的亲造，我的信仰却受到了极大的震动。我凝视着挂在马克 6 号计算机上方舱室壁上的十字架，有生以来第一次，怀疑它是否只是一个空洞的符号。

我还没有告诉任何人，但真相是无法隐瞒的。事实就记录在无数英里长的磁带和成千上万张照片里，即将被我们带回地球，可供所有人查阅。其他科学家都可以像我一样轻易地理解并阐释它们，而我也不是会容忍篡改真相的人——那样的行径在过去常常给我的修道会带来坏名声。

船员们已经够忧郁了：我思量着他们将如何接受这个终极的讽刺。他们中没几个人有宗教信仰，但他们不会乐意将这最后的武器用在与我的论战中——那场从我们还在地球上时就已经私下间开展的论战，论战双方保持着友好和善，但从根本上讲态度都是非常严肃的。在他们看来，让耶稣会士担任首席天体物理学家是很搞笑的，比如，钱德勒医生就一直没能坦然接受。（为什么医生都是这种臭名昭著的无神论者？）有时他会在观景台与我会面，那里的灯光总是很暗，星星的光辉才不至于被掩盖。他会在昏暗中向我走来，站在那里透过巨大的椭圆形舷窗向外凝视。飞船随着我们懒得去纠正的残余惯性翻滚，群星在我们周围缓慢游移。

“那么，神父，”他最后会说，“宇宙漫无止境，也许是有什么东西创造了它。但是您怎么就确信，那个东西对我们和我们那个渺小的世界有什么特殊的偏爱呢——我就是想不通。”然后争论就开始了，在观测口那面通透无瑕的塑料外面，星星和星云围绕着我们无声无息地滑动着。

我认为，是我这个职位的明显不协调让船员们觉得滑稽。我提到过我在《天体物理学杂志》上的 3 篇论文，以及在《皇家天文学会月刊》上的 5 篇论文，但无济于事。我会提醒他们，我的修道会长期以来以其科学著作而闻名。现在我们的成员也许不多了，但自 18 世纪以来，我们对天文学和地球物理学做出的贡献与我们的人数远远不成比例。我这篇关于凤凰星云的报告会终结我千年的历史吗？它将要终结的，我担心，恐怕远不止于此。

我不知道是谁给这个星云命名的，在我看来，这是一个非常糟糕的名字。如果它带有预言的意味，那也是几十亿年内都无法得到验证的预言。甚至“星云”这个词也有误导性，这个天体远小于散布在银河系中的那些庞大云雾——将有新的恒星从中诞生的物质。在宇宙尺度上，凤凰星云确实是一个很小的存在——围绕着一颗恒星的一层薄薄的气体外壳。

或者说，是一颗恒星的残骸……

挂在分光光度计描线上方的罗耀拉[1]的鲁本斯版画[2]似乎在嘲笑

1. 西班牙人，耶稣会创始人，罗马公教圣人之一。
2. 弗兰德画家，巴洛克画派早期的代表人物。

我。神父，您会如何看待，在这距离对您来说就是整个宇宙的那个小世界如此遥远的地方，我所掌握的这些信息？您的信仰足够应对这个我通不过的试炼吗？

您凝视着远方，神父，但我走过的路程已经超出了1 000年前建立我们修道会时您所有的想象。不曾有过调查船走出地球这么远：我们就在整个已探索宇宙的最前端。我们出发前往凤凰星云，我们成功了，现在正背负着沉重的新知回地球。我希望我能从自己肩膀上卸下这个负担，但我只能越过许多世纪的岁月、许多光年的距离，徒劳地向您呼唤。

在您手中的书上，字迹清晰易读。“为了主至高的荣耀[1]”，这依然历历在目的词句我已无法相信。如果您亲眼看见了我们的发现，您还会相信它吗？

我们当然知道凤凰星云是什么。仅在我们的银河系中，每年就有一百多颗恒星爆炸，以数百倍于平时的亮度燃烧数小时或数天，直到归于死亡和黑暗。这就是普通的新星——宇宙中司空见惯的灾难。自从我开始在月球天文台工作以来，我已经记录了几十个新星的光谱图和光变曲线。

但是每1 000年间总有那么三四次，宇宙间会发生一种使新星都显得微不足道的真正奇观。

当一颗恒星变成超新星时，它可能在一段时间内比银河系所有恒星加起来都更耀眼。中国的天文学家们在公元1054年就观测到了这种现象，但他们不知道自己看到的是什么。五个世纪后的1572年，一颗超新星在仙后座中闪耀，在白昼的天空中清晰可见。在那之后的1 000年里同样的事又发生了三次。

1. 原文为拉丁文。

我们的任务是探访这样一场灾难的遗址，推测导致它发生的事件，并在可能的情况下了解其原因。6 000 年前爆发出的气体外壳至今仍在膨胀，我们慢慢进入。它非常热，即使现在也在放射着灼灼的紫色光芒，但是因为它太稀薄了，并不会对我们造成任何伤害。这颗恒星爆炸时，它的外层被以相当快的速度向外推动，以至于它们完全脱离了它的引力场。现在它们形成了一个大到足以吞没 1 000 个太阳系的空心壳，在它的中心燃烧着一个纤小而奇妙的天体——由那颗恒星化作的白矮星，比地球小，却比地球重 100 万倍。

熠熠生辉的气体外壳围裹着我们，遮蔽了寻常的星际暗夜。我们飞到了几千年前爆炸的宇宙炸弹的中心，它炽热的碎片仍在飞散。爆炸的巨大规模，以及碎片已经散布于数百万英里宽的空间这一事实，使得我们觉察不到任何运动。肉眼需要几十年的时间才能在这些奇形怪状的气体条缕和旋涡中感知到些许运动，但那种汹涌扩张的感觉还是摄人心魄。

几个小时前我们关闭了主驱动器，然后朝着前方这颗凶险的白矮星慢慢飘移。它曾经是一颗和我们的太阳一样的恒星，但它在几个小时内就浪费了本来可以让它持续发光 100 万年的能量。现在它变成了一个萎缩的吝啬鬼，囤积着自己的资源，仿佛是为了弥补它挥霍无度的年轻时代。

没有人认真地期望能找到行星。即便爆炸之前有过行星，它们也应该已经蒸腾为一团烟气，构成它们的物质消融在恒星本身更加宏大的残骸中。但是我们仍然进行了自动搜索，一如惯常接近未知恒星时的做法，目前我们已经发现了一个小世界，在很远的距离上环绕着那颗恒星。它肯定相当于这个消失的太阳系的冥王星，运行在黑夜的边界上。它离中央恒星太远了，根本不会有智慧生物存在，而遥远的距离使它逃脱了它那些已然消逝的同伴的命运。

途经的烈焰烤焦了它的岩石，烧光了灾难之前肯定曾经覆盖在星球表面的冰冻气体。着陆后，我们发现了“穹洞”。

它的建造者肯定曾尽力确保我们会发现它。入口上方的单体标记物现在只剩下一段熔断的残根，但即便只看第一批远距离拍下的照片，我们也能确定这是智慧种族的手笔。我们很快又探测到，埋藏在岩石中的辐射构成了横亘大陆的图案。即便穹洞外的能量塔已经被毁，但辐射依然存在，像一座不可移动而且几近永恒的灯塔，向着群星呼唤。我们的飞船有如一根飞矢般落向这个巨大的靶心。

在建造时，塔定然高达一英里，但它现在看起来像是熔成了一摊蜡的蜡烛。我们花了一周的时间才钻通凝固的熔岩，因为我们没有合适的工具来完成这样的任务。我们是天文学家，不是考古学家，但我们也会即兴变通。我们的初衷被遗忘了：这座孤独的纪念碑，在距离注定要灭亡的太阳尽可能远的地方用这种方式竖立起来，只可能有一种意义——一个知道自己即将消亡的文明为不朽做出了最后的努力。

我们需要几代人的时间才足以探索放置在穹洞中的所有宝藏。他们有足够的时间准备，因为他们的太阳一定在最终爆炸之前很多年就发出了第一次警告。他们想要保留的一切，他们才智的所有成果，都在末日之前的日子里，带着能被其他种族发现而不致被完全遗忘的希冀，被带到了这个遥远的世界。我们是否也会这样做，还是会沉浸在自己的痛苦中而无暇顾及一个我们永远无法看到或分享的未来？

如果他们有更多的时间就好了！他们可以在自己太阳所辖的行星之间自由穿梭，但他们还没有学会穿越恒星之间的鸿沟，最近的太阳系距离他们有 100 光年远。然而就算他们掌握了超限驱动的秘密，也只能救出几百万人。也许现在这样更好。

哪怕他们没有如同他们的雕像所表现得那样，与我们人类相像得那么令人痛心，我们也不禁钦佩他们，为他们的命运悲恸。他们留下了数以千计的录像及放映这些录像的机器，还有精心制作的图画说明，从中学习他们的书面语言并不困难。我们查看了其中的许多录像，6 000 年来第一次复现一个文明的温暖和美好。这个文明一定在许多方面都优于我们的。也许他们只向我们展示了最好的面貌，这也无可厚非。但是他们的世界真的非常可爱，他们建造的城市带着不亚于任何人类造物的优雅。我们观看他们工作和玩耍，聆听他们乐音般动听的话语响彻许多个世纪的时光。有一幕场景至今在我眼前挥之不去——沙滩呈现奇怪的蓝色，孩子们在海浪里玩耍，就和地球上的孩子一样。奇特的鞭状树木排列在岸边，一些大型动物在浅滩中涉水，人们却丝毫不在意。

而那轮即将没入海平线，却仍在提供着温暖、友善和生机的，是很快就会背信弃义，将这些无辜的幸福全部抹杀的太阳。

或许，如果不是离家那么远，那么容易孤独，我们就不会受到如此深的触动。我们很多人都见过其他世界的古代文明遗迹，但它们从未如此深切地影响过我们。这场悲剧是独一无二的。种族的失败和消亡司空见惯，一如地球上的国家和文化。然而正值成就斐然的年代却被彻底摧毁，没有留下任何幸存者——说神充满怜悯还怎么说得通呢？

我的同事问过我这个问题，我已经给出了我能给出的答案。或许您能给出更好的回答，罗耀拉神父，但我在《灵性练习》中找不到任何对我有帮助的内容。他们不是邪恶的民族：我不知道他们崇拜什么神，如果他们确实崇拜过神。但是我曾越过许多个世纪回望他们，看着他们用最后的力量保留下的美好重现于他们枯萎的阳光里。他们本可以教会我们很多东西：他们为什么被摧毁？

我知道我的同事们回到地球后会给出什么答案。他们会说宇宙没有目的，也没有计划，因为每年有100颗恒星在我们的银河系中爆炸，此时此刻，一些种族正在太空深处死亡。那个种族在其存在的岁月里做过好事还是做过坏事，最终都没有区别：没有神授的正义，因为没有神。

当然，我们所看到的并不能证明这样的观点。任何这样争论的人都受制于情感，而不是逻辑。神不需要向人证明祂的行为是正当的。创造了宇宙的，可以随时摧毁它。妄断祂可以或不可以做什么，是傲慢的表现，是近乎亵渎神明的危险行为。

我可以接受这一点，尽管很难设想整个世界和所有人民都被扔进了熔炉。但是，最虔诚的信仰也有动摇的时刻，现在，看着摆在我面前的算式和数据，我终于也动摇了。

尚未抵达星云之时，我们无法判断爆炸发生在多久之前。现在，根据天文数据和那颗幸存行星的岩石记录，我已经能够非常准确地确定它的年代。我知道这场巨大火灾的光芒是在哪一年到达地球的。这颗超新星的残骸此刻在我们飞驰的飞船后面逐渐缩小，而我知道它曾经在地球的天空中何等灿烂。我知道在日出之前，它曾怎样熠熠生辉地低垂在东方，就像黎明天光中的灯塔。

毫无疑问，那个古老的谜团终于解开了。然而，神啊，有那么多星星可供您差遣，有什么必要将这些人置于火中——仅仅为了用他们的消逝来照亮伯利恒的夜空[1]？

（东方木　译）

---

1. 伯利恒之星，也被称作圣诞之星或者耶稣之星，是耶稣降生时，天上一颗特别的光体，在耶稣降生后指引来自东方的“博士”找到耶稣。

温德姆时代

在 H. G. 威尔斯的《空中战争》(1908)和《获得自由的世界》(*The World Set Free*, 1914)出版后，在“对灾难的渴望”中提到过的那种灾难小说失去了部分活力后，它没有被彻底放弃——姑且举几个例子：J. J. 康宁顿(J. J. Connington)的《诺丁霍特的百万之众》(*Nordenholt's Million*, 1923)，S. 福勒·赖特的《大洪水》(1928)和《黎明》(1929)，约翰·科利尔的《汤姆冷着呢》，艾伦·卢埃林(Alun Llewellyn)的《陌生侵略者》(*The Strange Invaders*, 1934)和 R. C. 谢里夫(R. C. Sherriff)的《霍普金斯手稿》(*The Hopkins Manuscript*, 1939)——但灾难小说重返辉煌是 1951 年，约翰·温德姆发表了《三尖树时代》。

1903 年，约翰·温德姆在沃里克郡索利哈尔附近的诺尔村出生，受洗时取名为约翰·温德姆·帕克斯·卢卡斯·贝侬·哈里斯，他拥有科幻小说历史上第二长的名字；第一属于拉蒙·菲利佩·圣胡安·马里奥·西尔维奥·恩里科·史密斯·希斯考特-布雷斯·塞拉·阿尔瓦雷斯·德尔雷·德洛斯·乌尔德斯——莱斯特·德尔·雷伊。然而，温德姆在他 37 年的职业生涯里，一直是从自己的真实姓名中挑选笔名的。

受他阅读的威尔斯作品的影响和他 1929 年发现的《惊奇故事》的启发，1931 年，温德姆以约翰·贝农·哈里斯（John Beynon Harris）的名字在《惊奇故事》上发表了《交易世界》（“Worlds to Barter”）。整个 20 世纪 30 年代，他都一直使用这个名字在杂志上发表短篇小说。不过 1934 年后，他主要选用一个较短的版本约翰·贝农（John Beynon），这个名字也用在了他的长篇小说《隐秘之民》（*The Secret People*, 1934）和《行星飞机》（*Planet Plane*, 1936）中。

二战时期，温德姆在皇家通讯兵团服役。那之后，他转向创作另一种短篇小说，也换了个新笔名——他正是以这个名字闻名于世的。1950 年，他在《惊奇故事》上发表了一篇《永恒的前夜》（“The Eternal Eve”），这个故事虽然很短，却拉开了一部由五部分组成的小说的大幕，那就是从 1951 年 1 月 6 日开始在《科利尔》杂志上连载的《三尖树时代》，同年由双日出版社发行了硬壳精装版。这本书在 1952 年出版平装版，出版商将名字改为《三叶草在行动》，它在 1963 年被翻拍成电影《三尖树时代》，后来也出现了更忠实于原著的英国电视剧。

温德姆的《三尖树时代》与杰克·芬尼于 1954 年在《科利尔》上连载的《夺体者》（*The Body Snatchers*）、约翰·克里斯托弗于 1957 年在《星期六晚邮报》上连载的《寸草无生》（*No Blade of Grass*），以及雷·布拉德伯里（Ray Bradbury）和罗伯特·海因莱因（Robert A. Heinlein）发表的很多精妙的杂志小故事一起，帮助打破了一般读者以及为其服务的杂志对科幻小说的抵触情绪。温德姆的系列小说具有可以满足更多广泛读者需求的典型特质：它是当代的，恐怖的，并关注人类的日常反应。

《三尖树时代》是由两件同时发生的事件引发的：一场使所有人（除了一些没能出门看它的人）失明的流星雨和移动食肉植物（如三尖树）的出笼。社会秩序土崩瓦解，但幸存者们重新集结，以恢复人类的统治地位，尽管其已被大大削弱。约翰·克鲁特（John Clute）在《科幻小说百科全书》中称温德姆的作品为“中产阶级对灾难主题的善辩回应”。也许是因为二战期间的轰炸和英国差点受到入侵所表现出来的“岛屿脆弱性”，这部灾难小说重新流行起来。

温德姆的下一个重要作品是另一部灾难小说《克拉肯苏醒》[1]（*The Kraken Wakes*，该小说在美国以《出自深海》为名于 1953 年出版）。在此之后，他创作了《蛹》（*The Chrysalids*，该小说在美国以《重生》为名于 1955 年出版）和《米德威杜鹃》（*The Midwish Cuckoos*, 1957），后者在 1960 年被翻拍为一部名为《遭诅咒的村庄》的电影名作。《向外的冲动》（*The Outward Urge*）涉及特隆一家四代对邻近宇宙空间的征服，此书于 1959 年署名“约翰·温德姆和卢卡斯·帕克斯”出版。随后，他为第一百期《新世界》写的《广漠的太空》（*The Emptiness of Space*）在 1961 年被收录到图书俱乐部特别版里。

温德姆对科幻小说的主要贡献在那时已经完成了，虽然他之后还出版了 3 部小说《地衣问题》（*Trouble with Lichen*, 1960）、《巧基》（*Chocky*, 1968）和去世后出版的《蛛网》（*Web*, 1979），还有 9 本短篇小说集和 2 部非科幻长篇小说。他于 1963 年第一次结婚，六年后去世。克鲁特这样评价他的职业生涯：“（温德姆）在一个特定的时间点——第二次世界大战后十年——有效地为特殊的英国市场写作……他会被记住，主要归功于他向认可同类精神的读者群表达出英国人的希望、恐惧和自满的那些短暂时刻……”

（筌婳 译）

1. 来自丁尼生的短诗《克拉肯》。

广漠的太空

约翰·温德姆

我第一次去新加里东是在2199年夏天，其时，一个探测队在吉尔伯特·特龙率领下，正小心翼翼在意大利放射性较小的地区向前推进，就开垦前景进行调查。我公司觉得采访这次行动可能会写出一本畅销书来，因此指定我去向吉尔伯特提出这一建议。可是，在我到达的时候，却发现他受到耽搁，要到一星期之后才能见到。我一点也没有不高兴。在一个太平洋岛屿上舒舒服服、无所事事地过上几天，一切开支均作为工作费用由公司支付，这正是我所喜欢的一种特权。

新加里东是一个令人心醉神迷的所在，费点周折去搞一张上岛许可证是非常值得的——要是你能够搞到的话。在这个岛上，可以看到的属于过去的东西——同样还有属于未来的东西——要比任何其他地方都多，而且，不知怎么那地方设法将这两类东西几乎保持在各自分离的状态之下。

尽管名为新加里东，该岛，以及该群岛，一度却是法国殖民地。但是，2044年欧洲在北半球大战中消灭之后，这个岛像散布于全世界的其他前殖民地一样，发觉自己突然被置于只能依靠自身资源为生的境地。在大多数大陆殖民地匆忙和它们最近的强大邻国缔结条约之际，许多像新加里东那样的岛屿没什么可以提供的，也没什么可以害怕的，于是它们就采取了一种听之任之的态度。

在两代人时间里，那些劫后幸存的国家忙于给一半遭受毁灭的世界建立平衡，根本无暇顾及散置于各地的岛屿。直到巴西人开始将澳大利亚视为自己霸权的可能挑战者，因而采取一种不大引人注目的、老谋深算的重商主义政策，向太平洋扩张。随后，澳大利亚人也自然而然地想到，此时该开始将他们的经济影响伸展到各个群岛上去了。

新加里东抗拒渗透。他们觉得以独立为宜，对双方的诱惑都加以坚决的拒斥。在太空国宣布独立的 2144 年，他们还在进行抵抗，但这时压力已相当大了。他们看到一批又一批岛屿向贸易优先权屈服，此后实质上重新沦为殖民地。现在他们察觉到，用不了多久，同样的命运就会落到他们自己身上，对此表示怀疑已很困难。不管用什么话来说，他们会被吞并——很可能是被澳大利亚人，因为澳大利亚人想先发制人，不让巴西人在离海岸不到 1 000 英里的地方建立基地。

太空国发言人杰米·岗维亚就是在这种形势下带着他自己的一项建议步入 2150 年的。他给新加里东人提供有保证的独立，使之不受两大国中任何一方的控制，提供一大笔现款，以及一个繁荣的未来，条件是他们允许太空国租用一块领土，建立其地球指挥部和终点站。

这个提议并不完全符合新加里东人的口味，但比之别的选择要稍胜一筹。他们接受了提议，太空场的建造于是就破土动工了。

从那时开始，该岛就处在一种奇特的共生状态之中。在岛的北部是火箭降落场和调度台，仓库与机械车间，其生活方式是用所有的现代技术装备起来的，而该岛其余的五分之四区域，则对现代技术完全视而不见，心满意足地过着与两个半世纪前极为相似的生活。在这个世界上，保持这样一种事态不可能是偶然事件使然。那是双方精心设计的结果，新加里东人喜欢以那种方式生活，而太空国则不喜欢外界的人对其事务进行过分密切的关注。因此，为了取得在该群岛任何地方上岸的许可，需要花费大力气得到双方当局的签证。结果便是没有旅游者或商人问津，绝少看到外地人。

不过，我可到了那儿，意想不到地享有一个星期闲暇时间，而且没有理由非在太空国租界地度过这个星期不可。一位秘书建议去岛南的拉华，那儿离首都诺米亚并不太远，是个宁静悠闲的地方，于是我就去了那个地方。

拉华景色如画，十分迷人。那是个小小的渔镇，半是热带风光，半是法国风味。辽阔的白色海滩上除了现代船只，还有一条条泊着、划着的独木舟。在弯弯曲曲的海岸线的一端，一道防波堤庇护着一小块锚泊地，棕榈树给海岸的其余部分镶了边，为一座城镇划出了地盘。

拉华的许多房屋是经过改进的传统式样，仍然用棕榈叶盖顶。但镇中心是一个用大鹅卵石铺就的长方形广场，四面围着完全是非热带模样的房子，这广场被称作大场。这儿有商店、人行道咖啡座，设在色彩鲜艳的条纹遮篷下，由具有高更画风的女人们看守的水果摊、一片叶子花地、东侧有一座非常难看的教堂、一个小便处，甚至一座镇公所。整个这些东西可能完全是从20世纪早期的法国进口的，除居民以外——但即使是居民，有的穿着艳丽的纱笼，有的穿着欧洲服装，看上去必定跟法国统治该地的时候极为相像。

我觉得难于相信他们是过着真正生活的真正的人。因为第一天这样一种感觉始终伴随着我：一个看不见的导演突然喝一声“停”，这一切就会全都停下来。

第二天早上，我对岛上的生活较为习惯了。我洗了澡，然后怀着一种正在开始找到感觉的意识，信步走向大场，寻觅开胃酒。我选中南侧一家酒吧，那儿有几棵树，桌子就放在树荫下。我想我该要什么酒呢，我通常所喝的酒好像不对劲。一个皮肤黝黑，身穿艳丽纱笼的姑娘向我走来。凭着冲动和像是从一本非常古老的小说里出来的一个人物的感觉，我要了一杯佩诺酒。她将此视为理所当然。

“一杯佩诺酒？好的，先生。”她对我说。

我坐在那儿眺望广场，此时早餐时间将过，广场上已不是那么繁忙杂沓了，我心里在想自打悉尼和里约热内卢、阿德莱德和圣保罗形成了像拉华一般大小的规模以来，它们究竟得到和失去了什么呢，我怀疑它们所得的价值……

佩诺酒来了。我看着掺了水的酒泛起混浊，十分小心地啜了一口。怪酒，我觉得那可根本不是用来增进胃口的。正在我盯着酒看时，我右肩后面响起了说话声。

“这是岛上的产品，可那是按原配方酿制的，”那声音说，“非常安全，酒力温和，你放心好了。”

我在椅子里转过身来。说话人坐在邻桌；此人是一个身体健壮结实、头发呈沙色的男人，他身穿一件点尘不染的白色西装，戴着一顶巴拿马有边帽，上面镶着一条彩带，尖尖的胡子修整得整整齐齐。我猜测他的年龄应当在 34 岁左右，尽管迎着我目光的那双灰色眼睛看上去显得老些，经历过更多的沧桑和忧患。

“我从来没有喝过这种味道的酒。”我对他说。他点点头。

“外面找不到这种酒。就某些方面而言，我们这儿是座博物馆，以酒而论，我想，可绝不是最差的。”

“晚近时期的缪斯之一，”我发论道。“近代缪斯，也是十分吸引人的。”

我察觉到在听得见我们谈话的几张桌子边有一两个男人正在注意我们——抑或说是在注意我；他们的表情并非不友好，但是他们显出似乎有点儿担心的神情。

“那是——”我的邻座开始回答，却随即停了下来，天上的隆隆声打断了他的话。

我转身看到一个修长的白色锥形体直刺头顶的蓝天而上。当我们听到声音的时候，飞得极高的火箭已经小得看不大分明了。那人侧着一只眼睛看着它。

“月球飞船。”他说。

“对我而言，这些玩意儿的声音和模样全都一个样。”我承认道。

“要是你乘在里面，那就不一样了。月球飞船的加速度会使你全身趴在地板上——成为薄片，”他说，而后他又继续说，“我们在拉华不大看到外地人。也许你愿意赏光和我一起进午餐吧？自我介绍一下，我叫乔治。”

我犹豫了一下，这时我注意到在他的肩头上方一个长者稍稍努了努嘴唇，好像他毫无疑问地给了我一个鼓励性的颔首。我决定抓住这个机会。

“那太好啦。我叫戴维——戴维·迈福特，从悉尼来。”我对他说。可是他没有进一步介绍自己，因此我只能独自纳罕，不知道乔治究竟是他的名还是姓。

我走向他的桌子，他举起一只手招呼那姑娘。

“除非你不爱吃鱼，否则你就得尝尝这儿的浓味蒸鱼——家庭特色菜。”他对我说。

我知道我和乔治坐到一起已经得到那位长者的同意，显然还得到另外几个人的同意。女侍者也显出一种赞同的神情。我在心里琢磨这究竟是怎么回事，我是否是被引过来对付这个镇上的害群之马，以保护其他的人的。

“从悉尼来，”他沉思着说，“我已经好久没去悉尼了。我想我现在会不认识那个地方啦。”

“它在不断扩大，”我承认道，“可是造物主永远不会让你将它跟任何别的地方搞混的。”我们继续聊着。浓味蒸鱼来了，味道好极了。还有大块大块的头等面包，那是从你在古老的欧洲书籍的插图里所看到的那些长长的大面包上切下来的。借助于当地所产的酒，我开始感觉可以为20世纪的生活方式说上许多辩护的话。

在交谈过程中，我获悉乔治曾经当过火箭驾驶员，可现在已经停飞了——可以断言，不是因为健康，所以我没有作进一步询问……

第二道食物是我从来没有听说过的一盘十分好吃的水果，说穿了，就是结成冰的西番莲果汁。到上咖啡时，他说了下面一番话，我认为他在说话时是颇有点愁苦的。

“迈福特先生，我原希望你有可能帮助我，可现在我好像觉得你并不是一个有信念的人。”

“毫无疑义，人人都得做具有坚定信念的人，”我发出了抗议，“一个人无法为自己做每一件事，为此他得相信别人。”

“千真万确，”他口气软了下来，“我该说‘精神信念’。听你所说的话，我恐怕你不是一个对自己的灵魂——或者任何其他人的灵魂的性质与命运感兴趣的人吧？”

我觉得我已经觉察到接下去他要说些什么话了。不过，要是他对拯救我的灵魂有兴趣的话，他至少已经慷慨大方地让我好好吃了一顿，用照顾我的身体需要来开始这项工作了。

“年轻的时候，”我对他说，“我经常为自己的灵魂忧心忡忡，可后来我认定那样做是完全没有意义的。”

“自以为什么不缺也毫无意义。”他说。

“完全正确，”我赞同道，“主要是由于抱着灵魂是一个独立存在的观念，我才发现自己缺乏同情心。对我而言，这是一种心灵现象，而这种现象又是大脑的产物，它受到外部环境的改变，而且更加直接地受到各种腺体的影响。”

他显出伤心的样子，不以为然地摇摇头。

“你大错了——大错特错了。有些人总意识到自己的灵魂，而有些像你那样的人则对灵魂浑然不觉，在具有灵魂的时候，没有一个人懂得自己灵魂的价值，一直要到失去了自己的灵魂，才会明白灵魂的价值。”

他所说的话不是轻而易举能加以反驳的，所以我让我们之间的沉默继续下去。此时他抬头望着北部天空，那儿，那条飞向月球的飞船所留下来的航迹早已被风吹散了。我窘困地看到，两颗大泪珠从他的眼角内流出，打他鼻子边上滴落下去。可是，他却没有显出发窘的样子；他只是掏出一块白色的、洗烫得挺挺刮刮的大手绢将泪擦去。

“我希望你永远不会明白没有灵魂是一件多么可怕的事，”他摇了摇头对我说，“一个人心里盛着广漠的太空；却坐在巴比伦海边以度余生。”

我无精打采地说：“你说的话恐怕超出了我的知识范围。我听不懂。”

“你当然听不懂。没人听得懂啊。可我总是抱着希望，希望有朝一日会来那么个人，他听得懂我的话，并能给予帮助。”

“可灵魂是自我的表现，”我说，“我不明白灵魂怎么会丢失——也许灵魂能够改变，但不是丢失。”

"我的灵魂就丢失了，"他说，仍然仰望着辽阔湛蓝的天空，"丢失了——飘游到天外的什么地方去了。没有了灵魂我成了一个虚假的人。一个失去一条腿或一条胳膊的人仍然是个人，可一个失去了灵魂的人却是虚无——虚无——虚无……"

"也许精神病医生——"我没有把握地提议。我的话使他受到刺激，眼泪也突然停止了。

"精神病医生！"他鄙夷不屑地喊叫起来，"该死的骗人把戏！即使从字面上看：他们可能稍稍懂得精神方面的事；可对灵魂一窍不通！——他们连灵魂的存在都不承认呢……！"

停顿。

"希望我能帮得上忙……"我颇为含糊地说。

"帮忙的机会是有的。你可能帮得上忙。机会总是有的……"他以抚慰的口吻说，虽然我好像并不清楚他是在抚慰自己还是在抚慰我。此时教堂的钟敲了两下。我的东道主情绪起了变化。他十分爽然地站起来。

"我现在得走了，"他对我说，"我原来希望你能帮忙，不过我们相遇仍然令人高兴。我希望你喜欢拉华。"

我看着他沿着大场走去。他在一个水果摊前停了下来，挑了一个像桃子的水果，咬了一口。女摊主和颜悦色地冲他微笑，显然对付不付钱毫不放在心上。

那个肤色黝黑的女侍来到我的桌边，站在那儿看着他。

"呵，可怜的乔治先生。"她伤心地说。我们看他登上教堂台阶，掷掉吃剩的水果，摘下帽子走进教堂。"他去祈祷，"她解说道，"他整天为自己的灵魂祈祷，从早上到下午。多让人难受啊。"

我注意到拿在她手里的账单。恐怕一时之间我是错看了乔治了，不过那一餐吃得不错。我伸手去拿皮夹。姑娘看到了，她摇摇头。

“不，不，先生，不，你是客人。行了，乔治先生明天会付账的。就这样吧，行了。”她坚持不让我付钱，而且非这样不可。

我先前看到的那个长者插进来说：

“行了行了——理当如此，”他让我放心，而后他又说，“你也许没什么事吧，愿意和我一起喝一杯法国白兰地吗？”

看来拉华的人出手都很大方。我接受了邀请，和他坐到一起。

“关于可怜的乔治，恐怕没人给你介绍过吧。”他说。

我承认事情确实如此。他摇着头，好像在责备那些我所不认识的人，接着又说：

“别放在心上。什么事都没有。乔治总抱有一个外地人所有的希望，你知道，有时候让人看了好笑。我们不喜欢那样。”

“听你这么说我很难受，”我对他说，“他的状态给我的印象是根本没什么好笑的。”

“千真万确，”他同意我的说法，“可他好多啦。我不明白他自己是否知道这一点，可是他好多了。一年前他常常整个早餐时间都在不出声地哭泣。不熟悉他的人看了很不好受。”

“那时他就住在拉华？”我问。

“是的。他大部分时间都是在教堂里度过的。其余时间就到处转悠。他睡在山上一所白色大房子里。那是他孙女的地方。她管保他生活过得好好的，而且为他在山下这儿的随便什么花销付账。”

我想我准是听错了。

“他的孙女？”我大声说，“可他是个年轻人，30 岁过不了多少……”

他看看我。

“你很可能会再遇上他。你会明白这究竟是怎么回事的。当然这种事情家里人不喜欢公开，可是，那事已人人皆知，无秘密可言了。”

法国白兰地来了。他给自己的加了奶油，开始了他的讲述。

大约五年前（他说），嗯，是 2194 年，年轻的杰拉尔德·特龙驾驶一条飞船飞到了火星和木星轨道间一颗较大的行星上——加斯派里斯在 1852 年发现这颗行星时，将其称作“灵魂”。那条船是太空国建造的一条货船，名叫塞莱斯蒂斯号，是从月球基地启航的。她有 5 名船员，船体前部设有舒适的船员舱。除了船员舱和机舱间外，这些船就只剩下一个大货舱，出外航行时货舱往往是空的，除非装载着为进行新作业所需的船具。这次货舱是空的，因为指定的任务只是装载铀矿石——“灵魂”一半是由高含量矿石构成的，要做的工作只是开动挖掘机，将东西装进去就是了。这事好像易如反掌。

不过，你知道，火星和木星轨道间的行星带却是一个险情四伏的区域。当然，主要的星体和星群是标示在图上的——可是，那只是帮助你寻找它们。行星带充斥各种大小的飞行物，你根本无法进行图示，但是不得不避开。你所能采取的最好办法是尽可能近地对行星带进行观测，将飞行速度降到比当地轨道速度略高，然后非常机警地像楔子那样穿插进去。问题是沿着那条航路穿行数万——也许数十万——英里要花很多时间。飞行员们变得厌烦并集中不起注意力，抑或难受得要命并开始冒险。我不知道会产生什么结果。你可以用雷达探测到大块的飞行物，并依靠导航装置不断避开它们。可是小块飞行物对飞船照样是致命的，而且一路上小块飞行物数不胜数，假如你要使导航装置敏感到能够对此作出反应，那么你在整个航程中就会使飞船躲避遇上的每一件东西，那样就什么地方也到不了啦。我们想要的是有人发明一种只有有限效程——比如说，100 英里——的阻击装置——但是没人发明这东西。因此，我说这条航路险情四伏。自打他们从 2150 年开始飞这条航路以来，他们已经在这条行星带丧失了 6 条飞船，还有十几条受到这样那样的损坏。压根儿不是一个吉祥之地啊……话说回来，铀可毕竟是铀……

杰拉尔德是一个勇敢的好小伙子。他具有真正的特龙家人的太空瘾，可并不是一个不顾一切的冒险家。此外，“灵魂”离那儿的轨道内缘并不太远——例如，不像塞里人那样难于接近那个地方——再说他以前飞过几次。

就这样，他飞进了行星带，他驾着飞船七绕八拐小心翼翼地飞到离“灵魂”大约 300 公里外的地方，准备进去了。也许那时候他略为有点大意；他可绝没有料到在那颗行星周围的轨道里会出现什么东西。然而他偏偏遇上了东西——交上了厄运……

撞击使整条飞船发出巨响，他和船员们只觉得四周都是嗡嗡声，就像处身于一口大钟里面。这声音跟一名太空人在丢掉性命之前所能听到的那种最险恶的声音差不多。可是，这次他们在不幸之中还算有幸。事情并不太糟。那是他们挤在一起看显示器仪表盘时发现的。事实很快表明飞船的重要部位没有一处被击中，他们可以松口气了。

杰拉尔德将操纵装置交给副驾驶，他和机械师斯蒂夫取出箱子里的太空服。当气门打开时，他们将安全缆索拴在弹簧钩上，穿着带磁性鞋底的鞋子沿飞船外壳滑向船尾。情况很快就清楚了：受损坏部位不在气门一侧，他们使劲爬到弯曲的船体外壳的另一侧。

谁也说不准他们会看到什么——也许是一大块嵌入船体的岩石，也许只是在货舱一侧出现了一道裂口——总之肯定不是他们实际上所看到的东西，那是一艘小型太空船的半个船身，正戳在他们自己那条船的船体外壳上。

有一个情况是一目了然的——小太空船的撞击力不大。要是撞击力大的话，它就会穿透他们的船体，从另一侧飞出去，因为一艘货船的货舱比一个以单层钢板为壁的圆筒坚固不了多少；货舱不需要更大的牢度，它不必保暖，不必容纳空气，不必抵抗大气摩擦力，也不必与任何大于月球引力的重力相抗衡；只有生活舱才必须配备那些为维持生命所必需的复杂玩意儿。

马上显示出来的另一个情况是，这次相撞不是落到小飞船上的惟一灾难。不知什么时候，某个东西削去了它的大部分船尾，不仅带走了推进管，还带走了混合室，使它无望地失去了动力。

在小飞船残骸四周绕行进行检查时，杰拉尔德没有找到入口。小飞船一古脑儿嵌进了它所撞击出来的洞里，其气门必定位于前部，搞到货船里面不知什么地方去了。他派斯蒂夫回去拿切割器和货舱门的钥匙。在他等待时，他通过装在他头盔上的无线电向塞莱斯蒂斯号生活舱话务员通话，说明情况。然后他又说：

“杰克，现在你能接通月球站吗？我最好作个汇报。”

“信号强而清晰，船长。”杰克告诉他。

“好。请他们为我接值班室。”

他听见杰克开机并呼叫。出现了一个停顿，其时电波在他们之间数百万英里的空间来回穿梭，然后声音来了：

“喂，塞莱斯蒂斯号！喂，塞莱斯蒂斯号！我是月球站。说吧，杰克。完毕！”

杰拉尔德耐心地等待交换。无线电这东西性急不来的。不一会儿，另一个声音传来了。

“喂，塞莱斯蒂斯号！我是月球站值班军官。请报告方位，说吧。”

“喂，查尔斯。我是杰拉尔德·特龙，我在塞莱斯蒂斯号上和你通话，我们此时在‘灵魂’外围轨道。高度近320英里。我向你报告，我船因撞击受损坏。没有人员伤亡。无危险，再说一遍，无危险。损坏看来限于空舱部位。损坏原因……”他继续汇报详细情况，结束时说，“我将要进行查看。将作进一步报告。请保持线路畅通。完毕！”

机械师回来了，飘飘浮浮地带来一把拴在一条短安全索上的自动力切割器，手里拿着那枚能打开货舱进口舱门的钥匙。杰拉尔德接过钥匙，将它插进门边的孔内，并把两条腿伸进两个锁环，这样他就可以旋转钥匙开门了。

月球人的声音又来了。

“喂，蒂克尔。我知道眼下没有危险。可别冒险，伙计。你能识别出那条失事船吗？”

“再说一遍，我没有危险，”特龙告诉他，“天大的运气。要是它的撞击位置再向前移 6 英尺，我们就真正成问题了。现在我已经打开货舱小门，准备进去看看那条失事船的头部。我会想办法将它识别出来的。”

船舱里黑咕隆咚的，他们不得不打开头盔灯。此时他们能够看到失事飞船的前部了；船头占了货舱大约一半的空间。那条飞船击穿了舱壁，将坚牢的合金板翻卷成卷曲的花瓣状，就像那是些镀锡铁皮似的。到它的鼻子尖离对面舱壁不足 2 英尺的地方它停了下来。他们俩将它察看了些时间。斯蒂夫指了指一个五六英寸大、边缘参差不齐的洞，这个洞大约处于那条失事飞船嵌入部分的中间位置。这个发现意义重大，致使杰拉尔德阴沉着脸点了点头。

他移步靠近那条船，然后攀上其弯曲的船体外壁。他在顶端发现了气门，其位置与塞莱斯蒂斯号的气门位置一样，他用那把旋转钥匙试了试。他又把钥匙拔出。

“查尔斯，我与你通话，”他说，“在失事飞船上没有识别标记。那艘船不是太空国建造的——看来，它可以在大气层使用。式样有点陈旧——可以肯定——它建造于旋转钥匙标准化之前，所以我们一时进不去。最大外径，大约12英尺。长度不清楚——在被击脱落之前船尾部分究竟有多长不得而知。它的前部还留有洞穿孔。看来像是一块5英寸左右的小陨石所击。我看，速度很大。请等一下……好，干净利落地穿透出去，只留下一个很小的穿孔。不做一把新钥匙无法将气门打开。还是切割进去较快。完毕！”

他退回身子，将灯从小陨石孔里照进去。他的头盔妨碍了他，使他的脸无法靠近，他除了看见留有一个对应孔的对面舱壁一小块地方外，其他什么都看不出来。

“最容易的办法是加大这个孔，斯蒂夫。”他提议道。

机械师点点头。他提起切割器对准陨石孔，打开开关，从孔缘开始切割。

“蒂克尔，事情不妙，”声音从月球传来。“你所提供的那点情况可以适用于四艘飞船中的任何一艘。”

“耐心点儿，亲爱的查尔斯，现在斯蒂夫正用切割器在切割呢。”特龙告诉他。

将双层船体外壳割穿花了20分钟。斯蒂夫关了机，用左手一扳，连在一起的内外两个金属圆片飘走了。

“塞莱斯蒂斯号呼叫月球。我准备进入失事飞船，查尔斯。保持线路畅通。”特龙说。

他俯下身子，双手抓住切割边，踢去磁性鞋底，使人脱离接触，然后轻轻一拉，就像潜泳者那样头部朝前穿过陨石孔飘游了进去。现在又听到他的声音了，但声调变了样。

“查尔斯，你听着，这儿发现三个人。都穿着太空服——老式太空服。其中两人被捆在铺位上。还有一个……啊，他丢了一条腿。

准是被陨石打掉的……发现一个奇异的现象——啊，上帝，他的血冻结成一个坚硬的血球……！”

一两分钟后他又说：

“我找到了飞行日志。可我戴着这样一双手套动不了。我将把这册飞行日志拿到我们船上去，再向你报告详细情况。捆在铺位上的两个人好像完好无损——我指的是他们的太空服。他们的头盔装有弯曲的条带形面罩，所以我看不大清他们的脸。必须——奇怪……他们每人都带着一本小书，是用金属丝系在太空服钮扣上的。封面上印着红色的字：‘危险——Perigoso’，下面是：‘别脱太空服——阅读本书各项指示’，用葡萄牙语重复一遍。然后是：‘汉普逊救生法。’查尔斯，这些话究竟是什么意思？完毕！”

等待回答的时候，杰拉尔德笨笨拙拙地翻弄那几本标签一般的书中的一本，发现书能像六角手风琴似地打开，一系列小金属板铰合在一起，一边印着英语，另一边印着葡萄牙语。第一页上印着小字，可是那字句的内容令人吃惊惊。其言曰：“小心！在阅读本救身法各项指示前，切勿打开太空服，否则会致着装者于死命。”

他看到这儿，那个值班军官的声音又来了：

“喂，蒂克尔。我给医生通了话，他说千万不要，重复一遍，千万不要去碰那两个人。等着，他要来和你通话。他说汉普逊法三十多年前已经废弃不用了——他——呵，他来了……”

传来另一个声音：

“蒂克尔吗？我是莱萨尔。查尔斯告诉我你发现了两个接受过汉普逊法处理的人，没有受到损伤。请进一步确证，并介绍情况。”

特龙照办了。不一会儿医生又说话了：

“很好，你说得很清楚。现在仔细听我说，蒂克尔。从你介绍的情况看，那两个人实际上肯定没死——还没死。他们处于——嗯，他们处于冷藏状态。汉普逊法在这方面很有效。你可以在胸部左边看到一个凸起的像是饰物的东西。在极为紧急的情况下，只要对准它用力拍击一下就行了。受到拍击后，它就会进行一种复合注射。部分注剂延续生命，部分注剂防止体内形成会损坏组织的大的冰结晶，部分注剂——啊，算了，那以后再说。重要的是那种注射的有效率是 100%。人在太空里会自然形成深度冷冻，假如有什么东西能使其免受太阳的直接辐射，此人就会始终处于那种状态之下，直到被别人发现——假如有什么人能发现的话。现在，我看那两个人一直是在一条没有空气的黑暗的飞船里呆着，眼下那条船是在你船没有空气的货舱里。我说的对吗？”

“事情就是这样，医生。失事船上有两个小陨石孔，但是他们不会由此直接受到光线的照射。”

“很好。那就让他们按老样子呆着。当心别让他们受暖。切勿去做那本救生指导上所说的任何事情。问题在于尽管汉普逊法冷冻的成功性几乎是肯定无疑的，但它的复活措施并不是十拿九稳。事实上，它具有很大的不确定性——成功机率最大不到 25%。比如说，会形成致命的晶体结构。我的建议是，你设法完全以现在的样子将他们弄回来。我们这儿的设备会使他们得到他们所能有的最大的复活机会。你能办得到吗？”

杰拉尔德思索片刻。然后他说：

“我们不想白白走这一趟——要是我们将失事飞船从我们的船体里拔出来，留下一个我们无法修补的洞，那样就真会白走一趟了。可要是我们让她留在那儿，塞住那个洞，我们就至少能够装载原装载量一半的矿石。假如我们装货得法，所装的矿石就会有助于失事飞船保持在她现在的位置上。所以，假如我们让失事飞船保持原状，让船里的人也保持原状，并且将洞口封闭起来，阻止矿石进入船内，这样行吗？”

“这样是最好不过了，”医生答道，“不过，请你们在离开前看一下那两个人。务使他们牢牢绑在铺位上。在他们处于太空条件之下的全部时间里，唯有这种情况可能对他们造成伤害，那就是捆绑在加速中松脱，使之受到损伤。”

“很好，我们会这样做的。不管怎么说，在这种情况下我们一路上不会进行任何大的加速的。另一个可怜的人将举行太空葬礼……”

一个小时后，杰拉尔德和他的伙伴回到塞莱斯蒂斯号生活舱，副驾驶开始进行向“灵魂”作螺旋式飞行的操作。他们俩脱掉太空服。杰拉尔德从外侧口袋里掏出失事飞船的飞行日志，拿着它到自己的铺位。在铺位上他系好安全带，打开那本书。

5 分钟后，斯蒂夫带着关切的神情从对面铺位上看着他。

“看到什么重要情况了，船长？你的表情有点怪。”

“我觉得有点怪，斯蒂夫……我们扛出来投进太空的那个人，他叫特伦斯·赖斯，是吗？”

“他的名牌上是这么写的。”斯蒂夫首肯道。

“嗯。”杰拉尔德·特龙不吭声了。随后他拍拍那本书。“这，”他说，“是阿斯泰蒂号的飞行日志。它于 2149 年——45 年前——1 月 3 日从月球站飞向行星带。船员三名：船长乔治·蒙哥马利·特龙，机械师刘易斯·岗比兹，报务员特伦斯·赖斯……”

“因此，鉴于那个不幸者是特伦斯·赖斯，可见在飞船后部那两个人中一个必定是岗比兹，而另一个——嗯，他准是乔治·蒙哥马利·特龙，即 2144 年登上金星的那个人……凑巧得很，此人是我的祖父……”

“就这样，”我的同伴说，“他们安然将他们带回来了。不过，岗比兹很不幸——至少我认为该将此称作不幸——无论怎么设法，他都没有复活过来。当然，乔治复活了……”

“可是，复活要比简单的苏醒过来具有更多的含意。一定程度的生理休克总会带来精神震撼，经历了他那么久的生理休克之后，他在精神上也就受到了巨大的震撼。

“他出事的时候是一个建立家庭不久的年轻人；他醒来时发现自己成了爷爷；他的妻子已是一个改嫁了的老妇人；他的朋友们有的死了，有的成了老人；他在阿斯泰蒂号上的两个伙伴已不在人世。

“事情糟透了，可是更糟的是他懂得汉普斯救生法的所有内容。他懂得当一个人进入深度冷冻状态时，整个新陈代谢就迅速完全终止。就每一种定义和检测而言，此人已属死亡……当然，其肌体不会开始腐败，但是每一个重要过程都停止了；我们视为生命证据的每一个特征都不复存在……

“因此人是死的……

“因此，假如一个人像乔治那样相信，人的灵魂，人的心灵是一种独立存在，那么当自己死亡时，它必定会离开自己的肉体。”

“他怎么把灵魂找回来？这就是乔治想要知道的事——他此时在那边，祈求上帝告诉他，其原因即在于此……”

我往后倾身靠在椅子里，眺望大场那边的黑洞洞的教堂大门。

“你是说刚才在这儿的那位年轻人乔治，就是在半个世纪前首次登上金星的乔治·蒙哥马利·特龙？”我说。

“正是他。”他肯定地说。

我摇摇头，并非表示不信，而是为乔治表示惋惜。

“他今后会怎样呢？”我问道。

“上帝知道，”我的邻座说，“他目前情况有所好转；不像原来那样痛苦悲伤了。现在他开始稍许显现出真正的特龙家人的那种着迷劲儿来了，他想重新进入太空。”

“但这会有什么结果呢？……总不能让一个特龙家的人作为船员搭上飞船吧。总不能让一个可能会想到太空里去寻找自己灵魂的人当飞船船长吧……”

“问我的话，我想我宁可只死一回……”

（周晓贤　译）

巴拉德的集中营式宇宙

20 世纪 50 年代末到 60 年代，英国科幻小说完全形成了一套自有格局。英国本就有着良好的文学传统，加上经历过两次世界大战，以及新的出版契机的出现，英国终于在科幻小说方面夺得话语权，赢得了广泛的关注。尽管有着各不相同的背景，但引领这场本土运动的三位作家几乎是在 20 世纪 50 年代中期同时崭露头角的，他们分别是布赖恩·奥尔迪斯、约翰·布伦纳（John Brunner）和 J. G. 巴拉德。

其中最不同凡响，且最具有英国文艺复兴气息的创作者是巴拉德。但令人困惑的是，他其实是三人之中最背井离乡、远离故土的那个人。

巴拉德于 1930 年出生在中国上海，二战期间曾被关押于一座日军的战俘集中营。这段戏剧化的经历后来被他写进了自传体畅销小说《太阳帝国》(*Empire of the Sun*, 1985)，该书于 1987 年被史蒂文·斯皮尔伯格拍摄成了同名彩色电影。直到 1946 年，巴拉德才回到英国，进入位于剑桥的一所中学学习。之后他入学国王学院学习医学，尽管最终他并未获得学位。

1950年代初期，当巴拉德还在加拿大皇家空军服役时，他发现并开始阅读科幻小说，一两年后，他开始了自己的科幻创作。1956年，他的早期作品《逃离》（“Escapement”）和《当家花旦》（“Prima Belladonna”）发表在了特德·卡内尔的杂志上。科幻小说能对各种奇异事件提出合理的解释，对于幼年巴拉德这种身处异邦、被外族禁锢的孩子来说，无疑是一种天然的心灵庇护，但童年时期经历的那种强烈的无助感，将他的创作导向了前所未有的方向。

他的早期故事尚且保留了一些传统科幻的元素，但早在那时，巴拉德就表现出了对神秘事件的独特塑造方式——他会让读者陡然深陷其中，就好像在他人的叙述中中途到场一般；而对于事件，人物的主要反应是妥协，甚至放弃，而不是表现出好奇心，或像坎贝尔式故事里的人物那样，探索并努力寻求解决的办法。

巴拉德所创造的宇宙，一如孩子眼中的战俘集中营，如此广阔，如此无所不能，如此高深莫测，人们最恰当的反应是苟延残喘，或者干脆同流合污。1964年，摩考克掀起了“新浪潮运动”[1]，人们喜欢将新浪潮运动比作物理世界中的熵，或是不可避免的万物消亡，巴拉德也因此成了“牢牢钉在摩考克的海盗船桅顶上”（用奥尔迪斯的话说）的旗帜性人物。那之后巴拉德在1960年创作的第一个故事《时间的声音》（“The Voices of Time”）里，将生物学研究、地外星球通讯这种传统元素，连同对徒劳的认知，一同融入了刻于废弃泳池池底的神秘符号中。

这篇小说同时也体现了巴拉德小说的本质，比起故事或人物，

---

1. 科幻小说新浪潮运动兴起于20世纪60年代，持续时间长达十余年，是继约翰·坎贝尔主导的科幻“黄金时代”后又一大规模的科幻文学创作潮流。新浪潮作品在形式和内容上都具有高度的实验性，更为注重“软科幻”的创作，极大地扩充了科幻小说这一类型文学的内涵。

他关注的是作品聚焦的话题及其带来的后果，是对当代事物感到的困惑，尤其是对技术创新和对改变的遗传性状结构的困惑。巴拉德作品的另一个特点是它对反常规和离经叛道的兴趣，不单是行为，还有其背后代表的观点。他在 1962 年曾经讲过，他关心的不是“外太空”而是“内心世界”，“真正的、唯一的异星其实是地球”。

1962 年，巴拉德以一部典型的英国（按照温德姆传统）灾难小说《无源之风》（*The Wind from Nowhere*）开始了他的小说家生涯。同年他还出版了另一部更具巴拉德风格的灾难小说《淹没世界》（*The Drowned World*），之后又创作了《燃烧世界》（*The Burning World*, 1964）和《结晶世界》（*The Crystal World*, 1966），以此完成了他的“悲剧四部曲”。

在接下来的三部长篇小说《撞车》（*Crash*, 1973）、《混凝土岛》（*Concrete Island*, 1974）和《摩天大楼》（*High-Rise*, 1975）中，巴拉德转向了当代主题，并摒弃了科幻小说的常见主题和写作手法。大卫·普林格尔（David Pringle）[1] 在《科幻小说百科全书》中这样评价《撞车》：“它或许是‘色情’科幻小说最好的范例，它探索了危险、伤残和交通事故死亡造成的心理满足感。”而另外两篇小说只是调整了题材（一座安全岛，一幢公寓楼），所以可以说，它们也与《撞车》有着异曲同工之妙。《暴行展览》（*The Atrocity Exhibition*）［1970，后以《爱与汽油弹：出口美国》（*Love and Napalm: Export USA*）为题于 1972 年在美国出版］这部小说集中收录了几篇巴拉德口中的“浓缩小说”，乔治·巴娄[2]（George W. Barlow）在《20 世纪科幻作家》[3]（*Twentieth-Century Science-Fiction Writers*）中称其为“那

1. 科幻编辑。
2. 法国编辑、作家。
3. 柯蒂斯·C. 史密斯在 1981 年 10 月出版的一本关于 20 世纪科幻作家的书。这是圣马丁出版社“20 世纪英语作家”系列丛书的第三本，前两本分别是《20 世纪犯罪推理作家》和《20 世纪儿童作家》。

三部长篇的速写本”。

随着《无限美梦公司》（*The Unlimited Dream Company*, 1979）和《你好，美国》（*Hello America*, 1981）的出版，巴拉德收起了锋芒，读者人数也在逐渐增加，尽管正如美国出版商所担忧的那样，他在美国的读者群正在逐步缩减——和许多“难懂的”英国作家一样，巴拉德的作品对类型读者而言过于独特和令人沮丧了。在《万亿年狂欢》一书中，奥尔迪斯指出“写小说的核心困境是没有角色去采取任何有目的性的行动”，而只有在“用情感沉溺取代更为正常的情节标准”的情况下，这个困境才能得以解决，尽管这样得付出一些代价。《太阳帝国》是巴拉德小说创作的一次突破，它更为直白，也更富有人情味。此后，《创造之日》（*The Day of Creation*, 1987）等小说自然而然地成为主流评论媒体的评论对象，并陆续登上畅销书排行榜。他的小说《女人的仁慈》（*The Kindness of Women*, 1991）延续了巴拉德在《太阳帝国》中开始的故事，他以一种近乎自传的写法，将自己塑造成故事中的一个人物，这个故事最终在斯皮尔伯格的影片中得到了升华。

巴拉德不仅在长篇小说领域取得了成功，他的短篇故事更是尤为出色。它们大部分被收录在了他的18本作品集中，《溺亡的巨人》（“The Drowned Giant”）便是其中之一。这个卡夫卡式的故事是巴拉德为数不多被提名星云奖的作品之一。巴拉德没能得到美国科幻界的认可，大概是因为他太具英国特色了，他为英国读者而写作，许多英国读者都认为巴拉德的观点与他们对世界的看法如出一辙。除了少数例外，他的大部分作品都是在英国杂志上发表的。“溺亡的巨人”在某种意义上其实就是英国的写照，而为它编年做史者正是巴拉德这位英国新科幻小说的桂冠作家。

（非淆　译）

时间的声音

J. G. 巴拉德

一

后来，鲍尔斯时常想起惠特比，还有这位生物学家在空游泳池的整块池底，看似随意凿出的古怪凹槽。凹槽 1 英寸深，20 英尺长，它们相互交连，构成了一个复杂的类似于汉字的表意文字。惠特比用了整整一个夏天才完成这项工作，显然他压根没考虑别的什么事情，只是不知疲惫地工作，以此打发一个又一个漫长而炎热的午后。鲍尔斯透过自己位于神经科侧楼尽头的办公室窗户观察着他——他小心翼翼地摆弄着楔子和拉线，用一只帆布小桶把凿出的水泥块运走。惠特比自杀后，没有人再去过问这些凹槽，只有鲍尔斯常常向管理员借来钥匙，去废弃的游泳池走走，低头观察那个由腐朽的沟壑组成的迷宫。从氯化器里漏出的水已经把它淹了一半，它成了一个再也无法解开的谜。

然而，鲍尔斯起初只是专注于完成他在门诊的工作，并计划着自己最后怎么离职。在经历了最初几周的手忙脚乱与惊慌失措后，他终于设法让自己接受了一个令他不安的折中方案，他开始以一种超然的宿命论来看待自己的困境，而这一套原本是他用在患者身上的。所幸的是，他的生理和心理梯度曲线同时在走着下坡路——嗜睡和惰性削弱了他的焦虑，放缓了新陈代谢，让他只有在集中精神的时候，才能维持连续的思路。事实上，逐渐变长的无梦睡眠时间让他感到身心放松，他发现自己开始渴望这种睡眠了，除非迫不得已，否则他可不想早醒。

起初他在床边放了一只闹钟，想尽可能多地将活动塞进有限的清醒时间——整理自己的图书室，每天早晨开车去往惠特比的实验室查看最新一批的X光片。每时每分都必须合理利用，就像对待水壶里所剩无几的水。

多亏了安德森，是他无意间让鲍尔斯意识到，这样做其实毫无意义。

鲍尔斯辞去门诊工作之后，依然会每周驾车去体检一次，现在基本上只是走个形式。上一次（结果这也成了最后一次），安德森相当敷衍地检查了鲍尔斯的血细胞计数，同时提到了鲍尔斯日益松弛的面部肌肉、减弱的瞳孔反射，还有没刮干净的脸。

他向桌子对面的鲍尔斯投去一个同情的微笑，迟疑着该说些什么。对于那些聪明的患者，他通常会表现出鼓励的样子，甚至试图给出某种解释。但是鲍尔斯太难对付了——他是一位出色的神经外科医生，一个精于尖端研究的男人，只有处理陌生事物时才会显得轻松自在。他心中默想：*对不起，罗伯特。我能说什么呢？总不能说“就连太阳也在逐渐变冷……”吧？*他看着鲍尔斯不安地用手指敲打珐琅桌面，双眼则扫视着办公室墙上挂着的脊柱平面图。鲍尔斯尽管外表邋遢——一周前他穿的也是这身皱巴巴的衬衫和脏兮兮的白色帆布鞋——神态却镇定自若，就像康拉德[1]笔下的海滩拾荒者，

1. 英国作家，擅长海洋冒险小说，有“海洋小说大师”之称。

对于自己的缺陷多少有些破罐子破摔。

“罗伯特，你现在都在忙些什么？”他问道，“还去惠特比的实验室吗？”

“能去就去吧。光是过个湖就得用掉我半个小时的时间，我总是想睡觉，连闹钟都叫不醒我。也许我应该离开我的住处，彻底搬到那里去住。”

安德森皱了皱眉头。“这样做有意义吗？据我观察，惠特比的工作更偏向于理论推测……”他停顿了一下，意识到自己正暗戳戳地对鲍尔斯在门诊的糟糕工作提出批评。但鲍尔斯似乎并不在意，继续研究天花板上阴影的图案。“无论如何，待在你现在住的地方不是更好吗？周围都是你熟悉的东西,再重读一遍汤因比[1]和斯宾格勒[2]的作品怎么样？”

鲍尔斯简短地笑了几声。“那是我最不想做的事了。我想忘掉汤因比和斯宾格勒，而不是尽力记住他们。实际上，保罗，我想要忘掉一切，尽管我不知道自己有没有足够的时间。3个月内你能忘掉多少东西？”

“一切，我想，如果你真想忘记的话。但别总想着跟时间赛跑。”

鲍尔斯默默点头，在心里重复着最后那句劝告。跟时间赛跑正是他如今在做的事，当他站起身向安德森道别时，他突然下决心要扔掉他的闹钟，以摆脱自己对时间无谓的痴迷。为了提醒自己所做的这个决定，他松开手表的表带，拨乱表盘，然后把它塞进了口袋。在去停车场的路上，他回味着这个简单的举动赋予他的自由。可以

1. 英国著名历史学家，代表作包括《历史研究》《人类与大地母亲》《展望21世纪》，曾被誉为“近世以来最伟大的历史学家”。
2. 德国著名历史家及历史哲学家，代表作包括《西方的没落》《普鲁士的精神与社会主义》《人与技术》等。

这么说，现在他可以随意探索时间走廊里那些横向的偏僻小路和侧门了。3 个月可以是永恒。

他一眼就从整齐停靠的汽车中发现了自己的那辆，信步走过去，刺眼的阳光穿过阶梯教室屋顶的抛物线形延伸带直射下来，他抬手遮住了眼睛。就在他要钻进车里的时候，他发现有人用手指在挡风玻璃的蒙尘上写下了一串数字：

96 688 365 498 721

他回头，认出了停在他旁边的那辆白色帕卡德，他朝车内看去，只见一个瘦削的年轻人，正透过深色的墨镜注视着他。他有着一头像被阳光漂过的淡金色头发，高额头，看上去害羞克制，他一旁的驾驶座里坐着一位黑头发的姑娘，鲍尔斯之前经常在心理科附近看到她。她的双眼闪耀着智慧，却不知怎的斜视得厉害，鲍尔斯想起那些年轻的医生们会称呼她为“火星女孩”。

“你好，卡尔德伦，”鲍尔斯对年轻人说道，“还跟着我呢？”

卡尔德伦点头。“大多数时候是这样的，医生。”他一脸精明地打量着鲍尔斯，“事实上，最近我们都没怎么见到你，安德森说你辞职了，我们还注意到你的实验室被关闭了。”

鲍尔斯耸耸肩。“我觉得自己需要休息一阵子。以后你就会明白，有很多事情都需要重新考虑。”

卡尔德伦半是嘲讽地挤了挤眉，“很抱歉听到这些，医生，但别因为这些暂时的挫折而灰心。”他注意到女孩正饶有兴致地盯着鲍尔斯，“卡玛是您的粉丝，我给她看了您在《美国精神病学杂志》上发表的论文，她一字不落地全看完了。”

女孩朝鲍尔斯粲然一笑，这也暂时驱散了另两人之间的敌意。

就在鲍尔斯向她点头致意的时候，她越过卡尔德伦朝他探过身，说道："其实我刚刚读完了野口英世[1]的自传，就是那位发现了螺旋体的了不起的日本医生。不知道为什么，您让我想到了他——您对患者也是那样地待人如己。"

鲍尔斯无精打采地对她笑笑，之后不由自主地转开视线，望向了卡尔德伦。他们阴沉地对视了片刻，卡尔德伦右边脸颊的抽搐逐渐变得剧烈起来。他连忙放松自己的面部肌肉，经过几秒钟的努力，他终于成功控制住了它。但他显然因为被鲍尔斯目睹了这一瞬间的窘境而感到恼怒不已。

"今天的检查结果如何？"鲍尔斯问，"你还觉得……头痛吗？"

卡尔德伦的嘴一下子就合上了，整个人突然显得烦躁起来。"我到底是由谁在负责，医生？是你，还是安德森？你现在问这种问题合适吗？"

鲍尔斯做了一个不以为然的手势。"或许是不太合适。"他清了清嗓子，热气蒸得他脑子缺血，他觉得很累，想赶紧摆脱他们。他转向自己的车子，紧接着意识到卡尔德伦很有可能会跟着他，要么把他挤进排水渠，要么挡住他的去路，让他在回湖畔的路上吃一路灰。卡尔德伦可是什么疯事都做得出来。

"好了，我得走了，我还有点东西要拿。"说完，他语气坚定地补了一句，"如果你联系不上安德森，可以随时找我。"

他挥手道了别，沿着那一列汽车的后头走开了。透过玻璃的反光，他可以看到卡尔德伦正回头密切地注视着他。

他走进神经科侧楼，在凉爽的门厅停下来松了口气，向接待处

1. 日本细菌学家、生物学家，毕业于美国宾夕法尼亚大学，主要作品有《蛇毒》《梅毒的实验诊断》等。

的两位护士和警卫点了点头。不知道为什么，隔壁住院区里沉睡的昏睡症晚期患者总能吸引来成群结队的要求参观的访客，多数是声称拥有某种神奇抗昏睡疗法的怪人，也有些仅仅是闲来无事的好奇者，但还有相当多的正常人。他们中的许多人不远千里，在某种奇怪的直觉驱使下来到了这里，就像迁徙到种群墓地以提前瞻仰的动物。

他沿着走廊来到管理员办公室，从这里可以俯瞰到整个露天平台；他借了钥匙，穿过网球场和健身房，来到尽头关闭的游泳池——这里几个月前就被废弃了，只有鲍尔斯来的时候锁才会被打开。他跨进去，反手关上门，走过斑驳的木架子，直到深处。

他一只脚踩在跳板上，低头望向惠特比留下的表意文字。潮湿的树叶和几点纸屑遮住了它的字形，但轮廓依旧清晰可辨。它几乎占据了整个池底，乍一看像是描绘了一个巨大的日轮，带着四条放射状的菱形辐臂，这是个粗糙的荣格曼荼罗[1]。

鲍尔斯想知道是什么促使惠特比在他死前刻下了这个图案，这时，他注意到圆轮中心的碎片里有东西在移动。那是一只大约 1 英尺长、通体漆黑、套着带尖角的壳的动物，正拖着疲惫的腿脚，在泥泞中嗅来嗅去。它的外壳分节连缀，有点像犰狳的骨质甲。它爬到圆轮的边缘，停下来踌躇片刻后，又慢慢退回到圆轮中心，显然是不愿意，或者是没办法爬过那道窄槽。

鲍尔斯环顾四周，之后走进一间更衣间，从锈迹斑斑的壁架上取下一个木制的小储衣盒，夹在胳膊下，顺着镀铬的扶梯下到泳池的底部，小心翼翼地穿过滑溜溜的地板，朝那只动物走去。见他靠近，它一个侧身跑开了，但鲍尔斯很快就逮住了它，用盒盖把它铲进了盒子里。

---

1. 源于梵文，象征着对称统一与和谐圆满。

这动物挺沉的，至少相当于一块砖的重量。鲍尔斯用指关节敲了敲它那巨大的橄榄黑甲壳，看着它从甲壳边缘的下方探出头来，那颗长满疣的三角形脑袋就跟乌龟头一样。它有着五趾的前肢，大拇指下是厚厚的肉垫。

鲍尔斯看到那双有三重眼皮的眼睛正从盒底朝他焦虑地眨动。

“在盼着酷热的天气是吗？”他低声道，“你随身携带的那把铅伞应该能让你凉快些。”

他盖上盒盖，爬出泳池，回到管理员办公室还了钥匙，然后把盒子抱上了车。

……卡尔德伦对我仍有怨气。出于某种原因，他似乎不愿去接受自己的与众不同，正谋划着一系列私人仪式来替代缺失的睡眠时间。或许我应该告诉他，我已经时日无多了，但他可能会将其视为一种极难忍受的羞辱，因为我本应大量拥有他苦苦渴求的东西。天知道会发生什么。幸运的是，噩梦般的幻象似乎暂时消退了……

鲍尔斯推开日记本，从桌后探出身子向外眺望，白色的湖床沿着地平线向群山延伸。3 英里外，就在远远的湖岸，他看见射电望远镜的环形“大碗”在午后晴朗的空气中缓缓旋转，那是卡尔德伦在不知疲惫地向天空撒网，它扫荡过数百万立方秒差距[1]的苍凉以太，一如沿着波斯湾海岸淘海的游民。

在他身后，空调发出轻微的嗡嗡声，给半掩在昏暗灯光下的淡蓝色墙壁带来凉意。窗外的阳光明丽却压抑，诊所下方的仙人掌丛

1. 天文学中使用的距离单位，主要用于量度太阳系外天体的距离。1 秒差距定义为天体的半年视差为 2″时，天体到地球（太阳）的距离，也就是地球轨道半径对应视角为 1″时的距离。

泛着金光，其间涌动的热浪模糊了这座 20 层高的神经科病区尖锐的露台。在那里，在紧闭的百叶窗后的寂静病房里，昏睡症晚期患者们还在继续他们的无梦之眠。诊所目前已经收治了 500 名这样的患者，他们只是先遣部队，浩浩荡荡的梦游大军还在集结，准备进行最后的行军。第一例昏睡综合征确诊至今仅过去了 5 年，但随着越来越多的病例涌现，东部地区的几家大型公立医院已经做好了接收数以千计患者的准备。

鲍尔斯突然感到一阵疲惫，他瞥了一眼自己的手腕，寻思着还要多久才到 8 点——这将是他接下来大约一周的入睡时间。他已经开始期盼黄昏的到来了，过不了多久，他将最后一次在黎明醒来。

他的手表还在屁股口袋里。他想起来自己已经决定不再使用计时工具了，于是身子往椅背上一靠，盯着桌子旁边的书架看起来。书架上摆着几排绿色封皮的美国原子能委员会会刊，那是他从惠特比的图书室拿来的；还有一些论文，其中记录了这位生物学家在氢弹试验后于太平洋地区进行的研究。大多数论文鲍尔斯已是烂熟于心，他反复读过上百次，试图领会惠特比的最终结论。汤因比肯定要比这些更容易忘记。

他意识里的那堵高大黑墙正在他的脑海中投下大片阴翳，他的眼睛瞬间黯淡了下去。他一边伸手去拿日记本，一边想着卡尔德伦车里的那个女孩——卡玛[1]，他这样叫她，又一个神经兮兮的玩笑——还有她对野口的提及。事实上，拿惠特比跟野口作比较会更合适，而不应该是他。实验室里的怪物们不过是惠特比思想的零星镜像，就像他早上在游泳池里发现的那只变异的、耐辐射的青蛙

1. 英文中这个名字当作名词的话意为“昏迷”“失去意识”。

一样。

他想着那个叫卡玛的女孩，和她那鼓舞人心的微笑。他写道：

早上6点33分醒。和安德森见了最后一面。他明显表现出了对我的不耐烦，从现在起我最好一个人待着。8点钟上床睡觉？（这种倒计时让我感到害怕。）

他顿了顿，接着写道：再见了，埃尼威托克岛[1]。

二

第二天，他在惠特比的实验室再次见到了那个女孩。吃过早饭，他就急忙带着新样本开车过来了，想在它死之前将它放进生态缸里。在这之前他只碰到过一次突变出甲壳的生物，而那玩意儿差点要了他的命——那是大约一个月前，他驾车在沿湖公路上疾驰时，车子的前轮外侧撞上了它，他以为那小东西会被立刻碾平，不料，尽管壳里的生物体已经被压成了肉泥，它坚硬的铅壳却依旧刚性十足，还把他的车重重颠进了路沟。他专程回去捡起甲壳，回实验室称重后发现，其含铅量竟然超过了600克。

有相当数量的动植物正在积累重金属，形成辐射防护罩。就在海滨别墅后的山丘之中，几位旧时的淘金者正在翻新已经弃置了80多年的淘金设备。他们注意到了仙人掌闪耀的金色光泽，便做了些

1. 地处西太平洋，位于马绍尔群岛西北端，1920年起成为日本委任统治地，第二次世界大战后为美国托管地，建有海军基地。1946年美国迁走岛上居民，1947年起美国作为核武器试验场，进行多次氢弹爆炸试验。1958年停止核试验，居民于1976年9月迁回。

分析，结果发现，这些植物从无法开采的贫矿土壤中吸收了大量的金，并在体内累积到了可提取的浓度。橡树岭[1]终于也产出红利了！

那天早上，6 点 45 分刚过他就醒了——比前一天晚了十分钟（他打开了收音机，一边收听例常的晨间节目，一边从床上爬了起来）——勉强吃了一点儿早餐，之后花了一个小时挑出图书室里的一些书，装进箱子，贴上写有他兄弟地址的标签。

半个小时后，他抵达了惠特比的实验室。这是一座 100 英尺宽的网格圆顶建筑，就建在湖西岸惠特比的小屋旁，距离卡尔德伦的避暑别墅约一英里。小屋在惠特比自杀后就关闭了，而在鲍尔斯拿到实验室使用许可之前，许多用于试验的动植物已经死掉了。

当他拐进私家车道时，他看到女孩正站在有黄色肋拱的圆顶顶端，修长的身影在天幕上映出轮廓。她向他挥挥手，一步步走下玻璃顶面，灵巧地落在车道上他的车旁。

“您好，”她说着，给了他一个热情的微笑，“我是来参观你们的动物园的。卡尔德伦说如果他也来，你是不会让我进去的，所以我没让他过来。”

她想等鲍尔斯说点什么，结果他只顾着找钥匙，于是她又自告奋勇地提议道：“不嫌弃的话，我可以帮你洗衬衫。”

鲍尔斯冲她笑笑，垂下眼怅惘地看着自己沾满了灰尘的袖子。“这主意不错，我想我看上去是有些邋遢了。”他打开门，挽起卡玛的手臂，“我不知道为什么卡尔德伦会这么跟你说，但其实只要他愿意，他随时都可以过来。”

“这里面装着什么？”两人走在摆满仪器的工作台中间，卡玛指

---

1. 美国田纳西州东部坎伯兰山区新兴城市。第二次世界大战中，美国政府在此修建了最早的铀分离工厂及有关科研、实验机构。

着他手里的木箱问道。

“我发现的我们的一位远亲，有趣的小家伙，我一会儿就把它介绍给你。”

滑动隔板门把这个圆形空间分成了四个部分，其中两间是储藏室，堆满了备用的水箱、仪器、成箱的动物食品和试验设备。他们穿过第三个隔间，这里几乎被一台大功率的 X 光投影仪占满了。这是一台通用电气生产的 250 兆安马克斯穹型机器，斜向安装在一张旋转工作台上，四周围砌着一圈混凝土防护块。

第四个隔间便是鲍尔斯动物园的所在地。生态缸沿着工作台和水槽密密匝匝挤成一团，上方的排气罩上钉着用彩色硬纸板绘制的巨大图表以及备忘录，缠成一团的橡胶管和电源线拖在地板上。当他们走过一排排水箱时，磨砂玻璃后面的暗影也跟着躁动起来，过道尽头，鲍尔斯办公桌旁的大笼子里，有什么东西忽地一阵疾跑。

他把盒子放在椅子上，从桌上拿起一包花生，走到笼子前。一只小黑猩猩灵巧地爬上了栏杆，它戴着一顶凹瘪的飞行员头盔，对着鲍尔斯欢快地叫着，然后跳下，窜到靠在笼子后部的一个微型控制面板前。它快速拨动着一系列按钮和开关，一串彩灯闪烁起来，像自动点唱机一样，奏出了一段时长两秒的音乐。

“好孩子，”鲍尔斯拍了拍小黑猩猩的后背，鼓励道，把花生塞到它的手里，“那东西对你来说已经太小儿科了，不是吗？”

黑猩猩将花生扔进喉咙里，如变戏法一般轻巧流畅，同时朝着鲍尔斯叽叽喳喳地说着什么，就像在唱歌一样。

卡玛笑着从鲍尔斯手里抓过一些花生。“它真讨人喜欢。我觉得它在跟你讲话。”

鲍尔斯点点头。“对，它确实是。实际上它的单词量已经达到

200个了，只是它的喉部结构限制了它的发声。”他打开书桌旁的冰箱，取出半包切片面包，拿出两片递给了黑猩猩。它从地上搬起一台烤面包机，放在了笼子中央一张摇摇晃晃的矮桌中间，接着把面包塞进了烤槽。鲍尔斯按下笼子旁边开关面板上的一个按钮，烤面包机随即发出轻微的噼啪声。

“它是我们这里所有动物中最聪明的一只，智力相当于一个5岁的幼童，但在很多方面的自理能力要更强些。”两片烤面包从槽口中弹出，黑猩猩利落地接住了它们，每抓住一片它都会不自觉敲敲自己的头盔，然后慢悠悠地走进一个摇摇欲坠的小窝，一只手臂搭到窗外，放松地往后一靠，把烤面包塞进了嘴里。

“那是它自己搭的小房子，”鲍尔斯关掉烤面包机，继续说道，“说真的，它干得不错。”他指了指小窝前门旁边的一只黄色塑料桶，里面插着一株蔫耷耷的天竺葵。“照料植物，打扫笼子，没完没了地讲俏皮话。是个乐呵的家伙。”

卡玛自顾自地笑起来，“但是为什么它要戴着飞行员头盔？”

鲍尔斯犹豫了一下。“噢，那个……呃，是为了保护它。有时候它头痛得厉害，在它之前的几只都……”他打住了话头，转过身去。“咱们还是去瞧瞧其他的吧。”

他沿着水箱往下走，示意卡玛跟上。“我们从头开始吧。”他掀开其中一个水箱的玻璃盖，卡玛往里瞅了瞅，水很浅，一只长着细长卷须、又小又圆的生物正依偎在贝壳和鹅卵石垒成的假山上。

“这是海葵。或者说它曾经是。简单的腔肠动物，有着开放式体腔。”他向下指了指底部周围那圈增厚的脊状组织，“它封闭了腔体，将腔肠转变成了低等的脊索。之后，卷须们有望把自己结成神经节，但目前它们已经对颜色很敏感了。看！”他借来卡玛前胸口袋里的紫罗兰色手帕，在水箱上展开。卷须开始屈伸，并慢慢交织起来，似乎是在集中注意力。

“奇怪的是卷须们对白光完全不敏感。通常情况下，卷须能感应到压力梯度[1]的变化，就像你耳朵里的鼓室隔一样。现在这些卷须差不多好像是能‘听到’原色了。这说明它正在重新适应这个充满强烈色彩对比的静态世界，作为一只非水生生物而存在。”

卡玛摇摇头，一脸迷惑。“可是，为什么会这样？”

“别急，我先给你讲一下背景情况。”他们沿着工作台走到一排鼓形的笼子前，那些笼子是由纱窗网做成的。位于第一个笼子上方的，是一张巨大的白色硬纸板，上面展示着一张放大了的显微照片——一条长长的塔状链条，顶部的图例写着：“果蝇，每分钟 15 伦琴[2]。”

鲍尔斯敲了敲笼子上那面小小的有机玻璃窗。“果蝇，拥有庞大的染色体，是一种常用的试验对象。”他弯下腰，指着笼顶悬挂的一只灰色 V 形蜂巢，几只果蝇从入口处涌出来，忙碌地飞来飞去。“它们通常独自生活，居无定所，取食腐物。可现在，它们形成了组织严密的社会式群体，还开始分泌某种稀薄的淋巴液，有点像蜂蜜，带甜味。”

“这是什么？”卡玛摸着硬纸板问道。

“变异中的关键基因图解。”他顺着链上一环引出的一簇箭头指出去。箭头上标着“淋巴腺”，然后又细分为“括约肌”“上皮组织”“模板”。

“有点像自动钢琴的打孔乐谱，”鲍尔斯评论道，“或者说是计算机的穿孔纸带。用 X 射线消除其中一段，使其丧失一项特征，就可

1. 指沿流体流动方向，单位路程长度上的压力变化，单位深度常用值为 100 m。
2. 衡量放射性物质产生照射量的单位。

以改变全局。”

卡玛透过隔壁笼子的小玻璃窗向里窥探着，脸上一副不悦的表情。鲍尔斯的视线越过她的肩头，发现她正注视着一只硕大的蜘蛛状昆虫，它足有手那么大，毛茸茸的黑色肢腿足有手指那么粗，集聚的复眼浑似巨型的红宝石。

“它看上去不怎么友好。”她说，“它在织的那个梯绳是什么？”正当她把手指放到唇边时，那蜘蛛醒了过来，缩回笼子里，吐出一束繁复交连的灰色丝线，一圈圈地挂在笼子顶部。

“一张网。”鲍尔斯告诉她，“只不过其中包含了神经组织。这种梯状结构形成了一簇外神经丛，相当于为大脑扩容。它可以根据环境要求，任意调节网的大小。非常明智的安排，可比我们人类要强多了。”

卡玛向后退了几步。“太可怕了，我可不想去它家做客。”

“噢，它并没有外表看起来那么可怕。那些盯着你看的大眼睛其实什么都看不见，更确切地说，它们的光学感知区域朝着光谱波段底部移动了，视网膜只能识别伽马射线。你的手表带有发光的指针，你把它放在玻璃窗上移动，它就会有反应了。它应该能在第四次世界大战中大显身手。”

他们悠哉地踱回鲍尔斯的办公桌旁，鲍尔斯把咖啡壶架在本生灯上，又向卡玛推过去一把椅子。他打开盒子，捉出那只带甲壳的青蛙，将它放在了一张吸墨纸上。

“认出它来了吗？你儿时的老朋友，一只普通的青蛙，现在它给自己装备了一座相当坚固的小型防空洞。”他抓起这只动物，放进了水槽里，之后打开水龙头，让水轻轻地流过它的甲壳。他在衬衫上揩干手，重新回到桌子旁。

卡玛捋了捋落在额前的长发，好奇地望着他。

“好了，这里的秘密是什么？”

鲍尔斯点了一支烟。“没有什么秘密。多年来，畸形学家一直在培育变异生物。你听说过‘沉默基因对’吗？”

她摇摇头。

鲍尔斯闷闷不乐地盯着那支烟看了一会儿，享受着每天第一支烟向来会给他带来的快感。“所谓的‘沉默基因对’，是现代遗传学最古老的问题之一，这对失活基因的作用显然是一个令人困惑的谜。在现存的每一种生物体中，都有占少量百分比的个体拥有这种失活基因对，而它们对于生物体的结构、进化似乎并没有起到什么作用。长久以来，生物学家一直尝试激活它们，可激活的难点一部分在于如何从已知携带沉默基因对的父母产生的受精卵中识别出该基因对，另一部分则在于如何集中足够窄的 X 射线，使其不至于损害其余的染色体。然而，惠特比博士却基于他对埃尼威托克岛上辐射损害的观察，经过大约十年的研究，开发了一种全身辐照技术。”

鲍尔斯顿了顿。“他注意到测试之后，试验体呈现出的生物损害似乎大于直接辐射的应有值，也就是说，更多的能量被传输了。实际情况是，基因中的蛋白质晶格会积蓄能量，就像振动膜在共振时会积累能量一样——你记得那个类比吧，当士兵们在桥上齐步走时，桥会轰然坍塌，跟那个原理差不多——于是他突然想到，如果他能够率先识别出特定沉默基因中晶格的共振频率临界值，他就可以对整个生物体进行辐照处理了，而不是仅仅针对受精卵。通过缩窄辐射的频率域范围，便可有选择性地作用于沉默基因，而不致损害其余的染色体，毕竟，其余染色体的晶格只会在其他特定频率上产生共振。”

鲍尔斯夹着烟，指向实验室四周。

“在你周围你可以看到一些‘共振转换’技术的成果。”

卡玛点点头。“他们的沉默基因被激活了？”

“没错，都被激活了。接受试验的样本有好几千个，这里只是其中的一小部分，你也看到了，结果令人大开眼界。”

他伸出手，拉下一块遮阳帘。此时他们正坐在圆顶的边缘下方，逐渐增强的阳光让他有些烦躁。

在那片相对的阴暗之中，卡玛注意到在她身后工作台的尽头，一台频闪仪正在水箱里缓缓闪烁。她起身走了过去，细看起那里的一株高大的向日葵，它的茎秆变粗了，花托也大得夸张，四周砌了一圈由灰白色石头垒成的烟囱状小围墙，只有花盘露在外面。石块用水泥砌得平平整整，上面标着：“白垩纪白垩岩：6 000 万年。”

在它旁边的工作台上还有另外三个烟囱状的小围墙，分别标着：“泥盆纪砂岩：2.9 亿年。”“沥青：20 年。”“聚氯乙烯：6 个月。”

“你能看见萼片上那些湿润的白色小圆片了吗？”鲍尔斯指点着，“它们以某种方式调节着这株植物的新陈代谢。不夸张地说，它们能看到时间。周围的环境越是古老，它的新陈代谢就越是缓慢。围上沥青，它能在一周内完成一年的代谢循环，用聚氯乙烯的话，只要几个小时就够了。”

“看到时间。”卡玛惊奇地重复着，抬头望向鲍尔斯，若有所思地咬着下唇。“太神奇了。这些是未来生物吗，医生？”

“我也不知道。”鲍尔斯承认道，“假如它们真的是，它们的世界必定是一个可怕的、超现实主义的世界。”

三

他回到办公桌前，从抽屉里取出两只杯子，倒出咖啡，同时熄灭了本生灯。“一些人推测，拥有沉默基因对的生物体，是不断攀登进化高峰的生物群中的先驱，沉默基因就像是某种密码，是我们这些低等生物体为高度发达的后裔所携带的神圣信息。这种说法可能是真的，只不过，我们或许过早地破解了这种密码。”

“为什么这么说？”

“唔，正如惠特比的死所预示的那样，这间实验室里进行的所有试验都指向了一个令人相当不快的结论。经过辐照处理的生物体无一例外地进入了完全无序的最终生长阶段，并催生出了许多作用不明的特异感觉器官，结果是灾难性的——海葵会爆炸、果蝇会同类互食，诸如此类。这些动植物中暗含的未来到底是必然发生，抑或仅仅存在于推断，我不清楚。不过有时我会想，这些新长出来的感觉器官其实反映了它们的真实意图。你今天看到的样本都处于它们二次生长周期的早期阶段，这个阶段之后，它们的模样会变得日渐怪异。”

卡玛点点头。“没有动物管理员，动物园就会乱了套。”她点评着，“那人类呢？”

鲍尔斯耸了耸肩。“大约10万人中有一人携带沉默基因对——比例处于平均水平。你可能有，我也可能有。到目前为止还没有人自愿接受全身辐射，一方面是因为这种行为无异于自杀，另一方面，如果这里已进行过的实验具有任何指导性，那么人类被激活沉默基因对后，只会经历残酷与暴力。”

他抿了一口淡咖啡，感觉疲惫，同时还有些许的无聊。概括实验室的工作让他精疲力竭。

女孩向前探身。“你的脸色苍白得吓人，”她关切地说，“睡不好？”

鲍尔斯勉强挤出一个笑。“睡得好极了。”他承认道，“睡眠对于我来说已经不再是问题了。”

“我希望卡尔德伦也能这样。他的睡眠可跟‘睡够了’不沾边，我整晚都能听到他来回踱步。”她又补充道，“不过，我还是觉得这样比昏睡症晚期患者要好得多。告诉我，医生，这种辐射技术值不值得用在诊所里的那些昏睡的人身上？说不定能让他们在死之前醒过来，他们中的一些人肯定带有沉默基因。”

“他们全都有。”鲍尔斯告诉她，“事实上，这两种现象是紧密相关的。”他没再说下去，疲惫令他的大脑变得迟钝，他考虑着是否应该叫女孩离开。他俯在桌上，把手伸到桌子后面，拿起一台录音机。

他打开开关，把磁带倒到最前面，然后调了调喇叭音量。

“之前我和惠特比经常讨论这个问题，到最后，我把这些讨论都录了下来。惠特比是一位了不起的生物学家，所以，让我们一起来听听他是怎么说的吧。这绝对是问题的核心所在。”

他开始播放磁带，同时补充了一句：“我自己已经听过上千遍了，恐怕音质会比较差。”

一个苍老的男性嗓音响起，尖锐而略显急躁，衬着音质失真带来的低沉嗡嗡声，但这并不影响卡玛听清字句。

惠特比：……看在老天的分上，罗伯特，看看世界粮农组织的这些统计数据吧。在过去的15年里，尽管全世界小麦的种植面积每年都会增长五个百分点，可世界小麦产量还是在以每年两个百分点的比例持续下降。同样的情形令人作呕地重复着。谷物、块根农作物、乳制品产量、反刍动物繁殖率——全部在下降。把这些与大量的平行表征联系起来看，从迁徙路线变更，到冬眠周期延长，任选一个你关心的领域来看，你就会发现这个整体呈现出来的模式，这是毋庸置疑的。

鲍尔斯：但欧洲和北美的人口数据并没有显示出下降的趋势。

惠特比：当然不会，就像我一直指出的那样，在这些区域，大规模的生育管控人为地提供了巨大的人口基数，生育率上小数点后的下降，得要一个世纪后才能体现出影响。你得看看远东国家，特别是那些婴儿死亡率保持在稳定水平的国家。打个比方，苏门答腊的人口在过去20年里下降了超过15%。令人难以置信的下降！不知道你意识到了没有，仅仅就在二三十年前，新马尔萨斯主义[1]者还在侈谈“世界人口爆炸”？实际上确实是爆炸，只不过是一场内爆。另一个因素是——

这里磁带被剪辑过了，之后惠特比的声音再次传来，只是这一次显得不再那么牢骚满腹了。

……单纯出于兴趣，打听一下，你每晚睡多长时间？

鲍尔斯：不是特别清楚，我猜，大概8个小时吧。

惠特比：老一套的8小时。随便问上一个人，他们都会不假思索地回答“8个小时”。而事实是，你跟大多数人一样会睡10个半小时。我已经给你记过好多次时了。我自己要睡11个小时。可30年前，人们确实只睡8小时；再往前推一个世纪，人们只睡六七个小时。在瓦萨里[2]的《艺苑名人传》里我们能看到米开朗基罗每天只睡

1. 是以马尔萨斯人口学说为理论基础，但主张实行避孕以节制生育来限制人口增长的人口理论。
2. 16世纪意大利著名画家和建筑师。

四五个小时，在80岁高龄时还整日作画，入夜之后则是把蜡烛绑在额头上，在他的解剖台前彻夜工作。时至今日，他被认为是绝世奇才，但那种事在当时却算不上什么。从柏拉图到莎士比亚，从亚里士多德到阿奎那，你想想这些古人们是如何在其有限的一生中做到著作等身的？原因很简单，就是他们每天都比我们多出了六七个小时。当然，我们还遭受着第二项不利因素对我们工作造成的影响，降低的基础代谢率——又一个没人能给出解释的因素。

鲍尔斯：我想你可以这么去理解，延长的睡眠期是一种补偿机制，是20世纪末期人们为了逃避可怕的城市生活压力而产生的一种集体神经质变异。

惠特比：你可以持有这种观点，但是你错了。这只是个简单的生物化学问题。所有生物体中，分解蛋白质链的核糖核酸模板正在耗尽，刻有原生质特征的模具也变钝了。毕竟迄今为止它们已经被传承了超过10亿年，是时候进行重组了。正如个体有机体的寿命是有限的，一个酵母菌群或某个物种也如此，同理，整个生物王国的存续时间亦是固定的。人们总是设想进化之路是恒远向上的，但事实是它已经抵达了顶点，再往后便是下坡路，直通生物共同的坟墓。这是一种令人绝望的对未来的设想，目前看来难以接受，但却是唯一的可能。从现在起，经过5 000个世纪的演变，我们的后代并不会成为有着多重大脑的星空之民，很可能只会是赤身裸体、下颌突出的白痴，前额上生着毛发，嘀咕着从这座诊所的废墟路过，就像陷入了可怕的时间倒置的新石器时代人类一样。相信我，我很同情他们，就像我同情我自己一样。我已经全面衰竭了，无论是在道义上还是生理上，我都全然没有了任何存在的权利，这一切都暗藏在我体内的每一个细胞里。

磁带播完，带轴空转了一会儿，终于停了。鲍尔斯关掉录音机，搓了搓自己的脸。卡玛静静地坐着，一边望着他，一边听黑猩猩玩益智骰子的声音。

“在惠特比看来，”鲍尔斯说，“沉默基因代表着生物王国在沉没前最后的绝望一搏。整个王国的生命周期取决于太阳发射的辐射量，一旦它达到某个特定值，超过了必亡的界限，灭绝便不可避免了。为了应对这种困境，生物体设立了内部警报，通过改变自身形态来适应更为炎热的辐射气候。皮肤柔软的生物体进化出了甲壳，其中还含有作为辐射屏障的重金属；新的感知器官也应运而生。尽管根据惠特比的说法，从长远来看这些努力都只是白费力气——但有时候我很怀疑这种论调。”

他对卡玛笑了笑，耸耸肩。“好了，我们聊点别的吧。你跟卡尔德伦认识多久了？”

“大概 3 个星期，但是感觉像是有 1 万年了。”

“你觉得他现在怎么样？我和他最近没怎么联系了。”

卡玛粲然一笑。“我好像也不大见他。他老是让我昏昏欲睡。卡尔德伦拥有许多奇异的天赋，但他活得很自私。对他来说，医生您的存在意义非凡。说真的，您是我真正的情敌。”

“我还以为他不想见到我呢。”

“噢，那只是一种表象。他确实是时刻记挂着您，这就是我们成天跟着你转来转去的原因。”她机灵地打量了鲍尔斯一眼，“我觉得他是对什么事感到愧疚。”

“愧疚？”鲍尔斯惊叹，“他吗？我觉得应该感到愧疚的人是我。”

“为什么？”她追问着。她犹豫了片刻，接着说，“你在他身上进行了某种实验性的外科手术，对吗？”

“是的。”鲍尔斯承认道，“手术整体是成功的，就像我参与的许多其他手术一样。如果卡尔德伦感到愧疚，我想是因为他觉得自己必须承担一部分责任。”

他低头看着女孩，她那双聪慧的眼睛正紧紧地盯着他。“出于某一两个理由，有件事你可能有必要知道。你说，卡尔德伦会整晚踱步，无法得到足够的睡眠。而事实是，他根本就不睡觉。”

女孩点点头。“你……”她打了个响指。

“……阻断了他的睡眠机制。”鲍尔斯替她说完了剩下的话。“从外科手术的角度来说，这是一次巨大的成功，完成它的人值得被授予诺贝尔奖。正常情况下，下丘脑负责调节睡眠时长，提高意识阈值，以放松大脑中的静脉毛细血管，使其排出积聚的毒素。然而，通过关闭一些控制回路，实验对象将无法接收睡眠信号，在他保持清醒的同时，毛细血管也能排出毒素。实验对象能感觉到的只是短暂的倦怠，而这种状况三四个小时后就会消失。从生理上讲，卡尔德伦的生命延长了20年。但出于某种不为人知的理由，人还需要‘心理睡眠’，每隔一段时间，卡尔德伦就会被内心的风暴所折磨。这整件事就是一个悲剧性的错误。”

卡玛若有所思地皱起了眉。“和我猜的差不多，您发表在神经外科期刊上的论文提到过患者K。纯粹的卡夫卡风格，没想到现实也确实如此。”

“我可能会永远地离开这里了，卡玛，”鲍尔斯说，“确保卡尔德伦定期去复诊，有些深层的瘢痕组织需要被清理干净。”

“我尽力。有时候，我觉得自己不过是他另一份疯狂的终极文件而已。”

“那是什么？”

“你没听说吗，卡尔德伦收集的贤哲们的终极之作？弗洛伊德的全集、贝多芬的四重奏、纽伦堡审判记录的抄本、无意识小说等等。”她打住了话头，“你那画的是什么？”

“哪儿？”

她指了指办公桌上的吸墨纸，鲍尔斯低头一看，意识到自己在无意中画了一幅繁复的涂鸦——是惠特比带着四只辐臂的太阳。“没什么。”他说。然而不知道为什么，他感受到了一种奇怪的驱动力。

卡玛起身想要离开。“您一定要到我们那儿去看看，医生。卡尔德伦有很多东西想和您分享，他刚刚拿到一份旧拷贝文件，是 20 年前水星七号抵达月球后发回的最后信息，拿到之后他就再无心去想其他东西了。您还记得他们在死前录下的诡异信息吧，诗一样的句子，充满了关于白色花园的胡扯，现在我觉得他们的行为倒很像你豢养在动物园里的这些植物。”

她把手伸进口袋，掏出一件东西。“对了，卡尔德伦让我把这个给你。”

那是一张老旧的天文台图书馆索引卡，中间印着一排数字：

96 688 365 498 720

“按照这个速率，还要很久才能到零。”鲍尔斯冷淡地说，“等结束时，我也会有相当数量的试验品了。”

卡玛离开后，他把卡片扔进了垃圾桶，然后在办公桌边坐下，盯着吸墨纸上的图形看了足足一个小时。

在返回湖滨别墅的途中，他开上了湖滨路向左延伸出的一条岔路，岔路穿过狭窄的山鞍，通往偏远盐湖上一座废弃的空军靶场。靶场的近端是一些小型掩体和监控摄像塔，一两座铁皮棚子和一座屋顶低矮的停机库。白色的山峦环绕了整片区域，使这里与世隔绝，鲍尔斯喜欢沿着射击通道漫步，那是一段沿湖标出的长达两英里的小道，一直通向尽头的混凝土标靶。抽象的布局让他觉得自己就像只身处于骨白色棋盘上的蚂蚁，一端的长方形标靶，和另一端的监控塔、掩体则宛如对弈的棋子。

与卡玛的会面，让鲍尔斯突然对自己过去几个月的虚度光阴感到不满。*再见了，埃尼威托克岛。*他曾这样写道，但事实上，有系统地遗忘一切与记住一切的机制是完全相同的，只不过它是一个逆序的过程，就像是把脑内图书馆里的所有书拿出来，将书头翻转朝下，再把它们放回正确的位置。

鲍尔斯爬上其中一座监控塔，靠在栏杆上，视线沿着射击通道望向标靶。炸开的炮弹与火箭弹把标示靶圈的环形混凝土打得千疮百孔，但那百米宽的巨大圆盘，及交替漆成蓝、红两色的圆圈依旧清晰可见。

他静静地盯着它们看了半小时，脑海里闪过了一些模糊的念头。之后，几乎是不假思索地，他蓦地离开栏杆爬下了梯子。停机库就在 50 码之外。他快步走过去，踏进一片阴凉，环视起周围锈蚀的电动推车和空荡荡的照明弹筒。尽头那堆木材和一捆捆电线的后面，堆放着一摞未开封的袋装水泥、一堆沙子，还有一台旧的搅拌机。

半小时后，他把别克车倒进了停机库，把装了沙子、水泥，还有从外面罐子里弄来的水泥搅拌机挂在了后保险杠上，之后又往汽车后备箱和后座装了十几袋水泥。最后，他挑了几根直的木料，从车窗塞进车里，发动车子穿过盐湖，向中心的靶子驶去。

在接下来的两个小时里，他在巨大的蓝色圆圈中央有条不紊地忙活着。手动搅拌水泥，把拌好的水泥运到用木料拼成的简易模子那里，倒进去抹平，绕着靶心的圆周筑起一道6英寸高的矮棱。他一刻不停，用一根轮胎撬杆搅拌水泥，再用从轮胎上撬下的轮毂盖把水泥舀出来。

完工后，他把设备和工具留在了原地，驱车离开。此时，他已经筑好了一段30英尺长的矮棱。

四

6月7日

第一次意识到一天是如此的短暂。只要我能保持清醒超过12个小时，我对时间的感知就还是会以中午为界，将一天分为上午和下午。而现在，随着我的清醒时间减至11个小时多一点，它形成了一个连续的时间段，就像一段卷尺一样。我可以清楚地看到卷轴上还剩多少长度，却无法干涉它展开的速度。花了些时间慢慢收拾了图书室里的书，板条箱重得搬不动，只能装满之后直接放在原地。

细胞计数降至400 000。

8点10分醒，7点15分入睡。（看样子我是把手表弄丢了，而我居然没有意识到，得去城里再买一块了。）

6月14日

九个半小时。时光飞逝，就像高速路上的风景一样转瞬即逝。然而，假期的最后一周总是比第一周过得更快，按照现在的速度，我大概只剩四五周了。今天早上我试着想了一下自己的最后一周会是什么样子——最后的三周、两周、一周，结束——结果一种纯粹的恐惧突然袭上心头，这是我此前从未有过的感受。足足半个小时之后我才平定了心绪，得以进行静脉注射。

卡尔德伦依然纠缠着我，就像会发光的影子一样。他用粉笔在大门上写上了“96 688 365 498 702”。邮递员肯定会被这串数字弄糊涂吧。

9点05分醒，6点36分入睡。

6月19日

8小时45分。早上安德森打来电话，我听到他的声音差点儿把电话挂了，但还是设法装着样子做了所谓的收尾安排。他对我的坚忍克己表示了祝贺，甚至用上了“英勇”这个字眼。毫无感觉。绝望蚕食了一切——勇气、希望、自律，以及所有的优良品质。科学传统总是暗含着被动接受的意象，想对此保持客观态度真的太他妈难了。我努力想象着站在宗教裁判所上的伽利略，以及克服了下颌癌手术带来的无尽痛苦的弗洛伊德。

在市区遇到卡尔德伦，就水星七号聊了很久。他确信，他们是故意拒绝离开月球的，在那之前有人为他们准备了一场“欢迎会”，让他们看到了宇宙的真相。他们从来自猎户座的神秘使者口中得知，深空探索毫无意义，他们去得太晚了，宇宙的生命如今已然走到了尽头！按照卡的说法，一些空军将领们对于这无稽之谈颇为重视，但我怀疑这不过是他安慰我的一种含蓄手法罢了。

必须把电话线切断。有个承包商不停给我打电话，要我付 50 包水泥的钱，说是我 10 天前拉走的，他甚至亲自帮我把水泥装上了卡车。我确实开着惠特比的小货车进过城，但只买了些铅质屏蔽块。他以为我会拿那些水泥做什么？这可不是一个将死之人会想入手的东西。（寓意：不要太刻意去遗忘埃尼威托克岛。）

9 点 40 分醒，4 点 15 分入睡。

6 月 25 日

7 个半小时。卡尔德伦今天又来实验室附近打探消息了，还给我打了个电话，我一接，听到的却是他设置好的录音，絮絮叨叨念出一长串数字，活像一个神经失常的超级报时器。他的这些恶作剧令人厌烦。再这样下去，过不了多久我就得去找他并向他妥协了，而我讨厌这种可能性。但不管怎么说，我还是挺乐意看到火星小姐的。

现在每天吃一餐饭就够了，再加上一针葡萄糖。睡眠依旧是“黑暗一片”，丝毫没有醒神的作用。昨晚我用 16 毫米胶片拍摄了前 3 个小时，今早带到实验室播放。这是一部真正的恐怖片，我看上去就像一具半死半活的尸体。

10 点 25 分醒，3 点 45 分入睡。

7 月 3 日

5 小时 45 分。今天做的事不多。人越发地打不起精神，我强行拽着自己去了实验室，有两次差点偏离了道路。强打精神给动物园里的动物喂了食，更新了日志。最后一次通读了惠特比留下的操作手册，将辐照频率调到了每分钟40伦琴，目标距离350厘米。一切准备就绪。

11点05分醒，3点15分入睡。

鲍尔斯伸个懒腰，缓缓地将头在枕头上挪了挪，专注地看起了天花板上百叶窗投下的影子。他垂眼望向自己的脚，发现卡尔德伦正坐在床尾，静静地看着他。

"你好，医生。"卡尔德伦边说边掐灭了烟，"熬夜了？你看上去很疲倦。"

鲍尔斯用一只手肘支起身体，瞟了一眼手表。刚过11点。他觉得昏头昏脑，又过了一会儿，他双腿一悠坐到床沿，手肘撑在膝盖上，搓着脸，想让自己清醒起来。

他注意到满屋子都是烟。"你来这里做什么？"他问卡尔德伦。

"我过来是想邀请你共进午餐。"他指了指床头的电话，"你的电话打不通，所以我就开车过来了。希望你不介意我爬窗而入，我按了大概半个小时的门铃，很意外你居然没有听到。"

鲍尔斯点点头，起身，试图捋平纯棉休闲裤上的皱褶。这一周多来他都是没换衣服就睡了，眼下他的裤子是湿的，还散发着臭味。

他正要朝卫生间的门走去，卡尔德伦指着支在床的另一侧的摄像机问道："这是什么？准备进军色情片市场了吗，医生？"

鲍尔斯阴沉地审视了他一会儿，扫了眼三脚架，没有回答。他注意到自己放在床头柜的日记本正摊开着，暗想卡尔德伦是否看了他的最后几篇日记。他转回来，收起日记本，之后才走进卫生间，关上了身后的门。

他从镜柜里取出注射器和安瓿瓶，给自己打了一针，然后倚在门边等着药物发挥作用。

等鲍尔斯出来时，卡尔德伦已经到了客厅，正看着堆在地板中央那些板条箱上的标签。

“那么，好吧，”鲍尔斯告诉他，“我跟你去吃午饭。”他仔细端详着卡尔德伦，对方看上去比平常收敛不少，甚至透着一丝敬重的意味。

“很好。”卡尔德伦说，“顺便问一句，你是要离开了吗？”

“很重要吗？”鲍尔斯简短地反问道，“我以为你已经被安德森收治了。”

卡尔德伦耸耸肩。“随你便吧，12 点左右过来就行。”他建议道，之后直言不讳地加了一句，“这样你就有时间洗澡，换身衣服了。你衬衫上都沾了些什么？看上去像石灰。”

鲍尔斯低头看了看，伸手去抹那一道道的白色污渍。卡尔德伦走后，他脱掉衣服甩到一边，洗了个澡，并从打包好的行李里找出了一套干净西服。

在与卡玛交往之前，卡尔德伦一直独自住在湖滨北岸一座抽象派艺术风格的老旧避暑别墅里。这是一幢七层楼的荒唐建筑，最初是由一位身家百万的数学家建造的，混凝土带呈螺旋形向上延伸，像一条盘住自己身体的疯蛇，形成了墙壁、地板和天花板。卡尔德伦是唯一一个解开了它结构之谜的人——这是一个 $\sqrt{-1}$ 的几何模型——于是他才能以相对低廉的价格从房产经纪人手中租下这座别墅。鲍尔斯经常会在傍晚的时候从实验室看到他，不知疲倦地拾级而上，左弯右绕地穿过那片由斜道与露台组成的迷宫，去到屋顶上。在那里，他瘦骨嶙峋的身形衬在天空里，好似一座绞刑架，孤独的双眼筛选着第二天要重点捕捉的无线电通道。

鲍尔斯驱车赶到时正是正午，他一眼就注意到卡尔德伦正站在距离地面150英尺的窗台上，一边努力保持平衡，一边颇具戏剧意味地仰望着天空。

“卡尔德伦！”他猛地大喊一声，任声音划破沉寂。他真期待卡尔德伦会因此受到惊吓，进而脚下一滑。

卡尔德伦回过神来，低头瞟了一眼院子。他斜身笑了笑，伸出右臂缓缓地挥出一个半圆。

“快上来！”他喊道，然而转头继续望向天空。

鲍尔斯靠在车身上没动。上一次，大约就在几个月前，他曾接受过同样的邀请，可踏进大门不到3分钟，他就在二楼的死胡同里无可奈何地迷了路。卡尔德伦花了半个小时才找到他。

鲍尔斯等待着。卡尔德伦穿过天井和楼梯，从他高高的栖身处晃悠下来，之后和他一起乘上了通往顶层的电梯。

他们端着鸡尾酒，走进一间宽敞、带玻璃顶的工作室，巨大的白色混凝土带伸展着，将他们环绕其中，仿佛是从巨型牙膏管里挤出的牙膏。错层地面平行延伸而出，抽象风格的灰色家具被置于其上，或干脆斜跨着；巨幅照片挂于倾斜的幕布之上；矮桌上摆出的展品则被精心地贴上了标签。但最引人注目的还是后墙上三个高达20英尺的黑色字母，它们拼成了一个硕大的单词：

YOU（你）

卡尔德伦指着它。“你可能会称其为‘阈上疗法’。”他面带狡黠地示意鲍尔斯，将杯中的酒一饮而尽。“这是我的实验室，医生，”他的语调里满是骄傲，“相信我，比你的实验室要有意义得多。”

鲍尔斯苦笑着，查看了第一件展品。那是一卷古旧的脑电图纸带，横贯其上的是一系列褪了色的波浪形墨迹，上面标着："爱因斯坦，阿尔法脑波，1922 年。"

他跟着卡尔德伦四处转悠，不时呷啜杯里的酒，享受着安非他命为他带来的短暂的清醒。再过不到两个小时药效就会消退殆尽，那时，他的脑子又将变得像叠吸墨纸一样空白一片。

卡尔德伦喋喋不休地解说着所谓终极文件的意义。"它们是绝版印件，鲍尔斯，最终的陈述，碎片化世界的整合产物。等我收集到足够多的时候，我将用它们为自己打造一个全新的世界。"他从其中一张桌子上拿起一册厚厚的平装本，飞快地翻着。"纽伦堡 12 人[1]的联想测试，得把这个加进去……"

鲍尔斯心不在焉地闲逛着，根本没去听他在说什么。另一侧的墙角里，摆放的似乎是 3 台自动收报机，长长的纸带从纸槽口垂下来。鲍尔斯很想知道，卡尔德伦有没有因为被误导而玩起了股票，股市在过去 20 年里一直持续走低。

"鲍尔斯，"他听见卡尔德伦叫他，"我刚在给你讲水星七号的事。"他指着钉在屏板上的一叠打印稿，"录音监视器记录了他们传回的最后一次无线电信号，这些是转录文字。"

鲍尔斯草草地翻阅着那叠纸，随便挑了一句看了看。

"……蓝色……人……循环……猎户座……测距仪……"

鲍尔斯不置可否地点点头。"有意思。那边的纸带是做什么用的？"

卡尔德伦咧嘴一笑。"我等你问这个问题已经等了几个月了。过来看一眼。"

鲍尔斯走过去，拿起其中一条纸带。机器上标记着："御夫座

1. 纽伦堡审判判处 12 名战犯绞刑。在审判过程中法庭指派的两位心理学家对战犯使用墨迹图进行了联想型心理测试。

225-G[1]。间隔：69 小时。”

纸带上写着：

96 688 365 498 695

96 688 365 498 694

96 688 365 498 693

96 688 365 498 692

鲍尔斯放下纸带。“看上去挺常见的。这个数列代表什么？”

卡尔德伦耸耸肩。“没人知道。”

“你这话是什么意思？它必然代表了某种东西。”

“对，没错。一个递减的等差数列。如果你愿意的话，可以称之为倒计时。”

鲍尔斯又拿起右边的纸带，标签上写着：“白羊座 44R951[2]。间隔：49 天。”

数列是：

876 567 988 347 779 877 654 434

876 567 988 347 779 877 654 433

876 567 988 347 779 877 654 434

鲍尔斯四下望了望。“信号隔多久收到一次？”

“就几秒钟。当然，它们被进行了极大的横向压缩。天文台的一

1. 杰克·万斯在《见见宇宙小姐》中虚构的外星人居住的星球之一。他笔下那里的外星人形如蜥蜴，呈亮蓝色。
2. 同上。这里的外星人“像是一大团风滚草，里面缠着成百的水母”。

台电脑对它们进行了破解。它们最早是由卓瑞尔河岸天文台[1]接收到的，在大约 20 年前。现在已经没人再有兴趣听了。”

鲍尔斯转向最后那卷纸带。

6554

6553

6552

6551

“数列已经接近尾声了。”他说道，瞟了一眼罩子上的标签，上面写着：“猎犬座，未知无线电信号源。间隔：97 周。”

他把纸带递给卡尔德伦。“很快就要结束了。”

卡尔德伦摇摇头。他从桌上拿起一本厚重的姓名地址簿大小的书卷，捧在手里。他的脸色突然变得阴沉起来，仿佛在为什么事忧心。“我表示怀疑。”他说，“这只是最后四位数而已，整个数字超过了 5 000 万位。”

他把书递给了鲍尔斯，鲍尔斯翻开扉页。“系列信号主序列，由英国曼彻斯特大学卓瑞尔河岸射电天文台接收，1972 年 5 月 21 日 12 时 59 分。来源：猎犬座，新总表 9743[2]。”他用拇指拨弄着那厚厚一叠印得密密麻麻的书页，正如卡尔德伦所说的，数以百万计的数字占满了上千页纸张。

鲍尔斯摇摇头，重新拿起纸带，盯着它陷入了沉思。

“电脑只破解了最后四位，”卡尔德伦解释道，“整个数列是通过一

1. 卓瑞尔河岸天文台隶属于英国曼彻斯特大学，位于曼彻斯特大学以南 20 余公里柴郡的乡村中。
2. 作者虚构的星系。“新总表”即“星云和星团新总表”，是重要的深空天体目录，但其中天体编号只到 7 000 多。

个个 15 秒的等长信号包发来的，IBM 花了两年多才破解出其中一个。”

“真厉害。”鲍尔斯评论道，“不过，它到底是什么？”

“如你所见，是个倒计时。新总表 9743，就在猎犬座的某个地方，那里巨大的螺旋结构正在崩溃，他们在道别。鬼知道他们是怎么看待我们的，但他们还是把我们列为了告知对象，通过氢谱线，让宇宙里的每一个人听到这场倒计时。”他顿了顿，“有些人对此做出了不同的解释，但有一项证据排除了其他一切的可能性。”

“是什么？”

卡尔德伦指着从猎犬座发来的最后一卷纸带。“很简单，根据估算，当这个数列减至零的时候，宇宙将迎来终结。”

鲍尔斯若有所思地用手指摆弄着纸带。“他们还真是贴心啊，告诉了我们真实的时间。”他说道。

“我同意，的确是这样。”卡尔德伦轻声说，“依照平方反比定律，信号源的发射功率比信号要强 10 的 100 次方倍，正在以 300 万兆瓦的功率向外播送信号。差不多可以覆盖整个本星系群[1]。‘贴心’这个词恰如其分。”

他突然抓起鲍尔斯的手臂，紧紧攥住，凝视着鲍尔斯的眼睛。因为激动，他的喉咙有些哽咽。

“你并不孤单，鲍尔斯，别再自怨自艾了。这些都是时间的声音，在与你我道别。把自己置身于一个更为广阔的背景下想想吧，你身体里的每一颗粒子、每一粒沙、每一个星系都带着同样的印记。就像你刚才说的，你现在知晓了时间的真谛，其余的事还有什么重要的？没必要再去关注时钟了。”

鲍尔斯拉起他的手，用力握紧。“谢谢你，卡尔德伦。很高兴你

1. 指银河系和相邻的仙女星系、麦哲伦星云等 50 个星系组成的一个规模集团，是包括银河系在内的一群星系。本星系群中的全部星系覆盖区域直径约为 1 000 万光年。

能够理解。”他走到窗边，俯视洁白的湖面。他与卡尔德伦之间的紧张关系已经得到了缓解。他觉得自己履行了对卡尔德伦的所有义务。现在他只想尽快离开，忘记他，一如他忘记其他无数接受过他开颅手术的患者的脸。

他回到收报机前，扯出纸槽里的纸带塞进兜里。“我要拿上这个，好给自己提个醒。替我向卡玛说声再见，好吗？”

他朝门口走去，出门前，他回头看到卡尔德伦站在远端墙壁那三个巨大字母的阴影下，无精打采地盯着自己的脚。

鲍尔斯开车离开时，他注意到卡尔德伦又登上了屋顶。从后视镜里，他看到卡尔德伦缓缓挥着手，直到车子转了个弯，一切都消失了。

五

外圈已经基本完工了，只缺一段约 10 英尺长的窄弧，距离地面 6 英寸的低矮围墙沿着靶圈的外缘不断延伸，即将把这巨大的画谜合围其中。三个同心圆，最大的直径 100 码，彼此间间隔 10 英尺，形成了外部轮廓，它们被从圆心辐射展开的巨大十字分成了四个部分。圆心处建着一个高出地面一英尺的圆形小平台。

鲍尔斯飞快地忙活着，将沙子与水泥倒入搅拌机，加上水，直到大致搅成糊状，然后把混凝土端到木制的模子旁，灌进模子狭窄的凹槽，用力夯实。

不到十分钟，他就完成了最后的工作，不等混凝土凝固他已经迅速拆除了模子，把木料扔进后座。他在裤子上揩了揩手，走到搅拌机前，将它推到了 50 码外由四周群山投射的绵长阴影中。

他没有停下来审视自己耐心制作了那么多个下午的巨型谜图，

径直跳上了车。车后扬起一尾骨白色的尘土，劈开片片靛蓝的阴影。

他在3点时抵达实验室，车刚停稳就迫不及待地从车上跳下来。进门，开灯，然后快步在房间里转了一圈，拉下遮光帘，将它们在地板的槽中卡紧。圆顶建筑成了一顶钢架帐篷。

在他身后的水箱里，动植物悄然躁动，回应着突然袭来的冰冷荧光。只有黑猩猩没理会他。它坐在笼子的地板上，神经质地把益智骰子往塑料桶里塞，塞不进去时，它会暴跳如雷大发脾气。

鲍尔斯走过去，发现凹瘪头盔上的玻璃纤维增强面板碎掉了，黑猩猩把自己打得头破血流，鲜血顺着它的额头和脸往下淌。鲍尔斯捡起从栅栏里扔出来的天竺葵残骸，用它吸引住黑猩猩的注意，然后抛去一颗从办公桌抽屉的药盒里取出的黑色药丸。黑猩猩轻轻一挥手腕接住药丸，配上两颗骰子玩起了杂耍，同时潜心研究着怎么把骰子塞进桶里，几秒钟后，它从空中抓住药丸，一口吞下。

鲍尔斯等不及地脱掉夹克，走向X光室。他拉开高高的滑动门，露出X光机细长、光亮如镜的金属突起部分，然后开始贴着后墙垒叠铅质屏蔽块。

几分钟后，电机嗡嗡响着运转起来。

海葵动了动。辐射在它四周升起一片温暖的潜意识海洋，它沐浴其间，被无数的远海记忆推着，开始盲目摸索，试图跨过水箱爬向那昏暗的人造太阳。它的卷须弯曲着，末梢上，成千上万处于休眠状态的神经细胞利用其细胞核释放的能量，重组、繁殖。链条形成，晶格向上层叠组成多面透镜，缓缓向着声音频谱的轮廓对焦，那声音有如泛着磷光的海浪，绕着漆黑的圆顶小屋四周舞动。

一幅影像逐渐形成，呈现出一座雄伟的黑色喷泉，将无穷无尽的光亮洒向那圈工作台和水箱。在它的旁边，有一个影子在晃动，调节着流经喷口的光线。当它跨过地板时，它的脚边会迸发出鲜艳的色彩，当它的手沿工作台抚过，指尖则会唤起令人炫目的明暗对比——蓝色与紫罗兰色的光球在黑暗中瞬间炸开，如同一个个小型照明弹。

光子发出轻柔持续的杂音。海葵望着周围闪着微光的音屏，继续稳定地伸展着。它的神经节相互联结，留意着脊索顶部纤弱的横隔膜接收到的新刺激源。实验室寂静的轮廓开始发出轻柔的回声，柔和的声浪从弧光灯散落，在下方的工作台和家具间回荡。它们生硬的形状，与连绵的尖锐泛音共鸣着，蚀刻于声音中。塑料椅是一团断断续续的嘈杂音，方正的桌子则是连续的双音。

海葵察觉到了这些声音，但它立刻弃之不顾，转向了天花板——它像一面盾牌，反射着荧光灯管不断涌出的声音。太阳在唱歌，它的声音清晰而有力，顺着狭窄的天窗流淌而下，与无数的泛音相互交织……

再过几分钟就要天亮了，鲍尔斯离开实验室，上了车。在他身后，宏伟的圆顶建筑沉默地矗立于黑暗之中，银白的月光拂下，山峦的薄影落向了它的外墙。鲍尔斯没踩油，任凭车子沿着长长的弧形车道滑向下方的湖滨路。听到轮胎轧过蓝色砾石的声音，他松开离合器，开始加速。

车子一路向前，石灰岩山丘半掩在他左侧的黑暗里。他逐渐意识到，就算他不再去看那些山峦，通过某种间接的方法，他的深层意识依然知道它们的形状和轮廓。这种感觉难以定义，却又确凿无疑，那是一种奇怪的、近乎视觉印象的东西，从山峦散发出来，其中最强烈的部分来自将悬崖劈开的深邃的裂缝与堑谷。有好几分钟，鲍尔斯只是任其发生，而不去辨明什么，他的脑海中掠过了十几幅奇异的影像。

湖滨路绕过几座建在湖岸上的小木屋，将车子引向山峦的背风处。山崖直刺向漆黑的夜空，灰白的石灰岩峭壁泛着冷光，鲍尔斯突然感受到了它巨大的重量。他意识到他对它的印象正在牢牢地印刻入自己的脑海。他不仅能看到山崖，还很清楚它的古老，他能清晰地感受到自它从地壳岩浆中初次拔地而起后的那数百数千万年时光。距他头顶 300 英尺的错落山峰，无论是黑暗的沟壑与裂缝，还是山崖脚下路边光滑的大圆石，全都携着各自的独特影像向他袭来，1 000 个声音一齐向他讲述着山崖此生中那些逝去的光阴。这些心灵的影像，和他用眼睛捕捉的视觉影像一样清楚明晰。

鲍尔斯不由自主地放慢了车速，将目光从山壁上移开，他感觉到第二波对光阴的讲述与第一道交扫而过。这次的影像视野更宽广了，但视角变短了，它从盐湖广阔的圆形湖面发散而出，漫过古老的石灰石山崖，如同浅浪拍向高耸的海岬。

鲍尔斯闭上眼睛，倚着靠背，驾车沿着两道时间锋面间的夹缝前行，感受着脑海中的影像不断深化，变得强烈。山川浩瀚的年岁，湖泊和白色山丘上回荡着的杳不可闻的连绵合唱，裹挟着他回溯时光，穿越无尽的时间之廊，回到混沌初开的世界。

他将车子开下湖滨路，转向通往靶场的小道。涵洞两侧，崖面有如互斥的巨型磁铁，轰隆作响，玄妙莫测的、恢宏的时间场在其间不断回荡。当他终于穿越山间，来到平坦的盐湖上时，鲍尔斯感到自己仿佛能够分辨每一颗沙粒与盐晶的独一无二之处，它们正在周围环绕的群山中召唤着他。

他把车停在曼荼罗旁，缓缓走向那呈弧形伸向阴影的混凝土外缘。他能听见头顶群星的声音，那数以百万计的来自宇宙的声音，充斥了天际，从一侧的地平线横亘环宇直至另一侧，交织成了真正的时间之篷。它们就像相互推挤的无线电信标，漫长的路径以无数个角度相互交错，透过狭窄的空间缝隙投向天空。他看到了天狼星——一道暗红的圆盘——听着它数不清有几百万岁的古老的声音；比它更为震撼的是仙女座浩瀚的涡状星云，消逝的天体聚成一个巨大的旋转木马，它们的声音几乎与宇宙本身一样古老。对于鲍尔斯来说，天空仿佛是无尽延伸的巴别塔，千百星系的时间颂歌在他的脑海中相互重叠着。他慢慢走向曼荼罗的中央，伸长了脖子望向银河群星璀璨的横断面，追寻星云与星丛间的喧嚣和混乱。

他走进曼荼罗的内圈，在距离中心平台几码的地方，他意识到喧闹正在消退，一个压倒其他声音的强音出现了。他爬上平台，举目望向漆黑的天际，他的视线扫过星丛，看向更远处的落单星系，听着那微弱而古老的声音穿越千年来到他耳边。他摸了摸口袋里的纸带，转头去找远方冠冕状的猎犬座，听它洪亮的声音在脑海中越来越响。

浩渺的时间历程稳稳地向他流泻而来，像一条无边无际的河流，如此宽广，以致河岸远在地平线之下；它向外延伸，充斥天空与宇宙，将其间的一切都包裹其中。没有人能知晓这条宏伟的水流前进的方向，它只是缓缓流淌着，而鲍尔斯知道，它的源头正是宇宙的本源。当它流经他身边时，他感到了一股强大的吸引力，让他不由沉溺其中，乘于它壮阔的波涛。它静静地携着他前行，他缓缓转身，面向潮头的方向。在他周围，群山和湖泊的轮廓渐渐淡去，眼前抹不去的只有曼荼罗的图案，像宇宙的时钟，照亮了河流广阔的水面。

他定定地盯着它，感觉自己的身体正在一点点逐渐溶解。他的形体溶入了浩瀚绵延的水流之中，水流将他推向宽阔河道的中央，裹挟他不断向前，他感到绝望，却又异常安详，顺着愈发宽广的河道，漂向永恒之河的下游。

夜幕消散，向山坡的方向退去，卡尔德伦下了车，迟疑地走向外圈的混凝土外缘。50码外的圆圈中央，卡玛正跪在鲍尔斯的尸体旁，小手紧贴着他毫无生气的脸。一阵风吹来，卷动沙子，吹起一条纸带飘向卡尔德伦的脚边。他弯下腰，将它捡起来，之后小心翼翼地卷好，放进口袋里。黎明时分，空气里带着寒意，他翻起夹克的领子，面无表情地望着卡玛。

“现在6点，”几分钟后，他对她说，“我去报警，你在这儿守着他。”他顿了顿，又加了一句：“别让他们毁了这个时钟。”

卡玛转身看着他。“你不回来了吗？”

“我不知道。”卡尔德伦冲她点点头，以脚跟为轴转过身，向车子走去。

他开上了湖滨路，5分钟后他将车子停在了惠特比实验室外的私家车道上。

圆顶笼罩在黑暗之中，所有的窗子都被关上了，X光室里的电机仍在嗡嗡运转。卡尔德伦走进去，打开灯，在X光室里，他摸了摸电机的格栅，感受着尾部铍窗上圆杆的温度。圆形的工作台正缓缓地旋转着，它被设置成了每分钟转一圈，一把钢制的椅子被草草拴在了台边。几英尺之外的地方，大部分被水箱和笼子占据着，它们被随意地堆叠在一起，码成了一个半圆。其中，一株巨大的鱿鱼状的植物几乎就快从它的生态缸里爬出来了，它那长长的、半透明卷须紧贴着水箱的边缘，身体已经爆裂开，变成了一摊凝胶状的球形黏液。另外一只笼子里，一只硕大的蜘蛛被困在了自己织的网里，无助地挂在由磷光蛛丝构成的巨型三维迷宫中央，痉挛抽搐。

所有实验用的动植物都死了。黑猩猩仰面倒在残损的笼子中，头盔盖住了它的双眼。卡尔德伦看了它一会儿，之后坐到办公桌前，拿起了电话。

拨号时，他注意到吸墨纸上放着一个胶卷卷轴。他盯着标签看了一会儿，然后把卷轴塞进了装着纸带的口袋。

和警察通完话，他关了灯，出门上车，慢慢驶离了车道。

当他抵达避暑别墅时，晨间的阳光正穿过带状的阳台与露台，他乘着电梯上了顶层，径直走进博物馆。他一个接一个地打开百叶窗，让阳光照在展品上，然后拉了一把椅子到窗边，坐下，仰头凝视恣意倾入房间的光线。

两三个小时之后，他听到卡玛在外面叫他。过了半个小时，她走了，但没一会儿，另一个声音出现了，大声呼喊着卡尔德伦。他从椅子上起身，关上了朝向前院的所有百叶窗，终于，再也没有人可以打扰他了。

卡尔德伦回到位子上，静静地倚着椅背，视线从一排排展品上扫过。他陷入了半睡半醒的状态，时不时挺起身，调整一下从百叶窗透进来的光量。他陷入了沉思，一如未来几个月里他都会做的那样，想着鲍尔斯和他奇怪的曼荼罗，想着前往月球上白色花园的七人，想着来自猎户座的蓝人，用诗一样的语言，向他们讲述银河孤岛里的金色恒星下那些美丽而古老的星球的故事。而如今，这一切都随着宇宙的消亡而永恒地不复存在了。

（非淆　译）

溺亡的巨人

J. G. 巴拉德

暴风雨过后的那个早晨，溺亡巨人的尸体被冲上了距离城市西北角五英里的海滩。这个消息最初是由附近的一个农民传出来的，随后，它得到了当地新闻记者和警方的证实。尽管如此，大多数人，包括我在内，依旧对此持有怀疑态度，但越来越多的目击者证明那庞然大物是确实存在的，我们的好奇心也终于被彻底挑了起来。我们是在刚过两点的时候动身前往海滩的，彼时，这座我和同事们从事研究工作的图书馆几乎已是空无一人。巨人的消息在城里不胫而走，整整一天，不断有人从他们的办公室或店铺离开，朝海滩奔去。

当我们到达海滩上方的沙丘时，那里已经聚集了一大群人，巨人的尸体就躺在 200 码之外的浅滩。起初我们认为他的体格被过分夸大了，但随着潮水退去，巨人的身躯几乎整个露出水面，看上去竟比姥鲨[1]还要再大一些。他仰面躺着，双臂依在身体两侧，一副正在休息的姿势，仿佛是在镜面一般光洁的湿沙地上睡着了。随着海

1. 又名象鲛，是仅次于鲸鲨的世界上第二大的滤食鲨。

水的不断退落，他苍白的皮肤不再反射波光。在明媚的阳光下，他的身体宛如海鸟的白色羽毛一般，熠熠发光。

我和我的朋友们对于眼前的景象感到茫然，却又不满足于人群平淡的讲解，我们踏下沙丘，走进了碎石滩。每个人看上去都不太愿意接近那巨人，但半小时后，还是有两名穿着涉水靴的渔夫走了出来，跨过沙滩走向另一边。当他们渺小的身影走近躺倒的尸体时，旁观者中猛然爆发出了一阵喧哗。相比于巨人，这两个渔夫成了不折不扣的小矮人，虽然他的脚后跟有一部分陷在了沙子里，那脚也至少有渔夫身体的两倍高。我们立即意识到，这只溺亡的庞然大物有着跟巨型抹香鲸差不多的体重和个头。

此时已有三艘渔船抵达了现场，升起龙骨[1]，停在离岸四分之一英里的地方。船员们站在船头观望着，他们的谨慎让那些原本想涉水穿越沙滩的旁观者打消了念头。人们急不可耐地从沙丘上下来，站在碎石滩的斜坡上，迫切等待着能凑近看上一眼。巨人身体边缘的沙子早已被海水冲走了，形成一个凹陷，仿佛巨人是从天上掉下来的。那两个渔夫站在一双巨大的脚板中间，朝我们招着手，那样子就像是置身尼罗河上某座水中神庙圆柱之间的游客。有那么一瞬间，我担心巨人只是睡着了，他可能会忽然一动，合上脚跟。可他呆滞的眼睛只是望向天空，对双脚之间那两个自己的超小号复制品毫无察觉。

之后，渔夫们开始沿着尸体绕圈，迈着悠哉的步子，走过巨人又长又白的小腿侧面。他的手向上摊开着，渔夫们停下来察看了手指，之后消失在上臂与胸脯之间，接着再次出现，审视起了巨人的头部。他们用手挡住眼前的阳光，抬头注视着巨人那古希腊式俊美

1. 活动龙骨船在浅水航行时需要升起龙骨，进入深水区则反之。

的侧脸轮廓。额头低浅，鼻梁笔挺，翘起的嘴唇让我想起了普拉克西特利斯雕像的罗马复制品，还有那精致如椭圆雕框的鼻孔，更是强化了他与雕塑的相似之处。

突然，人群中传来一声喊叫，上百只手臂指向了大海的方向。我吃惊地看到一名渔夫已经爬上了巨人的胸脯，一边踱步一边朝岸边做着手势。人群中发出阵阵惊叫和欢呼声，但它们很快就被碎石滩上石子滚塌的哗哗声吞没了——人们涌向前，争先恐后地跑过了沙滩。

巨人横卧着，躺在一片足球场大小的浅水滩里，当我们靠近尸体时，大家兴奋的喋喋不休再次戛然而止，被这死去的庞然大物的巨大身躯给压抑住了。他躺下的方向与海岸交错成了一个很小的角度，他的腿离沙滩更近了些，这种透视收缩效果掩藏了他的真实高度。除了站在他腹部的两名渔夫，其他人自发形成了一个大圈，三三两两的人群试探着向巨人的手和脚爬去。

我和我的同伴们朝巨人靠海的那一侧走去，他的臀部和胸腔就像一艘搁浅的大船的船体，高耸在我们的面前。珍珠色的皮肤浸在盐水里，肿胀不堪，掩盖了肌肉与肌腱的轮廓。他的膝盖微曲着，我们从他的左膝下面走过，湿漉漉的海藻紧紧地粘在了它的侧面。一条粗大的镂空钩针披肩松散地系在他的腹部，已经被海水漂成了淡黄色，只是这装束并没有让他显得更加得体。他的衣物在阳光的炙烤下，散发出一股浓烈的盐水味，其间还夹杂了巨人肌肤甜美而强烈的香气。

我们停在他的肩膀旁，抬头凝视着那张一动不动的侧脸。他的嘴唇微微张着，睁开的双眼浑浊不堪，仿佛是被注射了什么蓝色的乳状液体。而鼻孔与眉毛呈现出的精致弧线，赋予了这张脸某种华美的吸引力，与他胸部与肩部的粗犷有力极不相称。

他的耳朵悬在我们头顶上方的半空中，仿佛一道石雕的门道。当我伸手去摸那松垂的耳垂时，他的额头边缘蓦地闪出一个人，居高临下地朝我大声吼叫。我被这鬼叫吓了一跳，不自觉后退了一步，之后便看到一群年轻人已经爬到了他的脸上，在他的眼眶中推推搡搡，挤进挤出。

此时人们已经爬上了巨人身体的各个部位。巨人摊开的手臂正好充当了两座楼梯，他们从掌心出发，沿着小臂走到手肘，之后爬过隆起的肱二头肌，来到那被宽阔平坦的胸肌包覆着的、毫发未生的光滑的上胸部。从这里，他们或是爬上巨人的脸，沿着嘴唇和鼻子，两手并用地向上攀爬；或是冲下腹部，去跟那些在脚踝上跨坐过、这会儿正在那双巨型大腿上巡步的人会合。

我们穿过人群，继续围着巨人绕行，为了检查他伸开的右手，我们停了下来。他的掌心里积了一小摊水，像是来自另一个世界的残留，此时却正被攀上手臂的人们一点点踢走。我努力研读着镌于巨人肌肤上的掌纹，想寻找一些关于他性格的线索，但肿胀的组织几乎把纹路抹干净了，一并抹掉的，还有与巨人身份相关的所有痕迹，以及他最终的遭遇。他的手部肌肉强健，腕骨巨大，似乎在昭示它们的主人并非一个纤细敏捷之人，但手指灵活的屈伸度和精心修剪的指甲（每个指甲都修剪齐整，均为6英寸长）却有力地佐证了他精致的气质。这种气质同样体现在他希腊式的俊美脸庞上，只是眼前，这张脸上坐满了人，密密麻麻，就像一群苍蝇一样。

有个年轻人甚至站在了巨人的鼻尖上，双臂在身侧摇晃着，朝着下面的同伴大声喊叫。而巨人的面色，依旧镇静如常。

我们回到岸边，坐在了碎石滩上，望着从城中不断涌来的川流不息的人潮。近海处已经聚集了六七条渔船，船员们蹚过浅水滩，就为了凑近看看这个被暴风雨捕获的庞然大物。再然后，一群警察来到现场，半心半意地想在海滩上拉起一道警戒线。可等他们走近那个躺着的身影之后，这种想法立马从他们的脑海里消失得无影无踪了，他们一起走了回来，边走还边茫然地回头观望。

一小时后，沙滩上聚集了上千人，其中至少有200人是站在或者坐在巨人身上的。他们挤在巨人的手臂和腿上，或是在他的胸膛和腹部陷入不断的冲突混战。一大群年轻人占领了巨人的头部，他们争相把别人从巨人的脸颊上推下去，好顺着他光溜的下巴滑下；另有两三人跨坐在巨人的鼻子上，还有一个爬进了他的鼻孔，并在里面发出像疯狗一样的叫声。

下午，警察又回来了，为一批科研人员在人群中开出了一条路。这批科研人员来自一所大学，是解剖学及海洋生物学方面的权威人士。那帮年轻人及其他大多数人都从巨人身上爬了下来，只留下几个冥顽不灵的家伙，赖在脚趾和额头上不肯走。那些专家们绕着巨人大步走着，一边激烈地讨论，一边频频点头。警察为他们开道，抵御着不断向内挤压的围观者。当他们来到巨人伸展的手部时，一名高级警官提出要帮助专家们登上巨人的手掌，专家们急忙谢绝了。

等他们回到岸上，人群再一次爬上了巨人的身体，待我们五点离开时，他们已经完全占据了那里。巨人的手臂上、腿上全是人，就像一大群海鸥停在一条大鱼的尸体上，密密麻麻。

三天后，我再次探访了那片海滩。我的朋友们留在图书馆继续他们的工作，把观察巨人和向他们汇报的任务交给了我。他们或许是察觉出了我对这件事特别感兴趣，而事实也正是如此，我确实迫不及待地想要回到那片海滩。此事无关恋尸癖，于我而言，不管从任何方面来讲，这巨人都还活着，比许多注视着他的人还要鲜活。

他令我着迷，一部分原因是他巨大的身型，他的手臂和腿占据了极大的空间，让我确信了自己丁点儿大的四肢是如此不值一提，但重要的是，它证明了“他存在”这一简单的绝对事实。我们生活中的其他东西都有可能被质疑，但这个巨人，无论是死是活，他的存在却毋庸置疑。他让我们有机会一瞥一个同样绝对存在的世界，在那个世界里，我们这些海滩上的旁观者不过是一些不完美的、微不足道的复制品。

当我到达海滩时，我发现那儿的人已经少了许多，有大约两三百人坐在碎石滩上，一边野餐，一边看着一批批观光者从沙滩走过。接连不断的潮水把巨人推得离岸又近了一些，还将他的头和肩膀摆向了沙滩，这让他看起来有之前的两倍大。他巨大的身躯使搁浅在他脚边的渔船显得更加矮小了。沙滩并不平整，将他的脊柱推出了一个小小的弧度，胸廓舒张、头稍稍后仰，他被迫摆出了一副越发典型的英雄姿态。在海水和组织肿胀的双重影响下，他的脸看起来愈发光滑了，只是失去了年轻人的光彩。他巨大的五官让我们无法估计他的年龄和性格，但依照上次来时我看到的他的鼻子和嘴推测，他曾是个谨慎而谦虚的年轻人。可现在，他看着至少已经步入了中年。膨起的脸颊、变厚的鼻子和太阳穴，还有逐渐变窄的双眼，让他呈现出一副饱足的样子，然而此时，它们暗示着腐败即将愈演愈烈。

这种情况加速了巨人死后的性格变化，这就好像是他个性里潜藏的东西，用了一生的时间来充分积聚动力，然后在一次最终的、迅速的自我释放中喷薄而出。这种变化继续吸引着我。它标志着巨人开始臣服于时间这个过分苛刻的系统，而剩余的人类会发现自己其实也身处其中；我们有限的生命，如同破碎的漩涡中无数扭曲的涟漪，便是这个系统的最终产物。我在正对巨人头部的碎石滩上站定，从这里，我能看到新来的观光者，和爬满了巨人手臂和双腿的孩子。

在早上来参观的人当中，有几个穿皮夹克戴布帽的家伙，以专业人士的眼光挑剔地打量着巨人，他们步测了巨人的尺寸，还用桅杆的浮木在沙地上做了粗略的计算。我猜他们来自公共事务部门和别的什么市政机构，毫无疑问，他们在考虑如何处置这头巨怪。

还有几个衣着考究的人，可能是马戏团老板之类的人物也出现了，两手插在长款大衣的口袋里，围着巨人慢慢踱着步子，彼此一言不发。很明显，巨人太大了，即便对于他们无可匹敌的企业也是如此。他们走后，孩子们继续在巨人的手臂和腿上跑上跑下，年轻人在仰起的脸上相互扭打，他们脚上湿漉漉的沙子盖住了巨人白皙的皮肤。

第二天，我故意拖到下午稍晚一点儿的时候才去沙滩，我到的时候只有差不多五六十人坐在碎石滩上。巨人被海浪推得离岸更近了一些，现在的距离只有 75 码多一点，他的双脚压烂了一个腐朽的防波堤的栅栏。紧实的沙坡令他的身体朝着大海倾斜过去，淤青肿胀的脸仿佛是有意识地扭到了一边。我在一个大金属绞盘上坐下，它的一头拴着碎石滩上方的混凝土沉箱，我向下望着，望着那个斜卧的身影。

眼下，他苍白的肌肤已经失去了珍珠般的半透明状态，溅满了肮脏的泥沙，夜潮会将这些沙子冲走，但他很快又会溅上新的。他的指缝里塞满了海藻，臀部及膝盖下方的空隙里则搁着一堆垃圾和乌贼骨头。尽管如此，尽管他的五官还在不断变厚，但他仍然保持着那荷马式的雄伟身材。宽厚的肩膀，巨柱般的手臂和腿，都让巨人的身影显得超凡脱俗，在我心里，巨人已不再是传统肖像画中的凡人，他开始有了更为真切的形象，他成了溺亡的阿尔戈英雄[1]或《奥德赛》里描述的英雄之一。

我走下沙滩，跨过小水潭向巨人走去。两个小男孩坐在他的耳洞里，而遥远的另一边，一个孤独的年轻人高高地立于他的一只脚趾上，见我靠近，开始认真地打量起我。我有意晚来，就是不希望有人注意到我，至于岸上的人，他们依旧缩在他们的大衣之下。

巨人向上摊开的右手盖满了破碎的贝壳和沙子，上面的几十对脚印依稀可见。他圆溜溜的臀部高耸在我的上方，完全挡住了前方的海面。我之前就注意到的那种甜甜的涩味现在变得更加刺鼻了，透过他毫无光泽的皮肤，我能看到他凝结的血管像蛇一样盘绕着。这种无休止的质变，这种可怖的虽死犹生，让人厌恶，却是唯一能使我踏足这具尸体的东西。

我将他伸出的大拇指用作楼梯扶手，登上了他的掌心，开始向上攀爬。他的皮肤比我想象中的还要硬，甚至没有因为我的体重而产生凹陷。很快，我走上了他的前臂，之后是像气球般鼓起的肱二头肌。溺亡巨人的脸赫然耸现在我的右边，鼻孔宛如洞穴一般，巨大的脸颊从侧面看上去就像某座古怪火山的锥岩。

稳稳当当地绕过了肩膀，我踏上了巨人宽阔的胸脯，瘦骨嶙峋的肋骨横在胸腔上，像一根根巨大的椽子。无数脚印踩出的淤青越来越深，让原本白皙的肌肤变得斑斑点点。有人在他的胸骨中央搭了一座沙堡，它的一部分已经损毁了，我爬上这座建筑，以便更好地看清巨人的脸。

那两个孩子此时已经爬上耳朵，相互推搡着走进巨人的眼眶。如今已经彻底被某种乳白色的液体盖住的蓝色眼珠，视若无睹地盯

---

1. 指希腊传说中同伊阿宋一道，乘快船“阿尔戈”号去科尔基斯的阿瑞斯圣林取金羊毛的多位英雄。其中，赫拉克勒斯的养子美少年许拉斯被水仙子拖入水中溺死。

着那两个微小的身形。从下方斜向上看，这张脸一点也不优雅，一点儿也不宁静，那拉长的嘴角和由几根巨大的肌肉束支撑扬起的下巴，像极了巨大沉船开裂的船头。我第一次意识到，在巨人临终前，他肉体经历的痛苦已经达到了极点，比他眼下所经历的肌肉和组织的崩坏还要疼，只是现在他已经感觉不到了。这具荒废的躯体，被彻底孤立了，如同一艘废弃的船，被扔在了空旷的海岸上，远到甚至听不到海浪的声音，他的脸变成了一张写满疲惫与无助的面具。

我往前走时，一只脚陷进了一个软组织的凹槽里，一股恶臭从肋骨之间的缝隙传出来。污浊的气体立刻像一朵云似的飘在了我的头顶，我不得不退出来，转向海那边，清了清我的肺。我惊奇地发现，巨人的左手被截掉了。

我盯着断肢处发黑的创口，感到震惊和困惑，与此同时，那个孤独的年轻人正斜倚在 100 英尺以外的高处，用他那双杀气腾腾的眼睛打量着我。

这仅仅是一系列劫掠的开始。接下来的两天我是在图书馆度过的，出于某种原因，我不愿再去海滩，更不愿承认自己可能目睹了一场宏伟的幻象走向终结。当我再次越过沙丘，走下碎石滩时，巨人离岸只有 20 多码了。他离那些粗糙的鹅卵石太近了，曾经环绕着他那受海浪冲刷的遥远身躯的魔力，此时已是荡然无存。尽管身型巨大，但满是淤青和泥土的身体使他看上去仅仅是一个放大了尺寸的普通人类。巨大的身躯只会令他更易受到侵害。

他的右手和右脚已经被截去，拖上斜坡，装上马车运走了。在问过挤在防波堤旁的那一小群人后，我确信这是一家肥料公司和一家饲料生产厂干的。

巨人剩下的那只脚悬在空中，大脚趾上拴着一条钢缆，显然是在为第二天的活计做准备。周围的海滩上，几十个工人忙得热火朝天，深深的车辙在地面上标记出了手和脚被拖走的位置。一种深色的、令人恶心的液体从创口处流出来，把沙滩和白色的乌贼骨弄得污渍斑斑。当我顺着碎石滩往下走时，我注意到他灰色的皮肤被刻上了一些滑稽的口号、万字符和其他标记，仿佛这个一动不动的庞然大物在被肢解后，突然释放了体内那阵压抑的怨恨。他的一只耳垂被木矛刺穿了，胸口中央被人点了团火，这会儿已经熄灭了，周围的皮肤被烧得焦黑，而细木灰仍在随风飘散。

一股难闻的气味笼罩着巨人的尸体，这种腐败的特征难以掩盖，也终于驱散了那群通常聚集于此的年轻人。我回到碎石滩，爬上绞盘。这会儿，巨人肿胀的脸颊几乎要把他的眼睛挤闭上了，同时还向下拉着嘴角，使其形成一个巨大的裂口。原本挺直的希腊式鼻梁在无数人的踩踏下，变得扭曲、扁平，陷进了那张鼓胀的脸里。

当我第二天再去海滩时，我几乎感到如释重负。我发现巨人的头被砍掉了。

几个星期之后，我又一次造访了那片海滩。此时，我早先注意到的巨人与人类的相似之处又一次消失了。仔细看去，横卧的胸廓和腹部无疑还是像人的，但由于四肢被砍掉了，先是砍断了膝盖和手肘，之后是肩膀、大腿根，这具尸体看上去就像一只没有头的海洋动物——鲸鱼，或者鲸鲨。随着这种同一性的丧失，以及他身上依稀可见的几处人性痕迹的消散，旁观者们开始变得兴致索然。除了一个上了年纪的海滩拾荒者，和坐在承包商小屋门口看守的家伙，近海处再无人迹。

尸体四周竖着一个松散的木制脚手架，上面的十几个梯子在风中摆着，周围的沙地上堆满了绳子、金属柄的长刀和抓钩，鹅卵石上沾满了血迹、碎骨和肉屑，看上去油光可鉴。

我朝看守人点头示意，而他只是越过燃着焦炭的火盆，面色阴郁地注视着我。小屋后的大桶里正熬着大块大块的脂肪，这让整个地方都弥漫着一股刺鼻的臭味。

在一台起重机的帮助下，巨人的两根大腿骨已经被取出来了，起重机上挂着块纱布，看着像是之前覆在巨人腰间的织物。失去腿骨的残肢豁着口子，宛如敞开的谷仓大门。上臂、锁骨和阴部也都被取走了。胸部和腹部余下的皮肤已经被焦油刷标出了几条平行线，前面的五六个部分被从上腹部剥掉了，露出巨大的拱形胸腔。

我离开时，一群海鸥从空中盘旋下来，落在海滩上，一边啄食沙地上污迹斑斑的血肉，一边发出凶恶的叫声。

几个月之后，当巨人到来的新闻已为大部分民众忘却的时候，各式各样、属于被肢解的巨人的尸体碎片开始重新出现在整个城市。其中大部分是骨头，肥料制造商发现它们太难碾碎了。这些骨头很大，关节上还附着巨大的肌腱和软骨盘，让人一眼就能认出它们。不知道为什么，这些支离破碎的碎片，似乎比之后被切除的那些肿胀的肢体，更能传达出巨人最初的雄伟。当我望向对街肉类市场里最大的几家批发商的摊子时，我认出了市场门两边的那对巨大的大腿骨。它们高耸在搬运工的头顶上方，一如德鲁伊教[1]的巨石阵。我的眼前忽然出现了一个幻象，我看到巨人接上了这些光秃秃的骨头，爬向自己的膝盖，之后大步走过这座城市的街道，拾起散落各处的身体碎片，最终去向大海，踏上回家的归程。

又过了几天，我看到他的左肱骨躺在一个造船厂的入口处。同

1. 古代不列颠的神秘宗教。

一周，在一年一度的公会庆典上，一辆嘉年华花车展示了被制成木乃伊的巨人右手。

巨人的下颌骨，一如人们对其他下颌骨的做法，被送进了自然博物馆。头骨的其余部分则不知去向，当然也有可能只是藏在了这座城市的垃圾场，或是私人花园里——就在最近，当我沿河航行时，我看到了两根巨人的肋骨，被做成装饰用的拱门放在了一座水边的花园里。它们极有可能是被当作鲸鱼的颌骨了。一块像印第安手工毛毯那么大的皮肤，经过鞣制、印花处理，在游乐园附近的一家精品店里，被当成了衬在玩偶和面具后头的背景布。我相信，在城市的其他地方，酒店或是高尔夫俱乐部里，经过木乃伊处理的巨人的鼻子或耳朵会被挂在壁炉上方的墙上。至于那巨大的阴茎，则会跟着一家马戏团闯荡西北地区，在马戏团的怪胎博物馆里了其终日。这个巨型器官，会以惊人的尺寸和往昔的雄风，为自己谋得一整个展台。讽刺的是，它被大部分人错当成了鲸鱼的阴茎，甚至包括那些在暴风雨后最先在海岸上看到巨人的人，他们如今大多已忘了巨人，就算还记得的，也只是把巨人记作了一头海上的巨兽。

剩下的骨架，在被剥去了所有的肉之后，继续留在了海滩上。杂乱的肋骨被漂成了白色，看着就像废弃船只上的木头。承包商的小屋、起重机和脚手架都已经不在了，被海水沿着海岸冲进海湾的沙子，把盆骨和脊椎骨埋了起来。冬天的时候，高高拱起的骨头任凭海浪拍打，尽显荒芜；可一旦到了夏天，对于在海上飞累了的海鸥，它们会成为最好的栖息休养之所。

（非淆　译）

以喻为基

约翰·布伦纳曾经写道，科幻小说对于文学语料库的巨大贡献在于“隐喻未来”，而在他40年的写作生涯中，他也尽力为之添砖加瓦。在此期间，他先后发表了150多篇短篇小说、50余部长篇小说、10余部科幻短篇小说集、10余本悬疑及历史小说、6部诗集，还有数本专著。

J. G. 巴拉德的职业生涯表明，英国科幻小说正在向一种有所不同、更具辨识度的英伦风格体裁转变；而布伦纳的职业生涯却表明，凡事不可简单地一概而论。巴拉德生于中国、长于中国；布伦纳则完全在英国出生长大。巴拉德创作的短篇和长篇小说相对较少；布伦纳的作品则可谓车载斗量。巴拉德的作品面向的是英国出版物和英国读者；布伦纳瞄准的则是美国出版商。

约翰·基利安·休斯顿·布伦纳生于1934年，自早年起便企图以职业写作谋生，17岁时，他匿名将一篇科幻小说卖给了一家英国平装书出版商，短篇处女作《你这又良善又忠心的》（“Thou Good and Faithful”）于1953年刊载于《惊异》杂志，署名为“约翰·洛克斯密斯”（John Loxmith）。历经了几次失望——其间他不得不改行干起了别的工作，包括当了几年编辑——之后，他接下了为王牌图书公司写两本书的合同，从此恢复了自由职业生涯，此后他笔耕不辍，直至 1995 年因心脏病发作，在格拉斯哥世界科幻大会上英年早逝。

尽管布伦纳也在英国杂志上发表过文章，并与奥尔迪斯和巴拉德一道，在摩考克主编的《新世界》杂志及其引发的新浪潮中成为了领军人物，但美国才是唯一能支撑布伦纳全职写作抱负的市场。整个 20 世纪 60 年代，他都在为王牌图书公司写书，这是两三家能够让他充分发挥写作能力的出版商之一。不过王牌公司提供的预付款和印数有限（而且据后来的审计显示，版税也很有限），而布伦纳和王牌公司另一位才华横溢的作家菲利普·K. 迪克一样，为了维持并不算高的生活水准，不得不以极快的速度大量写书。

布伦纳的早期作品曾被称为“文艺太空歌剧”。他几乎立刻就展示出了自己通过新的背景和写作技巧来让熟悉的科幻小说概念焕发新生的能力，并往往揭示出这些概念更为阴暗的潜在可能性。他在两年内出版了 8 部长篇小说，十年内出版了 34 部长篇小说。及至这一时期中期，他的小说偶尔在英国出版，也由包括巴兰坦图书公司在内的其他出版商在美国出版，有几部长篇小说显露了他的文学抱负，如 1965 年出版的《都市棋盘》（*The Squares of the City*）。

1968 年，随着《站立于桑给巴尔》（*Stand on Zanzibar*）的出版，他的雄心壮志终于结出了硕果。这是一部全景式的长篇小说，聚焦于一个试图应对人口过剩问题的近未来世界，运用了自约翰·多斯·帕索斯的“美国三部曲”演化而来的实验性写作风格。该书横扫了雨果奖和其他六个奖项，并在久负盛名的现代语言协会大会上赢得了专题讨论的机会（这对于科幻作家而言尚属首次）。

继《站立于桑给巴尔》之后，布伦纳又先后出版了以种族主义为主题的《锯齿形轨道》(*The Jagged Orbit*, 1969)、以愈发绝望的态度对待污染问题的《群羊举目》(*The Sheep Look Up*, 1972),以及为电脑化未来和信息爆炸带来了一线希望的《震波骑士》(*The Shockwave Rider*, 1975)。由于努力写出这些卓越的反乌托邦作品(其间还穿插着其余十部小说的写作),以及其中呈现的黑暗图景,布伦纳的才思一度枯竭。但1980年代中期,他又携鼓舞人心的《时间斗室》(*The Crucible of Time*, 1983)和《时间潮汐》(*The Tides of Time*, 1984)重返文坛,并继续创作着成熟的小说,如《星之迷宫》(*A Maze of Stars*, 1991)。

《富可敌国》("The Totally Rich")写于布伦纳最为多产的早期,是他首次在杂志上发表作品仅仅十年之后。当时刊载于《明日世界》(*Worlds of Tomorrow*)上,那是《银河》和《如果》(*If*)的姊妹杂志。十年后,布伦纳说:"毫无疑问,这是我最好的作品。"这是个顶尖的阴谋论故事,最棒的地方倒不是其中的阴谋论本身,而是在于故事讲述得如此简单明了,又如此真实可信。它让读者想起了美国作家F.司各特·菲茨杰拉德和欧内斯特·海明威之间那段富于美国精髓的对话。菲茨杰拉德说:"富人与你我不同。"海明威答:"是啊,他们更富。"

尽管《富可敌国》中的故事发生在欧洲,但其关注点似乎较为美国化。这也是布伦纳成功的秘诀。他写的是英国科幻小说,文风更为世故,带有欧洲式的悲观态度,又把它卖给美国人。即便美国人在文中被描绘成反派角色时,他们仍然喜爱他的作品。

或许这正是对于英国人来说,布伦纳似乎永远不够英伦范的原因——就是因为这一点,以及他所信奉的科幻小说内在的实用性。他写道:"即使是从老掉牙的未来当中提取出来的隐喻也是非常宝贵的,可以让我们为最终的现实做好准备,无论最终现实会以——无限多种形式当中的——哪一种形式来实际呈现。"

(罗妍莉 译)

富可敌国

约翰·布伦纳

他们是富可敌国的人。你从来没有听说过他们，因为世上唯有这群人富有到足以买下他们想要的东西：滴水不漏的个人隐私。你我在生活中可能会交上从天而降的意外好运：你中了大奖，或者发现自己的邻居是一名斧头杀手，又或者买了一只患有鹦鹉热的鹦鹉，于是你置身于探照灯下，羞怯地眨巴着眼睛向上帝祈祷，巴不得自己死了算了。

而他们一出生就中了大奖。他们没有邻居，倘若他们要杀人，也不会使用像斧头这样粗陋的工具。他们不养鹦鹉。如果在百万分之一的概率之下，探照灯确实照到他们那个方向的话，他们就会把它买下来，并且吩咐探照灯背后的人把灯关掉。

我不知道世上有多少这样的人。我试过把地球上每个国家的国民生产总值加到一起，再除以收买某个工业大国的政府所需的金额，借这个数值来推算他们的人数。毫无疑问，你要是收买不了随便哪两国政府，你就别指望维护自己的隐私。

我估计，这样的人可能有 100 个。我遇到过这么一个，差点遇到过另外一个。总的来说，他们属于夜猫子。花钱购买光明以避免黑暗，是有钱的头一项好处。但是，即便你在凌晨两点四下张望，跟下午两点的时候一样，仍旧发现不了他们的踪迹。这群人没在世人称许的俱乐部，没在波罗体育场上[1]，没在阿斯科特赛马会的皇家围场[2]里，也没在白宫的草坪上。

他们也不会出现在地图上。你明白吗？这一点千真万确，他们选择的居住地在地图上变成了一片空白。他们既不在人口普查名单上，也不在《名人录》[3]或《伯克贵族名谱》[4]上。收税员的档案中找不到他们的踪迹，邮局也没有关于他们住址的记录。想想看你的名字出现的各种地方吧——发黄的学校登记簿、医院的病历记录、商店的收据副本、信件上的签名。在这些地方当中，无论哪一处都找不到他们的名字。

这是怎么办到的……不，我不知道。我只能大胆地猜测，对于世上绝大部分人而言，可以得到超乎自己设想过的一切向往之物，这样的承诺不啻于一次创伤性休克，可以在瞬间起到洗脑作用；正如心理学家所说，在人们相信了这种承诺的那一刻，就被烙下了服从模式的印记。但他们不会冒险行事。他们并非绝对意义上的统治者——事实上，除了直接属于他们的一切，他们并未统治任何东西——但他们与那位巴格达的哈里发有许多共同之处：一位雕刻家受命为哈里发建造了一座喷泉，这座喷泉美得盖世无双，哈里发对此也表示认可。于是，他问雕刻家，是否还有别人能造出如此美妙的喷泉。雕刻家自豪地说，除他之外，世上再也无人能够办到。

1. 纽约曼哈顿上城三座体育场的合称，棒球扬基队、橄榄球巨人队等的主场。
2. 阿斯科特赛马会于 1711 年由热爱赛马的安妮女王创办，其中皇家围场为王室成员及赛马会成员专席，位于场地中心，不售票，只针对会员开放。
3. 美国出版的世界名人录，1899 年初版。
4. 由爱尔兰系谱学者约翰·伯克编撰，列举了英国世袭贵族和准男爵的姓名。该书于 1826 年首次出版，此后定期更新再版，在英国具有相当高的权威性，被誉为“皇室贵族圣经”。

“把答应他的工钱付给他。”哈里发说，“还有——把他的眼睛挖出来。”

那天晚上，我想要香槟、跳舞的姑娘们、明亮的灯光和音乐。而我只有一罐啤酒；但至少是冰啤酒。我去拿啤酒，回来的时候，我站在厨房门口，看着我的……客厅、工作室、实验室，叫什么都行，这间屋子兼具了以上各种功能。

好吧，我不信。那天是 8 月 23 日，我在这里待了一年零一个月，工作完成了。我不信，我简直没法相信，除非我把这事公诸于众——打电话把朋友们叫来，把啤酒分发给他们，让他们举杯祝酒，我才肯信。

我举起了那罐啤酒，说道：“敬任务完成！”我喝下了啤酒，但这并没有起到预期的作用。我又说：“敬库珀效应！”这下有点儿像那么回事了，但仍然不够圆满。

于是我皱眉半晌，自以为想明白了，于是得意扬扬地说：“敬圣塔多拉——地球上最美妙的地方，要是没有它，我永远也不可能如此专心致志：愿上帝保佑它，也保佑所有从这里启航的人。”

我正心满意足地饮着第三杯祝酒，这时，娜奥米[1]从敞开的门廊的阴影里说话了。

“德里克，敬我一杯吧，”她说，“你更进了一步，但还没有完全抵达目的地。”

我把啤酒罐砰的一声摔在手边的桌上，大步穿过房间，拥抱了她一下。她没有回应；她就像个漂亮的人偶，在商店橱窗里展示巴黎时装的那种。我从没见过她穿黑色以外的其他颜色，而今晚她穿

1.《旧约》中路得的婆婆，丈夫和儿子早死，后来收养路得与其后夫之子为嗣，安度晚年。

的是手工纺成的生丝黑上衣，黑色紧身裤越往下越纤细，脚蹬黑色帆布鞋。她的发色是玉米般的淡黄色，湛蓝的双眼犹如蓝宝石一般，她的肌肤熠熠生辉，带着日晒后的光泽，她身上的这一切总是那么完美，完美得简直不似真实。我以前从未碰过她。有时候，夜里躺在床上毫无睡意的时候，我就觉得奇怪；她又没有丈夫。我给自己找借口说，我是太过珍视这座宁静的港湾、太过珍视我在这里达到的专心致志的状态，以至于不想和一个什么要求也不提——我就是知道——却什么都想要的女人有什么瓜葛。

“完成了。”我转着圈说道，伸出了胳膊，“千禧降临！终于成功了！”我跑向那台乱糟糟的机器，我从没想过竟会看到它真切地存在于现实中，“这难道不该庆祝一下吗——我要出去把找得到的人都给叫来，然后……”

我听到自己的声音渐渐小下去。她向前走了一步，抬起一只手，方才她这只手垂在身旁，似乎拎着什么沉甸甸的东西，现在被灯光所照亮。是瓶香槟。

“怎么——？”我说。我又想到了别的事。自从我来到圣塔多拉后的 13 个月里，我还从来没有和娜奥米单独相处过。

“坐下吧，德里克，”她说着，把香槟酒瓶和啤酒罐放在同一张桌子上，“出去找别人没什么用，这儿除了你和我以外再没别人了。”

我什么也没说。

她探询地挑了挑眉：“你不相信我？你会相信的。”

她转身向厨房走去。我等着她拿上一对我留下待客的酒杯回来；我双手搁在椅背上，身体前倾，突然间，我觉得自己似乎是下意识地想把椅子挡在自己和这个不太可信的陌生人之间。

她灵巧地拧开香槟酒瓶上的金属丝，用第一只酒杯接住了随着软木塞涌出的泡沫，又斟了第二杯，递给我。我抓住杯子——动作看上去就像是一只傻呆呆的动物。

“坐下。”她又说。

“可是——其他人都去哪儿了？蒂姆在哪儿？康拉德和艾拉在哪儿？在哪儿——？”

“他们走了。”她说。她端着杯子走过来，面对着我，在另一把椅子上坐下，唯有这把椅上没有凌乱地堆满我设备上的零碎，“他们大约一小时前走的。”

“可是，佩德罗呢！还有——！”

“他们出海了，要去别的地方。”她做了个漫不经心的手势，“我不知道他们要去哪儿，但他们需要的东西都安排妥当了。”

她举起香槟，补充道：“这杯敬你，德里克，也请接受我的祝贺。我一直拿不准你是不是愿意做这件事，不过必须得试一试。”

我跑到俯瞰着大海的窗前，猛地打开窗户，向窗外逐渐浓重的夜色中望去。我看见四五艘渔船驶出了港口，它们的锚灯就像移动的星星。码头上堆满了废弃的家具和某位渔夫的渔具。看来他们确实是要永远离开了。

“德里克，坐下。”娜奥米是第三次这么说了，“我们是在浪费时间，而且你的酒在走味儿了。”

“可他们怎么能够——？”

“离开祖祖辈辈的家园，刨出他们的根，动身去往新的森林和牧场？”她的语声轻快，带着嘲讽的意味，“他们没干这种事。他们对圣塔多拉并没有什么特殊的依恋，圣塔多拉也并不存在。圣塔多拉建于18个月前，将于下月拆除。”

沉默良久之后，我说：“娜奥米，你——你感觉还好吗？”

“我感觉妙极了。”她笑起来，灯光在她洁白的牙齿上闪烁着，“而且，渔夫们都不是渔夫，弗朗西斯科神父也不是牧师，康拉德和艾拉也不是艺术家，只是做点这方面的小生意，当作一种业余爱好罢了。我也不叫娜奥米，不过既然你叫习惯了——我也听习惯了——这么叫也行。”

这下我只好把香槟喝了。酒味绝佳，这是我喝过的最完美的酒，可惜我无心品尝。

“你是说，整座村子都是假的？”我质问道，“就像是某种宏大的——叫什么来着——电影布景？”

“在某种程度上算是吧，‘舞台布景’这个说法更准确一些。你可以走到门廊上去，伸手去够悬在台阶上方的格纹装饰，用力一拽，它就会掉下来的，看看你在暴露出来的表面会发现什么。凡是村里有类似门廊的随便哪座房子，你也可以依样画葫芦——这种房子总共有五座。然后你再回来，我们可以认真谈谈。”

她交叉起曲线优美的双腿，啜饮着香槟。毫无疑问，她知道我会分毫不差地照她说的去做。

我毅然决然地走到门廊上，虽然与其说是为了什么更好的理由，倒不如说是为了不让自己觉得傻呵呵的。我打开灯——就是个晃晃悠悠的黄色灯泡，吊在电线上，用平头钉粗粗钉在合适的位置——仰头望着凸出部分的边缘上带有格纹的装饰。夏虫嗡嗡地飞向那盏迷人的灯。

我用力一拽那块木头，它就掉了下来。我将木头举到灯光下，只见裸露的表面用淡蓝色墨水印着：“巴塞罗那，何塞巴科斯，14006 号。”

我不知该做何反应。于是，我把那块木头像护身符一样举在自己面前，回到屋里，杵到坐在椅子上的娜奥米身前。我本来正准备说些气愤的话，却压根没想起来要说什么，因为就在那一刻，我的目光被酒瓶上的标签吸引住了。那不是香槟酒，那家公司的名字我连听都没听过。

“这是全世界最好的起泡酒，”娜奥米沿着我的目光望去，说道，“一年大约能产——呃——十来瓶吧。”

我的味觉告诉我，她说的话至少还算有些道理。我头晕目眩地走到我那把椅子跟前，终于坐倒在椅子上：“我不会假装自己明白了这是怎么回事。我——我去年不是在一个并不存在的地方度过的吧！”

“但事实就是如此。”她十分镇静，用纤细美丽的双手捧着酒杯，将手肘搁在那把脏椅子的两侧，“顺便问一下，你有没有注意过，在那些飞到你灯下的昆虫当中，从来没有蚊子？你几乎不可能染上疟疾，但也必须预防这种可能性出现。”

我吓了一跳。我曾经不止一次地开玩笑对蒂姆·汉尼根说，圣塔多拉最大的优点之一就是没有蚊子……

“好，你开始对事实有印象了。现在你再回想一下前年冬天的情景。你还记得自己认识了一个名叫罗杰·格尼的人吗？后来你又遇见过他一回。”

我点了点头。我当然记得罗杰·格尼。自从来到圣塔多拉以后，我常常会想，与他的初遇是改变我人生的两大重要事件之一。

“11 月份，一个相当不愉快的晚上，你让格尼搭了个便车——他的车坏了，到次日早晨之前也没指望能弄到必要的备件，而他又必须在第二天 10 点赶到伦敦去赴一次紧急约见。你觉得他很有魅力，跟他很谈得来。你让他住在你的公寓里；你们一起吃过晚饭，直到凌晨四点还在聊，你们谈话的内容如今在这个房间里变成了真切的现实。你们谈到了库珀效应。”

我感觉到一阵难以置信的寒意，就仿佛那个 11 月阴冷的夜晚，有一根手指从窗户里伸进来，顺着我的脊背留下了一抹冰冷的污痕。我说：“然后，就在那天晚上，我对他说，要进行必要的实验，我觉得只有一个办法。我说，我要在某个地方找一座村庄，不受外界的干扰，没有电话或者报纸，甚至连收音机都没有。这个地方的生活费用极为低廉，我可以有两三年的时间全身心地投入到工作中去，而不必费神去操心生计问题。”

我的上帝啊！我把手放在前额上，记忆就像被放在火苗上的隐形墨水一般重新浮现。

“不错，”娜奥米满意地点点头，“你第二次见到这位讨人喜欢的罗杰·格尼是在那个周末，这也是你最后一次见到他，当时你正在庆祝自己赌球小赢了一把，共计 2 104 镑 17 先令 1 便士。他给你讲了一个叫圣塔多拉的西班牙小村庄，那个村子可以完美满足你需要的研究条件。他说，他在这儿拜访过朋友，名字叫康拉德和埃拉·威廉姆斯。你几乎从没想过你的梦想竟有变成现实的可能，可是，等到跟格尼喝了几杯之后，你就觉得，自己居然还没动手制订计划这事似乎很奇怪。”

我猛地放下酒杯，由于用力过猛，杯子可能都碎了。我厉声问：“你是谁？你在跟我玩什么把戏？”

“没玩什么把戏，德里克。”此时她身体前倾，蓝宝石般的犀利眼眸紧紧盯着我的脸，“这是一件相当严肃的事。而且你在其中也有利害关系。你实话实说，要不是遇见了罗杰·格尼，要不是赢了这笔为数不多的钱，你还会在这里——或者别的不管什么地方——把库珀效应转化成现实吗？”

我停顿了好一会儿，回顾了一遍自己这一整年的生活，说道：“不，不会，我必须实话实说。我办不到。”

“那么，这就是你刚才提出的那个问题的答案。”她把酒杯放在桌上，从紧身裤兜里掏出一个小小的烟盒，“全世界只有我一个人想拥有并利用库珀效应。别人谁都没有足够的热情去让这件事发生，即使是德里克·库珀本人也没有。抽支烟吧。”

她把烟盒递给我；盒子刚一打开，空气中就充满了一种令我觉得诧异的香气。我取出的那支烟上没有名字，唯一能说明出产地的线索是纸卷上一道模糊的条纹，但当我抽第一口时，我就知道，这烟跟那酒一样，也是世界顶级的品质。

她饶有兴趣地观察着我的反应。我稍微放松了一点儿，微笑让她看起来显得熟悉。我在这里见过她多少次那样的微笑？在蒂姆或康拉德的脸上看到这种笑容的次数还要多得多。

“我想要库珀效应，”她重复道，“现在我如愿以偿了。”

我说：“等一下！我——”

“然后我想把它租下来。”她耸了耸肩，好像这件事根本无关紧要似的，“等我租完以后，无论现在还是将来，它都永远归你了。你自己也承认，要不是有——某些关键性的干预措施，我们姑且这么称呼好了——要不是我，这只是一种纯粹的理论、一件智力上的玩具。即便如此，我也不会要求你把那些就当作公平合理的租金。为了出于某个特定目的用一用你的机器，我可以付给你一笔巨款，在你的余生中，无论想要什么东西，你都可以买得起。给！”

她扔了件什么东西过来——我都不知道刚才她把这玩意儿藏在哪里了——我本能地抓住了它。那是个狭长的皮夹子，皮质柔软，边上用拉链拉起。

“打开。”

我照办了。我在里面发现了印有我名字的一张、两张、三张信用卡，还有一个支票本，支票上已经印好了我的名字。每张卡上都有个我从来没见过的词：压印加红的“**无限额度**”。

我把这些东西放回到皮夹里。我曾经怀疑过她说的不是真话，但这种怀疑立刻便烟消云散了。没错，圣塔多拉就是为了让我能在理想条件下工作而创造的地方。是的，是她办到的。

在她说了有关罗杰·格尼的那些话之后，我再也没有怀疑的余地。

这也就是说，我可以去马德里，走进一家车行，开着一辆劳斯莱斯出来；我可以开着这辆车到银行去，在支票本上的第一页写下100万比塞塔的金额，然后把那笔钱领走——如果银行里有那么多现金的话。

我仍然看着皮夹，机械地把拉链拉开又关上，说："好吧。你是想要库珀效应的那个人。你是谁？"

"能获得它的那个人。"她略微干笑了一声，摇了摇头。她的头发犹如翅膀一样，在她脸庞四周飘动，"德里克，别再用问话来烦我了，我不会回答的，因为答案毫无意义。"

我沉默了一会儿。然后，因为我没有别的话可说，我终于说："至少你必须得说清楚，你为什么想要我能给你的这件东西。毕竟，我仍然是这世上唯一能理解它的人。"

"是啊。"她打量着我，"没错，这倒是真的。再给咱们倒点酒吧；我觉得你喜欢喝。"

我照办了，当我感到自己的身体在历经方才10分钟的震惊和风暴后变得镇静下来时，她对着空气说："你也知道，你确实是独一无二的，在你的领域内是绝无仅有的天才。所以你才会坐在这儿，所以我才为你费了点事。我可以得到我想要的一切，唯有某些特定的东西除外。我不可避免地要依赖于能提供它们的那个人。"

她的目光游移到我那台东拼西凑——但却运转正常——的新机器上。

"我想让那台机器帮我找回一个男人，"她说，"他已经去世三年了。"

世界似乎原地停下了脚步。自从取之不尽的金钱的幻想使我眼花缭乱之后，我一直有眼如盲。我已经相信了娜奥米能得到她所知晓的一切。可是，当然了，她并不能。

我的脑海中展开了一幅想象出来的小小画卷，在这幅画卷里，没有面孔的玩偶们在满世界变幻莫测的玫瑰色云霞中移动。一个身穿黑衣服、留着浅色长发的娃娃说："他死了，我要他回来。不要争辩，给我想个办法。"

其他的玩偶们鞠了一躬就离开了。最后，一个娃娃回来说："有个叫德里克·库珀的人，他有些离经叛道的想法。全世界根本没有其他人在思考这个问题。"

"确保他得到他需要的东西。"浅色头发的娃娃说。

我放下那瓶酒，犹豫了一下——是的，我仍然犹豫了，我仍然感到眼花缭乱。但我随即拿起那个柔软的皮夹，把它扔到娜奥米腿上。我说："你是在欺骗自己。"

"什么？"她不相信。掉在她腿上的钱包仿佛是离奇出现的幽灵；她没有动手把它拿起来，似乎只要碰上一碰，它就会从噩梦变成残酷的现实。

我在脑海中整理着事情的来龙去脉，于是说话的语气变得意味深长："你说想用我的机器来完成某项特定的工作。我给震蒙了，都没去想可能会是怎样的工作——确实有些工作是可以用这台机器来完成的，所以我就随它去了。你相当有钱，娜奥米，你这辈子都太有钱了，所以根本不知道在形成问题和解决问题之间还隔着另一重障碍。那就是时间，娜奥米！"

我轻轻敲了一下机器的顶部，我仍然为这台机器感到自豪，这一点天经地义。

"你就像——就像一位中国古代的女皇。说不定当真存在过这么个女皇呢，我可不知道。想象一下吧，有一天她说：‘我得到了神启，我的祖先住在月球上。我想到那儿去，作为一名孝女，去拜见先祖。给我想个办法。’于是他们搜遍了整个帝国。然后有一天，一位朝臣带着个衣衫褴褛的穷人走进来，对女皇说：‘此人发明了一枚火箭。’

“‘好，’女皇说，‘完善一下，这样我就可以去月球了。’”

我原本打算用一种戏谑的口吻来讲这则寓言——这样我讲完的时候就可以大声加以嘲笑。但我回头瞥了一眼娜奥米，我的笑声中断了。

她的面容苍白而死寂，犹如一具大理石像，双唇微张，双目圆睁。在一侧的面颊上一滴泪珠闪烁，犹如一颗钻石。

我所有的轻浮都烟消云散了。我突然有种可怕的感觉，就好像我朝着一个像是石头的东西踢了一脚，却打碎了一只无价的碗。

“不，德里克，”过了片刻，她说道，“你不用跟我提时间。”

她动了一下，在椅子里半转过身来，看着她旁边的桌子。她伸出纤细美丽的手指了指，又用更轻松的语调说道：“这个杯子是我的吗？”她没有拭泪；泪珠在她的面颊上停留了一段时间，直到夜晚干燥炎热的空气将它吻干。

我点点头，她拿起杯子，站起身来，走过去看着我的机器。她默不作声地端详着它，然后说道：“我本来并不想告诉你我想要什么，是时间促使我这样做的。”

她饮了一大口，“现在，”她接着说，“我想确切地知道你的试验模型机到底能用来做什么。”

我踌躇了。有那么多内容还没有形之于文字；在过去的一年间，我一直把我的文字思维和工作思维分开。而最近，当我跟朋友们一起放松的时候，除了一些老生常谈，我什么话也没说过。我越是接近成功，对于提及这个项目的目标就变得越是迷信。

而且——荒谬至极的是——既然如今我知道她想要的是什么了，我便略觉羞惭，因为在仔细推敲之下，原来我的胜利竟只不过是这么件微不足道的小事。

她觉察到我的心情，瞥了我一眼，微微一笑："'是的，法拉第先生'，还是汉弗里·戴维[1]？——'可它有什么用呢？'[2]对不起。"

新生儿。很好。不知怎么回事，这句话触动了我——在感情上打动了我——我突然再也不觉得羞惭了；我和世间任何一位父亲一样自豪，甚至比他们还要自豪得多。

离机器最近的那张桌子上，桌角摞着一堆粗略的示意图，我把它们推到一旁，高踞于桌角上刚才堆放图纸的地方。我把酒杯捧在掌心之间，四周一片寂静，我仿佛能听到气泡从酒里冒出来时的爆裂声。

我说："让我欠你一份人情的，不是把钱堆在我面前，也不是什么类似的事，而是你派了那位很有说服力又魅力十足的罗杰·格尼来找我。我还从没遇见过其他哪个人愿意接受我的观点，除非是拿来当笑话讲。我曾经跟我认识的一些最优秀的知识分子反复讨论过这个概念——比如我在大学里认识的那些人，他们后来把我远远地抛在了身后。"我以前从来没想过这件事。显然，有很多事我都没想过。

"但他能通过谈话把它们变成现实。我对他说的话跟我以前对别人说过的差不多。我说，一个活着的有机体在本身周围所界定的空间，通过其各种行为所界定。它是可移动的。所以我才会有那边的

1. 法拉第的老师兼伯乐。这里娜奥米把他与法拉第两人混淆了。
2. 法拉第发明圆盘发电机时，有位贵妇问他：可它有什么用呢？法拉第反问："新生儿又有什么用呢？"此处也是将新发明比喻为新生儿。

那个。”我抬起胳膊指了指，仿佛接到了什么命令似的，一阵微风从敞开的窗户里吹进来，拂动了房间那一头悬着的金属嵌板，嵌板挂在半掩于阴影中的角落里，转动着，发出轻微的吱嘎声；我最近太忙了，没时间给轴承上油。

我皱起眉头，皱得前额的肌肉都快打结了，我的头都要疼了，但我仍情不自禁地皱着眉。

“有机体和它周围的环境之间必定有着完整的相互关系，包括且尤其包括它的同类有机体。自我认识是人们在建造生物的机械模型时偶然发现的第一件事。这并不是人们早就计划好的——人们造出了机械龟，顶上有小灯，还有简单的寻光冲动，如果你把这只动物放到镜子前，它似乎就会认出自己……路径就是如此，一个人不是被刻意一步一步拼凑到一起的，而是在与他人的互动中逐步定义成这样的和自我的定义相同的形状。

“这一点显而易见。但你得要处理数以万亿比特计的信息，加以存储、及时标记、将它们重新进行转化以供复制，就像——就像什么呢？我什么也联想不起来。你想要的是……”

我耸耸肩，将杯中的酒一饮而尽，站了起来，“你想要库珀效应，”我作结道，“给——拿着这个。”

我从机器顶部的小架子上拈起一个半透明的扁平圆盘，大小相当于一便士，但比一便士要厚一些。为了好拿，圆盘正中的一个孔里插着一枚钥匙，与锁孔贴得严丝合缝，仅凭简单的摩擦力便可承受其重量。我伸手把它递给娜奥米。

我的声音有些颤抖，因为这是我进行的首次随机测试。

“拿着这个，触摸一下——用手指在上面摩擦，在扁平的边缘轻轻挤压，然后用手捏紧。”

她照办了。她手里拿着它，眼睛望着我。

“这是什么？”

“这是个人造压电晶体。好了，这样应该就行了，把它重新放回钥匙上去吧——我不想自己动手，免得把读数弄混。”

要把圆盘插回钥匙上可不容易，她试了两次都没成功，然后抓住我的手，这才稳住了它。我感觉到她的手指上传来一阵震颤，仿佛她的整个身体是一件乐器，正在弹奏似的。

“好了。”她不带任何情绪地说。

我把圆盘拿回到机器那里，小心翼翼地把它从钥匙上转移到读数器顶端的那根小柱子上。圆盘像唱片掉到唱机转盘上一样滑落下去。有一两个瞬间，我屏住了呼吸。然后机器出现了反应。

我仔细研究着刻度盘上的读数。并不完美。我略感失望——我原本希望第一次能运行得无可挑剔呢。尽管如此，考虑到她触摸圆盘只用了 10 秒钟的时间，读数还是非常接近的。

我说：“机器告诉我，你是女性，身材苗条，金发，多半是碧眼，具有艺术潜质，不习惯体力劳动，智商在 120 到 140 之间，承受着巨大的情绪压力——”

她的说话声犹如一记鞭子，打断了我的话：“怎么？我怎么知道这是机器告诉你的，而不是你自己的眼睛看出来的？”

我没有抬头，说道：“机器告诉我的是，当你触摸那个晶体小圆盘时，它发生了哪些变化。如果你乐意这么理解的话，我是把它当作一种图表在解读——观看刻度盘上显示的图案，然后用语言加以解释。”

“它还告诉了你什么其他信息吗？”

“是的——但我恐怕肯定是有什么地方出错了。这次用的定标是临时的，原本它必须用适宜的统计学样本来完成的，比如说，来自各行各业的 1 000 人。”我转身离开了机器，勉强挤出个笑容，“你看，读数显示你已经 48 到 50 岁了，从外表上看，这很荒谬。”

她纹丝不动地坐着。我一路走到她身边的桌旁，打算再满斟一杯，然后才意识到她一动也没动。我把手放在瓶颈上，盯着她问道：

“出什么事了吗？”

她摇摇头，立刻回过神来，轻轻地说：“不，没事，什么事也没有。德里克，你是全世界最厉害的人。下周我就满 50 岁了。”

“你是在开玩笑吧。”我舔了舔嘴唇，“要我说……哦，也就 35 岁，没有孩子，而且外表保养得特别精心。但不会比这个年纪更大了，一天也不会。”

她点点头，脸上掠过一丝辛酸：“是真的。我想做个美人，我看用不着解释为什么吧。我想一直美下去，因为这是我能送给某人的唯一礼物，他和我一样，也拥有他想要的一切。所以我——我很注意保养。”

“他怎么了？”

“我宁愿你别知道。”这个答案很冷静，也很干脆。她刻意放松了一下，把腿伸到身前，慵懒地笑了笑。挪动间，她的脚碰到了地板上的什么东西，于是她往下瞟了一眼。

“什么——？哦，是那个！”她伸手去捡那个柔软的皮夹，是我刚才把皮夹扔回去之后，她起身时从她腿上掉下来的。她伸手把它递给我道：“拿着吧，德里克。我知道，这是你挣来的。偶然也好，错误也罢，无论你管这个叫什么，你已经证明了你能办到我所希望的事。”

我接过了皮夹，但一开始并没有把它装进兜里；我把它拿在手里，心不在焉地翻来倒去。

我说：“娜奥米，我没那么大把握。听着。”我拿起重新斟满的酒杯，回到她对面的椅子上，“我最终设想的是能够从一个人留下的痕迹中演绎出这个人。你知道的；这就是我告诉罗杰·格尼的那个梦想。而在此时与彼时之间，这是对专门准备的材料进行简单肤浅的分析，那是要遍历上万个对象，这些对象不仅受到该个体的影响，还受到很多其他个体的影响，其中有一些很可能已经无法找到——而要识别并排除无关的影响就得找到——然后再对结果进行处理，从而创建出一个连贯的整体——其间可能需要经过数年甚至数十年的工作和研究，遇到上千种虚假的踪迹，在动物身上完成上千次初步实验……为了利用产生的数据，必须得发明出全新的技术！就算你造出了你的——你的那人的模型：你接下来又打算怎么办呢？你是要尝试着人工制造出一个合乎规格的人吗？”

“对。”

这个简单的词让我倒抽了一口冷气；仿佛肚子上正中了一拳，令我屏住了呼吸。她目光炯炯地凝视着我，再次微微一笑：

“别担心，德里克，那不是你要干的事。有人告诉我，关于那个问题，许多地方已经开展了很长时间的工作。除了你自己之外没人在做的，是努力解决创造一个完整的人这个难题。”

我无话可答。她又斟满了自己的杯子，然后用更紧张的声音继续说下去：

“德里克，我有个问题务必得问你。这个问题太要紧了，我都有些害怕听到答案。但是我也受不了再继续等下去。我想知道，你认为要过多久我才能得到我想要的东西。假设——记住，你只能假设——可以让世界上最出色的人来着手解决次要问题；他们很可能会出名，当然也绝对会发财。我想听听你的想法。”

我含糊地说：“呃，我觉得这挺难的！我刚才已经提过那个问题了，要把他的踪迹从——”

“德里克，这个人的活法跟你不一样。只要你肯停下来想一想，你就能猜得到。我可以带你去一个只属于他的地方，在那儿，他的个性形成、塑造并影响着每一粒尘埃。不是一座有上百万人走过的城市，也不是一所有十几个家庭住过的房子。”

这必定是真话，虽然就在一小时以前，我还会觉得这不可思议。我点点头。

“那就好。嗯，我还得想办法去处理尚未备妥的材料——校准每一种物质的属性。还有一种风险，那就是随着时间的推移，这些痕迹会被分子噪声和随机运动所覆盖。此外，在获得实际读数之前，测试本身也有可能会对那些痕迹形成干扰。”

“你得假设——”她强忍着不耐烦，又重复了一遍，“——解决次要问题的人手是全世界最出色的。”

“这不是次要问题，娜奥米。”我真希望自己不必实话实说。我的坚持已见伤害了她，我开始觉得，尽管她拥有令人艳羡的一切，但她已经受到了深深的伤害，“这只不过是必须面对的事实。”

她饮下杯中的酒，把杯子放回桌上，若有所思地说：“据我猜想，可以说，一个人对其影响最大、最直接的那样——那样东西，就是他或她本人的身体。如果仅仅是触摸一下你的小圆盘就能展现这么多内容，那么双手、嘴唇和眼睛本身就必定能揭示出更多的东西！”

我不安地说：“是啊，当然。但拿人体来检测几乎是不可能的。”

她说：“我有他的身体。”

此时我们陷入了一阵可怕的沉默。一只傻呵呵的甲虫胖得像颗子弹，正用脑袋狠狠往门廊的灯罩上撞，其他昆虫也在嗡嗡叫着，能听见远处大海的涛声。然而沉默依旧如墓地般深沉。

但她终于还是接着往下说：“我穷尽了一切可能的办法，把一切能保存下来的东西都保存了下来。我——”她的声音停顿了一会儿，“我已经把准备都做好了。死去的只有让他成其为他这个人的东西，大脑里的网络，小小的电流。真是奇怪，人竟然如此脆弱。”她轻快地又问了一遍：

“德里克，要多久？”

我咬住嘴唇，低头盯着脚边的地板。我的脑子在激烈地翻腾着，思考着，扬弃相关因素，设想各种问题，假定它们可以解决，把一切都简化到时间这一简单的不可约数。我本来想说十年，又觉得自己乐观得有些犯傻。

可是最后，我什么也没说。

她等待着。然后，她完全出乎我意料地爽朗一笑，跳了起来：“德里克，这不公平！”她说，“你已经取得了一些了不起的成就，你想要放松一下、庆祝一番，也完全有资格这样做，可眼下我却在用各种问题来烦你，想要凭空得到个答案。我清楚得很，你太诚实了，不想随便给我估一个数，得先花时间想想，或许还得计算一下。我一直把你关在拥挤的房间里，而你最想做的多半就是出去待会儿。我说得对吗？”

她伸出手来，胳膊绷得笔直，仿佛要把我从椅子上拉起来似的。她脸上神采飞扬，似乎洋溢着纯粹的快乐，看到这一幕，我心中的震撼不亚于方才听她说她已经 50 岁的时候。她看起来——我只能说完全变了个人。她看起来就像个第一次参加聚会的少女。

但这种转变只持续了片刻，她的表情又变得严肃而平静。她说：“对不起，德里克。关于爱情，有一件事让我——让我觉得讨厌。你有没有想过它能让你变得多自私？”

我们手牵着手，信步走出宅子，走进了黑暗的夏夜。天上有一弯细月，星星犹如光芒烈烈的硬灯笼。我曾经上百次走过这条狭窄破烂的街道，从我临时的家走向港口。康拉德的房子还在，杂货店和酒铺还在；教堂就在那儿，屋顶被月光镀上了一层银色；那边是那一排小屋，面朝大海，是渔民家庭居住的地方。而这里遗弃的是270个人留下的孑遗，他们从来没有真正存在过——只是像变魔术一样冒了出来。

当我们一路走到码头时，我说："娜奥米，这真是难以置信，虽然我明知道这是真的。这座村庄不是赝品，不是作秀的地方。它是真实的。我知道。"

她环顾四周后说道："是啊，这里本来就打算做得跟真的一样。但这只需要一点思考和耐心。"

"你说什么？你不会是告诉了——不管什么人——'去建一座真正的村庄'吧？"

"我没必要这么说，他们心里有数。具体是怎么办成的你感兴趣吗？"她将脸转向我，面带好奇，在微弱的光线下，我几乎看不清她的脸。

"当然了，"我说，"我的上帝啊！创造出真实的人和一个真实的地方——当我接到再造一个真实的人的吩咐时——难道我不该感兴趣吗？"

"如果再造和创造一样容易，"她空洞地说，"那我就不会……孤独了。"

我们在一堵低矮的石墙附近停了下来，这堵石墙从码头一直延伸到小岬角尖锐的岩石上，岬角翼护着海滩，我们倚靠在石墙上。我们身后是那排小房子；我们面前唯有大海。她用两肘支撑着身体，凝望着海面。我在离她不到一臂之遥的地方，单肘倚在墙上，双手紧握在胸前，仔细端详着她，仿佛今晚以前从未见过她似的。当然，我确实没有。

我说："你是在担心自己不美吗？你好像有什么烦心事。"

她耸了耸肩："世上没有'永远'这样的词，对吧？"

"看到你就觉得好像有了。"

"不，不。"她咯咯地笑起来，"谢谢你这么说，德里克。就算我知道——就算我能从镜子里看到——我仍然一如往昔，但听人安慰终究还是开心。"

她到底是怎么做到这一点的呢？我想问，却又没有问。也许她并不知道；她刚才说过，她想要如此，便如愿以偿了。于是我问了个不一样的问题：

"因为这——这是最属于你的东西吗？"

她的目光从海面上移回，停驻在我身上，又移回去："是啊，这是唯一属于我的东西。你是个难得的人；你有同情心。谢谢你。"

"你怎么生活？"我说。我从口袋里笨手笨脚地摸出几支香烟，已经揉得皱巴巴的了。她摇头表示不要，但我还是为自己点起了一支。

"我怎么生活？"她重复了一遍，"哦——有许多种活法。作为不同的人，当然也有不同的名字。你看，我连自己的名字都没有。两个和我长得一模一样的女人为了我而存在，这样只要我乐意，就能在瑞士、瑞典或南美将她们取而代之。我借用她们的活法，利用她们的一段时间，又还给她们。我眼看着她们老去，换成新的替身——变成我仿品的替身。但她们不是人，而是面具。我活在面具背后。我估计你会这么说吧。"

"你别无他法。"我说。

"不，不，我当然没有。直到我意识到这一点之前，我还从来没发觉自己可能就愿意这样。"

我觉得这一点我可以理解。我把香烟上的第一截烟灰抖落到下方的大海中。我环顾四周，说了句不相干的话："知道吗，拆除圣塔多拉似乎是件憾事。它本来可以是座迷人的小村庄，一座真实的村庄，而不是舞台布景。"

"不，"她说，然后直起身子，转过身来，"不！你看！"她发疯似的跑到狭窄的街道中央，指着鹅卵石道："你没看见吗？原先没有裂缝的石头已经有裂缝了！还有房子！"她猛地挥起胳膊，朝最近一所房子的门口跑去，"木头都翘了！还有那扇百叶窗——松垮垮地挂在铰链上！还有台阶！"她跪倒在地，沿着一直通到街上的低矮石阶一路摸索。

我此时正跟在她身后，被她迸发出的热情吓了一跳。

"你摸摸！"她吩咐，"你摸摸看！已经被踩在上面的人给磨坏了。就连墙也一样——你没看见从窗角上开始的那道裂缝越来越宽了吗？"她又站了起来，用手抚摸着粗糙的墙壁，"时间正在啃噬着它，就像狗啃骨头一样。上帝啊，不，德里克！难道我明知道时间正在破坏它、破坏它、破坏它，又要听之任之吗？"

我无言以对。

"听！"她说，"哦，上帝啊！听哪！"她歪着头，绷紧了身子，活像一只受惊的鹿。

"我什么也没听见。"我说。我只好用力咽了口唾沫。

"就像钉子钉进棺材一样。"她说。她站在房门前，使劲地敲啊、推啊，"你肯定能听见！"

现在我听见了。房中传来一阵嘀答嘀答的声音——一种宏大、庄严、缓慢的韵律，那声音非常微弱，直到她吩咐我竖起耳朵尽力去听，我才注意到。一座钟。那只是一座钟。

我被她的疯狂吓了一跳，揽住了她的肩膀。她转过身来，像个泪流满面的孩子一样紧靠着我，把头埋在我胸前，咬紧牙关说道：

“我受不了。”我能感觉到她在发抖。

“走吧，”我低声说，“既然这儿让你那么难受，那就走吧。”

“不，我不想走。我会接着听下去——你不明白吗？”她往后退开了一点，抬头看着我，“我会一直听下去的！”她的双眼变得朦胧，全副注意力都集中到了屋里的那座钟上，“嘀答、嘀答、嘀答——上帝啊，就像被活埋了一样！”

我犹豫了片刻，然后说：“好吧，我会把它搞定的。退后。”

她照办了。我抬起脚来，脚底和后跟同时踩在门上。有什么东西碎了；撞击之下，我从脚直到大腿都刺痛起来。我又踢了一下，门侧柱裂开，门猛地开了，嘀答声立刻变得响亮而清晰。

一束月光下，正对房门的地方，可以看见那座钟：一座高高的老古董，比我的个头还大，钟摆随着每一次笨重的摆动而闪闪发光。

我突然想起了一段令人毛骨悚然的古老黑人灵歌：

锤子在某人的棺材上不停叮当响……[1]

突然间，犹如对娜奥米那样，这对我来说也成了末日预言般的凶兆。我大步穿过房间，用力拽开钟上的玻璃门，用手指飞快地扯住钟摆，让它停了下来。随之而来的寂静令人如释重负，犹如久旱之后的凉水。

她小心翼翼地跟在我身后，走进了房间，眼睛盯着钟面，仿佛被催眠了一般。我突然想到，她没有戴表，而且我从来没见她戴过。

“扔掉它。”她说。她还在发抖，“求求你，德里克——把它扔掉。”

我吹了声口哨，又看了看那老怪物。我说：“没那么容易！这样的钟可不轻！”

“求你了，德里克！”她声音里的迫切令人恐惧。她转过身去，

1. 出自乔治亚州民间黑人灵歌《让我们埋葬》。

盯着房间的一角。像所有这些逼仄的仿古房屋一样，这座宅子里只有三个房间，而我们所在的这间屋里塞满了家具——一张大床、一张桌子、几把椅子和一只柜子。要不是这样的话，我觉得她已经跑到角落里躲起来了。

好吧，我可以试试。

我琢磨了一下这个难题，得出的结论是最好分成几部分来做。

“有灯吗？”我问，“如果看得见的话，我会干得更好。”

她喃喃说了句听不清的话；接着打火机一响，一道黄光闪过，变成了一星稳稳的亮光，照亮了整个房间。一股煤油味扑鼻而来。她把灯放在一张桌子上，桌上的灯光正好从我身旁照在那座钟上。

我把钟锤卸下来装进口袋；然后取下别在胸兜上的螺丝刀，对准钟面角落处的螺丝发起攻击。正如我所预料的，卸下螺丝之后，就可以把整套机件举起来了，链子像脐带一样拖在后面，被拽过作为支点的木框时发出轻微的刮擦声。

“给我！”娜奥米悄声说，从我手里一把夺了过去。它在整座钟里所占的重量之比小得惊人。她冲出房子，冲过街道。过了片刻，传来哗啦一声响。

我感到一阵遗憾，随即生起了自己的气。这很可能并非什么难得的古董工艺制品，而是一件赝品，就像整座村庄一样。我把钟壳抱在怀里，让正面的两脚轮流着地，把它朝门口挪去。我忙活的时候嘴里一直叼着烟；现在烟雾开始刺激我的眼睛，我把烟吐到地板上，把它碾灭。

我总算设法把钟壳从房子里弄了出去，穿过马路，抬到了海堤上。我在那里休息了一会儿，擦去脸上的汗水，然后走到那东西背后，使出全身力气用劲朝它一推。它翻过海堤，在空中转了一圈，溅起一片水花。

我低下头，立刻就后悔不该这么做了。它看起来恰似一具黑乎乎的棺材，漂浮在海面上。

但我在那里待了一分钟左右，完全无法收回目光，因为我产生了一种势不可挡的印象，觉得我做出了某种具有象征意味的动作，具有一种无法用逻辑术语来解释的意义，却又沉重而实在——就像那一大块漂走的木头一样真切。

我摇着头，慢慢地往回走，发现自己已经到了门口，才又注意到眼前的一切。然后我突然停下来，一只脚踏在娜奥米骂过的被行人踩旧了的台阶上。那盏黄灯的火焰在风中微微摇曳，火苗太大了——火焰上冒出的烟气味浓烈，灯罩正变得越来越暗。

娜奥米望着那盏灯，正慢慢解开黑色衬衫的纽扣，仿佛一面欣赏着自己的每一个动作。她把衬衫从裤腰里拽出来，脱掉了。她衬衫里面的胸罩也是黑色的。我看见她踢掉了帆布鞋。

"这叫挑衅之举吧，"她用沉思的语调说——我觉得，与其说她是在跟我说话，倒不如说是在自言自语，"我要脱下我的丧服。"她解开裤子拉链，让裤子滑下去。她的三角内裤也是黑色的。

"现在我正结束哀悼。我相信会成功的。很快就该成了。哦，是的！很快。"她抬起纤细的金色手臂，伸到背后，把胸罩扔在地板上，但身上的最后一件衣物她用手举起来，扔向了墙壁。她纹丝不动地站了一会儿；然后似乎刚刚意识到我的存在，慢慢地转身面向我。

"我美吗？"她说。

我喉咙里干极了。我说："上帝啊，是的。你是我见过的最美的女人之一。"

她俯身把灯吹灭了。黑暗降临的那一刻，她说："用行动向我证明吧。"

片刻之后，我躺在床上粗糙的毯子上，叫了两三遍："娜奥米——娜奥米！"这时她又说话了，声音冷若冰霜，似乎遥不可及。

"我本来不想管自己叫娜奥米的。我原先想的名字是尼俄伯[1]，但我之前没能想起来。"

良久以后，她紧紧贴在我身上，似乎紧抱着慰藉、紧抱着存在本身，此时在毯子底下，因为夜间寒冷，她双臂拥抱着我，双腿与我的腿交缠在一起，我感觉到她的嘴唇贴着我的耳朵动了动。

"要多久，德里克？"

我简直找不着北了；我从来没像现在这般精疲力竭过，就像酒瓶塞被扔进了波涛汹涌的大海，被岩石撞得软趴趴的，几乎连眼睛都睁不开了。我迷迷糊糊地开腔问道："什么？"

"要多久？"

我挣扎着从疲倦的头脑中挤出最后一句话，既不知道自己在说什么，也毫不在乎："运气好的话，"我咕哝道，"兴许用不了十年。娜奥米，我不知道——"我又使出浑身力气作结道，"上帝啊，你这么折腾我，难道指望我事后还能思考吗？"

但事情就是这么不同寻常。我本来以为自己即将沉入黑暗，像个死人一样昏睡过去。结果恰恰相反，当我的身体休息时，我的思想却上升到了超越意识的高度——上升到了一处可以俯瞰未来的有利位置。我对自己所做的事情心知肚明。我知道，从我那台简陋的实验用机中，还会衍生出第二台、第三台，而第三台就足以完成这项任务了。我看见并辨别出了相关问题，知道这些问题是可以解决的。我想到了一些人名，我想让这些人来解决这些问题——其中有些人我认识，一旦具备我所获得的机会，他们也可以在各自的领域

1. 古希腊神话中的女性人物，因在仅有一子一女的勒托女神面前夸耀自己的七子七女，致使儿女全部丧命于女神子女之手，她为此悲泣不已，在西皮洛斯山上化为岩石后仍会继续流泪。

内发明出类似我所发明的新技术。各个部件会像经过手工匹配的齿轮般啮合到一起，融汇成一个整体。

其间，我脑子里自始至终都有一本日历和一座钟。

所有这一切并非都是一场梦；其中大部分正是灵感的本质，唯一的区别在于我能感觉到它正在发生，而且正确无误。但到了最后，我确实做了个梦——不是视觉图像，而是一种情感氛围。我产生了一种心满意足的感觉，这种感觉来源于这样一个事实：我即将第一次见到一个人，他已经是我最亲密的朋友了，我对他的了解细致入微，任何一个人对他人的了解也不过如此。

我醒过来了。我还想再这么多待一会儿，沉浸在那种美妙的温馨情感中；我挣扎着不愿醒来，感觉自己在笑，而且一直在笑，笑得太久，连脸颊的肌肉都发麻了。

同时我又一直在哭，把枕头都打湿了。

我侧过身，温柔地伸手去摸娜奥米，心中已经在构思有哪些动听的话要说给她听，就当是送给她的礼物：“娜奥米！现在我知道要多久了。不会超过三年，也许只需要两年半就够了。”

我的手摸到的只有那块粗糙的布料，我接着往下摸去。然后我睁开眼睛，猛地坐了起来。

我是独自一人。白昼的天光倾泻而入，早已日上三竿；阳光明媚，非常温暖。她在哪儿呢？我务必得去找她，把这个大好消息告诉她。

我的衣服撂在床边的地板上；我套上衣服，把脚塞进凉鞋，轻轻走到门口，停顿了一下，一只手搁在裂开的门侧柱上，让眼睛习惯强光。

就在狭窄的街道对面，一个男人背对着我，两肘支在石墙上。他丝毫没有表现出知道有人在看他的迹象。尽管我这辈子只见过他不到两次，我却立刻就认出了这个人。他自称罗杰·格尼。

我叫出了他的名字，他没有转身，而是抬起一条胳膊，做了个像是招手的动作。我当时已经很清楚发生了什么事，但我还是走过去，站在他身旁，等着他说给我听。

他还是没看我，只是指了指与墙的尽头相连的那些尖锐岩石。他说："她黎明的时候出来，爬到那上面去了，爬到了顶上。她手里拿着她的衣服，把它们一件一件地扔进了海里，然后就——"他把一只手翻过来，掌心朝下，仿佛正倒下小小一堆沙子。

我想说点什么，但喉咙却哽住了。

"她不会游泳，"格尼过了一会儿又说，"当然了。"

现在我能说出话了。我说："可是上帝啊！你就这么眼睁睁地看着？"

他点了点头。

"你没有跟着她跳下去？你没有救她？"

"我们捞出了她的尸体。"

"那就——人工呼吸啊！你肯定是有办法的！"

"她与时间的赛跑输了，"格尼停顿了一会儿才说，"她已经认输了。"

"我——"我克制住了自己。事情的真相变得如此明显，我暗骂自己是个傻瓜。我慢慢地接着说："她还会美多久？"

"是啊。"他用身体语言表示同意，"这就是她想要逃避的东西。她想让他回来，发现她依旧可爱，而世界上没人肯答应她还能再拖个三年以上。医生们说，等到三年以后，她就会——"他做了个空洞的手势，"崩溃了。"

"她本来可以一直美下去的，"我说，"我的上帝啊！就算看起来跟实际年龄一般大，她也仍然会很美！"

“我们也这么认为。”格尼说。

“太愚蠢了，太没用了！”我用拳头猛击自己的手掌，“你也是，格尼——你知道你都干了些什么吗，你这傻瓜？”我气得声音都在发抖，他第一次面对着我。

“你究竟为什么不把她救活，然后叫人把我找来呢？用不了三年时间！昨天晚上，她要我给她个答案，我就告诉她十年，可是夜里我忽然想明白了，不出三年就能把事情办成！”

“我一猜就肯定是这样。”他的脸煞白，但耳朵尖却是亮粉色——真是荒唐，“你要是没那么说就好了，库珀；你要是没那么说就好了。”

然后（我仍然是那个被海浪抛起的软木塞，一会儿飞上去，一会儿跌下来，下一刻又飞上去），我突然想起了昨夜的灵感究竟意味着什么。我拿手在前额上一拍。

“白痴！”我说，“我还是不知道自己在干嘛！你瞧，你有她的尸体！把她送到——不管什么地方，跟另一具一起，赶快。我这段时间不就是他妈的在研究如何设法再造出一个人吗？现在我明白该怎么办到了，我能办到——我能像再造他一样再造她！”我激动得浑身发烫，在脑海里猛冲向梦中造访过的那个奇异未来，我勉强能直观想象出的理论都是确凿的事实。

他奇怪地端详着我。我以为他没听懂，接着又道：“你还站在那儿干吗？我能做到，我告诉你——我已经明白应该怎么做了。这需要人力和财力，但都是可以获得的。”

“不行。”格尼说。

“什么？”我任由双臂耷拉到身旁，在阳光下眨巴着眼睛。

“不行，”他重复了一遍，站起身来，舒展了一下因为长时间搁在粗糙的墙头不动而发麻的双臂，“你瞧，她的尸体不再属于她了。

现在她死了，它就属于别人了。”

我茫然地后退了一步，说道：“谁？”

“我怎么能告诉你呢？就算我真告诉你了，对你又有什么意义呢？你现在应该已经明白，你是在跟什么样的人打交道了。”

我把手伸进兜里去掏烟。我努力让自己想清楚这件事：既然娜奥米已经死了，她也就不再掌控能将她复活的资源了。所以我的梦想将止步于——梦想。哦，上帝啊！

我呆呆地盯着手摸到的那样东西；不是我的那包烟，而是她给我的那个皮夹。

“那个你可以留着，”格尼说，“有人跟我说了，你可以留下。”

我看着他。然后我明白了。

我极其缓慢地拉开钱包上的拉链，摸出了三张卡，用塑料密封着的卡。我把卡对折起来，塑料裂开了。我把它们撕烂，任凭它们掉在地上。然后，我一张接一张地从支票本里撕下支票，让它们像五彩纸屑一样飘过墙壁，飘落到大海中。他看着我，脸涨得越来越红，直到最后满面赭色——不知是由于内疚还是羞愧。我撕完以后，他仍然用平静的语调说：“库珀，你是个傻瓜。你原本仍然可以用那些钱去实现你的梦想。”

我把钱包往他脸上一扔，转身走了。我已经走出了十步，愤怒和悲伤让我眼前一片漆黑，这时听见他喊我的名字，我回头望去。他双手捧着钱包，嘴还在动。他说：“该死的，库珀，哦，见鬼去吧！我——我告诉自己我爱她，我干不出那种事。你为什么要让我觉得这么肮脏！”

“因为你确实肮脏，”我说，“现在你知道了这点。”

当我把机器装进板条箱时，三个素未谋面的男人走进了我住的房子。他们像幽灵一样沉默，像机器人一样没有半点儿人味，他们帮我把东西放进车里。我之所以欢迎他们来帮忙，纯粹是因为我他妈的想尽快离开这座模拟村庄。我告诉他们，把我要带走的东西扔到副驾驶座上和行李箱里就行，不必费事打包了。我正在忙活，看见格尼走到宅子旁边，站在车旁，仿佛是要鼓足勇气再和我说句话似的，但我没有理睬他，等我出去的时候，他已经走了。直到我在巴塞罗那整理自己乱七八糟的东西时才发现了那个钱包。这一回，钱包里装了3.5万比塞塔的崭新钞票。他只是把它扔到了后座上的一堆衣服底下。

听着，打败娜奥米的并不是很长一段时间，不是三年、不是十年，也不是多少年。我是后来才想明白的——为时已晚。（这么说，我也被时间打败了，我们都一样，总会输给时间。）

我不知道她丈夫是怎么死的。但我很确定，我知道她为什么想要他回来。不是因为她像自以为的那样爱着他，而是因为他爱她。没有他，她很害怕。用不着三年时间就能令她重获新生，甚至都用不着三个小时，只要三个字就够了。

而格尼，那个混蛋，在我能说出那三个字之前许久，他早就可以说出口的——早在时间还来得及之前。他本可以说："我爱你。"

这些人都富可敌国。他们栖居于同一颗星球上，呼吸着同样的空气。但他们正在一点点地逐渐变成一个不同的物种，因为他们身上最具人性的东西——好吧，这是我的观点——正在泯灭。

正如我提到过的那样，他们保持离群索居。上帝啊！上帝啊！你难道不感恩吗？

（罗妍莉　译）

保持距离的 D. G. 康普顿

尽管地理上的连接十分紧密，但英国科幻作家们在写科幻的同时并不会成为科幻圈子的一份子。而在美国，作家本身通常就来自书迷圈子，即便不是那样，书迷或其他作家也经常会去把他们找出来。那是一个群居的社区。像小沃尔特·米勒这样的作家，偶尔也会闭门不出，但这需要坚决的回避技巧。就连库尔特·冯内古特（Kurt Vonnegut）这样为了转行坚持不要把他的作品归为科幻小说的人，也仍然参加了米尔福德科幻作家会议[1]的一次活动，并在自己的作品《上帝保佑你，罗斯瓦特先生》（*God Bless You, Mr. Rosewater*）中提及此事。

然而，英国不仅为主流作家们提供了一个能够发表科幻小说而又不用感到尴尬的渠道，还允许科幻作家之间保持距离，D. G. 康普顿就是一个很好的例子。他 1930 年出生于伦敦，他的十多部小说为

1. 1956 年，居住在宾夕法尼亚州米尔福德的科幻作家达蒙·奈特、詹姆斯·布利什（James Blish）和朱迪斯·梅丽尔一起创办了“米尔福德科幻作家会议”，这是历史上的第一个科幻写作班。会议的成功也直接催生了 1965 年成立的“美国科幻作家协会”（SFWA），创办者和首任主席正是达蒙·奈特。

科幻小说的标准做出了重要贡献，但他仍然还是一个局外人。尽管他曾受邀参加过名为“海上米尔福德”[1]的英国作家会议，并于1979年为《科幻小说基金会刊》撰写了一篇自传体文章。但有可能是因为他的性格，有可能是因为他几乎只写长篇小说（他为《科幻脉冲》贡献了一个短篇故事，在本书中也收录了这篇故事），也有可能是因为英国人注重隐私，种种原因造成了他离群索居的生活。

康普顿一直都知道他能写，但作为剧作家的早期成功，使他偏离了日后真正的职业。他服完兵役后，在当演员的母亲帮助下，找到了一份舞台助理经理的工作。但在他和舞台导演的妻子私奔后，这一切都结束了。在那之后的十年里，为了养家糊口，他做过各种工作。在这场婚姻结束前，他又当了七年作家（1971年，他再次结婚）。

写剧本，尤其是广播剧本，让他小有成就。康普顿的作品在德国一直颇受好评（他1985年创作的科幻长篇小说《飞毛腿的游戏》直到1988年才出版，这件事情或许导致了他的沉寂。其间他与约翰·格里宾[2]（John Gribben）合作的《诸神黄昏》是个例外）。但他通常是写推理小说，在1966年写了六部。不过，在1965年，他出版了自己的第一部科幻小说《慈悲的本性》（*The Quality of Mercy*, 1965），并以每年一部左右的速度接连创作新的科幻小说，直到1980年。

1969年，康普顿还在《读者文摘》的伦敦办公室找到了一份全职工作，他保留着这份工作直到1981年。他最著名的小说有《永别了，地球乐园》（*Farewell, Earth's Bliss*, 1966）、《合成快乐》（*Synthajoy*, 1968）、《钢铁鳄鱼》（*The Steel Crocodile*, 1970），还有《毫无间隔的凯瑟琳·莫滕霍》（*The Continuous Katherine Mortenhoe*,

1. 1972年，上文提及的美国米尔福德科幻作家会议创办者之一的詹姆斯·布利什和太太搬到英国居住，在那里他们创办了英国版本的米尔福德科幻作家会议，命名为“米尔福德在海上”。
2. 英国科普作家，天体物理学家，苏塞克斯大学天文学访问学者。

1974）。伯纳德·塔维尼尔在1980年，将这个故事改编成优秀电影发行后，这个故事又在1981年改名为《死亡凝望》（*Death Watch*）被再次出版。在1974年至1979年期间，康普顿还创作了五部历史爱情小说，他现在定居在美国。

康普顿曾写道，他写出“那些人们善意地称之为科幻小说的作品”的原因，“是因为我本质上是一个相当害羞的人，我害怕接受某种承诺。我喜欢科幻小说所营造的距离感，毕竟，在一个显得不那么‘真实’的情况下，作者专注在角色身上要安全得多。”

康普顿的小说通常包含着一个惊人的想法，比如《沉默的民众》（*The Silent Multitude*, 1966）中，来自太空的孢子破坏了混凝土；在《钢铁鳄鱼》中，计算机被编程用来干预技术进步；在《平常的疯狂》（*A Usual Lunacy*, 1978）中，病毒使人们互相爱上对方；或是像《毫无间隔的凯瑟琳·莫滕霍》中，摄影机伪装成了电视台记者的眼睛。但他绝大多数的小说关注个体之间的关系，以及他们背叛彼此或世界背叛他们的方式。所有这些可能都源于他早期的剧作经验，因为只有当人们在舞台上互动时，戏剧才能打动人心。

当然，在《最好该有栋英国房子》（“It's Smart to Have an English Address”, 1967）这篇小说中也是如此。康普顿在前面那段话之后继续写道：“总的来说，我不太喜欢当今世界，而让世界再发展几年，是探明原因的好方法。或许甚至能够看出如何改变它。”在《毫无间隔的凯瑟琳·莫滕霍》中的“不眠之眼”将电视节目那种下作的好奇心，延伸到了不可原谅的对于隐私的侵犯上。在《最好该有栋英国房子》中（这篇文章可能是为《合成快乐》所做的准备，也可能是在《合成快乐》的写作中产生的），他提醒读者们注意，延缓死亡将同时带来机会和压力，甚至有可能会超越合理的限度。

（朝朝暮暮　译）

最好该有栋英国房子

D. G. 康普顿

保罗·卡萨维特斯静静地坐在出租车后座的正中间。乘汽车旅行对他来说是一次小憩，让他得以从无休无止的生活压力中解脱出来。他乐意能这样静静坐着，放松下来。尽管他不想去那儿，但出租车正载着他开向目的地。他喜欢就这样待在车里，在英国大地上往来穿梭，别的什么都不用操心。他已经 84 岁了，厌倦了无休无止地忙活。当他愿意开口的时候，他会向经理人抱怨，他从没去过真正想去之处，从没见过真正想见之景，从没做过真正想做之事。他会说他是所有人的奴仆，甚至比那些替他翻乐谱的人还要低微。而现在，尽管他毫无兴趣，但仍要长途跋涉去看望老约瑟夫——他简直成了老约瑟夫的仆人了。

或许这一切都是真的，但在他的一生中，唯一真正想做之事就是弹钢琴。迄今为止，他已经弹了足足 70 年了。

他端端正正地坐在座位中间，斑驳的双手空握成杯状，分别放在两边的膝盖上。尽管他样子有些僵硬，就像那些需要自己留神的老人那样，但他坐得还算舒服。他让司机开得稳些，于是现在年轻的司机正快活地行驶在慢车道上，旁边不时有智能汽车飞驰而过，带起的气流把他们的车吹得晃来晃去。他向司机解释，高速行驶让他头晕脑胀，司机的眼睛里却流露出不以为然的神色。这种速度可不会让谁头晕脑胀——那是由晕车带来的不安引起的。而伟大的卡萨维特斯又怎么会感到不安呢？但只有笨蛋才会和老人争辩，只有傻瓜才会和顾客争吵，于是司机把车速控制在每小时130英里以下。老人把公文包夹在自己的小肚子和大腿之间，在后排当中坐得笔直。他那滑稽的样子，既老迈又显得灰溜溜的，活像一只剥了皮的猴崽子。

经过索尔兹伯里[1]，司机用自动驾驶系统搜索选择更合适的路线，驶离了高速公路。穿过一排粉色的宿舍楼小区后，他们来到了一个小村庄，里面有一些老房子，现在已经变成了高级住宅单元，供那些做广告的或是搞整形外科的人来居住。保罗注视着整洁的墙壁、窗户、屋前的小花园，它们从车畔一一掠过。在他的记忆中，这些村庄原本要破旧得多。

驶离村庄，道路开始陡峭地上坡。保罗身体前倾，轻敲起玻璃隔板来。

“别敲玻璃，先生。”司机彬彬有礼，态度随和，“座位的两边都有一个呼叫按钮，按着它，我就能听见您说话了。”

老人显得有些不知所措，每个扶手上都有好几个按钮，每个按钮旁都有着清晰的标签。他按到了错误的按钮，把靠外侧的车窗降了下来。司机在后视镜里看着他，任他去做。

保罗检查了一下，定了定神。他找到了正确的按钮，按了下去，开始说话。他用过成百上千次出租车内部对讲机，要不是长途旅行使他过于松弛，他决不会搞错这些事情。

1. 位于英格兰南部的威尔特郡，下文提及的世界著名文化遗产巨石阵便坐落于此。

“在山顶那儿左转，”他吩咐道，“就在过了那片停靠站综合体的地方。那里的弯道很窄。”

秋日的阳光照在店铺的铜质装饰板上，上面布满了浅浅的小坑。它们就像第一天刚装上去那样，温暖而明亮。这家汽车旅馆远离道路，它的两个入口，分别在一个长长的单层故事酒馆两头。汽车旅馆和加油站前院的旗帜，迎风飘扬。山顶俯视着下方的平原，网格状的图案向远方延伸，一直到巨石阵那里……综合体里的另一座建筑或许是用来打保龄球、跳舞、上雕塑课、玩室内板球、欣赏音乐的。保罗认不清那些写得像谷仓一样大的字，他也无意于此。

“左转？”出租车司机瞪大眼睛说，“您真的要左转吗？”

“我说过，这里的弯道很窄。”

“好吧，我反正也不在乎挡泥板是不是光滑闪亮。”

路上铺了碎石，只在树篱上开了一个整齐的缺口。开车进去代价高昂，自然不引人注目。出租车正正好好能开进去，悄无声息。司机大声地呼了口气，加速离开，尘土飞扬。

“现在已经不远了，”保罗用手指按着按钮说道，“穿过这片树林，你就能看到那栋房子了。”

他把手指从按钮上松开。

“如果你开始告诉我，你看到这所房子第一眼时的感觉，”他对着司机擦得干干净净的脖子说道，“我想我会喊出声来的。”

“那么说，您以前来过这儿？”司机问。

“很多次了。”老人又按下按钮，“房子属于一个与我相交很久的老友。”汽车掠过了最后一棵树。

“这房子真不错。”司机说，“您知道这种景象对我意味着什么吗？如果说这让我为自己是一个英国人而自豪，您不会笑话我吧？”

“我不会笑话你的。”

“美国人可能什么都有了，但他们没有任何东西能与这所房子相比。”

“只是现在还没有。”

“抱歉，您说什么？”

“我这位朋友是著名的作曲家。当他死后，他的房子将属于‘文化之谷’。这房子实际上已经卖掉了。”

“总有一天，真正的英国将不复存在，卡萨维特斯先生。”

保罗默不作答，甚至他自己都不是在英国出生的。无论如何，即便世上有过“真正的英国”，那也早已面目全非了。约瑟夫的房子，不再仅仅是一栋坐落在橡树林和榆树林之间的都铎式红砖宅邸。这所房子有不少照片，现在它已经是英国文化遗产的一部分了。它独一无二，设计别致，它本身就是财富的象征。汽车猛地爬上坡道，又向下穿过最后一段铺着褐色砂砾的弯道。

“您的朋友住在这样一个地方，真是不赖。”

“约瑟夫·布朗，他是一所大型美国大学的音乐教授，他在国际上同样也是知名人士。”

“如果他在美国工作，为什么还要住在这里呢？”

保罗的回答只包含了一部分真相：“……他喜欢这所房子。”

汽车在房子前停下，旁边就是通向平台的台阶。保罗在车门上寻到一个按钮，按了下去。汽车已经停得四平八稳，中继器接通了电路，车门发出微弱的咝咝声打开了，保罗爬出车子。他并没有说出约瑟夫住在霍尔农场的真正原因，但他也不觉得有什么值得内疚的。他和这个男人的关系是电子化的，不过是按下按钮，得到机械化的服务，仅此而已。他拿过旅行记录卡，然后签上名字。他并没有像往常那样，写“满意”，而是写下“出色的司机，值得信赖，通情达理”。这司机理应得到更多的特殊奖励——他表现出了极大的克制，按照乘客要求的速度行驶，一点儿也没有在这个极其脆弱的乘客身上占便宜。保罗把卡片还给司机，在他阅读卡片时，保罗观察他的反应。任何感谢都显得那么拐弯抹角。

“我会留意您的音乐会的，卡萨维特斯先生。也许甚至会去看一场。”

司机担心这听起来，像是要搞一张免费的票子。于是他迅速地摇上车窗，驾车离开了。保罗站在通往平台的第一级台阶上，轻轻地呼吸着，看着汽车在树丛间飞驰而去。橡树上还长着叶子，但榆树的枝干却已经变得光秃秃了，一片惨白。保罗在脑子里想象着，一丛燃烧了 80 年的篝火所散发出的味道。他转过身，艰难地爬上了那些窄窄的台阶。

约瑟夫的墨西哥管家开了门。

“先生，布朗先生现在正在音乐室里。也许您愿意在我带您过去之前，先洗一下手，先生。”

“你不必带我过去，我又不是第一次来这儿。”

“这里已经变得不一样了，先生，容易让人晕头转向。衣帽间在您的左边，先生。”

固执是一种不得体的放纵。如今——除非和他的音乐有关——保罗从不和任何人争论什么。他跟了过去，洗了手，小心翼翼地擦干手指间容易皲裂的皮肤。为了让管家满意，他在小便池前站了许久，但那只是一场徒劳。然后他回到门厅，管家对着他上下打量，检查这个老人是否拉上了裤子拉链。

他们以管家认为合适的龟速前行。约瑟夫的音乐室以前一直在前面南边的第一个房间，而现在显然已经搬到楼上去了，就在肖像画廊的尽头。保罗拖着脚走，就像别人期待的那样。画廊的门擦得锃亮，散发着一股老式家具蜡的味道，远处尽头的门是开着的。他们走上一级台阶，四周就暗了下来。当他们走到门口时，管家在墙上按了一下小小的铃。灯亮了，露出上边台阶上的第二扇门。第二扇门所在的那堵墙，大约在三英尺远的地方，墙和画廊之间的通道两边都灯火通明。在墙和画廊的地板之间，还有一个发出亮光的缝隙。这堵墙实际上像是悬浮在空中一般。保罗走近些，他看到墙壁和原来的房间天花板之间，在顶部也有着一道缝隙。管家说得对，这里已经变得不一样了。

内侧的门开了，约瑟夫站在门口，一时没认出眼前的人是谁。保罗听见管家舔了舔嘴唇。

“先生，卡萨维特斯先生来了，您正在等他。”

约瑟夫走下台阶，迎接保罗。他张开双臂，声音洪亮、身材魁梧、充满自信。他个子高大、活力四射，甚至让人觉得有些受不了。在他手术后的最近几年里，他的举止变得越来越年轻，越来越充满活力。这显得有些做作，现实并非如此。保罗觉得他把约瑟夫身上最坏的一面显现了出来——在他俩这个年纪，这些事情变得举足轻重起来。保罗比约瑟夫年轻了 54 天，所以约瑟夫必须装样子给他看。随着夕阳西下，一切都要安顿下来。

“我亲爱的保罗，你看起来棒极了……你能来我很高兴。我有一间新房间要带你看看。我刚写完一首新的奏鸣曲——哦，等会有个人要来拜访，我特别想让你见见他。”

他宽大的胳膊搂着保罗的肩膀，热情而又体贴。

“一路过来还顺利吧？我猜你是坐车过来的。那些火车可不适合我们这些老家伙们。”

他这样说是要给保罗一个台阶下，保罗对此并不介意。他们已经认识 60 多年了，彼此知根知底。那些他们共同熟悉的场所、时光、感觉，现在都已不复存在。在他们友谊的最初几年里，保罗更喜欢这个人，而不是他的音乐。最近这个顺序反了过来，但是他和约瑟夫仍然会为了对方不辞劳苦。他们之间的长期友谊已成了一种习惯，不管是在公开场合还是在私下。

“很高兴又见到你，约瑟夫。希尔达向你问好，猫也希望你还记得它们。”

“希尔达——她还好吗？你们在忙什么呢？现在音乐会少了很多，你在忙什么呢？”

“希尔达侍弄花草，当然还要照顾猫。我们读了很多书，我还弹钢琴，人们打电话给我。”

“你得告诉我，你真正在忙些什么……但首先，我想带你参观我的新房间。”

除了他自己能听到、尝到、摸到和看到的以外，约瑟夫和现实没有任何交集。他打发管家离开，领着保罗穿过画廊的门。

“你能观察到它的四周，”他说，“里里外外，上上下下，它可以彻底防止窃听。”

保罗慢慢弯下腰，里面的屋子由 6 根 10 英寸长的透明细柱子支撑着。保罗有过被窃听的经历——他在旅馆、航空公司的办公室和国际音乐厅待过很长时间，他已经习惯了窃听装置，当他待在这些地方的时候，他理所当然会注意自己的言辞。

“防窃听？约瑟夫，谁会想要在这儿窃听你？”

“这个屋子是完全独立的。自备冷暖空调，没有任何东西能从外面进去。我雇来的顾问说，这是唯一百分之百安全的技术。管家每天检查屋子的四周，进来吧。”

“在我看来，你的管家似乎有双狡黠的眼睛，你能肯定信得过他吗？”

约瑟夫把这话当真了。

"当然，绝大部分时间由我亲自检查。他算是这年头最靠得住的人了。"

他们一起站在门前的单级台阶上，两边各有一条狭窄明亮的狭缝。在他们身后，肖像画廊的地板上，镶嵌着阳光状花纹。他们往前再迈上一步，就可以进入音乐室敞开的门。里面有着灰绿色的墙壁，在屋子尽头摆着一只暗橙色沙发。

"进来吧。"约瑟夫说。他小心翼翼地关上保罗身后的门，踢了一脚椅子，示意保罗应该坐下来。然后自己走向钢琴。

"你有什么曲子要让我听吗？"保罗问道，"这就是你叫我来的原因？"

"我和你说过，一首全新的钢琴奏鸣曲。你也许想在下次独奏会上弹奏一下。"

请一位老人从诺福克远道而来，这个理由有些单薄。保罗合上双手，开始倾听。他还没参观新房间呢……约瑟夫演奏了他的新奏鸣曲。间奏的和弦紧绷犹如静水，而各个乐章像堆堆烈火，从上到下把彼此烧了个通透。演奏完毕，他坐在琴键前，弯下腰一动不动。

"听上去是不是有些太平直了，你觉得呢？"他继续说道，"我已经放弃电子音乐了，你会喜欢这首曲子的。"

"我当然喜欢，约瑟夫，或者我想我会喜欢的。我所能听到的，你仍然是一个令人惊叹的钢琴家，曲子让人很难评断。"

"我，一个了不起的钢琴家？看在上帝的分上，那么您又是个什么样的作曲家呢？"由于他们之间常常互相开着玩笑，保罗能轻易避免对约瑟夫的音乐做出严肃的评价。保罗明白，如果他真那么做，约瑟夫会闷闷不乐上好几个星期。

"约瑟夫，我挺喜欢这首曲子的。"保罗接着阐述原因，然后他又犹豫起来，"我觉得有些困难……例如第一乐章——是真的用琴键弹奏出来的吗？我想，我觉得我听到了——”

“你觉得听到了什么？”

“我说不准。也许里面有一根弦，也许里面有大提琴的声音？”

约瑟夫站起身，他高兴地叫嚷着：“这么说你已经听到那些流言蜚语了。那都是真的，每一个字都是真的。”

保罗并没有听到什么流言蜚语，所以他微笑着等待。约瑟夫又坐了下来，两肘支在琴键上。他一直等到那阵刺耳的音符变成微弱的嗡嗡声。

“那是在瑞典，”约瑟夫说道，“在斯德哥尔摩，为我办的一个音乐节上。她在演奏我的第二首大提琴协奏曲。她拉得棒极了。我把她一起带回来了。我下个月要在伦敦捧红她，然后我们去纽约。”他从钢琴旁站了起来，在房间里踱来踱去，关上高保真音响柜，摆弄了一下那个磁带架，把一个小型石雕沿着架子移动了半英寸。

“她叫厄姆加德·伯林森，”他说，“她才 23 岁。”

“厄姆加德……约瑟夫，你念着她的名字，就像在迎接黎明，就像高山湖泊里清澈的湖水。”

“别那么虚伪，你心里清楚，你不赞同这事儿。”

“赞同？如果你能重新像这样创作音乐，那何止是‘赞同’？”约瑟夫倒在沙发里，他陷入阴影，在天鹅绒般柔软的墙纸衬托下，只有他的白发露了出来。在那间坚固而没有窗户，立在 6 根玻璃柱子上的房间里，保罗转过他的椅子，看着老约瑟夫·布朗陷入回忆。周遭的一切让他不禁回忆过去。

“当然，她也可能是个小贱人……”

过了很长时间，他继续说道：

“我明白她是个艺术家。我明白对她来说，一切都殊为不易。我自己不也是这么一路走过来的。但为什么要选在鸡尾酒会上呢？一周前，在爱乐协会里，当着所有人的面……听着，我在很年轻的时候就写了那些钢琴小品，比她还年轻很多的时候。当然，她有权不喜欢它们，我自己也没那么喜欢它们，可是……”

保罗注意到约瑟夫桌子上，摆在白色大台灯下的钟。因为约瑟夫要在这儿安置录音设备，钟设置成了静音模式。

“她昨晚打电话给我。保罗，我很抱歉，我心情一直如坠深渊。她给我打电话。她还待在伦敦。明天才能离开……我的心情糟透了。”

“我希望你一切顺利，约瑟夫，你得让我来弹奏这首曲子。”

“我太多愁善感了，这就是问题所在。我们谈点别的吧，好吗？”

保罗端详着自己的手背，摊开手指，让它们不停运动。到了他无法再次弹奏的时候，他所有的精心练习、所有获得的荣誉，都会变成什么样子？

“刚才我问，谁会想要窃听你，约瑟夫，你还没回答我呢。”

“作曲的世界已经变得不一样了，保罗。”约瑟夫边说边放松下来，把手背在脑后，“对我们这类音乐的新兴趣改变了价值观。作曲家现在就像时装精品屋，一切都必须在一场盛大的揭幕仪式上焕然一新。”

“约瑟夫，我弹过新曲子。我知道要锁上门和各种安全检查。但像你这种地位的人不用，在你自己的家里更不用。”

“我的代理人看到了预订，他告诉我这些事情很重要。”约瑟夫听上去很高兴，“他们真正感兴趣的，是我下个月或明年可能会创作的曲子。”

“你的代理人让你像笼子里的老鼠一样躲起来，有必要这样吗？”

约瑟夫缩起身子。

“保罗，我猜你就会这么说。如果某件事是一项创新，对你来说，它马上就是坏事。你说的话听起来很糟糕，我不是一只老鼠，这里也不是笼子。我让那个年轻的西班牙人负责内部装潢，这间屋子美极了。”

保罗回想起那间旧音乐室，那里没有防窃听装置，房间还有着窗户，外面的天空常常又低又灰，有一种奇妙的丑陋感。他叹了口气。

“你说要我认识的那个人是谁？”保罗问道。

“他是个才华横溢的年轻医生，我的无线电起搏器就是他给我装的。”

约瑟夫的手腕上绑着一个小小的发射器，每次脉搏跳动都会发出一个信号。固定在约瑟夫心脏外膜上的接收器，会接收到这些信号并将其放大。信号是用来刺激心肌的，当生理变化使脉搏跳动得更快时，心脏也被刺激跳动得更快。这个接收器的内置电池寿命为25年。有它帮助，约瑟夫的心跳和他40岁时一样有力。只要他的动脉还正常，他就是个年轻人。要不是这个起搏器在不断激励心跳，他早就死了。

“麦凯医生了解最新的技术趋势，保罗。他很年轻，他对电子医学的未来充满热情。”

“我们似乎正在回到一个充满热情的时代。我经常看到年轻人满怀热情地相信未来会发生些什么。”

“我们俩都曾满怀热情，这有什么不对？”

这没有什么不对的。保罗真希望他能带着妻子一起过来。希尔达本可以解释，这里到底出了什么问题。他动了动手指，突然有些恐慌起来。

“只要他不设法说服我，去使用他的任何小玩意儿，约瑟夫。我想自然死去，我不想成为电子人。”

“我觉得你在挖苦我，我想……但我没感觉电子化。”约瑟夫盯着天花板，真诚地试图分析他真正的感觉，“我感觉到生机勃勃，我的感觉和往常一样。”

他停顿了一下。保罗注意到房间里是如此寂静。

“这给了我时间，保罗。去发现人生真谛的时间。”

约瑟夫突然从沙发上跳了起来，打破了沉寂。他居高临下，向保罗微笑起来。他握住保罗的手，轻轻地把他从椅子上拉了起来。保罗抬头看着他，几乎被他突如其来的亲爱之情吓坏了。他握着保罗的手站在那里，哼着简短的乐句，哧哧地笑着。他像是想要了解保罗，想要变成保罗。

然后他拉着保罗，领他参观屋里奇妙的物件，一件又一件。约瑟夫在巨大的 XPT 播放器前停下脚步。

“你知道现在医院里都在用这个吗？当然，这也是麦凯的工作。”

约瑟夫离开 XPT 播放器，转而向他展示发出短促高音的泛音合成器。阿尔特梅耶制造出的图像随着每时每刻的压力不断变化。那台实验性质的合成音声图示仪本应能记录下它听到的乐曲，但它从第一次装好开始，就没能正常工作过。保罗只是敷衍应对，因为他现在知道，他被邀请来的原因说到底是与新奏鸣曲无关的。他是来见麦凯医生的，来见那个与 XPT 有关的医生。体验刻录……约瑟夫毫不经意地谈到这一切，那背后有个计划。他认出了这些迹象。他们会对他提出某些要求。

就在这时，门上方的灯开始闪烁起来，明亮的蓝光像一阵剧痛划过。

“有人来了，”约瑟夫说，“我想应该是麦凯医生。”

他走到门前。

“你看，这儿不能有门铃。门铃可能会在我录音的时候响起。”

保罗看着他的手放在门把手上。约瑟夫站在他和门之间。即使打开门，外面也会有管家和麦凯医生。这陷阱层层叠叠，他已闯入其中，心里完全清楚自己太老了，应付不了这些。他的恐惧表面上毫不理智，但从根本上说又是这世界上最合理的事情。他默默地挣扎着，想要尖叫，想要躲藏，想要蜷缩起来，他不想再被要求做任何事情。可他这辈子从未能实现这个愿望。

麦凯医生长得高高的，非常年轻，神情真挚。他有着一双擦得干干净净的大手。约瑟夫介绍过了麦凯医生，保罗点点头，把双手背在身后微笑着，几乎不敢动弹。

“把茶端上来，好吗？”约瑟夫吩咐道。

管家走开了，门开了一会儿。外面的声音、阳光都漏了进来，还有擦得干干净净的画廊地板的味道。保罗意识到麦凯医生正在和他说话。

“……尤其是您演奏的贝多芬。乔[1]告诉我，您曾师从施纳贝尔。”

“我在美国学习了三年。”

“我收藏了几张他的经典唱片，他的演奏无与伦比。”

“人们只是因为他弹奏贝多芬而记住他，这并不公平。”老生常谈，接下来的逸事已经被讲过1 000遍了——再听一遍也不会使保罗高兴起来，“他也弹奏巴赫的曲子，不过很少在音乐厅里弹奏。他说，人们忽视了与巴赫之间的亲密关系——他们倾向于把他看作一个墨水瓶或一座大教堂。”

麦凯医生礼貌地笑了笑，约瑟夫笑得毫无节制。在这个故事被重复过的1 000遍中，约瑟夫听过不下40遍了。不知为什么，约瑟夫现在有些不安。麦凯医生转过身对着他，想找些话来说，也许交谈能让他轻松一些。

“最近还用得好吗？”麦凯医生问道。

---

1. 乔是约瑟夫的昵称。

“上星期才做的维护。”

“他手腕上的触点需要定期更换，”麦凯医生对保罗解释道，“否则有可能会造成相当严重的感染。”

约瑟夫还活着，这就是个巨大的胜利了。麦凯医生足够敏锐，他能觉察到保罗的想法，甚至觉察到那些背后未被意识到的想法。

“乔用起来很轻松。”他说，“我们都意识到，那些用来打击人类尊严的手段仍然很粗暴。但相信我，这确实让我们有些担心。”

“医生，疾病同样也是粗暴的，您不用提醒我。”

“但我们的确对此心怀忧虑。”

茶端上来了，杯子里倒满了茶，边加糖边搅拌。勺子放在碟子上，烤面包也撤了下去。谈话继续进行着，6 根玻璃柱子在微不足道的历史重量下颤抖着。

“请您原谅，”麦凯医生说，“如果我用一种略带专业的眼光看您的话，我的专业就是研究衰老问题。”

“我觉得没问题。我老了，不久就要死掉，这没问题。”

“您是一个聪明人，卡萨维特斯先生。您也是一个幸运的人。可世界上还有其他的男男女女，他们……”

“聪明人？”约瑟夫用手指捋了捋头发，孩子气地将头发背在后面，“聪明人？我会叫他反生命的人。回到疯狂的大自然里去的人。如果不是必然，谁愿意去死呢？”

保罗看出医生的处境不妙。约瑟夫承受不起打击带来的痛苦，可医生要给保罗留下一个好印象，这想来也十分重要。医生犹豫了一下，他的目光从一个老人移向另一个。他终于开口了，却没有对着他们俩中的任何一个。

“生命是一场循环。有些人很快能看穿这一切，其他人却需要更长的时间。就是这样。”

他的眼神要求保罗去理解这一切。保罗只对他感到害怕，他并不同情医生的处境。保罗决定进攻，最好了结这一切。

“约瑟夫告诉我，你在研究 XPT 纪录，医生？”

“研究纪录？他告诉您的吗？”

“并不是研究纪录。而是在你的……衰老研究工作中用到那些。”

麦凯医生看上去松了一口气，他放下空杯子，像是充满了热情而高兴起来，他为有真正的话题可谈而高兴。对他来说，交谈就代表着告知。他向前倾着身子，两只大而红的手掌，紧紧握在一起。

“这是一件非常奇妙的事情。”他说，“我们终于得到了一盘平静死去的磁带。在上帝的怀抱中死去……这真的很感人。看看它，看看它那动人的样子，那将使您热泪盈眶。”

屋外的门已经关上了。

“一个月前，曼海姆牧师住院了。”医生说道，“他知道自己快死了，我从来没有见过一个人这么平静。在他的允许下，我们安装了那台机器，对他的脑电波进行了完美的记录，直到一切终结。”麦凯医生盯着自己的指关节说道：“回放效果是您能想象到的最好的情况。有了这盘实验磁带，没人会再害怕死亡、愤怒或绝望。看看它，看看它那动人的样子，那将使您热泪盈眶。”

“如果这些恐惧、愤怒和绝望是合理的呢？”保罗平静地说，“甚至是有必要的呢？”

“我的工作是减轻痛苦。我是个医生，不是哲学家。”

约瑟夫用他的钝指甲轻敲着绑在他手腕上的小黑盒子。

“这些关于死亡的讨论，”他说，“这是保罗的错，我想那对他有一种病态的魔力。”

“我想知道，”麦凯医生轻声道，“卡萨维特斯先生，您对 XPT 磁带大致有什么看法？”

“我从未尝试过那种东西。”

他们正在步步紧逼。

“卡萨维特斯先生，人们原则上常常提到科学的负面作用，常说科学只能增加生命的数量——很显然，XPT 所做的，不正是在提高生命的质量吗？通过对一个人的大脑波动进行全频记录，再把它施加到另一个人的大脑上，这个人就能体验到远远超出其正常范围的情感和感觉。这一定能算生命质量上的提高吧？”

“我能说的是，它具有巨大的商业潜力。”

保罗一根手指接着一根手指，轮流插进椅子的扶手里。

“听着，卡萨维特斯先生——一个哑巴可以感知到说话的心理‘感觉’。这样一来，他只需用一半的时间就能学会说话。一个正在寻找上帝的人，可以通过分享神秘主义者的伟大经验而得到帮助。”

“麦凯医生，在各各他[1]没有一台这样的机器，真是可惜。”

“您的反应简直歇斯底里，卡萨维特斯先生，我没想到您会这样。”

保罗站了起来。他穿过柔软的灰色地毯走到门口。当他走近时，他明白门已经上了锁。他能感觉到约瑟夫在看着他，而医生没有注意他。医生自己动手又来了一片烤面包，弄得碟子叮当作响。保罗离开门，走向钢琴，坐在琴键前。

“事实上，我已经录制了 XPT 磁带。”麦凯医生说，“我和妻子都已经录制过了。这件事是绝对保密的，我不是一个廉价的哗众取宠的人，磁带上没有任何线索能够表明我们的身份。我们不要任何报酬。我不感到羞耻、尴尬，或诸如此类的感觉。”

“你为什么要告诉我这些？”

“通过阅读和坦诚的讨论，以及一次初步的尝试。我很清楚，我

1. 耶稣受刑，被钉死在十字架上的地方。

和我的妻子达到了一个非常高的程度——”

“为什么你要告诉我这些？”

“我不想说些空头大话。如果我告诉你，我们这样做是为了全人类的利益，嗯，那就是事实。录音过程十分隐蔽，我们俩的感受被考虑得很周全。”

“我想，如果不那样做就没法成功了吧？”

“当然不行。对于如此微妙而短暂的经历来说，不那么做当然不行。”

麦凯医生对于技术的热情是如此盲目，保罗靠在钢琴上。事实上，那排黑白琴键挡住了音乐的去路。音调应该由内耳产生，而不是用手指发出。音乐不在乎手指。

“保罗？”约瑟走过来，站在他身边说道，“保罗——他们想要你来弹奏贝多芬。他们想记录下你弹奏时的感受。把磁带和光盘一起发行，你明白这件事情有多么美妙吗？”

“我只认识两种观众，咳嗽的和不咳嗽的。”

“人们将第一次知道音乐的真正含义。他们能感受到你真正听到的音乐——这不是你一直在追求的理想吗？”

“他们可以用钱买下这些感受吗？”

放茶具的地方传来一些动静，保罗没有抬头。

“您不用马上做决定，”医生说，“相比以往任何已知的体验，音乐体验都要完整得多。”

“你是最棒的演奏家，保罗，否则他们就不会来问你了。这是一种荣耀。”

“你真是个傻瓜，乔。卡萨维特斯先生并不追逐虚名。”

保罗坐在钢琴的琴键上，手指摊开，并没有触及琴键。他累了，老了，疲于抗争。他与这些人的争论没有穷尽，这是一场他们甚至不能理解的战斗。一场隔着一堵又厚又高的墙进行的争论，他们甚至无法听清对方的声音。

“卡萨维特斯先生，告诉我——请告诉我，卡萨维特斯先生，您认为我录制这些磁带是错了吗？”

“错了？”

保罗试图用语言来表达他灵魂深处的厌恶，找到恰如其分地表达出确定的词汇。他挣扎着，什么也没有找到。他感到自己的思维模糊，琴键变成了红色，支撑世界的玻璃柱子一个接一个地断裂。每根柱子断裂的声音就像牙痛一样。在断裂的柱子上，他仍然试图向约瑟夫说明，向麦凯说明。他想哭泣，但他们听不见。他们向他压了过来，成千上万个他们，镜子里满是他们……琴键是如此僵硬，又微微有点暖和，白色的琴键像缎带一样舒展开来。他的脸贴着它们，他没法把脸抬起来。约瑟夫和麦凯在谈话，他们把他抱起来放在沙发上，他感觉得到他们抬得很轻松。

保罗能看到他们的脸，他们的嘴巴并没有在动。

“……是脑出血，看起来还不严重。”

“可怜的伙计，可怜的伙计。”

他甚至看不见他们在移动。

“……这会影响他的意识吗？”

“不太可能。不过这也是一个需要考虑的因素。”

“他怎么知道自己的意识是否受到了影响？更可怕的情况是，他没法知道这些。”

“瘫痪了。看——右边完全都——”

“这就是他在淌口水的原因吗？”

“他也许能听到我们……你感觉怎么样？卡萨维特斯先生，先生，你感觉怎么样？”

保罗大脑中的冰层噼啪作响，一一裂开，没有回声。噪音响起，他强颜欢笑。

“他能——”约瑟夫轻声问道，“——活下来吗？”

“他当然会活下来。”

“他能——”约瑟夫的声音更轻了，“——继续演奏吗？”

“可能吧，我们有电子再教育技术。在病人的配合下，我们可以做任何事情。”

病人的配合。

“否则，这将是世界的巨大损失。”

“我们会让他完全恢复起来的，不用担心。”

病人的配合。

“我打电话叫救护车。”

在病人的配合下，他们什么都能做到……

他们以为保罗在发抖。他们用各种各样的毯子盖住他，给他做卒中治疗。他没有发抖，他在笑。因为那张脸再也看不出开心的样子了，所以他们没有注意到这些。他在担架上一路笑着，被抬下了克伦威尔[1]式的楼梯，他用内耳听到了自己的笑声。

他已经打败了他们。

（朝朝暮暮　译）

1. 英国政治家、军事家、宗教领袖。

天地之大，无奇不有[1]

到了 1960 年，科幻小说在英美两国逐步踏上文坛，受到重视。然而受到重视的表现形式却各不相同。在美国，学术界接纳了科幻小说，也导致高中和大学纷纷开设起对应的课程，同时科幻小说也有了相关的学术文本、选集、参考著作和学术研究。而在英国，类似的课程至今仍是凤毛麟角。另一方面，英国通俗科幻杂志有限的影响力和科学浪漫主义的传统，可能已经缩短了科幻类型写作和主流文学之间的差距。它们之间的融合更加频繁，也更少受到非议。

某种意义上，一个英国人引领了美国学术界对于科幻小说的研究，他以自己的文学声誉赞扬了这种通俗读物。在 1959 年，金斯利 · 艾米斯[2]坚持把他在普林斯顿大学的克里斯蒂安 · 高斯讲座[3]，留给了科幻小说。第二年，这些讲座的内容以《地狱新地图》(*New*

---

1. 原文为 MORE THINGS IN HEAVEN AND EARTH，引自《哈姆雷特》（第一幕第五场）。
2. 英国小说家、诗人、评论家。被称为 20 世纪后半叶英国最杰出的喜剧小说家。
3. 美国著名文学评论家和文学教授，在普林斯顿大学担任全职教授以及现代文学系主任。之后为了纪念他，普林斯顿大学开设了以他命名的文学评论讲座。

Maps of Hell）为名出版。又过了一年，他和罗伯特·康奎斯特[1]在英国推出了一系列名为《光谱》（*Spectrum*）的年度科幻选集。他们以此普及科幻小说，并使其倍受重视。甚至在更早的时候，以埃德蒙·克里斯平（Edmund Crispin）作为化名写作的罗伯特·布鲁斯·蒙哥马利（Robert Bruce Montgomery），在这之前就编辑了一套名为《最佳科幻小说》（*Best SF*）的英国科幻丛书。该丛书始于1955年，到1970年一共出版了七卷。当1964年，特德·卡内尔离开《新世界》的编辑职位之后，他创作了一套名为《科幻新著》（*New Writings in SF*）的精装本系列。到1972年他去世时，这套精装本已出版了21卷。

这样的选集在二战后的美国更为常见，但主要是科幻业者提供给科幻读者的。他们将推广科幻小说付诸行动，尤其是《时空冒险》（*Adventures in Time and Space*, 1945）。这部书由雷蒙德·J. 希利和J. 弗朗西斯·麦科马斯合作编辑，这部书作为现代图书馆系列的一部分，持续再版多年。然而，最早的科幻学术选集还包括了罗伯特·西尔弗伯格的《无限之镜》（*The Mirror of Infinity*, 1970）；哈里·哈里森的《轻幻想》（*The Light Fantastic*, 1970），那本书的副标题为“主流文学中的科幻经典”；另外还有迪克·艾伦（Dick Allen）的《科幻小说：未来》（*Science Fiction: The Future*, 1971）。

两国的主流作家偶尔会借助科幻小说的构思和形象来讲述自己的故事。在美国，类似的例子包括约翰·巴斯（John Barth）的《烟草经纪人》（*The Sot-Weed Factor*, 1960）和《羊孩贾尔斯》（*Goat-Boy*, 1966）；威廉·巴勒斯的四部曲小说，它们始于《裸体午餐》（*Naked Lunch*, 1959），终于《新星快车》（*Nova Express*, 1964）；托

1. 美籍英国历史学家和诗人，斯坦福大学胡佛研究所研究员。

马斯·品钦的《V》[1]（1963）、《拍卖第四十九批》（*The Crying of Lot 49*, 1966）和《万有引力之虹》（*Gravity's Rainbow*, 1973）；安·兰德[2]（Ayn Rand）的《颂歌》（*Anthem*, 1938）和《阿特拉斯耸耸肩》（*Atlas Shrugged*, 1957）；伯纳德·沃尔夫（Bernard Wolfe）的《地狱边境》（*Limbo*, 1952）以及赫尔曼·沃克（Herman Wouk）的《洛莫可娜文件》（*The "Lomokome" Papers*, 1956）。但这些作者并不认为他们写的是科幻作品，出版商也不会将它们当作科幻作品来出售。事实上，库尔特·冯内古特在1963年出版《猫的摇篮》（*Cat's Cradle*, 1963）时，就坚持要求出版商不要把这本书标为科幻小说。尽管这本书显然属于科幻，跟他更早期的作品《自动钢琴》（*Player Piano*, 1952）和《泰坦星的海妖》（*The Sirens of Titan*, 1959）一样。

另一方面，威廉·戈尔丁的第一部小说《蝇王》（*Lord of the Flies*, 1954）和第二部小说《继承者》（*The Inheritors*, 1955）延续了英国科学传奇的文学传统，而且这也无损于他获得诺贝尔奖。内维尔·舒特的《海滩上》则仅让他名噪一时。之后，多丽丝·莱辛在1979年以《希卡斯塔》（*Shikasta*, 1979）为首，推出了她的"南船座"[3]系列小说,此前她已经出版了两部科幻小说。文学评论家们接受了她在体裁上的选择，并认为这种选择与众不同，但值得认真考虑。

这些就是1962年安东尼·伯吉斯写了5部主流小说后，创作《发条橙》（*A Clockwork Orange*）时的情形。尤其在1971年，由斯坦利·库布里克将其拍摄成电影之后，这部作品可能就已经成了他最著名的作品。他还写过另外3部带有科幻元素的小说，尤其是

1. 这部小说中的人物"V"也催生了阿兰·摩尔的同名漫画《V字仇杀队》（*V for Vendetta*, 1983），并于2006年被詹姆斯·麦克特格改编成著名的同名电影。
2. 俄裔美国哲学家、小说家。她的哲学理论和小说开创了客观主义哲学运动，她同时也写下了《阿特拉斯耸耸肩》等数本畅销的小说。她的哲学和小说里强调个人主义的概念、理性的利己主义，以及彻底自由放任的资本主义。
3. 原南天最大的星座。18世纪后被拆分为四个星座：船帆座、船底座、船尾座和罗盘座。

《缺少的种子》(*The Wanting Seed*, 1962),这本书讲述了人口爆炸以及为控制人口而做的努力。

伯吉斯是约翰·安东尼·伯吉斯·威尔逊最常用的名字。1917年,他出生于曼彻斯特,并在那里获得了文学学士学位。从1940年到1946年,伯吉斯在英国陆军教育兵团[1]服役,后来他分别在英格兰和马来亚任教。在被误诊得了不治之症后,他转为独立撰稿人,以此养家糊口。之后他成为英国最知名、最多才多艺的作家之一,他写过小说、歌曲、戏剧、批评性调查、评论,同时也担任编辑和翻译工作。

也许他唯一写过的科幻短篇小说就是《缪斯》(*The Muse*),这篇作品结合了他对于语言和莎士比亚的痴迷,他在这两个领域都有过著作。《缪斯》最初发表于1968年的《哈德孙评论》。伯吉斯在其中使用了简单的时空理论,也使用了宇宙中存在多个世界让或然现实成为可能的理论。他的作品也提供了一个新的理论来解释(就像与其同一时代的剧作家本·琼森所说的)莎士比亚创作时"文不加点"。

(朝朝暮暮　译)

1. 英国陆军的一个团队,负责教育和指导各种技能的人员。1992年,它成为副官将军团的教育和训练服务处(ETS)。

缪斯

安东尼·伯吉斯

“你很确定吗，”斯文森第一百次问道，“你想要把这件事继续下去？”他的双手在五人操作的设备控制台上来回移动，双脚踩在踏板上，发出交错的节奏。他已值耄耋之年，身上涂了一层能够返老还童的化学物质。他非常聪明，有着长达百年的经验，可站在25岁的文学历史学家佩利身边，他看上去倒更像是个同龄人。佩利仍然耐心地笑着说：

“我想继续下去。”

“情况不会和你想的一模一样，”斯文森说（他以前也这样说过多次），“这不可能完完全全一样，它会在最料想不到的地方让你震惊。我记得那次带惠勒去的情景，你也知道吧，可怜的家伙，他以为那将是书本里的14世纪。但那是个截然不同的14世纪。那里倒是有茅草屋、教堂、庄园等等，还有可爱的大教堂。但那里也有统治着封建社会的多头怪，它们还长着许多触角。听惠勒说，他们还说着最优美的诺曼法语。”

“他在那儿待了多久？”

“他在三天里连续不断地发出信号。可是那个可怜的家伙等了足足一年，我们才把他救出来。他被关在地牢里，他们对他的中古英语或是其他什么东西产生了怀疑。我们把他弄上船时，他已经满头白发，语无伦次。他说自己的狱卒是一种长着三只脚的灵皮怪。”

“不过，那并不在B303星系中，是吧？”

“很明显不是。”老斯文森有些暴躁地说道，“那已经是几年前的事了。几年前，B303星系似乎还能享受着伊丽莎白时代，早期统治的种种好处，就像现在那样。”

“对不起，我犯傻了。”

“你们当中有些年轻人，”斯文森走到一排显示器前说，“对于时间抱有过高的期望。你们期望历史时间也能具有可塑性，就像其他类型的时间一样。因为可以操控微观时间流和宏观时间流，你们认为我们应该可以用同样的方法，去做——”

“对不起，对不起，对不起，我只是没想明白。”他脑子里塞了这么多其他主意，他竟然暂时不适应时钟时间、太阳时间等枯燥的现实，这有什么奇怪的吗？

“这就是你们年轻人的毛病了——啊。”斯文森满意地说，“这是个漂亮的转换。”时间路径切换到了空间路径，顺滑得犹如舌头从一个音素[1]区滑向另一个音素区。地球和B303星系之间的无数兆英里对他们的飞船来说，就像横跨大西洋的往返航班那样容易。现在，他们要前往另一个地球，其距离之遥远令人晕眩，它就跟他们自己的地球一模一样，只是处于历史上一个更早的时期。物质的内核划过了它们，就像从一个梦境滑向另一个梦境。在那样一个世界里，固体物质能够存在下去，如此陌生又似曾相识，遵循着犹如张弓[2]的宇宙法则。斯文森从小就知道，时间和空间是可以互相转换的。即便

1. 人类语言中能够区别意义的最小声音单位。
2.《老子》77节：“天之道，其犹张弓欤？”

这一切让人漫不经心、哈欠连天，但他也从未停止过对于物质从彼此连接转为并肩毗邻的奇迹而感到惊奇（毫无疑问，古老的德语词汇最能说明这一点！）。到目前为止，监控屏幕上什么都没有，但是位于控制塔正当中的水晶机器里面开始转动着吐出磁带。他们正在进入太阳系，磁带上显示着这太阳系的信息，冰冷而准确。斯文森看了一遍，点点头。他像北欧云杉般高大，浑身散发着化学物质的青春气息。佩利靠在舱壁上，看着这个男人，嫉妒他身材高大、筋肉虬结。但是他想，斯文森可没办法把自己伪装成一个营养不良时代的居民。佩利自己矮小而黝黑，就像那些遥远的不列颠曙光时代的志留人[1]一样。他可以悄悄溜进他们即将接近的伊丽莎白时代的英国，他可不会被当作一个外星人而引人注意。

“差别多么微不足道，这真令人惊讶。”斯文森说，“宇宙是多么有限，形式上的更替是多么虚弱无力啊——”

“哦，来吧。”佩利笑着说。

“你想想看，那些古代音乐家只用 12 个音符[2]所做出的——”

“人类的思维，”佩利说，“能沿着一条直线而行，宇宙却是弯曲的。”

斯文森从卷成一堆的磁带旁转过身，只见五人操作的控制台平稳而愉快地闪烁着灯光。然后他走到一个仪表盘前，拉动上面的杠杆可是需要力气的。这个杠杆更像是给铁匠用的，而不是给管风琴手用的。“右舷，”他说，“15.8 度。现在我们有重力了。”他使劲拉着杠杆。监视器屏幕上显示出一行又一行的光，稳定地向上移动。“我想，这里应该——”他在杠杆上方一块齐肩高的面板上，转动着

1. 英国南部的一个古代部族，生活在今南威尔士的区域。于公元 48 年至 78 年间为罗马征服消灭。“志留纪”的命名即因最初发现该地质年代的代表性地层位于他们曾经的活动区域。
2. 指将一个八度平均分成十二等份，每等份称为半音，是现代最主要的调音法。

两个校正刻度盘。“现在，”他说，“自由落体。”

“那么，”佩利说，“我们正在被拉过去——”

“没错。”然后斯文森问，“你确信自己想继续下去吗？”

“你和我一样清楚。”佩利耐心地笑着说，“我必须坚持到底。为了学术研究，为了我的名誉。”

“名誉。”斯文森哼了一声。接着他看着监视器说，“啊，有东西过来了。”

雾气弥漫，云盘旋而起，一个固体形状若隐若现从蒸汽状的迷雾中显露出来。佩利过来看了一眼。“这是地球。”他惊奇地说。

“这是他们的地球。”

“这个地球和我们的一样。美洲、非洲——”

“构造不太一样，看那里，在南端尖角的下面——”

“我看不出有什么差别。”

“马达加斯加要小得多。”

“云又来了。”佩利看了又看，真是难以置信。

“想一想，”斯文森和蔼地说，“在你看到创世的模式完全重现之前，要有多少个星系出现，绝对多得无以计数。这对你来说似乎很奇妙，因为你完全无法想象，能有无数个又无数个其他世界与我们的世界是如此不同。”

“还有天上的星星。”佩利心里突然闪过一个念头，说道，“我是说，他们从那里，从他们的伦敦看到的星星——和我们所看到的星星是一模一样的吗？”

斯文森耸了耸肩。“大致相近，”他说，“它们之间有一种粗糙的亲缘关系。”“但是，”他解释说，“我们还不是很清楚。记住，你这次旅行也只是第十或第十一次。那些已经说过做过的事情，不过是过去罢了。既然你可以迈向未来，为什么还要回到过去？”他得意地张大了鼻孔。“G9 星系，”他说，“我到那边去过几次，知道自己能再活上 20 年总是件好事。我很清楚地看到它就在那里，一个小小的纪念匾立在罗斯特郎广场上，上面刻着‘纪念 G. F. 斯文森，1963—2084’。”

“我们必须验证一下历史。”佩利咕哝着。他自己的追求似乎微不足道，所有这些机器，所有这些专业知识，只不过是为了一个相当微不足道的调查任务。“我想知道威廉·莎士比亚是否真的写了那些戏剧。”

正如佩利所料，斯文森哼了一声：“能把这件事搞清楚也不错。”他接着说：“今年刚好是他 500 周年诞辰，而你想证明这事情也没有什么值得庆祝的。”“不，”他补充说，“那类事情跟我关系不大。我一向都不怎么读诗。啊——”他把头伸进佩利的脑袋和屏幕之间，凝视着什么。地图册被翻过一页，现在只有欧洲向他们而来。“现在，”斯文森说，“我需要制定一套最精确的日程。”他皱着眉头摆弄着表盘，高兴地哼着小曲，然后大步朝佩利走去，说道：“你不是应该已经准备好了吗？”

佩利的脸红了起来，穿过宇宙中这么一大片区域时他们几乎完全无所事事，他本该赶在接近港口的时候，把事情尽快做好的。他脱下那件单人工作服，从柜子里拿出伊丽莎白时代的乔装衣物。衬衫、皮箱、护裆、紧身上衣、带羽毛的法式帽子、显得破烂的鞋子——这些衣服都是用合成布料做的，完全仿照旧时的编织工艺，鞋子是用上等的皮革手工做的。还有那个底部有着伪装按钮的香袋[1]，里面藏着一个小小的双向信号器。这倒不是说，如果他遇到了困难，能指望那个派上用处。斯文森准备（并且有严格的限定）在一年之

1. 古代香客（朝圣者）随身携带的旅行袋。

后才会来接他。信号器会显示他在哪儿，他还在那里，显示这位来自过去的客人和他的藏身之处。斯文森必须进入太空的更深处，他要在FH78星系接上希敏斯教授，接着在G210星系接上关莫灿博士，然后会在返程途中接回佩利。佩利测试了一下信号器，然后检查了他的香袋里那些见得了光的、货真价实的内容物，其中最重要的是威廉·莎士比亚的作品集——没有莎士比亚的早期作品，只包括在这个B303星系的公元1595年，莎士比亚尚未写出来的六部作品。这些剧本仿制于《第一对开本》[1]，精确还原了伊丽莎白时代的原稿，做得足以乱真，纸张也按着伊丽莎白时代剧作家所使用的粗硬材料，惟妙惟肖地仿制了出来。佩利把其他东西也整理了一遍，特别是装在小袋子里的粉末状的预防药品，以及最重要的金币——有新鲜出炉的天使金币[2]，还有少许葡国金元[3]。

"好吧，"斯文森带着一丝兴奋说，"英格兰，我们来了。"佩利俯视着熟悉的河流形状，那是蒂斯河、亨伯河、泰晤士河。他咽了一下口水，飞速地演练了一遍。"倒计时现在开始。"斯文森说。一个合成的声音在舱壁里，冰冷地嘀答嘀答响了起来，从300秒开始倒计时。"那我该说再见了。"佩利咽了一口唾沫，打开甲板上的活门，这活门通向那架小型单人喷气飞行器。"你应该在泰晤士河口降落，"斯文森说，"再会[4]，不是再见。我希望你能证明任何你想证明的东西。"200——199——198。佩利走下去，在座位上坐了下来，检查了一下简单的控制装置，似乎等待了一个世纪。他苦笑着审视自己，看到一个伊丽莎白时代装束的人，双手握着一架21世纪微型飞

1. 现代学者为第一部威廉·莎士比亚剧本合集所起的名字。
2. 又称"天使贵币"，1465年英王爱德华四世铸造的金币，因其上印有大天使米迦勒屠龙的图案而得名。
3. 葡萄牙16世纪发行的一种金币。
4. 原文为法语。

行器的方向盘。60——59——58。他检查了一下自己伊丽莎白时代的元音，复习了一下自己虚构的身世：一个来自诺维奇[1]、有艺术抱负的年轻人（“看，我业已写了一个剧本，而且写得很好。”）。合成的声音在小木屋里嗡嗡地响着，数到了最后几个数字，4——3——2——1。

倒计时到0，佩利飞出母船腹部，他突然平静下来，继而心里一阵雀跃。月光下，绿色的乡村睡着了，河流银光灿烂。他的路线是斯文森预先设定好的，他对于飞行器的控制有限，但最终平稳地降落在水面上。他现在要做的就是慢慢地抵达岸边，他在月光下驾驶，小马达发出轻柔的咕噜声。这里的河面很宽，他就像置身于水天一色的世界中。快来到岸边了——到处都是树、莎草、灌木丛。四周没有人烟，甚至一艘船也没有。要是另一艘船看到他会怎么想？他一点也不害怕，小飞艇伪装得很好，船已经收起了翅膀，从远处看去，就像一艘毫无特色的驳船。现在，为了安全起见，他不得不把它用草叶覆盖，隐藏起来。但在上岸之前，他必须先设定好时间开关。当他安全登岸后，会使金属机身充满高压电荷，对所有想要登船的人都产生足以致命的电击。很遗憾，但事情就是这样。它会在整整12个月，即一年后自动关机。与此同时，这个好奇的检查者，这个寻求机会者，他会发现何种神话、何种疯狂、何种连老练的伦敦人都不相信的传说？

现在，伦敦，他来了。

佩利在夜间的河边散步，他发现一切都易如反掌。月光照亮了田野的小径和石阶，到处都有小农舍沉沉睡去。有一次，他以为听到了远处的口哨声。有一次，他以为听到了城里的钟声。他不知道

1. 英国东安格里亚地区的中心城市。11世纪时曾是全英国第二大城市，仅次于伦敦，距离伦敦约187公里。

这个夜晚现在是几月、几日、几点，但他猜想现在应该是晚春的某一天，离天亮大概还有 3 个小时。根据斯文森的说法，1595 年是确定无疑的。时间在这里的运行跟在真实的地球上是一样的。两年前，斯文森把一个人带去莫斯科公国[1]，他们根据基督教体系在那里计算时间的结果，那一年是 1593 年。佩利走着走着，这里的空气呼吸起来是如此清新，但他常常因为不熟悉的星座形状感到不安。天上有着仙后[2]的椅子，像是个歪歪倒倒的莎士比亚名字的首字母，但也有他从未见过的星座。会不会就像伊丽莎白时代的人们所相信的那样，这些星辰能改变历史？这个伊丽莎白时代的伦敦，只是因为仰望着真实地球上未知的星星，所以它就和另一个如今只能从书本里了解的伦敦一模一样吗？好吧，他很快就会知道的。

伦敦这头灰色的石头怪兽，并没有突然出现，而是缓慢而轻柔地现出身形。房屋坐落在树丛之间，坐落在富人区附近凉爽的近郊。接着，就像在西沉的月光下的低沉小号，伦敦塔[3]现出身姿。然后出现了拥挤的房子，一切都沉浸在梦乡中。佩利闻到了这个夏天伦敦的气息，他不喜欢自己身上的味道。那是一种由旧破布、脂肪和泥土混合而成的气味，但他也知道，这种气味是他翻越婆罗洲[4]，提心吊胆地穿过丛林边缘时闻到过的，那也许是丛林的气息。像是为了证实这一点，远处传来一声嚎叫，那是狗的嚎叫。狗，人类最好的朋友，也在这个外太空星球上；狗在嚎叫，冲着广袤得不可思议的宇宙对面的狗。接着传来一个人的声音，还有靴子踩在鹅卵石上的声音：“四点钟，清晨好天气。”他本能地躲进一条小巷里，身体紧贴在潮湿的墙面上。现在还没到他出现的时候。他尝试了一下更夫打

1. 沙俄的前身和核心，存在于 13 至 16 世纪。
2. 仙后座，北天星座，北半球一整年都可以看到它。
3. 位于伦敦市中心泰晤士河北岸的一座城堡，1988 年被列为世界文化遗产。
4. 加里曼丹的旧称，位于东南亚，处于岛屿东南部的中心部分。

更时发出的元音——比现在的英式英语更接近美式英语。“四丝丝点真。”他终于知道了时间，他下意识地去摸了摸那块并不存在的停掉的腕表[1]。他不知道天亮以后该怎么办才好,这里可没有通宵营业的旅馆。他拽了拽自己的黑胡子（已经蓄了 3 个月的胡子），然后决定，既然他越早开始他的学者之旅越好，他便向肖尔迪奇[2]走去。剧院就在那里。剧院坐落在这座城市的边界之外，那是讨厌娱乐活动的市议会所鞭长莫及之处。根据历史记载，那是一座崭新而漂亮的建筑。学者的热情，观察事物的渴望，使他忘记了早晨凉爽的清风正在渐渐刮起。他对自己所处世纪的伦敦街道走向的了解，并没有给他多少帮助。他向北走去——米诺斯区[3]、猎犬沟[4]、主教门[5]——走着走着，有一两次不由自主地对狗舍里的臭气作呕。除此之外，还有一种更大、更浓、更脏、更难闻的气味，他想这气味定是来自舰队沟[6]。他往香袋里掏了掏，捞出一撮药粉。他把药粉放在舌头上，使肚子安静下来。

一路走来他连一只老鼠都没看到。在滚滚的乌云下，一切都灰蒙蒙的。他看到了，他看到了，那就是剧院，但眼前的景象却令人感到失望。那只是一堆低矮的木头竖在木栅栏上，屋顶铺着粗糙的茅草。事物总是比人们想象得要小，也显得更为平凡。他不知道是否能进去，似乎没有守夜人在看门。在接近入口的地方（这里更像通向私室，而不像通往缪斯[7]的神庙）之前，他欣赏了整个月光下的景色，简陋的房屋、鹅卵石、周围令人惊讶和意想不到的绿色植物。

1. 尽管在 16 世纪已经有了“臂表”的记录，但已知最早的腕表实物迟至 1806 年才出现。
2. 伦敦东部的一个区域。
3. 古代伦敦一个民事教区名称，靠近伦敦塔。
4. 位于古代的伦敦墙之外，用以处理废物，特别以埋葬死狗的地点而闻名。
5. 主教门大街，以伦敦墙最初的八个大门之一命名。
6. 古代伦敦的一条沟渠，因两侧经常有粪便和污水排入而闻名，现已成为伦敦最大的地下河。
7. 希腊神话中主司艺术与科学的几位古老文艺女神的总称。

然后他看到了第一个活物。

一只老鼠并不值得激动，他想了想，但那些长着长尾巴的动物肯定是老鼠。三只老鼠在离剧院不远的地方，啃着一些垃圾堆里的宝贝。他小心翼翼地走近一些，老鼠们立刻跑开了，每一根胡须在光线下都很清晰。这些是他所认识的那种老鼠——尽管他只在大学的实验室里见过它们——这些有着明亮眼睛和厚实尾巴的老鼠，但他接着看到老鼠正在吃什么。

从垃圾堆里拖出来的是一个人的前臂，佩利对此毫无准备。他的脑海里充斥着这样的画面——叛徒的头颅被钉在宗教法庭上，尸体被潮水一点点冲走，残肢冲上泰晤士河岸，直到腐烂。四肢在泰本[1]（在他那个年代是大理石拱门）被砍断，然后随意地留给食腐动物啄食（鸢，当然是鸢了。现在这些鸢都已回巢栖息了）。从生理角度来说，他吃了药的胃已经平静下来。他看了看这块被咬过的残肢，上面还有很多肉，筵席刚要开始的时候就被打断了。不过，手腕上有一块撕破的、黏糊糊的补丁，这让佩利皱起了眉头——以解剖学的眼光来看，这块肉有些眼熟，但肯定不属于正常人的手臂。他突然想到，这可能是个眼窝，眼睛被拧了出来，但软软的眼窝还没有完全损坏。然后他笑了一下，尽管很难笑出来。

他转过身，背对着这个可怜的人类遗体，径直向大门走去。他惊讶地发现门没有锁。他推开门时，门嘎吱嘎吱地响了起来，这是欢迎来到这个1595年世界的声音，这声音怪异而熟悉。剧院里有着再三夯实的土地，以便充作地基，有着侧边包厢、突出的幕前舞台、没有帷幕的后台、横梁、高塔和它的旗杆。他虔诚地深吸一口气。这就是那个剧院了，然后——

1. 处决伦敦罪犯和被定罪叛徒的主要场所。

“啊，抓住你了！”佩利的心就像一副不合适的假牙，好像要从嘴里跳出来一样。他转过身，见到了第一个伊丽莎白时代的人。感谢上帝，那人虽然有点脏，但看起来还算正常。他穿着一双笨拙的靴子、一条鹅黄色的紧身裤、一件发臭的短上衣。他像喝醉酒似的，摇摇晃晃地走了几步。当他走近佩利的脸时，佩利突然吓了一大跳。那人目光呆滞，深深地长时间地嗅着佩利，似乎想通过气味来确定他的位置。那人喝醉了，恍恍惚惚，对待佩利神情轻蔑，以至于有胆子凑上来嗅他……佩利说话了，留神着自己的元音：

“我是一位来自诺里奇的绅士，初到此地。站远点，伙计。难道你不知道一位大人物正站在你面前吗？”

“我不认得汝，也不明白汝夜深人静时为何到此处。”但那人站开了。佩利心中暗喜。这就像一个自学俄语的人，当他第一次来到莫斯科，发现自己的俄语完全能被听懂时的那种喜悦。他说：

“汝？汝？我可不是汝、尔之辈。伙计，我要和伯比奇大师[1]谈谈。”

“哪位伯比奇大师，年轻的还是年老的[2]？”

“哪位都行，我写了些剧本，很乐意给他们看看。”

这显然是位看门人，他又嗅了嗅佩利：“你可能真是位绅士，但你闻起来不像基督徒，你也没遵守基督教时间。”

“我说过，鄙人初来乍到。”

“我没看见你的马，也没看见你的旅行斗篷。”

“那些东西——我把它们留在客栈里了。”

看门人低声说道：“你还说你是刚来的呢，走吧。”然后他咯咯地笑了起来，同时小心翼翼地把右手伸向佩利，仿佛要给他祝

1. 英国舞台演员，莎士比亚的商业伙伴和朋友。
2. 理查德·伯比奇还有个哥哥库斯伯特·伯比奇，兄弟俩都是肖尔迪奇剧院的拥有者。

福。“我知道这是怎么回事，”他笑着继续说，“此乃一次毫无意义的幽会，你跟一个丫头，不，还不如说是跟一个人妻幽会了一圈，而她也没有让她的母亲知道。”佩利对此不以为意。“来吧，”那人说，“寒风凛冽正宜雪中送炭。”佩利一脸茫然。“而乃需一铺位。”那人说得更大声了。佩利这才恍然大悟，他明白了那人为何手掌张开，手指不住摆动，他是要金子。佩利往香袋里摸了摸，掏出了一枚金天使。那人接过金币时下巴都要掉了。“先生。”他边说，边用手碰碰帽檐致礼。

“说实话，”佩利说，“我被关在我的小旅馆门外了。我外出访客，回来晚了。我拼命敲门，但店主人就是听不见。”

“啊——”看守人说着，用手指碰了碰鼻子，他做了个俗气的手势。然后用金币擦了擦自己的脸颊，又在胸前比画了几下，最后把金币塞进腰带上的一个小钱包里，“跟我来吧，先生。”

他快步走出去，佩利跟着他，心跳加速。“那么，我们去哪儿呢？”他问道。那人没有答话。月亮快下山了，初露夏日的曙光。佩利在风中瑟瑟发抖，他真希望自己带了一件斗篷，而不必只想在这里买一件。如果他真被带去床铺，他也会同样乐意。在温暖的毯子里睡上一个小时左右，别管有没有跳蚤。街道上空无一人，尽管佩利认为他听到了远处的猫叫——痛苦的求爱，接着是更痛苦的交配，就像在真实的地球上那样。佩利跟着看门人，走进主教门外一条狭窄的小巷，小巷里又黑又臭。药物的作用开始减弱，他觉得自己的肠胃又像以前那样不舒服起来。但他的鼻子注意到，这股臭味和以前的臭味有着微妙的区别。他有点疯狂地想着，那味道像是在一边旋转，一边重新分配着臭气的成分，仿佛它能够自主行动。他一点儿也不喜欢现在这种气味。他抬头望着苍白的星星，他确信它们也完成了诡秘的改造工作，正在形成新的星座，这一切就像沙盘放在一架砰砰作响的钢琴上。

“我们到矣。”看门人说着，走到一扇门前，不慌不忙地敲起门来。“天主保佑。”他眨了眨眼，但是眼睑上只有呆滞和空虚，他又敲了敲门。佩利说：

“此亦无妨。现在将人们从床上叫醒，要不已然太晚，要不还太早。”一只并不熟练的小公鸡，在他们身边断断续续地啼叫起来。

“对谁都无所谓。此乃皮肉交易之道，对吧。”他还没再次敲门，门就开了。一个脾气暴躁、睡眼惺忪的女人出现了。她穿着一件肮脏的睡袍，睡袍的胸口，似乎有一朵马蹄莲在向外窥视。她恼怒地把它塞了回去。她是个伊丽莎白时代的老女人，大约 38 岁，灰白头发。她喊了一声：

“啊？”

“一人对一人。他自称是位绅士。”看门人从钱包里掏出金币，举了起来。她举起蜡烛，以便看得更清楚些。马蹄莲又露了出来，她满面笑容地向佩利行了个屈膝礼。佩利说：

“所涉不过一张床铺而已，夫人。”另外两人听到“夫人”便笑了起来。“我从诺维奇到此，长途跋涉，疲惫不堪。”他补充说。她行了个更深的屈膝礼，带着比刚才更具嘲弄的口吻，嘶哑着喉咙说道：

“不过是一张床，没有铺褥子，也不是一块地板。给诺维奇来的那位绅士，他所来之地奶牛喝麦片粥。”看守人咧嘴一笑，他是个瞎子，佩利肯定他是个瞎子。在他的右手大拇指上，似乎有什么东西在不停地眨眼。门在他身后关上了，佩利和女人一起站在臭气熏天的走廊里。

“跟我来，跟我来。”她说着，先吱吱嘎嘎地上了楼，她的烛光投下的阴影并不深。在东方，整个天地开始渐渐发白。楼梯间的墙上挂着镶框的画，其中一幅是粗糙的木刻画，画的是一名殉道者被吊在一棵树上，火在他身下熊熊燃烧。从他微笑着的嘴里冒出这么句话："而涤荡我所谓今日罪孽之生活。"另一幅图画上，一位国王戴着王冠，一手拿着宝球，一手拿着权杖，额头上还嵌着第三只眼睛。佩利问道："这是哪位国王？"她转过身，一脸惊讶。"尔等在诺维奇真是一无所知。"她说，"愿上帝让尔等安息。"佩利没有再问什么，只是对他们经过的另一张画像有些好奇。画像上写着"Q. 贺拉斯·弗拉库斯[1]"，但画像上是一个留着胡子的阿拉伯人，那不是阿威罗伊[2]吗？

女人在楼梯顶上大声地敲门。"贝丝，贝丝，"她叫道，"他有金子，甜心。这是一个干净的美男子。"她转身朝佩利微笑，"她一会儿就来，她肯定会打扮得像个新娘子一样。"马蹄莲又从睡衣的胸口探了出来，佩利想他看见一只眼睛眨了眨，嵌在马蹄莲的脑袋里。他开始感到一种特殊的恐惧，这种恐惧与其说是来自未知事物，不如说是来自已知事物的。他的小飞艇坚不可摧，这个世界对他的小飞艇无计可施。假设有这种可能，这个世界在某种程度上被另一个过程变得坚不可摧。他脑子里似乎有个声音非常清晰地说："任何人都可以扰乱——"然后门开了，那个叫贝丝的女孩出现了，脸上挂着职业化的微笑。那个女人也笑着说：

"你看，可爱得犹如鲜羊肉调好了料。"她伸手要钱。佩利有些困惑，从他的香袋里掏出一把叮当作响的金币。他把一枚金币塞到她手里，但她等着不走。他再递过去一枚，又递过去一枚。这时她才似乎满意，但佩利明白这只是暂时的满足。"我们有酒，"她说，

1. 奥古斯都时期的著名诗人、批评家、翻译家，代表作有《诗艺》等。古罗马文学"黄金时代"的代表人物之一。
2. 阿拉伯哲学家。

“需要我——？”佩利表示无须美酒，并谢过她。她头上的白发竖了起来，行过屈膝礼后离开了。

佩利小心翼翼地跟着贝丝走进卧室。天花板正一阵一阵地收缩，像是有脉搏一样。“小猪猪，”贝丝尖叫着，从胸前扯下她唯一的衣服。她的乳房摇摆着，乳头向他抛着媚眼。如他所料，乳房上长着一对眼睛。他做出满意的样子点点头。当然，现在不可能去睡觉了。“亲爱的。”贝丝咯咯叫着，她的眼睛转了转，长长的睫毛上下翻动，卖弄风情。佩利紧紧地抓住他的剧本。如果这种扭曲——据他判断，可能会变得越来越糟——如果眼前这种对于感官数据的扰乱，是面对外物侵入的常规保护措施，那为什么在自己的地球上，没有更多相关信息呢？其他时间旅行者也曾冒险前行，回来时毫发无伤，带回的记录明明白白。不过，等等，真是如此吗？别人又怎么知道真相呢？斯文森提到了惠勒，他在中世纪被长着三只脚的灵皮怪所囚禁。据斯文森说：“我们把他弄上船时，他满头白发，语无伦次。”那斯文森自己对未来的设想呢，一块能显示他出生日期和死亡日期的纪念奖章？也许未来并不阻止来自过去的侵入。但是（佩利摇了摇头，好像生怕醉酒似的，拼命让自己恢复理智）这不是一个关于过去和未来的问题，这是一个关于此刻存在其他世界的问题。此刻的过去已经完成，此刻的未来也已注定。也许放置在布莱顿[1]罗斯特朗广场的那块纪念匾，上面记载着大约20年后斯文森去世的那块，也许那只是幻觉，一件产生满足感，而不是产生恐惧的装置，但那仍然是为了阻碍对世界运行模式的干扰。“我的时间不多了，”佩利突然说，用的是21世纪的急促语音，而不是伊丽莎白时代的语音，“如果你愿意带我去莎士比亚大师的房子，我就给你金子。”

1. 英格兰东南部的一个海滨市镇。

“达师[1]——”

“沙士比阿[2]。”

贝丝的耳朵变得越来越大，她盯着佩利，像是看到他身后的墙上在出现越来越多的战争场面蒙太奇：“汝非那种人。女子汝所好。我从汝面观之知也。”

“这事迫在眉睫，这事是件生意，快点吧。我想，他住在主教门。”他要在这扰乱认知的敌人获胜之前找到他。然后再试着活下去，在安静的地方待上一年，保持信号，保持清醒。他要给斯文森发信号，再收到斯文森的回复作为保证。也许——谁知道呢？——会听到遥远的时空传来消息，他将在预定日期之前被带回家，来自地球的指令，计划有变……“汝当知，”佩利说，“我指的是什么人。那是大剧院里的戏剧大师莎士比亚。”

“是的，是的。”声音很快变得黏稠不清。佩利自言自语，这一切都取决于我。这个女孩的乳房上没有眼睛，下巴之下的那张嘴也不是真的存在。这样一来，幻觉就会动摇，并被暂时推开，但幻觉的力量仍然强大。贝丝穿上一件简单的衣服遮住裸体，从壁橱里拿出一件破旧的斗篷。“现概割窝齐。”她说。佩利绞尽脑汁想理解这句话的含义。“现在给我钱。”她说。佩利给了她一枚葡萄牙金币。

他们用脚尖点地，轻声下楼。佩利试图目不转睛地盯着楼梯间里的画像，但没有时间让他们说出真相了。楼梯猝不及防地变成了21世纪式样的自动扶梯。他强迫它们变回颤抖的楼梯间。他相信，如果他放任贝丝不管，她一定会融化成某种怪物，再把他的心变成石头。要快，他费了好大劲才让天空中时间的指示物保持如常。街上行人稀少，他不敢看他们。“路还远吗？”他问道。附近很多大公

1. 原文为“Maister”，为英语“Master”的故意拼写错误。
2. 原文为“Shairkspeyr”，为英语“Shakespeare”的故意拼写错误。

鸡开始打鸣。

“不远。”但在这个拥挤不堪、摇摇欲坠的伦敦，一切都并不遥远。佩利竭力保持头脑清醒。汗水从他的额头上滴下来，落在他紧紧抱着的香袋上。他像是肚子疼一样抱紧自己。他边走边看，不时在鹅卵石地面上磕磕绊绊。一滴咸汗水从他的毛孔里滴了出来，这滴汗水是来自这个外星世界，还是来自他自己的世界？如果他剪下自己的头发扔掉，如果他在那些恶臭的厕所如厕，在那里有个长着三个头的女人从粪堆里钻了出来。这个 B303 星系中的伦敦会排斥他吗，就像人体排斥移植的肾脏一样？难道这不是一个自然法则的问题，而是这个体系中的某个神明的问题？这个神在反对那个身旁带着恶魔的人，祂有可能被人战胜？他所对抗的是上帝的惯常规则，而不是某种更深层次的内在需要？无论如何，他在继续推进。伊丽莎白时代的伦敦沐浴在银色的晨曦中，稳固，晃动，稳住了，撑过来了。但压力巨大。

“到了，先生。”她把他带到一扇简陋的门前，这扇门警告佩利，如果他不牢牢维持住它的形状，它就会变成水，顺着鹅卵石往下流。“钱。”她说。但佩利已经给得够多了，他皱起眉头，摇了摇头。她伸出一只拳头，拳头变成了一张满脸胡须、眨着眼睛的男人脸，正在威胁他。他举起自己的手，摊平手掌，打了她一巴掌。她呜咽着跑开了，他把举起的那只手变成了拳头，开始敲门。他敲得很慢，没人回应，他不知道自己这样拼命维持这个世界还能挺多久。如果他睡着了，会发生什么？当他醒来时，这一切是否会烟消云散，而把他留在冰冷的空间里哭号？

“啊，那么你是谁？”一个畸形丑陋的男人出现了，他的胸前有一排明亮的眼睛在不断眨着，没有纽扣的衬衫让他的胸膛显得光秃秃的。他不是，也不可能是威廉·莎士比亚。佩利说话时极尽小心翼翼，但还是不知道自己到底能否准确发音：

“我要见沙士比阿达师。”那人脸色阴沉地带他进去，肩膀一耸，指明了他要敲哪扇门。那么，就是这里了。佩利的心贴紧胸骨拼命地跳动着。他敲了敲门，门是用结实的橡木做的，看来不会液化。

“好的？”一个轻快而愉悦的声音从门内传来，没有那种在清晨被打扰时的坏脾气。佩利吸了口气，打开门走了进去。他迷惑不解地环顾四周，这是一间卧室，衣服凌乱地扔在床上。房间里有一张堆着草稿的桌子，还有一把椅子，紧闭的窗户透进晨光。他走到纸张前，读了放在最上面的一页（“……把那个饹[1]他吧，免得又弄得一团糟。”）。佩利正在疑惑，或许声音是从哪个相邻的房间发出来的，然后他又听到这声音从他身后响起：

“未经允许，就偷看他的私人文字，这可不太体面。”佩利转过身来，看到了一幅莎士比亚肖像画的复制品。方形的画框在空中翩翩起舞，画中人嘴唇翕动，眼睛却毫无生气。他想开口打招呼，可是做不到。会说话的木刻人朝他走来——“真是粗鲁，没礼貌，或许你是个枢密院[2]的密探？”然后，画框的直边不断膨胀，木刻的特征消失了，一圈黑色的线条和空间试图结成一个实体。佩利什么也做不了，他浑身瘫软，甚至无法闭上眼睛。那结实的身体变成了一个动物的形状，粗鄙丑陋得难以形容——就像是某种长着尖刺的海胆，身材巨大。这个怪物点着头，带着可怕的智慧微笑着。佩利强迫它变成更接近人类的形状。他心中满是沮丧，充满恐惧地看到面前一个名叫“威廉·莎士比亚”的小说人物，一个扮演这个角色的演员。为什么他不能接触到事物的本身[3]，康德所谓的本体呢？但问题

1. 此处原为“giue”，为英语“give”的故意拼写错误。
2. 该机构主要由权贵、教士和重要官员所组成。此机构原本分别就立法、行政和司法事务向君主提供意见。在 15 世纪，枢密院就有权在无须证据的情况下，判处犯人死刑以下的任何刑罚。
3. 原文为德语。

就在这里，观察者会把事物的本身变成时空意义所规定的任何现象。他鼓起勇气说：

“到目前为止，你写了什么剧本？”

莎士比亚看起来有些惊讶，他回道：“是谁在问我？”

佩利说：“我所说的，你几乎不会相信。我来自另一个世界，哪里知道并崇敬莎士比亚的名字。我相信曾经有，或者现在有一个名叫威廉·莎士比亚的演员。那位莎士比亚写过剧本，上面有他的名字——这点我怀疑。”

“那么，”莎士比亚说，他像是要融化成一团被粗粗雕成莎士比亚形状的油脂，“我们都是怀疑论者。那么，就我而言，我什么都能相信。你将成为你所说的另一个世界的某种鬼魂。按理说，你应该在鸡叫时，就烟消云散了。”

“我的时间可能跟鬼魂一样短暂。到目前为止，你声称写了哪些剧本？”佩利讲的是他那个时代的英语。尽管那人的形象有所变化，变得柔和，向其他的形状靠拢，但眼睛变化不大，他的眼睛看上去机灵而聪明，很具现代感。现在那声音说：

“声称？《赫利奥加巴卢斯》《一句能吓着花丛客的话》《哈罗德一世和末世的恶政》《杜尔维治[1]的恶魔》……哦，还有很多很多。”

“拜托。”佩利觉得有些苦恼。这一切，包括这个人或他的思想，是真实的还是一种戏弄？一个绝望地想要控制数据的思想，那些感官数据[2]，让这一切变得有意义吗？一大堆剧本摆在桌子上，“给我看看吧，”佩利说，“给我看看你的作品吧。”

“让我看看你的证件，”莎士比亚说，“如果我们要谈论展示作品的话。不，”他愉快地朝佩利走去，“我自己会看。”现在他的眼睛非

1. 英国伦敦南部的一个地区。
2. 原文为法语。

常明亮，布满了奇怪而阴险的斑点。“一个漂亮男孩，”莎士比亚说，“我想说，不像某些人，或是某个人那么漂亮。但要在这夏日的清晨，天气热起来之前滚个床单那是很够了。”

“不，”佩利说，“不。”他往后一靠，觉得这古老的生物显得如此奇怪和无聊。“别碰我。”那个向前走的身影变得异常丑陋，他的脖子肿胀起来，一双眼睛在靠近手背的地方闪闪发光。那张脸长出了粗大的长鼻，观察着、感受着。两三个吸盘从它的末端冒出来，胡乱地向着佩利挥舞。佩利在挣扎中扔掉了香袋。这个怪物说出的话变得很含糊，咕噜不清，喃喃自语。佩利被推到桌子旁边的角落里，看到了一张满是涂改的草稿（他们是否曾经说过莎士比亚写起东西“文不加点”？）：

我一直在——挣扎？寻找？
如何才能将
这样一个监室？牢笼？和我所生活的
世界相比。
可是因为[1]……

学者佩利还在那里，仍保持着探索的精神，而他的身体却在竭力避开那两只大手，每张手掌上都长着十根手指。学者喊道：

“《理查二世》！你在写《理查二世》？”

在他，文学领域的克劳德·伯纳德[2]看来，他应该冒着一切风险

1. 此处原文为莎士比亚《理查二世》剧本第五幕第五场开头理查二世的独白“我一直在研究……”，但作者故意加上了一些小的修改。
2. 法国科学家，生理学实验方法的开拓者，多个生理学现象的发现者。有学者称赞他为“科学史上最伟大的人物之一”。早年他曾经试图成为剧本作家，但当时法国的著名评论家圣马可·吉拉丹阅读了他完成的第二部剧本后建议他放弃戏剧，专注于医学。

把这条信息传达给斯文森，莎士比亚在1595年就已经写了《理查二世》。他突然倒在地板上，抓起他的香袋，开始透过衬里按动发射器的按键。莎士比亚似乎对这种突然停止的反抗感到惊讶，他伸出叉子一样的双手，但什么也没有抓住。佩利被汗水弄得看不清东西，气喘吁吁地敲着键盘："理二由莎作[1]。"然后门开了。

"我可是听到这里很吵。"那个畸形的丑陋男人又出现了，眼睛长在赤裸的胸膛上，现在他看上去更丑了，他的样子突兀地不断变化着。他就像被无声而无形的锤子固定住了一样。"他是来攻击你的吗？"

"不是为了钱，汤姆金。他自拥金甚足，你看。"匆忙中香袋被扔在地上，金子撒了一地。佩利没有注意到这些，他本该把那些金子转移到他的——

"啊，金子。"那个叫汤姆金的生物贪婪地盯着金子，"其他人可没有带金子过来。"

"把金子和他都带走吧，"莎士比亚漫不经心地说，"统统随你处置。"汤姆金慢慢地走向佩利。佩利尖叫着，用手拿着香袋无力地挥打着，汤姆金一把抓住了他。

"里面还有呢。"他流着口水说。

"我不是说过了，随汝所欲，便是服侍好我？"莎士比亚说。

"这是文稿。"

"啊，文稿。"莎士比亚把它们拿走了。"把这个破门而入的陌生人带到女王的典狱长那里去。他说起话来傻里傻气的，就像以前那个阿拉曼人[2]。我该说，疯疯癫癫。换种说法，他像个疯子。典狱长知道该怎么做。"

---

1. 此处原文为"R2 by WS"，应为"由威廉·莎士比亚所作《理查二世》"之缩写。
2. 罗马时代日耳曼的一支，后并入法兰克帝国。法语中也用该词代指德国人。

“但是，”佩利被一双有力的铁腕抓着，喊道，“我是个绅士，我来自诺维奇，我和你一样，都是剧作家。看哪，你正拿着我写的剧本。”

“先说自己是个鬼魂，现在又说是从诺维奇来的。”莎士比亚一边微笑，一边在空中盘旋，就像他的那幅画像一样，画像上还挂着纸片。“去吧。难道没有别的，像我们自己的世界一样的世界，那里有魔法能让人离开那里，前来我们的世界参观？我以前听过这样的故事。有一个德国人——”

“这是真的，都是真的！”佩利紧紧抓住门把手，指甲抠在房门上。汤姆金在拉他，他说：“你是这个时代最聪明的人！你能够想明白的！”

“还有未出生的诗人们，叫德莱森，或是类似的什么名字[1]。还有丁尼波勋爵[2]，或是威尔士酒鬼[3]，还有 P.S. 艾略特[4]？你会被好好招呼的，就像那个人一样。”

“但这是真的，是真的！”

“走你的路，”汤姆金咆哮道，“你天生就该待在伯利恒疯人院[5]。”他把佩利拖了出来，佩利瘫倒在地，满嘴白沫，胡言乱语。佩利语无伦次道：

“你们都不是真的，你们中的任何一个都不是真的！你才是鬼！我是真实的，这完全是个误会，让我走，让我解释！”

“他说话甚怪。”汤姆金咆哮道。他把佩利拖了出来。

“把门关上。”莎士比亚说道。汤姆金一脚把门踢上，那个尖叫的声音越过沉重的脚步声，穿过外面的过道。很快房间就足够安静，

1. 英国著名诗人。
2. 英国诗人、剧作家。这里作者故意搞错了最后一个音节。
3. 当指狄兰·托马斯（1914—1953），英国诗人。生平好酒，死于饮酒过量。
4. T.S. 艾略特之误。
5. 伦敦著名的精神病院，原为伯利恒圣玛丽修道院，1547 年被亨利八世改为精神病院。

能坐下来看看东西了。

莎士比亚认为这些都是好剧本。据他判断，有些奇怪的是，其中一个是放高利贷的犹太人。这个诺维奇人显然读过马洛[1]的书，他看到了一个邪恶的洛佩兹[2]式的戏剧人物。他，莎士比亚，也曾有过类似的想法。就在眼前，一切都为他准备好了。里面也有一些光辉灿烂的历史剧，是一部关于国王亨利四世的戏剧，里面还有一部喜剧叫《无事生非》。这是一份礼物，一份天赐之物。他笑了，他想起了那个阿拉曼人，叫施莱耶博士之类的，也和这个疯子讲了类似的故事（疯子？疯子能做这样的工作吗？“疯子、情人和诗人”，这是施莱耶在那出关于仙女戏剧里的一句好台词[3]。可怜的施莱耶已经被瘟疫带走了性命）。施莱耶带来的那些剧本都是好剧本，但似乎不如这些好。

莎士比亚偷偷地（虽然只有他一个人）在胸前画着十字。当诗人们谈论着缪斯之时，他们也许说的就是现在这个在街上无力地尖叫着的访客。还有那个德国人施莱耶。或是那个遭受酷刑，还发誓自称来自美国弗吉尼亚的家伙，那人说美国的大学能比得上牛津、莱顿，或是威滕伯格大学，甚至更好？他耸了耸肩，天地之大，无奇不有。不管他们是谁，只要他们能带来剧本，他们就会受到热烈欢迎。他现在着手修改的施莱耶所写的《理查二世》，也许还需要修改。但是那些早期作品，从《亨利六世》开始，一直很受欢迎。他一边读着这批剧本的封面，一边抚摩着他那已经变成银灰色的红胡子，他用一只精致的灰色眼睛看着剧本。他叹了口气，读了一下摆

1. 英国伊丽莎白时代的剧作家、诗人及翻译家。1592 年他创作了一部悲剧《马耳他犹太人》，剧中塑造了一位报复心重的犹太富商巴拉巴斯。
2. 葡萄牙犹太人后裔，1581 年起担任英国御医，因被控试图毒死伊丽莎白一世被处决。研究者认为他的故事以及《马耳他犹太人》可能给了莎士比亚灵感，让他写出了《威尼斯商人》中的夏洛。
3.《仲夏夜之梦》第五幕第一场。

在桌上自己的剧本，然后把纸揉成一团。写得不太好，它虚弱无力，故事当中出现了太多的魔法。英吉尼奥公爵说道[1]：

列位先生当思，正如茫茫大海中，
凡间众生都能找到相似相类，
在遥远天空中我辈之生亦有雷同，
物物都有孪生，事事都有孪生，
孪生再生孪生，无穷无尽，
纵使星辰也有孪生……

写得太奇幻了，这可不行。他把草稿扔进垃圾箱，汤姆金会来倒空的。他拿起一张白纸，开始用漂亮的手抄写起来：

《威尼斯商人》

然后他继续抄写，一气呵成，文不加点。

（朝朝暮暮　译）

1. 莎士比亚作品中并无此人，但下文的诗隐含本文设定。

新浪潮的涅普顿[1]

1964年，迈克尔·摩考克从特德·卡内尔手中接管了《新世界》杂志，当时他只有24岁，但已是声名大噪的奇幻作家，尤以他关于“永恒战士”和“美尼伯内的艾尔瑞克”的剑与魔法的奇幻故事而闻名。与1930年代的许多纽约未来派作家一样，科幻与奇幻小说很早就在他的生命里留下了重大印记，他的创作冲动形成极早，且一向高产。但他在另一个国家、另一个时段的成熟过程真正塑造了他的创作风格。

摩考克1939年生于英国萨里郡的米查姆。他15岁便离开学校，开始以写作、编辑与音乐创作为生。1956年至1958年间，他从单纯编撰自己的“杂志”更进一步，开始担任《泰山的冒险》[2]的编辑，他为该杂志创作了自己的第一部英雄奇幻系列小说（这些故事在1977年被汇编为“索扬系列”），以及一部长篇小说《金色驳船》

1. 标题 The Neptune of the New Wave，套用了所选小说 The Nature of the Catastrophe 格式，涅普顿（Neptune）是罗马神话中的海神，该词也是海王星的词源。
2. 1951年至1959年间英国发行的一本漫画期刊。

(*The Golden Barge*)。此后，他于1958年至1961年间成为《塞克斯顿·布莱克图书馆》[1]的编辑，并以笔名在这里撰写了一部惊悚小说《加勒比危机》。他还将自己的写作与编辑职责同音乐结合，为几个摇滚乐队担任歌手和作曲。

1961年，摩考克创作了他的第二个，也是更为著名的英雄奇幻系列主人公艾尔瑞克，该角色的首次冒险出现于《灵魂窃贼与其他故事》之中。实际上，摩考克的奇幻故事或许更适合被称作"反英雄奇幻"，因为他的主人公往往脆弱不堪，故事中的大业注定失败，这与英雄奇幻的文类传统大相径庭。布赖恩·奥尔迪斯在《万亿年狂欢》中评论道："埃德加·赖斯·巴勒斯或许曾是摩考克幼年的英雄，但这位年轻的英国作家改变了巴勒斯方程的算法。巴勒斯那些趾高气扬的英雄角色换成了摩考克优柔寡断、受尽折磨的受害者式英雄，就像艾尔瑞克与他的嗜血之剑，风暴召使。"

就这样，年轻的摩考克继承了《新世界》，他在反越浪潮声势极盛时撰写了一部长篇科幻小说［《分裂的世界》[2]（*The Sundered Worlds*），起初连载于1962年至1963年的《科幻冒险》］，此时，英伦正处于摇摆之中（奥尔迪斯在《十年之期：1960年代》[3]中写道："此时的伦敦正如20世纪20年代的巴黎，是文化发源与繁荣之地。"），革命的空气充斥城市。摩考克宣布，他要撰写一部比埃德加·赖斯·巴勒斯更像威廉·巴勒斯的小说，他召集了一群富于献身精神的编辑和作家，致力于创作一种新型的"推想小说"，以适应

1. 塞克斯顿·布莱克是一个创作于1893年的著名英国侦探形象，被称为"穷人的福尔摩斯"。出现于一系列默片、有声电影与广播剧中，1893至1978年间，有200多位作家创作了四千多部塞克斯顿·布莱克故事。《塞克斯顿·布莱克图书馆》为该系列衍生作品，于1915年至1968年间出了五辑。
2. 该故事的扩写版本于1994年收入永恒战士系列选集。摩考克在该小说的1962年初版中使用了"多元宇宙"（multiverse）这一单词，使该词首次以书面形式定着于英语之中。
3. 奥尔迪斯与哈利·哈里森合作编撰的科幻史丛书，共三辑，另两部为《十年之期：1940年代》（1975）、《十年之期：1950年代》（1976）。

混乱不堪却又令人振奋的1960年代。

正如奥尔迪斯在《十年之期：1960年代》中所总结的："我们的西方文化在许多方面已经实现了文艺复兴初期定下的目标：通过观察、领悟和应用来掌控我们的世界……现在，我们该付账单了，这是数世纪以来的惊人成果积累下的账单。我们看到进步与污染、医学发现与人口过剩、科技发展与核扩散、通讯技术升级与恐怖主义、社会关怀与公众冷漠，如硬币的两面一般同时存在。"

革新的刺激与机遇吸引了大西洋两岸的诸多作家，然而事实证明，在无法得到更多公众支持的前提下，《新世界》的这场革新难以为继。奥尔迪斯为该刊物从英国艺术协会争取到了每期150英镑的补助金，这一度使杂志得以使用光面纸印刷插图，改善质量。但当1968年5月刊连载诺曼·斯宾拉德的《怪虫杰克·巴伦》时，杂志被从两大主要的报刊连锁店撤下，并在国会遭遇公开谴责，这证明了奥尔迪斯的努力依然不足以支撑杂志存续。

1968年10月，摩考克开始独立经营该杂志，此时杂志的维系完全依赖读者的订阅与捐赠。为了给作者支付稿费，摩考克花了大量时间以流水作业效率生产奇幻小说。此后杂志又发行了18期，直到1971年由于持续增长的债务而被迫停刊。其后，该刊物又出了一版平装本初版小说集，前6辑由摩考克编撰，但在出版10辑之后，该刊物亦于1976年停刊。1991年，它的平装本在大卫·加内特[1]（David Garnett）的主持下由格兰茨出版社重新发行。

如同许多与他一样高产的美国作家，摩考克的写作经历很难被巨细无遗地展示出来。他发表了二十多部奇幻长篇小说，以及三十多部科幻长篇小说，撰写了十余部科幻选集，若干奇幻选集，编

1. 英国科幻作家。区别于布卢姆茨伯里派主流文学作家大卫·加内特。

辑了十多部小说选集，还与人合撰了剧本《被时间遗忘的土地》[1]（*The Land That Time Forgot*）。他的短篇小说《试观斯人》（"Behold the Man"）赢得了1966年星云奖，而他的长篇小说《荣光女王》（*Gloriana*, 1978）同时获得了当年的坎贝尔最佳科幻长篇奖及世界幻想奖，他的作品还收获了许多其他荣誉。广受好评的《战争猎犬与世界之痛》（*The Warhound and the World's Pain*）于1981年出版。在"后《新世界》时期"，摩考克依然保持了自己的高产与特色。

摩考克在《新世界》的产物之一是他的反英雄角色杰瑞·科尼利厄斯[2]（Jerry Cornelius），摩考克将该角色的使用权开放给任何想要撰写他（或她）的作家。这些共享型作品都被收录到他的一部个人选集之中，该选集被命名为《灾难的本质》（*The Nature of the Catastrophe*），与摩考克的被收录短篇同名。实际上，该短篇于1970年初载于《新世界》倒数第二期刊物之上，其中包含了许多新浪潮元素，使人想起巴拉德式"经过浓缩的长篇小说"——隐晦的人物行为、快速的场景切换、讽刺性的小标题、刻意省略的过渡及说明性文字、带着责备的无奈情绪，以及听天由命的消极氛围。

科尼利厄斯还出现在了摩考克的一系列长篇小说之中，包括《终极计划》（*The Final Programme*, 1968，同名电影于1973年上映）与《英国刺客》（*The English Assassin*, 1972）。"时间尽头的舞者三部曲"（*The Dancers at the End of Time Trilogy*, 1972, 1974, 1976）中出现的杰吉·科尔尼安也是其衍生人物。

（憬怡　译）

---

1. 根据埃德加·赖斯·巴勒斯同名小说改编的影片，1975年上映。
2. 杰瑞·科尼利厄斯，著名的反英雄形象，其姓名、身份、性别变化多端，具有一定的暧昧性。以该人物为主人公的作品主要是"科尼利厄斯四部曲"（《终极计划》《癌症疗法》《英国刺客》和《缪扎克的状况》），主人公在这个多重宇宙中，经历了变形、死亡、重生，以整本书为单位的混乱状态，最终发现自己的本质。

灾难的本质

迈克尔·摩考克

序　章

独幕剧女演员

布伦纳小姐[1]对此坚信不疑。她双唇紧抿地站在学校黑暗的入口处。她知道他已尽在她的掌控之中。

杰瑞·科尼利厄斯匆匆翻阅着一份破旧的《商业周刊》，假装对她视而不见。“阿波罗 12 号承载的未来……探寻癌症疫苗的工作即将结束……是什么导致了巨型喷气客机的延迟？……一次性用品新型宣传标语……”

布伦纳小姐动作迅速，一把将杂志从他手中扯了下来。

“看着我，”她说，“看着我。”

他看着她。“到 1980 年我就会变成太多的人了。到 1980 年我就会死了。”他说。

她嗤之以鼻：“你得去。”

1. 杰瑞·科尼利厄斯宇宙中频繁出现的女性角色，是杰瑞的反面，代表高压权威力量。

他两股战战："这将是一场谋杀。"

她微笑着说："这将是一场谋杀，如果你不肯的话。不是吗？"

杰瑞皱眉："它必然会来的。迟早而已。"

"它将净化空气。"

"什么见鬼的空气？"他一脸受伤地看着她，"然后呢？"

"忙起来。毕竟你有 50 年的时间要去消磨。"

"我去你的！"

"我们再也没机会这么干了。"

健身房里的手摇留声机响起了"再见黑鸟"[1] 的旋律。

克拉里街道的自相残杀 [2]

基因开始爆裂。

场景断裂。

杰瑞尖叫起来。

他们把他的自行车拿走了。那是一辆黑色的绅士代步车："皇家艾伯特。"

他一直把它养护得很好。

"抓紧点儿，科尼利厄斯先生。"

"这就是了！"

马赛的那条肮脏街道消失了。他不在乎。

在网中

鼓声从什么地方响了起来，他敢打赌他认识那个敲鼓的人。在他遭遇过的所有滑稽可笑的迷信之中，"未来"是最为可笑的。他现

1. 指 1926 年美国歌曲。
2. 原文为法语。

在真的无力前行了。

发展

设在康沃尔郡波特里斯的这家神经毒气厂是国防部的一个试点机构，少量生产神经毒气已有一段时间。康普顿夫人表示，一位死难者遗孀至今未被获准查看有关她丈夫的病理学报告或其他类型的医学报告。

《卫报》1969 年 11 月 21 日讯。

幻想性回顾

在毒气袭击过后，杰瑞·科尼利厄斯洗了碗，走上街头。一抹彩虹挂在了拉德布罗克丛林之上。万籁俱寂。他弯下腰去系上自己的裤腿夹。

“杰瑞！”

“干啥，妈？”

“回来把碗擦干，你这小混蛋！”

急切的梦想家

1928 年 6 月 5 日：自欧文·奈尔斯与让娜·德·卡萨丽丝在伦敦大使剧院首次出演凯伦·布拉姆逊的作品《他们埋葬的人》以来，52 年过去了。《每日新闻》称：“在生命所有的喧嚣混乱尽头，存在的是‘时间与未曾解决的假说’。”

像你这样的人

杰瑞摸索着下了车，抬起不能视物的眼睛仰望天空。阳光没有照进来。他完全瞎了。

所以事儿还没完。

泪水顺着他的双颊流了下来。

“妈？”

远方某处，齐柏林伯爵号[1]的引擎声渐渐消失。

他被抛弃了。

我伤心吗？你也会的。如果你们男人的每个计划都落空。[2]

你要怎么办？你要怎么办？[3]

有待征服的世界

我们遗憾地宣布，巴哈杜尔沙——德里最后一位名义上的君主——的儿子贾万·布基王子已病情危急……他是家族中最后一位皇室成员。他身后留有一子，身体亦不健康，这个孩子在王子身陷囹圄时诞生于仰光。随着贾万·布基王子逝世，曾显赫一时的帖木儿家族直系后裔最后的血统断绝了。

《仰光时报》1884 年 7 月 28 日讯。

7 号

杰瑞绊了一跤，摔倒了，撞伤了膝盖。他用冷若顽石的手摸索四周。他碰到了一个光滑似铁的东西。他抚摸那东西的表面。一套被丢弃的甲胄？而身边四处都是声音。引擎声。尖叫声。

他难道不知道这里正在打仗吗？他回来了吗？

他听到一辆汽车靠近了，汽车的引擎熄灭了。

他大叫起来。

---

1. 第二次世界大战时期的德国硬式飞艇 LZ127 即名“齐柏林伯爵号”，纳粹德国在第二次世界大战期间建造的航空母舰亦名“齐柏林伯爵号”。
2. 均为歌词。
3. 均为歌词。

四下安静了。一种 V2[1] 式的安静。

带着机翼与祷告……[2]

福兮祸所依

流水的声音。

他现在愿意抓住任何东西。

他根本就不该尝试。他预料到了一定程度的扩散，但从不曾料到事情会可怕到这步田地。他被骗了。

远方传来歌声：一点，两点，三点，摇滚……[3]

改编者

稀薄的空气中传来带有强烈性暗示的声音，当他试图集中精神时，那暗示却进一步加强了。

“下面为大家介绍让娜·德·卡萨丽丝小姐，她是我们的系列栏目‘那孩子是那女人的母亲吗？’本周嘉宾……”

“我的父亲来自巴斯克国[4]，后来为了进行有关癌症与其疗法的科学调查前往巴苏陀兰，就在这时一个婴儿降生了……”

“曾是格雷夫莱尔最受欢迎的小伙子，现在却成了全校最坏的男孩儿——这就是哈利·沃顿和他那位班主任的长期不合带给他的不幸！你不能……”

“本刊发行于 1931 年 7 月 15 日，将用以预付齐柏林伯爵号前往北极的预期航程中携带的邮件邮资。在本次航程中，休伯特·威尔

1. V2 可指 V-2 型火箭，是德国在第二次世界大战中研制的一种短程弹道导弹，也是世界上最早投入实战使用的弹道导弹。也可指飞机起飞速度。
2. 歌词。
3. 歌词。
4. 原文为法语。

金斯爵士指挥的鹦鹉螺号潜艇将与齐柏林伯爵号会师，两艘舰艇将于北极交换邮件。鹦鹉螺号未能履约。”

“长期服务证书。由董事会授予（大不列颠及爱尔兰）帝国烟草有限公司 W. D. & H. O. 威尔斯分公司的欧内斯特·弗雷德里克·科尼利厄斯，以表彰此人在过去 25 年内提供的竭诚服务，谨此致上由衷的感谢与赞赏。代董事会全体成员署名。1929 年 3 月 28 日。会长吉尔伯特·A. H. 威尔斯。”

“乔治·杜哈曼忽遭病魔侵袭——他曾发现一种治愈癌症 6 的免疫血清。他在对死亡的恐惧中度过了余生。他的性格发生了彻底的改变……他不愿接受手术，因为那将向全世界宣告他的免疫血清以失败告终。”

杰瑞合上剪贴簿，打开集邮册。里面集有几百枚齐柏林号的邮票，它们来自巴拉圭、列支敦士登、拉脱维亚、意大利、冰岛、希腊、德国、昔兰尼加、古巴、加拿大、巴西、阿根廷、爱琴海群岛、美利坚合众国、圣马力诺、俄罗斯。其中还有两枚西班牙旋翼机的邮票以及一枚图案为达·芬奇飞行器的意大利邮票[1]。

杰瑞从集邮册旁的小亚麻信封里取出他的最新发现：一套 1930 年 9 月 15 日发行的萨尔瓦多航空邮票。这套邮票现如今变得非常易损，若不小心放置就会开裂。它们的票面是深红色（150）、祖母绿（200）、棕紫色（250）、群青色（400）的，印花都是在圣萨尔瓦多上空飞行的双翼飞机。这一套邮票恰巧先于 1930 年 12 月 17 日发行的西蒙·玻利瓦尔航空邮票问世。

“杰瑞！快滚下来给你老母搭把手！”

杰瑞正在经历严重的摇摆。

1. 著名画家达·芬奇（列奥纳多·达·芬奇）在 15 世纪 70 年代发明的飞机，被称作“扑翼飞机”。

优秀奖

杰瑞在爆炸现场附近晃荡，踢着那些破碎的砖块。也就是说，灾难最终还是降临了。这不就有些令人失望吗？

现在他爱走几英里就走几英里，没有什么能搅扰他。

他从兜里拿出一个苹果，咬了一口，接着一口啐掉，丢了出去。这苹果吃着一股洗涤剂味儿。

他俯视自己的双手。它们又红又黑，还在发抖。他坐到一块断裂的水泥板上。没有动静。没有声音。

人的形状

珠宝设计风格的变化往往要经历长达几年的时间跨度。过去，人们可能认为这需要以千年计，以百年计，最少也要以十年计。但今非昔比。

布赖恩·马歇尔《伦敦新闻画报》1969 年 11 月 22 日刊。

即将到来的问题

杰瑞很奇怪场景为什么变得如此朦胧。有几个建筑突出地耸立在那里，但所有其他事物都罩在迷雾之中。他把他的 X 魅影翻转过来。

他真希望他们让他把自行车留下。

人一辈子能恣意过活的时间是多么短。最多只有 25 年。剩下的全都属于且受制于过去和未来的幽灵。一代人是 150 年。无人能逃脱。

一艘火箭呼啸而过。

当红红的知更鸟在我面前蹦蹦跶跶，蹦蹦跶跶……[1]

1. 歌词。

冰中的囚徒

到 1979 年，工业技术的发展会将 1960 年代衬托得好像黑暗时代。自动高速路——计算机控厨房——面对面的电视——深海中的食材。今天它们都还是点子，但明天，工业技术会将这些变成你的日常……

我们的测量设备无比精确，美国国家标准局甚至用我们的设备去检测其他的测量设备。我们的紧固件被用以制造宇航服，供那些月球行走的宇航员使用。我们的塑料零件遍布美国生产的每一辆汽车。

通过这些以及更多的方式，我们帮助世界把今天的点子变为明日的现实。

美国工业公司《纽约时报》1969 年 10 月 16 日刊广告。

"水线长度为 1 004 英尺，完工后，其吨位可能超过 7.3 万吨。玛丽女王号（从南安普敦到纽约）的首航始于 1936 年 5 月 27 日……"

"英国的玩具兵团一直……"

"到 1980 年会有……"

如今，他的声音嘶哑了。50 年太长。他身边没有一个人，他谁也怪不得，只能怪他自己。

小家伙你在哭呢，我知道你为何伤心……[1]

路西法！

他渴望了 150 年，却始终无法回到唯一能让他活下来的那一年。

他的视力不时会恢复一阵子，让他看到那些可怕的景象——报

1. 歌词。

纸的片段、建筑物、道路、汽车、飞机、头骨、废墟、废墟、废墟。

"妈!"

"爸!"

(坠毁的协和式客机已接受全面检修)

"凯茜!"

"弗兰克!"

(火星人回到了码头)

"奶奶!"

"爷爷!"

(中国人有了新收获)

"你看,"她以胜利的姿态抱住自己羸弱的身体。"这是最好的情况了。"

其他内容:

《素描》杂志,1926 年 1 月 13 日刊。

《旁观者》小报,1927 年 10 月 5 日刊。

《T. P. 周刊》,1927 年 11 月 26 日。

《每日邮报》,1927 年 12 月 26 日。

《小马赛人》,1930 年 10 月 22 日。

帝国烟草有限公司《导航的故事》1935 年第 50 号。

萨纳夫里亚《航空邮票标准目录》,纽约,1937 年。

《摩登男孩》,1938 年 7 月 9 日刊。

《印度周刊画报》,1969 年 7 月 6 日刊。

《明日愿景》杂志,1939 年 11 月刊。

(韶光　译)

变化的人性面

美国科幻素有颂扬变化之名，而英国科幻却一直为变化而哀叹。这两种判断都过于简单化。很多美国小说都指出了进步带来的缺点，而很多英国小说也都朝着更加美好的世界敞开大门。对目前情况的发展前景的某一种预测是不是比另外一种更准确，只有未来本身才能做出判断。但是科幻小说越是靠近文学范式，它似乎就越是掉进C. P. 斯诺在他题为《两种文化》的演讲稿中提到的那种人文领域人士对于工业革命的态度之中，那种态度不比大声抗议好多少。

变化为更美好的生活提供了机会，但与此同时也提供了更大的、可能被滥用的力量。西方文明给世界的最为珍贵的礼物就是选择。然而，选择在某些情况下也是一种负担：供人选择的可能性越多，做决定就必然越难——而且做出一个差劲决定的可能性就越大。当然，前堕落论者认为人类在伊甸园已经做出了选择，而且一定会不断重复自己的错误，让自己所处的环境变得越来越糟而不是越来越好。

并不是所有科幻小说都是议论性的，有些小说是叙事性的。而即便是叙事也可以暗含着对于变化的态度，其实这些小说并不必须暗含这些。H. G. 威尔斯偶尔会在这方面露上一手，阿瑟·C. 克拉克在很多作品中都用到了威尔斯的这种风格，包括他在1953年创作的杰作《童年的终结》(*Childhood's End*)。但是在处理“变化对人类造成的后果”的主题上，鲍勃·肖（Bob Shaw）做得不比任何人差。他曾经写下他的技巧：“尽量少用业内术语，同时要着重突出联系性，将每一个虚构事件都联系到读者可以立刻认出、识别或者共情到的某类真实人物上。”

比如说，他的短篇小说《昔日之光》(“Light of Other Days”, 1966）在很多方面都很传统。文中提到了一种名为“慢光玻璃”的发明，光需要花费几年的时间才能穿过一块慢光玻璃，因此人们可以用它来看到过去。但是这篇小说用非传统手法引出了这个点子。小说确凿无疑地写出了这种发明的实际应用，即慢光玻璃农场。在那里，这种慢光玻璃片可以储存起田园牧歌式的风景，并作为“景观窗”将这些风景移植到公寓之中。但是小说本身是关于一次偶然事件及其影响的：慢光玻璃偶然捕捉到一幕人间悲剧，这个事件又影响了一对正处在离婚边缘的夫妻的生活和抉择。

与之类似，《你生命中最快乐的一天》(“The Happiest Day of Your Life”，也于1970年发表在《惊异》杂志上）是关于强化教育的。对于这个主题，也许很多作家都会致力于创作长篇小说，比如波尔·安德森（Poul Anderson）的《脑波》(*Brain Wave*, 1954)、H·比姆·派珀（H. Beam Piper）与约翰·J·麦圭尔（John J. McGuire）合著的《2140年的危机》(*Crisis in 2140*, 1957),以及我自己[1]的《造梦人》(*The Dreamers*, 1982)。但是肖仅用寥寥几百个词写就。人类知

1. 此处的“我自己”指的是“科幻之路”系列书籍的主编詹姆斯·冈恩。

识不断扩展、教育过程要延长到二十多岁甚至三十多岁，这些都说明更为优秀、更为迅速的教育方式势在必行。但是人类要为此付出什么代价？

鲍勃·肖，原名罗伯特·肖（Robert Shaw），非常擅长创作这一类小说。他于 1931 年出生于贝尔法斯特，对很多人来说，他的人生经历如同科幻小说中的情节。那时，信仰新教的阿尔斯特人和信仰天主教的爱尔兰共和军正爆发着无休无止的冲突，而英军还试图在二者之中插上一脚。从技校毕业后，肖先是在钢铁工业和飞机工业领域工作，也干过出租车司机，之后又作为记者，为贝尔法斯特的飞机和造船业长期从事出版和宣传工作。在 20 世纪 70 年代中期，他搬到了英格兰，成了一名全职作家。

肖的早期作品在 20 世纪 50 年代中期发表在苏格兰杂志《星云》上。1965 年，他重回写作事业，在《新世界》杂志上发表了一篇短篇小说，随后发表了《昔日之光》。这篇小说及其两篇续作结集出版为《过去的日子，过去的眼光》（*Other Days, Other Eyes*, 1972），但是肖出版的第一部长篇小说是《夜游》（*Night Walk*, 1967）。他其他更知名的书包括《轨道城》（*Orbitsville*, 1975）、《星之环》（*A Wreath of Stars*, 1976）、《谁来这儿了？》（*Who Goes Here?*，1977）以及获得了英国奇幻奖和英国科幻协会奖的《褴褛宇航员》（*The Ragged Astronauts*, 1986）。他将《轨道城》扩展为三部曲，即《轨道城》与之后创作的《离开轨道城》（*Orbitsville Departure*, 1983）和《轨道城审判》（*Orbitsville Judgement*, 1990）。

（赵佳铭　译）

你生命中最快乐的一天

鲍勃·肖

简·巴尼恩紧紧抱住她最小的儿子，眨了眨眼睛，缓和眼中突然而来的刺痛感。

这个8岁的小孩子温顺地依偎在她的肩头。他的额头干燥凉爽，他的头发满是清新空气的味道，让她想到了刚刚从户外的晾衣绳上取下的衣物。她感觉自己的嘴唇开始颤抖。

“看看她，”道格·巴尼恩带着满脸难以置信的神气说，“开始哭鼻子了！菲利普离开家去上学，如果要上好几年的话，她得什么样啊？”简跪下身子，把男孩抱在臂弯之中，道格抱住了他的妻子，轻轻拍着妻子的头，看起来很有学者派头，而且神情轻松。两个大一些的男孩颇为赞赏地笑了。

“母亲就是这样情绪泛滥的人。”10岁的博伊德说。

“在精神层面上，她有一种自我牺牲的倾向。”11岁的特奥多说。

简无助地怒视他们，他们用充满智慧的双眼回望着简，目光中饱含着简在他们去过捷径中心后最为痛恨的品质——那该死的、闪亮的仁爱。

“孩子们！”道格·巴尼恩尖锐地说，“对你们的母亲尊重点。”

“谢谢。”简的语气中不带任何感激。她明白，道格之所以训斥孩子们，并不是要尊重她的感情，而是为了纠正孩子们的早期缺陷，以防它们损伤孩子们正在成长中的性格。她抱着菲利普的胳膊搂得更紧了，菲利普开始不自在地扭动起来，让她意识到无论如何她都会在几年之后失去他的。

“菲利普，”她绝望地冲着男孩的耳朵低声说，他的耳朵冷冰冰的，“我们昨天看的那场电影里，你都看到了什么？”

“皮诺曹。”

“有趣吗？”

“简！”道格·巴尼恩分开了他们，动作几乎可以称得上粗鲁。“来吧，菲利普——我们可不能让你迟到，今天是你去学校的日子，也是唯一一天要去学校的日子。”

他拉起菲利普的手，他们走过捷径中心冰绿色的接待大厅中闪着微光、略带弹性的地板。简看着他们手拉着手混入了孩子和家长组成的人群之中。这些人聚集在培训室。菲利普的足尖有点拖沓，她很了解这种拖沓的步伐。她突然担忧起来，她感觉菲利普对即将发生的事情感到害怕，但是他没有回头看她。

“嗯，他去了。”10岁的博伊德骄傲地说，“我希望明天爸爸带他去参加实习——我需要他的帮助。”

“我的办公室地方更大。”11岁的特奥多说，“另外，新的信托人责任法案下周就要进行最终宣读，我马上就有一大批赔偿诉讼要处理。所以我比你更需要他。”

他们都是道格·巴尼恩律师事务所的初级合伙人。简·巴尼恩盯着孩子们冷静睿智的面容看了好一会儿，感到害怕。她转过身去，茫然地从他们身边走开，试着控制好自己，以防自己的面容扭曲变形，如同满脸泪痕的婴儿一般。周围到处都是一群一群的家长，他们都得意扬扬、踌躇满志。看到他们这副样子，简更难以控制住自己了。

终于，她找出了能逃离这个场面的唯一办法。捷径中心里有一间几乎废弃了的展览厅，她冲了进去，在那里，闪闪发光的三维投影和空洞的机械合成低音正展示着这所教育机构的辉煌历史。

第一处展区由两组文字组成。深蓝色的背景之下，淡绿色的文字在空中发出微光。传送带寂静无声地载着简滑过那些文字，简阅读着：

学问必须自己去钻研；
绝无可能从祖先遗传。

——盖伊[1]

要是盖伊能看到我们现在这个情况就有意思了。

——马蒂内利

下一处展区映出爱德华·马蒂内利的立体半身像，他是这所教育机构的创始人，也是一伙科研团队的领导者，完善了大脑皮层操控复合技术。一段在马蒂内利去世前几个月录制的原声录音开始在简的耳边嗡嗡作响，精准发送的音波让这段声音听起来近得令人震惊。

“知识已经成为人类的武器库中最主要的武器，也是人类为生存而战的主要盟友。此后，人类一直在寻找能够加速学习进程的方法。20 世纪中叶，人类社会的复杂性已经达到了这样的程度：专业人士

1. 英国诗人、剧作家。文中引用的话出自他的诗歌《驮马与搬运工》。

需要花费他们宝贵生命中足足三分之一的时间来吸收知识，不会产出任何成果，而且……”

简的注意力从那些悉心组织过的言辞之中移开了——这段录音她之前已经听过两遍了，而且那些没有感情的技术对她来说从来没有任何意义。对她来说，这所教育机构所采取的辅助性手段——多级催眠、心理神经复合药物、大脑中蛋白质通路的电子修正、多级记录——这些与最终的结果相比都不重要。

这个最终结果就是，任何被证明有足够智商的儿童都可以将所有正规的知识在比两个小时稍微长一点点的时间内植入脑海之中，而这些知识在传统的中学和大学中可能需要十来年才能学完。

一名儿童要想获得这种资格的话，他要有 140 以上的智商，并且他的家庭需要有足够的经济能力，可以一次性付清 10 年的传统教育所需要的花费。这就是为什么接待大厅的那些家长的脸上写满了骄傲，这也是为什么即便是道格·巴尼恩——他在冷漠淡然这方面是专业级的——会用坚毅明亮的眼光环视四周，那是一种功成名就的人才有的眼光。

他是三个完美无瑕的孩子的父亲，这三个孩子都有着天才级别的智商。道格成功地引导他的三个孩子通过了捷径中心的选拔程序，这道选拔程序挡住了非常多的人。很少有人能获得这样的成就，也很少有女人能有分享这样的成就的荣耀。

但是，简想知道，为什么这种事发生在我身上？发生在我的孩子身上？或者说，为什么我不能有道格那样的头脑？这样的话，捷径中心的培训也可以让孩子们更亲近我，而不是……

传送带寂然无声地载着她按照固定路线前进，动画展示也在令人信服地低声讲述着捷径中心相比于传统教育系统的优越性，那些教育系统老旧而又拖沓，如同犯罪一般地浪费资源。这告诉她小菲利普恰好出生在现在这个时代是多么幸运。在这个时代，依靠顶尖的人类科技，他可以在短短的两小时之内拿到荣誉法学学位。

但是，简正被深深地锁在绝望情绪的囚笼之中，什么都没有听到。

毕业典礼一结束，简就找了个借口离开了道格和两个大一点的男孩。在他们开始抗议之前，她就匆忙离开礼堂，回到车子里。车后座的塑料质座位被阳光烤得很热，热量透过只有一层薄薄布料的裙子传过来，让她很不舒服。

她点燃一支香烟，坐在车里，目光越过那道其他人的车子组成的弧线，它们排列整齐，在阳光下闪闪发光。简凝视着远方，直到道格和三个男孩走了过来。道格钻到驾驶座位上，男孩们钻进车子，坐在他旁边，大声笑着、打闹着。简坐在后座上，她感觉被隔离在家人之外。她没法把视线从菲利普整齐而光洁的脑袋上移开。从外表上看来，没有迹象显示出他的大脑已经发生了变化——他看上去和其他普通的、健康的 8 岁男孩一样……

“菲利普！”突然，她下意识地喊出他的名字。

“母亲，怎么了？”他转过头去。特奥多和博伊德听出了她的嗓音之中包含的情感，同样回头看过来。三张红润的、几乎一模一样的面庞注视着她，面容平静，又带着好奇。

“没事，我……”简痛苦地感觉到喉头发紧、言语哽咽。

“简！”道格·巴尼恩语气严厉、带着愤怒。他向前躬着身体，握着方向盘。他的指节透过皮肤泛着光，就像旧象牙的颜色。

“没事的，爸爸。”10 岁的博伊德说，“对于大部分女性来说，切断心理学意义上的脐带绝对是一种创伤性的经历。”

“不要担心，母亲。”菲利普说。他用一种古怪的、成年人的姿态拍着简的肩膀。

她把他的手拨到一边，热泪沿着她的脸颊流淌下来。这一次她没办法停止流泪了，因为她知道，就算不去看菲利普也知道，她8岁儿子的眼神一定是睿智的、善良的，也是老成的。

（赵佳铭　译）

女性闯进俱乐部

多年来，科幻小说似乎像英国的绅士俱乐部一样是男性专属，妇女只有在特殊场合才被允许占据一席之地。从最初作为杂志小说开始，科幻小说就是男人写给男人看的——或者像一些评论家说的，是由男人写给男孩看的。读者和作者大都（超过 90%）是男性，而女性作者往往雌雄难辨，她们会隐藏在男性化或中性化的笔名之后，比如 C. L. 穆尔（C. L. Moore）、利·布雷克特（Leigh Brackett）和安德烈·诺顿（Andre Norton）。

早期的一个例外是弗朗西斯·史蒂文斯（Francis Stevens），她的真名是格特鲁德·巴罗（Gertrude Barrow），然而她的作品出现在科幻杂志创办之前。直到第二次世界大战后，女性才以公开的女性身份出现在她们的个人和作品中，例如朱迪斯·梅丽尔、凯瑟琳·麦克丽恩（Katherine Maclean）、米尔德里德·克林格曼（Mildred Clingerman）、玛格丽特·圣克莱尔（Margaret St. Clair）和泽娜·亨德森（Zenna Henderson）。女权主义议题出现在 20 世纪 60 年代，当时的作家有厄休拉·K. 勒古恩、安尼·麦考菲利、基特·里德、乔安娜·罗斯、凯特·威廉和帕梅拉·佐林。不过，和女权主义文学批评一样，女性科幻文学要到了1970年代才结出累累硕果，涌现了一大批女性科幻作家。就像帕梅拉·萨金特（Pamela Sargent, 她自己就是这些作家中的一个）在《神奇女性》（*Women of Wonder*, 1975）中提到的，冯达·N. 麦金太尔、露丝·伯曼、切尔西·奎因·雅布罗、雷琳·穆尔、丽莎·塔特尔、格兰尼娅·戴维斯、琼·贝诺特、叙泽特·海登·埃尔金、卡罗尔·卡尔、多丽丝·皮塞彻亚、林·尼尔森、麦琪·纳德勒、菲利斯·麦克伦南、苏丝·麦基·查纳斯和其他人。萨金特在《神奇女性续编》（*More Women of Wonder*, 1976）中补充了琼·D. 文奇、马尔塔·兰德尔和埃莉诺·阿纳森。在《科幻小说新百科全书》（*The New Encyclopedia of Science Fiction*）中提到了C. J. 彻丽、原名爱丽丝·谢尔顿的小詹姆斯·提普奇、伊丽莎白·A. 林恩、菲利斯·艾森斯坦和奥克塔维娅·E. 巴特勒。

在英国，女性科幻作家更为罕见。她们的出现完全是战后才有的现象，甚至在战后又延迟了许久，直到20世纪60年代才涌现出来。其原因可能要归于直到二战以后，英国科幻杂志的作用都非常有限，由于科学传奇在英国传统文学谱系上的地位，科幻小说被认为是美国的类型文学，以及在那之后，摩考克的《新世界》所产生的广泛的文学影响。

《科幻小说新百科全书》在关于“女性”的条目中列出了18位英国科幻女作家，另外还有两位来自新西兰。在这些战前的作品中，要么是偶尔创作科幻作品的主流作家，要么是单一小说作家。如笔名为默里·康斯坦丁的霍顿斯·卡利舍尔、露丝·麦考利和艾拉·斯克里穆尔。类似的战后作家还包括玛戈特·贝内特、克里斯汀·布鲁克-罗斯、苏珊·库珀、马德琳·杜克、简·加斯凯尔、安娜·卡万、笔名为简·莱恩的伊莱恩·达克斯、多丽丝·莱辛、娜奥米·米奇森、艾玛·特南特和菲利斯·玛丽·沃兹沃斯。在列出的英国科幻作家中，只有希拉里·贝利、安吉拉·卡特、玛丽·延特、塔尼斯·李和约瑟芬·萨克斯顿的作品在科幻领域有重要影响。

约瑟芬·萨克斯顿（Josephine Saxton）是这群人中年龄最大的，她也最早开始写作。她出生在约克郡的哈利法克斯，在哈利法克斯读中学，1965 年开始在《科学幻想》上创作科幻小说《长墙》（“The Wall”）。之后，她又写了一系列小说，大多发表在《幻想小说，科幻小说和夸克》（*Fantasy and Science Fiction and Quark*）上，也进入了包括《轨道》（*Orbit*）、《又见危险幻象》（*Again Dangerous Visions*）、《宇宙》（*Universe*）和《新维度》（*New Dimensions*）等美国选集，其中《时间的力量》（“The Power of Time”，1971）出现在《新维度》的第一卷中。

她的前三部长篇小说也在美国出版，即《山姆和安·史密斯的圣婚》（*The Hieros Gamos of Sam and An Smith*, 1969）、《七人飞航》（*Vector for Seven*, 1971）或者叫《阿米莉亚·莫蒂默夫人与朋友的世界观》（*The Weltanshauung of Mrs. Amelia Mortimer and Friends*, 1971）和《集体盛宴》（*Group Feast*, 1971）。《圣女贞德的苦难》（*The Travails of Jane Saint*, 1981）和《众国女王》（*Queen of the States*, 1986）由伦敦维珍出版社出版。《时间的力量》（*The Power of Time*, 1985）和《圣女贞德的苦难和其他故事》（*The Travails of Jane Saint and Other Stories*, 1986）收录了她的一些故事。她的最后三本书，包括《圣女贞德的反击：圣女贞德的更多苦难》（*Jane Saint and the Backlash: The Further Travails of Jane Saint*, 1989），还有《意识机器》（*The Consciousness Machine*, 1989）和一本非科幻合集《地狱小探：美食与假日怪谈》，都由伦敦女子出版社出版。尽管她写道“我拒绝被贴上标签……”她接着写道：“如果我进入出版业的唯一途径

就是被贴上标签，那么我就是一名科幻作家。”

约翰·克鲁特在《科幻小说百科全书》中评论说，萨克斯顿的故事“更接近超现实主义或荒诞主义叙事”，而玛琳·S. 巴尔（Marleen S. Barr）在《20 世纪科幻作家》中说，“萨克斯顿关注的不是奇异的行星和外星生物，而是人类如何面对自己荒谬的世界。”与典型的权力幻想不同，她的小说强调人类存在的某些方面，这些方面既有限又荒谬。

然而，《时间的力量》显然属于科幻小说的类型，这不仅体现在它对未来的定位和对科技的运用上，还体现在它的推测上：人类将大规模迁往群星，把地球留给那些“温柔的人”——那些贫苦的少数族裔。然而，那些温顺的人现在充满力量，可以实现他们最美妙的梦想。在《时间的力量》中，萨克斯顿将“百分之一”或者说顶层人物的经历，与她那位赢得了一周纽约之旅的远祖的经历相比较。这与约翰·布伦纳的《富可敌国》形成了鲜明的对比，在那篇故事里，一位妇女努力想要实现一个不可能实现的梦想。

（朝朝暮暮　译）

时间的力量

约瑟芬·萨克斯顿

“如果你往好处想，这事情也没那么难，”我对莫霍克人[1]的首领“飞天蜘蛛”说，“你们部落是这方面的专家。你们所要做的就是把各部分标上数字，把它们编译成复杂的多维电脑拼图，测量土地，预先做好准备——新的污水处理系统等等，往特伦特河还有索尔河里灌水，形成一个岛屿——唉，来吧，‘蜘蛛’，你能行……”

我从没有想过我的权力大厦能与他成长并赖以生活的权力大厦相互作用。他十分强大，他的部落已经为此努力工作了500年，其他部落也是如此。曾几何时，飞天蜘蛛的祖先还只是少数族裔，他们在纽约街道的高空工作，建造更高的建筑，修理、清洁，做那些别人不愿做也做不了的工作。莫霍克人攀上了高处，自然而然。

是的，飞天蜘蛛的确很强大，他拥有整个曼哈顿岛。他的祖先仅得到价值24美元的小饰品，就把曼哈顿岛给卖了。而他却用难以想象的总价把它买了回来。他不仅拥有土地，还拥有每一栋建筑的每一寸土地，以及土地上的所有公司，除了坐落在帝国大厦11楼的

1. 位于北美最东侧的印第安部族。

杜邦公司。杜邦公司有一个特殊的许可权，能在其他任何订单之前，优先免费制造所有的部落服饰。比如蜘蛛，他总是穿着全套礼服，有着华丽的羽毛，而且防水防污。你可以把墨水泼在他身上，等干了以后，墨水就会消失无踪。这并不是说谁会这么做，没人会对飞天蜘蛛如此无礼。

蜘蛛非常强大、富有，而我也一样。这世界上大约只有 100 个人像我们这样富有，都是以前被压迫的民族和群体的后代，就像大约五代人以前，我的曾曾祖母是英国疯狂主妇联盟有限公司的秘书。这就是我所说的进步，我的意思是，在大移民之后，在地球上总共剩下的大约 1 600 万人当中，我最终成为世上的精英之一。其他所有人也都过得挺好，但由我们这 100 位顶尖人物来决定，他们生活能好到什么程度。我不仅想要压过蜘蛛一头（这只是我们的一种爱好，我们互相买卖东西，然后再证明那些东西比付出的价格更具价值），我自己的确想要曼哈顿岛。我们家一直对曼哈顿情有独钟，尽管原因说不清道不明，但它对我们来说是一块圣地。坐在母亲的膝上，听曼哈顿的故事已经成为家族传统，但我从未去过那里。是的，我知道这听起来有点奇怪，如今出门旅行易如反掌，反重力飞橇只需半个小时就能把我送去那里。但我不仅有钱有势，我还有着英国人特有的怪脾气。你可能对此并不了解，但就我而言，我就永远不会离开我出生的那个村子。我对旅行毫无兴趣，三维电视足以让我体验外部世界。我想要的一切都在东莱克，那里是古不列颠人的保留区。那是一个经历了两次大发展的小村庄，第一次是在 13 世纪，当时村子是围绕着教堂建造起来的。第二次是在 20 世纪左右，当时他们在村里增加了几千座可怕的房子、一座超市、一座为认字的人准备的图书馆、一个为那些孤独而无聊的疯子准备的健康中心。我当时想，只有上等人和脾气古怪的人才能在这样的地方生活下去。

所以在那种情况下，我受困于某种怪癖也就不足为奇了。这是一种对某种我从未见过之物的怀旧之情，某种来自某位女性祖先，几乎算是遗传而来的东西——据说她实际上曾去过那里一次。我保存了她的一对假睫毛，镶在璐彩特里，看起来像水下的毛毛虫……从前的人们有时品味非常奇怪。

我最好现在就把它解释清楚，免得你不明白。我想做的是买下整个曼哈顿岛，再把它在东利克村的旧址上重建起来，就在英格兰诺丁汉和拉夫堡之间的地方。这只需要正确地标记好每一块土地，然后把A块土地粘贴到B块土地上而已。

“好吧，好吧，这有些麻烦，我会处理的。所有这一切，包括居民在内，都在六周内搞定，全部恢复原样，可以吗？”

“正合我意，蜘蛛。那是你们最早的交货日期吗？”

作为“疯狂主妇联盟”的秘书，她打完了当天的最后一个字母。透过诺丁汉花边上的曼荼罗棉布窗帘，她朝窗外看了一会儿。邮递员应该到了，多送来点信件吧，请多送来点信件吧。她真的收到一封信。

> 恭喜您赢得纽约一周游。您准确猜中了一吨“甜蜜糖心”的糖果数量。当然，是去除了其中附带的塑料火鸡之后的。我们的代表将与您电话联系，为您安排订票及陪同服务。

在最初的震惊和忙乱之后，她们满怀嫉妒地道别，热情地亲吻。这里面既有对忠诚的绝对信任，也有对信任的背叛——毕竟她是一个漂亮的女人，伴游人员们都安排好了，轮番护送她出游。她要在曼哈顿待上一个星期，那里有崭新的衣服，可爱而实为二等货的鞋子，许多精心维护健康和美貌的人们。这位幸运女士飞上了 3 万英尺的高空，远远高出其他疯狂主妇们的闲言碎语所能及之处。她害怕坐飞机，心里充满了愚蠢的担忧和烦恼。但是坐在她旁边的那个人，真是个爱吹牛的唠叨鬼，一直向她吹嘘在希腊小岛上待一个月是个什么滋味，逗得她乐滋滋的。噢，她想，要是能成为一个富有而又经常旅行的美国人，那肯定很棒。他会在纽约稍作停留，欣赏一些外百老汇戏剧，吸收点文化，他说人们不能让思想停滞不前。她暗自思忖，对他来说已经太迟了，但还是大声用美式英语说道："不，先生。"

飞机降落在肯尼迪机场，现在她脚边放着两个手提箱，手里抓着钱包、雨衣、护照、机票，一个人站在那里不知所措。这地方的人多得前所未见，气温有九十多度[1]，空气也湿漉漉的，她浑身刺痛。她既怕又热，因为她感觉到一种可怕的东西。那是什么，是某种邪恶之物吗？这里的空气中到处振动着这种气息。比赛的组织者来了，用一辆黄色出租车把她接走了。司机是一位高大英俊的黑人男子，开起车来如入无人之境。路上的噪声令人难以置信，汽车喇叭一直响个不停，轮胎摩擦地面，发出刺耳的声音——她在英国从没听到过这些声音。但在美国，人们似乎转弯总是只用两个轮子和刹车，到处都是人们的呼喊声、交通的隆隆声、地铁的轰鸣声、警笛长鸣。警笛声，代表正有谋杀案发生吗？可能是吧。在她看来，她能闻到、听到地狱正在颤动，她像是能看到这一切是如何形成的。突然有一天，那深渊上的盖子被压碎了，所有这些都从地底渗了出来，化为实体，成了这座城市。她想回家，真希望自己从来没有来过……

---

1. 此处指华氏温度，华氏 90 度大约相当于摄氏 32 度。

但她一直没把这些大声说出来，她一直微笑着、看着、问着，让假睫毛上下翻飞。他们提供的酒店房间干净、舒适，而且太热了。她期待着一早就能被带到第五大道的服装店，然后在卡内基音乐厅附近的俄罗斯茶室吃午饭。一夜无眠，要说为什么，她觉得晕晕乎乎，又对一切充满了新奇的感觉。她不明白这是怎么回事，但那其实是因为时差。她的家和家人已经像褪了色的照片，模糊不清。经过第二天的休息，一切都好了起来。

午餐里有一道薄饼，里面塞满了山羊奶油芝士、鱼子酱和酸奶油，还提供伏特加。她开始觉得好些了，成了许多陌生人的焦点，一切都很愉快。那天的伴游人员迷人而聪明，留着金色的丝滑胡须，举止无可挑剔。他们讨论俄国文学，她庆幸自己很久以前费时读过《罪与罚》，所以才能记得一些连他都记不起来的细节，从而让自己避免显得愚蠢。他告诉她，枝形吊灯上的反光球是六年前挂上去的圣诞装饰品。所以，这些美国人也是容易出错的普通人，虽然这地方是俄式的。当然，这里并不全都是噪声、匆忙、喧闹和罐头食品。

下午他们去参观东五十七街画廊，他介绍了一场动感艺术展。一个玻璃球立在黑色的立方体上，在玻璃球内部装了一个长长的对称霓虹灯，来回运动，有规律地变换成红色或蓝色。她发现那东西特别催眠，又引人注目。它试图在鸣叫声之间对她说些什么——买下我，带我回家。但买下它要花一大笔钱，而她打算把由奖金得来的钞票，花在服装和化妆品商店里。女人不需要雕塑——她自己就是一件雕塑品。她不太明白这种折磨人的恭维话有多么无礼，按照原计划跟着伴游人员离开了。

这座城市很棒，一切都令人兴奋。地球上再也没有其他地方能与之媲美。这本身就令人兴奋。

“是的，当然，蜘蛛。这地方很完美，山底下正好有个废弃的石膏矿，占地面积约 300 平方英里。你可以随你喜欢利用它们，挂接上新的下水道和地铁，小事一桩。我想说，东利克造在一个巨大的洞穴上，你根本不需要爆破，就像造在百年岩石上一样坚固。地面沉降甚至都不会让墙纸出现裂缝。你并不需要淹没诺丁汉来实现这一切，我今天早上才和勘探人员谈过。你看，一点问题也没有，放心吧。下面 11 楼的杜邦公司会找麻烦？那就给他们建一个带电梯的混凝土地基，当整栋大楼被运过来以后，再把杜邦公司的地板放那上面去，他们就会拥有在法律上有权拥有的一切，但谁还会在乎呢？如果有其他人抱怨要搬来英国，就提供他们同样的待遇，告诉他们可以留下来。他们会明白过来的，他们留在曼哈顿荒岛上，还能做什么生意呢？”

我真的很喜欢这个想法，就在我和蜘蛛签订协议的几天之后，这主意已在我脑内成型了。我不得不卖掉芬兰数千平方英里的土地，但我从没有打算去那里，所以我一点也不在乎。我从未去过曼哈顿，而它向我而来了！我和镇议会把计划整理好，开始疏散该地区的所有居民，当我们真正得到测量数据时，要疏散的包括西莱克、萨顿伯宁顿、霍顿、考斯托克、斯坦福和邦尼的一部分。但正如我向他们指出的——他们会有什么问题呢？他们会从中受益，我会确保每个人都能得到比他们离开时更好的房子，将会造起新的工厂和商店，他们的整体生活水平都将会提高，更别说提供给每个人的退休金了，而不仅仅是补偿给房东的。他们可能还是生活在保留地的古代英国人，但如果价钱合适，他们会愿意讲道理的。当我和他们谈完以后，他们都已经等不及让亚音速破拆机来荡平一切了。

大家退后！警报声响彻整个舍伍德森林，整个舍伍德都在颤抖。然后，那种奇怪的嗡嗡声很快就变成一片寂静了。根据我的需要，整个区域都变成了尘土。当然，这些灰尘都被吸到了我在约克郡的灰渣砖工厂里去。“我可能会制造混乱，但我不喜欢浪费。”我对飞天蜘蛛说。他对我的做法钦佩不已。

“我真的相信你是个天才。”他对我说。我想，这就是进步。他曾经认为我不喜欢旅行、缺乏冒险精神、神经过敏、不擅长做生意。我们第一次见面才过了几个星期，他的这番恭维使我大为鼓舞——他说话很有分量。

她很喜欢和那天的伴游人员待在一起，他是一个身材高大的年轻人，穿着标新立异的衣服，留着奇特的发型。他咧嘴大笑，有些让人害怕，但她并不害怕。他用招待方的户头，给她买了很多伏特加和堪培利酒，当她环视这个城市时，她觉得自己爱上了这里的一切。这种气氛，就像在结婚前她跟丈夫出去玩乐的夜晚一样。那后来又发生了什么？曾经，他们之间有过这样美好的时刻，感觉良好。

“好吧，如果杜邦公司不过来，这意味着到帝国大厦顶上只有119层了，那么我就必须把它建在山顶上，建在阿达斯特拉大楼那里，你知道吗？这是个合适的名字，不是吗？是的，我坚持这样，我想让它和原来一样高，高出海平面之上，比它原来的位置还要高。想想这景色吧！天色晴朗，我可以远远眺望北安普敦或德比，这取决于我朝哪里看。不，我对其他更高的建筑不感兴趣。帝国大厦具有历史意义，这就是为什么我认为应该小心保护它——而且以后也必须这样。顺便说一下，往新的河道中灌水做得很完美，环绕新曼哈顿的水体形状没有丝毫不同，现在水流的方向完全正确，明天你就可以坐上渡船，检查隧道和桥梁的关卡是否排列正确，比如宾夕法尼亚轮渡现在对应北威尔士轮渡。我们收费两便士左右，晚上人们会从爱丁堡开车过来坐渡轮。我想，那一定非常壮观。”

蜘蛛和我在一起很开心，我可以从他的笑容里看出来这些。他喜欢有想象力的女人。他告诉我，这座城市已经支离破碎，按照重建的顺序被保存在帕利塞德和波科诺斯，整个街区都装在反重力飞橇上，正在穿越大西洋。在我禁止使用亚音速破拆机的整片森林里，他们还是不得不使用那些东西。但蜘蛛说，如果我想要早些交付，就必须使用仓库和穿梭机。附近其他任何地方都远远不够用。我要求尽快开始重新植树的工作。

我坐上一辆双座飞橇，去观看帝国大厦地基在我特别指定的地方重新铺设。我在附近徘徊了好几个小时，简直无法解释自己为何如此害怕。我把这归因于兴奋。毕竟，我的所作所为并不是一件小事，这是有史以来的第一次。那天晚上，我失眠了，尽管我睡在东河——原名特伦特河——上由我建造的豪华船屋里。那是我知道的最舒适的地方。好几个晚上，我都睡不好觉。船屋是隔音的，把外面整天不绝的工程噪声隔绝在外：反重力飞橇把下一片地块拼图搬进来、玻璃纤维和老式混凝土搅拌机的大军、脚手架、喷灯、起重机、卡车、钻机，还有其他机械。不，我不是因为噪声而失眠的。每天，我都飘浮在这座不断发展的城市上空，充满乐趣地对比街道和地图。刚开始它看起来像浮藻和地衣，四方形的蘑菇正在发芽，但随着时间的推移，它迅速呈现出连贯的形状。明亮的黄色晨光会在一架又一架飞机的玻璃上反射回来，一些较小的建筑物甚至飘扬着旗帜，人们开始搬进来。每个小时，都有一辆新飞橇抵达，家具、箱子和人们开始安顿下来，他们回到自己的住宅、商店和办公室里。窗户上出现了人脸，人们想看看新地方的景致。大多数人似乎都很失望，因为他们看到的景色和以前丝毫不差。住在西 88 号公寓里的一位老人抱怨说，我们害死了他的猫。他指责我们把他的金合欢树栽错了地方，因为他的猫习惯了从5楼的窗户跳到某段树枝上，而它第一次在新地方试着这么做时，就摔死了。我们向他展示了方案详图，证明每一块石头都摆在原来的位置上——那猫一定是技艺生疏了。对此我很遗憾，但地面上的一切都和以前一模一样。在地下造了一个新的污水系统，里面有一个内置的捕鼠系统。这当然是我的主意，我花钱弄出了这项发明。支付足够的钱，人们就能发明任何东西。所以，这里不会再有老鼠和管道泄漏了。我觉得曼哈顿人会喜欢我的，即使是这样，他们似乎也不太不安。他们的生活将一如既往，如果他们想去美国度假，我会支付相关费用。我把所有这些细节都想到了。

我特别喜欢看高空作业者。他们比猫强，高度吓不倒他们。男性和女性都从事着类似的工作。蜘蛛的部落当然不需要工作，但这是一个传统，他们喜欢这项工作。

大家伙竖起来了，激动人心的时刻终于过去。我飘浮过去，身后映起炽热的夕阳，暮光反射到我身上，就像猩红色的血迹。天空湛蓝，我来回穿梭，眼前闪过一遍又一遍这样的景象。直到夜幕初临，云层变得绿油油的。我从我的玻璃塔里下来，脑海中满是狂喜，我已经拥有了史上最美丽的城市。那天晚上，我躺在床上，觉得好像有人想对我说些什么。但我知道自己太累了，就没有理会那些。我黎明前起床，朝窗外的河边望去。在小岛附近的某个地方，应该有一个叫作自由女神像的东西，但是我忘了把它包括在协议里。说到底，我想，谁想要那么巨大的一件雕塑品呢。如果我想要艺术，我已经拥有了整个古根海姆博物馆和里面所有的东西。

我必须承认，当时我对整个项目有点沮丧，但我把这归结为长时间的不耐烦，这让我感到不舒服。要实现一个梦想，六个星期似乎很长了。但就像蜘蛛说的："你不会想要大通银行跑到巴特利公园里头，或者宾州车站跑到自然历史博物馆的大象底下，没错吧？”他能让我冷静下来。他说：“这是安排好了的。”他就是这么说的。他说服力胜过我，但论创造力还是我强。

“这件事结束后，我们下一步怎么办？”

“你有些什么建议？”我若无其事地说。

“我们合并怎么样？”我耸了耸肩，但并不粗鲁，我暗自乐坏了。与飞天蜘蛛的合并是一个伟大的项目。就好像我做了几个世纪的梦，突然成真了。

还剩下两天的观光之旅，她感觉很好。她不知道自己怎么会认为这个城市可怕，现在看来绝不可能。她坐在一家很棒的餐厅里，由一个男伴陪着，喝得有点醉，非常开心。男伴令人愉快，非常迷人。他倒了一些她不习惯的陈年红酒（“实际上，我们家通常会喝上几杯廉价酒”），然后他们就着红酒吃鱿鱼，再蘸满美味的橄榄酱，沙拉太完美了。他们吃着水果沙拉冰激凌，接着喝上美味的咖啡，她真觉得快活极了，快乐，幸福。她的同伴很漂亮，皮肤晒得恰到好处。她问他在哪儿晒的，他笑了笑，一点儿也不生气。他的古铜色皮肤不是晒出来的，他是一名纯正的莫霍克印第安人。白天，他在高高的横梁上高空作业，他做陪游工作只是为了挣点外快。他的妻子病得很重，医药费很贵。但是，他说，他们还是别谈这些了。他有很不错的东西展示给她看，在65楼彩虹厅。透过巨大的窗户，他展示给她看极其美丽的景色。不知怎的，就在那一刻，他们的双手就紧紧地牵在了一起。她被眼前的景象惊呆了，几乎不能呼吸，眼前的景色太漂亮了。雾气在他们身下的峡谷里盘旋，帝国大厦正朝着他们逼近，气势汹汹、奇形怪状，就像来自外太空的昆虫，像是天空中一件闪闪发光的珍宝，正朝大地上降落，越来越近。她向它摊开双手，被神秘而不真实的建筑所震撼，她情不自禁地爱上这个伪装成现代风格的奇特的哥特式建筑。她深深地希望能来这里永远住下去。她爱这个地方，也感到被宠爱着，就像在家里一样。

“飞天蜘蛛酋长”为货物延期一天交货而道歉。这都怪杜邦公司，他们在最后一刻才决定搬家。所以必须解决的问题就变成，如何把他们的办公室重新搬回大楼里面。我想出了一个独特的主意，把杜邦公司放在几层反重力飞橇上漂洋过海，这些飞橇都是由电脑控制的，这样就不用担心在漂浮运输过程中，整体会下滑几英寻那样的问题了。杜邦公司讨厌浪费工作时间，而我希望他们能尽快投入工作，所以我觉得办法很明显，就是要把整件事情一次性搞定。打字机和电脑照常工作，我给他们安装了临时短波电话，电梯门装上了双层锁。大约有 1.5 万辆飞橇被系在从 12 层以上到大楼顶部之间，激光正好从第十层的天花板上切过。在预定时刻，大楼就垂直地面飞了起来。真的，杜邦公司仍然电话繁忙，连一滴咖啡都没有洒出来。服务重新联网，所有的东西都检查过了，非常合适。我让他们用钢条和电磁铁把某些地方固定住，使连接处比原来更为坚固。所有的窗户都进行了变形测试——我们可不想让玻璃炸开，但任何地方都没有受到压力。蜘蛛认为我很聪明，能想到这样一个主意。而我觉得它也很聪明，能帮我实现这个梦想。合并后，我们觉得我们会做一些震撼世界的事情。

接下去就只是一些细节问题了，比如确保所有新通勤者们的家都令人满意——绝大多数人似乎都喜欢英国乡村风格。

地铁已经在轰鸣，我对这一切非常满意。

那天晚上的男伴很不错，他先带她出去吃晚饭，然后再带她去看戏。他们要去外百老汇剧院看三出独幕剧，她非常期待这个晚上的演出。（就像飞机上的那个男人说的，在回家的路上吸收一些文化回去。）她特别注意了一下自己的外表，她想起自己经常在家里也这样做，而自己的丈夫却熟视无睹。她对他的思念一天比一天淡，一想到要回到那个乏味的村庄，回到“疯狂”的秘书工作、家务和孤独的主妇生活里去，她就感到恐惧。但她告诫自己不要自私，不要愚蠢，因为这只是一次旅行而已，她只是走了好运，自私和贪婪的人要冒着失去一切的危险。

整个晚餐时间，她告诉男伴，前一晚当她站在第65层的狂喜的状态。她一边享用着放在冰上的蛤肉、浸泡在黄油里的软壳蟹，一边不得体地喋喋不休地诉说着纽约和曼哈顿的绝妙美景。直到帷幕升起，第一幕开演为止。在这段时间里，她向男伴讲述着昨晚的男伴，直到她看到他脸上露出一丝会意的微笑，她才明白过来，脸涨得通红。他是拿了报酬才如此殷勤体贴、善解人意的，她觉得自己既无聊又轻率。

当她坐出租车回家时，莫霍克人穿着工作服正等在门口。她毫不犹豫地邀请他进了她的房间。

他们不断地接吻，然后一起摇摇晃晃地躺了下来。是的，他们心意相投，他们相爱了。不，他们心知肚明，他们之间不会发生任何事情。他们对此无能为力，他的妻子病了，需要他。她的丈夫在家里等她。那是她一生中最为之冲动，也最可怕的时刻，她找到了那个真正的知己，却又失去了。她能控制住自己的感情，但她觉得这些感情从内心深处燃烧起来，永远无法愈合。

他默默地离开了，她既没哭也没睡。黎明时，她在一家药店里喝着咖啡，想出了一套能让痛苦和爱恋互相转化的公式。她把所有的爱都献给这座城市，永远，永远。她的痛苦变成了一种喜悦，城市里每一个醒来的声音都给予她欢乐。她确信，现在再没有什么能让她伤心了。

蜘蛛给我打电话："这些都是你的了，连下水道里的垃圾和蟑螂都是你的了。你想逛逛吗？"我拿起那块嵌着假睫毛的璐彩特硬块，我发誓那玩意儿在动，像是在爬行或是眨眼。我不得不笑了，我累坏了，但又觉得精力充沛。成就感对神经系统的作用真是惊人。我放下镇纸，对蜘蛛说不，首先我想做一件事。我有一种疯狂的渴望，想去看看曼哈顿岛上一片荒凉和光秃秃的样子。他吓坏了。

"你第一次走出自家后院，你要去看的居然是——一切都发生在这里！你成功了，你得到了你想要的。我花了那么多力气就是……"

"我懂，我懂，这只是我的感觉。我想要这么做。"我挂了电话。我对合并感到紧张，我们联合起来的力量可能太大，我们联合起来能完成可怕的事情。在电视上，他们采访了新泽西和周围一些地方的前住户，显然他们对故土没有太多的伤感。天气是唯一的问题，我正在处理这事。我想要的是像真正的纽约那样四季分明，而不是那种英国式的温吞气候，让你总是搞不清楚现在是什么季节。

一切都安排妥当，都是我的了。公司将召开正式会议，签署合并协议。出发前我给蜘蛛打了个电话。

"顺便问一下，你打算怎么处理纽约市的遗址？"

"我想我可以做一个古印第安人保留地……"

"待会儿见。"我笑着说。

一路上每分每刻她都醒着，直到回家。这趟航程妙不可言，跑道灯发出鲜亮的蓝光，从空中俯瞰城市的灯火，一场电闪雷鸣的暴风雨，黑绸般的云雾在飞机的双翼被撕裂。整个天空都被照亮了，就像她突然发现的新欢。坠入云端，就像失去了它一样。然后飞机直接向满天繁星飞去，前面有着一朵浓稠得好像玻璃液的白云，其中能看到的仅有最后一颗明星。她想到自己最后一个爆炸性的念头，她在想他，去想可能会发生些什么，然后又将这念头付诸外头的黑暗，因为如果她不这样做，可能就会发生某种极其可怕的事件。

我在曼哈顿这片荒凉的土地上徘徊，不明白自己为什么要来，这太愚蠢了。这地方既沉闷又鬼气森森，地面一片平坦，满是尘埃。我用了不到一个小时，就赶回家了。我没有马上着陆，但决定先好好看看这个新地方。当我第一眼看到它的时候，我以为我是因为睡眠缺失出现了幻觉。城市的天际线在颤抖。愚蠢地来回移动。然后我开始向人们大声警告，那些不可能听到的人们。建筑物向侧面倾倒，我险些被伍尔沃斯大厦的钢制圆顶砸到，它像火箭一样从我身边滑过，在深渊的某个地方炸成瓦砾。我把飞橇扶正，开始兜圈子、打转，我把控制开关调到自动避碰状态。显然，石膏矿塌陷了。矿顶已经坚实矗立了千年，但这次毕竟太过分了。所有的工程师和顾问都曾说过，它会成功，会很好——但他们错了。也许是亚音速破拆机造成了看不见的损伤，也许是我想让那个大家伙建在山顶上，那里正是洞穴顶最薄的地方。我在飞橇上什么也听不见，但我能想象。所有的尖叫、叫喊、哭喊，怀疑和恐惧的大叫，输电线路撞到地铁上产生的爆炸的回声。到处都烧了起来，煤气泄漏，建筑下沉，它们就像水果一样互相撞击。黄色的出租车就像砖石下的甲虫，喇叭在咆哮，然后一切都被向下吸去。上千英尺的白色石膏迸射而出，漫天飞舞，落到数英里内的黄色黏土上。巨大的压力使 10 英里外的比肯山抬出海平面 3 英尺——这些英国最古老的岩石要再过 100 万年才能变平。

我把飞橇开了回去，发现周围满是巨大的风和闪光，红色和蓝色，爆炸，日落，灰尘，火和电，有人造的，也有自然的，然后我看到了在寻找的目标——帝国大厦栏杆上的蜘蛛，他向我招手求救。大楼在来回晃动，我把自己在座位上系好，打开了舱顶。上升气流和尘埃几乎让我不能呼吸。我听不见他说话。我向他伸出手，一次又一次地尝试着，我尖叫着让他跳过来，但我忘记了飞橇的自动躲避功能。他跳进空中，我向上飞了起来，看着他不断下坠的身体，猛烈地坠落下去。我留下来看着这个岛沉下去，就像一个大坑的盖子被掀开了一样，空无再次占领了它自己的地盘，这是一声胜利的咆哮、一场贪婪的吮吸，大地渐渐闭合，这个深渊吞噬了它应得的一切。

那是地球上很久以前的事情了。我移民了。身无分文，无亲无故，无家可归，别无选择。我现在什么都没有了，毫无力量。我那时也没有。从来就没有，否则我应该能让一切截然不同。

（朝朝暮暮　译）

新图与旧浪

金斯利·艾米斯代表了英国科幻的异类，作为一个主流作家，他深爱传统科幻，却对新浪潮实验不以为然。这位名家因社会喜剧如《幸运的吉姆》（*Lucky Jim*, 1954）而蜚声文坛，该作品也为他带来了“愤怒的青年”[1]之称。1959年，他通过普林斯顿大学的克里斯蒂安·高斯（Christian Gauss）系列讲座，用自己在主流文学界的名誉为经年挚爱的科幻做出了贡献。

这些讲座被整理为艾米斯的1960年专著《地狱新图》；它们为科幻确立了文学地位，而这可能也为科幻被纳入学术范畴，进入大学课程做出了贡献。与每月好书书友会颇有渊源的克利夫顿·费迪曼（Clifton Fadiman）与巴兹尔·达文波特（Basil Davenport）将自己的名字（和肖像）展露在了《奇幻与科幻杂志》的封底上，也各自在自己的选集中辑录了几部科幻作品。达文波特还撰写了一部短小的论著《科幻寻踪》（*Inquiry Into Science Fiction*, 1955），并为1957

1. 特指1950年代一些在作品中表现出愤世嫉俗情绪的英国青年作家和评论家，得名于约翰·奥斯本的剧作，对标美国“垮掉的一代”。

年在芝加哥大学举办的系列讲座做了导论，该系列讲座由海因莱因、西里尔·科恩布鲁斯（Cyril Kornbluth）、阿尔弗雷德·贝斯特（Alfred Bester）和罗伯特·布洛克（Robert Bloch）担任讲师，并被辑录为书籍《科幻长篇小说》（*The Science Fiction Novel*, 1959），但该书籍仅由一家粉丝出版社进行了少量发行。1970年代，主流文学作家罗伯特·斯科尔斯（Robert Scholes）与莱斯利·菲德勒（Leslie Fiedler）将关注点转向了科幻，斯科尔斯在巴黎圣母院做了一系列演讲，最终被收录为书籍《结构性寓言小说》（*Structural Fabulation*, 1975），他还与埃里克·拉布金合撰了《科幻：历史、科学、愿景》（*Science Fiction: History, Science, Vision*, 1977），与菲德勒合编了选集《清醒梦中》（*In Dreams Awake*, 1975）。

《地狱新图》与艾米斯本人的小说创作同样聚焦于科幻作为讽刺作品和社会批评的价值。随后，艾米斯又与罗伯特·康奎斯特合作编纂了一部颇具影响力的作品集，取名为《光谱》，该选集于1961年至1965年间发行5期，所选作品大多集中于美国科幻及《惊异》杂志刊载的小说，这也再次证明了艾米斯对传统科幻的热爱。

与许多同时代的人一样，艾米斯最初接触科幻是在当地的伍尔沃斯商店，那些旧货架上贴着“扬基杂志：趣味阅读”的标签。1981年，他编撰了一部致力于科幻黄金时代的选集。在《永恒之镜》（1970）中，艾米斯为科德威纳·史密斯（Cordwainer Smith）的《鼠龙游戏》（“The Game of Rat and Dragon”）撰写了一篇导读，他在其中写道：“一个优秀范例，我所钦佩的作家正是此类……拥有独到之处却不炫耀自己的独到；尊重前人的作品，谦逊而具责任感地拓展前人的疆界；最重要的是，不因默默无闻而寻求庇护，而是以真正的探险精神，拒绝让读者陷入对情境的哪怕一点点怀疑之中。”在这篇导读的前半部分，他还表达了对自己“将正统文学观带入科幻领域”的担忧（这近似于迪娜·布朗[1]在科幻研究协会成立时的著名板书评论：“让科幻走出课堂，回归它所属的贫民窟中去”）。“论述与风格作为写作的辅助是必要的，但如今，在年轻一代作家群体中，无论从任何角度来看，这些辅助都已经喧宾夺主，成为小说的主要关注点。我可以真实而确凿地说，这是一种艺术上的堕落……真是科幻之悲！”

艾米斯 1922 年生于伦敦，先后就读于伦敦城市学校与牛津大学圣约翰学院，艾米斯做过 12 年大学老师，也在若干美国大学担任客座教授。他是一位多栖作家，在《幸运的吉姆》大获成功后，他又撰写了十余部主流小说，6 部短篇小说选集，近 12 部诗集、广播和电视剧本，范围甚广的非虚构作品，他还汇编了多部文集和科幻小说集。他在 1986 年获得了英国最权威的文学奖项——布克奖，并于 1981 年获得大英帝国司令勋章。

他也撰写科幻小说。他的第一部长篇小说《分支》（*The Alteration*, 1976）是一部平行历史叙事。在故事中，宗教改革不曾发生，欧洲始终处于一种天主教极权统治之中，该小说为它所属的子类型做出了杰出贡献，并获得了约翰·坎贝尔奖。《俄罗斯捉迷藏：一部情节剧》（*Russian Hide and Seek: A Melodrama*）也可定性为科幻，《反死小队》（*The Anti-Death League*, 1966）、《孙上校：一部詹姆斯·邦德冒险小说》（*Colonel Sun: A James Bond Adveuture*, 1968）与《绿人》（*The Green Man*, 1969）都包含科幻元素。

艾米斯在短篇写作上也成果斐然，如《宇宙中的海明威》（“Hemingway in Space”, 1960）与《奇异之事》（“Something Strange”,

---

1. 查理·布朗的第二任妻子，二人于 1970 年至 1977 年婚姻存续期间共同担任《轨迹》（*Locus*）杂志编辑。引文中的这句话针对枯燥乏味的科幻学术讨论，由布朗在 1970 年左右首次提出，其后在科幻圈广为流传。

1961）。《梅森的生活》（“Mason’s Life”）最早发表于1972年的《星期日泰晤士报》上，作品讨论了科幻最基本的主题之一——现实的本质。罗伯特·海因莱因在《你们这些僵尸》中，菲利普·K.迪克在包括《全面回忆》在内的几乎所有作品中，及罗伯特·西尔弗伯格在《太阳舞》中，也做了类似的讨论，但《梅森的生活》只用了寥寥数语就把话题带了出来。

（憬怡　译）

梅森的生活

金斯利·艾米斯

“我能坐你这儿吗？”

抬头望向佩迪格鲁的男人中等身材，衣着寻常，神情空白，全然无可辨识，而佩迪格鲁手里举着一杯啤酒，正站在角落里的小桌子对面，与他对视。佩迪格鲁高大、英俊、五官精致，身上散发着一种热切甚至是兴奋的气息，若是在其他情境下，这样的态度或许会给他带来不甚友好的回答，但对面那人和蔼地说：“当然。请坐。”

“我能给你叫点什么吗？”

“不必，我这就很好，谢谢。”中等身材的男人指着面前那杯几乎满着的杯子说道。此间背景是常见的酒吧氛围，酒保、三三两两的酒徒，没什么引人瞩目之处。

“我们从没见过，是不是？”

“据我记忆所及，确实如此。”

“很好，很好。我的名字叫佩迪格鲁，丹尼尔·R. 佩迪格鲁。你呢？”

“梅森。如果你想要全名，我叫乔治·赫伯特·梅森。”

“好的，我想全名最好，你觉得呢？乔治……赫伯特……梅森。”

佩迪格鲁说话的方式好像要把这三个短词刻进记忆之中。“现在告诉我你的电话号码吧。”

又一次，梅森本可能因佩迪格鲁强硬的态度而表示反对，但他只是说：“你可以轻易地在居民电话簿上找到。”

“不，这里可能有一些……我们不能浪费时间。求你了。”

“哦，行吧，反正这也是公共信息。2……325……”

“等一会儿，你说得太快了，我记不住。2……3……2……”

“5……4……5……4。”

“这可算撞大运了。我应该能记住这个号码。”

“如果这对你这么重要，你为什么不干脆写下来呢？”

听到这话，佩迪格鲁露出一种你知我知的微笑，但这笑容旋即转变为失望的神色。“你不知道那没用吗？不管怎样：2……3……2，5……4……5……4。我最好也把我的号码给你。7……”

“我不想要你的电话，佩迪格鲁先生，”梅森说道，语气中透出一点不耐烦来，“而且我得说，我很后悔给了你我的号码。”

“但你必须记住我的电话号码。”

“胡话。你不能强迫我。”

“那就说句暗语——让我们约定一个能在早上交换的暗语。”

“你介不介意告诉我，这一切都是为了什么？”

“拜托，我们没时间了。”

“你一直在重复这句话。这事儿已经——”

“这地方随时可能彻底变成另一副样子，而我会发现自己又到了一个完全陌生的地方，我猜你也一样，尽管我禁不住怀疑是不是——”

“佩迪格鲁先生，你若不立刻把话说清楚，我就要叫人赶你出去了。”

“好吧，”佩迪格鲁脸上失望的神情更深了，“但我恐怕讲清了也没什么好处。你看，当我们开始说话的时候，我以为你肯定是个真人，因为你——”

“看在老天的分儿上，把你那些傻话省省吧。照你的说法，我不是个真人了！”梅森发怒道。

“我不是那个意思，我指的就是这些单词真正的字面意义。”

“哦，天哪。你是疯了，还是醉了，还是怎么了？”

“根本不是。我是睡着了。”

“睡着了？”梅森全无特征的脸上显露出全然不信的神色。

“是的。就像我一直在说的，一开始我以为你是另一个真人，跟我处在一样的境况之中：深度睡眠，做着梦，清楚自己处在梦境之中，焦虑地想要与自己能接触到的实体交换姓名和电话号码以及所有这类东西，以便隔天能够联络，确认我们的共同经历。这或许能够说明意识具有某些了不起的能力，不是吗？——人们在梦里互相交流。很遗憾，人们很少意识到自己正处在梦境之中。在过去的20年间，我只实践过四五次，从来没有一次真正成功。要不就是我忘了梦境的细节，要不就是发现这人不是个真人，比如这次。但我不会放弃——”

“你有病吧。”

“哦，不。我完全可以想象世界上存在一个你这样的人。但这次，你可能并不是真实的人，不然你肯定会立刻意识到这是真的，而不会像这样跟我争辩个不停，我觉得是这样。就像我说的，我可能是错了。”

“你肯这么说，看来还有救。”梅森冷静下来，小心翼翼地点燃了一支烟，“我不太懂这些事，但你既然肯承认自己的错误，也就不会偏离正轨太远。现在我就先跟你做个保证，我绝不是5分钟前才出现在你意识中的，就像我对你说的，我的名字叫乔治·赫伯特·梅森。我46岁，已婚，育有三子，在装修业工作，噢，见鬼，要想给你把我至今为止的职业经历简述一遍，恐怕得花上整个晚上了，任何一个记忆力正常的人都难免如此。让我们把酒喝完，然后一起去我家坐坐，这样我们就能——”

“你只是一个在我梦里说这些话的人，”佩迪格鲁大声说，“2-3-2，5-4-5-4。如果这个号码真实存在，我会打过去的，不过电话的另一头一定不是你。2-3-2-……”

“你为什么这么焦虑，佩迪格鲁先生？”

“因为你身上随时可能发生的事。”

“什么……你是在威胁我吗？”

佩迪格鲁的呼吸变得急促。他那张英俊的脸庞开始变得粗糙，那件粗花呢夹克上的图案变得模糊起来。“电话！”他大喊道，“时间一定已经比我以为的更晚了。”

“电话？”梅森重复道，一边眨着眯起来的眼睛看着佩迪格鲁的形态渐渐发生变化。

“我床边的那个！我要醒了！”

梅森抓住了对面这人的胳膊，但这只胳膊已经失去了其大部分形态，变成了一个愈发黯淡的模糊光影，当梅森转头去看自己试图抓人的那只手时，他看到自己抓住的是自己的手，他艰难地发现，这只手上的手指也不在了，接着手心、手背、皮肤都不在了，什么都不见了。

（韶光　译）

上帝问题

迈克尔·约翰·哈里森（Michael John Harrison）1945年出生，在沃里克郡接受教育，并在那里当了两年的教师，在摩考克的《新世界》诞生之时，哈里森正日趋成熟。20世纪60年代，年轻的哈里森在动荡的英国，发现了一本令人兴奋的新杂志的诞生，这一定令他相当振奋，哈里森很快就与之展开合作。1966年，他成为《新世界》的文学编辑和评论员。1968年，当《新世界》遭遇财政困难时，他发表了自己的第一篇短篇小说《咩咩黑羊》（“Baa Baa Blacksheep”）。也许恰当些说，他将《新世界》的“熵图景”吸收成了自己的，在他的“弗立康尼”（Viriconium）系列故事和小说中，他更进一步提出了人类的命运和身心状况正在慢慢倾颓的观点。

他的第一部长篇小说《献身者》（*The Committed Men*, 1971）于1971年出版，书中对核灾难后的地球进行了怪诞的描述。他的第二部作品《粉彩之城》（*The Pastel City*）于同年出版，向读者介绍了“弗立康尼”系列故事的背景，作品讲述了一个衰落文明中，中世纪社会模式与先进技术和武器之间的冲突。遥远未来的城市（和世界）

吸引着作家们，去思考它的许多可能性和含义，早在 H. G. 威尔斯的《沉睡者醒来时》和《当代乌托邦》（*A Modern Utopia*, 1905）就开始了。E. M. 福斯特写于 1909 年的《大机器停转》和约翰·坎贝尔写于 1934 年的《黄昏》设想了同样的人类末日，但它们却看到了不同的原因、机器所担任的不同角色和不同的结果。

阿瑟·C. 克拉克在《夜幕未落》[*Against the Fall of Night*, 1953, 1956 年修订为《城市和群星》（*The City and the Stars*）] 中设想了一个遥远未来的城市，艾萨克·阿西莫夫笔下的终极城市从《钢穴》（*The Caves of Steel*, 1954）中那个巨大而有着屋顶的复杂建筑体发展到了“川陀”——在“基地三部曲”（*The Foundation Trilogy*）中那颗成了一个城市的行星。但将城市作为堕落和衰败的象征，则可能首次出现在 1956 年 J. G. 巴拉德的故事里，那些故事后来被收集在《朱红沙滩》（*Vermilion Sands*, 1971）中，而哈里森的小说与摩考克始于《异域热潮》[1]（*An Alien Heat*, 1972）的“时间尽头的舞者三部曲”，以及埃德·布赖恩特的《丹砂城》（*Cinnabar*, 1976）均有其相似之处。

自苏美尔时代以来，城市一直代表着进步——吉尔伽美什就自豪地指点着他建造的乌鲁克城——同样也是堕落的象征。哈里森在《翼群风暴》（*A Storm of Wings*, 1980）、《在弗立康尼》（*In Viriconium*, 1982）和那部描写粉彩之城夜生活的短篇小说集《弗立康尼之夜晚》（*Viriconium Nights*, 1984）中都在探讨这一主题。在中间，他还穿插发表了《半人马座装置》（*The Centauri Device*, 1974）、《漂浮的众神》（*The Floating Gods*, 1983）、《攀登者》（*Climbers*, 1989）和其他两本短篇小说集——《十号井的机器与其他故事》（*The

1. 本书标题引自英国诗人西奥多·瓦提斯罗的诗歌《温室花朵》。

Machine in Shaft Ten and Other Stories, 1975）、《冰猴子与其他故事》（*The Ice Monkey and Other Stories*, 1983）。在第二部短篇小说集中，他再版了《安放世界》（“Settling the World”，1975），该故事首次发表于托马斯·M. 迪施（Thomas M. Disch）的乌托邦故事集《新改良的太阳》（*The New Improved Sun*, 1975）中。

乔治·凯利（George Kelley）在《20 世纪科幻作家》（1981）中，称哈里森是“一位杰出的设计师，他的作品以生动、可笑的形象捕捉到了怪诞和颓废，这些形象既迷人又独特”。哈里森也说过，他的“作品是拐弯抹角的、浓缩的、充满暗示的、有着构造细致的表象……背景和事件用来增强主题，人物性格和意义并没有被陈述出来，而是让其自我涌现出来……”然而，在同一份声明中，他断言：“我已经远离了《粉彩之城》的极端荒谬主义和《翼群风暴》——它们强调的是行动的失败，以及对行动的恐惧……”

《安放世界》无疑相当好读，尽管它的含义更加难以捉摸——除了“存在毫无意义”这点。他曾写道，除了那点，他的小说关注的是，人们“在一个无意义的、偶然的宇宙中，将自己视作一个活生生的个体”。他写道，“这种存在主义观点最激进的表达之一”便是《安放世界》。

正如故事的第一句话所揭示的，《安放世界》的主题是关于上帝的回归。在科幻小说中，上帝并不是一个受欢迎的主题，除非像莱斯特·德尔·雷伊（Lester del Rey）的《晚祷》（“Evensong”，1967）和乔治·泽布洛斯基（George Zebrowski）的《异教之神》（“Heathen God”, 1971）那样，显示上帝的堕落，而不是人类的。然而，处理这一题材的故事还是有些值得注意的，包括克利福德·D. 西马克（Clifford D. Simak）的《造物主》（“The Creator”，1935），奥拉夫·斯台普顿的《创星者》，阿瑟·C. 克拉克的《童年的终结》，布赖恩·奥尔迪斯的《巨大上帝的异端邪说》（“Heresies of the Huge God”，1966），菲利普·K. 迪克的《我们来自弗洛里克斯八号的朋友》（*Our Friends from Frolix 8*, 1970），格雷戈里·本福德和戈登·埃克隆德的《若星辰乃是众神》（“If the Stars Are Gods”，1974）。

《安放世界》印证了凯利对哈里森作品“既迷人又独特的形象”的评论，同时也印证了《新世界》的观点，人类面对无法言说、无法理解和势不可当之物的无能为力。

（朝朝暮暮　译）

安放世界[1]

迈克尔·约翰·哈里森

第二波（阿波罗 B 系列）探险队在月球背面发现了上帝，随后又进行了浩大而危险的牵引工作，将祂带了回来，重新开始祂的统治。就像曾经预想的那样，地球上开始了一段意义深远的变革时期。我无须一一详述，比如在气候和政治方面的大量改进、新式药物、全球最低基本工资，或者是造福人类的地理变化。然而，尽管进程迅速而“显著”，某些人类机构仍照常运作了一段时间。我想那些天然倾向官僚主义的体系尤甚，那种结构本身就不利于下放权力。

我长期工作的部门就是其中之一。因此，在新政权成立后，4 月的第一个星期一早晨，我接到了一个让我去见我上司的电话，完全是通过正常途径：备忘录发出后，无精打采地在秘书系统和打字间中传递，最后通过我的秘书帕吉特太太传到我这里。帕吉特太太在那之后退休了，我相信她是去她母亲在萨里的一个商品菜园里帮忙干活了。从容不迫地处理完我剩下的其他邮件后——在最初那段日子里，我们都愉快地放松下来，垂下我们的肩膀，就好像是，穿上

1. 本文标题出自《圣经·撒母耳纪上》第 2 章：“他使一些人贫穷，一些人富足；他使一些人卑微，一些人尊贵……大地的根基属于主，他把世界安放在根基之上。”

了大一号的衣服。我搭乘电梯上了大楼的顶层，按惯例上司待在自己的办公室里，我发现他正在沉思。

“看那个，奥克斯拉德，”他招呼我过去，指着下面一览无余的城市全景说道，“下面的空气肯定更新鲜了吧。现在可没有那么匆匆忙忙了，嗯？空气清新，人们精神焕发！”

的确如此，当我低头望着干净安静的街道，那里微风轻抚、阳光明媚，使人充满活力。我也想着同样的事情。公园里，成百上千的黄水仙群花绽放，长椅上坐满了老人，正在享受着新天气带来的宁静。不知什么地方，一只大钟正敲响10点，发出深沉而响亮的声音。与往年灰色的春天截然不同：那时雨水如注，把广告牌上的广告都打落下来，让它们凄惨地随风而下，落在熙熙攘攘的人群低垂的头顶上。那些日子真没有什么乐趣。

“即使是您，先生，也一定发现情况变了。”我大胆地说，“一开始——”

“啊，奥克斯拉德，”他打断了我的话，“还有那么多事情要做，我几乎没时间离开这间可怜的办公室。无论多么缓慢，任务都在推进下去，我的时间并不由我自己掌控。”我的上司喜欢这样，话不说尽，也许他的天性如此——谁知道呢？或者是他的地位将这种性格强加给他。但他还是很客气地把话题转到我的妻子玛丽和孩子们身上——他一向很体贴——然后我们的话题又转到兰花的种植上。这是我的一个爱好，伊舍的新气候正适合种兰花。我以应有的谦恭态度告诉他，我用一些英国兰花类型，比如红火烧兰[1]，在户外跟它们那些更具异国风情的表亲们杂交，已经取得了一些实打实的成果。

几分钟后，我们开始讨论部里的工作。“奥克斯拉德，”上司说，

1. 一种英国特有的珍稀兰花品种。

“我想让你看看一些照片，送它们来的人是——”说到这里，他提到一个我们最值得信赖的特工名字——“就在今天一大清早。”

他把房间调暗，一个白光构成的长方形出现在墙上，很快长方形就被一系列奇怪的幻灯照片填满了。“奥克斯拉德，这是上帝大道的静态照片。”事实上，我很难弄清楚它们到底显示了什么，我只看到一些杂乱无章的光与影形成的方块和长条。在每一帧的中心，都有一些模糊的物体，它们有着同样的颗粒感，我看不懂这些代表着什么。“当然，照片质量不好。但我有理由相信，它们只能代表大道突然活跃起来，车水马龙啊。”他略有所思，停了一下，让最后一幅画在屏幕上停留了一会儿（我想了一下，我能从画中辨认出某种巨大的有机物形状），然后画面被切换成长方形的白光，一直投射在墙上。

“真是一片白茫茫呀。”他喃喃地说，我们盯着它，舒服地沉默了几分钟。然后他说：“我觉得这可能和那次 8 埃[1]光谱事件一样重要，奥克斯拉德。”

那是件棘手的事情，解决它靠的与其说是实际行动，不如说更多靠的是形而上学。我对此印象深刻，因为正是那起事件让我爬到高管的位置上。

“我要你下去，四处看看。可以对外宣称是在测试空气之类的。我们一向对这条大道很感兴趣。”

上帝的大道，一个永恒之谜。当然，我们部里没人知道，为什么上帝要建造这条大道，为什么祂需要在泰晤士下游河口，和曾被称为“工业区”的中部地区之间建立联系。是的，没有一个高管知道——如果我的上司知道的话，他也出于某种政策或个人喜好的原

1. 埃是光谱线波长单位。

因，不让我们知道此事。我们怀着强烈的好奇心，但不便表露出来。所以我很高兴有机会一睹这条大动脉的风采。我知道，它始于绍森德前面，向西北偏北方向延伸了 125 英里。据说它有 20 条车道，1 英里宽，一切凡人交通都不得利用这条大道（事实上，那里也没有入口），而这正是上帝的意旨所在。

“你明天下去一趟，奥克斯拉德。看看那里还有谁，回来给我报告。”百叶窗拉了起来，上司又一次凝视着窗外。看过投影仪的长方形白色强光后，阳光显得温暖而柔和，有那么一瞬间，外面更像是秋天，而不是春天。“还有太多事情要做，奥克斯拉德，”他若有所思地说，“但无论如何，这是一幅鼓舞人心的景象。祝你好运。”

我上司的命令有时难以解读，但这次，我觉得他已经把话说得够清楚了。

第二天早上 7 点半左右，我经过利物浦街，搭乘一趟令人惊叹的新型列车到达了绍森德，我发现那里到处都是白色的海鸥、阳光和令人神往的宁静。我决定在海滨吃一顿安静的早餐。我一向很喜欢埋鞋街上那排拱廊咖啡馆，每家的前院都精心打理过，摆满了花哨的雨伞和色彩鲜艳的桌子。你可以在那里听到帆船在灯光下拍打着海堤，激起阵阵浪花。如果你只想一饱口福，选一家咖啡馆只是分分钟的事，但要选一家合适的馆子，选最适合你当时心境的那家，就是一件严肃的事情了。因为你可能整个上午都坐在那里，陶醉在眼前的海景中。

我就是在其中一处遇见埃斯特拉迪斯的，他懒洋洋地靠在板条椅上，手里拿着一瓶矿泉水和一根细长的雪茄。

在旧秩序中，埃斯特拉迪斯也许是我最狡猾的对手。当然，现在这一切已烟消云散。但曾经有一次，在柏林老玛格丽特大街高处一间冻得可怕的房间里，我有过机会朝他的一只膝盖开枪。仅因为一次无线电接收上的事故，他幸运地躲过一劫。现在，我们心怀喜悦又小心翼翼地相互致意。从职业角度讲，我们彼此知根知底，但几乎没有什么共同之处。他身材高大、举止优雅，但多少显得有些憔悴。他比我年长，喜欢穿着华丽的白色亚麻套装，别着硕大的纽扣眼花（尽管我注意到，今天他佩戴的康乃馨完全比不上我身上自己家里种植的蝴蝶兰[1]）。他很好地掩饰了自己的年龄，但他眼睛周围的皮肤已经轻微地凹陷下去，让他略显老态，再过一年左右，他就会老态毕露了。有人说他是乌克兰人，也有人说他是来自天山西侧的吉尔吉斯斯坦人。但是他有着一对属于法国知识分子那种懒散而坚定不移的眼睛，有着一份属于失去一切的波兰伯爵那种孤僻而又略带讥讽的幽默感。埃斯特拉迪斯当然不是他的真名，但这是我们唯一能用来记住他的名字。

在我看菜单的时候，我们互相寒暄了一阵，讲了一些彼此朋友和敌人之间的趣闻逸事。埃斯特拉迪斯说他很无聊。他说，他听信了一个传闻（他最看重任何来自于亚历山大的消息），他已经在绍森德住了几天了。他说："你肯定是对大道感兴趣。奥克斯拉德，我的朋友——不，不，我瞅一眼你的肩膀就全明白了。"他以一种特殊的克制方式笑了起来，瘦削的疤脸仍然一动不动，只是微微抿了抿嘴唇："我们都老了，别兜圈子啦。如果你没有那么自负的话，听听我的建议吧。我在这里已经待了一个星期，除了大家都已经知道的事情，在这里白天什么都看不见。晚上再去，晚上再去。"

"那些大家已经知道的。"——我怎么能承认我对此一无所知呢？我立刻决定双管齐下，然后便岔开去聊另一个话题。

后来，埃斯特拉迪斯靠在椅子上打了个哈欠："老实告诉我，我

1. 此处原文"蝴蝶兰"的拼法用了 H. G. 威尔斯的作品《奇怪兰花的绽放》中使用的拼写，当属致敬。

的朋友，你对这一切有什么看法？”他做了个手势，指了指大海、埋鞋街，还有那些白色的海鸥，犹如在碧水和蓝天的婚礼现场撒出的碎纸纷飞。我感到迷惑不解，我觉得今天的天气格外地好，我从来没有吃过这么大的虾。他盯着我看了一会儿，然后仰头大笑起来，露出整齐得出奇的牙齿。“你和以前一样，躲躲闪闪的，”他擦着眼睛说，“奥克斯拉德，你要么是世界上最愚蠢的人，要么就是最谨慎的人。你看，这儿只有一个女服务员，而她正在听她的半导体收音机呢。‘这个’，我指的是这一切，这个——”他停了下来，略有所思道：“我们发现自己生活在这里，这个天堂属于蹩脚诗人和领着养老金的老人，我们也属于后者（而你和我，我们曾在西欧一半的排水沟里啃过骨头！），在这温暖的伊甸园里，我们能做的只是在肯特郡的阳光花园中阅读 C. S. 刘易斯的作品，或者——上帝宽恕我们——侍弄花草。‘祂正每时每刻地投射到我们心中，于是我们的现实受之于祂的现实良多……’这就是祂留给我们的全部吗？”

“可是，埃斯特拉迪斯，”我怀疑他的这种失魂落魄是装出来的，我发现他在我的款待下玩得很开心，我有点尖刻地说，“你在这儿玩得很开心，我种兰花，这就足够了——以前我也不会有更多要求。而你——为什么呢，你坐在绍森德的一张咖啡桌旁，或者安特卫普的某座法国小餐馆里，也许比以前更自由地发挥你的才智，你的（如果我能这么说的话）这种不切实际和玩世不恭。没有人要你去写蹩脚的诗歌——或者，实际上去评价别人的诗歌。我们都对自己的生活方式心满意足。”

他缓缓地点了点头：“说得有点道理，是这个理儿。但我并不在乎。一个人仅仅因为不满意就能得到满足吗？难道现在允许我觉得不满了吗？我已经考虑过了。我心怀不满。”他悲伤地望着大海，挥动双手。他的脸松弛下来，衰老不堪。有那么一瞬间，一种我无法形容的饥饿感照亮了他的眼睛，他的样子那么优美、漫不经心、无所顾忌，他的姿态以及所有一切，都在我眼前消失在虚空之中。最后，他转过身对着我，抽上雪茄，审视自己沾着尼古丁的优雅手指。他的手指微微有些发抖，竭力恢复年轻时埃斯特拉迪斯的样子——那个被宠坏了的诡辩家和街头花花公子。“奥克斯拉德，我怀疑我们被抢劫了，但我不知道是怎么回事。就像你说的，每个人都心满意足。那么，我又是怎么错过一切，还对此念念不忘的呢？”

我付了我的账，起身要走。到那时，他又变得安静自在了，他尴尬地笑着，寻找着这个世界，仿佛他一直都想让我看看这假象背后有些什么。他似乎在说，这是我们之间的秘密。我的老朋友埃斯特拉迪斯，并不像看上去那么脆弱。

“这是我最后一次来这儿了，奥克斯拉德。”他把雪茄捏灭，突然说道，“只要再搞清楚一件事就行了。”当我没有回应他的邀请之时，“等一下。”他敏捷而优雅地站起身来，向海滨那儿四处打量着。“艾森伯格！”他向那人叫道，“你一定还记得艾森伯格。”他对我说：“从洛雷托广场的暴乱中——？”

我不记得艾森伯格。但是，在这新朝代开始之前的混沌岁月里，我曾遇到过成百个像他一样的人，世界上每个首都，那时都似乎处于动乱之中，污秽不堪，人们在不知不觉中期待着即将升起的洁净太阳。艾森伯格迈着柔和的脚步慢吞吞地穿过黎明时分的车流，走在埋鞋街上。他是一个身材高大、肌肉发达的西班牙裔犹太人，对司机们毫不在意，只有他们为了避让他而刹车时，才会不安地冲司机们咧嘴一笑。他的前额布满了皱纹，眉毛被一道又长又皱的伤疤遮住了，那是从近东石油政变或宗教战争中遗留下来的。

他站在人行道上，露齿而笑，安静地站着。他给明亮、温和的沿海天气带来了某种来自黑门山严冬高峰的寒意。

埃斯特拉迪斯在近处看着我们俩，欣赏他营造出了什么样的效果。他似乎很满意。“天黑之前你什么也做不了，”他告诉我，“我们三个人可以一起进城去，缅怀一下过去的事情，在这场滑稽剧般的上帝显灵之前——”

艾森伯格笑了起来。“那些该死的条纹伞，嗯？”他突然开口说道，“就这么办！”

“我想无论如何我还是要去看看。”我说着就走开了。我能感觉到埃斯特拉迪斯在背后盯着我，也许带着轻蔑的目光，也许觉得好笑。如果他的动机仅仅是为了让我难堪，那他就失败了。他像一个聪明的魔术师一样，他用焦虑、廉价的语言哲学和闪电般的情绪变化，让我困惑了大概半分钟。但是，他把那个犹太人引入这个原本很完美的早晨，戳穿了他的假象，所有他“游戏”的空洞和表演性都引起了我的注意，他的旁敲侧击和故弄玄虚反而自毁形象。当我漫步在河口北岸时，没有什么能阻挡我跃跃欲试。我第一次瞥见了上帝自己的道路，我身上蝴蝶兰的香味与大海的气味巧妙地融合在一起，我一下子就把他抛之脑后了。

在希尔内斯海角的老炼油厂几乎正对面的地方，上帝的大道浮出水面。附近没有房子，一条通往埋鞋街的小径在那里抵达终点。它沿着一条宽广但边缘不是很清晰的堤道出现，周围的空气似乎也在激动地嗡嗡作响。在那个愉快的日子里，我怀着敬畏的心情站在那里，我不清楚那是用石头做的，还是用某种不易分辨的东西造的。我几乎看不清路面和海面之间那个至关重要的界面——在那里，海浪沸腾，浪花像流动的透明帘子一样挂着，到处都是最奇异的色彩。没有什么比这 20 车道的碎石路更令人印象深刻的了（大道仿佛从更遥远的别处而来），它从烟雾中向着内陆奔涌而去，欢快、精确而坚决。

在某种程度上（尽管那么地琐细卑微），埃斯特拉迪斯被证明是对的，什么都没从水里冒出来，我在那里搞不到什么具体的情报，我只能到别处去找些情报回去汇报给上司。然而，我整个上午都在观察着变幻无穷、异彩纷呈的水花，想知道是什么样令人神迷的能量生出这种奇观。与此同时，几只银鸥俯冲而下，盘旋而过，显然它们只是为了享受这种感觉带来的快乐。如果我有翅膀，我一定会跟着它们在空中旋转飞翔！

那天晚上，我出发去对这条大道做进一步的探寻。我的打算是在镇子后面向内陆进发，在离大道起点处大概 3 英里的地方拐到大道旁。当我离开的时候，浓厚的海雾笼罩在郊区上空，雾气迅速幻化出一道道飘浮不定、变幻莫测的堤岸。我带了一个小巧而强力的手电筒、一瓶热茶。我还带上了一件暖和的外套，以及一副分辨率很高的野外望远镜，都是多年前在多特蒙德买的。在小镇东北边缘与上帝达到之间寒冷的田野里，在废弃的住宅区里，我意识到自己并不孤单。但我也确信，黑暗中那些鬼鬼祟祟的行动并不是冲着我来的。“我们始终对大道很感兴趣。”上司这么说过。那天晚上，许多人一定对它也很感兴趣，时不时就有一队密探穿过浓雾朝它走去。

我迷了路（我一向不喜欢黑夜，这对我的职业来说也许是个严重的弱点，我常常思考这个问题），结果我走的路线反而比原定计划提前抵达了大道，但这无关紧要。一道高高的堤岸高耸在我面前，指向天空中奇异的新星座，大约两年前，这个新的星座出现在天空中，预示了人类对于上帝的重新发现。当我奋力爬上那巨大的土方工程时，我已经听到了向北行驶的重型发动机的声音。大道苏醒过来，我靠近铁栅栏，擦掉了夜视望远镜头上凝结的水珠。

现在我看清楚了，每一条车道上都有车辆经过。在我的视野内，有 40 多辆重型汽车呻吟着，正沿着略有坡度的大道向北爬行。每一辆都超过200英尺长。通常是一个牵引单元在前，后面拖着一辆巨大的低矮拖车。不过还有不少车辆像铁路列车一样，由五六个组件组成。它们都统一刷成了哑光黑，上面还有一些巨大的铆钉。虽然每辆牵引车都有着像驾驶舱的地方，但是窗户后面却什么都看不见。我不知道这些车辆是靠什么动力驱动的——它们似乎爬行得颇为吃力，速度都不超过每小时5或6英里——然而一种强大动力带来的热浪，笼罩着每一条车道，我脚下的大地在颤抖。

飘移的雾气使我的观察断断续续，看不清楚，由于空气的某种变形，我很难看清楚远处的车道。起初，我的感觉和上次在上司那儿看到幻灯片的感觉差不多，虽然我现在可以对面前的画面有一个大致了解，尽管如此，每次短暂一瞥看到的中心目标都仍然难以解释。我看明白了大道，也看明白了车辆是怎么回事，但我对车辆上的货物仍然迷惑不解。这种商业活动太奇怪了——在夜色里，那些黑影仍然模糊难辨。

然而，突然间，我的眼睛和大脑似乎做了必要的调整。我看明白了，比例才是理解问题的关键。我能看到面前的物体，实际上是巨大的人形四肢。

在离我很近的第二或是第三条车道上，一截手腕直立着，一只人类的拳头裹着防水布慢慢经过。那只手紧握着，手掌朝着我这边，是只大概30英尺高的左手——如果手掌张开，从手掌根部到指尖的距离能有60英尺。裹在上面的防水布轮廓分明，不停拍动着，钢缆把它固定在车辆底座上。一霎那我把一切都看清楚了——然后浓雾形成的堤坝又把它永久地遮住了。有一段时间，我兴奋地有些得意忘形。我忘记重新调整镜头的焦距，我绝望地扫视着更远的车道，我只看到一些缓慢而神秘的东西在移动着，就像一些已经灭绝的爬行动物，在一片过于茂密的苏铁森林中穿行。

接着，一条真是大得异乎寻常的前臂在离我五条车道以外通过，它有一百多英尺长，肌肉发达。接着，我目睹了一场惊人的游行——巨大的小腿和大腿、手和脚，还有一些难以辨认的形体，我觉得是人体更隐秘的部分，可能是人体内脏。这场游行伴随着上帝引擎的呻吟和悸动、伴随着大地的颤动。最重要的是，那股几乎不经意般消散于空气之中的巨大能量所带来的感觉。

天快亮时，大道上的交通变得断断续续。最后一段肢体爬了过去。它搁在几个支架上，由两辆拖车一起搬运过去。大雾再次笼罩大地，一切活动都停止了。

我从原来蹲着的地方僵硬地站了起来，我的膝盖疼痛，勉强地站立，我的手又麻又冷。每件东西上都沾着微小的露水，我的外套、双筒望远镜、铁栅栏上都是。在寂静中，我的耳朵却觉得不适，好像内耳道里的压力突然减轻了。我花了一两分钟时间，用双臂拍打着身体两侧，试图让身体变得暖和一点，活络起来。但我离开的时候，仍然疲惫不堪。

我在河堤脚下站了一会儿。这里不再是一片死寂了——我身边都是一片神秘的移动之声，其他的观察者们耸耸肩膀，打着哈欠，收拾仪器准备离开大道。黎明照亮晨雾，雾气内部光芒四射，无疑让眼睛很不好受。离我很近的地方，有两三个人从我身边走过，低声交谈着——我看不见他们。然后，微弱而绝望的叫声从飘浮的、明亮的雾中传到了我的耳边。奔跑的脚步声沿着河堤的顶部沉重地向南移动。“抓住他！”有人喊道，接着又喊了几句，语气激动而让人听不清楚。

我转身往回看。埃斯特拉迪斯突然出现在我身边，雾气似乎无声无息地在他身边消散。他穿着一件毛皮衬里的皮夹克，那是他年轻时参加欧洲空战时留下的纪念物，满是补丁和油渍，勾勒出他的消瘦身材。他喘着粗气，盯着我看了一两秒钟，好像难以认出我似的，接着他向雾里急声喊道："他是你的了，艾森伯格——他现在就在你前面大约 100 英尺的地方！"一声枪响，逃跑者的脚步变得跌跌撞撞。

"看在上帝的分上。"埃斯特拉迪斯厌恶地说。他从口中取下雪茄，朝着它皱起眉头。"永远不要相信犹太人。"然后，他用截然不同的语气说道："想想你已经看到的，奥克斯拉德。"他轻声向我建议道："你回不去伊舍了。你知道上面正在发生什么，你怎么还能继续下去呢？你怎么才能再次觉得安全呢？"他想了一会儿，点点头，从飞行夹克口袋里掏出一把小左轮手枪。"难道什么事情都要我亲自动手吗？"他对艾森伯格说道，"如果他跑了，一切都完了！"然后他又一次消失在雾里。过了一会儿，明亮的空气里又传来两声枪响。我等了一会儿，可是埃斯特拉迪斯没有回来。我穿过潮湿的田野往回走，心里在想，河堤上那个可怜的家伙是否知道是谁在追他。这真是一趟艰难的跋涉。

上午稍晚些时候，我仔细考虑了一下自己的处境。我所取得的进展可以归结为以下几个问题：据我观察，车辆的最高时速为六英里，上帝的车辆不可能在一夜之间走完全程，然而到了白天，大道上却一片寂静，整条大道被遗弃在大风和阳光中。那么，车辆又到哪里去了呢？这个反常现象引人入胜而又意义重大——但我能确信我的上司对此一无所知吗？埃斯特拉迪斯知道这些事情，也许还有别人也知道。我意识到，要是我仅以这一种视角回伦敦报告，这份报告并不完整。比较稳妥的办法是，假设我的上司还有其他感兴趣的地方——而那一点迄今为止似乎还显得无关紧要。

我又想起了埃斯特拉迪斯。

那个沉默寡言的侨民，在政治地壳下走出了一千零一个迷宫的幸存者，他喜欢将他的动机说成是单纯的好奇心（在他那令人讨厌的无精打采的背后，隐藏着的不仅是那天早晨我在埃塞克斯雾霭中所看到的那种敏锐而狂野的精力，而且还有一种力量，正如我不止一次付出代价才发现的那样，一种微妙的、无情的、不平静的思想）——但只有某些特定的目标，才能使他离开北非的那座河边露台，放弃隐退生活，钻进英格兰寒冷的早晨拔出手枪杀人。他是循着怎样一条细微的线索，一路穿过马赛的妓院，走过布鲁塞尔灰色的林荫大道，最后来到滨海绍森德的？

那天上午剩下的时间里，我都在人群拥挤的海堤上找他，我淹没在那股汹涌澎湃、无拘无束的人潮中，到处都是裸露的红色手臂，轻快的歌剧，煎鱼、熏衣草和瓶装黑啤酒的气味。我知道他在等我。中午，开始下起了少见的毛毛雨，天空中时而夹杂着黄褐色的云，时而出现微弱的银色阳光。滨海广场突然变得阴冷而空旷。我坐在一块石头上，躲在码头的阴影下，抬头凝视着支柱和翘曲的木板，它们支撑着轰隆作响的老虎机和射击场，上面布满了盐渍。大喊大叫的孩子们坐在高高的白色栏杆上面。当我朝拍岸碎浪的银色水线望去时，埃斯特拉迪斯站在锈蚀的铁栏杆铸成的大道尽头，他一动不动，在一缕潮湿的阳光下闪闪发光。

我们朝彼此走去，雨已经停了。有时候我真希望我那时候走开了。我们头顶上的木板砰砰作响。我们见面的时候，前门再次挤满了人。人们在咖啡馆和商店门外躲雨，颤抖着驱散寒意，这场雨把他们的一天都搅和了。

“我一直在观察海滩上的这些脸庞，”埃斯特拉迪斯说，“希望能认出那些熟悉的老面孔。奥克斯拉德，你还记得吗？他们面色苍白，好像用柔软的蜡一样的肉浇铸出来，因为充满不安，睡眠不足而苍白，哆哆嗦嗦地在寒风凛冽的街角短暂而紧张地互相接头（奥克斯拉德，在你那舒适的新梦境深处，你还记得那些街角吗？)，这些脸庞面带病态，却又真实，那是我们的面孔。”他摇了摇头说道：“每天晚上河堤上至少藏着 50 个人。我以前一定认识他们中的许多人。我每天都在海滩上寻找他们，但如果他们在那里，他们也已被晒成了红色的，就像正在度假的收租客一样，他们穿着开领衬衫，卷起袖子。他们像你一样，奥克斯拉德，已经放松下来。”

他叹了口气，指着散步的人群。“在那里，”他说，“你在寻找一种精神。你在观察他们，聆听他们的喧闹声，希望能为这个欢乐、沸腾的场面，找到一个明显的动机。”他耸耸肩说道：“哈，他们的眼神空洞，有目如盲。他们已经被洗劫一空。他们像动物一样循规蹈矩。”

“如果这是真的，埃斯特拉迪斯——我怀疑并非如此——那可能只是因为他们喜欢变成这样。看看孩子们，他们看起来多么快乐。你没法否认他们似乎很快乐，你很清楚。”

他反而看了看鹅卵石，优雅地用脚后跟踢着一团鲜绿色的杂草。他迅速弯下身子，用长而结实的手指摸出什么东西来。“孩子们不会想得那么多。他们一辈子都会是孩子吗？”他厌恶地弹去手指上的一点海藻，然后举起一枚旧的三便士硬币，硬币还闪闪发亮，毫无锈迹。天知道它在海滩上滚了多久。“即使此处，亦有灵在。”[1] 他神神秘秘地说道，然后把硬币弹了出去——它从码头的阴影里飞了出去，在暗淡的光线下闪了一下，然后就消失了。

“在那里的滨海广场上，举办着一个庸碌者的节日，一个宽容者的盛宴，空旷处到处都是坐着轮椅的艺人——”他停了一会儿，看

1. 此处可参考《庄子 · 知北游》东郭子问于庄子曰：“所谓道，恶乎在？”庄子曰：“无所不在。”东郭子曰：“期而后可。”庄子曰：“在蝼蚁。”曰：“何其下邪？”曰：“在稊稗。”曰：“何其愈下邪？”曰：“在瓦甓。”

着他们走过。“你不想知道吗，”他冷漠地问道，“今天早上谁死在大道边上？”我一定显得有些紧张，所以他带着胜利的笑容转过身来。“哦，部里对于高管人员真是小心翼翼啊。我杀了你的支援人员。他发了一条无线电报‘一切顺利’，然后我在他再次发报之前杀了他。你会上报此事吗？”

“我从来没有，”我小心翼翼地说，“被告知会启用支援人员。你或许已经杀了一个无辜的人。”

“那么，你的消息可真是闭塞。河堤上没有一个人是完全无辜的。”见我依然面无表情，他大笑起来。“奥克斯拉德，奥克斯拉德！”他喘着气说，“如果你能看见自己的样子！”他又恢复了平静。“啊，我真厌恶这种信仰。”他痛苦地嘟囔着。也许我已经成功地让他感到不舒服了。

“你为什么要杀他？”

他对着远处的什么东西微笑。太阳已经完全升起来了。码头上，一个小型管弦乐队已经开始演奏吉尔伯特和沙利文的选曲。

“我打算结束这个弱智的乌托邦，”他平静地说，“我要你跟着我，哪怕只是作为你们组织的代表。但在事情没有完成之前，我不能再允许任何报告了——你的那些个小尾巴让我很为难。”他聚精会神地打量着我说：“你说呢，奥克斯拉德，老朋友？我们彼此对立，总是互相浪费时间。”在我还没来得及给出明确的回答之前，他又说道：“为什么不答应我呢？如果你来了，你甚至可以阻止我那么干！真是个好主意！如果其他的尝试都失败了，你将能提供一份最令人震惊的报告。这能带给你又一次晋升。更多的兰花将会在伊舍静寂的水中盛开。”

“去哪里呢？”我问道。

“到米德兰兹去，”他说，“我们走上帝大道过去。”

“你所打算做的事情，与其说是亵渎神明，还不如说是毫无希望。”我动身走开。

他等我先走出码头的阴影，然后才叫住我：“奥克斯拉德，在你还没来得及摸到电话之前，我就会杀了你。”我打量了一下四周。犹太人艾森伯格漫不经心地站在海堤脚下。他咧嘴一笑，点燃了一支香烟，双手环抱，眼睛盯着我。我们相距15码。“我不能为此冒险。”埃斯特拉迪斯说。我相信他。

“你是个坏人，埃斯特拉迪斯，”我对他说，“我们其他人已经忘了你有多坏了。”

他笑了起来。“这就是你的问题了。”他说。在他头顶之上，孩子们成群结队地走进射击馆。他们的呼喊声淹没了乐队的喧闹声。

我就是这样，不情愿地与欧洲特工埃斯特拉迪斯结成同盟，参与了反对上帝的阴谋。我不知道，那个疯子为什么要我跟着他。把我杀掉反而会容易得多。我现在相信，他需要一个被俘虏的观察者来满足他的虚荣心，他是个极其自负的人。无论如何，我无能为力。整个下午和晚上的一部分时间，我都被动地看着他为自己的行动做着准备，他拜访了一系列地方，那些可能都是分散在绍森德各处的“安全”屋。

在其中一个地方，艾森伯格负责处理一个3英尺高的神秘包装箱，他们寄予的希望所在。那箱子至少有50磅重，但他把箱子连同一对长柄的断线钳——他们打算用那个把河堤顶上的栅栏剪断——夹在一只胳膊下面，就跟夹个空箱子似的。我越来越讨厌那个板条箱（尽管当时我不知道里面装的是什么——如果我知道的话，我可能会在滨海广场后面一条更拥挤的街道上碰碰运气），而他知道这一点。每当埃斯特拉迪斯的注意力分散到其他地方去时，艾森伯格就会盯住我的视线，做出一种长久的、复杂的哑剧表演般的暗示。他意味深长地敲打着那个箱子，做着仿佛要打开它的样子——他总是凶狠地咧着嘴笑，前额上的伤疤变成了可怕的皱纹。他从来没有让它离开他的视线，也从来没有停止嘲弄我。

这段时间里，埃斯特拉迪斯把那套朴素的西装和康乃馨给换成了飞行夹克和左轮手枪，他变得紧张而兴奋起来，他做出一种浪漫的姿态，不断地重申着自己性格中的情绪多变。“所以！”当我们穿过城镇后面湿漉漉的田野时，他喊道，“我们开始吧！就此孤注一掷！三个凡人对抗上帝！”就连落日似乎也被这巨大的、孩子气的虚荣心吓了一跳。天空像是一大碗倒扣着的云，在埋鞋街的地平线上稍稍向上倾斜，露出一条细细的血色的光。“奥克斯拉德，你认为我们干不成。呸，这事能成！我们将解放伊舍。即使明年的兰花变得小点，变得不那么鲜艳，至少它们还会是你的兰花！”

“你不是一个没有学识的人，埃斯特拉迪斯。你一定知道，以前有过这样的尝试[1]。”

“没有人这么干过，奥克斯拉德。”他推了推他的同伙。“没有人，嗯，艾森伯格——？”他们朝对方吃力地挤眉弄眼，就像两个正要去袭击果园的小男孩。

在堤岸上，我们等待着最后一丝光亮散去。一阵细细的冷风刮了起来，嘶嘶地穿过田野——有那么一会儿，在白天和黑夜之间，天地一片灰暗萧索，空荡荡的荒野在漫无目的中结束争取独立的斗争——我在想，上帝是否已经解除了对于我们三人在新统治下的保护？埃斯特拉迪斯打了个寒战，拉上了夹克的拉链。夜幕降临，上帝的引擎声从南方呼啸而起，艾森伯格开始用他的断线钳工作。这些栅栏比预期中硬得多。犹太人咕哝着、咒骂着，埃斯特拉迪斯不

1. 指撒旦和众堕天使试图反抗上帝。

耐烦地到处乱发脾气。每一根栅栏都不情愿地向后卷曲着，像烧焦的头发一样。当第一辆车进入我们的视野时，我们已经打开了一个缺口——但是又小又窄。

接着，埃斯特拉迪斯替下艾森伯格，蹲在缺口中，不停地看表，大概有半个小时之久。他的脸绷得紧紧的，沉默寡言，仿佛他刚开始或可能是最终意识到自己究竟在干什么。他脸上的伤疤弯曲着，没有血色。他是否看见那些缓慢的、神秘的身影爬上斜坡，向着他自己的末日——上帝已决绝地撤回了祂给他的守护之手？地面颤抖着，道路上方的空气闪烁着，震荡着可怕的能量。突然间，他似乎又恢复了镇静。他向我露出一副被追捕的、几乎惊慌失措的表情，喊道："机不可失，在此一举了。奥克斯拉德！如果你想活命，跑起来！"

他扭动着身子从缺口里钻了进去。

我记得的不多。我知道，有那么一两秒钟，我看着他拼命奔跑，在那些巨大的轮子的威胁下，一个小小的充满活力的身形钻来钻去，躲闪着。接着，我感到肩胛那儿挨了重重一击，我转过身来，发现艾森伯格在黑暗中汗流浃背，对我咧嘴笑着。"轮到你了。"他说着又推了我一把。我们像昆虫一样逃过宽阔的马路，犹太人把我推到他面前。风在那些巨大的机器周围盘旋，猛烈地拍打着我们的衣服，我们头顶上耸立着黑色的铆接钢片，令人头晕目眩。当我跌倒时，他把我扶起来，用某种外国语言断断续续地怒吼着。

在第三条车道，埃斯特拉迪斯似乎凭借歇斯底里的力量，爬上了一辆大拖车的车底。从比我高出 8 英尺的位置，他脸色苍白地凝视着我，伸出一只手把我拉了上来。艾森伯格把板条箱和断线钳扔给我们，但他第一次尝试为了试图确保安全，脚下乱了方寸。埃斯特拉迪斯紧张地向他伸出手，他跳得低了 6 英寸。他不得不跟在车子后面跑了足有半分钟，然后鼓足勇气再试一次。他又笑又哭，脸上交织着惊慌和恐惧。

惊慌和恐惧——那段旅程留给我的印象全是这个。

我不知道我们在那台机器后面浑身冰冷，一动不动地待了多久。质地光滑的蓝色光线充满了那整个或许都可以说是“大道”的空间，我们旅行的前方空间是弯曲的，时间在不合理地移动。埃斯特拉迪斯的手表，在他疯狂地爬上汽车一侧时坏了，已经没用了。有规律的、令人不安的蓝光变幻着，表明我们可能在车上待了几天，而不是几个小时。在大道的周围，我们看到了变形、模糊的景象，它既没有给我们帮助，也没有给我们安慰。（我怀疑，这条大道以这种几乎没有“真实”的方式存在，与我们所知的现实几乎没有交集。例如，当我最终回到这个世界上时，我确信自从我们进入栅栏以来，已经过去三天了——但我对这样粗糙的测量不以为然，因为它们最多只是一种描述人类环境[1]时的仪器。我们在上帝的环境里旅行，据我诚然有限的知识，还没有一位神学家给这样一个世界下过定义。）

我们就像寄生在那辆车上的虱子一样，郁闷而惊恐；起初，埃斯特拉迪斯决定对车子做一番研究——他甚至想钻进牵引车的驾驶室里去“占领”它，但这一切都徒劳无功。我们在拖车上发现了一些被遮盖着的难以想象之物。我们从一开始就太害怕了，惊慌失措。我们分开坐着，膝盖抵着下巴，默默地注视着前方。艾森伯格有一次在拖车上绕了一圈，那是为了虚张声势，或是为了缓解紧绷的关节，但连他也不敢检查防水布下面的东西，埃斯特拉迪斯很快就把他叫了回来。他似乎很乐意遵守命令。

到最后，我们中有哪一个还保持着足够的精力来做决定，甚至

---

1. 原文为德语，认识论术语，一般译为环境，含义比较复杂，大体上指主客体认知之间偏于主体经验的客体部分，“自我为中心的世界”。

是继续行动下去，那已经是个奇迹了（不过我们确实是采取了行动，而且很快）。防水布凄凉地噼噼啪啪地拍打着，就像在黑暗的山谷里搭起的帐篷。浓雾来来去去，在黑色的金属上留下凝结的水珠，突然刮来的风把我们冻得透不过气。我们身下的车辆从来没有离开过自己在车队中的精确位置。我们又累又饿，浑身僵硬，耳朵被上帝的引擎不断的轰鸣声震得头昏眼花。悬浮在那沉闷的蓝色时空里，我们觉得自己像些新死的鬼魂——充满了恐惧，麻木地盯着对方，对自己的处境无能为力。后来，埃斯特拉迪斯发展到蹲在板条箱上沉思了很长一段时间，也许是希望在那里找到他的救赎吧。

最后，在人类可以理解的意义上的时间回到了我们身边。光线停止了稳定的波动，前方道路的视角发生了变化，变得笔直，让我们能够再次估计速度和距离。我们第一次清晰地看到了周围的景色。我们发现自己正慢慢地穿过一片干旱的平原，平原上到处都是不知从何而来的橘黄色高光和深紫色的阴影。大地开裂，一片荒芜，就像某块非洲高原上荒废了的泥土。栅栏外的世界里没有任何活物。

你会说，在不列颠群岛上是找不到这种景色的，这相当合乎逻辑。我只能同意。不过我们毫不在意这点。在地平线上出现了上帝的形象，高大，骇人。

犹太人艾森伯格突然低下头呜咽起来。埃斯特拉迪斯震惊地看着，“基督啊，奥克斯拉德！”他喊道，然后说着我听不懂的马扎尔语。他掏出左轮手枪，不知什么缘故，开始兴奋地朝我这边挥舞起来。与此同时，艾森伯格哭了起来，哽咽着，试图跪下。埃斯特拉迪斯从眼角看到了这一幕，像条蛇一样向他扑去。“不许这样！”他咬牙切齿地说，“把该死的箱子打开，艾森伯格！我们抓到他了！”但是他的眼睛被这个令人难以忍受的谜题或幽灵吸引住了，当犹太人违抗命令时，他似乎并没有注意。

我该怎么形容祂呢？

在我的记忆里，上帝蹲在那里，就像祂会永远蹲下去一样。祂的部分轮廓出现在天空中。祂张开的六条腿之间有数十平方英里的土地。缤纷绚烂的彩虹在祂巨大的黑色甲壳上闪烁。也许祂会展开那闪闪发光的鞘翅下的翅膀！一只整个直径足有百码的复眼，凝视着我们可能永远无法看到的国度。在1英里高的空中，狂风无力地拍打着祂僵硬的触须和静静张开的下颚。在祂长长的腹部阴影下，巨大的工厂就像玩具一样；仿佛祂从隐藏的月球正面带来了一种真空状态，使天空变得更坚硬、更明亮。我们看到了祂的腿，踏足的地方形成了深碟形的洼地，其中到处都是巨大的裂缝。这个世界能在祂的重压下不发出呻吟吗？

祂要从我们身上拿走什么？祂的降临又将赐给我们什么？埃斯特拉迪斯声称他明白——但埃斯特拉迪斯早已被自己的绝望所摧毁。我抬头望着那只庞大的昆虫，全能的鹿角虫，我知道肯定还有更多[1]。如果我对此不再确信，那是因为我对任何事情都不再确信。

艾森伯格目瞪口呆，呕吐起来。他用手背擦了擦嘴，笑了起来。“这是一只该死的甲虫！”他尖叫起来，“这只是一只该死的甲虫！”埃斯特拉迪斯畏缩了一下，盯着他的脚看了一会儿，然后他也笑了起来。他们拥抱着，啜泣着，跳着笨拙的舞步前后摇摆。“快点！”犹太人叫道，挣脱开来。“快点！”他抓起剪线钳，用它撬开板条箱的盖子。他们两人脸色灰白，浑身发抖，跪在地上，开始狂热地调整一堆彩色电线和电器元件。在匆忙中，他们为仅有的工具，一把小螺丝刀争了一会儿。艾森伯格赢了。

埃斯特拉迪斯回头看了一眼，打了个寒战。“大约5英里，”他

1.《圣经 · 启示录》21：4，上帝要擦去他们一切的眼泪；不再有死亡，也不再有悲哀、哭号、痛苦。

说，“按这个距离设定好。”

他注意到我在盯着他。“自由，奥克斯拉德，”他低声说，“自由。”他打了一阵哆嗦。在前方上空，那个庞然大物越来越近了。

“1 小时 20 分钟，”他对艾森伯格说，“以防万一。我们不能确定，一旦它到了那里会发生什么。”

“你不是真的想要这么干吧！”我发现自己在大喊大叫。我无法表达我们全体都经历过的这种恐慌。这几乎是一种生理上的恐惧，一种古老的恐惧，蚀刻在神经系统的细胞里。“埃斯特拉迪斯！别那么靠近祂——！”我抓住他的肩膀。他的颤抖不期然传染给了我，然后有那么一瞬间，我们紧紧地抱在一起，说不出话来。埃斯特拉迪斯发出些声音。我松开了他。“那板条箱里面装的是什么，伙计？你打算做什么？”渐渐地，他不再颤抖。埃斯特拉迪斯深深地颤抖着吸了一口气，他的脸扭了一下，举起了手枪。然后他苦笑了一声，背过身去。

“你该问这些是要干什么。”他平静地建议道。然后他指指大道，指指那不可思议的风景，指指阴影中的工厂。

“你应该问问这东西打算对我们做什么，为什么它把我们变成了游客、牧师和痴笑着的业余戏剧演员，在这样一个不再由我们控制的世界里。问问看——”可是他又开始浑身发颤，说不下去了。他握紧拳头，以防癫痫发作。艾森伯格拿着的螺丝刀掉了，惊恐地抬起头，下巴的肌肉不由自主地颤抖着。我痛苦不堪，浑身战栗着心想：“我们越接近，情况就越糟。祂不会允许我们再靠近了。”我害怕极了，害怕会看到那巨大的下颚移动起来。埃斯特拉迪斯双手紧紧抓住他的枪，仿佛那样做能带来安全感。“我在那个箱子里放了 10 磅钚——”这些字一个个从他的牙缝里挤了出来——“艾森伯格制造了起爆器。二十多人在偷这东西的时候死去，仅在欧洲就有上百人被捕。我要继续……下去……无论发生……”

他呻吟着，浑身发抖。

我不太清楚我当时想干什么。当我看到他们俩都动弹不得时，我一下子扑向炸弹——我想如果我能让它翻倒，它可能会被弄坏，或者至少无法爆炸。但他们马上就抓住我，疯狂地用棍子打我的头和肚子。埃斯特拉迪斯的左轮手枪砰的一声巨响。有什么东西打在我的小腿上。犹太人怒吼了一声，把整个身子扑在我身上，僵硬的手指掐着我脖子上的动脉血管。我们像划艇底部的鱼一样，扑腾着、喘息着、呻吟着。然后我发现了那把被丢开的剪线钳就在我手下，我用钳子不停地击打着他的耳底，直到他从我身上滚下去，不再动弹。

我挣扎着站起来，发现埃斯特拉迪斯跪在 2 英尺外。“看在基督的分上，奥克斯拉德，”他恳求道，“为了这世界！”他用手枪瞄准我的肚子，但他抖得太厉害，连扳机都扣不下去。我用剪线钳敲开他的脑袋。他跪在那里，浑身是血，说道：“你不应该这样做。”然后他就倒了下去，像死人一样。

我向炸弹走了一步；我的左腿在身下弯折；然后，我无助地向空气乱抓一气，倒在了大道上——我仰面躺了一会儿，动弹不得，眼看着那辆车无情地从我身边驶离。这里很热，散发出一股橡胶才有的臭味，巨大的车轮就在离我不到一码远的地方碾过，我感到一阵疼痛和恶心。大约一分钟后，埃斯特拉迪斯的身影又出现在拖车上，看上去很小，摇摇欲坠。他的肩膀上都是血。他摇晃了一会儿，挥舞着左轮手枪。几发子弹打在我身边的金属上。然后他转过身去，挑衅似的对准上帝望空射尽子弹。那是我最后一次见到他。

剩下的事情就算不了什么了。我转身全力奔跑，尽管埃斯特拉迪斯在我的小腿肌肉上用手枪打了个洞（我至今还是有点瘸，虽然现在不像我康复几周时那样“趾高气扬”了)。“上帝啊，”我记得我在祈祷，“让我在爆炸之前离开这儿！”离得那么近，祂甚至可能听到了我的祷告。我不记得我允诺给祂什么作为交换。有几次，我试图用微弱的力气穿过栅栏。但在恐慌袭上心头之前，我只折了一两根铁丝，就又开始跑了起来。我不时喘着粗气，在喘气的间隔祈祷着。我痛苦地意识到，那不可思议的存在就在我身后若隐若现，一动不动，但我从未回头。

最后，我累倒了。大道穿过一个路堑，两边都是宽阔平缓的红色软土斜坡，我在那里挖了一个浅坑。我把脸埋在里面，双手放在脖子后面；维持着这个顺服的姿态，等待着埃斯特拉迪斯的疯狂举动来了结我。很久以后，我昏倒了。也许他们造的东西很糟糕，或者没有完成引爆的顺序——也许是我已经把他们两个都杀了。无论如何，炸弹从未爆炸。

我怀疑它本来就不会。我现在意识到，我即使有一秒钟相信他们会成功，那也是失去了对上帝的信仰。我现在怀疑，即使有十来颗炸弹，对祂也不会有什么影响——我想象祂张开那巨大的透明翅膀，迎着爆炸，就像太阳下的一只家蝇。

我被告知，一辆相当平凡的卡车的司机发现了我，我在布朗希尔丝附近某处，沿着泥泞的 A5 公路[1]，在路边跌跌撞撞地走着。我是怎么到那儿的，我不知道该怎么解释。大概我终于成功地冲破了栅栏。上帝庄严地矗立在伯明翰和伍尔弗汉普顿的郊区之上，那里矗立着祂的许多工厂。但祂似乎比在之前的那另一个地方显得要小些。那是和这里同一时代，抑或是另外一个时空的英格兰中部地区，在栅栏的这边只能远远望见；人们在祂的目光下过着安逸的生活。

---

1. 从伦敦通往霍利黑德港的公路，穿过布朗希尔丝。

当他终于从被囚的床上被释放出来的时候，这种疗养的经历是多么纯粹的快乐啊！床单现在只是床单了，再不是他旺盛精力的镣铐；现在他必须离开的那些个迟钝的病友们，仿佛成了全人类中最有趣的伙计；之前从他的窗户望出去，看到的是个鱼缸中的舞台，上演着令他着迷的关于康复的幻想剧目，上头满是些其动机他只能全凭臆测的演员，而令他看到的再度是整个世界，他本人是这世界最新的参与者。多么美好的世界！——重新发现这些多么美好，发自内心的重新思考多么美好！在我进入上帝之国的那场冒险的一个月之后，正是带着这种重获新生般的深刻感觉，我从部里的办公室回家了。

那天早上我出院了。我的初步报告已经写好了——虽然还需要打磨细节，但可以说框架已经完成了。在我面前的，是5月里最鲜活亮丽的下午。我沿着贝克街闲逛，停了一会儿，欣赏克拉伦斯门边的花坛。摄政公园里到处都是清冽的微风，但在微风的吹拂下，却有一种沉重、慵懒的气息，预示着夏天即将来临。我不在的时候，每个街角的樱花都已绽放，水鸟换上了干净整洁的羽毛，在白色的阳光下神气活现地摇摇摆摆地走来走去，附近船屋的木板也已粉刷一新。

我的心情平静而愉悦，某种大型动物微弱的叫声，吸引我走过码头人行天桥，走向远处的动物园。风吹来了孩子们的说话声和笑声——在露天剧场[1]里，他们正在表演《仲夏夜之梦》。正当我穿过湖北面广阔的空间时，我在午餐时间与上司讨论的那些热情洋溢的话，与一个新搭起的演奏台上传来的弗兰德斯和斯旺[2]混成曲的曲调密不可分地混在了一起：“行动毫无疑问非常成功——仅在欧洲就围捕了

---

1. 摄政公园露天剧场。始于1932年，以上演莎士比亚剧目而闻名。在伦敦动物园的南面，往北经过摄政公园湖后在到达动物园之前先要走过一大片空地。
2. 弗兰德斯和斯旺是一对英国喜剧组合。

上百同伙。在非洲，我们行动迅速而谨慎——当然，我们早就察觉了埃斯特拉迪斯和他愤世嫉俗的阴谋——这不仅仅是一场胜利，一场体面和常识的胜利——肯定会有人晋升。”老人们坐在宝塔旁的长椅上放风筝——白色的，令人神迷心醉，就像是在上帝的堤道上方的那些海鸥，在凛冽的空气中翩翩起舞。

从我的童年时起，精美的笼子、精确的空间、多姿的色彩和充满活力的动物园一直强烈地吸引着我。还有什么地方能像豹子那样，身上有着如此无情、优雅、精致的力量呢？或者像小型哺乳动物馆，在月光下那么地幽深神秘？吸蜜鹦鹉和金刚鹦鹉发出的嘈杂之声多么智慧，大象表皮下幽默的涌泉又多么深邃！那天下午，我焕然一新。我想玛丽和孩子们，不会吝于给我一个小时的时间。于是，我就把时间花在长臂猿和大角盘羊身上，还去看了老虎，那让我想起埃斯特拉迪斯——老虎踱来踱去，饥肠辘辘，节省体力却又十分危险，以至于我突然发现自己想吸引他的目光……

这肯定是够了。北极熊就像一个全神贯注而又发胖的芭蕾舞演员，犀牛身上散发出刺鼻的氨气味。到处都是成群结队的孩子们，感觉就像那种平和的动物一样。这些已经足够了，我本不应该去昆虫馆的。

我不相信自己会被某种甲虫吸引注意，更不用说是鹿角虫了——那是一种灰蒙蒙的叶子似的东西，看上去荒唐得像是披着细棉布破烂衣服的女人。它停在一根树枝上，不易被发现，一动不动，也许正是这种静止的特点——这种对时间流逝的完全异质的感觉——就已经足够了。当我凝视着火热的黄色的动物园深处时，我想起了隐藏在上帝大道尽头的那不可思议的存在。我想：“这东西和我们能有什么情感是共通的呢？”我回想起上帝的环境中扭曲的视角、颤抖的蓝光、阴影中的工厂、埃斯特拉迪斯最后苦涩的建议——

“问问这个东西打算对我们做什么，在这样一个不再由我们控制的世界里。”

如果有人想要去寻找，在现实的哪个星球或时空统一体里，我们会找到那个噩梦般的中部地区，和我们处于同一时代，却有坑坑洼洼的凄凉景色和巨大的主神形象？为什么在我们搭建舞台之际，上帝正在建造一个巨大的人体？祂想要我们怎么样？

当我重新阅读在这里所写的东西时，我能从我所说的字里行间中，看到我迷失的过程。埃斯特拉迪斯也许给这过程开了个头，他在绍森德的海滨打算开这个头——但那时我只是一霎那的迟疑，而现在……昆虫馆里唯一的声音，就是游客像领受圣餐者一样，从标本旁鱼贯而过时的脚步声；在那里获得了那个启示之后，我再也无法重新找到惊奇的感觉了。我的注意力总是从我的第二代杂交十字叶火烧兰[1]上跑开，我对伊舍轻歌剧协会的排练感到厌倦，心绪不宁。我变得焦躁不安。

我承认，现在让我去顶层的上司办公室，我会感到害怕。上司高高在上，低头俯视着整洁、永远明亮、刮着大风的城市的街道，上司低语道：“还有那么多事情要做，奥克斯拉德。”边说边迅速地用前腿打理自己羽毛般的触角，或是把角质的翅膀外壳折叠起来，那翅鞘合起来就像一件色彩斑斓的燕尾服——在黑暗中，他那神秘的复眼盯着幻灯片放映机投射出的白色、完美的长方形亮框，全神贯注地进行某种感官的更新，以某种我无法理解的意识进行探索。我现在是他的副手了，已经爬到了人类所能担任的最高位置上。我看着外面楼底下整洁的公园中那些领取养老金的人们，我应该感到自豪。

埃斯特拉迪斯又知道些什么？他是个老人。在重新发现上帝之

1. 作者虚构的杂交兰花品种。

前很久，他就退休了，离开这里去了北非，开始研究拜占庭军事历史。他从来没有站在某个熟悉城市的街道上方，面对着一个精力充沛的祂的小号复制品，世界上每个掌握大权的办公室里都被这么一个复制品所占据。他没有半点机会。

上帝为何以这种形式降临在我们面前？我们是那么热切地要接纳祂。

（朝朝暮暮　译）

兼容并包

如果说金斯利·艾米斯和安东尼·伯吉斯证明了英国主流文人能像撰写主流小说、诗歌、戏剧和文学批评一样，信手拈来且行之有效地撰写科幻，那布赖恩·W. 奥尔迪斯则证明了科幻作家同样能撰写优秀的主流文学。奥尔迪斯的成就从多个方面展现出了英国科幻最好的特征：文学技巧、传统意识，以及与其他文学形式的一致性。

1925 年，奥尔迪斯生于英国诺尔福克郡的东迪勒姆，8 岁时，他就被送到寄宿学校读书，其后又升入独立公学。这个离家独居的过程使他获得了写作所需的疏离感和科幻所追求的主题，但奥尔迪斯感到，这也使他后来的人际关系冷淡了好些年。离开公学后，他在军中服役 4 年，参与了远东的战争，随后于 1947 年返回国内，并于 1947 年至 1956 年间在牛津做了一阵子书商。1958 年至 1969 年间他在牛津邮报担任文学编辑，在此期间，他还于 1961 年至 1964 年担任了企鹅图书的科幻编辑。

与许多同时代的人一样，为奥尔迪斯打上科幻烙印的是伍尔沃斯商店的“扬基杂志”货架。在通过一系列刊载于专业报刊上的故事（这些故事最终被收录为《光泉日记》）成为职业作家后，他以发表于《科学奇幻》之上的《犯罪记录》（“Criminal Record”，1954）与一系列被收录为《空间、时间与纳撒尼尔》（*Space, Time, and Nathaniel*, 1957）的其他故事将创作方向转向了科幻。其后不久，他发表了自己的第一部长篇科幻小说《永不停歇》（*Non-Stop*, 1959）。

奥尔迪斯的作品难以尽数，包括24部长篇小说、18部选集以及剧本、诗歌和非虚构作品。在科幻领域，他最著名的作品要数下列这些长篇小说：为他赢得了一座雨果奖杯的《地球的漫长午后》（*The Long Afternoon of Earth*, 1962）；《没穿鞋的大脑》（*Barefoot in the Head*, 1969）；《被解放的弗兰肯斯坦》（*Frankenstein Unbound*, 1973），后由罗杰·科尔曼（Roger Corman）拍摄成同名电影；《玛拉基亚挂毯》（*The Malacia Tapestry*, 1976），以及“海利科尼亚三部曲”（1982—1985），该系列的最后一部作品为他赢得了当年的约翰·坎贝尔纪念奖最佳科幻长篇奖。他在美国与英国同样受欢迎，他的几乎每一部小说都在英国版面世的一年内便得以在美国出版。

奥尔迪斯是新浪潮科幻最耀眼的明星之一，他不仅为《新世界》杂志贡献了自己的长、短篇小说，还身先士卒地努力争取到了英国艺术协会补助，将杂志从濒临破产的边缘挽救回来。这个时期，奥尔迪斯的作品带有一些实验性，他在作品《有关概率A的报告》（*Report on Probability A*, 1967）中采用了法国新小说派的一些技巧，并在最终汇编为《没穿鞋的大脑》的“迷幻战争”系列中采用了詹姆斯·乔伊斯在《芬尼根守灵夜》中使用的文学技法。

奥尔迪斯对科幻领域的学术贡献与他的创作本身同等重要。他的《十亿年狂欢：一部科幻史》是科幻领域内第一部长篇专著，但这不是他在小说外的唯一贡献。他编撰了一系列重要的选集，其中部分是与哈里·哈里森共同编撰的，包括年刊科幻选集《最佳科幻》

（1967—1975）、《十年之期：1940 年代》、《十年之期：1950 年代》与《十年之期：1960 年代》，他还与哈里森合作编撰了两期科幻批评类期刊，名为《科幻边界线》（*SF Horizons*, 1964—1965，1975 年再版为合集），二人还创立了约翰·坎贝尔纪念奖。这一切为奥尔迪斯赢得了 1978 年科幻研究协会颁发的朝圣奖、雨果奖、伊顿奖，以及颁发给《万亿年狂欢》（1986）的国际幻想协会奖，该专著是《十亿年狂欢》的修订版（与大卫·温格罗夫共同修订）。他的研究工作与编辑工作持续至今[1]，成果包括《地狱制图师：一些科幻作家的个人史》（*Hell's Cartographers: Some Personal Histories of Science-Fiction Writers*, 1975，与哈里森共同编撰）和一系列科幻选集与太空歌剧选集，他还获得了诸多其他的奖项与荣誉，包括英国科幻协会与世界科幻协会的主席职位，作家协会的主席职位以及两次在世界科幻大会上担任荣誉嘉宾。

1970 年，奥尔迪斯发表了他的三部曲自传长篇第一部《亲手养大的男孩》（*The Hand-Reared Boy*），该作品进入了英国畅销书榜单，其后续作品为《直立的士兵》（*A Soldier Erect*, 1970）与《突然醒来》（*A Rude Awakening*, 1979）。他还发表了一部被许多评论家认为是他最好的非科幻长篇之一的《西方的生活》（*Life in the West*, 1980）。在一些论述性作品中，他对科幻以及自己与科幻的关系发表了广博的议论，这些作品包括《将来事物的形态：关于变化的推想》（*The Shape of Further Things: Speculations on Change*, 1970）、《此世界与更近的世界：探索熟悉事物文集》（*This World and Nearer Ones: Essays Exploring the Familiar*, 1979）、《科学的黯影》（*The Pale Shadow of Science*, 1985）、《于 W. H. 史密斯[2]埋葬我心：写作生涯》（*Bury My*

1. 指成书时间。
2. 英国的一家零售企业。

Heart at W. H. Smith's: A Writing, 1990）与其他。

奥尔迪斯在短篇方面同样高产而成功。第一届星云奖最佳短篇就是由奥尔迪斯的《唾液树》（"The Saliva Tree"）与罗杰·泽拉兹尼共同获得，他的短篇小说被辑录为诸多选集，包括《奥尔迪斯最佳科幻短篇》（1965，1988）、《月食时刻》（*The Moment of Eclipse*, 1970）、《最终命令与其他故事》（*Last Orders and Other Stories*, 1977）、《新的来人，旧的邂逅：12 个故事》（*New Arrivals, Old Encounters: Twelve Stories*, 1979），以及《一部赤道浪漫史：布赖恩·奥尔迪斯最佳奇幻短篇》（*A Romance of the Equator: Best Fantasy Stories of Brian W. Aldiss*, 1989）。原载于 1969 年《笨拙》杂志的《在太空船厂工作》（"Working in the Spaceship Yards"）便是此类短篇之一，这是一部关于人类境况的讽刺小说，其中涉及宇宙飞船及仿生人等科幻元素；另一部短篇《生命的外观》（"Appearance of Life"）初刊于 1976 年的《仙女座》（*Andromeda*）系列第一期，该小说思考了人类在宇宙中的不确定地位。两部小说都被认为是对早期科幻传统的反思，《在太空船厂工作》针对的是约翰·坎贝尔的《黄昏》，而《生命的外观》针对的是太空飞行及银河帝国类史诗故事，此类史诗由艾萨克·阿西莫夫《基地》系列奠基，奥拉夫·斯台普顿的末世推论也是这部小说的针对对象。

在《20 世纪科幻作家》中，奥尔迪斯写道："我的文学是放逐的文学。我的每一部小说都是崇外行为的产物。"而在《最终命令》（*Last Orders*）的作者后记中，他则写道："你看，我的故事都是在探讨人类的痛苦，疏于沟通、忍耐、接受、爱。这些东西难道不是足够真实的吗？"这就是奥尔迪斯的现实：被报应击溃的傲慢。

（憬怡　译）

在太空船厂工作

布赖恩·W. 奥尔迪斯

我年轻时的第一份工作是在太空船厂，在这里，我的天赋和专长得以发挥到对社会有益的极致。我为一个超光速装配师做助手。那个装配师是个名叫奈莉的女人。随着越来越多的受雇女性来到工厂与男人、仿生人和机器人一同做工，男人们的言行变得越来越谨小慎微。他们比从前更加注意守誓，行止不再粗鲁，也不再忽视自己的外表。我对此颇觉怪异，因为女人们十分明显地表现出她们对男人的誓言、行止与外表都毫不在意。

在工厂四处的废纸篓里，我收集到不少自杀遗书。这其中的大多数都未及送达收信人手中，只能算是遗书的草稿：

我亲爱的——

当你收到这封信时，我再也不能搅扰你了。

当你收到这封信时，我再也不能了。

当你收到这封信时，我已经不在了。

我亲爱的——我们再也不能令彼此心碎。

你对我而言重于生命。我的爱人——我做错了太多。

在如此绝境之中人们还能注意修饰书信的文本，这是很好的。教育彰显了它的作用。在我的学校里，我们只学了如何撰写商业信函。诸如“关于贵司前次运送的火星生铁……”。既然生命是一宗如此悲惨的交易，何不教我们撰写体面的自杀遗书呢？

在这个属于进步的时代，万事万物都是进步的、科技的、崭新的，我们留给自己的一点本真只有我们的“人类境况”——而这境况当然也是悲惨的，尽管我们能吃到全蛋白的一日三餐，可蛋白质拯救不了灵魂的暗夜。仿生人，尽管长得与我们别无二致（现在，我们的飞船厂里有了新型黑鬼仿生人了），但却没有灵魂，他们中的很多人因为缺少“人类境况”中那漫长的牙痛而感到忧郁。他们中一部分人离开了工厂，戴着墨镜站到街角行乞，肩上挂着可悲的字条：“技术的孤儿”“过走离开工仓[1]”“可怜可怜我这可怜的金属架子吧”。我曾在皇后区见过一句尤为撕心裂肺的话：“淘汰即是穷人的死亡。”他们有自己的精神创伤；不能享有“人类境况”这件事本身必然是极其痛苦的。

大多数仿生人都痛恨仿生人乞丐。下工后，他们在各个街区游荡，殴打他们能找到的所有乞丐，把他们行乞用的马克杯踢到垃圾桶中。无面的仿生人很吓人。他们长得就像戴铁头套的人。你永远也逃脱不了角色扮演。

我在船厂工作时，我们正在生产 Q 系列飞船。那是一款实验产品。Q1、Q2、Q3 都已生产完成，被拖入火星外围的轨道，向半人马

1.“过早离开工厂”的错别字版本。

座阿尔法星发射。再也没有人听到过它们的消息。或许它们正在环游整个宇宙，并将在太阳沉到永久冻土层下10公里后重返太阳系。无论如何，我将无法活着见到那一天了。

制造这些飞船无甚乐趣。船上没有奢侈品，没有生活区，没有家居装饰，没有厨房，没有绵延数英里的地毯，也没有正经飞船所装配的大量装备。我们也极少获得什么额外收入。行使船员职能的计算机过着非常简朴的生活。

“等你回到太阳系时，太阳将要深陷在永久冻土的10公里之下了。”当我们把Q3上的计算机巴尔送上飞船时，我这样问道，“到时你要怎么办？”

“我将测量永冻层。”

我注意到这几乎就是事实。你料想不到这种答案，所以这听起来常常像是笑话。计算机与机器人经常说些好笑的话，因为他们没有需要扮演的角色。他们只陈述真相。我问巴尔：“你为谁测量永冻层呢？”

“我为它的内在价值测量它。”

“即使那时对此感兴趣的人类已经不存在了？”

“你误解了‘内在’的意义。”

每一艘像这样的Q系列飞船都要花掉像英国这样一个国家一年的国民总收入。它们被封存，送入宇宙之中，再也不见！我的手工艺品。那美丽的数英里无缝焊接工艺。我毕生的事业。

我说计算机会诉说真实。那只是它们看到的真实。而我们都看不到的事实正接连发生着。我们该不该把这些事实涵盖到我们个人的真实中呢？

我的母亲是个好心肠的老太太。在我 10 岁离家被配给职务前，我们一起度过了许多愉快的时光。她有一颗金子做的心——比那更好，一颗铀做的心。她有一个耳聋的老朋友，叫帕特夫人，过去她每周都会来拜访母亲一次，她会坐在那把大扶手椅里，听母亲向她大声询问和表达意见。

我会在帕特夫人进门前藏到扶手椅后。当她和母亲开始大喊，我会从椅子后面站起来，这样帕特夫人就看不到我了，我会把我的大拇指伸到耳朵里，把小拇指抵到鼻子上，让鼻子起皱变形，摇晃其他几根手指，上上下下地挤眉弄眼，并伸出舌头，试图逗笑母亲。她不得不装作看不见我。有时，她必须得假装擤鼻涕，以此来掩饰一声轻笑。

现在我到了更为持重的年龄，如今，我问自己的问题是，在帕特夫人——她几年之前就已经接受了安乐死——的角色里，我是否该被当作真实的部分。鉴于我不是她视野范围内的可观测现象，我不可能是她的已知真实。对帕特夫人而言，我不存在于扶手椅后；因此作为自我的她完全可以对我忽略不见；于是，如她所见，我不构成她的真实中的一部分，我的行为对她造成的唯一影响便是，慢慢地，她开始认为我母亲是个容易感冒的人，需要经常擤鼻涕。

这件事告诉我们，存在着两种真实：一种是属于我们每个人的个人真实，另一种，为了避免使用更为愚蠢的术语，我决定叫它普世真理。在后一个范畴内，显然存在着任何人都观测不到的事实，比如抵在我鼻子上的手指头，比如 Q1、Q2 和 Q3 的航行，比如上帝。

曾经有一次，我试图把这一切给我的仿生人朋友杰克逊做个解释。我试着告诉他，他只能理解宇宙真理，但对人类的个人真实全无认知。

“宇宙真理是更伟大的，所以我比你更伟大，你只能理解个人真实。”他说。

“根本不是这样！我显然能理解全部的个人真实，因为它就如它的字面意义一样，我也能理解不少宇宙真理。所以对于整体真理，我能理解的比你更多。”

“现在为了赢得这场争吵，你又在发明第三种真理了。就因为你具备人类境况，你不得不持续试图证明你比我强。”

我把它关掉了。我比杰克逊强。我能把它关掉。

第二天，我回到轮值岗位上，又把它打开了。

“在你隐喻性的扶手椅背后，隐藏着许多你不知道的可怕事物，他们也在你背后比暗号。”他立刻说道。

“至少人类会写自杀遗书。”我说。这是一种从未获得正式承认的小众艺术。一种非常私密的艺术。你不能给你不认识的人写自杀遗书。

亲爱的总统——

您也许并不熟悉我的名字，但我在上一届选举中为您贡献了选票，当您收到这封信时，我再也不能搅扰你了。

当您收到这封信时，我再也不能为您投票了。我再也不能在下一届选举中支持您了。

亲爱的总统——这一定有些令人震惊，考虑到您不认识我更加如此，但亲爱的先生——您对我而言不仅是一位总统。

女人们非常易于动情。她们中的很多人与仿生人坠入爱河。男人对此十分痛苦。我的初恋奈莉，那个超光速装配师，为了一个仿生人电工而离开了我。她说他更值得尊敬。

过去，我们男人经常在食堂里谈论性爱和哲学以及谁将赢得异想天开竞赛。女人们则会交换食谱。我经常觉得女人对“人类境况”的理解不如我们男人这样深刻。

当我们第一次上床时，奈莉说：“你有点儿紧张，对吗？”

是的，我是，但我说：“不，我不紧张，我只是在想角色扮演的问题。我还没设计出一个适合当前这个情境的角色。”

“好吧，那就打起精神来，不然一会儿哨子该响了。你可以扮演个伟大情人什么的，成不成？”

“我看起来像是伟大的情人吗？”我恼怒地问。

“我见过比你更小的。”她说着微笑了。在那之后，我们一直处得很好，直到他为那个仿生人电工离我而去。

有那么几天，我痛苦至极。我想到要给她写一封自杀遗书，但不知该如何遣词。

亲爱的奈莉——

我知道你的心太硬，只会觉得我不值一哂，但……

我知道你觉得我不值一哂。不足为道。

漠不关心。你对我漠不关心，但……

当你躺在你爱人的人造臂膀中时，你或许会对我将行之事感些兴趣。

但我并没有真正着手去写，因为我开始与南茜建立起亲密的友谊，她非常喜欢我扮演的伟大情人。她则非常擅长扮演一个“我知道对于玩儿这套把戏而言，我们都太理智了”的角色。过了一阵子，我争取到一次转岗，这样我就能跟她一起去做右舷冷凝器。她会告诉我一些异国菜肴的做法。有时，回到食堂去跟我那些老朋友用餐倒也令人感到宽慰。

终于，Q4 完工的伟大日子来临了。总统亲临工厂，为我们进行致辞，他视察了这个 2 英里高的巨针，由闪闪发光的钢铁制成。他跟我们说，这东西的造价超过整个南美的价值，它将开启人类历史的新纪元。又或者他说的是新错误[1]。无论如何，Q4 将带我们接触到许多光年以外的其他文明。我们必须赶在我们的敌人前面率先与外星文明处好关系，这对我们的生存至关重要。

“我们干吗不直接跟我们的敌人处好关系？”南茜酸溜溜地问我。她完全不懂得看场合说话。

在致辞仪式散场后的回程路上，我遭遇了一场令人厌恶的惊吓。我看到奈莉把手臂环绕在那个仿生人电工身上，而他是个跛子。一个仿生人，跛子！你们有自己的角色要扮演的。你们这些拜伦式的浪漫主义仿生人！如果我们不留心，他们就会抢走我们的人类境况，就像他们抢走我们的女人一样。未来是晦暗的，我们命运的垃圾桶里充满了自杀遗书。

我感到非常恶心。南茜盯着我，好像她能透过我的肩膀，看到有人在我背后把大拇指伸到耳朵里，把小拇指抵到鼻子上，做那一套鬼把戏。当然，当我回顾身后时，那里并没有人。

“让我们去扮演彼此的伟大情人吧，趁着还有时间。”我说。

（韶光　译）

1. 新纪元（New Era）与新错误（New Error）发音近似。

生命的外观

布赖恩·W. 奥尔迪斯

有的东西很大，有的东西很小：一座银河系博物馆，一桩逝去的风流韵事。这两样东西同时出现在我目之所及的地方。

这博物馆很大。在距离地球不足1 000光年的范围里，存在着无数个世界，每个世界里都有许多极其古老而又神秘莫测的建筑。矩尺星上的博物馆就是一座这样的建筑。

我们猜测，这座博物馆是由一个名为“系值法”的物种建造的，他们曾统治整个银河系。随着其影响力从一个星系延伸到另一个星系，他们的幽灵已然变成人类意识的一个组成部分。有时，系值法会被描摹为魔鬼，隐藏在黑暗的星云某处，伺机对人类发动突袭，使我们亡族灭种，以此报复我们侵入他们领地的举动。有时他们被描绘为众神，带着神独有的可怕与孤寂在宇宙的沙漠中穿梭，其力量与智慧超乎我们的想象。

这两种截然相反的形象，当然都出自人类意识的极深之渊。魔鬼与众神始终与我们同在。

但系值法确实曾经存在，而我们时下也知道一些关于他们的事实。我们知道，当他们发展到能建造银河的阶段时，就放弃了文字。

他们的族名本身得以流传是因为我们拥有一个孤证，装点在拉卡加星上某建筑正面的醒目标志，那是他们曾经使用的字母表。我们知道他们不是人类。不仅因为他们的建筑规模与人类截然不同，也因为那些建筑所在的星球都不适宜人类生存。

我们不知道的是，系值法族群后来发生了什么。他们的统治一定曾持续过很长时间，他们一定战无不胜，唯有时间是他们无法攻克的。

当知识不足以解释事实，想象便会开始大行其道。人类猜测，系值法应该是进行了某种种族自杀。或者他们发生了内部分裂，并在银河系之外的宇宙某处彻底灭绝，那是人类的太空飞船无法涉足之地。

对于系值法的命运，还有一些更加形而上的猜测：也许他们出于进化需求，放弃了有机体这种存在形式。若真如此，他们可能依然居住在那些古老的建筑之中，只是不为人类所知。还有一种更为奇异的理论，把重点放在“意识与宇宙的可证唯一性”上，据该理论推测，一旦一个物种开始相信自己能够占领银河，他们必将成功；而这就是人类已经遂行之事——我们几乎已将我们杰出的先祖彻底忘却。

好吧，理论总是有许多，但我打算谈论的是矩尺星上的博物馆。与所有其他事物一样，矩尺星也拥有自己的谜团。

这座博物馆标记出了矩尺星的赤道。建筑的形式是一条环绕着该行星的巨大腰带，大概有 16 千米长。说来也怪，这条腰带的宽窄处处不一，有的地方有 12 千米宽，有的地方则超过 22 千米。

有关矩尺星的谜团中最首要的是这一条：它独特的地貌构造是自来如此，还是出自系植法的改造？因为这座建筑几乎将整个行星完美地分割为两部分，北半球是陆地半球，南半球则是海洋半球。一边是风和蓝雪冲刷而成的平原，一望无垠。另一边则翻滚着令人生畏的氨水海洋，其中无半点岛屿，火鱼与一些神秘的住客寄居其中。

在系值法建筑中最宽阔的区块里，挤着一群杂乱无章的大楼。若你自宇宙中来，你会很乐意看到这样的拥挤情境。你的飞船带你着陆，你乘着电梯，来到建筑的穹顶之上，接着，你欣喜地发现——在这神秘莫测的对称宇宙中（其中系值法的存在不值一提）——人类留下了自己凌乱的足迹。

我在飞船边上驻足，打量着周遭的浩瀚无垠。一轮紫阳自云间升起，在我站立的茫茫平原上投下奔驰的影子。远处的海洋在我目之所及的范围外汹涌澎湃。这是一处孤寂的所在，但我已经习惯孤寂——在被我称为家的那颗行星上，除了去繁育中心访问之时，我一年到头都难见到另一个人类。

博物馆拥有若干巨大的门，矩尺星上为人类而建的建筑就伫立在其中一个大门边上。这个建筑群包括一个迎宾馆，诸多办公区块，货物处理设备，以及巨型发射台——博物馆的墙壁不受电磁波的光谱影响，因此馆内的任何信息都是通过电脑传至入口，接着由发射台发射至第二空间，进而传向银河系其他部分的。

“探寻者，我们料定你将前来。欢迎来到矩尺星博物馆。”

那个引领我通过气闸，进入宾馆的仿生人如此说道。同其他地方一样，此处的低薪岗位也都被仿生人占据了。我瞥了一眼门厅处的日历钟，像所有到此的游客一样，敲击着我的腕带计算机，想知道地球即将运行到哪里。

在阿尔法波音乐的镇定作用下，我在睡梦中克服了光差反应，次日，下行进入到博物馆本馆。

博物馆由 20 位人类工作人员运营，全都是女性。向导给我提供了一名探寻者可能需要的所有信息，帮我选了一辆观光车，接着，便留我一人独自进入博物馆参观。

虽然我们有诸多方法制造单分子金属，但系值法在矩尺星的建筑中使用的材料是我们无法理解的。它全程没有接口和缝隙，甚至，不知怎的，它能贮存和产生光，因此内中不需要任何人造光源。

除此之外，这个建筑是空旷的。整个地方都有一种属于赤道的空旷，只在一千余年前，人类接手此处并将其变成一座博物馆时，才开始用银河系的废旧物件填充它。

我利用我的观光车继续前行，我并没有像自己想象的那样，被无限的概念淹没。自从人类的先祖能用手指数到10，对无限的向往就寄居在了人类的意识之中。在真空中的定居生活增强了这种向往。我们以整个物种为单位体验幸福是近期才有的事，是在我们作为一个物种的成熟期过后；这也帮助我们形成了这样一种习性：为了一个长远的目标而忽略眼前的忧愁。但我相信——这只是我个人的意见——正是这种对无限的向往，以各种形式妨碍了个体之间建立亲密的关系。我们甚至不像我们母星上的先祖那样彼此相爱了；我们安然独处，而他们不曾如此。

在夏天，光会妨碍各种对无限的暗示。我知道我正处在一个巨大的封闭空间之内，但鉴于光使我免于遭受任何形式的幽闭恐惧困扰，我将不会试图描述那种浩瀚无边的感受。

在过去的10个世纪里，该空间中的几千公顷被人类的堆积物占据了。仿生人持续不断地工作，整理这些展品。它们尽数被扫描进电子设备，以备文明星球上的住户使用。任何人只要向博物馆打电话，便可足不出户地通过第二空间获取对应的三维影像。

我几乎是漫无目的地在展厅中悠游。

想要成为一名探寻者，须得展现出一种高度偶然的反应因子。儿童时代，我曾在实验表现池中展现出这种因子，于是立即被选中进行相应的特殊训练。我辅修了许多附加课程，如哲学、阿尔法肱骨学、伴随性四维分割学、临时同步学、人类基因学以及其余种种，最终被认证为一名合格的聚合型高级探寻者。换言之，我能在别人完全无力思索附加情况的各种情境中，将已知条件融会贯通，得出结论。我会联结。我能使整体大于局部之和。

在一个局部日益增多的宇宙之中，我的职业蕴藏着无限价值。

我来参观博物馆，是带着任务而来，这些任务由遍布整个银河系的无数机构、大学和个人所交予。每一项任务都需要我的特殊才能——一种能超越全息影像的洞察力。让我来举个例子。鲁法多星球上的帕丁大学听觉学院正在研究这样一种假说：在数千年的时间跨度中，人类语音的强度变得越来越低，换言之，就是变得愈发安静。我能在博物馆中搜寻到的任何相关证据他们都很欢迎。学院可以通过遥控全息影像扫描整个博物馆，然而只有极少数像我这样以真身探访博物馆的人才可能对整体内容物进行格式塔式的分析；而只有探寻者才能发现某些意义重大的并置结果。

我的观光车载着我缓缓穿越展厅。馆内每隔一段距离就设有一个营养补给机，因此我无须离开展馆。我在观光车内睡觉，车里设有舒适的卧铺床。

第二天，我在开始晨起观览前漫不经心地问了左近的仿生人一个问题。

“你喜欢在这里排列展品吗？”

“我永远不会厌倦。”她快活地冲我笑道。

“你觉得这有意思？”

“其乐无穷。找到规律性的模式是我的本能。”

“你总是在馆内区块里工作吗？”

“不。但本区块是我最爱的区块之一。您可能已经看见，我们在这个区块内整理灭绝的病菌——或是那些若不在博物馆内进行保存就将灭绝的病菌。我发现微生物很美。”

“你一直很忙？”

“是的。每个月都会有新的展品到来。从最大的到最小的，任何物品都可以在此贮存。我能给您看点儿东西吗？”

“暂时不要。这间博物馆还要多久才会被填满？”

“若按目前的入馆速率，需要 1.55 万年。”

“你进入过博物馆的空置区吗？”

“我曾站在空置区边缘。在那里我有一种恐惧感。我还是更乐于让自己忙着整理各种人类作品。”

“这很合适。”

我驱车离开，一边思考着仿生人的思维局限性。那些局限由人类小心翼翼地设计而成，仿生人本身对此毫无知觉。对一个仿生人而言，“客观环境”或说“概念宇宙”是无限的。这是为他们的快乐而设计的，正如我们的“客观环境”是为我们的快乐而设计的。

随着时日流逝，我观察到了许多并置现象和物品，能够支撑我客户们的观点。我把它们一一记录在了腕带计算机中。

第五天，我考察了一个存放飞船和个中物品的区块，这些飞船和物品都是早期银河旅行留下的遗迹。

许多物品都给我带来一种强烈的情感体验——一种主要由怀旧情绪构成的情感，一种回到过去的快乐。因为我看到许多物品映射出一个逝去的时代，那时的人类生活与如今截然不同，也许没有这么安全，却显然没有这么严峻。

在第一银河纪元，当时尚有“妻子”或“情妇”——这两个词是情爱伴侣的旧式说法——陪伴的男人开始进入彼此间隔很远的原始飞行器之中，这标志着人类对偶联结关系的削弱，以及作为一个物种的人类开始步入成熟期。

我进入一架古早的飞船之中，这架飞船建造于第二空间被发现之前。它的规模极小。我收着肩膀，沿着那条简陋的走廊进入一个空间，这里曾是五个机组成员的休息室。此间金属由古法精炼而成；它甚至可能是由木头制成的。这里的家具设计看起来不像是为人类的体格框架设计的。其样式力求达到的是一种虚幻的功能主义。然而，空气中依然残留着的，是一些令我认定属于人类的特征：毅力、勇气和希望。曾经住在这里的五个人是与我有着亲缘关系的人类。

这艘飞船是在一家有缺陷的循环工厂中彻底报废的——他们的微观封存技术没有包含向血细胞里输入氧气的环节，就更别说进行基因手术，使其具备遗传性了。问题出现之后，所有的设备与家具都保持着千万年前的原始状态。

在翻动一些个人储物柜时，我发现了一个薄薄的环带，它是由一种古代金属——黄金制成的。环带内侧笨拙地印刻着小小的古代文字。我把它放在拇指尖上把玩，思考着它的功用。它会是早期避孕工具吗？

我肩膀便是一个博物馆之眼。我启动了它，调出了官方目录，请它来描述我所持的物品。

答复来得很快。“你正拿着一枚戒指，当我们物种的体形比如今小时，它曾戴在人类的手指上，”目录说道，“同飞船一样，这枚戒指可以上溯到第一银河纪元，但它的年代应比飞船本身更为古老。该时期与我们对戒指功能——主要是象征性的功能——的认识是相吻合的。戴戒指象征着一个女性或男性处于已婚状态。这枚戒指可能是世袭财产。在当时，人们对婚姻存续时间的预期是直至生育后代，甚至直至死亡。当时，男性与女性的出生比例为 1∶1，与如今这个男女出生比达 1∶10 的星际社会大相径庭。因此，当时的对偶婚姻生活并不像现在听来这样不合逻辑。然而，戒指本身应当被视为一种无伤大雅的不合逻辑，它的设计，仅仅是为表达婚姻中的束缚和联结——”

我切断了连接。

一枚婚戒……它代表着符号化交流。如此说来，它对我的一位雇主极具价值，那是一位进行非语言变化研究的教授。

一枚婚戒……一枚代表爱与思想的闭环。

我很想知道，这场特定的婚姻对这艘飞船上的配偶双方而言是否都已结束。但现存物品无法回答我的问题。我又发现了一张塑料窗框包裹着的平面照片，这是一对男女在户外的合影。他们正对着面前的仪器微笑。他们的眼睛很平，这意味着他们的颅骨尚不发达，然而他们并非全无魅力。我注意到他们站得很近，我们如今通常不会站得那么近。

这会是拍摄仪器的局限所致吗？或者是有关亲密关系的社会习俗发生了改变？这是否与人类语音输出的分贝大小有关系？若是如此，我那听觉学院的客户或许会对此很感兴趣。我们的听觉设备很可能比我们先祖的设备更为精妙，毕竟他们当时尚被局限在我们母星沉重的大气压强之中。我将这些细节记录在案，以备将来查阅。

一位同僚探寻者曾跟我开玩笑说，宇宙的奥秘就隐藏在这家博物馆中，只消我能把它找出来。

“等到博物馆彻底建好，我们发现奥秘的概率就会大一些。”我对她说。

“不，”她说，“到那时，奥秘就将被埋藏太深。我们应该仅仅将宇宙的最外层搬运到系值法的建筑之中。你若不现在去探寻，就永远别想知道了。”

“宇宙存在一个终极奥秘或是解开答案的钥匙，这个想法本身无论怎么说都是出自人类自己的意识。”

“或者是出自创造了人类的意识。”她说。

当晚，我睡在了早期银河旅行的区块之中，并在第六天继续我的研究。

我感到一种奇异的兴奋，超越了怀旧的情绪与单纯的考古兴趣。我的直觉奏响了警钟。

我驱车穿行于属于第二银河纪元的20艘大飞船之间。其中最长的一艘足有5 000米，在那个时代，数十个男女同时寄居其中。这是我们的物种试图在太空中建立帝国，将我们对国家与领土的原始迷恋拓展到许多光年之外的时代。相对论的真实存在使这样的努力从一开始就注定失败；在无限浩大的时空之下，这种迷恋被视作幼稚的东西搁置一旁。可以毫不矛盾地说，在星际间的距离单位上，人类变得更加擅长独处了。

我没有进入这些庞然大物，但驻留在了它们之间。在这里，我对那些以金属形式表现出来的残酷军国主义科技进行了取样调查。这种极端行为再也不会发生了。

在这些庞然大物之外，仿生人正在整理新入馆的展品。这些展品在遥远的上方传送带上滑动前进，被静静地送往博物馆入口处，卸往需要的地方。我穿过一排货架，慢慢向正被卸下的新入展品处靠近。

货架上摆放的物品皆来自准帝国时代的殖民地民居或飞船。我为这些藏品惊奇不已。随着人口激增，物品也增加了许多。在我们物种的未成熟时期，对事物的占有欲一直是我们优先考虑的事情。这些死去很久的人似乎很少想到其他，只想着以各种形式去占有更多的东西；然而，就像同等境况下的仿生人一样，他们无法意识到属于他们的客观环境的局限性。

在乱成一团的物品之中，一块平平无奇的立方体吸引了我的注意力。它的侧面是光滑的银色。我拾起它，并把它翻了过来。在它的一边有一块小坑。我用手指碰了碰那个小坑。

慢慢地，立方体的侧面清晰起来，一个年轻女人的三维头像出现在立方体之中。那脑袋上下颠倒，眼睛正盯着我。

“你不是克里斯·梅勒。”她说，“我只同我丈夫说话。关掉我的设备，把我头朝上放好。”

“你的‘丈夫’在 6.5 万年前就死了。”我说。但我还是把她的立方体放回到货架上，同一个来自遥远过去的影像对话，我并非毫无触动。而它对真实环境做出反应的能力使此事愈发令人印象深刻。

我向博物馆目录询问此物为何。

“用当时的话说，它叫作‘全息罩’，”目录说道，“这是一个真实女性的全息影像，内嵌了她大脑的复制品，该复制品被植入一枚坍缩的锗合金芯片中。它产生了一种生命的外观。你需要更为详尽的科技细节吗？”

“不。我想要它的出处。”

“它来自一艘小型武装飞船，一艘侦察舰。舰艇建造于第二银河纪元 201 年。该侦察舰被一枚来自斯坎德拉星的炸弹部分摧毁。机组成员全部殒命，但飞船驶入了斯坎德拉星的轨道。你需要交战细节吗？”

“不。我们知道这女人是谁吗？”

“这些货架存放的是近期入库的物品，它们刚刚被编入目录。其他来自斯坎德拉星的物品尚待入库。过些时日我们或许能找到更多数据。该立方体本身尚未经过彻底检查。它被设定为只对该女性丈夫的脑电波进行回应。此类全息罩在第二纪元期间，曾风靡于星际飞船上的男女之间。它们向处于宇宙其他地方的伴侣提供了模仿生命的纪念品。欲知更多细节，你可以——”

“这就够了。”

我继续前行，但越来越不在意身边的物品。来到新展品卸货处时，我停下了观光车。

随着运载平台从屋顶下降，永不知倦的仿生人将它们卸下，放入半透明包裹中，进而装入左近的储物柜里。大一些的物品则用起重机搬运。

“这些物品是从斯坎德拉星来的？”我问目录。

“正确。你想了解该行星的历史吗？”

“这是一颗农业星球，是吗？”

“正确。全农业化，全自动化。没有人类下到地表。它最初由苏维埃印度宣布主权，此处的殖民物资尽管不完全，但基本属于印度。左近的行星属于泛斯拉夫联盟，二者之间爆发了一场战争。这些民族主义用语你熟悉吗？”

“这场愚蠢的‘战争’是如何结束的？”

“联盟向斯坎德拉星派出了一艘战舰。进入轨道后，它立即要求印度人做出妥协，而后者不能或不愿如此。战舰派出了一艘侦察舰下至行星表面谈判并解决问题。他们达成了协议，但重返太空的侦察舰却在即将进入母舰时发生了爆炸。一部分斯坎德拉星的极端分子在侦察舰上安装了炸弹。你昨天查看了一件那艘侦察舰上的遗留展品，今天你又从那艘战舰旁边行驶而过。”

“为了对这枚炸弹进行报复，泛斯拉夫联盟对该行星发动了 K 炭疽病毒战，这种病毒在一周之内灭绝了该行星上的所有人类。众所周知，炭疽杆菌因其极难控制的特性而臭名远播，战舰本身也感染了病毒，机组成员全部死亡。侦察舰、母舰与斯坎德拉星在几个世纪里与外界断绝了联系。不消说，炭疽感染危险如今已经彻底解除。一切预防措施皆已完备。”

目录的简单介绍令我陷入沉思。

我思考着斯坎德拉星的事故，如今它显得如此微不足道。

清洗掉一个充满人类的世界——这又一次证明了人类的占有欲，这种欲望如今已经放弃了对人类灵魂的控制。又或许，博物馆的存在本身即是这种欲望依然残存的暗示，如今它进化成了一种智能的占有欲，不仅想占有物质，而且想占有人类的整个过去，的确如此，我朋友开玩笑地称为“宇宙奥秘”的又能是什么东西呢？

于是我告诉自己，因果关系只是精神层面上主观存在的，占有欲本身就会创造出一种需要被破解的秘密，就像狩猎本身就会提供猎物。若这秘密一朝被破又会如何呢？到时，人世间所有复杂的事与物都将被大道至简的符咒破解，人类的动力降低了，直低到生活本身失去意义，于是我们的物种将枯萎消亡，一切使命业已完成。或许这正是发生在无可战胜的系值法的事。

在宇宙热寂为万物带来平等之前，我们无从确定无机与有机宇宙在多大程度上是协调统一的。但假设“所有事物无分等级，皆为他者而存在”却并无不可。智能生物系统或许可以通过知识、通过被我朋友戏称为“奥秘”的占有欲，与包容他们的宇宙行成组合——联盟。这个联盟代表着一个高峰，一段繁荣。在此之外只有衰落，这在形而上学层面正与热力学第二定律相一致！

突破这一系列推论后，我立刻意识到了两件事：第一，我已深深浸入我的偶然探寻者状态；第二，我正打算从一个从运载平台上卸货的仿生人手中接过一件物品。

当我把它从半透明包裹中拆出来时，目录说道：“你手持的物品来自斯坎德拉星的首都。从一对名为琼·戈帕尔与兰·戈帕尔的已婚夫妇公寓中回收。该地点的其他物品正在入口。不要随意搁置，以免理货人员混淆。”

这是一个“全息罩”，与我前一天曾查看的那个相仿。或许这是个更为精巧的例子。这个盒子的翻转效果更为灵活，按钮隐藏得极好，我是凑巧碰到的。而且，我刚一碰到按钮，立方体便亮了起来，它的幻影形象也更加鲜明强烈，我正拿着一个男人的头。

那人四下观望，看到我的眼睛后说：“这个全息罩仅为我的前妻琼·戈帕尔开放。我与你无话可说。关掉设备，做个好人，把我送到琼身边。我叫克里斯·梅勒。”

图像消逝了。我的手里拿着一个立方体。

我的脑海中涌现出无数问题。

6.5 万年前……

我再次按下开关。他直勾勾地看着我，依然用那副语气说：“这个全息罩仅为我的前妻琼·戈帕尔开放。我与你无话可说。关掉设备，做个好人，把我送到琼身边。我叫克里斯·梅勒。”

显然这就是克里斯·梅勒身后留下的一切了。他的脸给我留下了深刻的印象。他五官大方，高额头、长鼻子、下颚强壮。他那双灰色的眼睛相距很远，嘴巴丰满而坚毅。他有一脸整齐的棕色胡子，间杂着一些灰白，鬓角的头发也夹杂着灰白色，脸上没有皱纹，面色警觉而不无忧郁。我将他从电子世界的远方拉回，重新点亮，再次复现他的故事。

“现在我来让你和你前妻团聚。”我说。

当我将这个全息罩带上观光车，向前一天看到的那个展品处进发时，我知道我那受了训练的天赋正与我同在，引领我向前。

此时巧合与矛盾同在——或说似乎同在，因为巧合与矛盾都是表象，未必真实。我在前一天遇见了那女人的全息罩，后一天就遇见了这男人的，这倒不奇怪。他们来自同一个行星区域，是在同一次运输过程中进入博物馆的。矛盾要更有趣些。那女人说她只同她丈夫说话，而男人则说只同他前妻说话——这里是否还涉及了另一个女人？

我想起那个女人——琼——似乎更年轻些，而这个男人梅勒已经不复青春。那女人身在斯坎德拉星上，而梅勒则身处侦察舰之中。在那场毁天灭地的“战争”中，他们是处于敌对双方的。

在650个世纪之后，情况何以至此似乎令人费解。然而只要全息罩的细胞亚分子结构内部依然留有能量，这些微不足道的历史碎片就依然有可能被拼合重构。

我并不知道两个全息罩能否互相交谈。

我将两个立方体放到同一个架子上，间隔一米远。之后按下开关。

两个脑袋的影像重新出现。他们看起来栩栩如生。

梅勒热情地凝视着架子另一边的女性人头，率先开口。

“琼，我的宝贝。我是克里斯，这么长时间之后又跟你说上话了。我都不知道我该不该说，但我必须要说。你还能认出我吗？”

尽管琼的影像比这位男性明显更为年轻，但却不如他精巧，那个保存她的全息罩质量差些，颗粒感更重。

“克里斯，我是你的妻子，你的小琼琼。无论你身在何处，这个影像永远为你留存。我知道我们之间有些问题，但……我们在一起的时候，我从来都没机会述说这一切，克里斯，但我真的珍惜我们的婚姻——它对我意味着很多，我希望它能持续下去。我爱你，无论你身在何处。我常常思念你。你说——罢了，你知道你说过什么，但我希望你仍然在意。我希望你在意，因为我真的很在意你。”

“我们分开已有许多年了，我的宝贝琼，”梅勒说道，“我知道最终是我打破了我们的婚姻，但那时我还年轻，还很愚蠢。即使在那时，我身心的一部分也在警告我，我在做一件错事。我假装以为你并不在意我。但你一直就是在意我的，对不对？”

“我不仅在意你，今后我还会试着向你透露更多的内心感受。也许现在我比从前更了解你了。我知道我在很多地方都没有表现出自己应有的热情。”

我饶有兴味而又困惑不解地听着这段对话，其中包含了诸多超出我理解能力的弦外之音。我正在聆听原始人类的对话。影像中她的脸庞颇具魅力；她生着性感的嘴唇和大大的眼睛，除却眼睛的扁平与她误以为会令她更美的多余毛发，她确实颇具魅力——但她居然理所当然地认为她可以将一个男人当作自己的私有财产，而对方的言行举止显然也是在认同此种假设，着实不可思议！梅勒的言谈模式缓慢，深思熟虑，却异常笃定；而琼的语速很快，说话时摇头晃脑，支支吾吾，断断续续。

他说：“你不知道在悔恨中生活是什么滋味。至少我希望你不致如此，我的宝贝。你从不像我这样了解悔恨和它所带来的复杂后果。我记得在我们分手前，我骂你浅薄无知。那是因为你满足于当下，全然不考虑过去与未来。当时我无法理解，因为对我而言过去与未来总是与我同在。你从不提过去的事，无论悲喜，而我受不了这样。想想看，我竟让这样一件小事妨碍了我们的爱情！还有你和戈帕尔的情事，那也令我伤心，原谅我这样说，他是个黑人的事实又在我的伤口上撒了一把盐。但即使是在那时，我也是过错更多的一方。那时的我比之现在太过自负，琼。”

“我不是很擅长反思过去，你知道的，”她说，“我每天都活在当下。但与兰·戈帕尔的牵扯——罢了，我承认他确实吸引了我——你知道，他向我示爱了，而我无法抗拒，我不是在指责兰……他很贴心，但我想让你知道，那都结束了，真的结束了。现在我又开心了。我们是属于彼此的。”

“我对你的感情依然同过去一样，琼。如今你和戈帕尔结婚想必也有十年了。或许你已经把我忘了，也许这个全息罩不受你欢迎。”

我站在那里被迫倾听，而这两个影像全神贯注地凝视对方，进行着互不交流的交谈。

“我们的想法不一样——我是说我们考虑问题的方式，”琼垂下视线说，“你能解释得比我更好——你总是更有才智的那个。我知道你看不起我，因为我不聪明，对不对？你过去曾说我们缺少语言交流……我不知道该说什么。我只知道，每次看到你伤心又愤怒地踏上另一趟航程，我都很难过，我希望——噢，好吧，你看，你可怜的妻子正试图给你发送这个全息罩，以此来弥补她的种种缺陷。它载着我的爱意，亲爱的克里斯，我希望——噢，所有的一切——希望你能回到地球，回到我身边，希望我们之间的一切都能同之前一样。我们属于彼此，我从没有忘记。”

说话之间，她的情绪变得越来越激动。

“我知道你不想要我回来，琼。”梅勒说道，“没有人能逆转时间。但当机会来临，我不能不让自己试着去跟你接触。你在十五年前给我发送了一个全息罩，从此以后，我无论去哪儿都随身带着它。我们离婚后，我加入了一支太空雇佣军。现在我们要同泛斯拉夫同盟打仗了。我刚刚知晓，我们即将前往斯坎德拉星，尽管目的并不太友善。所以我在制作这个全息罩，希望能有机会将它发送给你。我想传达的信息非常简单——我原谅你的一切，无论你认为有什么需要我谅解的。这么些年过去了，你对我依然很重要，琼，尽管我对你或许不值一钱。”

“克里斯，我是你的妻子，你的小琼琼。无论你身在何处，这个影像永远为你留存。我知道我们之间有些问题，但……我们在一起的时候，我从来都没机会述说这一切，克里斯，但我真的爱我们的婚姻——它对我意味着很多，我希望它能持续下去。”

“这感觉真奇怪，我以敌人的身份来到了这个星球——我想它现在是你的母星了，鉴于你嫁给了戈帕尔。我早知道那混蛋存心不良，一直像只蛀虫似的在我们之间钻营。告诉他我不恨他，只要他对你好，其他的都不重要。”

她说：“我爱你，无论你身在何处。我常常思念你……”

“我希望他已经使你彻底忘记我了。这是他欠我的。你我曾是彼此的唯一，我的生命再也不曾那样快乐，无论我对别人装成什么样。”

“我常常思念你。你说——罢了，你知道你说过什么，但我希望你仍然在意。我希望你在意，因为我真的很在意你……我不仅在意你，今后我还会试着向你透露更多的内心感受。也许现在我比从前更了解你了。”

“琼，我的宝贝。我是克里斯，这么长时间之后又跟你说上话了。我都不知我该不该说，但我必须要说。”

我转过身子。至少现在我明白了，是那些影像令人难解的言谈内容使我花了这么长时间才发现真相。影像之间可以交谈，而触发交谈的条件是对方独白中的停顿。但他们谈话的内容却是在相遇之前即已编写完成的。他们都有自己的角色，但却丝毫不能改变内容，哪怕是一个发梢儿的内容。无论另一个影像说了什么，他们都无法给出超越预设内容的回答。女人的预设内容比男人更少，她的台词率先结束，于是开始纯粹地重复之前的话。

琼那个全息罩的完成时间大约比梅勒早上 15 年。她说话时，二人仍处于婚姻之中，而他那个影像则来自他们离婚的若干年后。这两个影像完全是在随机说话——他们之间根本不曾存在对话……

他们那些微不足道的言谈内容在我脑海中一闪而逝。

更庞大的主题占据了我的意识。

第二纪元的人已经彻底消逝，一同消逝的还有他们忙碌不休地占有的一切事物。

神明一般的系值法也已彻底消逝。至少我们如此认为。我们被他们的造物包围，但系值法本身却没有留下丝毫痕迹。

我们看不到系值法的任何痕迹，正如琼和梅勒看不到我的任何痕迹，尽管他们能以自己的方式彼此回应……

我身为聚合型高级探寻者的职业本能发挥了超乎寻常的效力。我将局部整合成了一个远超局部之和的终极整体。我找到了那个被我朋友戏称为“宇宙终极奥秘”的东西。

就像我看到的那些影像，银河中的人类种族仅仅是一种投射。系值法创造了我们——不是作为真正有自由意志的造物，而是某种再造物。

这推论没有什么证据，也不会有，这只是我的直觉。我早已学会相信自己的直觉。正如那些被困的影像，我们彼此越飘越远，渐渐失去了定义。就像那些被困的图像，我们注定要在昔日的废墟中扎根生长，因为复制品无法创造未来。

这就是我的大道至简，这就是我与包容我的宇宙所形成的同盟！这就是衰落之前的繁荣。

不，我的想法毫无意义！我被一阵冲动攫住了！我的推论完全没有依据。我知道根本就没有什么“宇宙的终极奥秘”——再说，不管怎样，就算人类是由系值法创造的，那又是谁“创造”了系值法？这个首要问题依然存在，不过是多推了一步而已。

然而，任何层级上的存在实体都拥有属于自己的核心谜团，以及揭开这谜团的钥匙。正是这些钥匙使生物或超脱原有的生活范畴，或走入绝境——或繁荣，或灭亡。

我找到了一把能令人类物种枯萎消亡的钥匙。我们所处的世界仅仅是一个“客观环境”，并不是“宇宙”。

我离开了博物馆，驾着我的飞船驶离矩尺星。我没有返回母星，相反，驶向了一个荒芜的世界，我将在那里度过我的余生，不再与人交流。就让他们以为我的选择是全因个人，非关宇宙吧。如果我与人交流，此刻我所感到的寂灭可能会蔓延开来。

一直蔓延，永无止境。

我的精神过于痛苦，直到我抵达这不毛之地时，才想起我在博物馆里忘记了一件事。我忘了关掉全息罩。

他们仍在那里，执行着他们永无止境的对话，直到电力告罄。直到那时，这两个说话的头颅才会沉入被祝福的虚无之中，消失不见。

声音渐渐消散，影像不复存在，唯有静默长存。

（韶光　译）

意象与符号

任何一类聚焦于某一特定经验领域的文学都会发展出属于自己的意象，像是胶卷照片被曝光一样。这些意象会不断积聚，通过重复，渐渐成为这种文学本身的象征；此类象征会被用以唤起人们对特定文类的反应，出版商则会根据此种反应决定如何开展手头的工作。这就是类型文学的意义所在。

举例而言，哥特小说描绘的往往是年轻女子身处险境，潜在的恐怖与超自然现象随时可能发生，其中便会包含这样的意象：一个年轻女子出现在黑暗之中，背景里赫然耸现出一座神秘宅邸。侦探小说往往描绘凶杀案，人们可以通过死尸与作案工具等意象辨识此类小说。西部小说则通过一个在广袤大地上独自策马奔行的人物形象唤起读者意识。书籍封面能够助人判断作品类型。

科幻的意象与符号是从科学技术之中涌现而出的，这些技术改变了世界，也改变了生活于其中的人：机器、城市、宇宙飞船、实验室、行星、宇宙、未来……它们是科幻这个“变化之文学”的内在因素，同时它们也展露出了自己的生命。

文学科幻作家并非诞生于新浪潮运动，但他们的活跃在新浪潮运动中达到高潮，他们开始运用转喻的手法，而拒绝接受他们从中诞生的那种文学。包括科幻在内的所有文学都是有关当下的——如果与当下无关，它就不该被创作或是阅读——传统科幻往往将当下重塑为一个不一样的未来，而文学科幻则采用传统科幻的意象与符号，去阐明当今这个科技时代中的人类境况。换言之，传统科幻试图描绘真实的未来，而文学科幻则试图描绘隐喻性的未来。传统科幻假定人类会被环境所改变，这种环境之中包含科技；而文学科幻则将人类境况的永久性视作优先原则。

克里斯托弗·普瑞斯特（Christopher Priest）的作品展示了文学科幻作家如何运用意象与符号书写当代的人性困境。普瑞斯特1943年生于英国柴郡的钱德尔，在曼彻斯特仓库工人及职员孤儿学校接受教育。普瑞斯特与迈克尔·约翰·哈里森一样，于摩考克初掌《新世界》那段令人振奋的日子崭露头角。普瑞斯特16岁时便完成学业，开始以会计身份工作，直到1966年将第一部短篇小说卖给《脉冲》杂志。他在1968年成为全职作家。

普瑞斯特的第一部长篇小说《灌输者》（*Indoctrinaire*, 1970）建立了他的写作范式，他之后的创作全都遵循这一范式：卡夫卡式的情景，模棱两可地略略展示非比寻常的现象；无法解释的事件；强烈的人物形象和意象描述。《黑暗岛赋格曲》（*Fugue for a Darkening Island*, 1972）描述了一个未来的英国，故事中，由于非洲大陆被核战争毁灭，大量难民涌入英国。《颠倒的世界》［*Inverted World*, 1974年于美国出版，初名《那颠倒的世界》（*The Inverted World*）］获得了英国科幻协会奖（BSFA Award），在对待变革的问题上，它或许是态度最为严肃的小说：他刻画了一个令人费解的城市意象，它在一个时间、物质，甚至是意义都处在不断的变化中的世界里艰难前行，但作品提供的解决问题的方式是坚定地站在适应变化的一边，而不是徒劳地试图维持现状稳定。《太空机器》（*The Space Machine*, 1976）是一部模仿威尔斯《时间机器》与《世界大战》的作品，并获得了澳大利亚迪特玛尔奖。

《威塞克斯之梦》[*A Dream of Wessex*, 1977，美国版名为《完美爱人》（*The Perfect Lover*）] 是普瑞斯特最后一部毫无争议的科幻长篇，尽管故事里那 39 个大脑假想出的未来似乎更为关注现实的本质及其创造过程，而非梦境的本质。在长篇小说《确认》（*The Affirmation*, 1981）中，普瑞斯特通过这样的写法向主流小说靠拢：一个总是梦想自己身属另一个世界（“梦之群岛”）的男人用自己的记忆交换了不死之身，他渐渐陷入疯狂，而书中的每一个角色都在撰写一部关于其他宇宙的小说。

《魅影世界》（*The Glamour*, 1981）是一部毫无争议的主流小说，小说写的是隐形，不是通过技术，而是通过意愿增强自身天然的不引人注意的特性。小说里的现实中真正发生了什么——以及曾经发生过什么难以确定，这让其中的当代爱情大为失色。《沉默的女人》（*The Quiet Woman*, 1990）是一部心理悬疑小说，它的风格定位和内涵意义具有一定的模糊性，其中既包含科幻元素，也可被视作主观幻想作品。普瑞斯特最近的作品[1]皆集中于当代问题，探究世事的运作方式，甚至是探究“探究”本身。

《永恒之夏》（“An Infinite Summer”）原载于 1976 年刊《仙女座》第一辑，而后被收入普瑞斯特 1979 年的选集《永恒之夏》充当标题故事（他的另一部短篇选集是 1974 年的《实时世界》），这个故事充分展现了普瑞斯特的作品主题。故事中的“冻结”工具被描绘

1. 在《魅影世界》后，普瑞斯特又撰写了若干长篇。他最广为人知的作品应为 2006 年被克里斯托弗·诺兰导演改编为同名电影的《致命魔术》。

得巨细无遗，却又被认为是不可知的，而“冻结者”们令人费解的行为动机在故事中显得微不足道，受害者的情感困境才是作者着重描写的部分。这个故事向读者提示的不是变化的可能性（如《颠倒的世界》），而是停滞的可能性，读者或许会好奇，该作品的创作灵感是否来自对老式相片的观察，因为老式相机的作用方式就是将图像“冻结”在成像的那一瞬间里；作者将冻结者的工具与相机作比或许并非巧合。而《永恒之夏》与亨利·库特那及 C. L. 穆尔那篇《人间好时节》（“Vintage Season”）在标题与内容上皆具有一定的相似性，后者的故事中也包含这样一种内容：身居未来的游客前往大灾难发生前的经典历史时期进行观光。这或许暗示了该故事的另一个灵感来源。

在《万亿年狂欢》中，布赖恩·奥尔迪斯称“普瑞斯特已不再以科幻作家自居”，对此，普瑞斯特回应道：“我从不曾声称自己是科幻作家。”但他又接着说道：“尽管我如此，我仍将自己视作科幻大家庭的一员，并在此范畴内部开展评论。”

（憬怡　译）

永恒之夏

克里斯托弗·普瑞斯特

1940 年 8 月

眼下正在打仗，但这对托马斯·詹姆斯·劳埃德而言没什么特别。战争带来不便，也限制了他的自由，可总的来说，这是他当前最不在意的事。霉运将他带到了这个充满暴力的时代，而他对这个时代的危机漠不关心。他被笼罩其中，又置身事外。

现在，他站在里士满区的泰晤士桥上，双手搭着防护栏，顺着泰晤士河向南远眺。阳光洒在河面上，反射出光芒，他从衣兜里掏出金属盒子，取出墨镜给自己戴上。

在时间冻结的定格场景中，唯有夜晚能带来宽慰；而到了白天，墨镜给他带来与之近似的宽慰。

对托马斯·劳埃德而言，上一次无忧无虑地站在这座桥上，似乎并不是十分遥远的事。那日的记忆无比清晰，它本身就是被冻结的瞬间，没有分毫消减。他记得他和堂弟是怎样站在此处，看着四个城里来的年轻人操纵平底船逆流而上的。

里士满本身已发生极大变化，与他年轻时相去甚远，但桥上的风景却还是他记忆中的旧时模样。尽管河流两岸多了许多建筑，但里士满山下的草地依然如故，他还能看到延伸的河边小径在通往特威肯纳姆的河流拐角附近渐渐消失。

眼下城里十分安静。几分钟前，防空警报响了一回，现在，尽管街上仍有少量车辆穿行，但大多数行人都已躲进商店和办公室，寻找临时避难之所。

劳埃德离开他们，再次走入旧日时光之中。

他身材修长，体格健硕，外表显然还是年轻人。曾有几次，他被陌生人错认成 25 岁，而劳埃德作为一个内向而不善交谈的人，并未刻意修正别人的看法。他墨镜后的眼睛依然闪烁着光芒，充满年轻的希望，但眼角那许多细纹和暗黄的皮肤暗示了他的年龄不止于此。然而，即使这些暗示也与真相相去甚远。事实上，托马斯·劳埃德生于 1881 年，如今已年近 60。

他从西服马甲兜里掏出怀表，看到时间刚过 12 点。他转身向艾尔沃斯路上的小酒馆走去，接着，注意到一个男人正独自站在河边小道上。尽管脸上的墨镜过滤掉了昔日和未来那些更具侵略性的回忆，劳埃德还是发现，那是被他称为“冻结者”的人员之一。这是一个年轻人，身材相当丰满，头发过早地谢成了秃顶。这年轻人一定看见了劳埃德，因为当劳埃德俯视他时，他不屑地看向了另一边。如今，劳埃德对冻结者已不再恐惧，但他们总是无所不在，而他们的出现总能令劳埃德感到紧张。

远方巴恩斯的方向传来另一声警报，劳埃德听到破空的声音嗡嗡地向人们预示着即将到来的空袭。

1903 年 6 月

世界尚在和平之中，时下正是和风丽日。年满 21 岁的托马斯·詹姆斯·劳埃德刚从剑桥毕业归来，蓄着八字胡，喜笑颜开地踏着轻盈的步伐穿过里士满山边上的小树林。

这是一个礼拜日，周围的游人着实不少。这天早些时候，托马斯与父母和姐姐一同去教堂做了礼拜，坐在向例留给里士满劳埃德家族的长椅上。山坡上的这座房子是劳埃德家的祖产，已逾200年，而现任家主威廉·劳埃德不仅拥有希恩区的大部分房产，还掌管着整个萨里郡最大的几宗买卖之一。这确是一个财力雄厚的家族，而詹姆斯·劳埃德一直就知道，有一天他将继承这些遗产。既然世俗的财富需求已经得到满足，托马斯自然地将注意力转向了更为重要的天性之上：夏洛特·卡林顿和她的妹妹萨拉。

两个家族早已默认，他终有一日会与姐妹二人之一完婚，不过，他的新娘究竟会是二人中的哪一个？这个问题已经令家人猜度数周。

这对姐妹确实值得做一番抉择——至少托马斯本人是这样认为的——但如果真能全凭他做主，他就不必如此大费脑筋了。不幸的是，女孩们的父母已经明显表示，他们认为夏洛特更适合给一个未来的大工业家和大地主做夫人，从多个角度上说，事实也确乎如此。

问题在于，托马斯已经无可救药地爱上了她年轻的妹妹萨拉，这场情事是卡林顿夫人绝不曾想到的。

20岁的夏洛特无疑是个标致的姑娘，托马斯很享受她的陪伴。她看起来已经准备接受他的求婚，公平地说，她也确实具备与生俱来的优雅与聪慧，但当他们在一起时，彼此都不能说出什么吸引对方兴味的话来。夏洛特是个壮志满怀、不受拘束的姑娘——这是她的自述——于是她孜孜不倦地阅读历史典籍。她最大的兴趣便是参观萨里各处的大小教堂，并从各类器皿上拓取黄铜拓片。作为一个开明又善解人意的年轻人，托马斯很高兴她找到了一份属于自己的爱好，但这并不能说他们志同道合。

萨拉·卡林顿则完全不同。她比姐姐小上2岁，因此，其母认为她尚不具备婚配条件（或者，至少在夏洛特出嫁之前尚不具备）。唯其难以求娶，萨拉一时成了人人觊觎的姑娘，而她本人的性格也十分讨喜。托马斯最初拜访夏洛特时，萨拉尚未完成学业，但通过对夏洛特和自己姐姐的诱导性询问，托马斯已经探明萨拉喜欢网球和槌球，是个狂热的自行车爱好者，并且熟悉所有最新的舞步。他偷看了一眼他们的家族照片，便断定她是位美人。而这一判断在他与萨拉初见时得到了证实。他由是迅速坠入爱河。自那以后，他一直努力转移自己的追求对象，也确实获得了一些成功。有两回，他已经单独同她说上了话——考虑到卡林顿夫人一直试图撮合他与夏洛特，这可以说是一项不小的成就——一次是他和萨拉被单独留在卡林顿家的客厅，第二次是家庭野餐时，他成功同萨拉搭了几句话。单凭这两次短暂的相处，托马斯已经深信，自己这辈子非她不娶。

因此，这个礼拜天托马斯心花怒放，因为经过一番巧妙设计，这天他为自己争取到了与萨拉独处至少一小时的机会。

这次计划中有一个工具性人物——他的堂弟韦林·劳埃德。在托马斯看来，韦林一直是个毫无自知之明的蠢材，但他记得，夏洛特曾有一次对他流露出对韦林的好感来（同时他也认为这两人非常般配），于是托马斯便提议这日下午一起去河边闲逛片刻。韦林颇为自信能在他们散步途中暂时牵住夏洛特，如此一来，托马斯便能同萨拉单独走到前头去了。

那日，托马斯比预定的约会时间早到了一些，他耐心地在河边来回踱步，静待他堂弟到来。河边比别处更为凉爽，因为树木一直延伸到水边，几位女士在船篷后头的小径上漫步，她们都收了遮阳伞，紧扯着肩上的披肩。

后来韦林终于来了，堂兄弟俩以前所未有的亲切态度互相打了招呼，之后他们讨论起是要乘渡船过河，还是要从大桥边上绕路过去。时下还有许多时间，于是他们选择了后一条路线。

托马斯再次提醒韦林散步途中他需要做些什么，韦林表示都明白。这项安排于他也极合适；他认为夏洛特比之萨拉毫不逊色，而他也毫无疑问地会与那年长些的女孩聊得更为投机。

后来，当他们穿过里士满大桥，来到属于米德尔塞克斯郡那一侧的河流时，托马斯停下脚步，把手搭到石制防护栏上。他看着四个年轻人笨拙地撑着平底船逆流而上，试图靠岸，而岸上另有两个年长的人大声呼喝着互相矛盾的指令。

1940 年 8 月

"您最好躲一躲，先生。为防万一。"

托马斯·劳埃德被边上的声音吓了一跳，转过身来。说话的是一个空袭民防队长，年纪稍长，身着深色制服。他的外衣肩膀及金属头盔上都印着代表空袭预防机构的 A.R.P[1] 三个字母，尽管语气礼貌，但他打量劳埃德的目光却充满怀疑。劳埃德在里士满的零工收入甚微，几乎只能勉强维持食宿，而仅有的一点余钱也经常被他拿来买醉；他依然穿着五年前的衣服，它们早已破破烂烂了。

"空袭要来了吗？"劳埃德问。

"说不准。德国人还在轰炸港口，但现在他们随时都会炸到城里来。"

他们同时望向东南侧的天空。在那蔚蓝的穹顶深处，有几串卷曲的白色汽痕，但此外就再无任何令人生畏的德军炮火迹象了。

"我会平安无事的，"劳埃德说，"我要去走走。要是空袭开始，我就离房子远些。"

---

1. 指战时英国政府为保护平民免受空袭设立的一系列机构和条例。

“好的，先生。如果您在外头遇到别人，记得提醒他们防空警报响了。”

“我会的。”

民防队长冲他点点头，慢慢地走进城里。劳埃德把墨镜推上去，目送他离开。

在他们适才所站之处的几码开外，有一个冻结者的定格场景：那是两个男人和一个女人。第一次注意到这场景时，劳埃德曾仔细查看过这三个人，并从服饰判断出，他们必定是在19世纪中叶的某个时点被冻结的。这是他迄今为止发现的最古老的场景，也因此令他特别感兴趣。他已经知道，定格场景的冰冻效果何时开始发生侵蚀是不可预料的。有些场景会持续若干年，另一些则只有一两天。这个场景存在了至少90年，这恰恰证明了侵蚀发生的概率何其难测。

这三个人是在行走之中被冻结的，适才那个民防队长蹒跚着走过人行道时，他们就在他的正前方。但当他行经这三人时，却对他们丝毫不觉，并迅速从中间穿行过去了。

劳埃德拉下墨镜，三人的影像渐渐模糊，失了轮廓。

1901年6月[1]

与托马斯相比，韦林的前途显得平平无奇、不值一提，然而若按一般的衡量标准来看，他依然算得上前程似锦。因此，卡林顿夫人（除家族直系亲属外，她比任何人都更了解劳埃德家族的财产分配情况）彬彬有礼地接待了韦林。

她为两个年轻人各上了一杯冷柠檬茶，接着就一些有关植物绿

1. 原文如此，疑为1903年6月。

化带的问题向他们征询了意见。托马斯早已习惯卡林顿夫人的闲谈，措辞精简地进行了一番答复。而急于讨好的韦林费尽力气，答得巨细无遗。当女孩们露面时，他依然在滔滔不绝地讲述植物补植和花草时令。两个女孩从通向花园的落地窗那侧走出，穿过草地，来到了他们这边。

她俩同时出现，看上去明显就是姐妹，然而在托马斯热切的目光中，其中一个女孩的美貌明显胜过了另一个。夏洛特的言谈更加真诚，举止也更务实。萨拉则表现得谦逊贤淑、羞怯胆小（尽管托马斯知道这只是情人眼中的爱慕），她走近他，与他握手时露出了微笑，这笑容足以令托马斯相信，从此刻起，他的生活将永如夏日。

四个年轻人同女孩们的妈妈在花园里散着步，不觉便过了 20 分钟。托马斯起初很不耐心，急于尝试自己的计划，几分钟后总算控制住了自己。他注意到卡林顿夫人和夏洛特都被韦林的言谈逗笑了，这是个不曾料想的意外之喜。毕竟，还有一整个下午等在前头，至少这几分钟是没有虚度的！

后来他们终于从卡林顿夫人在场时的礼节拘束中解放出来，四个年轻人开始了计划好的踏青漫步。

两个姑娘各撑了一把阳伞：夏洛特是白色的，萨拉是粉色的。在他们往河边草地漫步的过程中，她们的裙摆一直摩擦着长长的绿草，沙沙作响，尽管夏洛特微微提起了裙子，说绿草会弄脏裙子的棉料。

将到河边时，他们听到了其他人的声音：孩子们叫喊着，一对城里来的男女笑闹着，另有一个八人划艇在舵手的指挥下整齐划一地前进。到了河边，两个年轻人扶着女孩们越过一道围栏，而在 20 码之外的某处，一只杂种狗从水中跳出来，抖落了身上的串串水珠。

小径的宽度不足以让四人并肩而行，于是托马斯与萨拉走到了前头。他趁势与韦林对了一次眼色，后者冲他轻轻点了点头。

几分钟后，韦林留住夏洛特，将芦苇边上的一只天鹅和一群幼崽指给她看，而托马斯和萨拉在前方逐渐走远。

现在他们离城里已有一段距离，河流两侧满地绿茵。

1940 年 8 月

小酒馆距大路有一小段距离，店铺前头的一个区块铺了些铺路石。战前，这个区域曾设有一些金属圆桌，供人在露天环境里喝上两杯，但这些桌子都在去年冬天被当废铁收走了。除却这点，再除去窗玻璃上贴的防爆用十字胶带，此处没有任何迹象能使人联想到外界正在发生战争。

在酒馆里，劳埃德要了一品脱苦啤酒，坐到了其中一个桌子边上。

他抿了一口酒，接着观察起酒馆中的其他客人。

除了他自己和酒吧女侍，现场还有四个人。两个男人愁眉苦脸地同坐在一张桌边，面前放着空了一半的烈性黑啤。另一个男人独自坐在门口，面前放着一张报纸，正盯着上头的填字游戏看。

第四个人倚墙而立，这是一个冻结者。劳埃德特别记了下来，这个冻结者是个女人。她像其他男性冻结者一样，身着一件暗淡的灰色罩衣，手持一件冻结工具。她的这件工具长得很像现代的便携式相机，是用系索挂在脖子上的，但形状要比照相机大上许多，大约是个立方体的形状。它的前端，也就是相机风箱和镜头的位置上，是条状的矩形白色玻璃条，明显呈半透明或不透明状，冻结光束就是透过这个装置发射出去的。

劳埃德依然戴着墨镜，只能隐约看见这个女人。她看起来确实望向了他的方向，但过了几秒钟，她转身穿墙而去，离开了他的视线。

他注意到女侍正看着他，见他瞧过来，她立刻开口说："你以为他们会在这个时候来吗？"

"我不想猜。"劳埃德说，他不想被拖入这场对话。他又喝了几口酒，希望马上喝完上路。

"这警报把买卖全毁了，"女侍说道，"一个接一个，一天都不断，有时连夜里都在响。还总是些假警报。"

"是啊。"劳埃德说。

她又唠叨了一会儿，但接着有人从另一家酒吧致电，要她去帮忙。劳埃德如释重负，因为他不喜欢同这里的人交谈。他远离人群太久，也一直没能掌握现代人的谈话方式。他常被误解，因为他习惯于用更为正式的方式与人交谈，这是属于他自己那个时代的礼节。

他后悔跑来喝酒了。因为现在正是去草地上的好机会，当空袭警报响起时，草地上只会有少数几个人。无论何时，他走在河边时总希望自己是一个人。

他喝掉剩下的酒，接着站起来，向门边走去。

这时他第一次发现，门边有个新近被冻结的定格场景。他不曾刻意寻找定格场景，因为它们使他心烦意乱，但新场景总能勾起他的兴趣。

看上去曾有两个男人和一个女人坐在这张桌子边；他们的形象不太真切，于是托马斯摘掉了墨镜。这场景的光辉程度瞬间令他感到震惊；他们是在阳光之下被冻结的，那阳光如此灿烂，完全笼罩了时下仍坐在桌子另一端的真人，他还在瞧他那报纸上的填字游戏。

两个男人中的一个看起来明显比场景中的另外两个人年轻，坐得也离他们稍远。他显然正在吸烟，因为桌子上横放着一支香烟，烟头那半英寸悬垂到了木制桌面的边缘。年长些的男人同那女人显然是一对，因为他们的手交握在一起，而他正弯下身子意欲亲吻她的手腕。他的嘴唇停在她的臂膊上，双目紧闭。那女人虽已年过40，却风韵犹存，她显然被这一举动取悦了，因为她正微笑，但却没有看她的男友。相反，她望着桌子对面的年轻人，而后者的啤酒杯举在嘴边，正饶有兴致地看着他们亲吻。

他们之间的桌子上放着那男人尚未饮用的苦啤酒，以及那女人的波尔图酒。年轻人香烟中冒出的烟雾灰白缭绕，在阳光照耀的空气中一动不动，一缕烟灰正朝地板掉落，就盘旋在地毯上方几英寸的地方。

“你有啥事儿吗，伙计？”开口的是那个正做着填字游戏的人。

劳埃德慌忙戴上墨镜，意识到适才那几秒钟他的样子一定像在盯着那人看。

“抱歉，”他说着掷出那个经常使用的借口，“刚刚那会儿我以为我认识你。”

那人状似近视地抬头盯住他：“我这辈子都没见过你。”

劳埃德装作心事重重地点了个头，接着便走向门口。

闪念间，他又瞥了一眼那三个被定格的受害者。年轻人举着啤酒杯，冷静地观望着；那男人几乎以水平幅度躬身亲吻着那女人；而女人一面微笑，一面瞥着那年轻人，享受着自己得到的关注，阳光，蜿蜒的烟灰。劳埃德走出酒吧，步入温暖的阳光之中。

1903年5月

“你妈妈想要我跟你姐姐结婚。”托马斯说。

“我知道。这不是夏洛特想要的。”

“也不是我想要的。我能询问你对此事的想法吗？”

“我也一样，托马斯。”

他们正缓步前行，彼此间隔着一点距离。两人都盯着脚下的砾石小径，没有去看对方的眼睛。萨拉用手指转动着阳伞，伞盖上的流苏随之旋转纠缠。现在他们到了河边草地，已几乎是在独处了，尽管韦林与夏洛特就跟在身后约200码的地方。

“你会用形同陌路来形容我们的关系吗，萨拉？”

“你是指按什么标准来衡量？”她犹豫片刻，方才答道。

“好，我举例而言，这是我们第一次被一定程度地允许进行亲密接触。”

“而这是精心设计的结果。”萨拉说。

“这是什么意思？”

“我看到你给你堂弟使眼色了。”

托马斯感到自己脸红了，但他认为在这样明亮温暖的夏日艳阳天里，对方是不会察觉的。河里的八人划艇已经转向，即将再次经过他们身边。

过了一会儿，萨拉说道：“我不是在回避你的问题，托马斯。我在认真考虑我们算不算陌生人。”

“那你怎么说？”

“我觉得我们彼此了解得还太少。”

“我很愿意再次见到你，萨拉。我指的是，不需要精心设计的那种见面。”

“夏洛特和我会跟妈妈谈谈的。对你的事，我们已经谈了很多了，托马斯，只是还没跟妈妈谈过。你不必害怕伤害我姐姐的感情，因为尽管她挺喜欢你的，但也还没做好结婚的准备。”

托马斯的脉搏加速了，他感到体内涌起一股自信。

“那你呢，萨拉？”他说，“我能继续争取你吗？”

听了这话，她转身走开，穿过了小径边上的长草丛。他看着她裙子长长的下摆，以及明亮的圆弧形粉色伞盖。她的左手在身边悬荡，轻轻摩擦着她的裙子。

她开口说道：“我非常乐意接纳你，托马斯。”

她的声音很轻，但这些词语却清晰地传入托马斯耳中，仿佛她是在一间静谧的屋子里清楚说出的一般。

托马斯立刻回应了她。他猛地摘掉平顶草帽，张开双臂。

“我最亲爱的萨拉，”他呼喊道，“你愿意嫁给我吗？”

她转过身来看着他，有那么一瞬间她安静地一动不动，严肃地观望着他。她的阳伞静置在肩头，不再转了。接着，见到他是真诚的，她笑了，而托马斯看到，她双颊上也泛起一抹红晕。

“是的，我当然愿意。”萨拉答道。

她的眼中流露出欣喜。她走到他身边，伸出左手。而托马斯依然高高举着草帽，伸出右手去握她的手。

两人都没能看到，就在这一刻，一个男人正从河水边缘迈步而来，拿着一件黑色的小器具瞄准他们。

1940 年 8 月

警报尚未解除，但城里似乎已恢复正常生活。里士满桥上车水马龙，通往艾尔沃斯路的小径上有一家杂货铺，铺外已排起长队，路边还停着一辆送货车。现在，鉴于托马斯终于开始进行每日的例行散步，他面对定格场景时的拘束感得到了缓解，于是他取下墨镜，最后一次把它放回盒子里。

大桥中央有一辆翻倒的马车。车夫是个瘦削的中年男子，他身着绿色制服，头戴一顶发亮的黑顶帽子，那持鞭的手臂高举着，鞭子在桥上划出一道优美的弧线。车夫的右手已然松开缰绳，正朝外伸向坚硬的路面，不顾一切地试图缓和摔倒的冲击。后方敞开的车厢尾部坐着一位上了年纪的女士，脂粉覆面，面纱遮脸，身着黑色的天鹅绒大衣。由于车子的轮轴坏了，她被甩到车座一边，惊恐地举起手来。至于那两匹套着的马，一匹显然没有意识到当下的事故，在扬蹄迈步的过程中便被定住了。而另一匹却奋鬟仰面，前蹄双双上扬，鼻翼舒张，马眼罩后眼珠直转。

劳埃德过马路时，一辆邮政总局的运输车穿过了这个定格场景，司机丝毫没有注意到场景的存在。

两个冻结者正在通向河边小径的缓坡顶部等待，当劳埃德转过身，沿小径向远处的草地走去时，两人隔着一小段距离尾随上他。

1903 年 6 月至 1935 年 1 月

那个禁锢了两个年轻爱侣的夏日成了一个被无限延长的时刻。

托马斯·詹姆斯·劳埃德左手举着草帽，另一只手向前伸着。他的右膝微微弯曲，似乎就要下跪，而脸上充满了幸福与期待。场景中似有微风拂过他的头顶，因为有三缕发丝立了起来，但这其实是他摘帽时带起来的。一只早先停在他翻领之上的带翅小昆虫在起飞的瞬间遭到定格，逃生的本能发挥太迟。

萨拉·卡林顿站在不远之处。阳光洒在她脸上，将她那几缕从帽檐边散落下来的红褐色碎发衬得愈发突出。她朝托马斯迈了一步，蕾丝缀边的裙子底下露出的脚上套了一双带扣的靴子。她的右手正将一把粉色的阳伞从肩上移开，似乎马上就要高兴地举起它来挥动。她在笑，一双温柔的褐色眼睛深情地注视着面前的年轻人。

他们的手都伸向对方。萨拉的左手距他仅 1 英寸之遥，她的手指已经蜷曲起来，迫不及待地想要扣住他的。

托马斯向外伸出的手指暴露于不规则的白色小光点之下，就定格在因焦急和紧张而即将握成拳头的那一瞬间。

这个场景的全景如下：几小时前那场阵雨打湿的长草，小路上浅棕色的砾石，草地上生长的野花，在距小情侣几步之遥晒太阳的蝰蛇，衣物，皮肤……所有的东西都被镀了一层白色，充满异乎寻常的光彩。

1940 年 8 月

他听到了飞机的引擎声。

尽管在他的时代，人们还不曾见过飞机。但托马斯·劳埃德已经渐渐习惯了它们。他知道战前就存在民用飞行器——那些飞往印度、非洲与远东的大型飞船——但他从未亲眼见过，而由于战争爆发，他看到的唯一一种飞行器便是军方的战机。与这个时代的其他人一样，他对那些高悬在空中的黑色物体习以为常，也对敌机炸弹发出的轰隆巨响习以为常。在英格兰的东南地区，空战每日都在发生；有时炸弹会炸过来，有时不会。

他仰头望天。他在酒吧中待的这会儿工夫，适才空中出现的白色汽痕已经消失，但更靠北的长空中却出现了崭新的白色痕迹。

劳埃德走在属于米德尔塞克斯郡那一侧的河流边。径直朝河对岸望去，他能看到自他的时代以讫今日，此间的城镇发生了怎样的变化：在属于萨里郡的那一侧，那些掩映了房屋建筑的树林如今大多已经不在，取而代之的是商店与办公室。而在这一侧，过去距河边尚有一段距离的房屋群如今已延伸到河岸附近。只有当年的船棚依然如故，而那棚屋也急需涂上一层新漆。

他身处过去、现在与未来的中心：唯有那船棚和那河本身与他的存在同样清晰。那些来自未来某个未知时点的冻结者如暗影般在光阴间穿梭，用他们的器具窃取昔人的骤临瞬间，对凡人而言，他们的存在虚无缥缈得好似美梦。而那些定格场景则在冻结、孤寂、虚无之中，在永恒的寂静之中等待，以供未来世代的人们进行观瞻。

包围着这一切的是喧嚣动荡、正为战争所苦的现实。

托马斯·劳埃德既不属于过去，也不属于现在，他将自己看作二者共同的产物，一个未来的受害者。

这时，高耸的天宇之上传来了一声爆炸，接着是引擎的轰鸣声，现实侵入了劳埃德的意识。一架英国战机朝南边下坠，而一架德国轰炸机燃烧着砸向了地面。几秒钟后，有两人逃离飞机，张开了他们的降落伞。

1935 年 1 月

托马斯仿佛大梦初醒般经历了一个回忆与识别的过程，但这过程转瞬即逝。

他看到萨拉就在面前，正试图伸手触碰他；他看到经过颜色加强的艳彩画面，看到被冻结那日的静寂。萨拉的笑容、她快活的面庞、她接受他的求婚，仿佛都是一瞬之前发生的事。

但这些东西都在他的凝视中渐渐褪色，他哭喊着叫出她的名字。她既没有动，也没有回答，依然安如磐石，他身边的光暗淡下去。

托马斯向前倾倒，一阵巨大的无力感席卷了他的四肢。他倒在了地上。

时值夜晚，泰晤士河畔的草地上覆盖着厚厚的积雪。

1940 年 8 月

在即将坠毁的那一刻，轰炸机陷入沉寂。两个引擎都停止了运作，但只有一台着火，火焰和浓烟自机身向外喷涌，在空中留下一道浓黑的痕迹。飞机在河流拐弯处坠毁，发出巨大的爆炸声。

这时，那两个从机身中逃脱的德国飞行员正背着降落伞向里士满山飘落，他们的身子在伞身下摇摇晃晃。

劳埃德把手放在眉眼上方遮着光，一边观察他们将降至何处。二人中的一个在跳离飞机前多耽搁了一会儿，他正慢慢往河面上飘，落点比另一人近上许多。

城里的民防部门显然十分警惕，因为就在降落伞出现后不大一会儿，劳埃德就听到了警车和消防警报声。

劳埃德感到身边不远处有什么动静，他转过身子，看到那两个尾随他的冻结者身边又多了两个同伴，其中一个便是他早先在酒吧里看见的女人。几个冻结者中看上去最年轻的一个已经举起了他的装备，正对准河流对岸，但另外三个人正对他说着些什么。（劳埃德能看到他们的嘴唇在动，也能看到他们脸上的神情，但同往常一样，他听不到他们在说什么。）那年轻人甩开了另一个人拦住他的手，然后顺坡向下走到了河水边上。

那两个德军飞行员中的一个落在了靠里士满公园这一侧的河边上，在降到山顶附近的建筑群外后，就消失在了劳埃德视线之外；另一个被一阵突然上升的气流短暂地托浮起来，接着顺河流方向飘落，现在已飘到距河面仅剩 50 英尺的地方。劳埃德能看到那德国飞行员拉着降落伞的伞绳，拼命地试图操控方向，让自己落到岸上。随着白色的伞身泄出气体，他下落得更快了。

那个年轻的冻结者已将仪器举起，用仪器内置的反射式观察孔瞄准河流对岸。片刻之后，德国人力求自己不掉入河中的努力有了结果，不过是以一种全然出乎他意料的方式：他停在水面上方 10 英尺处，抬起膝盖以准备承受冲击，一只手紧紧攥住头顶的伞绳。他就以这样一个姿势冻结在了半空之中。

冻结者们放下了器械，而劳埃德凝视着河对面这个被悬空定格的不幸之人。

1935年1月

恢复意识后，劳埃德发现身边发生了诸多变化，气候从夏日艳阳天到冬季寒夜的转变是其中最微不足道的一项。在对他而言不过几秒的时间之内，他从一个稳定、和平又繁荣的世界进入到另一个世界，在这个世界里，动荡与暴力的野心威胁着整个欧洲。也就是在那短短的瞬间里，他失去了自己有保障的大好前程，成了一个一文不名的穷光蛋。而最令人伤心欲绝的是，他对萨拉那汹涌澎湃的爱也失去了付诸实践的机会。

在时间冻结的定格场景中，唯有夜晚能带来宽慰，而萨拉依然被禁锢在冻结的时间之中。

黎明前不久，他恢复了意识。他不知自己身上发生了什么，缓步走向里士满市区。不久后，太阳升起来了，阳光照射着一个个定格场景，照亮了里面的小径和大道，也照射着那些冻结者，他们属于入侵的未来，始终在这个半世界中来来回回。此时的劳埃德既没意识到自己陷入困境的原因正是他们，也没意识到他之所以能看到这些场景，就是因为自己曾被冻结。

一名警察在里士满发现了他，并将他送往医院。在这里，他们为他在雪地里感染的肺炎做了治疗，接着又为他进行了遗忘症的相关治疗，这似乎是对他眼下状况的唯一合理解释。托马斯·劳埃德看到那些冻结者往返于病房与过道之中。这里也有许多定格场景：一个将死之人正从他的床上滑落；一个年轻的护士——身着50年前的护士服——在从病房出来的路上遭到冻结，此时她眉头紧锁；一个孩子在康复病房旁的花园里扔球玩儿。

在被照顾得渐渐恢复后，劳埃德变得一心只想返回河畔的草地上，于是在彻底康复前，他便自行办理了出院手续，径直奔向草地。

这时积雪已经融化，但天气仍然寒冷，地上结着白霜。在河边绿意盎然的草地旁，是一个被冻结了的夏日瞬间，那场景中间就站着萨拉。

他可以看到她，但她却看不到他；他可以去握那只属于他的手，但他的手指却径直穿过了那抹幻影；他可以在她身边徘徊，好像在青葱的夏日草地上踱步，同时感受冬日土壤的严寒穿透单薄的鞋底，直刺脚心。

而当夜晚来临时，过去的场景便消失不见，托马斯得以暂时摆脱看到她时的那种极致痛苦。

时光荏苒，但他不曾有一日不去河畔的草地上漫步，他一次次地重新站在萨拉面前，伸出手去触碰她的手。

1940 年 8 月

德国飞行员定格在河水之上，劳埃德再次望向那些冻结者。他们显然仍在批判那个年轻人的举动，但同时又似乎对他的成果感到很满意。在劳埃德见过的诸多场景中，这确实是最具喜剧性的场景之一。

现在那人被冻住了，可以清楚地看到他双目紧闭，因即将落水的预期而紧紧捏着鼻子。同时，他显然在飞行中受了伤，因为流出的鲜血把棕色的飞行衣都染黑了。这个场景既有趣又悲辛，他提醒着劳埃德，无论当下的现实对他而言有多不真实，但对时人而言，这并非幻影。

片刻之后，劳埃德便明白了冻结者为什么会对这个不幸的飞行员感兴趣，因为场景的外壳在没有任何预警的情况下忽然发生了侵蚀，于是那年轻的德国人一头扎进了水里。降落伞翻腾着在他头上折了起来。浮出水面后，他挥动双臂，试图从伞绳中挣脱出去。

这不是劳埃德第一次看到定格场景发生侵蚀，但他之前从未见过在定格后如此之短的时间内就发生侵蚀。他的理论是，定格场景的持续时间取决于受害者被定格时距离冻结器械的远近。以他本人的例子而言，他已经从定格场景中脱身，而萨拉却没有，他能想到的唯一合理解释是，当时她一定比他离冻结者更近。

河道中间的德国人已经成功挣脱束缚住他的降落伞，正缓缓游向河流另一边。他的降落过程一定被当局尽收眼底，因为在他于船棚所在的那个小斜坡上岸之前，大路方向已经出现了四个警察，他们把他从水中救了起来。而他没有试图反抗，只是虚弱地躺在地面上，等待着救护车的到来。

劳埃德想起另外一个场景，除此次外，那是他唯一一次见到一个场景迅速侵蚀。一个冻结者在一场交通事故发生前进行了干预：一个男人不小心闯入一辆车的行进道路前方，在即将撞车之时被定格了。尽管那辆车的司机突然踩了刹车，惊愕地四下张望，试图寻找了一会儿那个他以为被自己误杀了的人，但他显然还是被眼前空无一物的现实劝服，把那场事故当成了自己的想象，因为他最终驱车离开了。只有看得到定格场景的劳埃德依然能看见那个人：那个男人发现迎面而来的车辆时已经太迟，正一边后退，一边惊恐地挥动双臂。三天之后，当劳埃德再次返回事发之地时，场景已经发生侵蚀，那人也已消失无踪。

与劳埃德和适才那位德国飞行员一样，他将在半个世界中徘徊往复，一个过去、现在与未来艰难共存的世界。

劳埃德看着降落伞的伞身在河面上漂浮，直到最终沉入水底，之后他继续朝草地漫步而行。此时他发现，河岸这边又出现了更多的冻结者，他们在他身后行走，尾随着他。

到达河流转角处的时候——每每到达此处，他就开始能看到萨拉——他发现那架轰炸机坠入了草地之中。爆炸的冲击把绿草都点燃了，草地和飞机残骸燃烧的火焰模糊了他的视线。

1935 年 1 月至 1940 年 8 月

托马斯·劳埃德再也没有离开过里士满。他过着简单的生活，偶尔找找零工，试着不以任何方式引人瞩目。

过去怎么样了呢？他发现在 1903 年 6 月 22 日，他与萨拉一同失踪的事实导向了这样一个结论，他与她逃家私奔了。他的父亲威廉·劳埃德，里士满这一支贵族世家的家主，与他断绝了父子关系，并剥夺了他的继承权。卡林顿上校与夫人对他发起了悬赏通缉，但他们在 1910 年搬离了这一区域，托马斯还发现他的堂弟韦林并未与夏洛特结婚，而他已移民去了澳大利亚。他的亲生父母已经去世，而他的姐姐无从寻找，家里的宅子早已变卖拆毁。

（看到刊载了相关报道的当地报纸存档那天，他就站在萨拉身边，心中悲伤逾恒。）

未来会怎样呢？未来无所不在，始终侵扰着他。未来存在于一个只有曾遭冻结又经历侵蚀的人才能看到的空间里。它存在于那些来自未来之人所设定的形式之中，他们到这里来定格属于过去的影像，他们的目的无人知晓。

（发现他称之为冻结者的鬼魅真身为何的那天，他就站在萨拉身边，充满保护欲地凝视周遭各处。那一天，冻结者中似乎有一人意识到了劳埃德的觉醒，他终日沿河岸徘徊，望着这年轻人和他那被锁在定格时间中的爱人。）

现实是怎样的呢？劳埃德既不关心，也不介入其中。现实是陌生的、暴力的、可怖的……但他并不会遭受现实的危险。于他而言，现实与过去和未来一样虚妄。真实的只有那些来自过去的定格影像。

（第一次看见场景侵蚀的那一天，他一路跑到草地上，一直站到夜幕降临，不断地试图在萨拉伸出的手上找到由虚变实的迹象。）

1940 年 8 月

唯有在远离城镇，为建筑所隐藏的河畔草地之上，托马斯才能感到自己身处现实之中。在这里，过去与未来融为一体，因为此处的一切都与他的时代相差无几。在这里，他能站在萨拉的幻影前，想象自己仍然身处 1903 年的那个夏日，仍然是那个甩着帽子屈膝下跪的少年。在这里他也很少见到冻结者，而那有限的几个定格场景应该也来自他自己的世界（小径稍远处是一位年长的渔翁，他被定格在了从河里捞出鳟鱼的瞬间；一个穿水手服的男孩儿正闷闷不乐地跟保姆散步；一个年轻的女仆笑出了可爱的酒窝，她穿着假日盛装，而她的爱人正搔着她的下巴）。

然而今天，现实暴力地入侵了这个世外桃源。爆炸的轰炸机碎片散落在草地各处。机身冒出的黑烟升腾成一片油雾弥漫的乌云，直飘到河上，而燃烧的青草也散发出阵阵白烟，在黑云旁飘荡。地面已经被火焰烧黑了大半。

托马斯停下脚步，从口袋中掏出一块手帕。他在河边把手帕浸湿，继而拧干，用以遮掩口鼻。

他朝身后瞥了一眼，发现现在有八个冻结者跟着他了。他们的注意力并未落在他身上，当他做那番准备时，他们依然在向前行进，烟雾对他们丝毫无犯。他们走过燃烧的草地，靠近飞机残骸的中心。其中一个冻结者已经在调整自己的设备。

过去的几分钟里，一阵微风吹散了浓烟，使得雾气自着火点扩散，贴地弥漫开来。如此一来，托马斯看到萨拉的影像下方也弥漫了烟雾。他迅速朝她奔驰而去，尽管知道火焰、爆炸和烟雾都不能伤害她，他还是因那燃烧的飞行器距她过近而万分警觉。

他一面朝她奔跑，一面踩着脚下冒烟的青草，变化莫测的风不时将浓烟刮到他脑袋上方。他的眼睛被熏出泪水，尽管浸湿的手帕部分过滤了青草燃烧的烟雾，但当飞机残骸排出的油烟包围他时，他还是被刺鼻的蒸汽呛至窒息。

最终，他决定等待；在那层定格时间的保护膜中，萨拉是安全的。这场火不出几分钟便会烧尽熄灭，在此情况下，冒着窒息的危险只为单纯靠近她是没有意义的。

他撤回到燃烧区边缘，在水中冲了冲手帕，随后便坐下来静静等待。

冻结者们正怀着极大的兴趣探索飞机残骸，看起来他们正穿越火焰与烟雾进入火灾的正中部分。

这时，托马斯的右边传来了远处的警铃声，没过一会儿，一辆消防车在草地边缘的狭窄小径边停了下来。几个消防员走下车来，站在那里观望草场对面的残骸。托马斯的心沉了下来，因为他意识到了接下来将发生什么。他有时会在报纸上看到坠毁的德国飞机照片，它们总会置于军方的管制之下，直到碎片被取走检测。如果此事发生，他将有好几天无法接近萨拉。

不过，此刻他仍有机会与她待在一处。他离得太远，听不清消防员在说什么，但他们似乎无意灭火。机身仍在冒烟，但火势已经减弱，眼下大部分烟雾都来自燃烧的草地。附近没有房屋，风向又朝着河流，火灾蔓延的可能性并不大。

他再次站起来，迅速走向萨拉。

不消片刻，他便来到她身边，她就站在他面前：双眸在阳光下熠熠生辉，撑着阳伞，手臂前伸。她身处安全的冻结圈内，尽管烟雾掠过了她的身体，但他脚下的草地依然绿意盎然，湿润温凉。如同这五年中的每一日，托马斯朝她正面而立，等待着场景侵蚀的痕迹。他向前踏出一步，如同他曾频繁尝试的那样，进入那个时间冻结圈内。在这里，尽管他的脚似乎踏上了1903年的草地，但火焰依然卷上了他的小腿，他不得不迅速后撤。

托马斯看到几个冻结者正朝他走来。他们显然已充分检查过飞机残骸，并判断出其中没有什么值得冻结的东西。托马斯试图无视他们，但他们那凶兆般的沉寂却令人难以忘怀。

浓重的烟雾包围了他，带着青草烧焦的气味，他再次望向萨拉。在时间将她冻结的那一瞬间，他对她的爱也冻结了。时间没有消失，而是被封存了。

冻结者望着他们。托马斯看到那八个模糊的人影正站在10英尺开外的地方饶有兴致地观察他。接着，在草地另一侧，一名消防员冲他喊了些什么。他看起来应当是一个人站在这里；没人能看见定格场景，没人知道冻结者的存在。那消防员朝他走来，挥动一只手臂，示意他离开。他还要花上一分多钟的时间才能到达他们这里，而这对托马斯而言已经足够了。

一名冻结者走向他们，在烟雾之中，托马斯看见那被定格的夏日黯淡起来。烟雾在萨拉脚边环绕，火舌舔上了她脚踝边上被冻结的湿润绿草。他看到她裙子底部的蕾丝边烧了起来。

而她伸向他的手落了下来。

阳伞掉到了草地上。

萨拉的头向前倾倒……但她立刻恢复了意识，她朝他走来，这个始于37年前的漫长瞬间，终于宣告结束。

“托马斯？”她的声音清楚明白，没有分毫改变。

他奔向了她。

“托马斯！这烟雾！发生了什么？”

“萨拉……我的爱！”

当她投入他的怀抱时，他发现她的裙子着了火，但他还是用胳膊搂住她的肩膀，亲密而温柔地抱她入怀。他能感受到她的脸颊紧贴着他，在 37 年前的那阵红晕退去后余温犹存。从她帽檐垂下的那几缕头发落在他脸上，她搂住他腰部的双臂仿佛就属于他自己。

他隐约看到他们的身后有黑影在动，片刻之后，周遭的嘈杂消失了，烟雾也不在了。那点燃她裙边的火焰已经熄灭，温暖的夏日艳阳照进了他们的场景之中。过去与未来融为一体，现实失色了，生命在这一刻静止，这一刻的生命成了永恒。

（韶光　译）

外星关系

爱尔兰有过数位赫赫有名的科幻作家。最近的一个美国科幻奇幻作者协会的名录里只有四名来自爱尔兰的作者，其中两名是移民自美国的安尼·麦考菲利（Anne McCaffrey）和凯瑟琳·库尔茨（Katherine Kurtz）。另一个熟悉的名字是更年轻的詹姆斯·P. 霍根（James P. Hogan），他出生于伦敦，凭借从 1977 年的《星之继承者》（*Inherit the Stars*）开始的“密涅瓦实验三部曲”（*The Minerva Experiment Trilogy*），于 1979 年成为全职作家。另一边，北爱尔兰诞生过两位有名的作家，一位是已收录在本卷书中的《你生命中最快乐的一天》的作者鲍勃·肖，另一位是詹姆斯·怀特（James White）。他俩的人生经历有许多相近之处。

詹姆斯·怀特生于 1928 年，和肖一样出生在贝尔法斯特，但是比他年长 3 岁。他俩都在贝尔法斯特上学，都在十五六岁左右离开技校。肖在钢铁与飞机行业工作，还干过出租车司机；怀特则在两家定制服饰店做过售货员和经理；但他们最后都在一家贝尔法斯特的飞机公司做了宣传干事。两个人显然都有过生活在一个被撕裂的国家的经历，夹在激进的爱尔兰共和军和同样激进的阿尔斯特人之间；英军也在两者之间掺和着。肖后来在英格兰继续他的写作事业，而怀特则仍然待在北爱尔兰。

怀特在雷金纳德（Reginald）主编的《科幻奇幻文学》（*Science Fiction and Fantasy Literature*）里写道："尽管住在贝尔法斯特的安德森镇区，可我是一个非种族主义、非排斥其他信仰、非崇尚暴力的人，并且是个乐观主义者。而且到了我这把年纪，已经老到或者说固执到不会去改变这些感悟。"他年轻时便被科幻小说吸引，1953年转而开始创作，在《新世界》杂志发表了《辅助通道》（"Assisted Passage"），在《惊异》杂志发表了《清道夫》（"The Scavengers"）。他一直为特德·卡内尔的《新世界》供稿，在摩考克接手《新世界》之后，他的作品发表在卡内尔的《科幻新创作》（*New Writings in Science Fiction*）杂志上。

怀特作于1957年的第一部长篇小说《神秘访客》（*The Secret Visitors*）涉及了与人类外表相近无法加以区分的外星人，而形形色色的外星人和医生，便是他大多数科幻故事的两大主题。在1957年，他把这两者融合在一起创作了《星区总医》（"Sector General"），这是他的多层空间站医院系列故事的首篇，这所医院位于遥远的银河系边缘，里面有不同种族的医生处理一系列外星疑难杂症。在怀特的第二部长篇小说《第二次终结》（*Second Ending*, 1962）出版的同时，最初5篇《星区总医》系列短中篇小说被合并成了《医疗太空站》（*Hospital Station*）。次年，他的第一部《星区总医》系列长篇小说《星际外科医生》（*Star Surgeon*）出版。这一系列还包括《大手术》《怪物与医务人员》《救护飞船》《星区总医》《星际医师》和《蓝色警报》。

怀特写的非《星区总医》系列的中短篇小说收录于他的自选

集《致命垃圾》《我们之中的外星人》和《过去的未来》。他的其他长篇小说包括《逃逸轨道》《水下看守》《所有逃脱的审判》《明天太遥远》《黑暗地狱》《梦想的千年》《联邦世界》以及《逝去的默星》。其中最让人印象深刻的当属《水下看守》(*The Watch Below*)。设法在沉没货轮里生存下去的五名人类及其后代，与寻找地球般多水的星球并试图和平共存的水生外星人，两者的故事叙述在这本小说里相辅相成。

“幽默、独创性和不显山露水的正派感”是怀特所著《星区总医》系列小说的特点，他还“能构思出各种各样的外星异常”，约翰·克鲁特在《科幻小说百科全书》中这样写道。而迈克·雷斯尼克（Mike Resnick）在《科幻小说新百科全书》中评价说：“他笔下妙趣横生的角色形象，以及坚信所有智慧生命形式都基本正派的信念，伴着他用超过四分之一个世纪的时间，完成了《星区总医》系列的6本书。”

怀特自己写道：“我一直认为最出色的故事是那些平常人遇到非常情况的故事……这些故事里我最喜欢的一篇，讲的是地球人类与一个地外种族的第一次接触。”这便是他首发在《恒星科幻故事#2》(*Stellar Science Fiction Stories #2*, 1976）的《量身定做》(“Custom Fitting”）里所展现的，用英国人特有的对得体着装的关切，将第一次接触和怀特自己的服饰定制工作经历结合在了一起。

（樊明祥　译）

量身定做

詹姆斯·怀特

多年来，休利特养成了一个晒太阳的习惯，只要出太阳且光照够强，他就在自己的店铺门口晒上半个小时。时间段取决于太阳的方位：何时阳光洒满他这一侧街道上建筑物的屋檐，何时日头渐远，让他不得不放下店铺的遮阳棚，以免橱窗陈列的布料被阳光晒得褪色。他会在晒太阳的时候观察过往的行人——心里希望当中有些人能在橱窗前驻足，或是发生点什么有意思的事情。通常都不会有什么有意思的事发生，但今天例外。

一辆车身没有涂刷图文标识的大型箱式货车，前头由一辆警车开道，后面紧跟着一辆电力部的卡车，从主路转弯来到了他所在的街上。这支车队在单行道上逆行的事实，解释了需要出动警车的原因。当这三辆车最终停下来的时候，箱式货车正好停在休利特的面前。

有那么一分钟，休利特只能看到货车光亮的黑色侧面反射出的自己和店门的映象。这是一个有些扭曲的画面，一个瘦削而滑稽的人形，穿着黑色正装外套和正装马甲，下面是条纹长裤，正装翻领上别了一朵小花，还有一根裁缝软尺——这是他职业的象征——松弛地挂在他的脖子上。这个人形背后的门上是用金叶子拼成的几个反着的粗斜体字：

乔治·L. 休利特

裁缝

就好像有个臆想出的电影导演喊了一声“开拍”，周围的一切突然动了起来。

两名高级警官拿着交通分流指示牌下了车，各自朝相反的方向走去，把道路两头给封了。一伙身穿干净工作服的工人从电力部卡车上下来，开始快速地从车上卸下一些可折叠幕墙板和一个门岗小屋，车上还下来了一名身着剪裁考究的深灰色精纺正装、打着领带的男子，俨然一副大人物的装扮。他上下打量着街道和两侧能俯瞰街道的窗户，一副忧心忡忡的神情。

“早上好，休利特先生，”男子走上前说道，“我叫福克斯，隶属外交部。我，呃，想向您咨询一些专业的问题。我可以进来吗？”

休利特礼貌地低下头，跟着他进了店铺。

有那么几分钟，没人说话。福克斯在店内紧张地踱步，盯着架子上卷放整齐的布料，用手指摩挲着特意放在一尘不染的木质柜台上的面料样册，检查着大试衣间的镶拼墙板和清澈明亮的镜子。当这位外交部官员检视裁缝铺时，休利特同样认真地观察着福克斯。

福克斯中等身高，身材瘦削，颈脖前倾，肩胛骨突出。从正装领子后面小而明显的折痕可以看出，他显然在别扭地扳直身子，想要纠正自己的颈前倾和肩胛骨突出的姿势。很明显，福克斯裁缝的手艺有问题，休利特暗自思忖，是不是要自己来接手他的裁缝活。

“我能如何为您效劳，先生？”当来访者终于停下脚步时，休利特问道。他的语气友好，但又稍带一丝屈尊俯就的味道，意思很明显，为肩胛骨突出的福克斯定做西服的决定权在自己这边。

“休利特先生，顾客不是我，”福克斯不耐烦地说，“*他*在外面等着呢。但是，这件事一定要严格保密——实际上，是要在接下来的两周内保持绝密。之后便悉听尊便了。”

“经由我们仓促但周全的调查，”这位外交部官员继续讲道，“我们了解到您和您的妻子住在这家店楼上，她腿脚不好，也帮着做些针线活儿。我们也了解到您的做工很出色，除了款式方面稍为有些过时，还知道您的库存里很少有合成纤维的料子。多年来，您的财政状况都不是非常好，在这节骨眼上，我想说，您的守口如瓶和高超手艺定会得到极高的回报。

“服装本身应该并不难做，”福克斯最后说，“因为我们要的只是一条特别合身的鞍毯。”

休利特冷冷地说：“福克斯先生，就鞍毯而言，鄙人毫无经验。”

“休利特先生，您有些傲慢，也有着不必要的犟脾气。这是一位十分重要的顾客，我或许也该提醒您，街对面就有一家知名的服装定制公司的连锁店，这活儿他们也能做。”

“我同意，”休利特不温不火地说，“那家公司做工尚佳——如果是鞍毯的话。”

福克斯微微一笑，但还没来得及开口回答，一名工人走了进来，说：“长官，幕墙已就位，货车挡住了街对面的视线。现在我们需要拉下遮阳棚的杆子，这样可以避免从街对面楼上的窗户看到这家店铺。”

休利特指了指橱窗后面放着杆子的凹槽。

“谢谢你，先生。”工人说，语气像是一名高级公务员正在向他所服务的一名底层群众发表讲话，说完便转身离开了。

“等一下，”福克斯说，看得出是打定了主意，“那事干完后，烦请你去请示阁下大人是否乐意进来。”

严格的保密、外交部的参与，还有服装类型的要求，让休利特以为接下来会走进来一个充满争议的政治人物：一个国民食不果腹的国家来的大胖子，想要穿由英国人剪裁的民族服装来展现他的个人风格和国家独立。这样的人可能是担心刺客的子弹，觉得有必要采取这些精心准备的预防措施：但说到底，那跟休利特没半点关系。可当他看到他的顾客时……

我在做梦，休利特十分肯定地告诉自己。

这个生物像一只半人马，长着蹄子和长长的马尾。乍一看，腰以上的躯干和人类相似，但是手臂、肩膀和胸部的肌肉形状略有不同，手是五指型，分别有三根手指和两根对侧的拇指。粗壮的脖子上支着昂起的脑袋，看起来不成比例地小。两只大而温柔的棕色眼睛占据了脸的大部分，这在某种程度上，让构成其他五官的裂口、突起和肉瓣部分还能看得过去。

除了脖子上的挂件，这个生物不着寸缕。它的皮肤呈斑驳的粉棕色，它在不停地抽动着，像是在驱赶看不见的苍蝇。这个生物明显是雄性。

“阁下，”福克斯平静地说，“请允许我为您介绍乔治·休利特先生。他是一名裁缝，或者说是制作衣服的人，他将为您制作适合您在地球拜访时穿的衣服。”

休利特不自觉地伸出了手。他发现他这个顾客握手很用力，手指温暖而有骨感，下侧的拇指朝上弯曲到他掌心的方式难以描述，但并非令人不快。出于一些奇怪的原因，他不能再把这个生物视为“它”了。

“基本需求是，”福克斯语速飞快地说道，“一件舒适的服装，在宣介典礼上和随后的社交活动中，让阁下大人保持温暖。服装应当是黑色的，可以镶有金色或银色的编饰，并且应当带有形似纹章的装饰。显然没有现成的家族纹章可用。他还需要另一件不那么正式的衣服，在户外观光的时候穿。”

“那就是一张镶编饰带纹章的鞍毯，”休利特说，“另有一张不带装饰纹章，用作外出时候穿。不过，如您可告知阁下大人是要参加哪种活动，我或许能做出更合适的衣服。”

福克斯摇头，“保密。”

“如有必要，我甚至可以蒙着眼睛，一只手绑在背后工作，”休利特说，“但有这样那样的限制，会让我无法做出最好的成衣。先说到这，阁下大人可否随我进试衣间？”

顾客在福克斯的陪同下，蹄子轻踏出杂乱的步伐，跟着进了试衣间，他站在多角度组合镜前，打量着镜子里的自己。休利特不曾见过比这位更显得不自在的顾客，软尺还没沾身，这位异客的革皮便已沿着背部和身侧抽搐收紧。

休利特小心翼翼地仔细观察抽搐的革皮，试图寻找昆虫或者寄生物的痕迹。但他什么都没找到，便松了一口气，又思考了一会儿，然后打开了从未在夏季使用过的壁暖。几分钟之内，房间里便已热得难受。抽搐停止了。

休利特拿着软尺和记录本开始着手工作，一边问道：“我猜我的这位顾客的母星应该比地球更温暖一些？”

“是的，”福克斯说，“我们当前的温度差不多接近他们深秋晴天的气温。”

从腰下部到尾根，63 英寸，休利特仔细记下。他问：“那他们在冷天会穿衣服吗？”

“是的，一种长袍，松散地盘绕在他们的身体上——哦，我现在明白你为什么打开壁暖了；我早该想到这点；这是我的重大失职。但是阁下大人有充分的理由选择不穿他的传统服饰，他宁可忍受些许不适，也不愿冒风险使你的设计受到影响，哪怕是无意之间。他穿的衣服应当完全是在地球上设计并制造的，这非常重要。”

从背部中线到前腿膝关节，42英寸，休利特记了下来。他对福克斯说：“成衣要求是一件毯状的衣服，但是我的这位顾客肯定需要额外的衣物，如果他想穿得——”

“只要毯子，休利特先生。”

“换位思考，”休利特耐心地说，“鞍毯毫无疑问可以让您保暖，但同时穿着内裤会舒适得多。”

福克斯暴躁地说：“休利特，请遵从指示。不论你为阁下大人做多少衣服，都会收到慷慨的报酬。但如果你企图推销额外的生意只是在浪费你我的时间。”

“地球上的绝大多数文明人都穿内裤，”休利特说，“除非是因为气候条件，或者宗教信仰，或者当地另有着装规范。我认为在别的世界也是这样的。”

“你这是强词夺理，不加配合。你把非常简单明了的指示毫无必要地复杂化了，”福克斯生气地说，“我提醒你，我们仍然可以去街对面！”

“请便。”休利特说。

福克斯和休利特互相瞪了几秒钟，而这位外星人，有着与人类本质迥异而难以分辨的容貌五官，用他凸起的棕色眼睛轮番看着两人。

突然间，他脸上的某一道肉质裂口发出了柔和而嘶哑的声音，与此同时，他脖子上的挂件发出了一阵音量大得多的浑厚男中音。它说：“先生们，或许我可以解决这道难题。在我看来，休利特先生已经展示出了他的个人品质，富有观察力、良好的品味，以及对顾客即本人的关怀。因此，我更希望他能继续做我的裁缝，如果他本人乐意的话。”

福克斯咽了口唾沫，小声说道：“出于安全考虑，阁下，我们协商一致，您在……那一天之前，不会跟任何普通民众说话的。”

“十分抱歉，福克斯先生，”这个外星人通过他的翻译装置说，“但是在我的星球上，休利特先生这样的专业人士可不属于普通民众。”

他转向休利特，继续说道：“如能劳您费心本人内裤之事，本人不胜感激。但是，出于某些福克斯先生暂时不愿公开的原因，这件衣物也必须采用地球的材料和款式设计。可行吗？”

休利特微微欠身，说：“当然，先生。”

“不是先生！”福克斯说。他看上去显然很生气，因为他下的指示被外星人无视了。“这位是杜萨星的斯克林那格勋爵大人——”斯克林那格举起一只有着双拇指的手，礼貌地说，“抱歉打断，那不过是与我的地位头衔相近的称呼。‘先生’已经足够尊重了，用来对话也更方便。”

“是，阁下。”福克斯说。

休利特拿出了一本面料样册和一本服装样式书，斯克林那格从中选择了淡奶油色的软羔羊毛面料，裁缝向他俩保证，这种颜色不管用在哪种服装样式都和他的皮色相衬。时尚样板画[1]让他着迷，当休利特开始动笔，画出经过调整后适合半人马型身体的设计时，这个外星人凑近得鼻息都喷到了休利特的后颈上。

休利特彬彬有礼的询问引出了两桩实情，一是斯克林那格坚持自己更衣，二是他腰部和尾部之间覆盖脊椎部位的皮肤最怕冷。

“如果您不介意的话，先生，”休利特这时候说，“我希望您可以

1. 18 至 19 世纪流行的、用于展示服装的时尚风格亮点的板式插画，通常有很高的审美价值。

告诉我衣物该在何处收紧，何处留出排出身体废物的开口，等等……”

斯克林那格可以将上半身扭过来，用手触碰到远达尾巴附近的身体两侧，但是他只能看见他后背下部。所以休利特设计的内裤必须是能踩进去，并且是依次提上前后裤腿的。它会是双开襟纽扣款式，一片开襟越过后背，在另一侧系紧，而另一片开襟从相对的方向越过后背，在对过一侧扣上纽扣——就像一件前后反穿的双排扣正装。

斯克林那格说，在本地当前的气温条件下，背部的两层布会非常舒服；并且他觉得为了裤门襟和尾部而设计的复杂的系扣双开襟式样简直无可挑剔。

然而，他礼貌地坚持，尾巴半点都不能被遮盖。显然，这背后有着很强的心理学原因。

“我十分理解，先生，”休利特说，“现在请您站直，我好为您量身。这件内裤需要量的尺寸和需要定的形体轮廓要比披毯复杂得多。不过一旦我打好合适的版样，制作更多的成衣就不成问题了。一套四件内裤应该足够——”

“休利特——！”福克斯喊道。

“所有体面的绅士，”休利特很小声地说，“不分地位高低，都需要在重要旅程期间带上不止一套内裤。”

理所当然，无人反驳；休利特继续为他的顾客量尺寸。每量一处，他都准确无误地告诉斯克林那格自己在做什么及其理由。他甚至谈论起天气，试图让他的顾客尽量放松身体，以免成衣尺寸是在身体紧绷的不自然姿态下获得的。

“我打算让内裤的裤腿长度在髋关节到膝盖之间，先生，”他这时说道，“这会最大程度地让您感到舒适和温暖，又与外衣的长度相契合。但如能让我知道更多与这件披毯的使用情境相关的信息，会对我大有帮助——您穿着会做什么样的动作、您是否会拍照留影、场所的地理位置和周边建筑——这样衣服就不会显得格格不入。”

“你是在骗取情报，”福克斯尖声说道，“请不要这样。”

休利特没理他，对斯克林那格说：“先生，我有分寸，您可以相信我。”

“我了解。”斯克林那格说。他转过身来——这样可以从试衣间的镜子里看着福克斯——继续说道：“在这种情况下，产生一定程度的好奇是自然而然的，既然我们已经打算信任休利特先生，不向他隐瞒我待在这座城市的事实，那我在这里的缘由也理当不应该成为秘密，不应该限制他的工作——”

“恕我直言，阁下，”福克斯说，“在所有必要的准备工作完成之前，这些事情不应当公开。”

休利特记下，前腿周长，46英寸。他按捺住自己的恼意说道：“如果这些衣服的选料、后处理和配饰都是为了某个场合——毫无疑问是个重要的场合——我的确应当知道一点相关信息。”

短暂的沉默之后，斯克林那格通过他的翻译装置发出了大概是外星人清嗓子的声音。他昂着头，站得笔直，说道：“作为杜萨星及银河联邦驻地球的正式代表，我将会在圣詹姆士宫的例行仪式上递交国书。在同天晚上还将有一个接待晚宴，届时英国君主也会出席。尽管我的正式身份只是一位大使，但接待礼仪将与来访的国家元首相同。晚宴由媒体全方位报导，在此之后还有采访……”

休利特并没在听他讲话。他十分生气，气到耳朵里听进去的每一个字大脑都自动过滤掉其含义。他轻声向斯克林那格致歉失陪，然后对福克斯说：“我能跟你私下里说句话吗，去外面？”

他没等福克斯回答便扬长而去，出了试衣间，走到店铺门口并带住门，好让福克斯走在他前面。到了门廊下，他随即重重地关上门，震得玻璃碎了一地，在门廊的地砖上哗然一片。

“这种场合，”他狠狠地小声说，“你想让我做一张——鞍毯？”

福克斯同样狠狠地回答：“不管你信不信，我能理解你的感受。但是这可能是人类历史上最重要的事件了，必须万无一失！这不仅仅是为了斯克林那格。我们在这里做的任何事情，未来都将作为世界各地大使馆的标准和范例；必须滴水不漏，无懈可击。有些人会觉得外星人的首访应该先去他们那儿，所以一定会鸡蛋里挑骨头，而我们不能给他们任何机会。”

一位身穿过于干净的工作服的特殊部门人员听到玻璃破碎的声音赶了过来，走上了门廊。福克斯挥手让他离开，继续说：“他当然不应当只穿一件鞍毯，我和你一样清楚这点。但是我本不想让你知道这件事有多重要。除了考虑到走漏风声的风险，这点，你的可能性倒是不大，我不想让你因为这份工作太过操劳，导致最后整个人都崩溃了。

“与此同时，”他用严厉的口吻继续说道，“他要是显得滑稽可笑，我们可担待不起，他不能看上去像是马戏团里盛装打扮的马和穿着晚礼服的黑猩猩的混合体。他可实实在在是个重要人物，对地球和人类而言也是实实在在的重要场合，容不得我们冒半点出错的风险。”

他声音放轻，继续说道：“斯克林那格很自然地想给我们留下美好的第一印象；然而我们人类作为一个种群整体，也必须给他留下一个好印象。所以，用一件毯子作为他的着装，尽管既缺乏想象力又不够体面，但在很多方面而言都是更稳妥的选择。不过，休利特，如果你*想要*为首位来自外星的大使裁剪更精致的衣物，那它必须完全契合使用场合。你愿意担负起如此重任吗？”

极度的焦虑混杂着纯粹的欢喜，似乎让休利特的发声器官彻底瘫痪了。这不仅仅是作为某个个体所接受的终极挑战，更是作为人类已知的最古老手艺之一的行业成员所接受的终极挑战。他点了点头。

福克斯显然松了一口气。他非常严肃地说："你接过了很大一部分本该由我承担的责任。我十分感激，如果你还有别的建议的话……"

"就算跟我没有关系？"休利特问，又紧接着补充说，"跟我的裁缝生意没有关系。"

"请继续。"福克斯警惕地说道。

"我们刚刚还提到盛装打扮的马，"休利特继续说，"我的顾客与其说像人类，不如说更加像马。他非常有外交官的气度，不会发出抱怨；但如果您能站在他的角度想一下，想想即将对您产生影响的因素，包括仪式的排场和盛况、交通安排，还有——"

"斯克林那格已经研究过并且已经适应了我们文明里的个人教养，"福克斯说，"进餐的时候他把腿收在身体下面，使得上半身躯干挺拔，以保持用餐和与人交谈的适宜高度。由于餐布无法盖在他的大腿面上，就依原样折叠摆放在餐盘边上。说到盥洗设施——"

"我是在想，"休利特说，"他要是看到马车载着他，或是看到人类骑马的时候会有何感受。我建议使用国宾轿车而不是马车，而且国宾护卫队应从皇家近卫团中挑选，不要皇家骑兵或是别的近卫骑兵团。斯克林那格和地球上的马在生理结构上有几分相似，虽然程度不及人类和大猩猩，但还是最好不要有太多形似的动物在来访大使左右，您说呢？"

"我不得不说，"福克斯说，跟着轻声咒骂了一句，"早该有人想到这些的。"

"有人刚刚想到了。"休利特说着打开了门，示意福克斯走在前头，两人跨过碎玻璃回到了试衣间，地球裁缝有史以来接待过最重要的顾客正在里面等着，轻轻地跺着四蹄。

“先生，抱歉耽误了您的时间，”休利特彬彬有礼地说，“但是现在我对贵我双方预期的东西有了更清楚的想法。在我继续给您量尺寸之前，请问您对某些特定材质过敏吗，或是什么特定敏感区域会造成您不适？”

斯克林那格看着福克斯，福克斯说：“我们十分仔细地研究了这件事；这里有一份很长的物品清单，清单上的物品如果长期接触阁下大人的皮肤的话会造成麻烦——其中有一些是大麻烦。

“具体情况是，”他继续说，“来自外星的病原体无法在人类体内生存，反之亦然。这意味着我们不会被斯克林那格传染疾病，他也对我们的病菌免疫。但是，纯粹的化学反应另当别论。有一种材料可以让阁下大人起疹子甚至产生更糟的情况，那就是布料中的合成纤维，其实所有种类的合成纤维都会。你明白问题所在了吧？”

休利特点头。大使的内裤、衬衫、领带和袜子将会用纯羊毛、纯棉或者真丝制作；正装的材料只能是精纺羊毛料，休闲装用哈里斯花呢或爱尔兰的防刺粗呢。纽扣需要骨质的，拉链需要金属材质而不可以用尼龙。镶边、硬衬布、塑形用和使衣物蓬松用的填料还有锁边，都不可以用合成材料；同样，针织用的线必须是老式的棉线，不能用尼龙线。他完全明白问题所在，这个难题其实和多数的大问题一样，其实也是一连串的小问题。

“我们选你做这份工作的一个原因，”福克斯说，“就是你的想法非常老派，会在库存里留着这些材料。但是，说实在的，我之前担心过你因循守旧的作风可能会影响你对这位……不寻常的顾客……的态度。幸好实际上来看，你并没有表现得恐外。”

“以前我读过不少科幻小说，后来的科幻太软了就不看了。”休利特不温不火地说。之后他转向斯克林那格：“先生，我可能还需要再量一些部位的尺寸，因为我要做的东西不只是披毯那么简单。而且做这样一件衣物我必须边量尺寸边打版。活要做得漂亮的话，剪裁、试穿和收尾工作都得下功夫。因此，我会用木板封住碎掉的店门玻璃，张贴告示说本店因改建要暂停营业一阵子……”他看着斯克林那格充满外星特点的身体轮廓想，要改的地方还真不少呢。“当然，眼下我会把全部精力用来完成这份订单。但我觉得至少需要 10 天的时间。”

“你有 12 天的时间，”福克斯说，看起来松了一口气，“我会安排人尽快修好门上的玻璃。我们做调查的时候给你的店铺正面拍过照，所以我们应该可以重做那些金字。毕竟那些玻璃是因为我才弄碎的。”

“请容许我冒昧反对，”斯克林那格插嘴说，“作为造成这个麻烦的主因，我应当负责。休利特先生，如果您允许的话，我希望能用我飞船上的材料替换那些玻璃，算是我到此一访的留念。材料是透明的，既可以抵挡陨石撞击，也能防止小小的情绪波动。”

“先生，谢谢您的好意，”休利特笑着说，“那我就恭敬不如从命了。”他在记录本上写着：背中部到腰，35 英寸。

他花了近 3 个小时才把活儿做到让自己满意，其中有半个小时用来讨论有关肢体的肌肉和关节，还有为保证衣物既舒适又有型所需要注意的方面，特别是脖颈、前胸、腋下和裆部这些部位。

斯克林那格和福克斯离开后，休利特锁上店门，爬上楼梯，经过二层楼的储藏间来到楼上的住屋，告诉他的妻子这件突如其来的大事。

休利特夫人 18 年前因交通事故跛了腿。她一天可以在住屋里走上 3 个小时而不觉得太难受，她把这点时间省下来花在晚餐和餐后与丈夫的闲谈上。白天其余的时间她在轮椅上度过，自己摇着轮椅到东到西，清洁打扫、做菜做饭，看看有什么活儿自己能干，要么就去睡觉，但就算在晚上也睡不踏实。

他告诉她关于外星顾客的事，并说这段时间要严格保密。她饶有兴致地研究起他画的草图和记下的各项尺寸，计算着这件活儿所需的布料和镶边的码长。她说，休利特想法子骗她相信这么个天方夜谭，真不害臊。她提醒休利特，她年轻的时候给一匹上台表演的马做过道具服装。要求这个数量的道具服尤其是短裤套数的原因自己并不清楚，她说，但毫无疑问，是用在一场时髦的默剧或哑剧里，估计马身上的道具服会被褪去一部分。对于裤门襟扣的草图细部，她不满地说道，大概说明了这是一场非常时髦且下流的表演。

“根本不是这回事，亲爱的，”休利特一脸正经地说，“本质上更接近一场轰动的表演，而且你将会在电视上看到精华部分以及我们做的道具服。”

一向奉行大勇若怯的休利特注意到她满意且兴奋的神情，便没再多说。

和斯克林那格约好了首次试穿日，在此之前的三个白天及多个夜晚里，休利特太太仍然保持着愉悦和兴奋感，尽管偶尔她会说，要是在过去，他俩一定会推掉如此滑稽的委托。休利特回答说，这件成衣要求用裁剪的最高标准来完成，不管最终用在什么场合，这是他接受过的最具专业挑战性，同时也是报酬最丰的一份工作。但他打心底里又在深深地自我怀疑。

对他的考验在于，如何设计、剪裁、打造一套正装，才能让一匹马看上去不像一个人，而像一匹衣着考究、气度高贵的马。这个想法荒谬得彻头彻尾，可斯克林那格是太过重要的人物，容不得显出一丝半毫的可笑样子。

如同休利特所料，首次试穿一看就知道搞砸了。前后裤腿不但没有熨烫并且走形，而且只是用线暂时粗缝在一起；而晨礼服的雏形只装上了一边的衣袖，用棉线将翻领里衬、前身[1]和肩垫粗缝在一起，看上去更糟。休利特一边摆弄着手上的缝衣针、粉块和别针，一边尽其所能向斯克林那格和福克斯传达信心和宽慰；但显然他们两人都没有领会。

这位外交部官员看上去忧心忡忡、闷闷不乐，大使脸部的皱纹和褶子的纹路看起来也几乎毫无疑问是相同情绪的外星表达方式。

休利特将这份自我怀疑藏在心里，先制作出两套十分合身的内裤，尽可能地挽回了一些局面。他解释说，这衣物用弹力紧身材料制成，相对简单。至于斯克林那格和福克斯两人抛出的暗示，不如还是凑合着用鞍毯加内裤的想法，他则不加理会，约好四天之后再次试穿。

斯克林那格的正装外套又宽又大，结构复杂，不仅能覆盖前面的躯干，还能裹住后面的身体直到臀部和后腿。正装外套的前身裁成锐角，前身后侧的裙边呈水平直线，位于四腿连接身体处下方两英寸。可由于正装外套所用面料的长度和大小的缘故，使得裤腿包裹的四腿看上去不成比例地细。

休利特显然能够缩减外套的大小，只要沿着脊椎处用上一套假褶并在后摆处开叉；他还在身体轮廓的不合身处策略性地用到了一系列收身的省缝。但他不得不废掉原先的长裤，重新裁剪，长裤的裤筒宽度改成之前的差不多两倍宽，裤脚处改成平整的锥形收口，大约是蹄子直径的两倍宽。这意味着要重新修改背部的吊带设计，并在裆部做修改，这样，总体效果看上去就平衡多了。

第二次试穿时，休利特欣喜地发现自己已经解决了一个烦人的折皱问题，即当斯克林那格行走的时候，他的前腿肌肉会一次次地

---

1. 上装的前面部分。

弄歪正装马甲。但在斯克林那格和福克斯这两个外星人的眼里，这套正装仍旧看似鸡肋，还是《威尼斯商人》般的一磅鸡肋。显然他俩已经打定主意——几乎肯定是错的主意，而休利特则竭力地打消他们的这个念头。

“我们非常非常幸运，”他笑着说道，“16 号尺码的立领衬衫对您来说正好合适，先生，8 号尺码的礼帽也一样。多数场合，帽子只需带着，不用戴着，手套也一样，不过不太合——”

“您不觉得，”福克斯突然开口，“您或许是在海底捞月，休利特先生？”

斯克林那格轻声细语地加入进来：“这绝不是在批评您的专业能力，您可以非常好地按照要求制作成衣；但是，你不觉得我们早先谈及的毯状衣服可以作为有益的备选？这样也能帮您摆脱这个重担。”

“我并非想要摆脱这个重担。”休利特说。这个重担开始逐渐吓着他了，他真的应该选这条容易走的道，但他对自己的能力信心十足，或许应该说信心过头了。他继续说道：“先生，既然我已接受这份委托，为您即将到来的社交场合和正式场合制作服装，您就可以信任我的尽心尽责。”

“不过，”休利特语速很快地继续说道，“有个关于遮蔽足部的小问题。黑色羊毛袜裁剪修改之后虽然合适，但地球式样的鞋履会看起来格格不入，也很难让您放心地穿上。可否在您蹄部的骨质处用无毒涂料上色，正式场合用亮光黑，与普通民众接触时用棕色？蹄底也需要垫上软垫，因为蹄声也会被视作不合时宜。”蹄声会让你更像一匹马，休利特心里想。他又说道：“还有一个问题是，尾巴的展示，先生。您的尾巴修长而茂密，相当帅气——”

“谢谢。”斯克林那格说。

“——但尾巴持续摆动，可能会分散与您交谈之人的注意力。福克斯先生告诉我说这种摆动身不由己。不过就我看来，您的尾巴类似地球人的颅顶或面部的毛发。有此类毛发的人在正式场合常常以其最佳形象展示，可以盘、编、用各种时尚元素装饰，或是梳理上油使其更富光泽。如果您没有异议的话，我们或许可以将您的尾巴掺上一些，比方说，白色银色的长丝线之后编织起来，接着致密地盘起，我可以在衣服背中缝处附加一条束带，用来扎住盘起的尾巴。”

“没有异议，休利特先生，”斯克林那格说，“在杜萨星，我们也有类似的做法。”

“这些都是细枝末节，休利特，”福克斯说，“细节很重要，我承认，任何类型的服装都要考虑到，但——”

“还有件事情是关于服装上的装饰物的，先生，”休利特接着说，“有些彩色缎带和镶刻金属片显示了佩戴者或其祖先获得的丰功伟绩。接待晚宴上会有很多穿着制服和晚礼服的人，也会佩戴我刚才所说的装饰物。我希望您能佩戴某些装饰物或勋章，”他用严肃的口吻继续道，“但最好不是为了这个场合凭空编造的。您对此有什么合适的建议吗，先生？”

斯克林那格沉思了一会儿，说道：“我的种族没有与勋章相对应的东西，工作需要用到的翻译机可能勉强算吧。我有一个大号的翻译机，上面饰有联邦的标志，在需要同时处理不止一种语言翻译时佩戴。但这也不过是我的职业所需的工具。”

“但这份职业并不普通，不是吗？”

“的确如此。”斯克林那格说，他的五官挤弄着，传递出的应该是属于外星人的骄傲的表情。

“如将此设备挂在彩色缎带上展示，您可有异议？”

“没有异议。”

“谢谢您，先生，”休利特接着继续轻快地说道，“晨礼服应在约定之日的早餐时间之前备妥候取，晚礼服应在同一天下午前备妥。您的外出用正装和相应配饰，在您进行正式的访问项目全部结束之前不会用到，且制作起来会容易许多，因为有了第一套服装的经验——”

“也就是，”福克斯非常坚决地说，“一条精心裁剪、装饰雅致的披毯。”

休利特假装没有听见，说道：“您可以相信我，先生。”

“我信任你，休利特先生，远超这个星球上任何其他人……”

他们走后很久，休利特还在琢磨斯克林那格的临别话语。此刻，他和妻子正在重新裁剪第一套套装并做最后修整，他烦恼了。自己是不是在犯蠢，在自以为是，在裁缝事宜上眼高于顶？还是自己真的有权利去指使斯克林那格，一如现在的做派？

大使是一名极其重要的角色，实际上代表了联邦内所有其他政府，他迫切地想给地球留下好印象。但人类也将在双方会面时给他留下印象，要么是好感，要么是恶感。从实际角度出发，就人类而言，后一种印象来得更加重要。想必斯克林那格有足够的权力做出决定，决定他的星球以及其他联邦成员是否要与地球保持接触，还是坚决地将地球撇在一边。

而他自己所担当的角色，一个恃才傲物却又囊中羞涩的小裁缝，正要为人类历史上顶顶重要的场合制作服装。当然，他会竭尽所能为他打扮得体，但新闻媒体喜欢出重要人物的洋相。给点机会，他们就会激怒斯克林那格；而大使就会从此一去不返，连带他的同僚友人也再也不会回到这个人民缺乏教养，让联邦代表出丑的地方。

在他为了抹平肉眼看不见的面料鼓起，拆开线脚又重新缝上的时候，在他将西服口袋缝上他招牌式的双针线迹的时候，他多次想到，是不是该将这活儿扔到一边，换成几小时工夫就能完工的毯子。他深思着，一边做着决定，一边不停地忙活着。直到第二天大清早，他和妻子才上床睡觉，没睡几个小时又起床继续干活的时候，他还是没有打定主意。

比起到时候效果一塌糊涂的服装，还是缝制一条看起来精致的鞍毯要来得更保险一点。可如果就这么做了毯子，就等于自己听命于人并把责任推回给了福克斯，也就是允许一个外行对自己指手画脚，发号施令。

就这么一眨眼的工夫，晨礼服和长裤制作完毕，熨烫妥帖，连同配饰一起挂在了休利特用一个半的橱窗假人搭的模特身上。已经不够时间再去做一条毯子了，因为现在已经是和斯克林那格约好的试衣日的早上。

休利特向大使示范如何系紧衬衫，如何打领带，如何把涂黑的蹄子套进深色筒袜以试穿袜子还有其他东西的时候，大使一言不发。当试穿起长裤、正装马甲和外套时，裁缝滔滔不绝地说起动作舒缓的好处，动作过急会显得缺乏气度，在电视上观感不佳。他注意到自己话太多了，而且说话的时候每冒出几个词都会打个哈欠，听上去很滑稽。

可能斯克林那格意识不到休利特究竟有多紧张，多没把握，因为全部行头的整体效果跟休利特预想的不一样——而眼下他身心俱疲，根本弄不清楚效果到底如何。

整个过程中，福克斯一直双唇紧闭，一声不吭；但在两人离开的时候，他甩给了休利特一份早报，忧心忡忡地点头致意。

报上刊登的新闻来自宫廷邸报，事关斯克林那格：

杜萨勋爵斯克林那格阁下，将于今日上午觐见女王陛下，并向圣詹姆斯宫递交其受命为银河联邦特别全权大使之国书。随后王宫将举行欢迎国宴，届时会向公众进行音画转播。

休利特把电视搬进了他的工作间，这样他可以一边继续制作晚礼服，一边看电视而不会吵到仍在睡觉的妻子。

但电视上的新闻报导不甚理想。显然各路媒体把宫廷邸报的消息当作某种恶作剧。一名游客拍到了斯克林那格驾临圣詹姆斯宫的影像，只有短短几秒且严重失焦，看不出大使的正装合不合身，就算这样，那人也应该能为此发上一笔横财。

休利特等了一两个小时后，打开晶体管收音机，里面传来了一个兴奋的话音，说刚收到从王宫传来的快讯，大意是杜萨星是一颗宜居星球，它所环绕的太阳距离地球 2 000 光年，而杜萨星人斯克林那格将受到来访国家元首兼大使的礼遇。不管整件事情恶作剧与否，这个话音继续说道，对今晚国宴的媒体报道将与早年间的登月相媲美。

休利特的妻子听的是同一个新闻节目。她的脸上尽显疲态却又喜形于色，好多年他都不曾见她如此开心。不过眼下，她没有跟他开口说话，究其原因是他之前跟她说了实话但又故意装出撒谎的样子。

休利特的意识和手指都十分僵硬和疲劳，他差不多迟了一个小时才完成晚礼服套装。不过没关系，斯克林那格并没有来取。国宴开始前两个小时，来了一名身穿警服的警督，说发生了意外耽搁了，因此由他来取礼服并送至斯克林那格的飞船上。几分钟后，来了一名级别更高的警官，说既然不再有保密的必要，他们要拆除店铺门脸前的幕墙，而且两名玻璃工已经来了，正要为他换门玻璃。

“就不能等到明天早上吗？”休利特问，牙关紧咬，把一个哈欠逼了回去。

“您看上去很累，先生，”警官说，“我很乐意在他们完工之前留在此地，走的时候会锁好大门，把钥匙放进信箱里。”

“您非常体贴，也想得非常周到，”休利特亲切地说，“我确实需要休息。谢谢您。”

“我很荣幸，先生。”警官恭敬地说道，仿佛下一步就要给他敬礼了。

休利特爬上了楼梯，这位友好得不同寻常的警官带给他的暖意渐渐散去。他开始琢磨起斯克林那格没有亲自来取，而是派人上门来取的原因。今天上午穿的套装很有可能一团糟，所以他晚上的着装可能是找别人临时做的鞍毯。作为一名外交官，一个为他人着想的生灵，斯克林那格不愿当着休利特的面表达不满，也不会复述别人对他的评头论足。他只会默默收下第二套套装，仅此而已。

但休利特心里的苦楚没有持续很久。他瘫坐在电视机前的椅子里，看着一众专家讨论与太阳系外异星种族接触的意义，时事评论员总是能助他入眠。

深夜新闻播报前的几小节嘹亮的前奏音把休利特惊醒了，是外星人来访的特别报导。他快步把轮椅上的妻子从厨房里推了进来，接着坐回原位去看斯克林那格的表现如何。

不像之前业余拍摄的驾临圣詹姆斯宫的画面，斯克林那格驾临宴会现场的景象由各个角度的特写和中景镜头全方位拍摄。

大使没有披着鞍毯。

他的礼服外套在领圈和肩膀处很合身，不过每当斯克林那格鞠躬后直起身时，背部就显出褶皱的迹象——他每隔几分钟就要鞠躬一次。长裤正合适，显得四腿不肥不瘦，而黑色袜子和哑光黑蹄的搭配则高雅得不显山露水。尾巴盘成圈并打了个朝前的结，好似纹章上的神兽一般，尾巴偶尔的抽动也几乎注意不到。

唯一一抹彩色是一条真丝宽缎带，将白衬衫的前身和正装马甲作了对角二等分。缎带呈淡蓝色，带有红色和金色的流苏，缎带正中央是装饰繁复的翻译装置，上面有象征联邦的标志。尽管并非现场最夺目的装饰物，但仍在所有的巴斯勋章和嘉德勋章[1]的包围下不落下风。

休利特突然意识到，杜萨星的斯克林那格看起来不错……

接着，杜萨星人开始发表演说，简明扼要地陈述来意，谈及了加入银河联邦能为双方带来的好处。

就在 150 年前，一艘银河联邦无人搜索飞船在地球上发现了智慧生命和快速发展中的科技。之所以对此情况的回应有很长的延迟，斯克林那格解释道，是因为机器不像杜萨星人、地球人或是其他智慧种族那样会衰老或无聊，所以，平常总是一无所获的搜索飞船实际并没有配装极度耗能的终极引擎。搜索飞船在地球轨道上花了许多年拍照、分析、评估动植物种类、书面语和口头语——最后一项的获取对于飞船的软着陆探测器来说尤为困难，因为彼时无线电和电视尚未发明。

用以研究的数据传回杜萨星后，仍有几项艰难的决策有待定夺。当然，毫无疑问的是，不应试图接触地球上丰富多样的文化。但在资料搜集完毕时，许多社会政治团体显出即将崩溃的迹象，而其他政治团体则在实力和影响力方面快速发展。

彼时的大英帝国，权力和商业中心位于伦敦，虽是当时最重要、

1. 嘉德勋章是英国最高级别的勋章，只能授予国君、威尔士亲王，以及其他不多于 24 名的在世者；巴斯勋章是第四级别的荣誉勋章，仅次于嘉德勋章、蓟花勋章（苏格兰）和圣帕特里克勋章（爱尔兰，暂停授予）。

最具影响力的团体，但也显出崩溃的迹象。其发展虽缓慢，然而传统和法律深植于内，表明其不会毁灭性崩溃，而是逐渐没落并稳定地解体。大家公认，在一个如此历史悠久的团体里，一个半世纪前观察到的行为举止不会发生显著的改变……

“这就是我暗中降落在贵国而非其他国家的理由，”斯克林那格继续说道，“我现在清楚当初的选择很正确，但在此类情况下，我们有特定的行为准则。你们或许会想，对于我们这样一个高度发达的银河文明，行为思想竟然出乎意料地因循守旧。但一套合适的行为准则，能在种族迥异的联邦成员之间的交流往来中起到关键作用。”

“其中最严格的一条准则，”他补充说道，脸部开始变得褶皱，无疑是在微笑，“就是我这样的来访者要遵照东道主星球所有的社会准则和风俗习惯；甚至要穿上东道主的服装。”

他最后总结说，他有意愿对地球各国的国家元首进行一轮正式访问。之后他会再次拜访地球，开始休闲观光之旅，这让他能在更轻松的氛围下与人会面。他补充说，地球是大约四个世纪里首个获得联邦成员邀请资格的新世界，他很乐意回答太阳底下的任何问题，无论是这里的太阳还是别处的太阳。

接下来的节目是电视访谈，访谈持续了很久，话题终于转到了斯克林那格的服装上。

“……我们还需要更长的时间来思考您此次来访的方方面面，”访谈主持人说道，“不过现在，我想问阁下一个问题，同时也是称赞您，关于您的衣装。或许我该称赞您的地外裁缝？”

“您应该称赞我的地球裁缝，”斯克林那格顿了顿，继续说，“在许多星球上，衣服不过是在极端天气下的一种防护方式；而在别的星球上，工艺、式样还有穿着方式被提到了主要艺术形式的高度。地球属于后者，而且拥有至少一位裁缝能够让一位地外来客……穿着得体。”

主持人哈哈大笑，问道：“阁下，请问他是谁？”

“目前还是不说为妙，”斯克林那格回答道，“他和妻子辛劳了很久，在名声垂青他俩之前，至少先让他俩睡一晚应得的好觉吧。不用多说，我的裁缝虽然不那么出名，但确是一等一的能工巧匠。他也算得上是裁缝事务里的暴君，一种全银河系裁缝共有的特质。正如您所见，他不惧专业上的任何挑战。”

“的确如此。”主持人说。

“无疑还有别的挑战。”斯克林那格转过脸，正对摄像机继续说道，但休利特明白，他不仅仅是在与主持人讲话。“之所以选择我的种族与人类做第一次接触，没有别的原因，就是我们和你们长得更加相似——尽管你们一定会觉得双方存在显著的生理差异。联邦里的其他种族有着形态差别更大、分布更奇特的肢和附肢；对于不曾见识过的人来说，他们甚至会显得可怖。但所有这些种族的大使都会陆续来访地球，递交各自的国书并献上美好祝愿。他们都需要得体的着装来出席这样的场合。他们会很愉快、很放心地得知，”他最后说道，“这里有一位地球人类裁缝完全值得托付……”

强烈的自豪感和兴奋感本应让休利特彻夜难眠，但实际上并没有；这感觉在他翌日打开店门的时候仍然没有消退半分。街对面的商店橱窗映出来他的样子，看起来和往常一样，但画面里有些地方不对劲，他迅速转过身。

新的店门玻璃跟原先那块有点不太一样。现在，上面写着**乔治·L. 休利特，裁缝**，而其下正中间是斯克林那格翻译机上的图案的精美复刻——代表银河联邦所有星球的标志——最下方有几个字：**仅接受预约**。

（Mahat　译）

性别和奇幻故事

科幻小说的创作和性别相关吗？

当代有一种普遍的错误观点，认为尽管 20 世纪七八十年代涌现出越来越多的女性成为科幻奇幻作家，但她们却过多地投身于奇幻小说。一些读者认为，女性创作魔法、巫术和龙的主题，而男性则创作科学与技术的主题。

当然事实上并不存在如此泾渭分明的划分。自从有科幻杂志开始，女性便贡献了各式各样的故事。以 C. L. 穆尔为代表的女性作者也一直在《惊异》这种注重科学的杂志上与男性作者平等地竞争一席之地。虽然以前女性写太空史诗的可能性要小得多，但是利·布雷克特（Leigh Brackett）的作品证明了女性可以和男性一样写出太空冒险故事；安尼·麦考菲利“帕恩星”系列（Pern series）的成功证明了这样的能力延续至今，纵然“帕恩星”里有龙的元素。这份名单还在不断扩充，包括了 C. J. 彻丽的作品，用到的硬核科学不亚于任何人的作品；帕梅拉·萨金特的“梦想的金星”（*Venus of Dreams*）系列；厄休拉·K. 勒古恩关于人类学的作品等等，不胜枚举。另一方面，A. 梅里特（A. Merritt）和 H. P. 洛夫克拉夫特以写奇幻故事为主；即使像戈登 · R. 迪克森（Gordon R. Dickson）这样专注科幻的作者，虽曾化用罗伯特 · 弗罗斯特关于自由体诗[1]的评价，称“写奇幻故事就像打没有网的网球”，却依然创作过数篇出色的长篇奇幻小说。

话虽如此，有人可能依然会说，女性天然地比男性更偏向奇幻故事，因为在奇幻故事中，人与人的情感关系以及人物触及真正自我、掌控自己内在力量的方式，比解决问题本身来得更重要。许多业内男性作家避免写奇幻故事，即使他们可以信马由缰、不必拘泥于真实性的时候，依然会为奇幻能力加以各种限制，让作品更接近于科幻，这大概可以称为“理性化奇幻小说”。然而勒古恩和彻丽的奇幻作品同她们的科幻作品一样享有盛名，安德烈 · 诺顿则更多是因“女巫世界”奇幻故事成名，而非核战后求生小说或是她创作生涯早期的去往其他世界的冒险故事。

英国的女性作家的情况让科幻奇幻的阵营区分更加明显。从约瑟芬 · 萨克斯顿的例子可以看出，多数英国女作者都写奇幻或乌托邦作品，就连摩考克主编的模糊科幻奇幻界线的《新世界》杂志都不太能吸引这些英国女作者，尽管上面倒是刊登了不少美国女作者的作品。后来的安吉拉 · 卡特（Angela Carter）将自己归为哥特小说[2]作者，自认为连她名义上的科幻小说都更接近于神话小说而非推想小说[3]。约瑟芬 · 萨克斯顿也抱怨过自己被科幻编辑视为主流文学作者，而被主流文学编辑视为科幻奇幻作者的两难境地。

而塔尼斯 · 李（Tanith Lee），可能是唯一一个科幻与奇幻作品同样享有盛名的英国女作者了。她 1947 年出生于伦敦，曾就读于

1. 可以自由抒写，不讲究格律、音节、句数，段落没有固定规格的诗歌形式。
2. 18 世纪后期开始兴起的英语文学流派，通常包括恐怖、神秘、超自然等元素。
3. 通常指拥有超自然、未来或其他想象类主题的类型文学，包括奇幻、科幻、恐怖等类型。

克罗伊登艺术学院，在1971年开始发表《龙之财宝》（*The Dragon Hoard*）及后续一系列少儿奇幻小说之前，有过几份图书馆的工作。她与DAW书屋签约后成为全职作家，出版了“生墓三部曲”：《生墓》（*Birthgrave*, 1975）、《文斯考尔，文斯考尔之子》（*Vazkor, Son of Vazkor*, 1978）和《猎杀白魔女》（*Quest for the White Witch*, 1978）。这几部长篇小说将科幻奇幻糅进一个探寻女神的英雄远征故事。

李是一位多产的作家，创作了20余部科幻和奇幻长篇小说、近10部面向少儿的长篇小说和几乎同等数量的短篇小说集，还有6篇广播和电视剧剧本。《别咬太阳》（*Don't Bite the Sun*, 1976）、《饮蓝宝石酒》（*Drinking Sapphire Wine*, 1977）和《银色金属恋人》（*The Silver Metal Lover*, 1982）是她的科幻代表作。她的作品在大西洋两岸都广受欢迎，就如玛丽·文考夫（Mary Weinkauf）在《20世纪科幻作家》中评价其作品“人物塑造鲜明，感情冲击强烈，言语辛辣幽默，书中的俊男美女虽有强大的力量和意志，也必须先经受考验才能自我接纳[1]”。

她的作品也展示出对来自不同文化的神话和童话的关注，有几本短篇小说集重构了这些故事并用另一种方式来重述。她的短篇小说《水中书》（“Written in Water”）首发于原创选集《永恒之光》（*Perpetual Light*, 1982），取材自弗雷德里克·布朗（Fredric Brown）的题为《敲门》（“Knock”）的两句话故事，原故事是关于世界上最后一个男人的故事，而她重新讲述了关于世界上最后一个女人的故事。“敲门”的背后暗藏着惊喜、悬念或恐怖，而李的“门”背后则是一则童话。

（樊明祥　译）

1. 心理学概念，指个体对自我及其一切特征采取积极的、能欣然接受的态度。

水中书[1]

塔尼斯·李

那是一个寂静而漆黑的夏夜。一颗雪白的星星从天而降，掉落到距离房子半英里的黑色田地里。10 分钟之后，吉安娜已经走出了房子，越过修修补补的花园围栏和吱吱作响的大门，向星星坠落的地方走去。现在，她正站在一个年轻男人面前，男人被缠在一张银色的网里，躺在地上，他周围的地面烧焦了一圈。

“你是谁？”吉安娜问，“发生了什么？你可以说话吗，可以告诉我吗？”

男人看上去很年轻，二十二三岁光景。他移动着瘦削而年轻的身体，转过脸来。他看上去十分迷人，以至于吉安娜在再次和他说话前深呼吸了一口气。

“我可以帮助你。你能说点什么吗？”

他睁开了双眼，就像是在黑暗中打开两扇透着阳光的窗户。他什么都没说，连吉安娜听不懂的语言都没说。吉安娜看着他，不自觉地欣赏着他优美的身体，也不自觉地意识到他的目的无关于她的

1. 引用自济慈的墓志铭：Here lies one whose name are written in water（此地长眠者，声名水上书）。

世界，或者她。

“你从哪儿来？”她问。

年轻男人回看着她，看起来像是在猜测，接着像是在思考，然后庄重而优雅地从自己被缠住的网里伸出一只手臂，指向天空。

他坐在吉安娜厨房里的桌子旁，吉安娜给他拿来了药、食物、酒，还有装在铜壶里的咖啡。年轻男人慢慢地摇了摇头。从代表的含义上讲，有些动作是相同的，但是又不完全相同，即使从摇头中，吉安娜也能看出他来自外星。他头发的颜色一如他刚刚拒绝的咖啡，那是咖啡混着几滴牛奶的颜色，光亮如绸缎；他皮肤苍白，以至于不像人类。吉安娜灵光一闪，给他倒了一杯水。水很纯净，是从院子里的水龙头中滤出来的，没有加别的化学物质或者添加剂，但尽管如此，也可能会让他中毒。年轻男人看上去并不觉得被冒犯了，只是错愕地摇摇头。他先前随着吉安娜的手势和指引，和吉安娜一同走进她的房子，而现在吉安娜正想给他拿点什么东西。

吉安娜把装水的玻璃杯放在年轻男人面前。他看着水杯，用两只优美、健壮而轮廓清晰的手将其拿起。他的手让人想到舞者或者音乐家，每只手都有五根手指，非常正常。他把水端到嘴边，吉安娜摒住了呼吸，好奇地等待。年轻男人小心翼翼地把杯子放下，又同样小心翼翼地把它推开，把两只手臂交叉放在桌子上，又把头埋进手臂中，开始哭泣。

吉安娜站在一边，看着他。刚才那张网上的一缕银丝粘在了他的胳膊上，随着他肩膀的抖动闪闪发光。她听着他的哭声——一个年轻男人痛苦的、像是要把自己撕开一般的啜泣声。她靠近他，无助地小声问着：“怎么了，怎么了……”

这当然是徒劳。她小心翼翼地把手放在他的肩膀上，担心着他可能会躲开，或者他们的身体有什么不相容的化学成分会让他们受伤；但是年轻男人没有躲开，吉安娜的手掌和他身上暗色的、无缝的衣服之间也没有出现火光。

“别哭了。”吉安娜说着，虽然她本意并非如此。年轻男人的悲痛感染了吉安娜，她已经很久没有过什么感情了。她轻捋着男人的头发；也许他身上有某种细微的辐射，来自遥远异星的致命粉尘。但她不在意。“哦，别哭了，别哭啦。”她喃喃地说，沉沦在他的眼泪里。

她开着她那辆破旧不堪的车进了清早的城镇，一如往常一样不怎么注意自己。她的生活并没有什么变化，先在自助加油站加油，然后去几家商店，走进又走出那些不招人喜欢的门面，如同例行公事一般。在城市边缘的巨大超市里，她在堆积满地的塑料和罐头间穿行，如往常一般对柔软的背景音乐依稀有些恼火。这音乐自动定时播放，不知道是谁这样设定的，也不管现在已经没人需要了。吉安娜有次曾在冰冻肉类区域后面的地板上见到过一只吱吱叫的老鼠，她尽全力不去在意它，身体僵硬地走出了商店。

吉安娜不怎么喜欢其他人，他们总是伤害她，不尊重她，或者用各种方式占她的便宜。她最终退居到老房子里，想要独自一人生活，做一名隐士。终极的孤独感比她先前曾设想过的更加深刻，简直像是一种刑罚。她 35 岁，觉得自己像一盏昏黄不定的灯。如同枯叶一般的皮肤，粗糙凌乱的头发，都是她颓然衰老的证据。独自一人，独自一人，她已经独自一人许久了，如同烧焦的干柴，任由周遭的一切如水般流过都无法润湿她。而当来自外太空的年轻男人在她的桌前啜泣的时候，她仿佛被河流与海洋充盈了。

她自嘲地想道，正常人对刚刚发生的事的反应应该是希望联系其他人，告知他们她神奇的发现，她的“邂逅”。她只是品味着这样的想法，思绪又回到了现实。当然，她觉得她没必要以理性的方式行事；而且，她又该找谁讲述她的故事呢？谁又会相信她呢？虽然她自己毫不怀疑眼前发生的一切。

而当她转向通向房子的泥路时，她又突然感到危险。也许终极的孤独已经让她疯掉了，幻想着从天而降的星星，想象着眼睛如同金币般闪光的年轻男人。或者如果这些都是真的……有可能她的触摸所带的来自地球的细菌已经让他丧命了。她情不自禁地想象着，如威尔斯的小说所描述的火星人被地球的微生物杀死，躺在他们巨大的机器中，死亡和腐烂着。

昨天晚上，当年轻男人冷静下来，或者只是试着冷静下来之后，吉安娜带他到了她的卧室，把床指给了他。那是一张窄得只容一人的床，过去的恋人们让她明白，单人床永远只属于她一个人，而不是他们。但是年轻男人一句话都没说便躺了下来。她睡在了楼下房间里一张放在书桌与早已坏掉的电视之间的直背椅子上。早晨在阳光中醒来，带着一种圣诞节早晨的孩子一般羞涩的感觉，她偷偷地看着熟睡中的年轻男人。她想起了很久很久之前读过的诗：

> 你的睡颜是如此安详而美丽
> 如此安详而美丽，如同你已逝去

她留下他走开了，害怕惊扰这份美丽，害怕会被他迷住而生根在这里，挪不开脚步。她开车到镇上去找更多的补给，她想给他带回去各种东西：他或许并不会吃的食物，或许并不会喝的水。甚至是音乐，甚至是他都不懂的书……

但是现在，他可能已经离开了，就像未曾存在过一样；或者他可能已经死去了。

她在夏日的尘土里粗暴地停下车，跑过高大的石炭纪树木，绕过栏杆。她的心提到了嗓子眼，感到目眩而喘不过气。

白日的阳光在田野上展开了一层白热的雾。她转过头，试图看透这一切，宛若身处水中。房子看起来安静得像坟墓一般，空无一物。大地也一样，如同空白的磁带。她瞥了一眼发黑的田野。

她跌跌撞撞地走向房子，呼吸急促。这时，他从敞开的门里出来了。

他拿着她用来打理可怜的花园的铁锹。他清理过了铁锹，它看起来明亮而有光泽。他把铁锹靠在门廊上，走向她。当她盯着他，大口呼吸时，他与她擦身而过，开始把东西从车里拿出来带到屋里。

“我以为你死了。”她傻傻地说。她傻傻地站着，她的头傻傻地歪着，突然感到非常不舒服，浑身乏力。

过了一会儿，她也慢慢走进了房子。当他继续像一个服务生一样把盒子和罐子拿进她的厨房时，她坐在他昨晚坐过的桌子边上。她想到她本可以从镇上的商店给他拿点新的衣服，但是为他挑选点什么这样的事会让她觉得有点尴尬，即使只是从超市的衣架上随意拿几件衣服。

他大概原本是想清理下花园——某种程度上作为她热情而不周到的款待的回报——因此光着上半身。她不敢看他。光着的躯干看起来像是舞蹈演员一般，柔软，肌肉发达，完美无瑕。她在心里为自己开脱，如果年轻男人全身每一寸都充满着人类男性的气息，那这害羞和惶恐也是理所应当了。

过了很久，他终于把车上的东西拿完了，然后又再一次拿起了铁锹。

“你饿吗？”她拿起一个罐头，问他。如先前一样，他缓慢而安静地摇了摇头。

也许他不需要吃东西。也许他其实以她的血为食。她感到血管在灼烧，她离开了桌子，快步上楼。她觉得她应该跟别人说说关于他的事，如果她能做到的话。但是她做不到。

他是她的。

她躺在浴缸的冷水里，任由洗过的秀发漂浮在身边。她感到自己仿佛溺于水中，手中细长的玻璃杯里加有五块乳白色冰块的绿色琴酒正随着她的心脏节奏律动。

她听见楼下不知疲惫地传来铁锹与石头碰撞的声音。她曾经费尽心力在院子里种了点什么：几株黑豆、番茄、发黑坏掉的土豆和死掉的葡萄树。但是他应该可以让花园生长繁荣吧。一定的。

她把头靠在浴缸的瓷边上，笑着，颤抖着，乳房尖端如荷尖般在水面浮动。

她幻想着天空中出现一粒银色的小芽，开花变成一艘巨大而火热的飞船。飞船降落到黑色的土地上，为他而来，带他回家。她紧紧抓住他的手恳求，用一种他听不懂的语言，而飞船里传出一种他熟知的语言。她紧紧抱住他的脚踝，而他全然没有注意到她，拖着她穿过枯萎的草地，向发光的传送门跑去。

不然他为什么哭呢？一定是因为某个原因，在某个比月球还遥远的地方，他那高科技的飞船坏掉了。他失去了一切，他的船、他的家、他的世界，还有他的同族们。而在他面前的只有简陋的房子、贫瘠而干涸的土地、他不能吃的食物。他已经与死人无异了。

吉安娜感到愤怒，当她听到铁锹与泥土下坚硬的石块儿发出碰撞声时，她几个月以来第一次感到愤怒——她到头来还是独自一人。

时钟敲了六下，代表已经是下午 5 点 15 分，吉安娜从楼上走了下来。她穿着貌似白色餐巾纸一样的连衣裙，涂了点水晶瓶装的好闻香水。她对着镜子化了妆，用细腻的粉底涂了脸，还抹了肉桂色和炭黑的眼影。

她站在门廊上，仿佛蝴蝶一般轻盈。她伸出手来遮挡阳光，姿势如同梦中见过的阳台上的女主角。他立着铁锹休息，看着她。

看着我，她想着。拜托了，拜托了，看着我，看我。

她走下了门廊，穿过花园，径直走向他。他双眼的太阳让她炫目，她无法对他微笑。她指向自己胸前。

“吉安娜，”她说，“我是吉安娜。”她又指着他，并没有碰到他，“你呢？”

她无数次见过这样的场景，在电影里，在书里。现在他应当微微笑着，费劲地把手放在胸前，用某种异世界的外语说：“我是……”

可是他并没有这样做。他凝望着她，又一次慢慢地摇头。突然间，她先前对他抱有的光荣的怜悯和伴随而来的悲伤如洪水般涌了回来，将她淹没。他有没有可能是在说自己不知道，想不起来自己是谁？想不起他的名字、他的种族、他的星球？他从星星之间坠落，他失忆了，完全没有防备；完全归她所有了。

“别干了。”她说。她从他手中夺过铁锹，随它倒在翻动过的土地上。

她再一次带他进了房子，仍然没有碰他。

她在厨房里对他说：“你必须试着告诉我你吃什么，你真的必须告诉我。”

他似乎在继续观察着她，如果他的确看得到她的话。她幻想着他咬掉自己的胳膊，感到一阵恶寒。也许他不需要吃东西——她也设想过。不需要吃，不需要睡——昨晚表面上的睡觉其实是一种待机状态，用来取悦她或者使她安心。她也不觉得他有去过洗手间。他看起来也不会出汗。这样一想，他能流泪真是奇怪啊。

她也不再去想他可能吃掉自己的事了，给自己又倒了一杯带冰的琴酒，坐在门廊上。他坐在她旁边。

他的眼睛看着田野的另一边。想要逃走吗？她能闻到他奇特的无汗、无毛的肌肤散发出的不可思议的男性气息。他不同寻常的肌肤上有一层晒伤的水色釉。

红色的地平线上闪烁着白日最后的余晖。鸟儿如微型飞机一样盘旋。当第一颗行星出现在夜空中时，她知道她会出于恐惧屏住呼吸。

夜的阀门打开了，把天空染成墨色。太阳已经消失了。他听不懂她的话，所以她对他说："我爱你。"

"我爱你，"她说，"我是地球上最后一个女人，而你甚至不是地球人。而我爱你。我很孤独。"她说着，与他先前的啜泣不同，她悄无声息地泪流满面。

过了一会儿，如同她希望在电影中所出现的场景那样，她引导着他环抱住她，慢慢地，慢慢地。她向他靠着，他抚摸着她的头发。她带着一丝莫可名状的悲伤想，他从我这里学到了这样的动作。

她当然不爱他，她又理所当然地爱着他。她是最后的幸存者，而他也是一个幸存者。他们无可避免地必须走到一起，找到彼此，并且相爱。她真想自己此刻更年轻些。当他抱着她，轮廓分明的手指一次次轻轻划过她的头发时，她觉得自己变年轻了。她开始轻声向他讲述那场大瘟疫，尽管他听不懂。它从何而起，如轻吹的风，如远方的落叶；它如何扫遍世界，如同海啸一般席卷全世界的大洲和城市，落叶的海洋燃烧起熊熊大火。人们当时不叫它大瘟疫，官方的名字是"大流行"。当初，人们还在广播里，在电视的荧光屏上讨论它。她曾经见过那时的医院，如同巨大的消毒柜，每一层都堆满了将死之人；她也见证了人们如何渐渐沉默，以及最后，不仅是沉默。人们焚烧了死者，或者是用燃烧着的化学物质火化了他们；人们疏散了城镇；最后，“人们”也不再组织任何事情了。这是一场选择性的疾病，它杀死了男人们、女人们和孩子们。它并不能杀死动物、昆虫和鸟类。还有吉安娜。

当一切刚刚开始的时候，她并没有相信未来会是如此。人们很难相信无法停止的引擎就此发动。广播和电视里报导过在海里腐烂的瓶子，或者是被腐蚀的卫星，在不合时宜的时候把其中装载的病毒释放到了地球上。政府拒绝了承担责任，一直到最后都没有。

吉安娜感到死亡的气息在靠近，越来越近。她从怀疑转为恐惧。她如往常一样在她的隐居处储备了各种物品，在新一轮的恐惧中躲在门后。后来，广播没有了声音，电视在一阵闪烁和噼啪声中变成黑暗。吉安娜站在门廊上，看着整片大陆笼罩在黑色的阴影之中。

在距离房子半英里的地方，人们燃起了巨大的篝火，烧掉了许多已死之人。余烬随风吹过夕阳，在天空中继续燃烧。

第二天，吉安娜发现身上长满了令人刺痛的小斑点。她的头抖动起来，一如身边的危墙一般。她带着恐惧躺了下来，害怕着死亡。然后她又不太在乎是不是会死了，她想要死去。最后她却并没有死。

一个月之后，她开车去了城镇。她看到了疏散之后空无一人的城镇，还有两英里外另一场巨大山火的痕迹。又一英里外，死人的尸体躺在阳光里，慢慢变成一堆白色的粉末，无所畏惧又对疾病免疫的鸟儿，如黑雨一般降落到尸堆之间。

吉安娜开车回了家，变成了地球上最后一个女人。

她的生活并没有发生什么变化，她在大瘟疫前已经独自生活了许多年。

她有时思考自己是怎么活下来的，但只是出于任何幸存者都有的愚蠢而错误的谦卑。每个人都觉得自己不会死，不管其他人，他们自己肯定能活下去。而这些人都错了，除了吉安娜。

之后的某个晚上，吉安娜便见到了雪白的星星，外星降落伞的银网，还有美得不真实的年轻男人。

她靠在他的肩膀上，告诉了他这一切。他可能依然会死，死于火星人也会感染的瘟疫病毒。或者他会离开。

天已经黑了。她在黑暗之中将嘴唇靠近他的嘴唇。她吻他的时候，并不知道他会怎样做，他似乎毫无反应。他会和她做爱吗，或者会想吗，或者能吗？她的手抚过他的肌肤，感觉像温热的光滑石头。她爱他，而他或许其实只是个机器人。

过了一小会儿，她抽身离去，留他一个人在门廊上。她到了厨房，把杯子里融化的冰倒进了下水道。

她上了楼梯，躺在窄小的床上。孤独，无尽的孤独。但不知怎的，即使在这时，她感到还有事会发生。当他走进房间的时候，她并不觉得惊讶。他无言地靠向她，眼睛在黑暗中闪着光，如同猫一般。她试着去让自己害怕他。

“走开。”她说。

但是他在她身边躺了下来，靠得很近，床又十分窄……就像是他刚刚读了她的心，学了人类做爱的礼仪一样。

“你是个机器人，你不是人类，”她说，“你快走开。”

他吻了她。她闭上眼睛，看到了星星，闪亮而炽热的星星。他并非机器人，而是个真正的男人，俊美的男人，而她，爱着他……

十万八千里之外，挂钟敲了八下。这是晚上 7 点 15 分，在崭新的世界的第一个夜晚。

第二天早晨，她烤了面包，趁热拿了一些给他。他像拿着僵硬的小鸟一样捧着面包。吉安娜指着自己，“拜托了，请叫我的名字，吉安娜。”

她十分确定她可以让他明白。她知道他不是哑巴，她听到过他哭泣，还有他们做爱时他的低吼。她也会教会他吃东西和喝水。她会教给他一切。

他继续在花园劳作。他在倒塌的棚子里找到了幼苗，正把它们种到地里。她来到他身边，带他到了那辆摇摇欲坠的车旁边。她开车带他进了城，带他进了服装店，小心翼翼地指引着他。他按照她的指示往车里装满了东西。她从未见他笑过，她也不确定自己是否能见到。他抱着成堆的牛仔裤的时候依然是永恒的面无表情；还是先前那个服务生。

下午，她看着他在花园劳作。她心里小鹿乱撞，满脑子都是他自然晒黑的肌肤和矫健的肌肉线条。她被他迷住了。她睡着了，梦着他。

她在清脆的金属撞击声中醒来。她警觉地走出房间，走进最后一抹夕阳，看到他在后院，用锤子修理车上被撞出的凹痕。她看得出有一个轮胎被他换成了新的，那个轮胎之前就磨坏了，她没去管。她放松地靠在墙上，对着他沉思。他简直出乎意料地能帮得上忙，不知怎的，她想到了男耕女织这样的老词。

而在这一切之上却飘浮着不定的乌云。他会离开。搁浅，被遗弃，遭遇海难，这艘巨大的班轮终将重归于苍穹，如神明一般残酷地救他离开。

她半夜醒来，发现自己的嘴唇贴在他的背上，浑然不觉。

她待着不动了好久，然后单肘支撑侧躺着，看着他，装作熟睡，或者真的陷入了梦想。就如同你已逝去。不，他哪里都不会去的。

他的头发闪闪发光，他的睫毛长长地刷在脸颊上。他平静而清澈，如同一汪湖水。她摸了摸他冷冷的腹部。

过了一阵子，她从床上起来，走到窗边，看向外面，看向夜空。她听到一个仇恨和蔑视的低音。在哪？她想。你看到我了吗？你在笑吗？

她走下楼梯，房间里坏掉的电视正安静地待在黑暗中。她打开写字台的抽屉，拿出一把左轮手枪，小心地上了膛。她把枪举在身前，上楼回到了卧室。

他没有醒来——或者他的程序未曾让他看上去醒着——直到黎明前一小时。她一直坐在那里，等着他，等他睁开眼睛看到她坐在他的对面，看到她手放在膝盖上，握着枪，指着他。

或许他可能会不知道枪是什么。或许武器会像某些语义符号一般不言而明。她这样想着。当他睁开眼睛，看着枪的时候，她相信他完全知道那是什么，并且知道她是拿枪来要杀他的。

他大睁着眼，但并没有动。他看起来并不害怕，但是她觉得他一定很害怕了，如她所希望的那样害怕，或者更甚：对外星人的自然恐惧，排外现象。她觉得他其实根本就能听懂她的话，一开始就是，懂得她的语言，她的孤独。这应该是他技能的一部分——和种地、换轮胎、做爱、装睡一起被教会的。与此同时，他们肯定还给他接种了这种致命瘟疫的疫苗，甚至是地球上所有病毒的疫苗。

“是的，”她说，“我会杀了你。”

他只是看着她。她想起他先前曾出于厌恶、绝望和对她的恐惧而哭泣，因为他知道不会有任何救援——不论是来自她的星球或是她本人。他并不是随着遇难的飞船坠落到这个世界的，飞船完好无缺，他是在一个选好的时间、算好的地点，干净利落地从飞船出来的。他的降落伞如预先安排的那样展开成云朵。并非遇难，而是派遣。空中快递。礼物。

巨大而安静的飞船不会来找他。它已经来过了，并且已经离开了。

他们为什么那么在意地球呢？她想不明白。一连串的干扰——这是神的特权吗？是在践行利他主义，或者只是当作玩具在玩耍？或者是某种实验。他们并没能阻止大瘟疫，或者并不想——召回大洪水，撤销蛾摩拉的神罚——但是当瘟疫渐渐退潮，洗刷了人类文明时，他们观察了地球，并看到了吉安娜，独自一人在地球上游荡，她是地球的女人，人类中的最后一员。所以他们为她造了他，帮助她，陪伴她。

大概那些不知是谁、不知在哪又无所不在的外星人，并非根据他们自己的形象制造的他，而是根据地球男人的形象。

她不知道是什么导致了她最后拿着枪对准他。他的默许，这一连串不可能发生的事，或者是幸存者们相遇并互相舔舐伤口的愚蠢巧合；或者是最后的男人和女人一起延续种族这样戏剧性的发展让她潜意识里意识到幕后的操纵者；或者只是她自己的误会？她的一切错误，或者痛苦的设想，都在向她大声呼喊，告诉她这一切和她隐居之前没有什么不同，她依然被别人操纵着，依然有人干涉着她。

“好吧，”她轻声说，通过左轮手枪的枪管看着他，“我觉得自己少了根肋骨。我该叫你亚当吗？或者叫夏娃？”她打开了枪的保险。她剧烈地颤抖着，声音却依然平静。“不管亚当还是夏娃，你听说过避孕吗？他们以为我没听说过或者没用过避孕措施吗？他们觉得我会冒险怀孕吗，在这没有医院甚至没有兽医的地方？在35岁的年纪？我为你穿着打扮的时候，可是全副武装，全副，就是为了以防万一。我预料到了。我觉得你那经过特殊设计的、强壮的精子也不可能让我怀孕的。他们在培养室培育你，或者是在工作坊制作你的时候，想到这一步了吗？我不想要你。”她细声说，“你哭得像个孩子一样，是因为他们让你来我的世界，和我一起生活。你觉得我会原谅你吗？你觉得那之后，我知道一切之后，还会想要你吗？”

她举起枪，开了火。她看着他眼中的光芒消逝而去。他的血液鲜红，一如寻常。

吉安娜走过大地被烧灼出的伤疤。她设想巨大的飞船悬在她上空，设想它不再监视着她，已经无情地远去，远去。她拖着铁锹走着，一如她拖着自己的身体。现在，这铁锹种过土豆，翻过豆子，还埋过外星人的尸体了。

她站在老房子的厨房边，夜空的黑暗又一次铺满了苍穹。吉安娜屏住呼吸，就仿佛身边的空气都变成了水，淹没她。因为她知道。在很久之前就知道。当她看到第二颗雪白的星星从夏夜的天空坠落时，她只是叹了一口气，非常受宠若惊。

（樊明祥　译）

超越共性

在讨论群体特征时，往往会忽略成员超越其所属群体的方面。传记、文献和关键性的详细资料有助于更好地平衡普遍和个别，但还是有必要经常提醒人们，共性并不精确。

伊恩·沃森（Ian Watson）就是个例子。他永远不会被误认为是美国作家。他太四海为家，太欧洲化，太关注历史、形而上学和文学风格。但同时，他也不是典型的英国作家。赛·肖万（Cy Chauvin）在英国杂志《基金会刊》上写的文章里说沃森是“古怪的鸭子”，而格雷格里·本福德称他是“（这个领域里）最疯狂、最大胆的重量级人物”。J. G. 巴拉德在《新政治家》上称沃森为“英国有思想的科幻作家中最有趣的——或者更准确地说，是英国唯一有思想的科幻作家”。奥尔迪斯和温洛夫在《万亿年狂欢》中，将沃森与“最英国的作家”基思·罗伯茨（Keith Roberts）进行了比较，他们写道：“他的作品没什么明显的英国色彩。对他来说，一部小说的思辨内容要重于区区人物……他的所长在于超越物质的世界，而不是物质的世界。”

对沃森的作品有影响的因素之一是他接触过另外的两种文化。他 1943 年出生于诺森伯兰的北希尔兹，在牛津大学贝利奥尔学院获得了一个文学学士学位和一个文学硕士学位。接下来在 1965 年至 1967 年间他在坦桑尼亚达累斯萨拉姆大学担任讲师，接下来 1967 年至 1970 年他先后去了东京教育大学、庆应大学和日本女子大学。在 1976 年成为全职作家之前，他还在伯明翰理工学院的艺术设计中心任教六年。

他曾说过，是他对日本文化的体验使他转向科幻小说，作为一种和他称为“我名义上教授的英国文学和外来的环境信息之间的矛盾”相对抗的生存方式。1969 年，他出版了一本少年读物《猫眼看日本》；同年他在《新世界》上发表了他的第一篇科幻故事《土星下的屋顶花园》(“Roof Garden Under Saturn”)。

1973 年，沃森出版了第一部长篇小说《嵌入》(*The Embedding*)，奠定了他的声望和他作品的发展方向。该书所关注的是通过语言获得超越性，书中三个不同的群体发现语言是超越“这个现实”，前往“其他现实”的途径。他接下来的小说中提供了寻求超越的其他方式：《约拿组件》(*The Jonah Kit*, 1975) 中是通过鲸鱼形成的活体电脑；《火星印加王》(*The Martian Inca*, 1977) 是通过火星土壤中的病毒活化剂；《外星大使馆》(*Alien Embassy*, 1977) 里是通过不明飞行物；他的近 20 部小说和 8 部短篇小说集都在延续这个做法。

杰弗里 · M. 埃利奥特 (Jeffrey M. Elliot) 和迈克尔 · 毕晓普 (Michael Bishop) (1981 年与沃森合著《彩虹桥下》) 在《20 世纪科幻作家》中写道：“沃森的小说始终在探讨同一个思想，这一本和那一本之间只是外在表现有所不同，间或有些微妙的变化。这是他在战略层面持有的‘信念’，那就是共认的现实，或曰日常经验的世界，已过于成熟，到了该被超越的时候。在小说世界中超越我们身为人类的界限或这个物质宇宙监狱的方法可能各自不同，但有一点始终如一：确实存在某种超越性的精神或宇宙连续体，我们可能或者说应该渴望它。”

此外，沃森是当代场景的敏锐观察员，也是科幻小说本身的——他经常写这个题材的作品，其中包括《2080年世界科幻大会》（“The World Science-Fiction Convention of 2080”），其中利用召开科幻大会的传统仪式讲述了因技术崩溃，科幻小说的史诗一面在诗人们手中回归的故事。1986年首次发表在艾萨克·阿西莫夫科幻杂志上的《大西洋游泳大赛》（“The Great Atlantic Swimming Race”）讲述了另一种史诗——20世纪文化在一个不再相信神祇和英雄的时代努力创造出拟仿的史诗。不可避免地，它涉及讽刺；同样不可避免地，出版于1986年、设定在1990年的这一故事到今天已经变成了一种或然现实。

沃森在一篇关于《科幻小说未成熟》[1]（“The Crudities of Science Fiction”）的文章中写道：“科幻小说是建立在对思想的探索之上的，而不是文体学之上。这是一个思想共同体；总的来说，它构成了人们所谓的‘观念神话’，即关于人类在宇宙中位置的观念神话。”在他自己史诗式的探求中，沃森所选择要追寻的正是这种观念神话。

（何锐　译）

---

1. 作于1978年，收录于《伊恩·沃森之书》中。

大西洋游泳大赛

伊恩·沃森

人类游过的最长距离是 1 826 英里，是沿密西西比河顺流而下，发生在 1930 年。不过，涉及此事的游泳运动员——俄克拉何马州克林顿市的弗雷德·P. 牛顿先生并没有试图创造速度纪录。27 岁的弗雷德在水中总共待了 742 个小时，时间跨度将近 6 个月。他的平均速度略低于每小时 2.5 英里。

作为对照，最长的连续游泳纪录出现在 1981 年。那年 40 岁的里卡多·霍夫曼沿着阿根廷的巴拉那河顺游不间断地游了 299 英里。（巴拉那河里没有食人鱼。）里卡多在水里待了 87.5 小时，他平均每小时游 3.5 英里。

然而，弗雷德和里卡多都是在河里顺流而下。海洋里的环境显然大不相同。

海中的纪录由美国的老沃尔特·波尼斯奇创造。1978 年，他从古巴一口气游了 129 英里到达佛罗里达，用时 34 小时。64 岁的沃尔特穿着脚蹼，在鲨鱼笼中游泳。

让我们回忆一下另一项纪录：持续游泳时间最长的纪录。女子纪录由默特尔·哈德斯顿保持。1931 年，在科尼岛的一个盐水池里，她足足游了 87.5 小时。男子冠军头衔属于昵称为“齐米”的查尔斯·齐博曼，这位无腿人士在檀香山的游泳池里待了 168 个小时，那年是 1941 年，正值珍珠港事件发生之年[1]。

这些，某种意义上都是序幕，为了这有史以来水上运动中最伟大的壮举：1990 年发起的横渡大西洋游泳大赛。

作为这一雄心勃勃的英勇项目的协调员代表，我打算为这次比赛的理念和它的实施方式而声辩。我要自豪地向奥林匹克古老的神殿致意，它们曾将荣誉的桂冠授予那些不惜一切代价完成超人壮举的人。我也要和那个虚构的历史法庭谈谈，它的陪审团是死者——那些死于饥荒、灾难、疾病、战争、罪恶之人。因为众所周知，大西洋游泳大赛旨在为撒哈拉沙漠沿岸那些遭受持续干旱的不幸国家中的灾民们筹集资金。

路线：从纽芬兰那个名字正好叫“竞赛角”的地方出发，到欧洲任何一处。

拉布拉多寒流应该会把参赛者们迅速带往南方，进入墨西哥湾流。墨西哥湾流会“热情”地把游泳者大致朝着爱尔兰方向推送。

距离：约 2 450 英里。

假设平均速度为每小时两英里，每天游 14 小时，游泳者们应该会在 3 个月内完成全程。除了第一二周会需要穿保暖橡胶套装，温度应该不是大问题。

当然，还有其他问题，事前花了一整年讨论才能确定。

参赛者所有的时间都得泡在水里吗？他们必须在水中进食，在水中排泄吗？如果是的话，要怎么做？裸泳吗？他们必须利用救生

1. 前述人物和事件均和真实历史一致。

圈或橡皮鸭在水中睡眠吗?

“蛆虫因子”由此而来:某位说话拐弯抹角的记者创造了这个说法。

长时间浸泡在水中的人体最终会肿胀起来，样子像得了麻风;皮肤被泡出病了。再加上90天浸泡中的“零重力效应”——结果等泡肿了的游泳者抵达他们的终点时，他们也许只能像些臃肿的蠕虫一样爬上岸，那场面可不会让人赏心悦目。

显然，每个参赛者都必须在支援船上入睡;由于游泳者可能分散开来，相隔许多海里，每个人都需要一艘单独的支援船，船上应有一名公正的监督者，以确保每艘船在过夜期间严格停在原位——这很容易通过卫星导航系统进行核查。

接下来是个棘手的问题:该不该使用脚蹼。老沃尔特·波尼斯奇曾用过脚蹼。为什么所有的竞争者不能使用相同尺寸和设计的脚蹼?事实上，脚蹼可能是将比赛限制在3个月内的唯一方法。游泳者可能会遇到风暴。冰山可能会逼得他们不得不绕道而行。如果比赛持续超过3个月，秋日会悄然进入冬季，大西洋将化身死神。

另一方面，如果又一位没有腿的“齐米”要参加比赛呢?

此外，用通气管潜泳如何?在如此长的一段时间里，持续不断的海浪冲击可能会导致组织或大脑损伤。为什么不像鱼一样把脸埋在水下游完全程呢?

啊!这将导致感官剥夺(这必定有可能带来麻烦)。结果可能是幻觉和疯狂。游泳者可能最终会相信他们是鳕鱼和黑线鳕。

1989年召开了一次大会，地点在利比里亚的蒙罗维亚:特意选择第三世界的场地好强调比赛的慈善目的。会议持续了1个月，所有感兴趣的各方都出席了:奥林匹克联合会、各路游泳组织、众多国家派出的体育部长，还有霍夫曼-拉洛什公司、联合碳化物公司、雀巢公司和菲利普·莫里斯公司等跨国赞助商的代表。

最终的细节渐渐在讨论中敲定：

最多100名参赛者。每个人一艘支援船，有电视摄像设备，供泳者不在水中的时候接受采访。有声纳探测设备，以防偶遇鲨鱼。遭遇冰山和水母时的专门规则。商业和海军航行要远远避开所有竞争对手。雇了一艘超级油轮作为补给和医疗设施，有10架进行空中摄影的直升机，油轮那巨大的水平甲板可以充当机队的停机坪。其他还有很多——也没忘了派利分成式的国际博彩系统，供人们在参赛者的每日进展上押注。

比赛开始日期：1990年7月1日，离蒙罗维亚会议结束整整一年。这将为准备、挑选参赛者以及培训留出足够的时间。

纽芬兰阿瓦隆半岛——它顶尖上就是竞赛角——尽管有个来自亚瑟王故事的浪漫名字，但通常是一个阴风呼号的地方。

然而在1990年7月1日，要好好描绘这里海滨的景象需得劳动拉乌尔·杜菲的画笔：系着100艘支援船的趸船码头和筏子连成了一道有1英里长的堤坝，每艘支援船上都飘着绘有对应的水上健将标志的旗帜；大大小小的帐篷也排出去数英里，争奇斗艳，好似中世纪的比武场地；直升机像竹蜻蜓般悬在上头嗡嗡作响；还有那艘飞艇，呈鲜亮的红黄两色，从它的吊舱前方伸出来发令的号炮。

让我以体育评论员的方式来介绍一下那些在接下来几周中将会有杰出表现的游泳运动员们……

不。且慢。

在纽芬兰，这些个非凡的男男女女各自的特点——个人或国家的——仍然被掩盖在他们的潜水衣下（只能从肩上印着的迪高荧光漆数字分辨他们的身份）。

所以让我们开炮发令吧。让我们快进掠过100名游泳者的进程。

让我们跳过若干天，直到主要的支援船都脱离了拉布拉多寒流，进入墨西哥湾流的那天，当天早上，我们的水上健将们在黎明时分第一次出现在甲板上接受向全世界播放的电视采访。他们不再穿着黑色胶衣，而是露出了他们天生的肌肤（涂着不少油），脚蹼摇摇晃晃好似企鹅，身穿各自的游泳衣。

让我来介绍这些游泳运动员中的风流公子让-皮埃尔·布瓦德先生，他留着一副精细上蜡的小胡子，穿着的那件长款三色泳装仿佛是 1890 年左右多维尔海滩上常见的款式。

还有坚强、和蔼、沉着、出身高贵的吉姆·图尔维尔-汉密尔顿上校，一位运动员绅士，英国特种航空部队的军官，他的细条纹短裤上绣着卷起来的阳伞。

还有“禅泳者”田中敏郎，他额上纹着神风头带，截掉了自己的耳朵，以让身体更加接近流线型。

还有来自小国阿尔巴尼亚的“马克思列宁主义泳者”朱戈同志，他把缩微影印版的斯大林选集穿在身上，《恩维尔·霍查演讲集》则被固定在他的额头。通过翻译，朱戈同志宣布他将与修正主义苏联的游泳运动员、可爱的阿纳斯塔西娅·季米特洛娃和新资本主义的中国游泳好手齐昺波战斗到底。

然后是“耶稣行于水上泳者”，迷人的五项全能冠军莎莉-安·约翰逊，前折页女郎，宣称自己尚属童身，她的乳沟里贴着缩微版圣经。她在“基督教多数派教会”的赞助下为上帝的荣耀而游泳。

还有来自原教旨主义者伊斯兰共和国的莱拉·福阿德，这位岂能不提？她身上涂的油被染成漆黑一片，以代替罩袍和面纱。她每次往返于遮蔽她身体的大西洋和她在支援船上的帐篷之间时，都必须藏在七重帘幕之后。一天五次，唤礼声音从桅杆顶的扬声器里响起，此时莱拉就会一动不动地漂上一会儿，埋头对着麦加方向。

总共有 96 名游泳运动员抵达墨西哥湾流，但我们应该关注的是这 8 名顶尖好手：福阿德、约翰逊、齐、季米特洛娃、朱戈、田中、图尔维尔–汉密尔顿和布瓦德。（哦，对了，出于另一个原因，我们也许该把日内瓦的勒内·阿曼德的名字加进去。）

让我们再快进 6 周。我们那几位好手们遥遥领先。另外还有 50 名游泳运动员散落在他们身后的大西洋水域中，前后相隔许多英里。

到目前为止，另外已有 40 多名运动员退出，输给了疲劳、幻觉、混乱或者绝望，其中有一人精神错乱。已有三人死亡：一人死于溺水，一人死于中风，还有一人令人惊讶地死于低体温症。还有一位游泳运动员莫名其妙地失踪了。

大多数幸存的参赛者们都在前进，但并非全部。一名新西兰人折而向南，进入了墨西哥湾流下游。如果他继续这样，最终北赤道洋流会把他带回加勒比海。一名丹麦人没能足够深入墨西哥湾流；湾流北支正冷酷地带着他前往格陵兰。

采访摘录：

莱拉·福阿德：“我在带水过沙漠。不，这话错了。我在带水*去*沙漠。去撒哈拉大沙漠，那里的人们死于干旱。我每游 1 英里都是给那些干燥的喉咙带去许许多多的水。我现在是个贝都因人：每个夜里我都在不同的波浪上扎下帐篷，但星辰是一样的！”

齐：“毛主席曾游过长江[1]。人手千双可移巨山。击水亿次能跨大洋。”

季米特洛娃：“双手划过水中，带着希望、能量、未来的荣耀。如果我是芭蕾舞演员，我会在浪尖上跳舞。和西伯利亚大草原一样

1. 原版为“黄河”，系作者误记，经沟通后作者表示应予修正。

宽广。我是辆三套车，正奔向欢乐。”

约翰逊：“赞美上帝赐予我的肌肉，赞美麦当劳提供的美味蛋白质。如果我失去童贞，我会觉得自己犹如参孙被剪掉了头发。我告诉你们众人，每一道波浪都是自由旗帜上新的一道条纹。我的每一次心跳都是在祈祷。”

图尔维尔·汉密尔顿：“本人并不想自吹自擂，但本人确实感觉好似斯科特船长，或者埃德蒙·希拉里爵士。”

布瓦德：“游泳问题，本质上乃一现象学问题，即在此流动不居之宇宙中，个人当如何定位[1]。”

田中：“粒子：我。波：它。

一并：存在[2]。

死亡或辉煌。”

朱戈：“游泳的卑鄙小人都去死吧。”

过去十年中，撒哈拉干旱造成的死亡人数估计在 1 500 万到 3 000 万之间。自从初次提出比赛以来，到他们游到墨西哥湾流中部的那一刻，大概又有 30 万人口已经死亡：可以说，干旱债务取走了 10% 的年利。

但这并不是媒体目前提及的最大数字。对我们优秀运动员们的每日进展下注的赌局已经到了狂热的地步。所涉及的总金额相当巨大；当然，所有押在游泳者身上的钱，有 5% 会提留给撒哈拉基金。

事实上，毫不夸张地说，每天对这比赛的投注量正在接近能与世界股票和货币市场上的现金交易总额相匹敌的地步——由于莎莉-安、敏郎或阿纳斯塔西娅的前进速度或其他表现中隐含的情绪、民族主义和意识形态的暗示（加上投机者的干预），这场比赛已开始导

1. 原文此处为法语。
2. 这里的语句来自物理学家波尔的“互补主义”哲学。

致各国货币比价出现大幅波动。

因此，在瑞士主要银行利益集团的赞助下，勒内·阿曼德反复抽筋发烧，导致瑞士法郎本身雪崩；不幸的是，整个撒哈拉基金所持有的正是瑞士法郎，它一度被认为像艾格峰的北坡一样坚挺。累积下来的一半资金就像是山谷中的雪，在阳光的照耀下消融了。可我们还不敢太快地转移基金。

第 65 天：一个不愉快的事件。朱戈同志追上阿纳斯塔西娅·季米特洛娃，在水中袭击了她。她的支援船还没来得及干预，“绅士吉姆”——当时就在前面不远的地方——注意到了她的哭喊，富于骑士精神地*掉头*，向俄国选手伸出了援手。

后来得知，吉姆·图尔维尔–汉密尔顿的父亲第二次世界大战后曾参与了英国失败的颠覆朱戈的新生共产主义家园的阴谋。阿尔比昂试图操纵阿尔巴尼亚。

马上就有人要求取消资格：吉姆要取消朱戈的，朱戈要取消吉姆和阿纳斯塔西娅的，阿纳斯塔西娅要取消朱戈的。有人将此与美国赛跑冠军玛丽·德克尔在 1984 年的奥运会上被带有前南非政治色彩的学生佐拉·巴德[1]绊倒相提并论，那之后美国爆发了反对种族隔离的大规模抗议活动；如果玛丽·德克尔是黑人，情况可能会更严重。

然而，尽管我们花了很多时间为一系列突发事件做准备（最终在蒙罗维亚会议上达到高潮），令人惊讶的是，关于竞争者在远离法律管辖区的海洋中不体面地攻击他人，我们没有制定任何规则。

朱戈继续向前游去，处于领先位置。

吉姆和阿纳斯塔西娅手拉手游了一会儿，让莎莉–安·约翰逊大

1. 当时南非运动员因种族隔离政策在国际上被禁赛，巴德系以父系血缘为由突击申请到英国护照，代表英国参赛以回避禁赛令。

感厌恶。

布瓦德先生将这称为“*一起政治激情犯罪*”[1]。

莱拉·福阿德开始戴上巨大的黑色护目镜。

第 70 天：图尔维尔–汉密尔顿上校在水中宣布了他和阿纳斯塔西娅·季米特洛娃的婚约；1 英镑的汇率从 50 美分下跌到 35 美分。投机者开始猜测英镑比价未来可能出现负值，比方说，1 英镑的价值等于–5 美分。英国长期执政的保守党政府宣布对此并不感到担忧。总算是出现了一个能消除国债的经济工具。美国政府也许有一天会乐意把它应用到他们万亿美元的预算赤字上。

第 73 天：朱戈同志袭击了追过他的莱拉·福阿德。他乘对方祈祷时游近，摘下了她的黑色玻璃护目镜。原教旨主义者伊斯兰共和国和朱戈的祖国之间发生了一场短暂的单边核子交流，继而朱戈同志就成为唯一幸存的阿尔巴尼亚国民。朱戈毫不气馁，他（通过翻译）宣称，只要一名真正的阿尔巴尼亚共产党员还活着，列宁、斯大林和恩维尔·霍查就能安然无恙[2]。

第 80 天：也许是因为他截掉耳朵的副作用（他的方向感被寄生虫扰乱了？），田中敏郎开始绕着圈游。

田中：“海洋，一个在太空中的

球形水体；不存在陆地。

直线是由内穿过，而不是在上横越！”

---

1. 原文为法文。
2. 1985 年霍查去世后，阿尔巴尼亚有文稿称“他还活着，他永远不死，因为他身后的人民永远不会遗忘他”。

第二天田中像只身姿优美的海豹一样潜入水下；然后再也没浮上来。

日元也跳了水。不幸的是，撒哈拉基金刚刚被秘密地从瑞士法郎换成了日元。

不过，禅师们声称田中已经在日本海浮出了水面。日元小幅上涨，然后又下跌。

由于所有主要货币现在都随着游泳者的击水而剧烈波动，基金（迄今为止）的剩余部分被一位越来越古怪的总会计师匆忙转换成了一篮子小币种。他解释说，第三世界的资金就应该存入第三世界银行。因此，他突然转而支持越南盾、哥伦比亚比索（不幸的是，哥伦比亚爆发了内战）、土耳其里拉（恶性通货膨胀随即开始）和马拉维"班达爷"[1]（那里随后发生了军事政变）。

第 85 天：一只爱尔兰海鸥短暂地在莎莉-安·约翰逊的头上落足，就像从方舟中飞出的鸽子。

第 90 天：齐昺波在康尼马拉的巴利康尼利湾上岸，并做自我批评。

朱戈同志比他晚了 1 小时，第二个到达，很快神秘地消失在爱尔兰共和军的队伍当中。

莎莉-安·约翰逊抵达岸边后宣称，由于康尼马拉看上去不是美国领土，她不愿落足此地，一根脚趾头也不。她转身再次出海，要游回家去。最后是一艘美国"隐形"潜艇浮出水面，拦住了她。

莱拉·福阿德也拒绝踏上那片浸满酒精的异教徒的土地[2]。

---

1. 马拉维货币单位为"克瓦查"，1 000 克瓦查纸币上印有马拉维国父班达的头像。
2. 康尼马拉当地以出产威士忌而闻名。

布瓦德先生站在克莱尔郡的海滨[1]，喝着香槟，抽着高卢牌雪茄，引用笛卡尔的话。（“我游，故我在。”）

图尔维尔-汉密尔顿上尉勇敢地带着他的苏联未婚妻越过礁岩登岸。（请看《水中花车》，这是随后制作的关于这对年轻夫妇、这对世界的宠儿的故事片，由阿纳斯塔西娅和一位长得跟图尔维尔-汉密尔顿很像的美国演员主演；后来她和这位演员私奔了，再往后她犯了思乡病，回了俄罗斯。）

唉，这之后才发现，除了把大大缩水的基金存进了一些奇怪的货币之外，总会计师还盗用了大量资金；而且消失得无影无踪了。

好不容易才从胡志明市、波哥大、安卡拉和利隆圭将残余的基金撤出，支付了所有未付的账单，并颁发了一些奖金之后，结果钱已经一点都不剩了。

我们不会为此灰心失望！这基本思路是正确的。我们需要更加雄心勃勃地思考。我们需要更大的构想。

如果能够成功泅渡大西洋，更广阔但更温暖的太平洋又有何不可？

这就是我为拯救撒哈拉人民募集足够援助的计划：太平洋游泳大赛！

非洲的干旱仍在继续。年复一年，撒哈拉不断扩张。我们有足够的时间来组织这场更具挑战性的国际比赛。我在脑海中已经能看到比赛路线了：要么从下加利福尼亚经北赤道暖流到达菲律宾（只有 8 700 英里），要么从秘鲁的蓬塔帕里尼奥斯经南赤道暖流到达新几内亚（约 9 200 英里）。较短的路线将大约需要 310 天，这看起来

1. 原文为法文。

并不完全不合理——完全还在一年之内。

显然需要使用鲨鱼笼。应该是特别设计的，要很大，给每个游泳者一种完全自由和空旷的感觉。在一个小笼子里游过广阔的太平洋会是多么愚蠢！我预料巨型笼子的长度和宽度应有奥林匹克游泳池的两倍，并且有100码高（以防遇到巨浪），从每艘支援船的船头伸出来。石油钻塔技术完全有能力制造和安装这种设备。

在三百多天的时间里，参赛者们的所在区域可能会比大西洋更广泛。甚至第一梯队的游泳运动员们之间也可能彼此相隔半天或一整天的路程。这会降低全世界观众的浓厚兴趣吗？我觉得可能很低！

我有一个梦想。某天游泳运动员们能环绕整个世界的腰围。难道不可能吗？

（何锐　译）

科幻传奇

美国作家、评论家达蒙·奈特曾经说过，所有科幻作家小时候都是癞蛤蟆，对此，他的作家同行及同为未来派协会[1]成员的好友弗雷德里克·波尔回应说，其中一些长大之后被公主亲吻了。当然，所有作家都在一定程度上远离了来自社交关系的寻常乐趣，而科幻作家疏远此类与社交关系有关的阅读体验。由于从小就生病、缺少朋友或者缺乏正规教育阶段的督促，比起更常见的童年消遣，作家们常常能从阅读中发现更多的乐趣。从 H. G. 威尔斯——将逃离母亲为他规划的传统职业归因于两条摔断的腿[2]，到奥尔迪斯、巴拉德、康普顿，再到其他英美作家，科幻作家都有类似的与人疏离的记载。有一位作家整理了许多作家自述童年得过猩红热的报导，不无讽刺地推论出，写科幻小说或由儿时感染的一种病毒所致。除了使用同

1. 又称未来人协会，指在 1937 年至 1945 年间，由一群科幻爱好者组成的团体，大本营在纽约，其多数成员后来成为科幻编辑和作家，成为当时推动科幻写作和科幻爱好的主要力量。主要成员除了本文提到的达蒙·奈特和弗雷德里克·波尔，还包括阿西莫夫、詹姆斯·布利什等黄金时代的科幻大师。

2. H. G. 威尔斯曾经摔断过一条腿，在床上养伤的时候阅读了大量的书籍，激发了他的探索心和写作欲；他的父亲后来也摔断过一条腿，断送了职业板球运动员生涯，导致收入大幅减少，而迫使 H. G. 威尔斯后来从事过几份母亲为他选择的但他不喜欢的工作，如布店学徒、药剂师学徒等。

一语言，直到不久前还是沿用同一文学传承之外，英国作家和他们的美国表亲在这一点上也非常类似。

在一篇发表于《基金会刊》（1990秋）上的自传体文章里，布赖恩·斯塔伯福德认为年轻人放弃主流文学转而阅读科幻，是因为他们感觉自己成为与社会脱节的人：“不能指望离群索居的外星人能对那些因社交关系而困扰的虚构人物产生认同感。描绘这个外星人不属于的世界的各种世俗小说无关紧要，要紧的是那些小说描绘的世界正是他试图奋力逃离的。”斯塔伯福德是在描述自己的童年，那时他单薄瘦小，戴着眼镜，与大他两岁的同学们一起上课。

斯塔伯福德很早就从阅读和写作科幻小说中寻求慰藉。他于1948年出生在约克郡的希普利，在曼彻斯特文法学校和约克大学接受教育，并于1969年获生物学学士学位。在这之前他已于1965年在《科学幻想》上发表了《时之盾的那边》（“Beyond Time's Aegis”，与同学合著），出版了他的第一部长篇小说《太阳的摇篮》（*Cradle of the Sun*），还完成了另外四部长篇小说。

在接下来的几年里，斯塔伯福德一边高产地写作，以长篇体量为主，一边攻读研究生课程，先是生物专业，之后是社会学专业。他最终在1979年获得社会学博士学位。他从1976年起在雷丁大学担任社会学讲师，直到1980年代末开始全职写作。

他的学术经历使得他对非虚构作品、学术书籍和文学评论产生了长期不间断的兴趣，在这方面的成果和他的小说创作并驾齐驱。他写过30余部长篇小说，近10部非虚构作品，其中包括为科幻学术研究做出重大贡献的《1870—1950英国的科学传奇》[1]（*The Scientific Romance in Britain, 1870—1950,* 1985）和《科幻社会学》

1. 19世纪末至20世纪初对科幻小说的常用称呼，又称科学小说，通常指儒勒·凡尔纳和H. G. 威尔斯时期的科幻小说。本文标题的科幻传奇便是由此引申。

（*The Sociology of Science Fiction*, 1985）；他还为《科幻小说百科全书》，麦吉尔所著《科幻文学纵览》（*Survey of Science Fiction Literature*）、《惊异剖析》（*Anatomy of Wonder*）、《科幻小说新百科全书》，以及各类学术杂志和评论媒体贡献良多，总量相当于数本著作。

斯塔伯福德在他的写作生涯中创作过一批草草而就的长篇小说，但总是不乏深奥的创意点子和复杂的科幻文学范式。在他最近发表的《恐惧引擎》（*The Engine of Fear*, 1988），还有计划中的三部曲中的第一部《伦敦狼人》（*The Werewolves of London*, 1990）这两部作品里，斯塔伯福德所展现出的远大志向、精湛技巧和不懈耐心，让他在小说领域的贡献超过了评论领域。

他对长篇的偏爱让他鲜有时间写作短篇，但在最近出版了他的第一部短篇小说集《性化学：基因革命的讽刺故事》（*Sexual Chemistry: Sardonic Tales of the Genetic Revolution*, 1991），而1986年首次发表在《中间地带》（*Interzone*）杂志上的《而那不忙于活着的人》（"And He Not Busy Being Born"）便是其中的一篇。

《而那不忙于活着的人》是对本卷的一个恰如其分的总结。主流文学偏爱的"面对不可避免的死亡时，人该如何表现"的主题，遇见了科幻小说所关心的"解决问题"，产生了一种全新的看待永生不死的视角。

（樊明祥　译）

而那不忙于活着的人[1]

布赖恩·斯塔伯福德

1973年9月，亚当·齐默尔曼刚度完蜜月回来不久，开始读马丁·海德格尔的《存在和时间》。尽管他是土生土长的纽约人，但他可以流畅地阅读德语；他爷爷是奥地利犹太人，1933年带着他父亲（当时还是个孩子）逃离了维也纳，他与父母的疏远使得他更加热衷于自己的民族根源，而不是他的宗教信仰。为此，他很少伤感，同时又放纵自己的焦虑，他是追求自我怜悯的朝圣者，这是存在主义者勇敢的红色徽章。

虽然他每次读上几章海德格尔的书，但是在他选择不主张夫妻权力的那些夜晚，亚当觉得自己并没有被传授多少有助于使意识清醒的知识，而这种知识一直存在于他内心，隐蔽而无法理解。他根本不需要被告知焦虑是存在的基本模式，因为那总是深嵌于他的灵魂之中。当海德格尔解释说，我们对可能的死亡的认识虽然不可思议得可怕，却一直被小心翼翼地压抑在潜意识层面，以便人们可以接受那虚无的威胁时，亚当感到一种巨大的解脱。如同一个囚禁在

1. 原标题 And He Not Busy Being Born 出自鲍勃·迪伦的歌曲。

他心里的真理突然被释放出来。

当他最后一次把书放在床头柜上时，他那昂贵床单的丝绸般的爱抚似乎被注入了新的含义。25 年来，他一直是自己的陌生人，而现在，他终于真正地认识了他自己。

他叫醒了他结婚八周的妻子西尔维娅，说："我们都会死的。"

虽然被以这种粗鲁的方式从温柔乡里叫醒令她有些烦躁，西尔维娅却自然地用一种关爱的语气说："不会的，亚当，"她说，"我们健康得很。"

"西尔，我们存在的一个常态，"亚当冷静地告诉她，"就是这种不断困扰我们的意识，我们的存在随时都可能被扼杀，从而不复存在。这是一种动摇灵魂根基的深层不安。

"我们千方百计试图压制并击败它：我们创造灵魂不朽的神话；我们试图隐藏于乏味的日常；我们试着用爱和崇拜化解我们的恐惧。但这些都不管用，西尔。到最后全然无用。海德格尔认为我们可以打破常规，把自己从平凡的奴役中解放出来，实现真正的存在，但即使这样也行不通。那只不过是另一种试图逃避问题的廉价伎俩。焦虑总是会最终胜利。我们能做什么呢，西尔？"

在一年的恋爱和八周的婚姻中，西尔维娅已经有了充足的机会去了解她爱人那令人讨厌的自命不凡，但她仍然认为他很了不起，也就不怎么在意了。

"睡觉吧。"她建议道。

亚当太爱西尔维娅了，并没有对这种肤浅的回答予以理所当然的鄙视。相反，他放任她遵循自己的建议，而他则继续思考。他思想所面临的峭壁，使他无法逃进睡神的怀抱。他关掉床头灯，坐在黑暗中，对自己面前出现的虚无幻象惊骇不已，在可怕的无望感中备受煎熬。

猜测睡眠能否拯救他是没有用的；如果他能够在这种情形下入睡，他就不需要拯救了。事实上，在这个无眠的夜晚，亚当·齐默尔曼变成了一个痴狂的人。当试图向昏昏欲睡的西尔维娅解释自己时，他脱口而出的那几句粗糙话成了他生命哲学的公理。

海德格尔对人类困境的分析——在可能的死亡面前，生命因其自身的不稳定性而遭到禁锢、限制、颠覆和贬值——亚当完全接受；但是他否认了这位哲学家在一些奸诈巧妙的思想中找到治愈方法的无力尝试。

他继续阅读其他存在主义作家的作品，《恶心》使他读到呕吐，之后却强烈地喜欢上了萨特，但他尽其所能也无法达到独立思考，得不到解脱，也找不到灵魂的支柱。

亚当曾一度想放弃他在一家大公司的会计师工作，理由是无休止的数字游戏简直荒谬到毫无意义。它似乎证明了无可救药地沉湎于琐事是解决存在问题最虚无的错误方法之一。因为弹得一手好吉他——这是他放松的一种方式——他打算开始一段新的职业生涯，做一名与世无争的民谣歌手。他留起长发，蓄起胡子，把名字改成亚当·X，以象征家庭作为代际传承渠道的虚伪。他最后决定不这样做，因为嬉皮士已经过时，加之他想到了一个更好的计划。

西尔维娅由衷地赞许这个决定，但后来无论如何还是和他离婚了，理由是他太过悲观，无法为她提供必要的情感支持。

“你的问题是，”她离开他的时候说，“你沉闷得要死，过分沉湎于愚蠢的宣教，且无法享受自己的生活。”焦虑，在西尔维娅看来，是婚姻中的一种罪过。

（结果，靠着他给付的赡养费，西尔维娅的余生过得很舒坦，但她未能逃脱她自己*焦虑*的蹂躏，最终在1999年因酗酒过度而死。）

亚当自己摆脱人类困境的计划十分大胆，但却简单得令人震惊。

他认为，如果生命质量因死亡的瞬间可能性和最终必然性而永久地、致命地受到损害，那么唯一真正的解决方案就是永生。

在离婚之前，他向西尔维娅提出这个议题，她轻蔑地笑了，全然忘记了那些因爱而有所忌讳的日子。这说明她确确实实不理解他。尽管亚当有许多缺点，但他并不沉溺于空想；当他说他认为有答案时，他是认真的。他也不是在谈论什么比喻性的或形而上学的永生；他不相信可以从“活在”新书的几页纸里或者新的孩童中的想法中得到满足，即使在20世纪80年代原教旨主义复兴的鼎盛时期，重生的乐观主义前景也没能吸引他。亚当需要比基督更坚定的东西来寄托他的信仰，于是他把它寄托在了冰上。

当亚当对于人体冷冻感兴趣时，加州人体冷冻学会和六个类似的组织已经尝试过冻结新鲜尸体。他们的努力付之东流，已经不光彩地倒闭了。亚当对于这些失败并没有灰心。他无论如何都无法说服自己，未来的医学将会发展到真正的复活，而且他知道，现代的冷冻技术难以避免组织损伤。不过他相信，假以时日，在资金充足的情况下，冷冻科学家很快就会设计出方法，可以让活着的人几乎无限期地保持在假死状态。

当然，还有一个有关时间的问题需要解决。亚当想等到最先进的技术可以为他服务的时候，另一方面，他希望那时他还是健康硬朗的。他也知道，如果他想要在几个世纪的休眠中得到最好的照顾，他将需要相当雄厚的财力。

平衡所有这些事情并不容易，但多年来对数字游戏的投入赋予了他无与伦比的计算技巧。他最终决定，最好的选择是在2001年接受冷冻，那时他53岁。为了保险起见，他那时最好至少拥有10亿美元。

这个决定是在他离婚两年后的1986年做出的，按照他的打算，只要他不再结婚，10 亿美元是可以实现的。他考虑过保持独身，但在研究了博迪尔伦关于性活动和死亡风险的数据后，他认为保留一群情妇是一笔合理的支出。

1986 年，一个有抱负的公司会计师可以通过多种方式计划在世纪之交时赚到 10 亿美元。它们都涉及把别人的钱大规模地据为己有，但当时美国资本主义的实体和精神相对来说不受法律约束，不需要承担不必要的风险。当然，亚当并没有从雇用他的公司偷窃，而是代表他们进行掠夺，从每笔交易中收取完全合理的佣金。

亚当在他 20 世纪 90 年代的交易中很幸运，许多人称之为资本主义的黄金时代。那是属于跨国开拓者、国际金融冒险家和软件冲锋队的时代，几乎每个月都有一个国家整体破产。在资产剥离第三世界的令人兴奋的岁月里，亚当为自己争取到了大量份额，他还是策划 1996 年东京大崩溃的幕后人物之一，这打破了新武士的脆弱商业霸权，将整个世界的电子产业带入了垄断，置于一家公司的股掌之中，而他就是这家公司的首脑之一。

虽然参与这些交易使他成了世界上最富有的人之一，但亚当的穿着和举止仍然谦虚而不张扬。他众多的副手和助手都认为他害羞而友善，尽管他的确有一种烦人的习惯，那就是喜欢给他们做一些华而不实的小演讲，比如积极思考的力量、节俭的美德和享乐主义的危险性。

说来也怪，他最喜欢的话题之一是名声。“名声，”他会严厉地告诉他们，“本质上是一个吸引注意力的问题，而对那些靠掏他人腰包为生的人来说，注意力至关重要。人们应该不惜一切代价避免有趣，它不仅使人容易受到好奇心的伤害，还会容易让人受到奉承。奉承是一种强大的力量，它的诱惑难以抵挡。

“一个人必须经常提醒自己，名声是对自己终将死亡最可怕的提醒之一。民众总是渴望不幸和灾难，喜欢陶醉于与他们偶像的痛苦相关的悲剧和悲伤之中。公众创造名人，主要是为了陶醉于他们的衰败和消亡，而名声总是滋生疾病和自虐。”

这样的演讲被他的同事视为玩世不恭的证据，人们普遍认为，亚当·齐默尔曼过得并不快乐。这个故事在认识他的人中间传开了，说当他的挚爱西尔维娅抛弃他并与他离婚时，他的生活就毁了。有时人们会说，他机械无情地赚钱是对他人生某一方面失败的可怜补偿，且这一方面对他来说非常重要。甚至他的情人们也相信这点，她们也许有更好的理由，因为有时在鱼水之欢过后，他会为世上所有因他和他的同类盗取财富而陷入困境和饥饿的人们流下几滴愧疚的泪水，而在一个更理智的世界里，这些财富本可以让他们过得更舒适。在这种情绪下，他会做出不同的陈述。

“我们必须记住的是，”他会认真地说，“随着每一刻的消逝，我们都在死去。我们甚至在出生之前就开始死亡；卵子在受精的那一刻便开始衰老。胚胎即使在生长的过程中也在衰老，而且生长力成功超越衰变力的时期确实很短暂。

“我们认为，当二十几岁的时候，我们仍然拥有青春的绽放，但这是一种残酷的幻觉。当我们只有 9 岁的时候，死亡便开始赢得与生命的斗争。此后，虽然我们细胞的体积和数量继续增加，但是死亡的腐朽已经开始。平衡的时刻已经过去，我们生产的新细胞，已经在核酸里积累的复制错误中和使我们的功能蛋白失效的交叉链中显示出衰老的迹象。

“我们所谓的成熟是死神给我们的封印，直到科学找到一种方法来扭转这些过程，纠正核酸错误并消除交叉链接，我们任何人都没有希望，无论我们是睡在丝绸床单上，还是在贫瘠的荒原上挨饿。在死亡的恐惧面前，我们都是平等的，不管我们是否得到了最好的照顾。在这种情况下，良心并不荣耀，自私也并非耻辱。在一个邪恶的世界里，我们可以随心所欲地作恶。”

他的情人们通常能理解这些论点，因为他总是挑选聪明人为伴，但她们很少能同意他的看法。她们无一例外地断定他是孤独、痛苦和神经质的，她们就像爱他一样同情他。他有本事找到对自己一往情深且对他的钱毫不关心的女人，而他总是在不经意间伤了她们的心。

亚当从未使用过自己的任何资金来支持辛辛那提亚哈苏鲁斯基金会在 20 世纪 90 年代进行的低温研究，但他确实促使很多参与公司业务的参议员和国会议员将大量的政府资金投入到这个方向。

他一直认为这是他行动的人道主义的一面，允许全世界人民——归根结底，他们是大公司纳税的财富来源——入股人类有史以来最了不起的事业：对抗死亡的战争。实际上，由于他的干预，他们中的许多人优先成了这场战争的牺牲品。

因此，2001 年 4 月，亚当·齐默尔曼非常自豪地成为首批接受最先进的冷冻新技术的少数志愿者之一，而且是在完全健康的状态下。他把他的巨额财产托付给别人，为他的身体支付租金，如果有必要的话要持续上千年，以等待与死亡的战争胜利，使得永生成为全人类共同的遗产。

亚哈苏鲁斯基金会凭借与亚当工作过的公司的联系，在他的财富受托人的帮助下安全度过了 21 世纪 20 年代的大萧条、40 年代的资源危机和 60 年代的瘟疫战争。在 22 世纪和 23 世纪的温室危机中，仍然保持着富有和强大，在个别破坏者和鲁底特政府的偶发敌意中幸免于难。基金会在新一代税赋征收者的掠夺下幸存下来，这些赋税征收者是在日益强大的联合国控制了那些老牌民族国家，开始与控制世界财富的宇宙公司争夺权力时产生的。

相对来说，基金会在 26 世纪和 27 世纪的小冰河时代却没遇到什么麻烦，尽管它将大部分的财产——包括它富有的冻眠者——与世界上其他的精英一起转移到了其中一个神话般的宏观生态建筑中，在精心设计的人工光合技术使月球变得肥沃之后，它就在那里蓬勃发展。

亚当·齐默尔曼的身体于2724年从月球转移到一个轨道栖息地，然后于2887年再次回到地球，那时，联合国的生态工程师终于为曾在冰川世纪之前属于温带的北半球带来了永恒的夏天。

到了3015年，亚当仍然安静地躺在他的私人冰柜里，回到了他开始的地方，最近新建在辛辛那提旧址上的超级城市。

亚当·齐默尔曼的财产受托人变得非常富裕，一代又一代，他们忠心耿耿地抵制了一系列让他复活的尝试。

最早的长寿技术诞生于24世纪，涉及大量的组织再生手术，将人类的寿命延长到了150年，但这远非亚当所梦寐以求的长生不老。取代它的技术是基于人类卵子的基因工程，除了还未出生的胎儿，对任何人都毫无用处。因此一直到3000年，对长寿技术的研究完全集中在胚胎工程领域。这对亚当同样无用。

到了3250年，亚哈苏鲁斯基金会已将其利益多元化，几乎没有将任何精力放在亚当·齐默尔曼认为与其野心相关的研究上。愤世嫉俗的观察家们认为，亚当的受托人显然缺乏热情去创造他们必须把财富交还给其真正所有者的未来。受托人做出了准确的回应，他们说，根据他们的信托条款，他们不能把亚当带回他们的这个世界而又不背叛他最恳切的愿望，他们必须做好准备，耐心等待。

当联合国终于在34世纪打败了宇宙公司的经济支柱时，亚当的情况发生了变化，他的信托非但没有变得越来越富，而是越来越穷。在3453年——那时已经没有任何一家老牌公司作为独立实体或者权力储备而存在了——亚哈苏鲁斯基金会并入了联合国的一个小部门。

如何处置大批冻眠者的工作变成了一项无聊的官僚决定。他们中的许多人都回到了生者的土地上，但亚当的情况非常困难，即使在这个时代，官僚主义的本质使得决定的推迟比做出更加容易。随着人类寿命的延长，生活节奏大大减缓，这种推迟延续了几个世纪。

最终，亚当遭遇了所有官僚记录的终极命运：他被所有活着的人遗忘了，只有计算机文件冷漠的智能“知道”他的存在。他和其他 11 个冻眠者被打入了信息的冷宫，不知要等上多久才能被重新发现。

到了 3770 年，在第二和第三个千年被冷冻的所有其他人都复活了，人们不再为了任何目的而使用冷冻保存，但是亚当和他的同伴们出于一时的偶然得到了豁免，继续沉睡，他们冷冻室的电力供应由尽职的自动机精心地维护着。他们周围的世界在继续变化——相当缓慢——但是他们仍然不受影响。

事实上，直到 47 世纪，人类所使用的长寿技术才达到了它的终极阶段，如果不受暴力事故的影响，使用者们将被赋予他们所相信的无限的寿命。然而直到 52 世纪，辛辛那提第四次的重建和翻新才将这个秘密冷冻室带回了地球表面，亚当的身体已经在里面保存了几千年。

在一个几乎没有任何新鲜事发生的世界里，12 具冷冻人体的重新发现是一项重大事件，它激起了年轻稳定的新黄金时代人们的想象力。在这个了不起的乌托邦时代，唯一明显没有得到满足的需求便是惊喜，没有比发现某种古老而神秘的事物更大的快乐了。

不幸的是，尽管受到慷慨资助的亚哈苏鲁斯基金会倾注了大量的努力，但结果证明，2001 年的冷冻技术远非完美。不管怎样，存放在墓穴里的 12 具冷冻人体，有 11 具都无可奈何地腐烂了。只有一具可以复活，这种独一无二性简直是个虚拟的奇迹。

唯一的幸存者是亚当·齐默尔曼，这一事实无疑是公正的，因为为了确保他们存活的可能性，他比其他 11 个人做出了更多的努力。

当亚当从他漫长而无梦的睡眠中醒来时，他发现自己躺在一张舒适的床上，感觉床单像是最柔软、最精致的丝绸。他的床边坐着一个迷人的金发女孩，看上去大约有 9 岁。他对她露出灿烂的笑容，问道："现在是哪一年？"

"按照你的日历，"她告诉他，"这应该是 5186 年。"她的发音有些迟疑，稍显笨拙。

亚当又笑了笑，但当这一刻到来时，他还是不敢陶醉在这种他对自己承诺过的安全感之中。

"你是永生的吗，小姑娘？"他问。

"这一点谁也说不准，"她说，"但是我今年 317 岁了，我没有什么理由不长生不老。"

亚当忍不住对这个愉悦的矛盾笑了笑，一个三百多岁的人，看起来只有 9 岁：一个金发、翘鼻子的小女孩，眼神中散发着天真的光芒！当然，他相信她所说的话。

"我也会永生的。"他说，甚至不把这当成一个问题。

亚当·齐默尔曼的性格和内心素质十分强大，当她用一种对她来说完全过时的语言尽可能委婉地告诉他，他不是永生的时，他并没有痛哭流涕。

这一切的严重性并没有立即显现出来。他只是在一定程度上了解他来到了一个什么样的世界。他的任务因混乱而变得更加困难，并受到深度抑郁的困扰，这种抑郁只有在他偶尔被新时代的奇观所淹没而不至于绝望的时候才得以缓解。

事情的真相很简单。他来到了一个没有死亡的世界，除非他或她自己选择死去。疾病和衰老被彻底征服，技术的独创性把致命事故的概率降低为零。轻微的伤口可以通过组织再生愈合，甚至可以置换失去的肢体或损坏的器官。人类行为手册上再无暴力和侵略。世界处于和平时期的天堂。

尽管存在着从单细胞克隆人体以及在人工子宫中孕育胚胎的技术，但再没有人出生在这个世界上。基因工程师把所有活在这个世界上的人都塑造成了完美的肉身。他们身体的发育被定格在生长力与衰老力完全平衡的状态，在亚当看来，世界上的每一个人都是 9 岁。这个世界没有青春期，也没有性交。人们不需要这种身体接触的乐趣，既不需要性唤起，也不需要性高潮。

在这个时代，所有关于长寿技术的知识都是关于改造人类卵细胞和早期胚胎的方法。永生已被植入人类本能，甚至当初用来延长第三个千年人类寿命的组织更新的原始方法，也已经数千年未再使用，尝试它们将是一桩危险的事情。尽管这些人掌握了精湛完善的科学技术，但他们想不出怎么做才能帮助亚当延长他既定的寿命。他们可以保护他免受疾病和癌症的侵害，也可以在他的组织磨损之后帮助它们再生，但是对于积累在他 DNA 中的复制错误和导致他的蛋白质失效的交叉链接，他们无能为力。他也许可以活到 100 岁或者 120 岁，但他之后就会死去。

亚当慢慢地意识到，他是世界上唯一注定衰老和死亡的人。他是海德格尔焦虑症的唯一继承人。他也是世界上唯一拥有性欲的人，虽然新时代的人们非常愿意帮助他满足这些欲望，只要他清洗干净。他还没有做好心理准备生活在一个恋童癖的乌托邦里；一想到要与那些看起来只有 9 岁的人性交，他就感到恶心，不管她们的实际年龄如何。

尽管世界上的其他人都有心底的渴望，但事实上他已经彻底与之一刀两断——这只是亚当新处境中的讽刺之一。他一觉醒来发现自己成了名人。

凭借他的天性，他成了人们迷恋的对象，比历史上任何其他人更伟大、更受欢迎。世界上没有哪个男人或女人不知道亚当·齐默尔曼，没有谁不想看到和接触到亚当·齐默尔曼，没有谁不想随时了解他生命进程中的每一个细节。每个人都渴望他的思想，迷恋他的行为。

他非常清楚地看到，他在遥远的过去所说的那些关于名声的玩世不恭的话，在这个令人吃惊的当下显然再正确不过。他名扬天下的基础，是他会死去；令这些人最为着迷的是他那可怕的不幸：作为一个人，他终将死去。

当然，他们尽量做到彬彬有礼。他们欣然承认了他所拥有的隐私权，并且尽量不去侵犯。在没有征得他同意的情况下，他们没有做过任何涉及他的事情。他们为每一次打扰而道歉，并恳请他同意他们所有的请求。如果他要求独处，他们就离开，但总是待在附近，以应对他的每一次心血来潮。当他不想独处时——他简直无法忍受孤独——他们无法抛弃他们的好奇心，完全沉醉在他的死亡和命运的奥秘之中。

亚当很快发现，如果他要求他的支持者再次把他冷冻起来，他们会这么做的。他不再拥有大量财富，来支付他的维护费用并保护他的利益，但在这个世界上，除了需求本身，已不再需要任何货币。不论他向这些人提出什么要求，他们都会答应，但如果他选择离开，他们会失望透顶，他们不忍心拒绝他的任何要求。

他意识到，他可以要求他们做出巨大努力，去开发那种他需要的长生不老技术——全世界只有他一个人需要！他们会很乐意这样做。他们会在他冷冻沉睡的时候，骄傲而开心地为他工作几个世纪或上千年，也许有朝一日他将得到苦苦寻求的东西，他们会因这种可能性和他一样高兴。

然而，他们的喜悦掩盖了失望，因为如果他成为他们中的一员，他将不再令人着迷。

亚当·齐默尔曼考虑了一下他的选择，犹豫了。

他有生以来第一次对永生的前景产生了怀疑。到头来，这种奖赏会不会喜忧参半？他真的能够忍受时光倒流，永远停留在9岁吗？这真的可以有效解决他的生存困境吗？

亚当生活在52世纪极其舒适的世界中，随着时间的流逝，他开始怀疑焦虑是否仍然是他存在的唯一和核心事实。另一种恐惧开始与他对死亡的恐惧抗衡。不是对永生本身的恐惧——那太荒谬了——而是对这种想法感到恐惧，即在获得永生的过程中，原本的亚当·齐默尔曼会被消灭掉，就像死亡一样彻底。

新时代的人们健康、快乐，且富有智慧；他们的品质令人羡慕，但这些品质与生俱来，如果他想继承的话，他就要把它强加在自己身上。那将不会也不可能相同。他开始意识到，即使这种科学奇迹所创造的青春前期的化身是永生的，但它并不能造就一个永生的亚当·齐默尔曼。在第三个千年的头一年，他曾追求的让自己漂流在永生之海上的目标——永远保持本我的存在——仍然遥不可及。

亚当意识到，如同他之前的许多人一样，他治愈人类困境的方法是行不通的。如同所有古老的哲学家和爱人、所有的艺术家和业余爱好者、所有的神秘主义者和殉道者一样，他最终发现他无法打败*焦虑*。他可以压制它、忽略它、升华它、正视它，乃至冻结它数千年，但他无法摆脱它。

亚当并不喜欢这个发现，但他并没有完全被击败。除了意识到他并非真正想要这些人可能会带给他的那种永生，他还意识到有一种替代的方法。与其要求再次被冻结，不如任由自己因奉承和名声的诱惑而堕落。他可以为这些黄金时代的天真者们提供他们所渴望的东西：一种人类遭到遗弃和死亡的滋味。整个世界，只有他一个人可以通过向他们展示没有永生是什么样的，让他们对自己所享受和认为理所当然的特权心怀感激。

亚当一生中大部分时间都在寻找逃脱焦虑的方法；现在，他改变了方向，听任自己为名气所诱惑。他决定尽情享受焦虑，以向一个没有焦虑的世界展示人类存在的真正意义：他自己存在状态的真正意义。

“我不仅仅是一个人，”亚当对他贪婪的听众说，“我是一个象征。你们必须学会理解我，因为我不仅出名，而且我就是名声本身。”

他们喜欢这个。

他们垂涎于每一句二手格言。

亚当决定让他的暮年成为终极的戏剧表演。他要向他们展示有尊严的死亡。

他下定决心，要让那些为他痴迷的人们亲眼看见他经历死亡时肉体的衰败过程，以及在他过去的世界里被人们视为必然的心理战争。他意识到，在他自己的世界里，因为资产负债表上几个变动的数字而死去数百万人，是司空见惯的小事，而现在，这将不仅是独一无二的，而且影响巨大。

他的死亡将终结所有的表演。这是一个不容错过的机会。

在随后的年月里，亚当的头发逐渐变得花白。他任由它长得很长，胡子也很茂盛。他让他的支持者为他制作了一把吉他，重新开始演奏，用德语和英语唱他童年和少年时记住的歌谣，并学习他忠实的崇拜者们在古代数据库中发现的新歌。他甚至还自己创作了一些歌曲：关于性与死亡、战争与贫穷、痛苦与爱情的悲伤歌曲。

他放弃了隐私，完全把自己交给了公众。当他不唱歌的时候，他就坦率地讲话，偶尔带着痛苦的诚实，允许他所有的思想被记录下来，既留给无穷无尽的子孙后代，也被在场的听众热切地接受。他开始自称亚当·X，以表明他是个伟大的未知。

尽管从一开始就排除了自杀的可能性，他还是精心策划了他的死亡。他决定，他必将死于他过去所处那个年代的自然原因；他必将被癌症杀死，它会在他脆弱的肉体中自然而然地爆发；他将死于自身组织的逐渐衰败；死于将他完全不同的细胞结合成一个连贯整体的协调系统的衰竭。

他决定不使用麻醉剂，忍受各种病痛带来的痛苦。这并非是出于勇气而做出的决定——他一直是个身体上的懦夫——而是出于责任感。这是第六个千年的人们理解苦难的唯一机会，他决不能欺骗他们。他的痛苦、他的眼泪、他的颤抖、他的悲伤、他的恐惧——他所有珍贵的耻辱——都属于他的观众，因为正是这些，赋予了他生命的意义。

在计划这一切的过程中，在精心准备这一切并付诸实施的过程中——这当然并非没有困难——亚当·X慢慢变成了一个快乐而满足的人，与自己和自己的焦虑和平相处。与当年贪婪地参与掠夺世界时的自己相比，他变得更加骄傲。他也变得比以往任何时候都更加快乐，甚至达到了他和西尔维娅相爱时那种暂时有过的狂喜。

通过让死亡变成现实，亚当剥夺了它曾经对他的想象所起的几乎全部作用。在自己的心灵账簿中，他把自己的焦虑从精神负债方转移到了精神信贷方，通过这种狡猾的举动——这在精神上与他过去最拿手的骗术如此相似——他把潜在的损失变成了可观的利润。

按照他自己的日历，亚当·X死于公元5237年7月25日，享年3 289岁。具有讽刺意味的是，这在一个死亡被驱逐的世界里成了一项纪录。他死在了一张舒适的床上，床单让他感觉到像是最性感的丝绸，这使他愉快地想起他和他最妖艳的情人们一起享受过的恣情纵欲。多年来，他一直在琢磨自己的遗言，不断地修改和润色，并设法在丧失语言能力之前完成了陈述。

“我殷切希望，”他告诉崇拜他的粉丝们，“用我的痛苦和死亡现身说法，把你们所有人从天真中救赎出来，这是你们幸运的遗产。在过去的30年里，我一直是一个害怕待在并非我所创造的世界中的异客，但通过重塑它对自身起源的理解，我已经尽我所能地去改造它了。你们所享受的永生，是在像我这样的人的努力下诞生的，用他们对死亡的绝望制作而成。我们无法拯救自己，但我们为未来的人类播下了救赎的种子，用我们的善意铺平了通向天堂的道路。

“我穿越时光的迷雾来向你们传达一个信息，那就是我们的悲剧和你们的胜利是不可分割的一个整体，并必须理解为同一枚硬币的两面。我知道人类进入了一个理性的时代，我无法用这种贫瘠的语言来表达我的喜悦（为了听我说话，地球上每个人都学会了这种语言），但我知道你们感受得到。

“平安，再会！”

这篇演说词将被地球人永远铭记和珍惜，赋予了亚当·齐默尔曼那种他曾嗤之以鼻的象征性的不朽。凡是听过或读过它的人，无不为之动容；从来没有人觉得这是一件浮夸的、没有价值的事情。

亚当死后很长一段时间，黄金时代的天真者们仍然很喜欢他，为他举办了人类历史上最隆重奢华的葬礼——毋庸赘言，这种情况再也不会出现。他们在电视上一遍又一遍地重播他的演讲，因为那些美妙的话语仍然是人类仅有的可以从悲剧中体味悲欣交集的资源。

（樊明祥　译）